［監修・和田博文］

コレクション・戦後詩誌

14 新しいリアリズムの模索

澤正宏 編

ゆまに書房

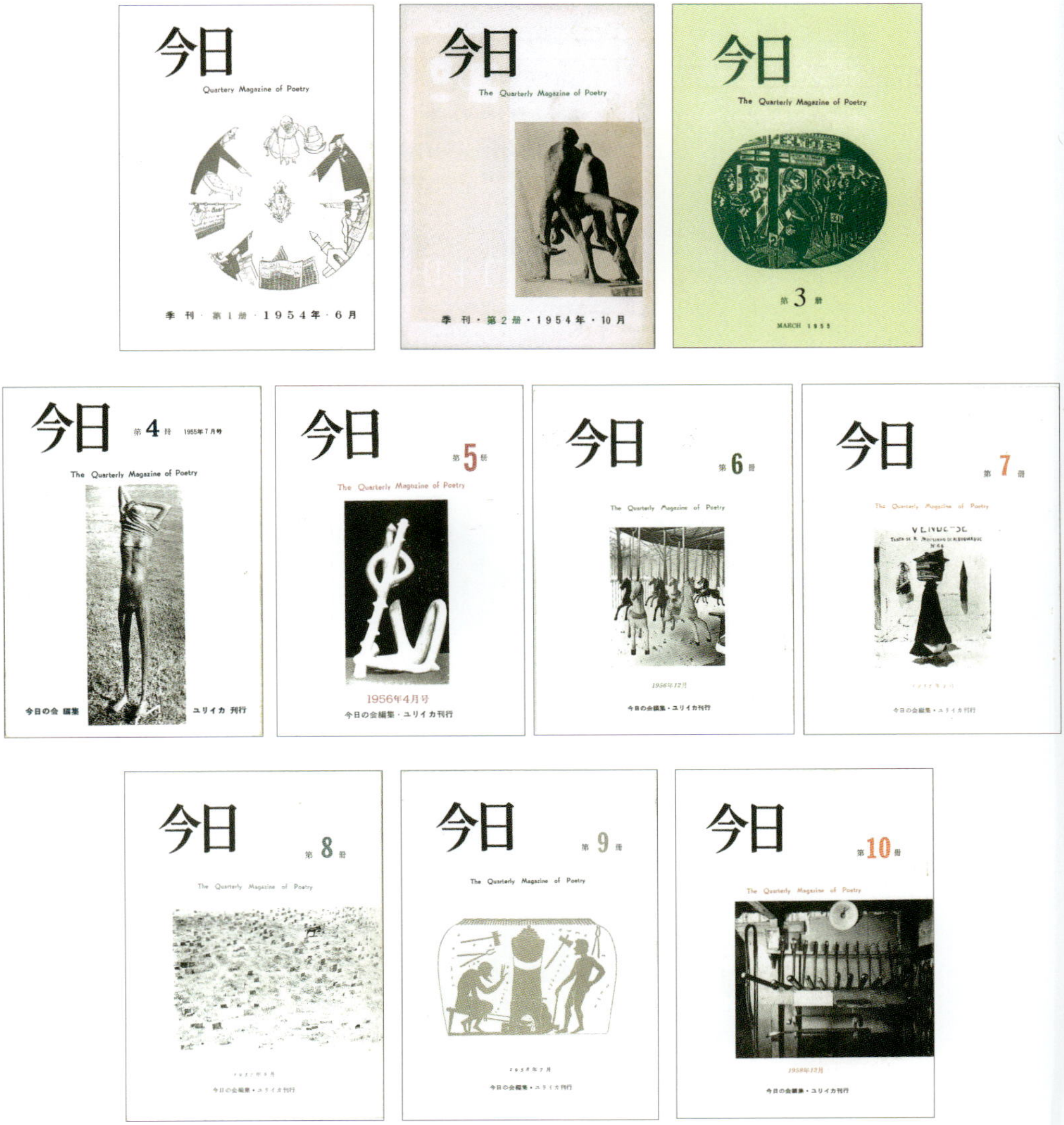

『今日』第1冊〜第10冊（1954年6月〜1958年12月）

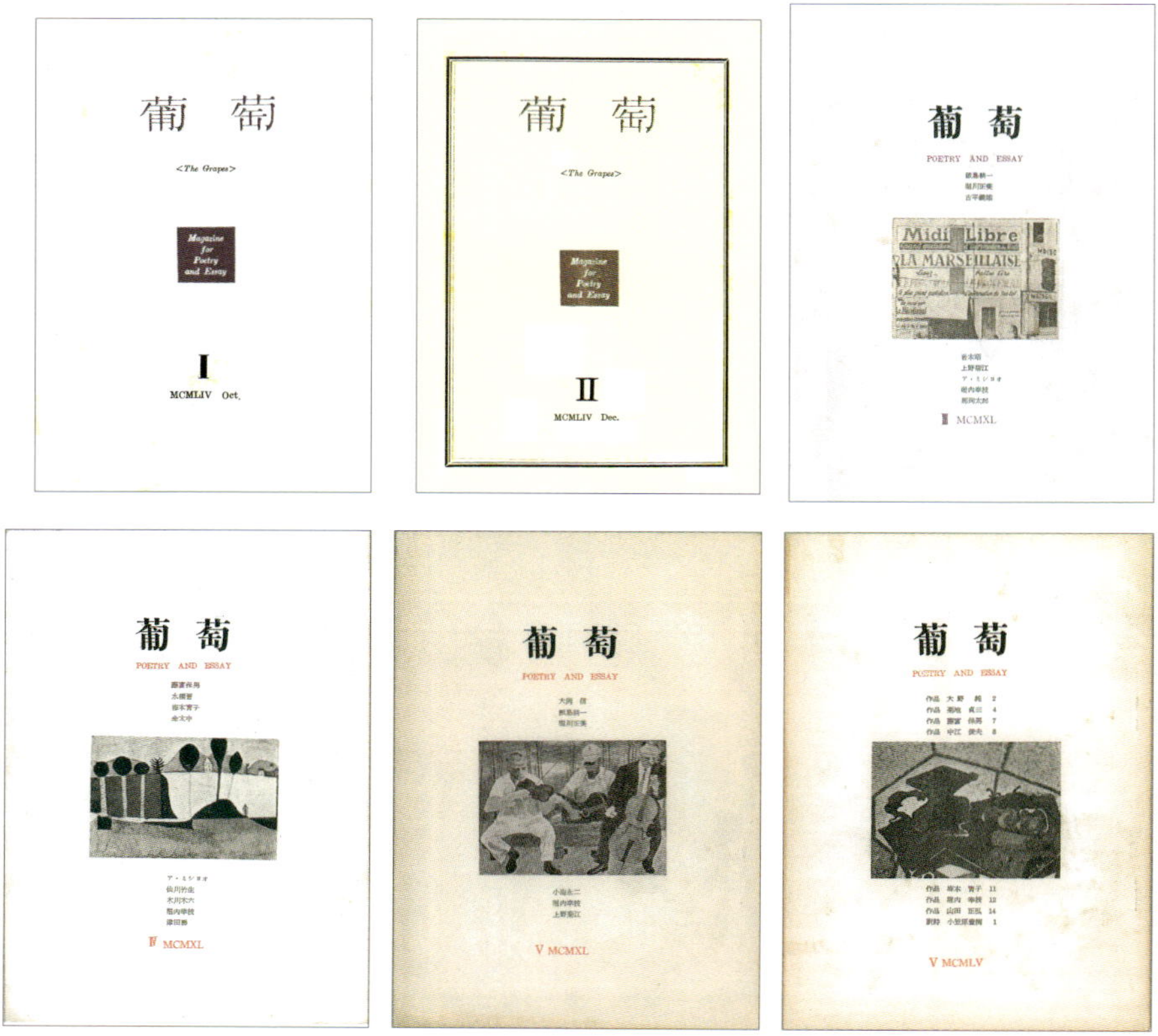

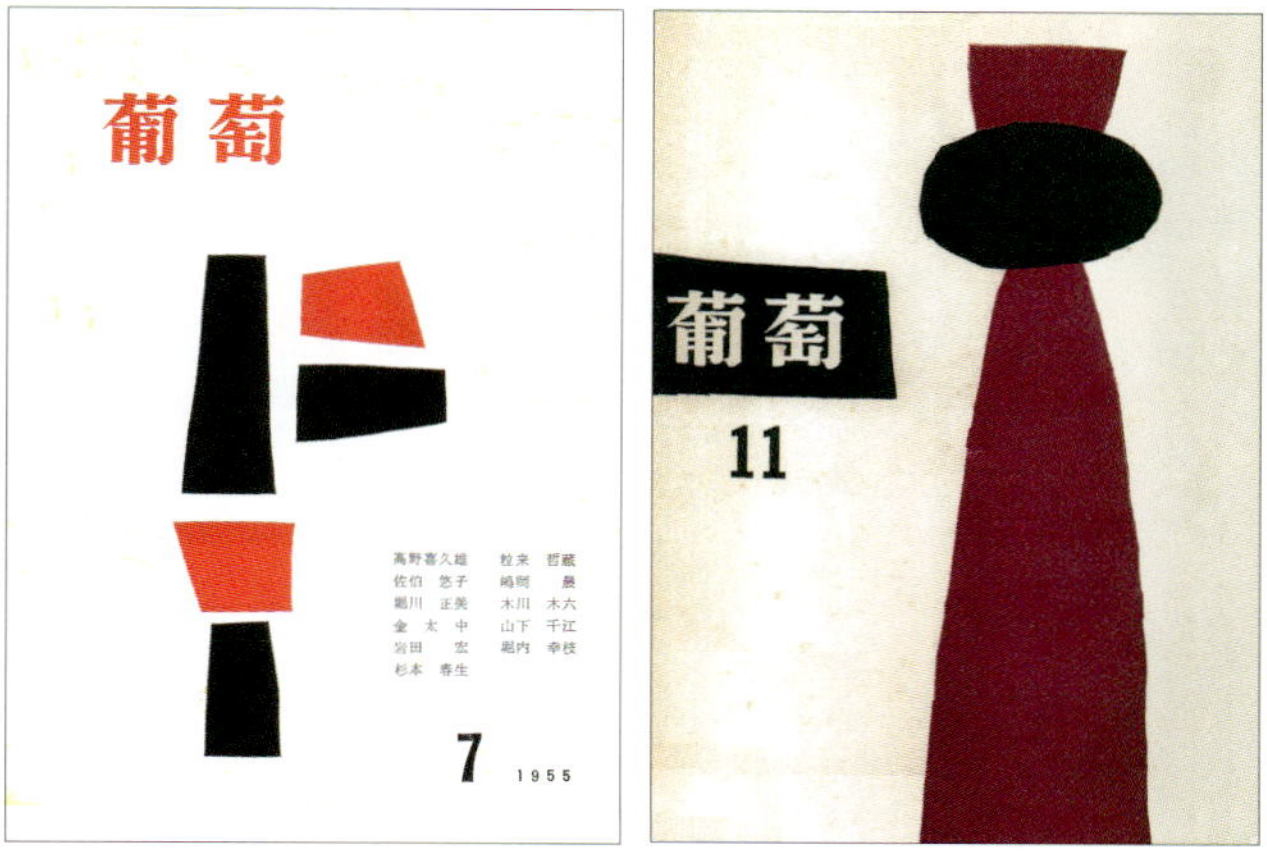

上 『葡萄』第1号〜第6号（1954年10月〜1955年10月）
下 『葡萄』第7号、第11号（1955年12月、1957年3月）

凡例

◇『コレクション・戦後詩誌』は、一九四五〜一九七五年の三〇年間に発行された詩誌を、トータルに俯瞰できるよう、第一期全20巻で構成しテーマを設定した。単なる復刻版全集ではなく、各テーマ毎にエッセイ・解題・関連年表・人名別作品一覧・主要参考文献を収録し、読者がそのテーマの探求を行う際の、水先案内役を務められるように配慮した。

◇復刻の対象は、各巻のテーマの代表的な稀覯詩誌を収録することを原則とした。

◇収録にあたっては本巻の判型（A五判）に収まるように、適宜縮小をおこなった。原資料の体裁は以下の通り。

・『今日』第1冊〜第10冊〈21㎝×15㎝〉
・『葡萄』第1号〜第2号〈18.2㎝×12.8㎝〉、第3号〜第12号〈21㎝×15㎝〉

収録詩誌のそのほかの書誌については解題を参照されたい。

◇表紙などにおいて二色以上の印刷がなされている場合、その代表的なものを口絵に収録した。本文においてはモノクロの印刷で収録した。

◇本巻作成にあたっての原資料の提供を監修者の和田博文氏より、また、日本近代文学館よりご提供いただいた。記して深甚の謝意を表する。

目次

『今日』第1冊〜第10冊（一九五四・六〜一九五八・一二）

第1冊 5 ／ 第2冊 57 ／ 第3冊 125 ／ 第4冊 201 ／ 第5冊 269 ／
第6冊 333 ／ 第7冊 369 ／ 第8冊 421 ／ 第9冊 473 ／ 第10冊 513

『葡萄』第1号〜第12号（一九五四・一〇〜一九五七・六）

第1号 551 ／ 第2号 571 ／ 第3号 591 ／ 第4号 611 ／ 第5号 631 ／
第6号 651 ／ 第7号 671 ／ 第8号 699 ／ 第9号 719 ／ 第10号 747 ／
第11号 775 ／ 第12号 807

エッセイ・解題・関連年表
人名別作品一覧・主要参考文献　澤 正宏

「詩誌『今日』論——一九五〇年代中期の特色、詩誌『葡萄』にもふれて」 845
解　題 863 ／ 関連年表 879
人名別作品一覧 905 ／ 主要参考文献 913

新しいリアリズムの模索

――コレクション・戦後詩誌　第14巻

『今日』

第1冊〜第10冊（一九五四・六〜一九五八・一二）

今日

Quartery Magazine of Poetry

季刊・第1冊・1954年・6月

季刊　今日　第1冊

目　次

この共和国……………………… 2
種　　　子…………飯島　耕一　7
現代詩人論…………児玉　惇　11
牛のいる風景………難波　律郎　14
広場のあさとゆうぐれの歌……
平林　敏彦　21
糞尿処理場…………中島可一郎　25
ピカソ小論 ………岩瀬　敏彦　16
ニシワキジュンザブロウ論
中島可一郎　34
書評　他人の空 ………………………30

編集　飯島　耕一

この共和国

マニフェストに代えて

われわれはここで一つの共和国を作りあげようとしている。小さな共和国が忽然とできあがるというのは愉快なことだ。それは少くともスターリン架空会見記などという作文よりも、われわれには一層興味を覚えさせる。しかもこの共和国の成員は、今のところわずか十人たらずというのだから、まさにガリバーのフイイヌム国にも匹適するほどの大国といえるではないか。

まずわれわれは、われわれの憲章（主張）をかかげよう。断っておくが、われわれはこの憲章（主張）の内容を、人並に最低の文化生活を保証するなどと勇ましくいううたい文句から始めようと考えていない。われわれはこの共和国に、それほどありあまる望みを一時に託してはいないので、ここではわれわれの謙虚なあこがれといったものを少しばかり要約するに止める。

われわれの詩は、新しい人間性獲得のための批評精神にうらづけられる。

憲章（主張）の第一条としてはいかにも平凡な章句である。しかし、われわれの詩、という箇所にまず目をとめられよ。われわれの詩とは、われわれだけが共感をもちうる詩のことである。それはむろん、この共昭国の市民だけに当てはめられる「われわれ」ではない。一枚の飛び絨緞のように着陸の場所が、すなわちわれわれの山河である。われわれの土地はいささか広く、われわれと交歓する人の数はいささか多い。しかもわれわれの言葉を理解する人の数は、日々増えつつある。だがわれわれの言葉を理解しえない人も少くない。それらの数もますます増えつつある。われわれの言葉が理解されぬのは、われわれの側にその責があるのかも知れない。われわれのまきちらす詩は、すでに一つの符諜のような役目を果しはじめているのだ。言い換えれば、すでにわれわれの行為は新しい領域に足をふみいれているのだ。その事実を、一人でも多く知ってくれるなら、たとえわれわれを解する人の数が少くても、失望はしない。われわれの符諜に耳をかたむける人を大切にしよう。しかしわれわれのまなざしに背をむける人を手放してはいけない。われわれはもっと未知の人々の胸のなかに無雑作に歩きまわらなければならない。

われわれの詩や言葉の新しさは、われわれの内部世界のそれと比例する。われわれの行為が新しい。それがすべてである。それ以上つけ加えはなにもないのだ。つまりその新しさとは、われわれ市民が新しい生活実体をはっきり把握することから始まる。それはわれわれの日々の生活のなかから汲みあげるべきものである。それはひとびとの広い、あるいはせまい生活関係のなかから、鎖のように引き出されてくるものである。それにはわれわれの生活の知恵ともよぶべき、ぬきさしならぬ批評精神がつねに磨かれていなければならない。

この共和国は、政治学でいう連合国家の状態ではない。一人一人が自分たちの王国を礎きあげて、さてそれが一つの統治連合体でありえた時代は過ぎたのである。一人一人の王国とは、簡単にいえば個性のことである。個性というよりも人間の趣味というべきかも知れない。われわれは個性を抹消しようとしない。われわれは真にその名に値するものを所有したいと望んでいる。しかし個性と非個性的な気分とをきびしく選別したい。この共和国でいう個性とは、まずわれわれのもつ生活実体のつかみ方に決定的に影響されるのである。われわれ市民はまずしい。しかし共和国市民には階級はない。だが共和国は市民がまずしいという事実によって、明らかにつよい階級的な主張をもつ。

われわれの個性の所有とは、市民としてその社会参劃を可能なかぎり押し進め、全体のなかの個の自覚をはげしくつかんだときに、始めて全うされる。逆説的にいえばわれわれは「偉大な類型」化を目指すことによって真の個性に到達しようとするのだ。われわれはもう大分以前から、互いのうちに違ったところを発見してよろこぶよりも同じ夢を見つけて勇気を得るようになってきた。

われわれの詩は解体、分化の偏向を超克し新しい方法を発見しようとする。

日本の詩、とりわけモダニスムの詩は、風見の鶏の詩である。日本でおこった未来派、ダダイスム、シュルレアリスム運動がまったく気ままな模倣と思い付でおわったことを想出すがいい。多くの人にとって、詩人はまたいかにうまく音色を出してみせるかに日々腐心する一群であった。

過去四分の一世紀、われわれに痛烈な諷刺のタマをはじいて見せたのは、現存する多くの詩人や文士ではない。その最大の道化師は、歴史的現実それ自身であった。われわれの場合でいえば、第二次大戦の幕切れと、これを基軸とする時代の動きが主人公であった。けれどもその主人公をもう少し厳密にながめるならば、それはやはり動かすものに動かされていたのである。いいかえれば、人間と資本力をつなぐ輪（社会体制）が大きくくずれたことによる混乱と胎動の動きがそれである。歴史は人間によりうごかされつつまた資本力にうごかされているものだ。

風見の鶏の詩人は旗色をはっきりさせない。彼等はいつも悲劇的な面貌をもっている。現象の悲劇性に便乗して、もっともらしく時代精神の申し子になっているのは笑止である。われわれの未知の人々の胸のなかに、それら一群の詩人の深刻なツブヤキがいかに共感されてきたろうか。過信はいつも悲劇詩人にまつわりつく。悲劇詩人はいろんな姿に形をかえる。時と場所にかかわらない。彼等は廻転のはやい頭脳を駆使する。彼等は隠花植物のようにぺらぺら風に吹かれる。その風は東西南北まったくお気に召すままだ。

戦後の新しいグループの動きについても、われわれは多くいうべきことを持っている。たとえば、われわれは有力ないくつかのグループを知っている。われわれは彼らが社会現実に彼らなりのクサビを打込み、市民としての思想性を詩にもちこみ、過去とはちがった層の人々の胸に一つのショックを与えたことを知っている。だが同時に、彼らの仕事が、現代は荒地であるという世界同時性の不安を敏感に伝達したことよりも、彼らの伝達が、あくまで無人境の状況に限られたことに注意をむけたい。ここでは彼らの自我と状況の切点が空虚な心象でしかもとめられていない。日本のモダニズムの後継者のごとき観のあるこれらのグループのひきずっている特性は、「詩と詩論」以後なにかと継承されているフォマリスムの伝統に対する無抵抗な姿勢がやはり見えることがあるいや彼らはフォルムの伝達性に過信をすら抱いているようにみえる。彼らの美学意識のひきずっているものが、彼らの倫理構造を疎外してはいないだろうか。

このことが彼らの詩に見せかけの完璧さを要求する。世界の正午は彼らのまわりだけを廻っていない。無力を

自覚したインテリゲンチァの空虚感を

　きみのイメージはいつも眼に砂をいっぱい浮べている

といったトリックによりかかる限り、詩の現実としてのリアリティはもはやわれわれをシンカンさせない。

世界情勢の二つの極の間に、彼らの自己分裂が拡大されれば、されるほど、彼らの詩は、自らの無力感を暗いムードの上塗りで閉塞することに忙しくなる。そのことは、とりもなおさず生の源泉を涸渇させ、生の領域を狭くしていくものである。それは世界のバランス・オヴ・パワーの不均衡の激化につれて、加速度的に分化解体の偏向をたどるにちがいない。またその現象は垂直に現実を分裂活動させるという生の哲学（実存主義）とすら無縁のようだ。ただ彼らはその生のホリゾンを少しづつ縮めていくだけのことである。

新しい詩法の発見とは、新しいリアリティの発見である。

われわれは大した面倒もなく、現代詩の中心課題に入ろうとしている。もちろんわれわれの憲章（主張）の第三条は、そのままわれわれの現況を表示しているわけではない。最初に言ったとおり、ここでわれわれの謙虚なあこがれといったものを少しばかり述べようとするにすぎぬのだ。

近代の詩の特長についてはっきり言えることは、理性の鎖が曇っていないことである。かのランボウの方法は錯倒を可能なかぎり、人為的に作りあげることであったが、それは究極において「見者」に達することであった。Je est un autre「我は他者なり」、他者になり得る精神であった。われわれも一人の確固たる理性の持主であろうとする。それがいかにせまい見解に立とうとも、われわれはつねに目覚めており、われわれもまた何らかの他者になろうとしている。そしてわれわれはわれわれのリアリティをこのような「場」でつかみとろうとしているのだ。

本来、新しいリアリティは発見されるべきものである。詩人は「探求はしない、発見する」といったピカソの言葉をここで想い出すべきである。われわれの新しい符諜は、この言葉の少くとも何分の一かを裏書きしていくことになるだろう。しかし卒直にいって、われわれは新しいリアリティの方法をまだはっきりつかんでいない。いろんな図式的なパターンにわれわれは見馴らされている。いずれもわれわれは大きな不満をもつ。むしろわれわれの不満がわれわれの聖なる源泉となっている感がある。いまわれわれの関心をもっとも唆るのは、新しいリアリティをささえる新しいリアリズムの発見を、現代詩の流れのなかで果してつかみうるかということである。現代が不毛の時代であることが、果してそのまま現代詩の衰亡の原因につらなっているのであろうか。エリオットは現代から未来を見渡してつぎのように述べている。

「僕たちがヴァレリーのうちに見出すあのような自意識の発展、言語に対する極度な理解と関心は結局ほろびさらねばならぬものであろう。その理由として僕は現在刻々増加しつつある世界の緊張感をあげよう。人間の精神もそれに対し反抗するであろう。丁度、科学上の発見や発明、あるいは政治的、社会的機構の複雑化が一つの極点に達して、人類がやむをえずそれを反撥し、現代文明の重荷を担いきれず、もっとも原始的な労役をよろこんで甘受するといった事態が起るかも知れない」。

われわれの精神は、分化、解体の連続のはてに、もっとも単純なヒコポンデリーに落入るほど素朴ではない。晩食に上った肉キレが昨日から今日と、だんだん細くなっていくとしたら、動物園のチンパンジーも歯をむきだすにちがいない。われわれの精神のケイレンはそのような状態に対して正確に反応するだろう。この簡単な理屈をあっさり忘れてはいけない。いかに未来が暗い予測に満ちたとしても、それだけで一切を盲目にさせる力があるわけはない。何時かエリオットの描く文明はほろびるとしても、すべての文明、人間、理性が終末をむかえはしない。

この共和国においても、市民は未来についてある見透しをもっている。その見透しが、詩のリアリティのつよい一本の縄になる。われわれの詩は、この縄のうちのほそい藁のように、一本一本よぢれあい、重なりあう。ある日、われわれは自分の符諜をかきいだき、真昼のつよい光線のなかで、自分の影を失ったのを知った。われわれが真に生きたその日のしるしを。

種子

飯島耕一

僕は一つのかたい種子を探した。
それは嘘の言葉の中の
一行の沈黙のようだった。
その種子は屢々見えなくなった。
すると僕はやたらに歩きまわっていた。
歩きまわることによって、
僕は生きていることをたしかめねばならなかった。
「昨日足で歩いたら、今日は手で歩く」
男のやり方で。

種子は泥の中に落ちた。
雪どけの泥の中に。
僕自身の内なる泥の中に。
言葉は種子を裏切ってばかり発音された。
僕は無口になった。闇の中の樹木の前で。
揺れながら一日は落ちた。身ぶるいして。
僕はそのあとで
〈死〉を理解しはじめた。
種子に還元した生を。
種子に還元した生を
引留めるために
〈死〉のひろがりを
到る所に見た。

種子

それは僕の内側に入りこんで来た。
避けがたく入りこんで来た。
種子のように落ちた。
僕はそれが歩み入って来る足どりを
はっきりと手に感じた。
洗礼を受ける人のように
そのはだしのつめたさに耐えた。

問いが来た。
問いは僕のまだ知らなかったひろさに拡散し、
僕は無限に薄くなり、
薄片になって沈んでいた。あかつきが待たれた。

僕はタイプライタを打つ人のように
かがみこんでいた。
光の理解しない地の中を見た。
足を折り曲げて、
その次の日のはじまりの徴候《しるし》、
物たちの最初のエコオ、最初の光を待った。

僕はたくさんの反古を作った。
あけがたビスケットを食べた。
帽子を抛げた。

樹　木

裂かれた心、
裂かれた樹木、
裂かれた仲間たち、
餌食になった樹木。
飢えと成長とのさかえでその中で
たえず
他者になることに
忙しがっている樹木。
樹木と樹木との
決定的空間をこえようとする樹木の腕。
吊ランプが照らす。
この土地から
逃れ去ることは
出来ないと
知っている樹木。
樹木は、
似ている。
変ることだけが出来ると
すでに知っている男に。
すでに。

船の上で

ズックの袋に××号の
船名と、
消えないで
残っている……
同じ船の上での合図、
一つの合図。
黙って手をあげることで
全部の通信。

しけた日に
空と見分けがつかなくなってしまった
水また水と、
僕らが　どんなやり方で
和解したかということ。
僕はロープにしがみついて、
体ごと
溶けるのではないかと思った。
生き抜く希望は

血の速さより
速く流れた。
悲痛さはずっと遅れてやって来た。
ただ嵐なんだ。
嵐と出会った僕なんだ。
まもなく
あとかたもなくなるはずの。
すべてはあとかたもなくなるはずの
水また水
その中で立ち動く水の仲間たち、嵐と仲間たち。

（ズックの袋に……）

テーブルの上を

テーブルの上を
拭いている女。
何十年でも拭いているらしい
手の動き。
埃が拭いた上につもった。

彼女は自分の青ざめた病気を知らないから、
もし次の瞬間に
仏蘭西鼠《グワ・ド・フランス》色の家の周囲が、
経緯もわかたぬ　水また　水になって、
みしらぬ魚がはねても
テーブルの上を
拭いているらしい。

彼女の目は
あやまって汚れた水に落ちこんだ
かたい種子のように
顔のうしろにうっかり流れこんでしまいそうで、
落着かないでいる。

用意された苦しい生の中ではそれは
いつ動き出す？
動き出した
彼女の目をふさぐことが
誰に出来る？
大勢の人が同じ地の苦しみ、同じ危難にまじりあって来
た時に。

覗いている僕に
何が出来る？
奪うことしか知らなかった見棄てることしか知らなかっ
た僕に。

表紙とカットについて

筆者はフランク・タシユリン，彼は，1913年アメリカ，ニユージヤーシーに生れ，現在ハリウッドの脚本監督。するどい諷刺とあたたかいユーモアと笑いを随所にふりまき，アメリカの知識階級に多くのフアンを持つている。著書「世界はこんなものか」以下2冊ある。

現代詩人論

児玉　惇

I

その頃、ぼくは、万事が愉快で、雲雀のような毎日だった。雲雀詩人さ。

希望は、ぼくの蒐集品《コレクション》。

くず籠をかついで、裏通りを歩くと、面白いように詩の吸殻が集った。

II

手拭をさげて、銭湯へ行けば、にぎやかな銭湯詩人たちの対蹠国。

入墨をした大工詩人や、好色な僧侶詩人たちの囀りに、すっかり目を見はったものだった。

——税金の苦情から、駄菓子屋の心中事件、次は改進党に投票しようという話まで。

（談話室詩人《パーラー・ポエット》！）

ぼくは、すこし驚いて、早々に体を洗い、帰宅すると、早くほんものの、詩人になるために、くたびれた背広をつけて、街へ出た。

III

街へ出ると、これはまた、鯖のような詩人たちの大群だった。

閨秀詩人である恋人と、お茶をのんでいる喫茶詩人や、広場で泡をとばしている演説詩人。
青空詩人、乞食詩人《ベッガー・ポエット》……
広告詩人から、跛で白衣の、弾誦詩人にいたるまで、
誰もが、パン屑のように、詩人苦をほおばって食べていた。

童話戦争から帰ったばかりの、しゃれたG・I詩人が、言っていた。
——チョーセンは、もっとすごいよ。至るところ、瓦礫の詩の氾濫さ。
黒焦げの屍体詩人、
白骨詩人、たくさんの墓標詩人さ。

——まあ、儲っていいでしょうね、
脣のあかい、吉原詩人が、うれしそうに言っていた。

IV

波のように、喪のように、不吉な夕暮詩人はやってきた。幻の、影絵の馬をはしらせて——
すると、たちまち、おそろしいほどの勢いで、刻々と数を増してくる詩人たち……映画詩人、音楽詩人、尾羽うち枯らした、孤独な無銭詩人の痩せた顔。
月光詩人もあらわれて、いよいよ、冴えた歓喜の物悲しさだ。

なかでも、最も眉目秀れて、この国の首都の闇を統《す》べるもの、
酔いどれ詩人！
これだ、まさに、世界の冥府に君臨する桂冠詩人《ローリエイト》、
桂冠詩人《ローリエイト》——真実の、現代の危機の、重大な課題とゼッボウに、光を点ずる立役者。
一人一党、今日だけの天信翁《あはうどり》だよ、命だよ。
ぞろぞろと、麾下に、諸々の微醺詩人、騒擾詩人、蒼白な嘔吐詩人らを、拉し、率きつれしたがえて。

V

春が来て、またもうるさく、銀蝿詩人がとび廻る頃、ごみ箱国のあちこちに、収賄詩人、陋劣な代議士詩人らがあらわれた。

臭かった。たまらなかった。

——神に誓って、潔白だ。

——明鏡止水さ。

と、どれも、似たような詩を吐いた。

もんぺをはいた苦役詩人、つまり家庭の主婦詩人、家計簿詩人は、もう久しく、詩を作っていなかった。笑われた。ばかにされた。が、ただ黙って、詩を作りかけては殺し、あきらめて捨てていた。

——お母ちゃん、
　こんな国に、なぜぼくを生んだんだ。

鼻を垂らした子供詩人が、しかめ面して、こう書いた。

それも叱られて、ごみ箱へ、捨てられた。

VI

さて、ぼく（雲雀詩人）は、さすがに往生した。早く、脱いでしまいたかった。この国のどいつもがつけている、くらげのような借り簑を。

そして、焦々《いらいら》してくると、そっとごみ箱へ行って、捨てられた詩を嗅いでみた。あさましいごみ箱詩人さ。

今日も、電車は走っている。

たくさんの、ごみ箱詩人、通勤詩人、齷齪《あくせく》詩人、借金詩人らを乗せて、

かれらの詩集？

——それは、これだよ。ほれ、汚れが黄色く襟にみしている。すごい、愉しい詩《ポエジィ》だよ。

牛のいる風景

難波律郎

叱咤する声に、蝶が炎のように道標をこえる、坂の上。

牛の歩みは鈍く重く、その首筋は喘いでいる。


遠く海に沿って走る専用路に、信管を運ぶ車の列が、玩具のようにみえる。ふいに砲声が轟く！キラめく海、おどろいて駈けあがる鷗の群。一せいにざわめく山々の林で松傘が散乱する……


牛は首を突だす、はげしくあとずさろうとする、叱咤する声、焦げる鉄の匂い、牛はよろめく、泡状の涎をながす。

牛は知っている、これからなにがおこなわれるか、
皮と肉と腸にわけられて、秤の鉤に吊るされる赤い肉…

擦りへった蹄が踏む、この坂道のつきるとき、なにがおこなわれるか！

牛は恐怖の涙を泛べる、悲痛な声で嘶く、砲声がそれを消す、日が翳り、日がさす、蝶が夾竹桃の頭上をこえる——

秋

夏はすべての市民たちに　酷熱をめぐみ
災厄と貧困をめぐんで　もうそこにはいなかった
そこには　秋の微風が鎖のように流れ
すべての都市を　濱を野を山を　つめたく縛りはじめて
いた

★

秋は仕事の季節だ
ジープと測量器とシャベルが　コカコラとともに上陸す

る
それらは朝の海岸線から　夜の地平線へむかって
川のようにはこばれる

それらはいたるところで墓地を侵し　骨の上に
滑走路をつくる
それらは雨の休日にも　白い指で惨酷な種をまく

それらは巨大な手で　小麦とドクトリンをめぐむ
それらはペニシリンと缶詰を　米と銃をめぐむ
自由と博愛の名において

それらは学校をたて　緻密なカリキユラムをつくる
死と明日を背負う
よき市民ら　柔順な兵士ども　可憐なジユニアたちのた
めに

それらは準備する　平等の名において
国境に砦を　岬に監視哨を　都市にラジオ・カーを
工場だ　械を　反射爐を

勤勉な少年工が　弟たちの
まずしい主婦たちが　その子らのためにみがいている
鉄の帽子　鉄の外套　鉄の靴……

やがて　甲虫のごとくそれらを身につけるもの
物としてはこばれる人間　あわれな若い肉体たちよ

熱い地点で　きみらの叫びが焦げるとき
閃光と死の灰の下できみらの骨が溶けるとき

その日　きみらの故郷には雪がふり
きみらの土地に　秋はもう凪のようにいないだろう——

★

ああ　秋は祭りの季節　青空たかく
炸裂する花火の下で　村々のめん鶏の月経は狂っている

そうして秋はゆたかな収獲《とりいれ》　今日緬羊たちが毛を刈られ
明日は　豚どもが煮られるときだ

ピカソ小論

岩瀬敏彦

一

ピカソ、ブラックを中心とする二十世紀初頭の立体派運動は、十九世紀の絵画を更に一歩、現代へと押し進めた点で、それに先行したフォーヴィスムと共に、近代絵画史上最も重要な芸術活動のひとつだということが出来る。そしてその限りに於いて、ピカソを現代における先覚的な様式の創始者として、歴史的に大きな意義をもつ偉大な才能だと規定することは間違った判断ではない。

絵画のデフォルマションを問題とする時、立体派の様式はヨーロッパ絵画の歴史的伝統を根本から破壊してしまったひとつの奇蹟的飛躍とみえないことはないが、絵画性というその本質に起因する絵画の歴史的伝統の上からみれば、何らそこに奇蹟は存在しない。

小さく分析された幾何学的な線や曲線を駆使した立体の累積によって、極端にシエマテイックな知性の絵画として出発した立体主義も、絵画意識の根抵に於いて、セザンヌのいわゆる自然を球体、円筒体、円錐体という、極度に観念化した幾何形体に還元しようとする知的な造形主義を遺産としてうけついでいる。そして更に、他の文化伝統への歴史的な同帰性を求めるなら、ピカソの芸術的内質にはバロックをはじめ、古代ギリシャにまで達する尨大な精神の集積が壮麗な痕跡として刻印されている。

彼のアフリカ黒人芸術に寄せた異常な関心も、単なる物好きなエピゴーネンの浮薄さからでないことも亦彼の芸術自身が語っている。

元来、彼の資質は多分に古典的だが、その奔放なイマージュは彼に古典主義のつゝましい仮面を冠せておかないのだ。そして、現代という絵画意識のからくりの中で、ピカソのメタモルフォーズは立体派の創始によって自成確認という近代精神の典型を示した。しかも、その自我確認の方法に於ける抽象性への指向は、現実の窮まるところから具現する機械主義的秩序の宇宙観として、自我のメタモルフオーズを更に新たな次元にまで推進してゆく。

二

「近代絵画について、探究というようなことは意味がない。私はたゞ発見するだけだ。」というピカソの言葉はそれ自身彼の芸術の性格乃至は芸術家としての資質を適切に示している。論理的には何らかの手段として探究がなされなければ、発見という新しい事態は起らない訳だが、現実の才能は屢々非論理な世界で新しい芸術を創造する。

アポリネールも指摘しているように彼は天成の画家であるという点であらゆる非論理を超越している。しかも彼は自分の絵について或は芸術一般について殆ど理論的な説明をしない画家である。この事は、二十年も前に〈フォルム〉というパリの美術雑誌にのった彼の手紙が、彼の芸術観に触れているというので今でも評家によって諸処で引用されているのをみても分るが、事実彼の絵画論とか芸術論といったもので纏った著作は見当らない。そして、彼の数少い絵画に関する言葉も、大抵は他人が彼の日常或は特別に何かの折にしゃべった話を文章に纏めたものだという。

いずれにしても、ピカソは絵画論に関する限り、頑なに口を閉じているが、それは彼が寡黙でしかも発表するための思想をもたない画家だという断定にはならない。

彼の長い画歴をふり返ってみる時、彼位自分のいゝたい事、したい事を実際の制作を通じて作品の上に表明してきた画家はかえって稀な程だ。しかも充分な自信をもって彼はそれらを遂行した。

ピカソは絵画における造形という仕事が、或は美というものが、言葉という一種の符牒によって表現される形容や断定から、如何に遥かな距離を絶した場で存在しているかという事を知っている数少い画家の一人である。その上彼は自分の天才を自認している人間の共通な仕方で、極端な程自分を愛する術を知っている。

だから、自分の作品の反響に対する効果のためには演技者になることも心得ている。沈黙というものが、如何に天才と謎を深めてゆくか、ピカソでなくとも人は日常の素朴な智慧で知っている筈である。

「青の時代」「桃色の時代」「立体主義の時代」「新古典主義の時代」そして近年に連なる「抽象的造形主義の時代」といったふうに、ピカソの絵画遍歴の道程は誠に復雑でしかも何時の時代も栄光に満ちている。そして、彼の芸術の本質が彼の天才に由来するのは自明のことだが、彼が絵画制作の上で果してきた理智的な試みとは裏腹に、彼の資質は多分に感覚的である。彼の傑作であり、絵画技術の集大成だといわれている一九三七年の「ゲルニカ」にしても、その知的な意図とは別に画面構成の上を流れる感興は既に感覚の技術的処理を表明している。

豊かな絵画的感覚によってあらゆる

試みを何の蹉跌もなく易々と成し遂げてしまうとみえる処に彼の天才の秘密があり、又理論家である前に画家であることが彼の天成の本質なのである。

一九〇八年頃にはじまる立体派の出現について人は狂気のようにペダンティックな理論を作り上げてしまったが当のピカソはそのようなものに一顧の礼も払っていない。彼はもっと自由なそしてもっと孤独な精神の寛容さでそれらのもっともらしい理論を軽蔑している。そして彼の絵画制作には更に自由な、そして更に孤独な精神の影がつきまとっている。

ピカソは立体派についてこんなふうにいう。即ち「我々は立体派という一派を生んだ。がたゞ我々のうちに存在していたものを表現しただけで、決して成心あって立体主義を作ろうとしたのではない。何人も予め我々にプログラムを作って呉れた訳ではなし、好奇の眼を輝かせて我々の後を追ってきた友達の詩人連中も、決して我々に筋書を綴ってくれた訳ではなかった。今日の若い画家達は、屢々あまりに遵奉すべきプログラムを予め作り上げ、その掟を一歩も踏み外すまいと頭を労しすぎる。」

人はこゝで立体主義についての諸家の理論を余り信用しすぎることはピカソを理解する上に大した役に立たないということを教えられる。そして、ピカソは立体主義の追随者や批評家がやっと陳腐な理論で足溜りを作った頃にはもう新古典主義への転換を試みていたのである。一九二四年にピカソが個展でそれまでの立体的な絵を捨てゝ新しく古典主義の作風をもった写実的な作品を展覧した時のキュービスト達の周章狼狽の様は傍でみるのも気の毒な程だったという。

三

芸術家の生涯というものは、彼等が好むと好まないとに係わらず、大低ヒロイックな惑わしに満ちている。ピカソの変幻極りない画風の変遷も、所詮は彼の芸術家としての生活感情がそこにヒロイックに具象化されている訳だ。しかも、彼のヒロイズムは更に誇張されてひとつの性格にまでなっている。

世人は一時彼をカメレオンなどといってやり込めた積りでいたが、事実は寧ろ逆説的である。観察者には時に変色擬態したカメレオンにとまどいして、その実体を見失うこともあり得るが、カメレオン自身にしてみれば、いくら器用に化けてはみても自分という枠を越えることは出来ない訳で、結局は自分が自分でしかないことを実験してみせているようなものだが、みているほうではたかゞ一匹の虫けら分際で、そんなにいくつもの個性になるなどとは怪しからぬと註文をつける。これでは当の芸術家の良心が大衆に見切りをつけない限り己れのヒロイズムは育たない。そしてピカソはそういう業に自ら耐えたという意味で、芸術至上主義者ということが出来る。

ピカソは一八八一年、スペインのマラガに生れた。後、バルセロナの美術学校に学んだが、一九〇〇年にはパリ万国博覧会の折はじめてパリへ旅行をしている。そして翌年、コキオの世話で早くもパリで個展を開いた。会場はヴォラールの店であった。その頃はまだ種々の事情でパリ定住を決意するに至らなかったが、その後も度々故郷とパリの間を往復した。そして一九〇四年になって彼ははじめてパリ永住を決意したのである。彼のフランスでの輝かしい歴画の第一歩は、モンマルトルの・ヴイニャン街にあった「洗濯船《バトウ・ラヴオワール》」と呼ばれるぼろ長屋の一室での、他の多くの志を一にする芸術家達との共同生活によってはじまった。

　若いピカソはパリに出たはじめ、スタンランやロートレックの影響をうけた。特にロートレックには深い感銘をうけて一九〇〇年頃には盛んにロートレック風の絵をかいた。そしてロートレックの憂欝で諷刺に満ちた鋭い神経はやがてピカソに「青の時代」の自我を認識させる触発剤となった。

　しかしそれより以前、スペイン時代にはピカソはグレコやゴヤなど、自国の先輩画家によって多くの啓示を得たらしい。その他ピカソに影響を与えたと思われる画家にイシドウロ・ノネルがある。彼は一八七二年にバルセロナの貧民街に生れた画家だが、一九〇〇年頃にはその地の「四匹の猫」という名のキャフエに集った多くの画家達の信望を一身に担っていた。ピカソもそのキャフエで一八九七年に個展をやっているから、そこでノネルと知り合ったものだろう。そしてピカソとノネルはパリで一時同居していた事もあった。ノネルは一八九九年にパリのヴォラールの処で個展をやって一部の人に好評だった。一九一〇年には故郷のバルセロナで展覧会を開いて大成功だった。しかし翌年三十七才で彼は死んだ。

　近来スペインに於いてノネルは高く評価されているが、スペイン時代のピカソが、ある時期に於いて彼を目標にして絵画修業をしたのは事実らしい。

　立体派創始以前のピカソはもう既に非凡な技術をもっていて重厚なタッチで写実風の絵をかいた。そしてその頃から彼の作品は画面構成の卓抜した技術とそれへの厳しい意志の表出によって特徴があった。後年、立体主義或は抽象的な造形主義に於いてこの傾向は象徴的に顕現しているが、彼の絵に現われてくるもうひとつの特質は心理的な要素である。「青の時代」などでは主として描かれる対象を通し、詰り下層階級の芸人や不具者、貧窮者等の救い難い生活の実感を、青色という憂欝で倦怠に満ちた色で盛り上げてゆき乍らどうしようもない暗い心理の劇を描いた。それが、立体主義を経て抽象絵画の時代に入ると、以前の方法であった対象の選擇と特定の色のニューアンスによって心理の影をのぞかせるというようなことがなくなって、純粋に造形的な面で絵画的に心理性を表現するようになるのだが、それが視覚の上でどんなに不可解な様相をとった場合に於いても、心理というピカソ自身の透徹した方式は変らないのである。

　心理性と劇的と、この二つの絵画的

要素はピカソのスペイン人としての伝統の中に、アプリオリに体現せられた資質だといわれている。

マティスがフランスの伝統の中にあって、洗練された趣味性と解放的な楽天主義によって、主として技術の面から装飾的に純粋絵画の傾向を押し進めているのに反し、ピカソは物の内部に沈潜している絵画的傾向を、構成という恐ろしく深刻で表現主義的な絵画技術によって、窮極の形式を見出そうとしている。

しかし、このようにピカソの絵画を規定してしまうのは或は危険であるかも知れない。元来、彼には主義というような方法で自分を確認する術を知らない才能だし、又彼はいつだって自分を何らかの形で限定してしまう種類の意識をもてない才能なのだ。

四

絵画に限らず、一般の精神にとって意識の過剰が思想の貧困を招く事態は往々にしてあるが、反対に思想の貧困が意識の過剰を齎すこともある。人間の意識は頑なだが思想は人間に自由な飛躍を慫慂するものだ。

ピカソが「芸術とは我々に真実を実現してみせてくれる嘘だ」という時、その思想は単純だが、陳腐な意識の入り込む隙などない程完璧である。芸術家が芸術の嘘を信じているとは一見奇妙だが、実はこれ以上真実で痛烈なそれの認識はあり得ない。こんなに単純でオーソドックスな思想は、メカニスムの意識過剰に毒された現代人の論理には単に気の利いた逆説としか映らないかも知れないが、ピカソの原始人的性格はたくましいまでに真実をまともにしかみていない。

彼は明らかに現代を生きているのだが、かって現代という世代のメカニスムによって毒されたこともなければ、又それによって益されたこともない。彼は自分の天才によって現代を発見しただけだ。

「芸術は常に芸術であって自然ではない。芸術の立場からは、具象的形式だの抽象的形式だのというものはない。あるものは多かれ少かれ嘘を信じさせるところの形式だけである。

更に彼がこういう時、彼の信念は偏屈なまでに動かしようがない。彼は又絵画制作に当って、「瞑想」や「実験」に吡ったことはないとのべているが、実際彼は何の技巧もなく、自分の真実を彼一流の方式で、彼自身嘘の真実だという芸術に表現するのであって、それが例えどんなに自然の意志に反してみえようとも、彼にはそれが彼の真実を表現してみせる唯一の形式であるという点で、他の真実はありようがないのである。若し嘘の真実という彼の芸術表現の形式によって真実を見失うものがあるとすれば、それはピカソ自身ではなくて我々鑑賞者の側に立つものである。

五

一つの個性が他の個性を批評するとは容易ならない錯覚である。人は批評という仕事を通じて己れを確認するだ

（以下二九頁）

広場のあさとゆうぐれの歌

平林敏彦
朝　広場はとまどいするものばかり
いっぱいだった
それらは夜があけぬうちから
町の周辺につめかけて
まだ眠そうな新聞配達といっしょになだれこんだ
まるで用心ぶかい兵団のように。

たかい工事場のてっぺんから
予期せぬものでも落ちてくるあんばいで
おやじたちは鴨のように首をのばす
それから
焼けたリベットを投げあげるまで
ながい時間　かれらの手は休止していた。

待ちくたびれた楽器たちは
思い思いの姿勢でなにかにもたれていた
それらは一段たかいところから
ひときわ孤独らしく
花のようにうなだれて
移り気できざな楽士連を待った。

ビルの窓は長い旗や
派手な飾りをいっせいにおろしたものの
わずか五分もしないうちに
誰かの命令で即刻ひっこめられた
ろうばいした窓たちが
あちこちであらあらしく閉る音。

いったいなにがはじまるのか？
それは誰にも知らされなかった
木陰の椅子やテーブルはひっそりと
しかし人待ち顔にならんでいたが
それに　ひとびとは
広場になだれこんだばかりなのに
なぜか一隅に折り重なってざわめいた。

仲間のひとりが死んだのだ！
背をそらせ　顔をのけぞらせて
まだ凍っている土の上で
すばやい犬がそのまわりをまわっている
ひとびとはそれを遠まきにして
死体と犬を見くらべるだけだ
それは誰かはっきりしているのに
誰もが不幸な灰色の眼でみつめようとする
ちょうど他人の持ちものみたいに。

まったく　とつぜんのように
かれの死はみえた
それがひとびとをとまどわせたもとなのだ
それが工事を大巾におくらせ
楽器たちをもの思いにしずませ
ビルの窓をあらまし閉めさせた
すべてのもとなのだ。

ひとびとは犬よりも無力に見えた
すこし汚れた尻っぽのさきで
この朝のすべての事件は記録さるべきだ
かれが背後から射たれた意味を
かれは知っているけれど
ひとびとは予期された死を
予期することができなかった
すべてのもとはそれだけだ。

しずかな時がながれた。
やるせなく広場の木々はよそぎはじめたが
ひとびとは化石のように放心した
すべてのものが
鋳型のなかに溶かしこまれたように
そのときだった
調子のくるった誰かのだみ声が
——これでもおまつりなんですかい？
　しめっぽいぜ　おまえさんがた！
とふいに叫んだ。

あらゆる嗅覚が広場を洗った
ひとびとは帽子を背負って踊りはじめる
ひとの名前を売りあるく男がいる
——さあ吟遊詩人フランソワは？
　　高貴な爵位もお似合いだ！
あらそってひとびとは過去を剝ぐ

みるまにギニョオルの氾濫だ。

大きな手で
打ちあげられた魚や
締められた鳥が
テーブルの上に投げだされた
われさきに楽器たちはめざめ
酒や果実の熟れた匂いがたちはじめた
窓という窓から
ためらいを忘れたひとびとの眼が
無遠慮な好奇心にみちて降りてきた。

音楽はひとびとの爪さきと
しなう鉄骨の頂上をつなぎ
ビルの屋上と女たちの耳飾りを
はりつめたいくすじもの糸でむすんだ
植物はざわめきの海に没して
すべてはあふれるものばかりのむなしさに似た
ぼくはおまえを見失ったまま
踊りの渦をぬけて
木陰から木陰へと歩きまわった。

それからずっと
ぼくはひとりでいくつも角をまがった
路地から路地をぬけていると
誰かに腕をとられて広い通りをわたっていた
そのとき　くずれた廃園のブロンズが
ぼくに戦争の思い出を強いた
鋪道にはただ真新しいタイヤの跡があった
そのひとのおおきな肩が濡れていて
ぼくははじめて降りつづけている雨に気づいた
そのひとは顔をいくつも持っていた
あるとき
そのひとは盲者か唖者のようにみえた。

広場は遠くなったのだろうか？
いや　実際は遠くも近くもならないうちに
ぼくはおおかた言葉をなくしてしまった
いつでもぼくは置きざりにされる！
さきにたって歩いていくぼくに
語りかける手段をもうぼくは知らぬ
だから手と脚で

耳と関節でぼくは歩いた。
ぼくには賭けが必要だ
たしかにぼくはそれに気づいた
ひとりになること
広場にとってかえすこと
玉葱や挽肉の匂いが近づいてきた
いくども遮断機をくぐりぬけた
広場はゆうぐれにあまくひたりかけていた
ぼくはすこし卑屈なしぐさでもぐりこんだ
柵のこわれたところから。

土嚢のように
ぼくは広場の一隅に横たわる
犬がぼくの周囲をまわりはじめ
工事場にいくつもの裸電気がともる
空はまぶたをすこし腫らせ
すべてのものがしどけなく
すべてのひとびとはやっと自分をとりもどしかける
ビルの部屋では
あたらしいベッド秘が二人のために待ち
楽士たちは酔ってシェイクのなかにいる。

ながいあいだ
ぼくは仰むいて空をながめた
ひとつのことがようやく理解されはじめた
ぼくは誰よりもひとりでいることができたから
誰よりも
ひとつの賭けに夢中になれるはずだった
ゆうぐれはさびしい
空のかぎざきになった部分から
梯子をつたってぼくの死顔が降りてくる。

誰かが売れ残った名前ばかりを
ぼくの近くに置いていく
誰にとっても
そのときぼくは他人だった
ぼくの死になついてくれる犬
ぼくのあかない瞼を裂いてくれる花火
雨のなかで
すべてのものがぼくを遠まきにしてくれる
すべてが終るときに
ぼくをそこからえらびだしてくれる。

糞尿処理場

中島可一郎

そこから流れる水はすんでいる。
その水はつめたい。
その水で藻が生えぬ。

そこから流れる水ははやい。
子供もあつい蹠《あし》をひやさない。
その流れに沿って　おんなたちの
　おしゃべりがわかぬ。

そこは　有機質の代り場だ。
そこは　なにかが発酵し　少しずつかわる。
いつもいつも　なにかがたまり
　作りかえられ　でてゆく。

その場所は白ペンキで塗られてある。
少しはなれたところにも　白ペンキの群落がみえる。
白ペンキは畑のなかできわだって白い。

　カタツムリがひかっている。
　鍬がひかっている。
住むためにひかっている白ペンキの群落は
何千のひとが　機体の発着に夢中になっている。
ひとはそこを　キャンプとよぶ。

パイプとパイプが地下茎になっている。
パイプでつながったその場所に
主人が帰還《かえ》ればおびただしい堆積があつまる。

そこから流れる水はふえたりへったりする。
その水は涸れぬ。
その水は凍らぬ。

畑という畑に肥えだめがある。
農民は白ペンキの場所を横目でみる。
畑という畑に　肥えだめの匂いがまかれる。

麦の青芽にねばりついたやつ。
地べたにしみいり。
あたたかい根のいとなみを太らせる。

その場所の換気孔のうなり。
そこからも匂いがでる。
農民は鼻をそこにむける。

その匂いは農民をうっとりとさせる。
鍬をとる手の力がゆるむ。
畑という畑の　肥えだめの匂いは
　そのあまい匂いに　かきけされる。

その流れは　上水池にそそぎこむ
その匂いは　三反畑の麦を黄色くそめる。
……………………………………。

（一九五三・一二月）

リットリア

マドモワゼル　リットリア
　は身じろぎもしない
光りが加速度に室内にひろがる
額のうすい雀斑《そばかす》がくもりはぢめる
　（おれはモロッコ皮の椅子の背中にとまっていた。
突然デュ・ポン製の細長い繊維の一つに移動する。）
デュ・ポン製はかわいたしめりを辺りに撒きちらす
　（昨日取り換えたばかりだな。）
光りが塗りたての口紅に上気する
スピンドルが匂う換気孔のうなり
　（おれはこの部屋のかわいた秘密がすきだ。）
彼女の齲歯は胡桃の殻に似ている
か似ていないか

　（リットリアの鼻はいつも魅力的だ。
おれの翅はつめたい稜角にぶつかる。
おれのきまぐれは右の鼻孔に誘惑される。
翅をたたんで穴にすすむ。

おや　風がこない。
分時六、七十回の季節風が吹いてこない。
吹いてこない。
　止まっている。）

リットリアはまだ足の向きをかえない
（おれの眼は確かな予感にまたたきする。）
昨日　彼女はラ・マルセイエーズ号で帰るはずだった
その前日　青い切符《かるて》をぼんやり眺めていたのを見た
彼女はうっとりと呟いた
「これで万事よくなるのだわ」
独り言の英語はあまりにニンニク臭かった
（そのとき　おれもニンニクの匂いに降参していった。
　＜いよいよあなたの勝ちですね＞）

マドモワゼル　リットリア
　がヨコハマへ上陸して七年目になる
このホテルの常連になって三年目だ
リットリアは一度性のわるい痳疹《はしか》に罹ったきりだ
彼女は破れた設計図に毎日書入れをした
　（おれは翅をならしながらその無鉄砲さをあざわらっ
た。）

毎日　正確な書入れの膨脹がおこった
彼女はあざやかな中尉《レフテナント》の力倆をみせた
パルプに活字をうえるというそんな単純な作業が嬉しか
　ったのか
堂々たる胴長紳士が針金のように動くことに錯覚したの
か
　（おれはその紳士達が下卑た悪罵を彼女に浴びせてい
　るのを知っている。）
彼女はフジヤマが高くなることを信じていた
統計の数字はぐんぐんそれを立証した
彼女の善意をさえぎるものはいない
小さな眠そうな黒い瞳をもっているという風土
何時もにやにやわらっているという湿気
その条件に信頼をよせた
ＣＩＥの腸詰を二千二百本はたべたろう
彼女の皮膚はだんだん象皮色にかわり
彼女の着物はカルボル液くさくなった
　（おれはその匂いにうなされた。）
Then, it's in re better anything …………
彼女は附睫毛を取らなくなった
彼女は大っぴらに祝福した

球状劣頭の胴長紳士を……
彼女の肺はすっかり喰い荒らされ
設計図は何時も完成寸前にあった
突然　そのとき帰国命令が下った

（この冷たさは生きものと無関係にある。
　おれは矢鱈に舌をだして　肉のかおりを嗅いだ。
　肉はかたく　かわいている。）
マドモワゼル　リットリア
の黒靴がうすく埃りをかむっている
青いネックレースがゆるやかにほどける
マドモワゼル　リットリア
は処女であるにちがいない
光りが彼女に焦点をあわせる
彼女は　不恰好な　モロッコ皮の強さに負けない一枚の
　袋になった
クレプト・デシンのスーツは湯沸しのように汗をふいて
いる
（おれは悲し気に　そしてむしろ陽気にうるさく飛廻
　った。
おれは嗅ぎ慣れた死と　その酸っぱい肉汁に気をと
られた。
だが　おれは可愛いエンジェルのようにふるまっ
　ただけだ。）

おお　マドモワゼル　リットリア
の一個の物体
CIEの腸詰をあまりに食べすぎたので
まずい笑窪は　中部イタリーの
峻しい沼にそっくりだ

一九四四年の二月には
リットリオ・ポインテでは
最後の戦闘がありました
地中海はサウディ・アラビア風に黄色くそまり
巡洋艦の激しい艦砲射撃に
カイロ市街の蜃気楼が生れたほどです
両軍は自慢の戦車をくりだして
どちらもローマ街道を渡すまいとした

三日三晩
数千の鉄屑《すくらつぷ》の満ち干き
火薬倉の連続点火

地鳴り——

静寂がふたたびかえる頃
リットリオの水は濁っていたが
神様は両軍を公平に罰しなされた
戦車はことごとくその重みで沈み
鉄の錆のように　長く消えないものを
欠けた釦と
おどけた水すまし　をのこされた

マドモワゼル・リットリア
　は自分の眠りを振落しそうにみえる
これで万事よくなるのだわ
彼女は設計図式に一瞥も与えなくなった
部屋の安手なペンキと同色になった
光りが電話のコイルにとりこみ
フラスコの水にコバルト圭土が正体をみせる
（おれは相変らず飛廻っている
　<いよいよあなたの負けですね>
　おれは喰べはじめる
　ニンニクの匂い袋を）

（二〇頁より）
けだ。批評とは自己告白だという人もあるが私は信じない。ルソーの懺悔録がそうであるように、告白というものはそれが如何に純粋で真実なものであろうと、多分に虚構の要素をもっている。そして批評とは少くともそういう虚構の内部資質を解析してみせる術である。批評というものが純粋な形式を要求しようとしまいと、出て来た答は批評精神という己れの再確認の方法に過ぎない。そして純粋な方法から純粋な答が出てくるとは何時も限ったことではない。所詮、純粋などという言葉は我々の精神にとってどのように純粋な本質をも説明しはしない。

ピカソの絵画は純粋絵画への純粋な精神の試みかも知れないが、美という単純な精神を前にしては余りにも複雑で煩瑣な技術が錯綜している。ピカソは現代絵画史上、ひとつの偉大な道を歩いた稀有の才能であるかも知れないが、彼の方法が現代美術の方向にとって唯一の示唆をなすものであるかどうかは自ら又別の問題である。

——二十九年三月——

書評

飯島耕一詩集
他人の空

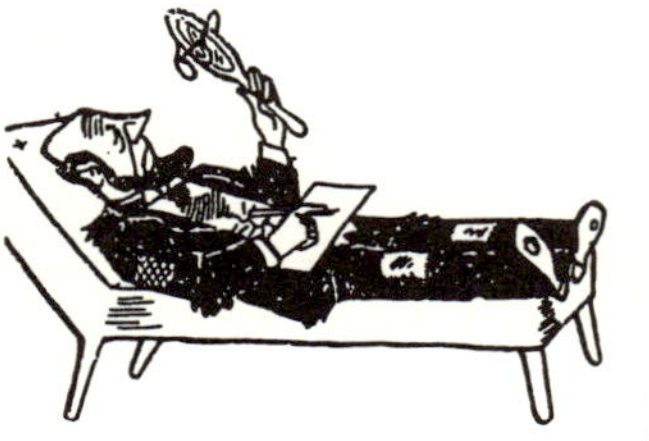

金太中

社会的状況を進んでとりいれようとする型の詩人は、それ故に却って厳しい現実のとりことなって、上ずった絶叫をしか繰り返さない場合がある。反対に、社会的状況から無理に飛びだして夾雑物を除いたつもりでいても、却って現実に対する見苦しいポーズを曝けだすだけの詩人もいる。

所が、社会的状況から逃げだすことは文学の放棄であると考えながら、而も進んで社会的状況に足を踏みいれようとせず、人間の誠実さを通してのみ現実の流れに棹さして行こうとする詩人もいる。

彼らは、きびしい現実をみることのみに執して、現実に対する態度を明らかにせず、従って行動することもない。

誠実がすべてに通ずる路であることを信じこむのあまり、不寛容に対しても寛容の態度をとることが人間にとって大切な事だと考える。目の前に流れている赤い血をみて、これは大へんな事だ、どうにかならぬものかとは考えるが、彼自身、赤い血の流れを阻止することはない。

飯島耕一は、とりわけ、そのような詩人だ。

せいぜい、やっとのこと言葉を探しだし、言葉を通して——だが慎重に言葉から汚れた意味を洗い落して——戦慄の去ったのちに、つぶやき始める。つまり、インクを探し、嫌な記憶を埋めようと努力する。だが、彼が埋めようと努力する嫌な記憶が、現実に起っているときは、とぼけた顔で街をうろつき、——それによって救われて——そのあとで、たぐるように、せい一杯の誠実と良心をこめて、こいつは重大なことだ、かきとゞめておく必要がある、と、嫌な記憶を蘇えらす。彼にとっては、嫌な記憶を埋めることが、かきとゞめることであり、亦、このことが彼の詩の、殆んどに共通したモチーフとなっているのだ。

彼自身、詩集の最初と最後で、このことを説明している。

僕はインクを探す。
耳をふさいでいても、
この部屋を通った者らの
心臓の鳴りが
壁に見えて来る日。
—吊された者の木版画に。

この時代にあっては、僕たちの記憶力の薄弱さや、想像力の疎外が、かえって僕たちの救いとなっているようにも見える。だが僕は、そのゆえにこそ、記憶しておかねばならぬこと、反復して想像しなおさねばならぬことを、……紙片に書きつける。僕が序詞と、このあとがきを引用したのは偶然なことではない。

説明を拒否する彼の詩から、このような彼の姿をみ出すのは、彼の詩集をよむ上での鍵を見出した事にもなるのだ。

さて、先程から、僕は、彼に現実との距りのあることを述べてきたが、かと云って、彼を責める気にはなれない。

隣りで殺戮が行われた時、慥に、彼は憤り、ペンを握った。併し、彼の手は震えすぎていたし、それにも増して感情が彼の言葉にまで静まるのを待たねばならなかった。たとえ、即刻かきとゞめたとしても、一瞬そこには、ながい時間の流れ、空間の廻転、思考のすばやい動きを認めないわけには行かない。

つまり、この距りのなかで、彼は、詩を創り、考える。この距りの中で、忘却と記憶の蘇生と云う奇蹟を生みだす。

だから、彼の詩は、時として、混乱したイメージの陳列だけに終る。流しよみするだけでは、只、面白い感じをうけるだけで、すぐに、訴える力を持っていない。亦彼の言葉は、特別に隠れみのをもっている訳ではないのに、彼自身が屈折した路を通って来るものだから、当り前の言葉を当り前に使っているだけでも、読者に別な意味を匂わせる。

勿論今日では、当り前の言葉が当り前でないように思われているものだから、彼は当り前でない言葉を当り前でなく使っていると云えるかも知れないが……他人の空と云う題にしてみても、ぼくらの空が、かって余りよそよそしくて他人の空みたいだったものだから、他人の空と云ったので、ぼくらの空と云うよりは他人の空と云った方が当り前なので、そういった迄だろうと思っている。

さて、以上のように、彼は現実との距りの中で詩をかいてきたが、果してこれでよいものか。

ぼくは、もっと現実に接近して、意図的にかくべきではないかと思う。嫌な記憶もよいが、もっと鮮明で、はげしい詩をかいてくれないものかと思う。

ぼくらは歴史家ではない。ぼくらの感性は、世界の不正を告発する勇気をもたねばならない。

併しながら、「探す」をかいた時、飯島耕一は既に、新らしい路について考えていたのかも知れない。

探す

おまえの探している場所に
僕はいないだろう。
僕の探している場所に
おまえはいないだろう。
この広い空間で
まちがいなく会うためには、
一つしか途はない。
その途についてすでに
おまえは考えはじめている。

難波律郎

詩集他人の空は、一口に言って美学的排泄衝動の産物である。すべての作品が排泄衝動からみちびき出された発想、もしくはモチーフ、によって唄われている。そうしてこのさしてめずらしくもない詩作過程のあり方が、飯島耕一に関するかぎりきわめて新しい意味を持ってきている点、その点にこそこの詩集の持つみずみずしい魅力の秘密を解く鍵があるように思われる。

われわれの感性、と言うよりは僕自身

に即して言って、一九四〇年代に存在した詩的感性は、一九五〇年代の現実の中ではもはや生き得なくなっている。

だがこの自明の事実も、ときに諸々の感懐を誘うものである。失われたものへの郷愁ではなく、存在するものの変化にたいする或る種の驚きである。

「他人の空」から僕が受けとったものは、そうした驚きの顕著な証明にほかならない。そこにあるものはその眼くらむような詩の状態において、かって僕を病気のごとく冒した気流と同一でありながら、その展開においてはまさしく異質のものなのである。

例えば「世界中のあわれな女たち」や「死人の髮」などの一連の作品の底流にみられる、飯島の社会的関心のニュアンスは、おなじ詩の作者としての僕が、おなじ眼くらむようなポエジイ過剰の時期において、持つすべを得なかった意識の翳がほとんど混淆の形で感性と溶けあっているのである。こうした相違を単に世代論で処理してしまうことはきわめて容易である。だが飯島の場合はいささか事情がことなっている。

ふたたび僕自身との比較になるが、今日僕の詩的関心が外部現実へむかってはたらきかけ、詩をつくろうとするとき、感性と呼ぶ火の燃焼率はきわめて弱い、その対象はまさに、より眼で捕捉され、詩はその眼のために書かれる。

したがってそこでなされる詩作行為の操作はいきおい、より知的ないしは思考的性質をおびてくる。生理的衝動によらずして衝動をつくりあげようとする困難さは、その手段が言語という複雑な媒体によるがゆえに、ときに苛酷なまでの忍耐をもとめられるのである。

このことは今日の現実と対決する僕と同世代の詩人たちが、ほぼひとしく当面している技術上の問題ではないかと思われる。だが、「他人の空」の中から忍耐や渋滞のあとを発見し得るか、否である。

なぜなら飯島耕一のポケットは一杯であり、そこから彼が言葉をとり出すのに、彼自身がもどかしいほどだからである。その操作はほとんど無作法にちかい（と言ったら彼は怒るであろうか）しかし「他人の空」を流れている一貫した言葉の響きや、言葉と言葉の間隙の不安定な美しさは、まぎれもなくそのような加速度的な階調と、粗い屈折によって支えられている。言葉はあくまで生理的に選擇され、作者の味覚の満足のためにのみポジションを得ている。のみならずしばしば作者が逆に言葉に引きずりまわされているような場合さえすくなくない。

こうした行きかたを、いわゆる詩史的図式の上で捉えるとすれば、この詩人は可成り古い次元の上に立っていると見るべきであろう。そうしてそれはまさしく半ばその通りであり、同時に他の半面では全くその逆であるという、一見論理的には矛盾した特徴をかねそなえている。僕はそこから飯島の場合における世代論がはじまるべきだと思う。

戦後現代詩はその対象を大きくひろげた。ということは変貌とそれに続く混乱をむかえた現実生活が、詩人にきわめて多様な磁場を提供したということである。かゆえに、そこで試みられた各種の詩行為は、より現実に密着した、その反映としての作品を生産した。

　このことはそのかぎりにおいて正当な意味をもち、あきらかに日本現代詩の正統を前進せしめたものであったが、他面詩から詩的要素を奪うという、自家中毒的副作用をともなったことも否みがたい事実である。要約すれば詩がつまらなくなったことであり、具体的にはいわゆる情況詩や機会詩の氾濫を招来した。

　「他人の空」の作者の詩的出発はいわばそれらへの抵抗からはじまっている。

　しかも模索の形においてでだ。僕は彼が特定のグループの中でわが意に反した詩をつくり、しばしば自縄自縛におちいった場合を目撃している。しかし彼は最も大切なものを失わなかった。そうした或る日、彼は石につまづき、つまづいた拍子に花を摑んだ（恋人をさがしていた青年のように）。彼が摑んだ花とは？　否、彼が摑んだトタンに彼の手の中から花は消滅し、そこには言葉と複郁たる匂いだけが残った。そこで彼は言葉をポケットにしまい、それから毎日ほっつき歩きはじめた。『地に落ちた親しい顔』をさがすために——だが彼の一日。ポケットの中で絶えず分裂し繁殖する言葉は、日ましに増大し、ついに彼をして歩きまわることさえ不可能にした。彼は排泄を必要とした。つまりポケットの中の言葉の言葉を小石のごとくに棄て去ることである。リスのごとく性急に彼はそれを実行した。言葉の発掘、言語機能の発見、彼が摑んだものはそれであった。

　飯島が失わなかったものは感光紙のようなみずからの資質であり、その資質が摑んだものとは実に言葉であった。

　言葉を排泄すること、排泄した言葉を組み合せる遊び、「他人の空」を掻きまわす飯島にとって、詩作と快楽はシノニムである。この青春のカンバスには詩の面白さが一杯つまっている。

　これは現代詩の不毛性に対する、機能性の復活にほかならず、きわめて重要な意味を持っている。前述したとおり今日の現代詩は多くの人々のなぐさめとなるには、あまりに弾力を失ってしまった。

　人々は詩の意味を理解しようとする前に、詩を棄ててしまう。これは現実に打ちひしがれた人々とともに、詩の世界、換言すれば詩人の精神が想像力や情緒の要素を、あまりに不足させしまった結果にほかならない。「他人の空」はそうした事情に対して爽やかな衝撃と、奇妙な示唆をもたらした。戦後詩は今日、最初の主題から第二の主題へ移動する現実に沿って変化を促されつつある。

　その最初の転調を飯島は掻き鳴らした。だがその展開は？　飯島は古い言葉を、その性急な組み合せの技術によって漸新さに擦り変える独自なメチエを発見した。しかし彼は現実の陰翳の裡にしか詩的現実を発掘しない、いわば陰画的なこの詩的思考は偏向であり、いささか埃にまみれている。

　この詩集の全体から、さらに個々の作品から感じられる一種のもどかしさの理由がそこにある。方法と思考の不均衡は、作者が血について唄うときにも、血という言葉の響きの効果にかかわらず、血の赤さを感じさせない。飯島は他人の空を叩く、だがその手はピアニストのように汚れていないのだ。

ニシワキ・ジュンザブロウ論

中島可一郎

かわる、のとかわらぬものと

人間はかわる。人間はかわらない。どちらもうそではないであろう。ぼくはいままで人間をふくめたいろんな対象にぶつかってきて、ものはみなかわるものにちがいないとさえ思いこまされてきた。ぼくが使用する安価な安全剃刀は、GEMというアメリカ製で、昭和十七年に買ったものである。これはまるでその安物の正体を毎朝ぼくのアゴのさきで証拠だてているようなものだ。十年たってこのぼろくさくなった剃刀をぼくは仕方がなく使っている。仕方がないという心理には、とっくに耐用年数を消却しているという意味がふくまれているからではない。そんなことはどうでもいいことなのだ。ぼくはこの剃刀を相当に信用していたのだ。少くとも調子がよいときがあったからだ。その調子は一時ぼくを有頂天にさせていた。しかもその有頂天によりかかりすぎていたようだ。だがぼくは剃刀の調子の変るときを予測できなかった。それはぼくの怠慢というもので、剃刀がわるいのではない。

一人の人間について考えるとき、少くとも半世紀を生きてきた人間についてものを書くとき、安全剃刀の調子のように測定するわけにはいかない。この人物は、すなわちニシワキ・ジュンザブロウ自身は、いくぶん血清学者が動物実験をやってきたような調子がなくはない。ぼくはニシワキという詩人はどんどんかわったというように考えたことはないが、しかしある速度でかわりつつあるという風に考えている。ニシワキ・ジュンザブロウもどうかすると、ぼくの安全剃刀のような運命をたどるかも知れない。ここでは、そのような未来を測定するわけにはいかないが、人間の仕事もたしかに少しずつ剃刀の調子のように変ってゆく。ぼくはそれをたしかめたい。かわらぬものとかわるものとをみてゆくということも評論の一つの方法であるはずである。そこで仮にニシワキの仕事を二つの時期にわけてみよう。それは**一九二〇年代**と、**一九五〇年代**とである。その理由は、いずれも世界大戦後五、六年を経た頃の新しい時代とそれを反映する文学運動が展開されたとみるからである。ニシワキにもその時期が決して無縁ではない。

　実際は一九二〇年代の前に「ニシワキの文学的目ざめのとき」があったはずである。どんな文学者でも思春期前後にその目ざめのときを持つことが多い、という点から類推しているわけだが、ニシワキにはその手掛りとなる材料がみつからない。ただニシワキは一八九三年頃に生れ、一九一四年に慶応義塾の理財科を卒業していることが文化人名録にのっている。たしかに調べてはいないが、野坂参三よりも三、四年後輩のはずである。しかしニシワキは理財科において、経済学、経営学などをまなびながら、彼の知性は、社会科学への認識をもつことができず、かえって自然科学的な研究態度と方法をまなんでいったように思える。それはこの大学の理財科がブルジョワ経済学者によってのみ固められていたせいではないだろう。当時、小泉信三、高橋誠一郎など新進学者は助教授時代であったはずだ。一九二三年頃、すなわちニシワキが卒業して七、八年後、三田にはじめて野呂栄太郎らが社会科学研究会をつくり、小泉教授らの精神的サポートによって研究が続行された。（「回想の野呂栄太郎」昭和二十三年）

　おそらくニシワキは理財科においては、一種のエトランジェでしかなかったであろう。それでなければ、社会科学と社会学とを混同するような初歩的誤りはおかさなかったにちがいない。彼のおびただしいエッセイのなかには、社会を社会学的な認識によっておし計ろうとする箇所がいくつもある。周知のようにsoziologieから、社会科学の方法論といったものはいくらつっいても出てこない。社会学は社会科学の一分野として存在するのみである。そしてなによりも社会科学的態度とはっきり区別される自然科学的態度がこのようなニシワキの対社会観をささえていったものであろう。したがって、いわゆる文学青年的臭みをもった、つまり宇野浩二の最初の短篇集のような自然主義的ロマンチシズムの洗礼を体質的に受けいれない。植物学や薬物学でもやったらと思われる。ニシワキ自らがいうように言語史や比較言語を同僚の学生と孤立しながら勉強していたのだろう。木下常太郎氏によれば、ヨーロッパの古典語、とくにラテン語に長じていたそうである。日本の大正四、五年の学生でラテン語に長じ、ペトラルカやダンテを理解しようとすることがいかに環境的に至難であるか、またニシワキがいかに癖のあるセンチメントの持主であるかがわかるだろう。したがって、彼の「文学的目ざめのとき」は、まず中学上級生頃のアラビアナイトによって始められたといっても過言ではあるまい。（彼自身もアラビアナイトとガリバー旅行記を何度も推賞している。）アラビアナイトこそは、彼の後年はぐくまれた透明なインド・ヨーロッパ的知性の恰好のかけ橋になったとみるべきであろう。そしてそのやり方はまた西欧文化の質・量感にふれる最短距離でもあったのだ。しかし、このかけ橋を彼が渡ったのは、彼のキドリによるものであるか、それとも彼が日本の異花受精の種として、いや応なく咲きでた宿命の花なのであろうか。

一九二〇年代

シェラード・ヴァインズの"Movement in Modern English Poetry and Prose"は、ニシワキの"A KENSINGTON IDYLL"（一九二四年）に発表された詩の傾向を、ジョン・アダムスやシットウエルとともにエリオットの使徒だとしている。一九二〇年頃には、ニシワキはすでにオックスフォード大学で言語および文学についてむさぼるように研究していただろうし、とくにエズラ・パウンドやエリオットの影響をうけた。一九二五年に Cayme Prees から発行された処女詩集"SPECTRUM"はこのことを立証しているようにみえる。四十四篇の作品のうち、もっともパウンド的と思われるものは"COVENT GARDEN" ELEGY"のなかの

Lazy eyes are musing
　A spring
　is losing
　　sand
in a hand

というような箇所であり、エリオット的とされるのは LE BON DIEU や PALMY SUMMER などであろう。しかしヴァインズは前述した A KENSINGTON IDYLLのなかの

Atkinson has a tremendous storm of gloom
When the lilacs come into bloom

という箇所を引いてニシワキの詩がもっともエリオット的であるとしている。ぼくは SPECTRUM は、いろんな影響をうけており、とくに若き時代のニシワキの素質がかなりホウフツとしていることが次の点でも解ると思うのだ。

A table is heavy
A long journey is heavy
Eyes fall into the Valley eyes saw in the distance
Long ago　　（A Valley より）

しかしニシワキの詩集の意図は、この詩集の副題を THE SICK PERIOD と名付けている点から推察してもエリオットを大きく念頭に置いていたとみて差支えあるまい。特にヴァインズの引用した詩を、エリオットの"WASTE LAND"（一九二二年）の書き出しと比べると一層よくわかる。

April is the cruellest month, breeding
Lilacs out of the dead land, mixing

たしかに、彼のうちにエリオットのデサイプルとしての資格をはっきり見とめることはできようが、しかし後年に到るまで単にそれだけにとどまっていたと考えることも早計であろう。もっと具体的にいえば、九年後日本で出版された詩集「あむばるわりあ」は、どうであろうか。すでにエリオット的とばかりいえない要素がいくつか出てきているように思える。（その理由

は後述）つまり彼はエリオットと全く同じ文学的根拠をもつことに努力したばかりでなく、ニシワキはニシワキであることにより多くの力を傾けていたように思われるのである。

そこでまずエリオットとニシワキの特徴を集約して考えてみよう。ただ際限なく二人の資質をならべたところで仕方がない。まずできるだけ単純なタームをさがして、これに二人の考え方をくらべてみることである。

エリオットとニシワキに三つの物指しを当ててみよう。この物指しは勝手にとりあげた独善の物指しではない。西欧の思想の流れを正統にうけついだ知性であるかぎり、どんな思想も反応をおこさずにはおかない物指しである。たとえばルソーについてこの物指しを当てれば一層その効果がはっきりする。とくに二十世紀の新しい気質を計る物指しとしては、不適当ではないだろう。それを

1理智主義
2個人主義
3古典主義

とする。そしてとくにニシワキを主として考えるために、1ニシワキの理智主義、2ニシワキの個人主義、3ニシワキの古典主義というように焦点をきめてみてゆきたい。

1ニシワキの理智主義

ニシワキの理智主義といっても、ニシワキが理智そのもので感情をさけようとしているのではない。ニシワキはかなりすぐれた知性の持主である。ニシワキの知性がニシワキに理智主義をとらせたまでである。そこでニシワキはただ文学原理として理智主義をとっていたようだが、しかし、彼のエッセイ「現実に対する態度」（「ヨーロッパ文学」）では、そうとばかり取れない好例がうかがえる。すなわち

○宇宙的現実に対しては自分は哲学的となり宗教的となり自然科学的となる。（とくに生物学的となる）
○人間的現実に対しては自分はいわゆる文学的になり美術的になり音楽的になる。
○社会的現実に対しては政治的になりモラル的になる。

これらの現実に対する態度を考えると、まず殆んど哲学的装飾のごときものから始めるとすれば

① optimism と Pessimism。前者はすべて存在するものは正しいとする。（しかし存在しないものは正しくないか？）後者はすべての存在は悪い苦しいものとする。今日の自分が intellectualism として考えたいのは、これら二つ態度ではない。すなわち存在するものは存在するものにすぎない。よくも悪くもなく、正しくもなく誤ってもいない。
（この点をとくに注意して欲しい――筆者）
要するに自然科学的な態度をいう。

② 快楽主義と禁欲主義があるが、これらはともに幸福を求める方法にすぎない。しかし幸福という感情は幸福という感情にすぎない。自然科学的態度としては幸福にすぎないとする。幸福はよくもなく、悪くもないとする。
（この点をとくに注意して欲しい――筆者）

ニシワキは自分をふくめてこのような理智主義をとってきたことは、自らのべていないが、しかし自然科学的な理智主義につらぬかれた生き方に、文学の原理としてばかりでなく興味をもっていることを、ここでわれわれに知らせているわけである。

エリオットの理智主義は、彼の宗教主義と別の境位をもっている。エリオットはいつも理解する喜びとか、インテレクチュアルな刺戟を求めるばかりである。エリオットがドライデンやダンテを鑑賞する主たる興味は、彼等を理解する興味が中心となっている。決してスピリイチュアルなまたはセンチメンタルな直接的な興味としての鑑賞ではなかった。ここに彼独得の論理の発生する態度がある。ここで言えることは後述するように、エリオットはカソリック教徒であることだ。カソリック教徒でないニシワキとでは、人間の倫理観に大きな相違がある。ニシワキが人間の幸、不幸をも自然科学的な理智主義をもってながめているとき、エリオットはカソリックの聖体拝受の倫理がはたらいている。エリオットの理智主義は、要するに理解しようとする興味であり、ダンテの諸篇も、ダンテ詩観についてでなく、ダンテ詩篇のグロテスクに興味があったのである。

２ニシワキの個人主義

ニシワキは理智主義の立場をとるために当然個人主義者である。ニシワキの個人主義はエリオットの個人主義とも見解を異にするようである。あるいはもっと極端な言い方をすれば、エリオットの個人主義をニシワキは

「彼の個人主義ということはあらゆる個人主義をいうのでなく、このカトリック的伝統に反する人間性を主張するものを個人主義というのである。この点では彼はカトリックの教理を説く坊主と同様な立場にある。この意味で彼にとつては個人主義ということは異端であることになる。この意味で独創的であることも異端である。」「現代イギリス文学」）

と解釈する。これはプロテスタントは異端であり、それゆえに個人主義であるという、つまりウェバーの説をうらがえしに言っているわけである。ニシワキの個人主義思想は、当然エリオット的ではない。エリオットのいう異端者意識として個人主義をみるのではなく、ニシワキという異端者の個人主義をもつのだ。しかしニシワキの異端は、プロテスタント思想とも無関係だ。それは個人主義の所有者の立場であって、個人主義を非難する立場でもない。むしろ、彼はペトラルカの

「人間各人はその性質風習、その声にも話し振りにも皆一つの個性的な本来の特質をもつことが自然である。したがってそうした特質を全然変化させることは、それを発達させまた修正することよりも困難である」（「落葉の旅」）

といった一般的思想により多くの親近感をもったにちがいない。なぜならばペトラルカはルネッサンスの恋愛至上主義者であり、人文主義者として人間の個性をつよく生きた詩人であるからだ。後年書いたニシワキの「落葉の旅」―ペトラルカ―という論文は、むしろ彼の理智的個人主義をこれによつて幾分あらわしたものというべきである。

3ニシワキの古典主義

ニシワキの古典主義もエリオットの古典主義とかなり見解をことにしている。2の個人主義への両者の見解がちがう以上にここではエリオットの宗教観が両者を引きはなしている。ニシワキ自身もそれを明らかにしているが、エリオットの古典主義にはカトリック主義が執拗にからみあっている。つまり

「カトリック主義は極端を嫌うので、古典主義ということを極端に主張することはカトリック主義に反することになる。……極端な古典主義者であったアンリ・バビットはけっきよく極端な個人主義者になって、カトリック主義に反するものである」（「現代イギリス文学」）

とエリオットはいう。ニシワキは古典主義という意味をカトリック主義と同一視しない。彼はいう。

「極端にある特定の人間性を主張することはみなロマン主義である。普通理智を主張するのが古典主義者ということになっているが、しかし極端に理智を主張することは本来の意味の古典主義に反するものである。元来、古典主義というものは極端に走っているロマン主義に対して修正しようとしたことから起っている。すなわちその精神は極端に走ることを悪とした主義であった。」（「現代イギリス文学」）

と。そしてエリオットの古典主義という意味はあまりに通俗的であり、エリオットは古典主義というものを誤解しているとニシワキ自身もはっきりのべている。したがって、ニシワキの古典主義は、その理智主義とむすびついて、「人間は人間が作った機械でないから、なにかしらの形に於て、sentiment alistであることはやむを得ない。しかし僕の sentimentalist は極端にロマン主義的な sentimentalist と極端に合理的なものを崇拝する sentimentalist にも反対する。」（「ヨーロッパ文学」序文）という態度をとった。

この三つの物指しのなかで、二人の知性がもっとも接近している箇所は理智主義だけである。すなわち反ロマン主義傾向である。他の二つの物指しはいずれもエリオットの宗教観によって引きはなされている。しかしこの接近した理智主義が、ニシワキには自然科学的態度を意味し、エリオットには興味の対象を分析する手段となっていたことは記憶されなければならない。

ヴァインズのいうようにニシワキがエリオットの使徒だとするなら、このもっとも接近した理智主義とそれを原理とする文学のタイプによってである。（ニシワキにはこの他、物質主義の立場があり、エリオットには伝統意識があるが、ここではふれる要をみとめない。）

前にものべたようにこの理智主義をニシワキがつよく標望したのは、第一大戦後、パウンドやジョイスやエリオットなどの一群の詩人のニュー・スタイルに影響された結果である。英国の近代詩に新風をよびいれたのは彼等のスタイルだと考えたわけである。彼はこう言っている。

「二十世紀の新しい詩というものは形式的にみると free verse の運動であって、rhyme や伝統的なmetrical forms を排斥したものである。例えば多くの Eliot の詩とか、Lawerence

Richard Aldington の詩など。Lawerence が Carswell に与えた手紙に metre と rhyme は使用しない方がよいとすすめている。『しやっちこばった醜い現実のこの時代においては、我々にとって詩の本質ということは一つのしやっちこばった直接性であって、虚言の影もなく、また微塵の屈曲も持つべきものではない。裸の岩のごとき表現の直接性というものが詩をつくるのである。』と説教している。私自身の経験としても、型にはまった詩をつくって、すなわち metre や rhymeを使って詩を書いて英国へ行った。そしてその当時の若い詩人につきあってまず第一に笑われたことである。」(「現代イギリス文学」)

そこでニシワキは二十世紀文学の新しいタイプとしてつぎのような条件をみずから帰結して詩作の傾向をかたちづくった。

① 文学から文学をつくること。文学上のカルチアをもっていること。すなわち scholarship (文学や科学上の教養)のあること。彼等はもはや一般人のために詩でも小説でも書かない。文学をやっている人達のために書くことになった。

② 理智的であること 憂鬱というものも理智的憂鬱であった。これはフランスの十九世紀文学のデカダンスと称する人達の文学の影響であった。

③ 理智的であるためにサタイアとパロデイを好む エリオットのように思考の予期せざる連結などは、古典主義では嫌った。ファンタァスティックなことをさかんに面白がった。エリオットらは英国の古い文学とフランスの文学から新しい文学的な世界を作った。

④ フロイドの無意識と称するものと心理的な文学というものの影響があった。(「現代イギリス文学」)

さらに細かく言えば、dehumanize' impersonal' eroticism decadance' grotesque といった要素もふくまれる。一九二二年に出たエリオットの「荒地」はこれらの要素が意識的にも無意識にもおりこまれている。「スペクトラム」は歯に衣を着せずにいえば、到底「荒地」に至らざるものである。ニシワキの理智主義はまず「荒地」のモノ真似位のところから出発せざるを得なかったので、彼の文学的方法は青い梅の実のように、まだ自分をつかむすべを知らなかったというべきである。

「スペクトラム」(英文)と「あむばるわりあ」(日本文・一九三三年)の二詩集は九年間のへだたりがあるが、「あむばるわりあ」も「スペクトラム」と同じようにエリオット的色彩が濃いというわけにはいかない。その濃度にもかなりの相違があると思われる。

旅人よ
汝は汝の村へ帰れ
　郷里の崖を祝福せよ
その裸の岩は
汝の夜明けだ。
あけびの実が
汝の霊魂の如く
夏中
ぶらさがってゐる

は真にエリオット的ではないと思う。彼は文学の新しい根拠を、エリオットがラテン文化やフレーザーの古代研究にむけた興味と同じ方向に、持つことを努めたけれども、「あむばるわりあ」はまったくニシワキの世界そのものに終始している。「スペクトラム」の一部は、むしろエリオットの体臭そのものがにじんでいたといっても過言ではないほどだが、「あむばるわりあ」はニシワキだけがもつスタイルを頑くなにそなえている。「荒地」と「スペクトラム」の調子は、一口にいえば、グルーミイであり、オブスキュリティがありすぎ、そして意識下の無意識は、救いようのないメランコリイによって表現されていた。

「あむばるわりあ」は、ギリシャ・ラテン的明澄性といくぶんアルキペンコ風の土俗趣味がまぢり、健康なエロティシスムとおまつりさわぎがある。（この点は「スペクトラム」のなかの不思議な諧謔性と共通したものもある。）前者は理智的であるということが憂欝とむすびついているが、後者はむしろバッカスのわらいにちかい。その意味からいえば「僕の中にある文学的伝統の系統は古典主義よりもロマン主義の方から多く来ていることは時代的の運命である」（「輪のある世界」一九三三年）ということもなにか暗示的である。

この相違は、さきにみたエリオットとニシワキの個人主義、古典主義の見解のちがいとか、エリオットの伝統観が大きく左右しているためであろう。つまりニシワキはエリオットほど大きなこれらの荷物を背込んでいない。言葉をかえれば、エリオットのもつ宗教（カソリック）が、やはり二人の詩人を大きく引離す要因となっている。エリオットの理智主義はいろんな仮面をかぶることができるが、どうしても素面でいなければならぬ部分がある。それがやがて「聖灰水曜日」というような詩をつくっていくことになる。ニシワキは全く身軽である。彼は文学表現方法として、最初まったくエリオットヤンであったが、エリオットの人間をうけついだわけではない。彼は濕気をもたない。彼は人間的現実に対しては、文学的になり、美術的になり、音楽的になるが、それ以上に自然科学的になるのである。エリオットとちがい、ニシワキの理智主義のメカニスムは、すべての人間の表現意欲を抹殺するという方向にまでいった。（「超現実主義詩論」参照）ニシワキはそれを『法律行為の消滅』とよんでいるが、詩論としてはポエジイ論に発展させていったのである。「超現実主義詩論」（一九二九年）は、「あむばるわりあ」より四年前に出ているが、ニシワキの講壇趣味の悪い面が出すぎていて、「あむばるわりあ」にもそれほどはっきりした実作上の裏付けになっていないように思える。しかし、すでに、彼の理智主義は、ポエジイ論としてエリオットの詩に批判的にさえなった。

「意味の世界を消滅させた作品を作るには出来るだけ象徴の世界を不明にするとよいと考えるほどになった。この種の詩からみるとエリオットの詩はまだ不完全である」（「テイ・エス・エリオット」『ヨーロッパ文学』六六四頁）

だが、「あむばるわりあ」は、ニシワキのエリオット批判と無関係に昭和七、八年頃の時代精神のふるえをかなり明確につかまえている。ぼくは、北園氏がいうように（「風邪をひいた牧人」『荒地』一九四七年十一月号）、やはり椎の木社から出た初版本にその価値をよりよくおきたい。「あむばるわりあ」は、表面的な意味の不明確にもかかわらず、われわれに力強い、エスプリを感じさせる点で傑出しているのである。

一九五〇年代

　第三詩集「旅人かへらず」（一九四七年）は、「あむばるわりあ」から十四年目に出た。その間ニシワキにどんな文学活動が行われたか知らない。「あむばるわりあ」の出た時は、満州事変が勃発しており、急速に日本はファッシスムの形態と侵略体勢をととのえはじめた。彼の理智主義は、この急カーブをひとつの皮肉をもってながめていたろう。彼は「ＶＯＵ」や「新領土」にどの程度関係していたのかそれもわからない。（もし正確に知っているひとがあれば教えて欲しい。）彼は慶応義塾の教授としてはすでに幹部であり、幹部なるがゆえにの行掛りもあったのであろう。彼が沈黙していたとすれば、その沈黙の仕方にこそぼくの興味をそそるものがある。彼が異国人の妻と離婚したのもその当時であろう。昭和十六、七年に塾に外国語学校が創設されたが、そこの修業式ではじめてニシワキの風姿に接した。昭和十八年の十月頃は、すでに戦局はかなり中盤戦となっていたが、小泉塾長以下諸教授はいずれもモーニングの正装であり、茶菓としてイモヨウカンが出た。ニシワキがイモヨウカンをインド・ヨーロッパ風にたべず、日本風にたべたことがぼくの印象にのこった。

　敗戦后、一九四六年に、ニシワキはまず野田宇太郎氏の「芸林間歩」に「落葉の旅」―ペトラルカーの力作を発表した。

　つづいてエッセイ「土星の苦悩」が同誌にのり、「旅人かへらず」が刊行された。この詩集は、ほとんど短時間の書卸しであったことを直接野田氏から聞いた。

　「土星の苦悩」と「旅人かへらず」から読みとられるものは、さみしさという思想がとつぜん出てきたことである。

　一例をあげてみよう。

　「併し久留氏はさういふ理くつをいふことも知らず、また詩などを書くことも好きでなかった。彼は、ただそういふ心理を恥しいものとして考へてゐた。ただそうした雑草に心がひかれるのを止めることが出来なかった。人間は淋しい。自分は淋しい。人の世の淋しさは雑草の中にひそんでいた。」（「土星の苦悩」）

　「旅人かへらず」のなかには、数えきれぬほどさみしいというコトバがでてくる。頁をところきらわず開けると

窓に
うす明りのつく
人の世の淋しき　（一）

岩石の淋しさ　（五三）

というようにある。この理由を当時の食糧難にむすびつけるというのはどうであろう。栄養失調によって、理智主義者ニシワキは一種のペシミスムに落入ることは充分考えられる。

「久留氏の心の淋しさは何か幸福論に関する誤れる考へから来てゐるのであろうか。とにかく、心の淋しさは幸福と正反対である。貧乏であればこそ天国へ行けるなら、貧乏であればこそ心の淋しさを感じられる。また生命の不安から来る心の淋しさもある。久留氏の場合は貧乏であるからである」（「土星の苦悩」）

これはニシワキのノイローゼかキドリかのどちらかである。ぼくは一時的栄養失調によるノイローゼであろうと推察する

北園克衛氏の「風邪をひいた牧人」（「荒地」一九四七年十一月号）、「〃詩集旅人かへらず〃への手紙」（「詩学」一九四七年十二月号）のニシワキ論があるが、それに共通した結論は、「悟りとなり、エタアナル、アイドルネスとなり、えもいはれぬ健忘症への礼讃へと際限もなく傾いていくのである。それはとりも直さず知性の腐敗であり、意識の頽廃である。」としている。北園氏は「あむばるわりあ」（改訂版）の『あとがき』のつぎのコトバによってこのような断定を下したのであろう。

「昔からの哲人の言葉を借りるなら、詩の世界は老子の玄の世界で、有であると同時に無である世界、現実であると同時に夢である。またロマン主義的哲学を借りたなら、詩の世界は円心にあると同時に円周にあるといふ状態の世界であらう。

さうした詩の世界から受ける印象をいろいろの名称で呼ぶ、美を好むものは美といふ、神を好むものは神といふ。それがために詩の精神のこと或は善或は真ともいわれてゐる。また或る人は（私もさうであるが）詩やその他一般の芸術作品のよくできたか失敗したかを判断する時、その中に何かしら神秘的な「淋しさ」の程度でその価値を定める。淋しいものは美しい、美しいものは淋しい、といふことになる。」

「このいたましい淋しい人間の現実に立って詩の世界をつくらないと、その詩が単なる思想であり、空虚になる。このいたましい現実から遠ざかるほどその詩の現実性が貧弱になる。」

北園氏の批判がきわめて適切なものであるかどうかはここでいわないが、もし適切でないとすればニシワキのために喜ぶべきである。とにかくニシワキはガクンと異質のコケ類をわれわれにしめした。

本当のニシワキ、嘘のニシワキ

ここでニシワキの文学活動の傾向をふりかえってみると、読者はつぎのことに気付かれるだろう。過去三十年を大雑把に一九二〇年代と一九五〇年代とにわけたが、そのあいだに、「あむばるわりあ」の時代、つまり一九三〇年の時代を入れると、このように概観される。

一九二〇年―エリオット心酔時代（「スペクトラム」）

一九三〇年・エリオットの影響をぬけてギリシャ・ラテン文学とフランスのサンボリスムによつくひかれた時代（「あむばるわりあ」）

一九五〇年　「旅人かえらず」の時代。すなわち淋しい時代。

　そこで、この区分の内容を彼の背骨となっている「理智主義」という物指しで計ってみると、およそこのようなグラフが描ける。

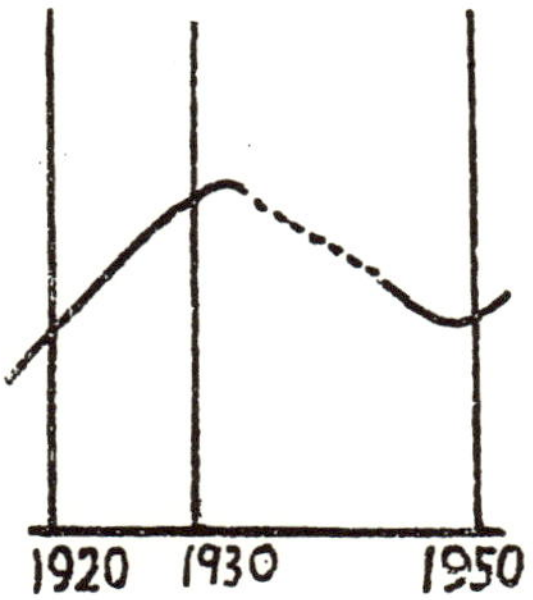

一九二〇年代（エリオット心酔時代）はかなりの程度に、理智主義的方法が採用されているが、彼がエリオットについてまだポエジイの展開としては不充分だと後年批判しているとおり、不充分なものであった。一九三〇年にいたると、彼の生涯のピークを示す。ほとんど彼の理智主義のワクをはずすほどまで彼の文学理論がゆきつくが、やがて日本の暗黒時代によって、客観的にそれを示す機会を失っていった。それがつぎの一九五〇年の時代によって突然変貌をもたらした。それを、智的操作による「意味の不明瞭」という彼の主張をもってあてれば、明らかに「理智主義」的方法は急激に衰弱していたのである。

「かわるものとかわらぬもの」とは、ぼくの安全剃刀の変化のように扱うことはおかしいが、剃刀のネジのゆるんだのを見付けるのと同じように、ニシワキの「かわりかた」だけをみれば、かなりたやすく理解される。

　だか厄介なことには、これだけではニシワキの半面しか、つまり現象面でしか見ていないことになる。ニシワキの半面をもって全部を類推することはむろん正しくない。なぜなら彼は、人と作品との関係を意識的に切りはなすことを、また新しい文学の方法として実践してきたからである。彼ほど、作品のなかに作者の人間の侵入を拒否することを主張したものはまれだ。おそらくニシワキと北園克衛が日本詩人のソウヘキであるだろう。

　彼の生活はきわめて規則正しく、そして平凡な教師の日程をくりかえすことに終始しているかも知れない。彼は、むかしイギリス婦人を妻にもち、その家庭と学問と社交との領域においてもっともグッド・ウイルの人であったにちがいない。そこに、爛熟期に差しかかろうとするイギリス資本主義社会の中流生活者の根強い伝統を、見るような気がする。すでにロマン主義の夢を失った堅実な蓄積と利札の時代に生れたものの体臭がする。しかし作品にはその実生活の一かけらものぞかせない。だから前述したグラフの波が、ニシワキの人間を計るすべてのカギとはならないのだ。よくニシワキはずるいとか、すきがないとかいわれるが、それはナマの人間をのぞかせないためである。しかしニシワキ・ジュンザブロウを扱うとすれば、当然彼という人間の「かわるものとかわらぬものを」見ていかなければ親切なやり方とは言えない。したがって、もう一つのグラフ、つまり彼の生きたあとをつかみだし、その特性の変化をえがくことがのぞまれる。

そして、その新しいグラフの波と前に描いたグラフとの相関関係のルールをとりあげることによって、はじめてニシワキの全貌がいくぶん明らかにされてくるといえる。

「ボードレェールは本当のボードレェールの表面に嘘のボードレェールをもっていた。その後ろで彼は隠れている」（「超現実主義詩論」）とセシェをコトバのニシワキは利用している箇所があるが、彼自身についてはあまりこれに当てはまらない。隠されたニシワキをグラフに現わすということはさして難事ではないが、しかしあまり意味がない。言ってみれば、彼の平凡な倫理生活をグラフ化するにすぎないからである。そしてぼくの推測されるところでは、グラフの波は大して高低がないだろうということである。ボー、スウイフト、ボードレェールと彼がことごとくに引合に出す偉大な作家のだれかれとくらべてみても、彼の生活は平凡すぎる。たとえばスウイフトと彼をくらべてみるがいい。スウイフトの痛烈な諷刺は、いや不愉快ともいえる文学は、彼自身をもふくめて一切の人間を地獄に落さなければやまないという我執がべとついている。「すばらしい天才、しかもなんという怖ろしい崩壊と廃墟だ！」とサッカレーは言ったが（中野好夫「ガリヴァ旅行記」後記）、七十七才の晩年には完全に狂人となっていた。ニシワキは幸福にめぐまれて息を引取るにちがいない。ぼくはこの差異を偉大さの標準にする気は毛頭ない。むしろスウイフトとくらべようとするぼくが正しくないのかも知れない。しかしニシワキが影響された人間を、ニシワキとくらべられないことはないだろう。

ボー、スウイフト、ボードレェールという作家と作品の関係には、ぼくにははっきりした手ごたえが感じられる。彼等の生活をグラフ化することはニシワキの場合より一層興味ふかい。それを一言にしていえば、彼等には、作家という人間の執がつきまとっていることだ。この執が社会、人間、自然というものにまともにぶつかっている。その生命の火花ともいうべき苦痛や自嘲や哄笑が一つ一つ彼等自身にきざみこまれている。彼等三人が不思議に共通した異常な死ということも、なにかそうさせた原因があるにちがいない。それを社会的原因とか体質的原因にわけることも出来ようが、とにかく作家がよく時代に生き抜こうとしている執を、その作品の背後からはっきりぼくの目に、映じさせる。

ニシワキからこの執を少しも感じさせない。ニシワキはこの執をもっているのかどうか。持っていたとしても、生活の上でボロを出すようなヘマを仕出かさぬにちがいない。彼の生活は極端をきらい、執を野暮なものとしてしりぞける。彼の専門は英文学の教授である。彼の生活スタイルは西欧のそれである。彼は目立たぬように、ジャーナリズムからも身をかくす。彼の倫理生活は、そして彼の知性は、前にも述べたように理智主義ときっても切れぬ関係にあるのだ。すなわち彼の生活はグラフの単調な波に表現されることをもっとものぞんでいるのである。彼は本質的に都会人のセンスであるが、田舎やつまらぬ野の雑草に興味をもちあるく。そういったこまかいバランスを保とうとする小さな波が、くだくだとグラフに描けるのである。

そこで第二のグラフがあまり変化がないという結論から、第一のグラフとの相関関係のルールにも平均した影響しかあたえぬことをおもんばかって、第二のグラフは捨てることにしてしまおう。たとえば、一九三〇年代に、彼が懊悩のはて、自殺を企てたことがあるとすれば、第二のグラフは大きなカーブを描くし、その時代の作品との関係も綿密に取扱えるわけだが、相憎そのような材料はみつからない。彼のコモンセンスの生活においてはすべて極端を嫌うのであるから、ピストルや劇薬を傍におくこともしなかったらう。

実際は「ニシワキは本当のニシワキの表面に嘘のニシワキをもっていた。その後ろで彼は隠れている」という彼自らのメカニスムの主張が、二つのグラフの線によって出てこなければならないのだ。ところが、本当のニシワキは記録に値する波瀾はない。彼にあるとすれば彼の頭脳の、つまり観念の波にすぎない。それは、作品やエッセイに現われた波である。その後ろに本当のニシワキがどう隠れていたかということより、上手に隠れおわそうとする仰山なかくれみのが目につく。そのオマジナイを着込んでいれば、どこを歩いても見えっこない、というオール・マイテイへの過信ばかりが大きくうつる。しかしかくれみのを着たがる人間は、本当はかくれみのを着る必要はないのだ。本当にかくれみのをつけなければならぬ人間に、教師生活が、二、三十年もつづけられるわけはない。

元来非力な人間ほどずるい手段を考えるものである。ニシワキは決してずるい人間ではない。しかし怜利な人間にはちがいない。しかしもっとずるい人間なら、いろいろなイスムのメカニスムを以て武装し、自らかくれみのを着込んでいるやり方を通達する必要はない。スウイフトほどの喰えぬオヤジなら、狂人になってもみせよう。ニシワキは非力を自覚して、理智主義という知的操作を好んでやっているにすぎない。

ニシワキはかわる

そこでぼくは第一のグラフの波を、比較的に信用するとしよう。すると一九三〇年代が最高線で、一九五〇年代が最低線となっている。いまやこの理智的傾向の差異、つまり変り方が問題になってくる。この場合二つの性格が考えられる。

1量的変化　2質的変化

である。

いまは、理智主義的傾向に量的変化があるかどうかをみることは大して意味のあることではない。一九二〇年代と一九三〇年代との差異を比較するとき、あきらかに量的変化が大きな要素となっている。その理由はすでに見たとうりである。しかしここでは、量的というより質的変化が問題にされる。ニシワキ自身はおそらく、同質の変化つまり量的変化というように考えているかも知れない。しかしそうではない。丁度よい例をあげてみよう。

A「最も広大なる最も前進した詩の形態は消滅に近き形態である」（「超現実主義詩論」『詩の消滅』三一頁）

B「詩は無になる過程にすぎないことは確かである」（「詩の効用」一九五三年三月号『詩学』収載）

この二つの例はコトバのうえだけでは同様なことを言っているように思える。Aは一九三〇年代、Bは一九五〇年代のニシワキの言ったコトバである。いずれも彼のポジエイ論の中心命題である。しかしAの命題は次のようなふくみがある。「純粋芸術または純粋詩は、最後の完全なポエジイを目指して、それ自体が消滅するのである。またそれは人間の経験を破ることとの連続にその希望があるわけであるから、体験としてのポエジイは、当然最後の経験に行きつき、それを破るべきである。すなわち最後の経験を破るためには死があるのみである。それが現実を破り、自然を破るための超現実、超自然のポエジイを享楽する自然人の最後の態度である」（「詩の現実」『詩行動』十七号―拙稿参照）と。ニシワキの『超現実主義詩論』は、しばしば他の場所でものべたが、ポエジイの純粋性の実現のためにメカニズムを利用した。それは完全な意味の消滅によって、ポエジイが完成されたとみるので．そのため一切の要素を道具化せしめるのである。詩の形態が消滅するということは、詩の形態が無になるということであるが、それはポエジイを高享する自然人の最後の態度として死があるだけだ、というように論理的な帰結をもたらした。詩の形態の無が、詩人の生理的な死を意味するということを言った詩人・芸術家は彼くらいである。彼がこのように言えるということは、論理的な帰結として言っているので、彼が自ら実践することをほのめかしているわけでない。つまり、彼の自然科学的メカニストとしての当言がこのような主張となっているわけである。

一方、Bはつづいて次のコトバにつながっている。「詩は人間で無になろうとする手段であって、詩それ自身は無になろうとする意志である。」この場合、ニシワキは、人間が無になろうとする手段として詩を用いる、と言っているが、この場合、人間が無になることは、人間が死ぬことを意味せずに、やはり、人間の心境としての「無」の境地、というように解釈するのが正しいであろう。この「無」とは、詩集「あむばりわりあ」新版の後記にもあるとおり、老子の玄の世界をカイマ見ることとやはり一脈通じているように思われる。もはやここでは、それが彼の知的興味とばかりいい切れぬものをふくんでいる。日本人の郷愁といえる「東洋的虚無」の思想に、非連続的に接続していくみちが、彼にも開かれたように思える。

それにしても、ニシワキの「詩の効用」という小文は全く一種のものだる気な調子で書かれていて、一〇三〇年代に書かれたエッセイの、論理的追求力はみるかげもない。

しかし非論理的ではあるが「完全なポエジイが実現されるということは自然人の死を意味する」というコシラヘゴトより、「詩は人間で無になろうとする手段である」というコシラヘゴトの方が、より日本の詩人らしい発言とみるべきである。前者のコシラヘゴトは完全であればあるだけ一種のコッケイ味があるが、後者にはふるびた常住坐臥的な通念へのいやななれあいがみえるからである　。

この変化はあきらかにニシワキの質的変化であり、すくなくともその前ぶれであることは間違いない。それは一九五〇年代以後、つまり「旅人かへらず」から少しずつおこりつつあるものである。しかしその変化は、北園克衛氏がいうように、エタアナル・アイドルネスとして、際限なくくずされる可能性を直ちにみるのではない。またニシワキの実生活のグラフの波の変化も同じようにかわらない。その理由は、ニシワキの実生活は、ぼくらが考える以上に高い西欧の思惟形式の背骨に貫かれており、その知的趣味（理智主義、個人主義、古典主義）は、日本人のインテリゲンチュアのツケヤイバとはかなりへだたりがあるからである。そしてつねにコモンセンスを歩ゆもうとする習性は、そうした極端なみちに走ることをさけるのである。

それにもかかわらず、東洋の風土は、彼を高度な質的変化にまで蝕化させずにはやまないだろう。つまり東洋的思惟の所有者に還元させようとする働きかけが、彼の内部にもたえず爆発しつづけるだろう。ぼくはその行末をみるのがたのしみだ。彼が巧妙にそれを理智主義のメカニスムで利用したとしても、質的変化によるインテリジエンスの操作は、これまでと変ったツヤを増すことは、最近の彼の作品によってわかることである。簡単にいえば、彼のなかの質度のたかい西欧的インテリジエンスは、彼という東洋人に屈服するときがやってきたのだ。彼は異花受精の仇花ではなかった。彼はヒヤシンスやライラックの花ではなく、むくげやきんぽうげの花である。いずれにせよ、一九五〇年代以後からが、彼の「最後」の演技であることは間違いない。それは、ぼくの安全剃刀の調子のようであってはならないのだが……。「時間」は容赦なく彼を風化させていくだろう。（一九五三・一〇・三）

ニシワキ・ジユンサブロウ主要著作

詩集「スペクトラム」一九二四年・詩論「超現実主義詩論」一九二九年・詩集「あむばるわりあ」初版、一九三三年・エッセイ「ヨーロッパ文学」一九三三年・「輪のある世界」一九三三年・「現代のイギリス文学」一九三四年・詩集「旅人かへらず」一九四七年・「あむばるわりあ」（改訂版）一九四七年・「近代の寓話」（創元社）一九五三年・エッセイ「諷刺と喜劇」一九四八年・「文学におけるデフォルマシヨン」一九五〇・慶大通信教育誌「三色旗」・「エリオット荒地」（翻訳）一九五二年・「西脇順三郎詩集」（ランブル特集）一九五三年

雑誌に掲載されたもの

エッセイ「落葉の旅」一九四六・一二・芸林間歩・詩「詩」一九四七・一・芸林間歩・「土星の苦悩」一九四七・九・芸林間歩・「フェト・シャンペエトル」一九四七・一一・荒地・「野の会話」一九四七・一二・芸林間歩・その他

主なるニシワキ論

北園克衛「風邪をひいた牧人」一九四七・一一・荒地・木下常太郎「旅人かへりぬ」一九四七・一一・荒地・北園克衛「旅人かへらずの著者への手紙」一九四七・一一・詩学・中島可一郎「脱出者の詩人」一九四八・五・ニュース・クロニクル・蔵原伸二郎「西脇順三郎序論」一九五二・創刊号・三田詩人・木下常太郎「近代詩の殉教的開拓者」一九五四・三・詩学・長江道太郎「あの精神の形式について」一九五四・三・詩学

発行所　東京都新宿区上落合二ノ五四〇
書肆ユリイカ
振替　東京　一〇二七五一

一九五四年六月一日印刷発行・編集者 中島可一郎・発行者 伊達得夫
発行所 東京都新宿区上落合二の五四〇 ユリイカ 八〇円

今日

The Quarterly Magazine of Poetry

季　刊・第2冊・1954年・10月

季刊　今日　2　1954年10月

TIEPOLO　　　Ville avec campanile

評論

個人の経験とは何か………黒田三郎…… 3
詩の困難な時……A．ド・セリンコート……38

作品

聖　灰　祭……………山本太郎……12
静けさの中心……………大岡　信……21
通　　信……………中島可一郎……24
不吉な恋人たち……………清岡卓行……32
かくされた太陽，ロ………飯島耕一……36
街　……………中村　稔……42
樹　……………安東次男……44
らくだの葬式……………鶴見俊輔……46
岬にて……………難波律郎……48
ちいさな窓……………平林敏彦……52
物　　語……………児玉　惇……55

※

今　日……（飯島耕一・岩瀬敏彦・安東次男）……62

個人の経験とは何か

黒田三郎

今までに僕がよみ、僕が心をうたれた限りにおいて、詩は個人個人のとらわれない自由な心情の上に成り立つものと、僕は信じて来た。

だが、個人個人のとらわれない自由な心情とは、一体何のことなのだろうか。現代において、果して個人個人のとらわれない自由な心情というようなものが、あるだろうか。少くともそういうものは、どんな形であり得るのだろうか。

現代詩については、その特殊な困難さが言われて既に久しいものがある。現代詩の難解性というのは、既に一種の固定観念とさえなつている。僕はもうそういう固定観念にはこだわるまいと思う。

むしろもつと素朴な形で自問してみたいと思うのだ。それは、ひとりの人間が自分の眼で見、自分の耳できき、自分自身で感じ、自分自身で考えるとは、どういうことか。現代の社会において、個人の経験とは何か、ということである。あなたや僕にとつて、それは何か。

勿論たとえそれがひとつのささやかな問いであつたところで問いはまた問いを生むのだろう。個人の経験とは何か、と問うならば、それが他の個人にとつて何であるか、という風に。

他の個人にとつてそれが何かであり得るためには、何が必要なのか。ひとりの個人の経験が単にひとりの個人の経験でしかなく、若し普遍的な意味を持ち得ないとすれば、一体何がそれを妨げているのか。ひととひととをつなぐことばとは何か。ひとりの個人にとつては、彼がまだ生れぬ先からあり、彼の知識の大半はそれによつて彼に与えられているもの、ことばとは何か。個人の経験とことばというものとの間にある、さまざまな矛盾や背反、愛着や冷淡……　自分の言葉でものを言うとは、一体どういうことなのか、と。

問いは限りなく問いを生むかもしれぬ。しかし問うからにはやはり限りなく問いの前に立つ覚悟をしなければならぬ。たとえ堂々めぐりをして無一物で元のところに帰つてくることがどんなに屢々だとしても。

ひとりの詩人というものを、現在ひとはどう想像するだろうか。映画や大衆小説、或いはラジオドラマに出てくる詩人達、そういうものから、或る種のカリカチュアを取り出すことはできる。そういう甘つちよろい表現に胸糞をわるくして、石川啄木や萩原朔太郎の時代は、とうの昔にすぎた、と或るひとは言うだろう。僕は啄木や朔太郎の時代はすぎた、という風に手がるく言いたくはない。彼等は過去の人間だが、彼等の詩は今でもなお僕の心に生きているからである。だが、詩人と言えば、啄木や朔太郎をあげる、そういつた時代はたしかにすぎている。

チンドン屋がひと目でチンドン屋だとわかり、炭屋の小僧がひと目で炭屋の小僧だとわかるようには、詩人が詩人であることはわからない。新聞記者が何となく新聞記者くさく、失業者が何となく失業者くさいというほどにも、詩人くさくない詩人もいるかもしれぬ。では、都会の雑踏のなかで、ひとは何を目印に詩人をさがすことができるのか。

詩を売つて飯を喰つている人間が詩人だとすれば、現代の日本には数えるほどしか詩人はいないことになろう。日本だけに限らぬ。

商品としてみれば、詩と小説とでは話しにならぬ。しかし、だからといつて詩の市場の狭さという点から、ジヤアナリズムを攻撃してみても、はじまらないだろう。小説にくらべて、詩の稿料が安すぎるとか、新聞雑誌が詩にあまりスペースを割かないとか、或いは詩に対して編集者が無理解だとか、そういつた不平は或る程度肯けないことはない。しかし、その場合、詩を書くということが、現代の社会において職業として成り立つものかどうか、そこのところを先ず考えに入れておかないとこつけいなことになる。相手がジヤアナリズムだからである。もともと詩の在り方に、現代社会の機構にうまくはまりこまないところがあるのではないか。詩を買う側にも、売る側にも、詩を商品化し得る限界がある。商品としてさえ粗悪な詩は勿論論外だが、取引の対象となり得るものには、はつきりした限界があるのである。

「組織と人間」(「改造」二十八年十二月号)という評論の中で、伊藤整氏は「今日の社会で、もつとも自由で良心的である筈のジヤアナリズム関係の中に、自由というべきものがいくばくも存在しないように、私は、自らその組織の中に生きるものとして痛感している」と言い、「私は人間が自由であるという大まかな前提を疑うことから出発したい。そして真に生命をもつているのは、人間でなく組織であり、我々はその奴隷ではないかという怖れを意識することから自由そのものを考えることをはじめたい。特に文士が芸術家が自由であるという、今の一般的な判断の前提を疑うことから私は出発したい」と結んでいる。「逃亡奴隷と仮面紳士」という図式と睨み合わして、これは伊藤流のアイロニイであると共に、アイロニイとして軽く片附け得ないものを含んでいる。

伊藤氏は「ジヤアナリズムという組織の中では、それの下請職人である文士」という風に言つているが、その「文士」である伊藤氏にくらべて、現代日本の詩人達はジヤアナリズムを形づくる一環としては決して重要な部分を占めていない。

それは詩人に自由のあることを意味しているだろうか。ジヤアナリズムで占めている席が小さく、狭いということは、そのことだけでは決して詩人の自由を意味しはしない。せいぜい「逃亡奴隷」の自由に一歩近いという位のことである。

僕は伊藤氏の尻馬に乗り、これ以上そのアイロニカルな表現に口を合わせようとは思わない。組織という比喩的に用いられた大まかな概念で指示し得ることには自ら限度がある。僕としては、詩人にとつても詩を読む読者にとつても、とらわれない自由な心情というようなものは、決して無条件で在り得るものではない、というひとつの証拠として、その限りにおいて伊藤氏の言葉を挙げておきたい。それと共にここではひと先ず詩人の大半がその糊口の資を得るために、ジヤアナリズムによらず何か他の職業に携わつていることを指摘すればよいのである。

★

或る詩人は本屋に勤めているかもしれぬ。鉄道の保線夫かもしれぬ。工場でフライス盤に向つているかもしれぬ。仕立の下請をやつているかもしれぬ。教師かもしれぬ。地方公務員かもしれぬ。

ひとりの賃銀労働者、或いはひとりの給料生活者の一日の生活を省みよう。彼の一日の生活にどういう風にしてはじまり、どういう風にして終るか。

ひとりの個人が生活している空間というものは、ごく限られている。毎日歩く道も大体決つておれば、一日中居る場所も大体決つている。出先で逢うひとも、いつしよに仕事をするひとも、大体決つている。お互いに話をすることも。

われわれはそんなにどこにでもゆけるわけではない。そんなにいつでもでかけられるわけではない。そんなに誰とでも話しができるわけではない。

若しもこういう言い方に今更改まつた感じがするならば、それは毎日毎日同じようにくりかえしている中に、そういう生活にすつかり慣れ切つていることを示すものである。

朝起きてから夜ねるまでのわけのわからない忙しさ。顔を洗い、朝食をすまし、新聞をポケツトに突つ込み、そそくさとでかけてから、夜くらくなつて帰つてくるまで、彼はその出先で何をして暮しているのか。

ひとりの労働者は、その工場の製品の多くの工程の中で彼にあてがわれたたゞひとつの工程を昨日と同じように単調にくりかえして、その一日を終るかもしれない、大企業や官庁に働く給料生活者は、その巨大なメカニズムに仕える一個の部品として昨日と同じように、その一日を終るかもしれない。少くともわれわれが一日中従事している仕事というのは、現代のように高度に分化した社会では、内容形式とも非常に限定されたものであり、一定の枠によつて何を為すべきか、予め決つているのである。

それで社会全体をうかがうためにはそれはあまりにも狭小な部分である。それは真鍮を削ることかもしれない。それはソロバンをはじくことかもしれない。或いはもつと複雑にいろいろの条件の組合せからできているかもしれないにしても、そこで彼に要求されることは、彼というひとりの人間にとつて、何なのか。

真鍮を削ること、ソロバンをはじくこと、それは彼自身が糊口の資を得る唯一の拠りどころである。が真鍮を削ること、ソロバンをはじくことは、彼というひとりの人間にとつて、むしろ特殊な知識や技能であつて、それ以上の何物でもない。彼が真鍮を削ることにいかに誇りをもち、ソロバンをはじくことにいかに得意であつても、それぞれひとりの人間にとつて、決してそれが彼のすべてではないのである。

一日中ソロバンばかりはじいている人間と一日中真鍮ばかり削つている人間が出逢つた場合彼等は一体どんな話をするだろうか。

僕は真鍮を削ることから知ることのできるものを決しておろそかにしようとは思わない。ソロバンをはじくことから知ることのできるものも決しておろそかにしまいと思う。何故なら、そういう仕事自体は単調なくりかえしにすぎなくても、そういうものにおいて社会の窓はわれわれにひらかれているのだから。

しかし、やはりそれはきわめて微細、且つ狭小な窓であることに変りはない。むしろ窓ではないと言つた方がより適切かもしれないのである。それ自身としては……

一日の仕事を終えて、行きと同じように満員のバスで帰るとき、僕達の私生活はやつと僕達に帰つてくる。あたかも満員のバスで帰るときに、それが始り、満員のバスででかけるときにそれが終るかのように。

すべてのひとの顔が異るように、すべてのひとの生活は異つているかもしれぬ。が、すべてのひとの顔がどこやら似ているように、すべてのひとの生活もどこやら似ているかもしれぬ。食料や衣料が統制されていた頃、人間がどのように扱われていたか、思い出せばすぐわかるように、異り得る領域には自ら限界がある。少くとも一般の賃銀労働者や給料生活者の最低生活費を上下するような所得を以て、営み得る生計、購い得る物資には、はつきりした限度があり、その限りにおいてはかなり類型化したものがある。

僕は生活という言葉を必ずしも衣食住といつた事柄に限定しようとしているわけではない。またお金がすべてだと言つているわけでもない。しかし資本主義の社会はあらゆるものを貨幣化せずにはおかない世界であることを何よりも先ず心に留めたいと思う。

たとえどういう職場において糊口の資を得ているとしても、両親や妻や子の待つ、バラツクか寮か間借りか、そういつたところの一部屋に、暗くなつてから帰つてゆくひとびとの胸にたえず浮んでくる事柄には、当然似通つたものがあり得ると思うのである。

勿論、同じような生活状態にあつても、それぞれの個人の生活には自ら微妙な相違があり、それぞれの個人が感じたり考えたりすることは、決して同一ではない。僕はそれを同一に考えようというのでは決してない。ただ人間の考え方や生活態度といつたものは、そのひとの生活様式と分ち難く結び合つており、職場や家庭で日々経験する事柄が、そのひとの精神の最も重要な内容を成しているという平凡な事実に注意を向けたいのである。

ひとりの個人の生活している空間は非常に限られている。狭小である。しかも、職場や家庭で日々経験している事柄は、毎日毎日くりかえされている中に、彼にとつては無感動、無反省なものとなる。強いて言えば、病気が心身への注意を喚起するように、むしろ苦痛が生活に対する唯一の関心の足場である、とさえ言えるかもしれぬ。

山に登る者が眼前の小さな丘にさえぎられて、頂きを見ることができず、屢々頂きを見喪うように、狭く小さな空間から外へ出ないことに慣れ切つた人間にとつて、眼前の世界がすべてとなるのはむしろ当然である。しかもそれが無感動なものと化した場合、詩が生活のつけ足り、単調な職業生活に美しさを添える盆栽のようなものとなりやすいのは、俳句や短歌と同様であるが、一方自分の生活している狭小な空間から外へ出ることができないために、詩は屢々歪つなとらわれたものとなり、会社員風の詩、教師くさい詩を抜けず、共感に乏しいものとなる。いわゆる専門詩人の詩が屢々詩としての普遍性を失つていることがあるのと同じように。

★

狭小な空間からひとびとの眼を外へ向け、広く社会の出来事を伝えるものは、ラジオや新聞、雑誌、映画、テレヴイジョン、その他マス・コミユニケイションの名で呼ばれているものである。

或るひとは、眼がさめるとすぐラジオのスイッチを入れて、天気予報をきくかもしれない。いや、せいぜい四畳半一間位の生活では、枕元のラジオのスイッチを入れるまでもなく、近所のラジオの音が四方から否応なしにきこえてくるかもしれぬ。新聞をひろげながら彼は朝食をすますかもしれぬ。満員電車のなかでそのつゞきをよむかもしれぬ。

恐らく一日中 彼が見たりきいたりする事柄の 少からぬ部分は、そういつた新聞やラジオの言葉が占めているに違いない。


それはひとりの賃銀労働者、或いは給料生活者にとつて、どういうことなのだろうか。

例えば清水幾太郎氏は「機械時代」（思想二十五年八月号）の終りで次のように言う。「第一の画面によれば、この技術的過程の進歩するに従い、巨大な技術的機構が個人の上に超出して、それは大資本乃至国家の独占と化する。往々考えられるように、相互的交通が発達するのでなく、却つて一方交通の支配を生み出す。昔の社会に行われたような相互の話し合いは、一片の夢である。（三行略）人間は滝の水に打たれている。第一の画面によれば、人間の分化は実に分裂であり、自己は、社会的分裂の尻拭いをするという消極的、且つ私的な意味に於いてのみ存在する。而も人間は、官吏であると会社員であると職工であるとを問わず、ビユロクラシーという機械の 部分品である。個々の機械は如何に合理的でも、併し、そのコンプレックスは一つの混沌であるほかはない。」 清水氏はひとりの人間を、マス・ソサイテイの真中で、「不断に与えられる有意味な刺戟の」「一方的な」滝の水に打たれているものとして、問題を提出している。

清水氏の示す第二の画面については、読者は恐らく第一次大戦後の文明批評の重要な要素であつた機械主義への批判を思い出されるだろう。D・H・ロレンスのような特異な詩人の批判だけではなく、バンジヤマン・クレミウの「不安と再建」の基調もまたそこに向けられている。少くとも、アメリカ文明における画一化、規格化、標準化を衝くことは、決して珍しい現象ではないのである。

第一の画面は、第二次大戦後のアメリカにおける、マス・コミユニケイションの研究を土台にして描かれている、と言つていいだろう。清水幾太郎氏の悲壮な身ぶりと案外に一面的な言葉には、僕はそれほど同調したいと思わないが、清水氏や南博氏等がアメリカの社会学乃至社会心理学を援用して、明らかにしている問題については、これを決して等閑視することはできない。

　マス・コミユニケイションが問題にされるとき、一般論としては、それが持つている巨大な力、運用の如何によつてよくもわるくもなり得る巨大な力に注目するのが普通である。マス・コミユニケイションの暴力ということが屢々指摘されているが、それは権力によつてマス・メデイアの運用が支配され、その巨大な力が一般民衆の政治的関心を眠らせ、批判力を殺し、民衆を附和雷同的なものにする傾向について、言われているようである。つまり新聞に出ないことは、新聞の読者にとつては、起らないも同然であり、新聞が世の中の出来事のすべてを伝えることができない以上、そこには当然選択と抽象の原理が働く。新聞機構の運用者がどんなに善意で公平を期そうとする場合にもともと現実の世界と新聞にあらわれたことばの世界との間には、大きなずれが生じやすいのである。若しも何らかの力がその運用に加わるならば、その結果には恐るべきものがあるのは明らかである。新聞のもつ力が大きければ大きいほど。

　いまは、しかしそういう問題全般に手をひろげるわけにゆかない。ただ先に挙げた清水氏の言葉に含まれている問題で一応注意しておきたいのは、第一にマス・メデイアが大資本乃至国家の独占と化する」傾向、第二に「一方交通の支配」ということ、第三に「有意味の刺戟」、つまり情報が洪水のように「たえず」大量に与えられるということ、第四に、それに対して個人が一方的に受動的な立場に立たされていることである。

　第一の問題から生ずることには多少ふれたが、第二の問題には「私」の関心、感情、態度、思想がどんなことになるかを考察するモメントがある。第三の問題は、情報の洪水、刺戟につぐ刺戟の海で、刺戟に痲痺してしまう危険、読者の関心が単に刺戟の上を上すべりする危険について考えさせる。第四の問題……若しもこういう風にいちいち、問題を挙げていたら、この小文ではどうしようもなくなるだろう。出来るだけ手を拡げないようにして、あくまで個人の経験という点から検討をすゝめる外はない。そのあとで、こういう問題にもう一度帰つてくればよいのである。

　例えば、ここに一本のニユースがあるとする。それはそれをよむひとりの人間にとつて何か。ニユースは決して事件そのものではない。事件が発生したあとで、記事にされた何物かである。清水氏が問題にしているオリジナル（事件）とコピイ（記事）の間に正しい対応関係があるか、どうかという問題は勿論ないがしろにできない。ひとりの人間にとつて、オリジナルとコピイを照合する手立のないという問題も勿論ないがしろにできない。事件の状態、目撃者の様子、またぎきの具合、記者の知識や偏見、或いは表現形式、整理における取捨選択、ニユース・バリユー、見出し、他の記事との振合、その他いろいろの条件が事件と記事との間にある。だが僕はこういう問題もいまはいつさい、マス・コミユニケイションに関する専門書に譲りたいと思う。

　僕が特に問題にしたいのは自分の眼で見、自分の耳できく場合と記事でよむ場合の相違である。あなたの家が火事で焼けたとしよう。次の日の朝刊に五行ほどその記事が出る。そのときあなたはそこにどういう矛盾、どういう不満、そしてどういう悲哀を感ずるだろうか。五行の記事が正確に伝える真実とは何か。

既に述べたとおり、ニュースは事件そのものではない。それは記事にするために人工的に事件の筋を述べた何物かである。たいてい「いつ、どこで、たれが、何を、どのように」といつた形で記事は読者に伝えられる。言葉による叙述であるからにはそれは既に意味ずけられた何物かである。日日の経験で僕等は何かを見、何かをきく、誰かと話をする。見たものについて、きいたものについて、或いは話したことについて、その意味がわかるのは、即座にわかることもある。数分たつてわかることもある。一年たつてから「ああそうか」と思うこともある。

兎に角、どんなに決りきつた日課で、毎日を送つていても、やはり何秒、何分先にどういうことが起るかわかりはしない。未来は未知である。現在がどういう意味をもつことになるか不明である。習慣に埋もれきつていれば、単調にくりかえすだけで、そこには何にも未知の要素はないように見える。あと一時間たてば、御飯だと思うし、あと十日すれば月給を貰えるという風に、その間にどんな突発事もないように思いはする。だが、まだ何もそのことの意味がわからない中に出来事は進行しつゝあるのである。生きることは、やはり未知の要素にとり囲まれて生きることであるからである。

銀行でピストル強盗事件があつたとしよう。ひとりの銀行員はどんな体験をするか。恐らく彼がその事件を新聞に出るような形で諒解するのは次の朝新聞をよむときではないだろうか。事件の渦中にあるものには、自分の眼の前の過程がわかるだけである。事件の全貌を知り、具体的に見、且つきいたことがらのひとつひとつの持つている意味を全部彼が呑み込むのは、事件が終つて、それら相互の関係がわかつた時である。屡々それは永遠にわからないかもしれないのである。

記事は、無意味な事件のコピイではない。それは意味づけられたものとして、記事として読者に与えられる。続者はその事件を自分の限で見ないだけではない。「起つたことは何か」と自分で考える過程ぬきで、「何が起つたか」を知らされるのである。いかにも、事件そのものは、彼にとつて未知な事柄である。だがそれは自分の身の廻りで起ろうとしていること、起りつつあることのもつている、あの意味不明な状態に欠けている。言葉で伝えられるからには、既に起つたことの意味が先ず第一に彼に伝わり、その意味を形づくる事実として、事件の内容がいつぺんに彼の眼或いは耳に入るのである。

それは僕達の通常の体験と逆のコオスをたどる。比喩的に云えば、僕達にとつて未来形であるものを、それは「現在完了形」で伝えるのである。

同時に、意味づけの形式が問題となつてくる。火事に逢つたひとの体験と五行の小火記事、ピストル強盗に逢つた銀行の行員の体験と、ピストル強盗事件の記事の間にある問題、恐らく経験は記事にあらわされた事件から限りなくはみ出るだろうし、記事にあらわされた事件の筋は個人の体験だけからすらすらと出て来はしないだろう。それは綜合されたものだからである。

記事は記事としての起承転結をもつている。それはわからないことを伝えはしない。「いつ、どこで、たれが、何を、どのように」といつた形で誰にでも理解し得るものとして、それは事件を知らせる。そこでは、あらゆるものが、それでわかるものとして、読者に与えられる。わからないことは何もないかのように。

僕は新聞が真実を伝えないといつて非難しようとしているのではない。新聞の伝える真実が、どのような形で僕達に伝わるかを考えようとしているのである。新聞はやはりあくまでも鎖ざされた世界に住む個人の前に開かれた窓であることも忘れないようにしよう。

恐らく僕がいま問題にしていることは、人間が自分自身の体験から知ることと言葉を通じて知ることの間にある問題のひとつの特殊なケースである。特殊ではあつても、それはわれわれの生活において、非常に大きな領域を占めている点に問題がある。それは個人の経験の質を変えるていのものだからである。

それは未知の世界について、個人が自分で経験することのできない世界について、非常に多くのことを伝える。次から次へと絶え間なしに、洪水のように、代行された経験と情報を伝える。だが、未知の世界について伝えるその伝え方のなかには、個人が自分で経験する際に感じるあの未知の状態を忘れ去らしめるものがある。言いかえれば、ひとは事後的な態度に馴らされてしまうのである。ひとはわかるものとしてすべてを受けとり、わかつたものとしてすべてをそれですましてしまうことになる。

★

自分の眼で見、自分の耳できき、自分自身で感じ、自分自身で考えるということは、言いかえれば、未知の世界に自ら直面するということではないか。それは事態の意味を新たに自ら問うことである。わかり切つたこととして経験をこま切れにしてすましてしまわないことである。いわゆる政治的な詩、社会意識をもつた詩、そういう詩が新聞の伝える現実の上を上すべりするものであるとき、それは決して読者をして自ら考えせしめるものとはならない。

勿論われわれの生活は、既に述べたように、狭い意味における経験のあまりの狭さと、広い意味における経験のあまりの広さ。という余りにも極端な対照の中に、毎日くりかえされている。自分の眼で見、自分の耳できき、自分自身で考えることは、そこに二重の障害をもつている。僕は、病気が心身への注意を喚起するように、むしろ苦痛が生活に対する唯一の関心の足場だと書いたが、もう一度ここで同じ言葉をくりかえさざるを得ない。自由な心情とは、失われたものに対する激しい渇き、それを取りかえそうとする回復の過程の上にしかないのである。

僕はいわゆる「わかりやすい詩」というものを、むしろそういつた心情に訴えるものとして考えている。「わかりやすい詩」がわかりやすいためには、二重の障害を越えて、お互いの生活感情を結び合わせるものでなければならぬ。わかりやすいということは、潜在する共感を掘りあてることであつて、マス・コミュニケイションの表面を「わかつたもの」として通用しているものにもたれかかることではない。

僕は、現代詩の名において夥しい暗喩や直喩をしよいこみ、言葉に対するリアルなセンスを失つた多くの詩を、実にうんざりする位見せつけられている。暗喩や直喩がリアルなセンスの障壁化するとは、詩の自殺である。それについては、ここではもう多言しない。別の機会に、言葉と個人の体験の間にある問題、詩の言葉と日常語の間にある問題を更に追求したいと思うが、最後に、そういうリアルなセンスを失つた「わからない詩」に対して、僕が「わかりやすい詩と思う詩の見本をひとつ上げておく。作者には迷惑な話かもしれないが、御寛恕を願つておく。

行列

おたがいが、おたがいのことを
いちばんよく識つているから
みんな黙つて、じぶんの視線をそらしている
なにかを凝視めているようで
なにもみていない眼
しかし、何かを視ている

きえてゆくもの
剥がれてゆくもの
うばはれてゆくもの
おのれをつつんで風が吹き荒れる
大洋のまんなか、砂漠のまつただなかにおかれたとき
ひとは、こんな眼をするものなのか
なぜ黙つているのだ
なぜ話しかけてはくれぬのだ
みんな黙つて
みんな黙つて、一歩づつ登つてゆく

雨の、正月四日
行列はこの建物の前を曲つてずつと向う
初荷の旗をたてた車がゆききする大道路からつづいている
浪速港公共職業安定所と書かれた
入口をはいつてすぐ左側
泥としづくに凍りついた石の階段は
三階まで登らねばならぬ

「青銅」（昭和二十八年十二月号所収）吉井啓氏の詩である。

（一九五四年七月三一日）

聖灰祭

山本太郎

ぼくは残酷な仕掛を知つてゐる
未来は女の腰から生れた
ざまはない
むかし ベツレヘムに 哀しき産声あり
そのときより
もろもろの児等は猿のごとくよろばひ
繊き脚にてのびあがり
悲鳴もて未来を迎へた
さらにも遠く おのれが未来を見るための
直立微動 怖れの象
そしてまた――

≪おののきをもて　よろこび
≪ひとは　いくその時を経んとするか

＊

ああ　おもい　おもい　そらのあをさ
まひるの　ひかりは　庭を撃ち
おそろしいほどに　輝く虚しさ
みだれる雲に　殺意みち

やや　まつとうに歩いた
こういふ姿勢では　ぼくの頭は
けだもの達より一米ほど太陽に近い
それもまんざら嘘ではない
三〇年の閲歴である

＊

色とりどりの卵ころがし

昆虫どもは春の野をゆく
はなむぐりは　むせかへる日没街道
いまひとつ　ブナの森がはなれ
またひとつ　製粉場の藁屋根が浮上する
太陽の光で　ぼくが透け
細い骨組だけが　シルエットになつて歩いてゆく
スケレットンは踊る落日
街を出て街へ入る　束の間の田園
ばんせうくりあはせてゆく
今日のぼくは　ぐれつではなかつた
街はいけないひとばかり

*

段落に似た時間があつた。それを現在といふ。風は北から東に変つた。美しい未亡人の住む果樹園の垣根。にわとこやさんざしの小径をゆく。森の向うがどきんとするほどふかく　ふかい。散乱する雲は灼け。足の爪が燃える。ああ　いま。ぼくの内側を荒々しく過ぎるものがある。自らを通路として承認する？　いや。あまねくを陽にささげ　果てるいのちの——この果樹園の光の群落。限りないその充実を僕は憎む。内臓がいつせいに蒼ざ

め。（ああどうしたのだろう）

≪さしてくる光のなかに

≪暗き巨いなる顔ありて……

オークル・ジョンは射的場のスロープである。さつきから気付いてゐたのだ。一つの眼がぼくをとらへて離れない。巨きな驚きにみひらいた眼。瞳孔のひらききつた。およそ非情の。ああ　いま。なにが人間の遠い哀しみを告げるのか。乱雲の大きな塊りが頭上を移動してゐる。うすく汗をにじませたひたいが夕凪に心地よい。御影石材に倚つて眼を閉ぢる。まぶたの奥に妖しい光斑がきらめき。神経の林がもえてゐる。そして――またしても一つの眼が浮んでくるのだ。しばらく。どうにもならない欲情が　ぼくをさいなんで過ぎた。想出はいつも唐突に帰つてくる。ぼくの腕のなかで必死に抗ふゆきづりの少女。怒りにまかせ庭石に叩きつけたマリオネットの首。ぼくが殺した蟻や蝶やみやまくわがたや楊という名の捕虜の白痴に近い顔……

≪なにかが　ぼくを凝視てゐる　凝視てゐて……

むかし　ドイツ学園のあつた辺りの空に。黒い鳥の群れが旋回し。雲は大きくくづれかけてゐた。

＊

ぼくはときどき　あんまり　黙つてゐる。悪夢のあとの淡い安堵の様な一種の痴呆が訪れる。そんな時。ぼくのなかで背中は一番遠いところにある。ぼくはきつと　そこから狙はれる。

Voyage au bout de la nuit　夕焼のなかにうつとりと足をなかば地中につつこんで立つてゐる小さな人形。カタルシスの涙――さういふ時間が逝つた。夜である。夜のなかでぼくは安定する。背中を冷い畳にのせ　僕は灯をけして　一そうの小舟になる。蒼びかりした光のそこ。ぼくはすべてに海を感じる。海草の様にゆれるカアテン。食器が奇妙な漂流物の様に　ぼくのまはりを流れる。昨日夜店で買つた水仙が　大熊座のα《アルフア》星の様に灯る。ぼくの耳は流れのなかに揺れながら　はつきりと地球の自転をきく。（ここに　ぼくがゐて　救はれてゐる）やさしい人の心を受信してふるえてゐる。ただよふ舟が海にとつて無関係な様に。夜はぼくを軽く　のせて流れる。――僕は夜のなかで安定する。

＊

だが哀しみは　さらに深い。さうなのだ。夢はいつもぼくを裏切る。（夢に事件はない）と誰がいつたのか。夢はあらゆる悪意にみちてゐる。この深夜　夢にまた虚空を飛ぶ。（飛ぶといふのはぼくの習性だ）人間のいない肉体が　ぶざまにのこり。肉体のない人間が影になつて飛んでゆく。すると必ず一つの顔にゆきあたる。宙に浮ぶ白いマスク。その暗い眼。暗い孔。暗い暗示。この時星々は光をつよめ。夢はいつそう深くなる。夜の遠い沖の物語だ。やがてぼくは垂直に落下する物体。そう常に。地球の中心に向い。真下には疲れた肉体が待つてゐる。生に垂直につきささる死。あの聖祭の夜。土の入つた小箱のなかで。いつのまにか燃えはじめるローソクの様に。体のどこかで。ヒヤシンスに似た冷い焔がゆれはじめる。

＊

ぼくは暁方の太陽がきらいだ。輝くばかりの　ずいぶんみだらな。ヒマラヤ杉の下枝の　さつきから気になつていた空が　ひきさかれる。古代エジプト人の眼にも映つた青銅の　天の亀裂。ぼくは　はつきりときいた。その壮んな金属音を。ひき抜いたチューリツプの株を片手に　たしかに見た。即ち　太陽はそこにゐた。（信じない）太陽は　まだ暗い――夜露にぬれた庭先にぼくがおりたつたあの時から　そこにゐて　ぼくを凝視てゐたのだ。ぼくらは　いつも太陽からとどく光の時間を忘れている。ぼくはいま。あるいは。数分前の太陽をそこにみている。そして太陽は既にはるかすぎさつてゐる。ぼくの認識は太陽よりいつも数分おくれる。

ぼくがもし。光より早く太陽の方向へ飛ぶ事が出来るなら！　ふりかへりぼくは　ぼくの過去を次々にはつきりと見る事になるだろう。さうしてぼくは　却初のあの哀しい産声にまでとどく事も出来るだらう。過去と未来が同時的に存在し　ぼくは永遠というものにひどく似てくる。

朝がきた。完璧な光の城。猫がちらりと僕の方をにらみ　美しいカーブを描いて植込みのなかに消えた。けものの去つた辺りに　不思議な予感が光る。絹糸のかたまりの様な巻雲が　今朝も北から西南へ流れてゆく。――ああ　ぼくは　またしても一つの眼をみてしまつた。

≪光より早く……

はやく祈らなければいけない。時間に抗ふ姿勢のままに。永遠というものの詐術がその辺りに匂ふ。花壇の黒土がいつせいに匂ふ。かすかに雨の予想がある。アネモネが今朝も二株枯れた。

＊

ある晴れた日に――けうといまでに平穏な。ゆるくひねつた蛇口から　水滴がおち　洗場の苔はひとしほ緑をました。妖しい予告は往還をつづける。午後妙な友人が訪ねて来た。一瓩の鉛とその灰とではどちらが重いかといふ。灰の方が軽いだらうと答へた。逆なのださうだ。燃える時吸込む酸素の重さだけ重いのだ　と言つて友人はビスケツトを一つ嚙つた。いつか人間が死ぬと軽くなるという話をきいた事がある。救われるからだ。なにかがまはりにやつて来て　そつと持上げているからだ　「即ち浮力をもつ」と友人は註釈した。「天使でもやつてくるのかね」というと「天使は人間のカタルシスだ」とつぶやく様に言つてタバコを縁先に放つた。若し重くなるとすれば――歴史に所属するからだ　と思つたがこれは口にしなかつた。

庇の上に空は燃える。燃えるセルリアン・ブルーの蒼弓。光焰に似た雲がぐんぐん上昇する。

＊

……しかし　ぼくらには早晩　死ぬといふ言葉もいらなくなるだらう。その時ひとは「唯ああ　あいつもコワレタ」と言へばいいのだ。過去と未来とはもうスムースなとりひきばかりはやらなくなる。産むといふ事も大切な事ではない。女も随分無駄ないきものになつてしまふ。「人間の灰化現象はもうはじまつてゐる」といいのこして友人は帰つて行つた。友人を送つてテニスコートの坂道を降りてゆく。トルコ人の老夫婦の赤い丸屋根の上に掌形の雲がぢつと止つて動かない。こんなに風があるのに何故だろう。ホテルのある丘はまだら。雨の尖兵があの辺りまでやつて来てゐる。あの丘の向うで紫色にけむるのは　しかし雲ではない。都会の吐き出すほこりの層だ。あの下に数の都合上　いささか蟻である人々の群れが流れてゐる。ひたすらコワレルのを待ち　待つ事になれた一つのオルドがそこにある。

小石を投げる。何気ない動作が石のエネルギーになつて飛んでゆく。道端の瑪瑙に似た美しい変石のそばに　よりそふ様に転りこんだ。石は幸福である。石には歴史がない。そして幸福にも歴史はない。ぼくらはあんまり重すぎるのだ。はかなさといふ想ひが魂をゆさぶる。（さういう事が幸福だらうか！）

地震かと思つて立止ると　頭上の檜の枝が大きくゆれてゐる。雨の粒が一つ右の頬にあたつた。

*

このいそぎ足の　不安と哀しみと瞋りの　ぼうだいなエネルギーを何に転化したらよいのか
許す為には冷笑と軽蔑が必要であり
怒る為には勇気と尊敬が必要である様な……
それも一種の感傷

ぼくらは許すだらうか
《ゆつくりゆけ
誰かが　ささやいた様に思へる
《いくら急いでもおそすぎる
誰かが　ささやいた様に思へる

おもい　おもい　そらのだんだら
あまぐもの　みだれるそらに
殺意みち

ふるあめの　はげしくふるあめの……

けむりはじめた風景のおくに　ぼくは
やはり暗い巨きな顔をみた

遠く　長い雷鳴のありて……

帰途　道具屋で背中の裂けた西洋人形をみた。はみだしかかつた　藁屑にまじつて。小さな蛾の死骸があつた。

静けさの中心

大岡信

母の中でリズムのままに揺られながら
すでにおれは知つていた
おれの未来がある夕暮
湖水の葦のさきにとまつて震えるだろうと
おおその時　光はどつと溢れおちて
やさしい羊が逃げまどう空の隅では
巨大な鯨が身をひるがえし
蚕地を照らす太陽をのみつくすだろう……

生れるものの無垢なまなこで
おれはすべての劇にみとれた
それらすべてがはげしく向つている中心が

おれの背後の暗黒に溶けているとは知らなかつた

いまおれに残つているのは何の風景

きらめきながら中ぞらに秤がかかり
おれは子宮に浮きながら壁をとおして
秤にかかるものらを見ていた
おどろくな 苔むす髪と燃える城が
秤の左右で釣り合つたまま
永遠に似た暮色を世界に流していた
ああ 女の世界……

その頃おれの後頭部へ
一枚の画からそそぎこまれた夥しい石
それ以来世界は不思議に静かだつた

動きだけがまなこの所在をあかすものなら

だきあつて石とかすかな音楽が
岩の割目で眠るあたり　長いあいだ
おれはまなこをみひらきながら盲いてきた

いまおれに見えるのは何の風景

告げてくれ　おれの芽生えも
小さな獣に取巻かれ海辺の町に住んでいる
恋人の名が記されたように
神の手帳に記されているか

…………声は消え
いまおれの手は水より重く
海の底をさまよいながら
指の形を失おうとしているらしい

（「記憶と現在」二番）

通信

中島可一郎

いきなり　だれかがわめいた。
おやじがあわてて剃刀を突つだてかけた。
兵匪が乱をおこしたとでも思つたので
恐怖は鏡の割れ目に吸いついた。

馬鹿な王《ワン》がうれし気に喚めいたのだ。
ひとは詰らなそうに王をみた。
床屋は一瞬
青海沙漠のまひるにしづむ。

王は手紙をつかんでいた。
ひとはどつとわらう。
だれかがひどいことを仕掛けたので

王の腰が変にワイセツだ。

手紙についた岩塩がおちる。
ひとは知らぬ。
手紙がいま雲南から来たということ。
馬鹿な王の息子からの
解放従軍の　告別《わかれ》。

夜をぬつて　五千里
見知らぬ飛脚の送りつぎ。
沙漠を突走る厚い爪先き。
鷹の目。
汚れたつよい意志の　いま　到着。

通　信

若いオルレアンは怠けもの。

なまけ者という名に値しない
ソルボンヌの学生だ。
学生だから怠け者になつてしまつた。

オルレアンは昼寝ずき。
リュクサンブールの鳩も近寄らぬ
そんなやくざのこしらえも
二年と一ケ月の学費を払つたばつかりだ。

その男が手紙を書きちらす。
怠け者の学生が誤字だらけの宛名
　をつづることが面白かつたので。
ダウニング街の親方にそら豆のさやをはじいてやる気やすさで。

オルレアンは切手を買わぬ。
リシュリュウ*の肖像が気に食わないから
というのも彼のものぐさ。
　チャーチルおやじ

この善良な学生に
もし貴殿が大器量の名にそむかぬなら
ジョニー・ウォーカー　一壜おくれ

白い封筒が
彼の窓からなげられた。
パリの気狂空《そら》は
この気狂いをも祝福する。

下宿の主婦《おかみ》がまず拾つた。
その筆蹟はソルボンヌ風だ
　ということを素早くさとつたから
切手をはつてポストにいれた。
この気狂封筒はどぶ鼠のはき気をますばかり。

毎朝　羽根のない手紙がなげられる。
一フランもくよくよするおんなの子が
　それを拾う。

ルノーの月賦を払えぬ安サラリーマンも
　同じ動作。

金の矢号が怠け者の意志をはげます。
手紙は海をはしる。

パリーの気狂空は晴れ間をみせぬ。
陽《ひ》よふれ　自分のために面白がつた　オルレアン。
なんにも知らずに善良な市民が
あきもしないで　ポストにつづく。
大らかな　ながい日の
市民の習慣が　退屈をとばす。

ある日　茶色の封筒がオルレアンに
届いたので
彼はうろんにそれを開いた
どぶ鼠の退去命令だと思つたので。

ソルボンヌ大学生オルレアン君
貴下の熱心なる通信は予をいたく
感激させた
本日　爆撃機一台
空輸す　受取られたし　　チャーチル

それからが新しい生活。
彼はインドシナで戦功をたてた。
彼の腕は調子がよかつたから
ボルシェヴィーキを木ッ葉に投げた。

それからが新しい生活。
手紙を書いたばかりに
怠け者　オルレアンは　墓ずまい。
勲賞を十字架《クルス》にどつさり下げた。

＊　切手の肖像。一七〇〇年代のフランスの独裁者。とくにハプスブルグ家の打倒につとめ、フランス主権の拡張につくした。

** オーデルニア人の下宿の亭主。ケチで無類の働き者。

*** パリー・カレー間の国際急行列車。

通信

そこを
おんぼろさんがとおる。
あの女
俺の弟の許婚《いいなずけ》者だつた。
弟が
ブラウン島で殺されて
白木の箱でかえつた
そのとき
ピントが狂つちまつたんだ。
おれは
その間ぬけさ加減が
はずかしい。

おんぼろさんはいやだ。
三十の女盛りが　卒塔婆にみえる。
あの女
俺の前をとおる。
知らん顔してとおる。
後ろにくんだ両の腕。
チョロリ光つた石の玉。
サファイア。
エンゲージ・リング。
弟の
ふかいおもいのしるしの青《あお》。
おんぼろさんは知らぬ顔。
石の光りが
おれの
胸につきささる。
ブラウン島の
うらみの
鬼火《おにび》。

不吉な戀人たち

清岡卓行

あれから　もう　何千年になるだろう
唾液にぬれた地球の回転をそつとまさぐりながら
かれらはおたがいの不在をたしかめてみる

★

それは血のように爛れた空

焼跡から
飢餓の行列から
かれらを追い立てた匿名の愛撫の手

接吻のなかで恐怖する都会

仮死のなかで　一瞬　燃えあがつた

口のなかの他人の舌
灰となつた時間
かれらのなかの追いつめられた不幸な種族

★

そしてかれらは忘れることができない
謎めいた最後の真圓
消えてゆく空襲警報のなかの
おたがいに気味がわるくなつたかれらの性器を
《戦争ももう終りねえ…………》
かれらの凝視のなかの最初のおどろきは何であつたか
あの親しくおおつぴらな暗号

うちひしがれた秘密の合鍵

絶望はそのとき退いてゆく海の鼓動のなかに
かれらの裂けた朣のなかに
すでにその旗をおろそうとしていた

《ああ 愛するものの頭蓋骨を
　　瓦礫でうちくだいたならば……………》

人間はどうしてそんなことを考えるのだろう

かれらはしかし退いてゆく地平線のなかで
もはやおたがいを識ることはできなかつた

★

かれらはふたたびめぐりあうであろうか
死の灰のけぶるなかに

焼けただれた海綿
風に舞う虹
舗道のうえの渋い光となつて

かれらはふたたび相抱くであろうか
腐爛する孤独
おたがいの復讐をたしかめるために

かれらはそれを夢みる
性のなか

すでに人間のいない風景のなかに
すでに生物のいない風景のなかに

★

かれらはぼくらのなかに生きている

かくされた太陽、口

飯島耕一

茨の中にかくされた太陽。
けものらの口の中にかくされていた太陽。
けものらの
唾液にまじりあう雨の中にかくされた太陽。
まぎれこんだ
けものらが僕らの場所に運んできた不幸。
不幸よ、不幸よ。
僕の血液が　空虚な
感じ易い血管の暗を
胸元に急いで帰つて行くのに出会う太陽。

追いつめられた人々の口が
かくされていた　世界の

本質的な声を発見するに至る
というのは
ほんとうだろうか。
隙間だらけの世界の凪の暗の中で。

海辺の生物

海辺の生物の足どりの静けさ。
海辺の生物たちの足どりの中に血管の暗に
人間とは関係のない時間がある。

何という静けさだろう。
透視できない空の中で。

その中に僕はもう僕を発見できない。
エーテルの匂いのように
彼らの歩み去つたあとに。

詩の困難な時

オーブリイ・ド・セリンコート

プラトンの「共和国」のなかに、ソクラテスが、詩は悪しきしろものであり、理想的な共同社会においては詩人は地位を得ることをゆるされてはならない、という遺憾な結論に達する——という一節があります。プラトンは、とりわけ詩のなかに沒頭し、もつとも乾燥した哲学上の諸問題さえも詩人の目をとおして見ていたので、かように考えたのでありますが、他の多くのひとびともまた、プラトンとともにこの判断に頭をなやましてきたのであります。もしもこのことが、詩に附随する重要性のためということ以外に他の理由がないのならば、げにおどろくべき、しかし興味ふかいことです。詩のなかにあるあまりに大きすぎるよろこび——それはプラトンも警告しているように、一国家のバランスをくつがえすに足るものである。人が一度、詩の恩沢のつよい労苦のなかにとらえられたならば、多くの危険なことがおこるだろう、というわけであります。

現今のわたしたちは、このようには考えておりません。こんにちの普通の読者たち——そんな人がもし存在したとしたら——は、詩人は抑圧さるべきだというプラトンの信条をおそらくうけいれるでしよう。しかし、それはプラトンが考えた理由によつてではない。詩人の影響は、危険なほど力がつよいからだ、という考えからはおよそ遠い、単に、詩人などはまつたく影響をもちえないという理由から、詩人の抑圧を黙許するに相違ありません。事実において詩人はビジネスの特殊人になつているし、それもごく少数で、それらのひとびとが弧立して集つても工合のわるいものになつてしまうという理由から。

このような見方は、現代詩のたしかな特殊性からも、一部おこつているものでありますが、プラトンの意見よりも全体として詩をそこなうものであります。それは消極的なので、さらにわるい。プラトンの意見はきわめて積極的なもので、彼は詩の力を、それよりも強力なものはないと思うほど感じていましたし、明白な理由によつて詩を廃棄したのでした。こんにちの読者の大きな集団は、詩の力など寸毫も意に介しておりません。かれらにとつて、それはまつたく未開拓の世界であるばかりでなく、開拓にあたいすると思うほど関心することからあまりにも遠くへだたつております。

このエッセイの目的は、詩の世界は、人体の五官をそなえもち、すばやい理解力と、物と他人との間の或る共感のあたたかさを有しているひとであれば、だれにも身近なものであることを言うことにあります。そうであるだけではない。詩は人間の経験の真の素材につよく関与していますし、一度人が詩にみちびき入る鍵をもち、それに魅了されることをゆるされたならば、他のなにものもできないものとして人間の仕事とその内奥に回帰してきます。その鍵を見出すことはやさしくない。が、一度それを見つけたらその報酬は非常に豊富なもので、人によつてはその努力をあたえることをおしむひともあるかもしれぬほどのものです。

詩の鍵が万人のものとなり、詩のことばがだれにでも自然にわかるものとなり、詩のよろこびが普通人の所有物になるまでには、史上多くのエポックがありました。古代アテネには、百年たらずの間でしたが、短い開花時代がありました。毎年の祭りがくると、アテネの市民たちは自由人も奴隷も、毎日あけがたから夕暮れのくるまで劇場に詰めていて詩をきいていました。シェクスピアの生きていた時代には、新築の芝居小屋に入つてシェクスピアおよびかれの偉大な同時代人たちの詩によろこびをもつて耳をかたむけていたのは、特権階級や知識人だけではなかつたのでありまして、ロンドンの群衆のだれもが小金をはたいて入場していたのであります。ごく最近までは、どの国のどの時代でも、民俗のうた、バラード、忘れられた名もなき大衆のうたごえがあつて、それらの謙譲ながれが寄与して詩の河をふくらませていたのでしたが、いまではこれらのながれはすつかり干あがつてしまいました、いまのヨーロッパにホーマーやシェクスピアのようにポピュラーな詩は存しないし、ひとびとも往時のように自然の欲求として詩の飢渇をうつたえない。その結果、当然のこととして、読者の飢渇をいやす詩人もあらわれておりません。

思うに、ポピュラーな詩がさかえるためには、現今のわたしたちの生活にもつと単純さや明瞭さが必要なのかも知れませんし、また一方からいえば、わたしたちの環境のなかに人間の位置や自然力との関係のもつと平明な、直接的な感覚が必要なのかもしれない。他方、わたしたちは、わたしたちを荒廃せしめるためにのしかかつてくる力や、それを統御し、あるいはわたしたちの運命が急速に破滅しつつあるのだということを理解しようとする個人々々の力の厳密な状態をよく知らないのかもしれない。過去においては、おもな人間の問題——女性とか政府、戦争といつた人間の問題は、こんにちよりももつと直接的であつたし、もつと感知しやすい理由や顔や名前をもつた人々のことに依存していました。しいたげは名のある主人のため、それも血のかよつたあたたかい慈善の手によつてすくわれていました。現今にあつては、単純な愛憎の発出さえも哲学者の説明によりいつそう複雑化されるしまつで、わたしたちは一度にあまりにも多すぎること、少なすぎることを知り、あまりにも直截にわたしたちに関与し、激動するたあいのない矛盾やよろこびに注目し、ふるい主題を幾度もくりかえさねばなりません。（しかし、実際にはすべての芸術が人間や現在によつて熱くなり改新されなければ、それはすでに死んだものでありますが。）また、広大な知識の原野をしたしくあるくには、わたしたちの知識はあまりにも少なすぎる。かえりみてみると、わたしたちは過去のなかに、自己保証、こどものころの領土の保全、といつたなにものかを見ているのではありますまいか。実際には、わたしたちは把握をこえる試験勉強をつめこんでいる不器用な青年で、その結果、一種の精神の薄明状況あるいは無人境に生きているもので、わたしたちの上にのしかかりわたしたちの生を鋳型にいれる非人間な、日々肥大してゆく顔のなかに、自分と正体を不完全ながら見ている現状であります。現在が、詩にとつて困難な時代であることは疑いありません。詩人は、その結果としてのかれの詩の一部分よりも多くは責任をもたないし、その余のものは、時間の精神のはたらきであるからです。

他のなにものよりも、現在の時代を性格づける二つのもの——それは、組識集団のなかにおける個の沈潜であり、人間生活の基礎的な価値の喪失です。この二つのものは、芸術家たらんとするに十分な感性をもつすべてのひとびとに、弧絶の感覚をあたえ、それを日々ふやしてゆきます。一つの組織集団は共同社会ではないのであつて、二つのひとびとをむすびつけるかどうかはきわめて疑わしい。これは、詩にとつて不幸なことであります。なぜなら、共同はすべてのもつとも有意義な芸術がうちたてられるベースなのですから。こんにちの詩人は、自己の内奥にのみ自身をかりたてます。かつては、詩人は分与者として他人に対し、自身をしばりつける初歩的なパッションを平明に書きました。こんにちの詩人は、むしろ自分たちを分離せしめておくものについて語ろうとしますし、他とことなつたものとして自分をしるしづけようとする。そして、うしなわれた自分の正体の捜索に専心しています。

　過去の偉大な詩は多く個人的なことに集中していましたが、同時に普辺的であつて、ごくありきたりのわかりやすい人間の経験を扱つていました。こんにちの詩は、かつてなかつたほど個人的なものを扱つてはいるのですが、普辺性に関してははなはだしく欠けている。それはそれらの詩の多くが尋常でない経験を扱つているからで、人間の分有する意識からあまりに後退しているからです。にもかかわらず、イギリスの散文文学の或る時期においては、詩のアクセントと素質があつたということは奇妙なことといわなければなりません。こんにちのイギリスの詩は、そのフォームと手練の様式においてかなり散文の素質を有しています。ビッショップ・テイラーは朝の早起きを読者にすすめて、「東の部屋からあらわれるときの太陽の身仕度を見ることは、実に好奇にたえないことだ」と書きました。それは、こんにち私たちがどのようにして散文を書いているか、ということではありません。エリオット氏の「寺院の殺人」のなかで、真実をこめて注意ぶかく、誘惑者はこういいます。「真の力は、或る屈服の値段であがなわれるのだ」と。それは、逆にいえばどのようにして詩が書かれたりしていたか、ということではないのです。時はかわり、芸術のコンヴェンションは芸術家の意志のもたらす手段によらずして、時とともにかわりましたが、すでに暗示したように、芸術とその読者または聴衆は、常にその統一性における二つのエレメントでありました。ワーズワースは、「詩人は、詩人がそれによつて読者に味われる味覚をつくらねばならない」と言いました。その特質に効能によつて、時代がそれを説明する詩人をうみだすということは、いつの時代にもいえるひとしい真理であります。

　こんにちの詩が過去にそうであつたように、わき道の暗いところにうしなわれてしまうかどうか、それは未来が決定するでありましょう。しかし、ただ一つながら明白なことがある――それは、わたしたちの歴史のたしかな時期において、すべての文学形式のもつとも直接で普辺的な訴えであつた詩が、きわめて難解で晦渋なものになつているということです。このことは、いつたい何をものがたる事実なのか。難解で晦渋な時代に対しては、その当然の反映である詩風をもつて、しかし多分に味わいのふかい味覚をつくりつつ、詩人は各所でうごきこたえつつあるのであります。〈未完〉

（児　玉　惇　訳）

街

中村稔

ふと——道ばたの樹が僕に近づいてくる
ビルとビルの裂け目から急に空がひろがる
天心をつきぬけた傷あとがある
その黄イの滴りが僕の手のとどく処にある
僕のうしろにはつみかさなつた日常がある

僕の背中はいつも灼けつく死者の眼を感じる
僕は歩きだす　照りかえす赤煉瓦のビルの間を

突然街の騒ぎが止む群衆が化石になる
視界が一度にひろがり風景は遠くで白茶けている
あらゆる街角から僕があらわれ愛想笑いをうかべ
そしてまた隠れていつて僕はひとりになる

ふと――忘れていた親しみがよみがえつてくる
僕は道ばたの樹々にその枝々に挨拶を送る
僕はまだ知らぬ多勢の仲間に挨拶を送る

樹

安東次男

ぼくが　おまえを見ると
おまえが　ぼくを境界づける
血を流している　世界のたしかさで。
血は　もう光を　もつてはいない
血は血のいろに　燃えているだけだ。

そんなときおまえは　じぶんの足許に、

身ぶるいする影をもつ
だが　影はおまえをもつてはいない！
おまえは
世界で最初の孤独になる。

そのおまえがもつ
無限に　対象からやつてくる認識、
血のいろに　燃えている人間。

と、光がぼくにかえされ　ぼくは逆流をはじめる
ぼくがおまえと入れ替り、
ぼくが世界で最初の樹になる。

らくだの葬式

鶴見俊輔

らくだの馬さんが
なくなつて
くず屋の背なかに
おぶわせられた
——此所から墓地までだいぶある
くず屋があるけば

馬さんもあるく
ひょこたん　ひょこたん
　――やりきれないね

くず屋があるけば
馬さんもあるく
ひょこたん　ひょこたん
　――でも仕方がないよ

馬さんがあるけば
くず屋もあるく
ひょこたん　ひょこたん

岬にて

難波律郎

僕はいま君と一緒にいる。だが君の、
瘦せて細長い肉体は、もうどこにもいない。

君の髪も、いつも泣きそうだつた君の眼も、
灰になり、小さな包にしまつてある。

君が口癖に、僕に托していた約束の、不幸な真実。
今日僕は君を棄てるために、ここにきたが……

……あいにく、岬を抱えた房州の空は、ひどい雨降りだ。
かつて君が、地球の肩にたとえた水平線も、
朦朧とけむり、海は波高く、荒れている。

しかしそれもむしろふさわしい。気弱な、
その癖、骨の髄まで変屈だつた君の、抽象が、
流れ、溶けて、ひとつの実在となる日のために。

友よ、長すぎる外套のように、つねに
情緒と屁理屈をひきづつて歩いたリゴリストよ！
君は随分僕らを辟易させた。

君の主張、君の饒舌、
苦痛にみちた顔つき、放浪癖。僕らは言つたものだ、
《なんと煤ぼけたナルシスよ》

君は僕らが合唱するとき、ひとり別の歌を歌つた。
僕らが競技場を走るとき、君は逆立ちして歩いた。

一事が万事、およそ鼻持ちならぬ奴だと、みんな顰蹙した、
そんな君が、虫のようにもがき、血を吐いて死んだ。

僕らにとつて他愛ない、恋の泥濘みも、
君にとつては、あの真凪の蟻地獄より凄絶だつたから。
おお、哀れな奴。いま君の死は伽羅のように強く匂う、
みずから砕いた、君の骨が眠る、小さな包の結び目で——

君の形象が焼かれ、僕らの箸の尖でくずれた昨日、
はじめて僕らは、君の真実を了解した。

おびたただしい、分類と図式に囲繞された、檻の時代！
「愛」や「精神」という言葉が、鳥のように扼殺され、
侮蔑と失笑の鍋の中で、炒めつけられる季節にも——
——友よ、君のこころは損われてはいなかつた。と、

君は純粋だつたから、箱のように脆かつた。
濡れたこころを鞄にいれて、君は出ていつた、地球から、
恐るべきメカニズムの窓に、君だけが通れる穴をあけて。

そこから流れてくる光りと微風は、わずかに、
不自由の中の自由を、疲労の中からかすかな希望を、
僕らの裡によみがえらす。

君は正義の犠牲でも、まして偉大な精神などではなかつた。
君は一つの鍵。僕らの奥深くある、唯一の、
僕ら自身の、証明の、生の抽出しをひらくための……

……僕はこれから君を棄てる、君を所有するために。
僕は手の中に君を掬う、君はさらさらとこぼれる、
君は流れる、君は溶ける、君は消える……

風と雨にけむる岬のひややかな午後。さよなら、
永遠を屈折させることによつて、分解した水晶のように、
死んだ友よ……

ちいさな窓

平林敏彦

冬がうなじをかくそうとした日
牡牛の腕がそれをひきもどした日。
てんでにさしかかつた曲り角で
ひとびとがとまどつた顔を見合わせたとき。
空はあぶられた紙のように
めくれた縁で蒼ざめた会話を掬つてみせた。

ひとびとは言いかわした
ほそい鎖で縫つた痕のあるくちびるで。
　沖からあたらしい亡霊が流れついたのに
港にはおろおろした女たちの足がつまつている
　誰があの石になつた足を走らすだろう！

見慣れない地・上に最初の一日がきた。

いつぽんの痩せた手首で秒針が動きだした。
正午の耳に触れようとしながら
はじめてそれは正確な時刻をきざんだ。
だが　船はかれらのものではない
船は仕組まれた浸蝕のためにうなだれていた。

まわらない曇り日のへさき。
貝につまつた子供たちのあわれな歌。
水夫たちは都会の白い病室で
丈夫で向うみずだつた幼いものの寝息をきく。
けれども　明日はひもじい裸足の子
不器用に音階を踏みはずしてしまつた子供たち。

やさしく通りすぎた日日。
棧橋の端で女たちにおくられた船
のどかな洗濯物でいつぱいだつた船。
死んでしまつた湾内で
今日は蜥蜴のように動かない船
昨夜から乗り手のいなくなつた船。

ひとびとは咽喉に詰めものをして言つた。
　とざされた海のひろさ
　空のふかさをみつめてはいけない
　　理由が誰にあるのだろう！

ぼくらはいくつもの歯車を顔につけ
明るい真昼の舗道で忙しくすれちがう。
曲り角でぼくらは高い病室の窓を見あげ
通じあわない他人の言葉をどこか遠くに聞く。
めいめいにおなじ番地をさがしあぐねているひとびとが
急ぎ足でぼくらの近くをゆき過ぎる日。
干あがつた海の魚
皺だらけな空のけもの。
ちいさな窓ガラスにうつつている
それらのために帽子を振つて
ぼくらは病院の階段をまつすぐに上る。

物語

児　玉　惇

1　はなびらのころ

いつからか、雀の死屍のはきだめだつた。

昨日まで、さくらが散りしいていた、そこは。


はなびらも、すでに死屍であつた。

雨に、重くうたれていた。

羽をむしられ、串刺しにされて焼かれたりして、ときおり、金網をとおりぬけてなまぬるい風がふく。

死屍は、ふきよせられる、羽毛のように。

はなびらは、あふられる、はきだめの方へ。


　しかばね、はなびら、はなびら……

　しかばね、はなびら、はなびら……

ふと、かすかに、ガソリンと人肉のにおいがしたりする、どこかの国の、
捕虜収容所——
今日、雀の羽毛が、塵とともに群れている。

2 鴻毛記

春、羽毛となつたおとこの季節は、
いつも、春だつた。
兵籍簿には、櫻
櫻第十八部隊　と印され
年齢は、黒く停止。
死亡地は、不明——

青空の下、
はなびらの散りしくくもり空の下で、時代の、
兵籍と、見えない金網につながれていたころから、
おとこは、よろめくちどり足。
失業の重さは、
背嚢と銃の重さだつたのだ。

かーき色の猟人《かりうど》たち
堂々の輸送船……
そして、猟人は転戦した。
逃げまどつた。
狩りとられる雀の姿さながらに。

収容所にも、原野にも、
ちどり足の行列がつづく頃、いざりのように、三々五々せむしの行列がつづく頃。
おとこは、おもい出した、ふるさとの春を、さくらを。……しかし、いのちは、すでに羽毛の軽さに近かつた。
羽毛がのこれば、まだよかつた。
なかまたちは、大半、砂になつて、
遺骨箱へ入り、帰還した。

3　女

春、再婚したおんなは、以来、
春をうしなつた。
さくらの頃、おんなはおもい出して、むかしの衣裳を着たりした。

が、すでに、からだは杭木のようだつた。
ときおり、生活のきたないほこりが、
はなびらのように、散りこぼれるだけだつた。

散りしいたはなびらを見下して、
おんなは、嘔吐をもよおした。おんなに触れて死んでいつたおとこたちの堆積をおもい出して――

4 ひかりと皮膚

のどかな春日が、つづいた。その頃から、
ひとびとの皮膚は、ふしぎな元素のひかりにやかれはじめていた。

むかつく胃壁――
かきむしられる掻痒感と、血球の半減してゆく症状は、さくらの頃のものだつた。
春をすぎると、
はなびらが熟《う》れおちるように、
ぼろりといのちが剝げおちるのも、ふしぎに似通つたことだつた。
そのいのちは、へいわ（平和）に似ていた。
そのはかなさは。

いのち、はなびら、はなびら……
へいわ、はなびら、はなびら……

囃し大鼓の音とともに、さくら、さくら……のうたがきこえる。酔つたおとこのだみ声も。
酒なくて、なんのおのれがさくらかな。

5　こどもの合唱

はえた、はえた、
きのこがはえた。
その灰のしたで。
収賄、汚職。

はえた、はえた、
きのこが、はえた。
その灰のしたで、
戦争、威嚇。

はえた、はえた。
きのこが、はえた。
その灰のしたで。
失業、自殺。

6　この夏

——映画「恐怖の報酬」をみて

この夏は、暑いのだろうか。
汗をふき、ふき、
一人の男が言つた。
いや、涼しいのだろう、
凶作だというじやないか。
え、金づまりがひどい？
うん、しかし、
やはり、暑いな、
暑い。
もう一人の男が言つていた。
仰げば、積乱雲——
濃い木々のみどりに、軍事経済の車輪の騒音がこだまして、

この暑さ、
おも苦しさ！
しかし、何という肌寒いスリルなのだ。
踏みつぶされる蟻、そのなき声。
倒産してゆく蟻地獄、
その音のすみずみまで、
ひびきわたる哄笑——
その笑い主《ぬし》。
放射能でもない、
デフレでもない、
この暑さの元兇のありかを、
おれは、恐怖しつつ、はっきりとききわけて、
歩く、
歩く、
汗をふき、ふき、
千仭の氷河、そのきわどい崖つぷちをどこまでも。

一つの感想

ぼくらの詩が、外国の人々にも読まれ理解されることへの期待が、子供らしい考えに過ぎないようにふつう思われているのは、少しばかり情ないことだといわねばなるまい。こうした理解されたいというのぞみはたとば「アルコール」の詩人アポリネールにも明らかにみられるところである。

……あなたがおつしやつてゐるやうな詩は、すでに第二義的な価値しかないものであり、また才能さへあれば、随分見事なものも作れる性質のものですが、人間性からあまりにも隔離してしまつて、結局、才子や好事家の遊戯にさへすぎないといふ事実です。才子や好事家なぞといふものは、つまらない連中です。かうした半ダースにも足りないほどの、同好者、同国人しか呼びかけないといふのでは、それはあまりに文学的野心がなさすぎるといふものではないでせうか。僕も自作に対する七人以上の愛好者は望みませんが、ただ僕はその七人が男女の性も国民性も、また身分もそれぞれに異ることを望みます。

（「手紙」より、堀口大学訳）

これはたしかに今日の芸術家が当然抱いてしかるべき野心であろう。戦後のぼくらの詩も、以前より一そう人間性に近づいたものとなり、現実主義にくみし、民衆と手をむすぶものであろうとし、ブルジョワ的デイレタンチズムから、あたうかぎり遠ざかろうとしたところにはじまつたわけだが、依然として詩人たちの声に、多くの人々が関心をもつているとはいえないようだ。まして国民性もこえた人々にも理解されたという期待はまだまだ実現にとおい。

ヴアレリイは詩に関する論叢のなかで、音楽家の幸福を強調しているが、ぼくらも又、ヴアレリイとは別の意味で、音楽家に対して一つの羨望をもたざるをえない。それは彼らが、音というすべての人に共通な言語をもつためにほかならない。げんにわが国の作曲家たちも、最近イスラエルで開かれた国際的な音楽祭で好評をはくした松平頼則をはじめ、（ぼくは彼の宮廷風音楽がほんとうは好きになれないが………）世界的に進出し、理解され注目されだしている。彼らはことばは通じなくても難なく（ぼくらから見ると）その意思と感情を世界中に伝達できる幸福を自分のものとしている。彼らははじめから、むしろ日本の聴衆をめざすよりも、世界の楽壇における反響を期待しているようにみえる。それが正しいかどうかは知らないが、彼らの音楽が世界性をもつことはたしかであるし、羨望すべきことと思う。ぼくらも又、ショスタコンヴイツチや、ミローやプーランクを、翻訳あるいは内心の翻訳作業なしに享受しているわけだ。

音楽と文学はちがう。それはたしかだろう。なぜなら文学は国語をきりはなしては考えられないからである。ことに詩にあつては、国語そのものの魅惑といつても、いいすぎではないだろうからだ。

英語で書かれたエリユアールから、ぼくらはエリユアールのどれだけのものをくみとることができるだろうか。翻訳されたエリユアールはほんとうのエリユアールだろうか？　そうしてたしかに、ぼくらの中には、青空があり、その一部分はエリユアールの青空であるはずなのだが。近刊の安東次男の「万人のための詩」の訳にしても、訳者もいうように、比較的日本語になり易い詩と、とうていそれが不可能な詩とがあつて、そのひらきは埋めつくすことはできそうでない。

ぼくは翻訳詩絶望論をのべようとしているのではなく、反対に、インターナショナルに語りかけたいとのぞまない現代詩人の存在を考えることができない、とさえ思つている。

（飯島耕一）

ベン・シャーンについて

　第一次世界大戦の行われていた一九一六年、当時アメリカ国内では自国の大戦参加に対して革命的な労働者団体が猛烈な反対運動を起していた。政府はこれに対して積極的な弾圧政策をとつていたが、七月二十二日にサン・フランシスコで行われた示威行進の最中、突然爆弾が破裂して多数の死傷者を出した。政府はこれを当時アメリカの革命的労働運動の指導者であつた、トーマス・ムーニ夫妻と他の二人の同僚による策動だとして彼等を捕え、中でもこの事件の直接の犯人としてムーニに死刑の宣告をした。しかし、この事件は戦争加入反対の示威運動に弾圧を加えた官憲の謀略であることが一般大衆に察知されて、諸外国にまで大きな反響を呼び、南アメリカ、ヨーロッパ、ロシア等の国内ではムーニ処刑の反対デモさえ行われた。ために、カリフォルニア州知事はムーニの死刑を無期徒刑に変更したけれども、その後は労働者のいかなる示威運動も効果がなくて、ムーニは釈放されなかつた…。

　このムーニ事件も現在では殆ど忘れられた過去の一事件にすぎないが、当時は大変な事件だつた。現在でも、ローゼンバーグ事件の真相などというものは、とうてい我々には解明のつかない謎を含んでいる訳だが、ただこういう事件を通じて我々は権力とジャーナリズムの便宜主義が如何に真実を歪曲してしまうかということを改めて認識する。しかもこれに類する事件は今にはじまつたことではないので、ムーニ事件などもその中で最も著名なもののひとつである。そして、真実をかくも惨めに踏みにじつてしまう程の強大なメカニズムと化したこの権力そのものへの個人の抵抗などというものは実際非力なものだが、そこに蓄積されていく社会の良心というものはやがて歴史の上で必ず大きな社会転換を企図するまでの原動力ともなりかねないというような予感もする。

　ベン・シャーンがこのムーニ事件を主題にしてグアッシュによる十五枚の連作をかいたのも、彼の人間としての芸術家以前の良心にかかわる問題だと思う。そして、このアメリカ画家の社会的良心というものが、彼自身の絵画の上で果した役割を私は過大に評価する訳ではないが、彼がひと頃憑かれたように描きつづけてきたヒューマニスティックな画題の問題性について、私はやはり特異なものを感じる。

　シャーンの社会的正義に対する信仰は、むしろ勧善懲悪の西部劇に於いて、子供達が示すあの英雄讃仰に似た単純さをもつていると思われる程だが、しかし性急で狂躁と見える程の純粋さでそれをしている。そしてその間にあつて、そういう自分の思想的傾向を唯一の拠点として、彼は己れの芸術を育てていたのだ。彼はだから殆ど社会的視野でしか画題を選ばない時期があつた。その時期、つまり一九三〇年代において、彼は自分の芸術におけるスタイルを一応完成することになるのである。アメリカ絵画に於いて、彼は普通、「社会的写実主義《ソシアル・リアリズム》」に属する画家とされている。このことは彼の写実主義が社会的視野でとらえられた特殊のものであることを示している。ジエイムス・フレクスナーはシャーンに関して、「真実を表現するために自らの芸術を捧げたルネッサンス画家のように、シャーンは彼が信じる処の社会理想、つまり彼が社会正義と考えている人種の平等、労働者の提携などのために、自己の絵画の中に於いて奮斗する。」（アメリカ絵画小史）……といつているが、これはこの「社会的《ソシアル・》写実主義《リアリズム》」とよばれる一派の画家達、つまり、エヴァグツドやリヴアイン、グロツパーなどに共通する精神の場でもあるようだ。そして、彼等は一様にその絵画技術の傾向としてドイツの表現主義の影響をうけているといわれる。しかし、シャーンの絵などをみても、表現主義の説明的な抽象性はない。厳しい現実への批判が故意に写実主義をとらせていると思える程である。

彼は前述のように、一九三二年にムーニ事件の連作を発表しているが、それ以前にも同じような連作形式でグアツシユ、水彩などによつて、ドレーフユス事件やサツコ・ヴアンセツチ事件を描いている。彼の社会正義に対する情熱は早くから彼の絵画制作を支える骨格となつていたようだ。そして、私には彼のこのような正義感に貫かれたヒユーマニズムは寧ろ後天的に彼の生活条件を俟つてはじめて芸術の上で結晶したのだと思える。彼の芸術家としての資質は唯美的でさえあるとみるのが妥当のように思えるのだ。一九四六年の「父と子」は彼のそういう資質が技術の成長を伴つて自然に成功したよい例だ。そして、「坑夫の死」や「坑夫の妻」などによつて語られる人間社会の悲惨な宿命への激しい呪咀は、彼の生活体験から来た、何よりも先づ、彼自身がそれからの解放を希うという、切実な祈りの姿勢だと思う。

ながい間、石版画工の徒弟や、自ら石版画工をすることによつて苦しい生活を続けてきたシャーンは、その間苦学してニユーヨークの市立大学やナシヨナル・アカデミー・オブ・デザインなどに学んだ。彼の両親はユダヤ人で、彼自身はロシヤのカフナスに生れたが、八歳の時に一家をあげてアメリカに移り住んだ。

彼がその絵画制作を通じて、社会的な人間性に目覚めていく過程は見事な人間形成の歴史だが、彼の芸術に関する限り、私がそれにひかれるのは寧ろ彼の唯美な一面であるのは皮肉なことだと思つている。

彼は一八九八年の生れだから今年五十五歳になる。

（岩瀬敏彦）

飯島耕一の詩

飯島耕一が、詩集を出したいと思う、といつてぶらりと尋ねてきた。ぼくは彼の詩は学生だつた頃のものから時々見せてもらつていたので、いまさら言うこともないと思つて、パラパラとその原稿を繰つていた。あまり見覚えのある作品はなかつた。と同時にずいぶん一つ一つの詩が短かくなつたとも思つた。「いつ頃書いたの？」ときいたら、この二、三カ月と彼は答えた。云つてみれば、まあそういう感じの詩だつた。あまり苦労したあとも見えない、といつてけつして出鱈目に書いたのではない、そういう詩だつた。詩集が出てからもう一度読み直したが、やはりその感じは動かなかつた。

集中、ぼくはヴイヨンに寄せた序詩がいちばん卓れていると思う。彼の詩には、詩語のイメージの形象力を相手に押しつけるように（ときにそれは、おれにはよく分つてるんだから、きみらも分つてくれよ、とでも云いたげに見えるときもあつて、それが図々しさというものではなくて、何か切なげなものに見えるときもある）数えられることばを終止どめにしているところが目立つ。たとえば、「日」だとか、「年」だとか、「一枚一枚」だとか、それである。そのほか、これに類似したものに「部屋」だとか、「記憶」だとか、その他、彼が使えば「男」とか、「探す」というような動詞さえも、そういう貌付をしている。なんとも切ないのだ。本人はちゃんと。を打つて終止にしているのだが、それが反つて読者の心に波紋を投げる。問うてくるのである。これは相当に秩序のある詩人でなければ出来ないことであつて、この点この若い詩人は信用するに足るものと思つてよい。

こういう飯島のひだのようなものが、どこから生れてきたか、ぼくは考えてみてもまだよくは分らない。シユペルヴイエルのあるものを思出させ、じじつ彼はシユペルヴイエルを一夜づけの卒業論文にまで択んだはずであるが、そのシユペルヴイエルがロートレアモンのなかに発見した宇宙は彼にはない。また、シユペルヴイエルがエリユアールと交わるところのフランス的な明晰さもない。そういうふうに見てくると、この青年詩人がヴイヨンに寄せた序詩をこの詩集に冠したということも肯けなくはないのだが、まだぼくはよく分らない。分つても分らぬような顔をしてやる。といえば、飯島は笑うだろうか。この男が笑うと、遊びの仲間に入れてもらえなかつた子供が玩具をひつかき廻して、みんなで顔を見合わせて笑うときのような顔をする。ひつかき廻された方の子供たちは、やがてそれと気づいて、怒りだすのだが、飯島坊やはそのとき泣き笑いのような顔に変る。その瞬間の切なさのようなものが彼の詩を支えている。したがつて、それ自体は条件反射のようなもので、そのあとどう変貌するかわからない。しかし充分に期待してよい変貌の在り方がそこにはある。たとえばヴイヨンに寄せる序詩をぼくが注目するのもそこだ。このなかには、たつた一箇所ではあるが、彼自身でも無意識に発見したものがある。つまり「吊るされた木版画の二人が　手を前で組み合わせて　はだしでいるのに気づく日」というところだ。この「気づく日」は、同じ詩のなかでも、そのほかの「日」とはちがつているようにぼくには思える。そのほかの「日」は一つ一つ過去へ向つて巡礼してゆく飯島の「日」だろうが、ここは未来の発見がある。そして、飯島が、この過去へ向けられた目のなかから、この一つの宝石をとりだしたことは、飯島の置かれた現実のなかで彼の正しさ、詩人たるゆえんを語つているものと思う。

ぼくには、「他人の空」のなかの「見慣れない屋根の上を」の「見慣れない」だとか、また「物思いにふけつている」だとかいう表現は、それと反対に飯島が石女に終つたしるしとして今後排除してゆかなければならない点だと思える。同じような欠点は、いくらでもあり、「砂の中には」のなかの「耳元をかすめて流れて行く」というところにも見られる。このイメージが、例えばその詩の最後のところ「人たちが、野良犬のように　穴の中で、不器用に、足を折りまげたまま泣いた年。」という表現の欠陥につながつている ことを飯島は知らなければいけない。この最後のところは、先のヴイヨンに寄せた序詩の最後のところと似ているようであるが、質的にちがつているとぼくは思う。つまり、これは過去へ向きつぱなしになつているのだ。子供がにぎやかに笑い、泣き笑いになり、ワーツと泣きだしてしまつたところだ。飯島君、そんなふうに泣くもんじやあない。そして早く癒つて、もういちど若い仲間にまじりたまえ。ぼくは何よりもそれを望む。

（安東次男）

編集後記

　ひとくちに言つて同人雑誌の存在理由は、あたらしい世代が既成概念に対するアンチテーゼとしての批評活動を展開することにあると思う。そこでは既成秩序に同伴する好ましい作品を書くことよりも、作品がそれらに否定的な批評精神を軸にして書かれることに意味がある。

　現在おびただしい数に上ると言われる詩人たちの同人雑誌は、はたしてよくその設問に応えていると言えるであろうか。すでにぼくらは、それらの同人雑誌活動すらも何らかの既成秩序に隷属しているという状況への不信から、過去のそれらとは異質なあたらしい構想のもとに「今日」を創刊した。

　ぼくらはその作品活動を通じて今日もつとも意欲的な存在である詩精神との協力によつて、詩におけるまつたく新しい共感の世界を形成したいと思うのである。創刊号に比して、ぼくらはこの第2冊においてある程度その方向に踏みだすことが出来たと思うが、勿論問題は今後にある。

　第2冊の評論、詩篇などについてはことさら何も書かないが、ここではあきらかに明確なひとつの世代のエネルギーが燃焼していると思う。各方面の読者からの積極的な反響を期待している。

　創刊号の表紙画、カットは現代アメリカの漫画家フランク・タシユリンの作品であつたが、そのヒユーマニステイツクな諷刺性に注目したぼくらへの書信で、彼は世界変革への熱情を表明し、ぼくらに原画の提供を申し出て呉れている。

　なお、本号の表紙は昨年イギリスで開催された国際芸術評議会（International Faculty of Arts）主催の「現代彫刻展」に出品入選して注目された、フランク・ベルスキーの作品「知られざる政治囚」の写真版である。

　この「知られざる政治囚」（Unknown Political Prisoner）という共通のテーマによつて昨年は世界各国の作家たちが、五七ケ国三千五百名の多きにわたつて参加制作したと言われる。

　ぼくらは「今日」を中心とする詩人たちがこれらの動向とひとしく、その意欲的な詩行動を展開することを信じたい。

（編集会員）
中島可一郎　難波律郎
児玉　惇　平林敏彦
立石　巌　飯島耕一

季刊
今日
第2冊
発行
1954年10月1日
編集人
中島可一郎
発行人
伊達得夫
発行所
ユリイカ
東京都新宿区
上落合2—540
振替東京
102751番
定価80圓
誌代1年（4册）
300円

今日

The Quarterly Magazine of Poetry

第3冊

MARCH 1955

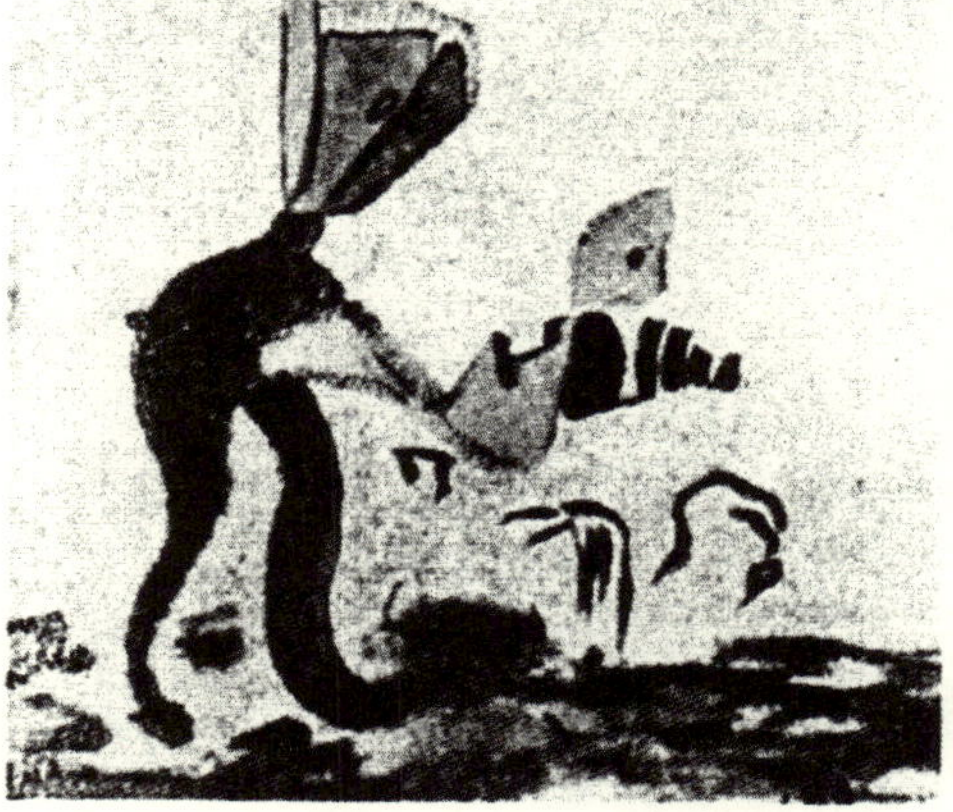

グワツシユ・アンリ・ミショオ筆 ユリイカ版「ミショオ詩集」より

詩論

詩芸術に期待するもの……高桑　純夫　2
詩の必要……………………大岡　信　33

作品

帰館…………………………谷川　雁　10
沈黙…………………………黒田　三郎　14
エルュアールの墓…………飯島　耕一　16
朝……………………………鈴木　創　18
春の祭………………………難波　律郎　20
嫉妬…………………………長谷川竜生　22
歴史…………………………平林　敏彦　27
ふあんたじいあもんたあな…山本　太郎　42
浮説…………………………児玉　惇　54
姿々（ダイアローグ）……中島可一郎　58

書評（清岡卓行・平林敏彦・中村稔・大岡信・黒田三郎）

詩藝術に期待するもの

高桑純夫

自己の生きている時代に詩をみつけることは、非常にむずかしい。遠い過去を詩化することだつたら、大ていのひとにできるし、また本来ならば、それを美しく考えないことの方がむしろ困難なくらいだ。過去を詩化する可能性は、「詩」のうちにある。元来時が経つということは、過去の現実が、くずれるということだ。時は、消滅と解体の力である。時の漂白をうけた現実、それは、わたしたちの造型によつてしか起き上らない。そういう過去の現実は、だから、基本的には、詩的造型の産物なのである。時が破壊したものを、詩の力が組み立てるのだ。ここから私たちの学ぶことは、詩の一条件として、といつて少し角ばりすぎるなら、詩を生み出す基盤は、解体された現実——生活、社会——だということである。

また未来は、解体された現在の再編である。未来がこれ以外のものでありえないことは、誰にとつても未来が、詩的なものでありうる唯一の根拠である。だから未来は美しい。美しくない、醜怪な未来は、一般的な人間能力を超えた、よほど特異な、すさまじい詩魂によつてしか造型されえないであろう。

現在に生きているわたくしたちが、同じ時代の中に詩をみ出すことの困難なのは、未来や過去のように、それが容易には破壊されない現実だからである。

そこで、仮りに私たちは、現在の現実を、精神のなかでバラバラに解体してみる。そして、詩精神がそれを再編するのである。再編されたものを、私たちは詩的現実、もしくは詩的形象とよんでいる。詩、ポエジーという言葉が、元来ポイエイン——形成——からきていることは、誰も知つている。しかし、何から形成するのか。形成の結果が詩であることは、分つていても、何からと考えてみたひとは少なかつた。それが、解体された現実であることは、ここで確言してよいだろう。フィクションだつて、解体された現実という基盤をすて去つたものではない。再編のときに、詩精神が、解体された現実と無縁な構成をすることは絶対にできない。

だから、詩の本質——詩とは何かを問うとき最後まで問題になるのは、どのような再編が、詩的感動を起す形象をつくり出すか、にある。

もしこの際、押してくる現実からの圧力と方向に支配権がにぎられると考えれば、それはもつとも本源的な意味でのリアリズムの立場をとることである。分解された現実を、ただ素材とするだけで、再編を実践する人間主体が源動力となると考えるなら、その詩的現実は、アィデァリズムの色調を帯びてくる。

だが、リアリズムもアイディアリズムも、実はただこれだけのものではない。

リアリズムでは、分解された現実そのもののうちに、すでに何がしかの詩的現実があり、それが、主体の構成作用を媒介して確認されるという手続きを含む。だから、このばあいの構成は、分解と同時に起る自己還帰を意味する。詩的現実は、構成をへて再び生活・社会的現実へと収斂される。

アイディアリズムでは、詩的精神が、すでに一つの詩的現実を構想している。が、その詩的現実は、未だ実現されてはいない。つまり、生活的現実との交わりをもたない。それが生活的、社会的現実の分解と再編という手続をへて始めて実現されるのである。詩的主題は、この構成によつて、再び主体的精神の詩的現実へと収斂される。

リアリズムとアィディアリズムとは、詩的現実が形成されるとき、その極限への方向によつて生じた二つの区別ではあるが、どの詩をとつてみても、純粋にリアリズムばかりのもの、純粋にアィディリズムばかりのもの、はない。何んらかの意味で、一方は他方を含むことによつて結晶する。

だから、本来、生活的現実、社会的現実そのものが、詩的主題として、詩的現実を押しつめたときがリアリズムの手法であるということはできる。が、そのばあいでも、詩的現実を構成する手法は、社会的、生活的現実から藉りているとばかりはいえない。なぜなら、たとえ、社会的、生活的現実が手法を押しつめていても、構成の手法に、主体的な詩精神の参与のない手法というものはありえないからである。児童詩と呼ばれる子供たちの作品は、形象的な高さよりは、生活的現実の裏打ちによって、私たちを衝つ。それはたしかだ。にもかかわらず、ここでも、現実からの衝迫ばかりでこの感動が起されたのではないのだ。どんなに形象化は、素材で低い段階にあるにせよ、ともかく形象化が全然ないとはいえない。もし、形象化なしにも詩的感動が起されるとしたら、それは詩というものではあるまい。透徹したリアリズムの中にも、極量の主体的詩精神の構成はなければならぬ。つまり最少限のアィディアリズムは含まれているのである。

この逆もまたいうことができる。高度に観念的手法をとるアィディアリズムにも、必ず極量のリアリズムが含まれなければならない。そのばあい、生活的、社会的現実は、観念の中の構想を実現して詩的形象に結晶させるための酵母にすぎないことは事実だ。しかし、この酵母なしには、どんな構想も形象化されはしないであろう。こうして結晶する形象は、主体にむけて収斂されるのだ。つまり、純粋に観念的な操作と思われるアィディアリズムの中にも結晶を媒介する生活的リアリティが活動している。でなければ形象化は、一片の幻像化以外の何物でもあるまい。

とすると、リアリズムといいアイディアリズムというものの、実は程度の差でしかなく、質的には分けることができないかのように見えてくる。

果して、質的な差別はないだろうか。

いや、とんでもない。この古典的な区別が、抹殺される筈はないのだ。問題は、形象化にある。詩的現実を結晶させる、その形象化が問題なのだ。

リアリズムにもアィディアリズムにも、詩的形象化がある。これなしには、凡そ詩というものは生れない筈だからだ。しかし、ここにいう形象化という文字は、二つの詩的実践を、たとえば色という文字が、白と黒も含めて色と言い現わしているように、言い現わしているにすぎない。まるで逆の実践が、この一つの文字によって表明されているのだ。

リアリズムでは、形象化される方向、つまり収斂は、生活、社会的現実へ向けて行われるといった。それにたいして、アイディアリズムでは、収斂は主体の構想へ向けて行われる。それは確かだ。だが、収斂の逆方向ということは、抹殺できぬ区別ではあるにしても、実は、もつと根本的な区別から出た枝葉の区別にすぎないのである。

収斂に方向のあることは打ち消しがたい。が、方向づけには必ず目標がなければならぬ。リアリズムで、目標となるのは、生活的、社会的現実の中の詩であり、アイディアリズムではその役割は、観念の中の構想によつて果される。観念の中の構想については、あまり重大な問題はない。それが詩的な構想であるかどうかについては、客観的な標準がなく、たまたま感動を起す読者があるということ以上に、たしかめる方法もないからだ。

ところが、生活的、社会的現実の中に詩があるということについては、いかにも多くのことが問題にされなければならない。

詩はいつか、誰れかによつて造り出されたものである。生活的、社会的現実の中の詩も、この基本的条件から外れたものではない筈だ。だが、いつたいそれはだれによつて？　それは、他ならぬ、現実の中にその詩を見出した詩人によつて。

詩人は、生活的、社会的現実の中に詩を生み出す人間なのである。というより、生活的、社会的現実を詩化する人間だけが、真の意味での詩人なのだ。自らの生活、そしてその生活態と関連する一切の環境を詩人は詩的精神の所産とする。これはもちろん、俗にいわれるように、詩人はどんな醜悪な現実をも美化するといつた卑俗な意味でいつているのではない。リアリズム詩人は、非常に堅固な現実を、「時」のように嚙みくだきながら、夫れを再編して詩的現実を構成する、という意味だ。ところで、その「時」のように現実を嚙み砕くというのが、実は私のいうリアリズムの真意義なのである。

では彼はそのように固い現実を何で嚙みくだくのか。リアリズムは、どこからそのような強い歯を得てくるのか。リアリストは、あくまで人間性を貫こうとする。この強烈な意欲こそが、現実を嚙みくだく彼の強健な歯牙なのだ。反俗の精神といつてもいい。現実は、いたるところで人間性を扼殺しようとする。まるめすかし、慣れさせ、少しばかりの安泰を贈つて、人間性をかすめ取ろうとする。或いは、おどし、強迫し、逃れ口のない窮地に追い込んで、人間性を奪い去ろうとする。人間性をかすめ取り、奪い去り、そして、人間を人間以外の物へと誘導してゆく。それが、生活的、社会的現実というものなのである。俗化作用をのぞいたら、ほとんど現実に力というものはない。リアリズムとは、要するに、この強烈な俗化作用への抵抗なのである。反俗精神のはげしさを取り除いたら、リアリズムには、ほとんど何物も残らないであろう。だからこそ、リアリズムは、「時」のように強健な歯でもつて、現実を噛みくだく。噛みくだいた現実を、その反俗精神によつて再編する。それを私たちは詩的現実の形象化と呼ぶ。

アイディアリズムには、残念ながらこの強健な歯牙がない。俗化作用に立ち向う武器がない。むしろ現実の俗化作用から身を引きながら、現実の手のとどかぬ精神の内奥にこもつて現実の非力を嘲笑しようとする。が、頭には、嘲笑と勝利感と自負とを溢れさせながら、その肉体は、半分以上すでに現実の俗化作用の侵蝕をうけている。そして、下半身がみじめに腐蝕されていればいるほど、精神のうめきは怪しげな燐光を放ち、嘲笑のうつろな声はかん高くなる。アイデアリズムは、人間喪失の傷みに堪えかねた叫喚であり、自己放棄の捨てぜりふである。ここには、詩的形象化はあつても、詩人はいない。生活的、社会的現実を噛み砕いて、詩的形象を結晶させるのが、詩人の全生活であるとすれば、そういう生活実践のないところに詩人のいないのは当然ではなかろうか。

例をとろう。

金子光晴の最近の傾向について、岡本潤は、以前の金子と比較しながらこういつている。「……かつてのきみの詩は、たくみに韜晦しながらも、身をもつて対決する相手をもつていた。ファシズム、日本帝国主義、そしてきみが〃寂しさの歌〃でいみじくも表現した日本人のなかにふかくしみついている〃封建性〃とよぶものがあつた。それに対する生理的ともいえるような叛逆、抵抗が、きみの詩の象徴的ミスティフィケーションの根幹となつていた。……それにくらべて、このごろのきみの作品はどうだろう。……きみまでが坊主くさくなつてゆくのは、年齢による詩の喪失というだけではすまないものがある。抵抗の対象を失うにつれて詩の造型性がくずれてゆくということは、今日の詩の研究題目だと想う」（現代詩・一月号）。

造型だけは勤勉になされているけれども、詩人ではなくなりつつある光晴という評語は、私のいうリアリズムの立場からも充分に納得される。ただ、岡本は抵抗の対象として、ファシズムや日本帝国主義をあげているので、これでは非常にせまい感じを免れない。そういう政治性をもつた現実ばかりではなく、一切の人間喪失化をねらう現実への抵抗と反噬とが、リアリズムの真精神だというべきであろう。根は、あるいはそうした政治性をもつた現実にあるかもしれない。しかし、個人の生活的現実の中には、それに優るとも劣らぬ強猛な俗化作用がはたらいている筈だ。啄木の一生をみれば、かれが全く政治性のない微細な生活断片においても、反俗精神の逐行者であり、したがつて、造型以前に、詩人であつたことの根拠はいたるところにある。母とのいざこざや貧窮に堪えかねてかれの妻節子が、里に逃げ戻つてしまつたとき、郷里の先輩にあてて啄木はこう書いている。

「……今は洗いざらい恥を申上ぐる外なし。実は本月二日の日、私の留守に母には子供をつれて近所の天神様へ行つてくるといつて出たまま盛岡に帰つて了い候。日暮れて社より帰り、泣き沈む六十三の老母を前にして妻の書置よみ候う心地は生涯忘れ難く候。……妻に捨てられたる夫の苦しみの斯く許りならんとは思ひ及ばぬことに候ひき。かの二三回の通信は全く血を吐くより苦しき心にて書き候。私よりは、あらゆる自尊心を傷くる言葉を以て再び帰り来らんことを頼みやり候。若し帰らぬと云つたら私は盛岡に行つて殺さんとまで思ひ候ひき。……かかる事を耳に入れて御心配かけるさへ心苦しき次第に候へども、若し道にてなど荊妻にお逢ひなさる様のことの候はば、よくよく右の私の心お説き聞け被下、一日も早く帰つてくるやう御命じ被下度伏して願上げ奉り候。……」

啄木は、この手紙を詩的造型として書いたつもりはさらさらなかつたであろう。しかし、人間性の要求をそのままにさらけ出し、正面から生活的現実の俗化作用と闘争している啄木の姿は、彼が造型以前に、真の詩人であつたことを示していて余蘊がない。脳裡の演技——アイディアリズムの片鱗も、ここには伺うことができない。それゆえ、啄木は、リアリストであり、造型以前に詩人だつたのである。

ここで想い会わされるのは、「破戒」をかいたころの藤村のことだ。藤村はそれ以前、詩人と自ら銘打つて出発し、そして、たしかに詩人であつた。なぜなら、かれの生活的現実への反噬と、その造型化は、啄木ほど、厳粛でなかつたにせよ、ともかく一すじにその方向を辿つていたからである。しかし、「破戒」を書いて小説家たろうとしたその瞬間から、その反俗精神には多大の亀裂を生じた。志賀直哉が、藤村のこの転換を評した有名な言葉、精神の演技家となつた藤村を否定した言葉は、私をいつも深い反省に誘う。

「……島崎藤村が『破戒』という小説を書きつつあつた時、どんな犠牲を払つても此為事を仕上げる決心で出来るだけ生活を縮小し、家族達はそのために栄養不良になり、何人かの娘が一人一人死んで行く事を書いたことがある。私はそれを見て、甚く腹を立てた。『破戒』がそれに価する作物かと云いたくなつた。何人かの娘がその為め死ぬというのは容易ならぬ出来事だ。『破戒』が出来る出来ないの問題どころではないではないかと思つたものだ。」

さらに直哉はこうもいつている。

「然し今私自身に就て人は同じ事が考えられるに違いない。お前のような戯曲家が一人の女性しか書けないとか書けるとかいう事は吾々にとつて何事でもない。それよりその為め、その一人の女性を少しでも不幸にしないようにして貰いたい。……若い戯曲家は後から幾らでも出来つつある。お前が此まま朽ち果てた所で誰も何とも思いはしない。」

こうはつきり言うことのできる直哉の中には、純粋なリアリズムが棲んでいる。たとえかれが、社会的現実の政治性をおびた部分への反噬を示さなくとも、その一人の女性にたいするかれの生活態度は、人間性喪失にたいする強烈な反逆精神によつて貫かれており、その意味で直哉は、真の詩人でなければならない。上の直哉の言葉などは詩的形象としても、日本文学史上、もつとも光つた造型であろうが、考えてほしいことは、この造型以前に、直哉はその生活においてのリアリスト、つまり詩人であつたということだ。

私のいうことは、あまりにも人間の倫理性の偏重といつた印象をあたえたかもしれないが、そういうものを、倫理だというなら、そういつたつてかまわない。倫理であろうと何であろうと、私は、私のいうリアリストとしての詩人は、人間として立派でなければならないと思つている。これは人間喪失に抵抗する人間という意味であり、現実を噛みくだく強い歯の所有者だという意味である。造型だの、形象化だのは、それ以後の問題に属する。でなければ、伊藤信吉が「……ところで〃児童詩〃と呼ばれる子供たちの作品が、あるばあい、つよく私どもを衝つのはなぜだろうか。作品としての出来ばえが高度であるとか、その機能が充実しているとか、そういう詩論的評価のずつと手前のところで読者を衝つ事実を、私はたびたびみた。これは方法論的力量だろうが、それとも形象化された思想の高さだろうか、そうだとすれば、こんなにも高度に成熟した手腕を、多くの子供たちはどこから手に入れたのだろう。……この様にすぐれた作品については、方法論的力量をあてはめてみることがまちがいのようである。」（現代詩・一月号）という疑問に答えることはできないであろう。たしかに「詩的評価のずつと手前のところ」の問題なのだ。しかも、ずつと手前で「詩」になつているからこそ問題があるのである。

これから詩を作ろうといつて、にわかに詩人になれる筈はない。一日の中で、詩作する二三時間だけ詩人でありうる筈はない。しかし、アイディアリストの詩人は、この二三時間の詩人たりうる。もつたいらしい詩の形象化を試みながら、反俗的精神を少しも持ち合わせてない。持とうともしない「詩人」が、造型の、形象化の、技術をいくら巧みに話してくれても私は信用しないであろう。

精神の演技に耽溺した小説家を、最も罪ぶかい非人間として私の非難するゆえんもここにある。

これからの詩芸術にたいして私が何を期待しているか、これで想像いただけると思う。

帰館

谷川雁

おれの作つた臭い旋律のまま待つていた
南の辺塞よ
しずくを垂れている癩の都から
今夜おれは帰つてきた

びろう樹の舌先割れた詩人どもの
木綿糸より弱い抽象を
すみれの大地ぐるみ斬つてきた
優しい蛮刀で一片づつ

鶏頭いろの巣窟を
世界中の細胞にふる雪で洗つてきた
ぞつとする明けがたをかけてきた

むしろ眼のような孤独の点に立ち
炎も遠い井戸をのぞくために帰つてきた
おれの前敵司令　剣術はもうやめた
革命月の小料理屋なんてまつぴらさ

どこまでも拳を痛ませる土壁よ
縁ある鍋に刄物をひらめかす友よ
城がそそりたつてならぬことがあろうか

今はほほえみながらきつとして
冷えた盃をひそかな核にささげよう

それから党、と呼んでみる
村の娘をよぶように
形容詞もなく静かにためらつて

沈 黙

黒田三郎

どうして誰も笑い声を立てないのか
どうして誰も喚かないのか
闇が首をしめつけるのだ
物音ひとつしないなかで
ひとつの影が追いつめられる
物影ひとつ動かないなかで
ひとつの影が追いつめられる

追いつめられた影
あ
追いつめられた影が
路上にころがる蛙の屍体をふみつける
ぶざまにつぶれた蛙
破れた沈黙
救われたひとりの男が
明日の方へと歩いてゆく
あまりみじめなので
笑い声立てながら
嗅きながら

エリユアールの墓

十一月十八日 P・エリユアールの二週忌に

飯島耕一

エリユアールが空というと
エリユアールの空が生まれる。
ぼくが空というと
ぼくの空が生まれる。

ぼくの空のなかには、
枯草の匂いもする
野の鳥の空があり、

エリュアールの　青空がひろがる。

正しさを　歩ませた空、
オレンジに似た空、
花々を溶かし
ぼくらの灰を　希望にまぜ合わせてくれた
その空。

空がエリュアールの墓。
空が
自由に生きよ　と
ぼくらにいう。

朝

鈴木創

愛ではない

夜明け、始発電車がすぎる
薄い夢からさめるかたわらで
無造作に
凍死人のような頬が枕をずれる
何処かで打ち砕かれた問いのしるし
天使も微笑する時間のない敗亡
日々は最後の一章でしかはじめられない
昨日の証人は今日消える
白らんでゆく窓に裁きの眼をのこして

植物は未来を焼いてそよぐ
そうして孤独がふたたび寝入るとき、もう一匹
荒馬のような胸が街へゆく
一日の
まだ誰もかけない公衆電話へ
無人のそこだけを暁が取りのこしている
いまも人間を占拠する空の下で
受話器は鉱質のこえをかくす
無限、嬰ハ短調の舗道で一人
稀薄に抵抗するもう一つの稀薄
不在を告発するもう一つの不在

枕にやがて朝が暮れる

《愛ではない、ただ寒いだけ》
拳銃の響きのように雪がくる

春の祭

難波律郎

《首ヲ斬ラレタ人形デアツタ》
《足ノモゲタ麒麟デアツタ》

柱の時計が三時をうつ、それなのに、
この子は口をきかぬ、この子は金魚を、ナイフでキザむ……

《毀レタペリカンデアツタ》
《裂ケタ縞馬デアツタ》

野も山も、花々で埋つて、いくたびかめぐる春の祭。
それなのに、この子は鋏で、蟻を切断する……

柱の時計が四時をうつ、この子は、仔熊の眼をつぶす……
誰が、この子を狂わせたか？

遠く鳴る汽笛の空から、
錯酸の匂いが、熱い屋根のブリキをながれ……

……《焼キ殺サレタ鼠》のひげに、日ざしが翳る――
柱の時計が五時をうつ、夕暮、風に吊るされる死者の燻製！
袋のようにくびれた、さびしいグロテスク――
涙の穴を失つた汝は、どこで泣くか？

みんなバラバラに分解した、玩具《おもちや》の、
枢一杯につまつた、この子の、臙脂の夢の秘密のため
孤独のために――

嫉《ジエラ》妬《シイ》 二

長谷川龍生

ケーブルカーの中

冬の驟雨の山を
一台のケーブルカーが
山上に吊りあげられていつたが
いなづまと雷鳴の
急降下していく空の下で
鍬がたの兜むしのように
送電を断たれ　動かなくなつた。

山の暗さにつつまれ
いびつな四辺形車体の
階段状になつたボックスで
ストールを羽織り捲きつけた女が

真青になつて目の色を変えた。
しがみついてくる女を抱きしめて
アメリカ兵がやわらかい耳たぶに高い鼻を擦りつけ
イアリングを喰わえて、ひつぱつた。

春雷の閃光に照らされて、
俺は、いらいらしてきていた。
すると、車体の下の歯車が
逆回転しだした。山上からのロープが
ずるずる、伸び、弛みはじめた。
このまま雷鳴とともに落ちこみ、
山麓の停車場に衝突するかもしれない
俺は、牙をならし
うめき、もだえた。

瞠視慾

終着の駅まで
停車なしの急行車に

キャンプ売春婦が、ふたり
跳びのつてきた。

終着まで、見つめていようと
呼吸をころし、目を光らしていたら
白い便器の中に首をねぢこんでいて
ぶきみに拡がつている排泄孔を
熱病者のように、またたきもせず
見つめているような気がしだした。
欲望はたかまつてくる。
胸は、張り裂けるようだ。

ひとつ目の駅が、
疾風《はやて》のように過ぎ去つたとき
女が、もうひとりの女に
腹痛と　排泄とを　訴えだした。
訴えられた女は乗客に気をくばり
素知らぬ表情で、つめたくはねつけた。
青ざめた女は、全身をかたく締めつけ

毛皮外套に、両手を
突つこんだまま
面を伏せた。

ふたつ目の駅が
さつと、女を通過した。
描き足してある目をつぶり、
赤い唇をいがめ、肩をふるわし
下痢の状態を喰い止めていた。
大腸の中の汚物が音を立てて膨らんだ
排泄と、忍耐との二つの憎しみが
ラツシユアワーの中で
格闘している。

もう、耐らない
女が、絶え入るように叫んだ
いくつかの駅が通過したが
終着駅はいまだ来ない。
俺は、その場で、シヤワーをひねるようにやつてしまえと想つた。

だが、女は歯をくいしばり
あらゆる神経を集めて
出口を防いだ。

もう、外部の物は見えない
すでに、急行車はレールの上を離れ
空間に、ふうわりと揺れていた。
断続的にけいれんがやつてきて
夢のような失神に入つた。

だらりと、だらしなく
オルガムスになつている女の肉体に
ぎらぎらした嫉妬がわいてきた。
胸をかきむしり、ひきちぎり
殺意が起つてきた。

歴史

平林敏彦

これはなにかの繰返しであろうか？
おれたちはいくども　おなじ場所を通りすぎたのではなかつたか。
たとえばある真夜中
いつもの散歩道が　急に遠くまで掘り返されていて
まばらに　人夫たちのはだかの背が
アセチレンガスの炎のむこうで　働いているのが見えた。
近づくと　下水溝のなかからおれを見上げた男の眼は
たぶん世界中の人間がいなくなつたあとまでも
おれの怖れを覗きこむ　あの眼だつたかも知れない。
しかし　なぜだろう？
こんな暗闇をけものの足で
どうして　おれたちは歩きまわるのをやめないのだろう。

＊

今朝もまた　子供がひとり生埋めにされた。
工事場の裏で煉瓦を積んであそんでいた
あの子の番がきただけだが
おれたちはちいさな罪に慣れたのだろうか？
待ちわびて　手渡された死体をかかえ
十字路をななめに横切つてくるあの男も
また若さの領分で病んでいる。
ああ　死んでいるのにおまえは
まだなにを偷み見しているのだ？
そのとき　からつぽな野菜籠を膝にのせて
きみたちの貧しい母親がみつめていたのは
うすくマシン油の膜を浮かせ
かすかにダイナモのひびきをつたえる
まぎれもない朝の堀割のながれだ。

＊

外套のポケットに両手を入れて　おれたちは出かけた。
おれはあれはてた小公園で　腕をもがれた樹と
道ばたで酒を飲み干している　老いたひとりの労働者を見た。
なんというここは住みにくい町だろう。
柵の上にも屋根にも　樹の叉という叉にもしがみついて
これから始まる競技を待ちかねているように
怠惰なひとびとには　どぎつい事件が必要なのだ。
帰途　ふるい橋脚を夜の潮が洗つていた。
音のないその反復を　幾組かの二人づれが眺めていたが
あの悪い音楽が　きみたちの日日を破産させてしまうのだ。

＊

閉店間際の料理店に
手持ぶさたなおれがとり残されている。
給仕が無愛想にグラスや皿を片づけはじめたが

この少年の指は　どこかの壁の
しめつた亀裂にはさまれた細い猜疑だ。
今夜もあの食卓には　たしかに誰かが足りなかつた。
そこにはおれたちの倍の仲間がいなければならなかつたのに。
つみ重ねられた椅子のあいだから
おれはただひとつの出口をみつけ
そのぶあついドアを　いつ蹴るかをえらべばよかつた。

＊

ひとびとはただ　慰めのめもりだけを測つて生きる。
なにもかもが陽にやけ
家々も樹々も　町にあふれる人間の
黄いろい皮膚も萎えた草の匂いがする。
かれらは無理にあかるい表情で
かれらのいちばん不幸な経験について話しあえば足りた。
しかし　おれたちの前にはガラスの壁が立つて
まもなくかれらの声はふるい額縁にはめこまれ

もうこわばつてきこえなくなつた。
夜は酔つて　誰かが泣いた。
消さないで眠るひくい電球のまわりを
不安そうにまた　翅のうすい虫がとんだ。

＊

冬がくると　石段が崩れた教会の裏に
ひとかたまりの風太郎が放り出される。
ちがう場所へ行く連中を載せたトラックが
幾台も工事場の金網のそとを通りすぎる。
あわただしく　おれたちがやりすごしてしまつた
仕合せや不幸とは　いつたいなんだろう？
たつた一度の恋　たつた一度の生涯
きゆうくつな書架のあいだに見える観念。
満足なからだでいるのが　はずかしいな。
おれたちはまだこの町で
おれたちのほんとうの生活をはじめてはいないのだ。

あの晩　風のなかでおおきな手に打ち倒されてから。

＊

一夜のうちに
すべての様子がかわつているとしたら？
町のある方角も　窓のある場所も
書き損じた手紙の宛先までも　きつとちがつているだろう。
ふいに　おれたちが立止つても
おれたちの早い足音が遠ざかつていくのがよく聞える。
もう　血のことは気にならなかつた。
血は　見ているだけで幸福になれる女の頬に
うつくしくめぐつている。
ところどころ雑草をはやした　町の広場にも
ひとびとの単純な争いの　渦のうえにも
あたらしい一日がはじまりかけている。
ああ　おれたちが風のなかで打ち倒されてから
いつたいどれほどの時が　扼殺されていたのだろう！

詩の必要

大岡信

D・H・ロレンスは一九一七年一月、友人のキャサリン・カーズウェルにあてた手紙の中で、アメリカに逃げ出したいと告白しながら次のように書いている。

「キャサリン、ぼくにとつては今は決定的な時なのだ。だが物事には季節というものがある。たぶんあなたの時期はぼくのとは少しちがつたものだろう。おそらく、あなたとドンはこの古ぼけた世界を相手にもう一度取組むため、もうひと勝負、もう一ラウンドやつてみるのがいいだろう。人間だれでも、他の何ものとも関係のない、単一な自分自身の時期、自分自身の運命というものを持つている。ぼくらはぼくらの中に〝実際に〟あるものを充たすことができるだけだ。ぼくにとつては、今は去るべき時なのだ。

　今は立ちさる時刻です
　今は立ちさる時刻です……

という歌のように」

この手紙を書いた頃、すなわち第一次大戦が次第に暗鬱な様相を帯びて人々の心をとげとげしくしはじめていた頃、ロレンスはコーンウォールに幽閉同然の生活をしながら、戦争を呪咀し、彼の周囲のあらゆるものを呪咀していた。妻のフリーダがドイツ人だつたことは、事態をひどく悪くしていた。時に公然とスパイの嫌疑がかけられることさえあつた。生活は極度に苦しく、未知の島で、心の合つた友人たちと集団生活をしたいという夢が真剣に彼の頭を支配していた時代であつた。このようなとき、アメリカという国が彼の傷ついた心を癒し、新しい生活を与えてくれそうな夢想の国に思われたのは当然だつた。すでに戦争がはじまつた直後から、アメリカへの夢はしばしばロレンスの手紙に語られている。しかし、アメリカへ逃れようとする願いが張まれば、張まるほど、言いかえれば戦争が彼を〝駄目に〟すればするほど、アメリカへの逃亡は不可能になつてゆくのは当然だ。彼が再びイタリアの地を踏み、そこからあの流浪の旅を開始したのは、漸く一九一九年になつてからだつた。

だがぼくは、なぜこんなことを書きはじめたのか。それは、ロレンスの逃亡計画の理由となつていることがぼくの注意を強く惹くからにほかならぬ。「ぼくは英国人です。そして英国人であることはぼくの夢そのものです。しかし今は去らねばなりません。もしぼくの魂が永久に闇にとざされるというのならば」とアスキス夫人に一九一五年十月の手紙で書いた彼は、同じ人に一九一七年二月の手紙で、「ぼくが英国のことに無頓着だつたなどと考えないで下さい。ぼくは深く、甚だしく、英国について憂えていました。しかし何かが壊れたのです。もう英国は全然〝ありません〟。今は新しい世界を探さなくてはならないのです。ここは墓地にすぎません」とも書いている。

去らねばならぬ、とロレンスを駆りたてる衝動は、ここにみられるように、自分は真の英国人である、という彼の一種の信仰が、英国はない、という絶望的な観察のまえで動揺したとき生れているようだ。ここでぼくの興味を惹くのは彼が〝my Englishness is my very vision.〟と書いている。その心理である。彼にとつてイングリッシュネスというものはどのような内容を持つていたのか。ロレンスはいかなる意味においても民主主義者ではなかつたという事実を、あらかじめ確認しておく必要がある。たとえば、読者というものは、彼にとつては「ロバ、サル。あるいはイヌ」という言葉で表現されうるものだつた。そうした彼にとつて、イングリッシュネスという普遍的、一般的な内容を持つ言葉はどういうことを意味していたのか。

ぼくは思うのだが、「英国はもうない」と彼が嘆じたとき、彼は実は「英国」をはじめて知つたのではなかつたろうか。彼に公然と、また隠然と危害を加える英国人、それこそ真の英国人ではなかつたのか。英国人の誇る正常さ、ノーマリティとかコンモンセンスとかいう言葉で表現される正常さは、戦争下にあつては特に強調され、また要請されたはずだ。常識的生活からはずれた生活をする者がすべて疑わしいものとされ、またそのように見ることが正しいとされる戦争下の日常、ロレンスにとつては理解できず、手紙の中で呻くように苦痛を訴えているそうした日常生活こそ、実は真に英国的なものだつたのだ。従つてロレンスが「英国人であることはぼくの夢そのものです」と書くとき、彼の意味するイングリッシュネスは一般英国人のそれとは正反対のところにある。それは一体何なのか、ときかれても、ロレンスは答えに窮したであろう。だから彼は、生きることそのものにおいてそれを説明しようとしたのではないかぼくにはそう思われる。しばしば、最も抽象的、普遍的な言葉でしか語れない極度に個人的な夢がある。ロレンスのマイ・イングリッシュネスという言葉がぼくに伝えるのは、その種の夢の熱つぽさだ。彼はこの言葉によつて、自分の正しさ、自分の強さ、自分の豊かさ、自分の……等々を夢みたのだといつていい。そしてまた、こうしたすべての条件を容れうる社会こそ、彼の「英国」だつたのだ。しかし現実の英国にとつては、ロレンスという一人の人間が何らかの意味をもつていたとすれば、それは彼が不正であり、弱者であり、偏狭な意見を抱いている人間だからであつた。

だが、それならば正常な社会と英国人のよぶ社会、コンモンセンスの国と誇る国家は全く健康なものだろうか。慣習、礼則のワクにおさまらないすべてのものを白眼視し、弾劾さえする社会、それはそれ自身、不安に悩まされた社会、いわば一種の神経症にかかつた社会ではないのか。正常さに憑かれた異常な社会……。この時どちらが正しいか。ロレンスはこのような形で問題を提出しているようにみえる。

だが、ぼくはここでどちらが正しかつたか、などということを考えようとは思わない。価値の比較はここでは無意味だからだ。むしろ、比較が無意味である場所でロレンスが比較に苦しんだということの方が大きな意味を持つている。それは今日のぼくらにとつても無縁な問題ではないからだ。ロレンスが放浪の旅でどのようなものを得たか、言いかえれば、英国を去つた彼がどのような形で彼の英国を見出したかについては、その後の彼の作品が明瞭に語つているようにもみえるし、結局すべてがむなしかつたようにもみえる。彼の提起した問題だけが、なまなましく現在も生きているだけのようにもみえる。しかし少くとも、英国社会の現実の諸原理とは全く相容れなかつた彼が、たとえば「チャタレイ夫人の恋人」で見出したものは、「やさしい心」、「あたたかい心」というような、極めてキリスト教的であると共に、極めて社会的な原理であつたということは注目していい事実である。少くとも現実の社会に「やさしい心」「あたたかい心」を見出せなかつた彼、このいわば非社会的な詩人の中にのみ、そうした社会的な原理が無傷のままで忍びこみ、いきづいていたという事実は、たしかに注目していいことである。

もちろん、誰もがロレンスでありうるはずはないし、ロレンスの見つけた「やさしい心」、「あたたかい心」というものが彼の純然たる想像上の産物にすぎなかつたと言えないこともない。大体、こうしたものを基調とした社会が作られたとき、ロレンスがその社会のよき市民でありえたかどうかは甚だ疑わしい。ケネス・アロットによれば、ルイス・マックニースはロレンスについてこう書いているそうだ。「ロレンスは常識を持たずに想像力を持ちえた――しかも、うまくそれをやつてのけた――。だが大抵の人間にあつては、この二つのものの分離は想像力そのものを退化させるだろう」。

しかし、言葉の普遍性を信ずるならば、ロレンスの言葉に普遍的な意味を見つけてもいいわけだ。「やさしい心」、「あたたかい心」が、一詩人の想像力の描き出す幻影という地位にとどまつていい筈はない。

ロレンスの残した問題は、「やさしい心」「あたたかい心」が、正常な、言いかえればわれわれの日常の生活の中ではどのように生かされうるか、という点であつた。すでに彼にとつては、いわゆる正常な社会ほど異常な社会はなかつた。従つて、一般の見方からすれば異常としか言いようのない状況の中で彼が発見し、これこそ人間の正常な姿だ、と言つて指し示す生存様式は、当然のこと、疑惑と嘲笑の波にもまれなければならなかつた。ロレンスは「チャタレイ夫人の恋人」執筆当時、はじめてカザノヴァの回想録を読み、はげしいショックを受けたという。おそらく、行動の豊富さが何の意味をも生みだせない、極めて現代的な放恣の原型をそこに認めたからではないのか。むしろ禁欲者の面影さえあつた彼にとつて、カザノヴァが恐るべきものにみえたのは不思議ではない。従つてまた、彼の見出した「やさしい心」、「あたたかい心」が、極めて牧歌的、神話的にみえるのも無理はないかもしれぬ。

ぼくは何もロレンスを引合いに出さなくてもよかつたのかもしれぬ。しかし、彼のように、いわばデーモンに憑かれ、芸術家としての運命、この全く個人的で特殊な運命に生涯突き動かされて生きた人間が、「私を苦しめるのは私の原始的な社会的本能が完全に阻害されているということです。……私は社会的本能こそ、性本能よりも深いものであり、その抑圧は性本能の抑圧よりもずつと甚だしい害悪を及ぼすものと考えています。……われわれは真の人間的関係を全然持つていません。これは実に惨澹たる事実です」とある心理学者に書いているのを見ると、彼を引合いに出さずにはいられないのだ。

これは極めて興味ある問題ではないか。つまり、ロレンスの無法者的な思想は、実は深く、かつ正しく社会的本能に根ざしていたのだ。彼の特殊だつた点といえば——実際には彼にとつて不可避だつた点なのだが——社会的な関係を構成する根本的な要素、従つてまたそれを変革しうる要素を、本能という最も非社会的なものに求めた点だつた。困ることは、本能という最も普遍的なものに問題が還元されると同時に、問題自体がある普遍的な雰囲気の中でぼけてしまい、いわば問題性を失つてしまうのだ。ロレンスもまた、この最も問題的であるべき地点で不意に「暗黒」への盲目かつ無意識の参入を説きはじめる。「暗黒」とは、血であり、女であり、「父」であり「聖なるもの」であり、それらのすべてを包含するNumenである。ロレンスは問題を解かず、彼自身一つの問題となつてしまうのだ。たしかに、本能に問題を限定するかぎり、ぼくらにとつてすべてが論証の機会を提供するものであると同時に、論証を拒絶するものとみえてくる。第一、ロレンスの本能の在り方自体、少くともぼくには女性的要素の極めて多いもののように思えるのだ。たとえば彼の詩の秀作の一つ、「蛇」のうち、最もショッキングで最も核心的な部分は、たしかに彼の女性的本能が書かせたもののように思える。

　エトナ山の噴煙がなびくシシリアの七月のある真昼、彼は水を飲んでいる金色の蛇を見つける。金色の蛇はシシリアでは殺される。毒蛇だからだ。いずれ殺される蛇なら、自分が殺してやつた方がいいかもしれぬ。だが彼には殺せない。王者のように美しく、気高い蛇に対する恐れと畏敬の混じつた讃嘆が彼をとらえてしまつたのだ。蛇はじつと彼を眺め、二またに割れた舌を出しては水を飲む。飲みおえた蛇は、ゆつくり、夢みているかのように元の穴へ戻つてゆく。

　恐ろしい穴の中へ頭を突込み
　立ちどまり肩をすぼめてさらに深く入つてゆく彼
　じりじりと闇の中にはいりこみゆつくりと身をずりあげて
　いやらしい黒い穴に引き上げてゆく彼の姿に
　一種の恐怖、一種の抗議が私を襲つた。

　ロレンスはそばにあつた棒切れを思わず投げつける。蛇は醜くとびあがり、あわてて穴の中へ逃げこんでしまう。たちまち彼の中に悔恨が湧き上る。蛇はまるで故国を追われた王者のようだつたではないか。自分のみにくい行為に対するつぐないといえば、自分がこんなにも卑れな人間であることをあからさまに知つたということだけだ……。

　蛇が「いやらしい」穴の中にじりじりと入つてゆくのを眺めながら、「恐怖」とそして、おそらく嫉妬に根ざす「抗議」を感じたロレンスの、非常に肉欲的な感じ方は、少くとも男性的ではない。しかもこうした感じ方は、ロレンスの感じ方の本質的な部分を形造つているものだつたし、それ故に彼は性を越えて「暗黒」を見つめることができたのだといつていい。してみれば、問題を本能の領域に引寄せると同時に、本能の最も基本的な差別であるはずの男女の別さえはつきりしなくなつてしまうのだ。皮肉なことだが事態はまさにそうなのである。ロレンスにおける社会的本能の渇えは、このような経路を経てついに性本能の迷路にまよい込んでしまう。これは壮大な失敗の道であつた。だが、ぼくらに果して彼以上の方策があるというのかぼくらに「あたたかい心」、「やさしい心」があるか。また、ぼくらに「日本」があるか。ぼくはこうした問いに対してたじろぐばかりだ。

ぼくらはこうした問いに答えられるようにならねばならぬ。答えは、しかし、多様であろう。ぼくが以下に書き記そうとするのはそうした答を詩において求めるための一試論にすぎぬ。

★

少くとも次の事実はたしかであろう。ロレンスが絶望的に反抗した、いわゆる正常な社会さえぼくらの周囲にはないということ、従つて、詩人が反抗するとすれば極めて変則的な、ゆがんだ社会に対して反抗する以外になく、その反抗がたとえ何らかの意味で勝利に終つたとしても、勝利自体、ゆがめられ、変則的だということだ。今日、詩人の発言は、皮肉な意味ではなくて、極めて自由だといつていい。これは、客観的に詩人に提供される発言の場が広いとか狭いとかいう問題以上に、彼がみずから感ずる制約が稀薄だという意味で自由なのだ。詩人が何を言おうと、社会の反応は事実上ほとんどない有様だ。詩人は悲憤するかもしれぬが、実はこの事実こそ彼の意識に放恣な夢をむさぼらせる原因になつている。社会の組織的な抵抗感が詩人には感じられないから、彼は自由だ。だが彼の自由は、同じ理由から、無責任なひとりよがりの別名にすぎぬ場合が大部分だ。だから、詩人がたとえ「あたたかい心」や「やさしい心」について歌つたところで、痛切さ、言いかえれば真実さを感じさせないのだ。

正常な社会は、自らを强力な悪として詩に対置させる力を持つている。日本の現在の社会は、そうした力を持つていないようにみえる。つまり、明瞭な形をもつていないのだ。ここではあまりに種々の要素が未分化のままぼくらの周囲をとりまいている。それらは一定の掟を持たず、従つて掟を押しつけることもしない。至極静かな悪なのだ。だがそれは、この国の湿潤のように、どのような微細な部分にも付着して、ぼくらをひそかに変質させ、しかも暴力的に変質させるよりもさらに甚だしくぼくらを傷ける、最も悪質な悪だ。

このような時、激しく生きようとする詩人は、極めて困難な立場に置かれざるをえないだろう。激しく生きるということはまず第一に、詩人が自らの内部に强烈な発語本能の泡立ちを感じとるということだ。しかし、発語本能というものは、常に何らかの形で外部から觸発されて生ずるものである。だから、すべての前提条件として、まず彼にはげしい抵抗感を感じさせるものがなければならぬ。しかし現実には、われわれの周囲ではそうした抵抗感を持つものが、しだいに一種垂れさがつたような印象を与えるものに変つていつているようだ。これを沈滞とよぼうと、相対的安定期とよぼうと、または混乱とよぼうと、現在の事実としては社会全体が病んでいるとしか言いようがない。この時詩人が思想的にいかに健康であつても、彼の感性はこの病毒の影響を最も直接的に蒙るであろう。焦つてこれを拒もうとすればするほど、詩は観念的な独白、あるいはヒステリックな叫びに陥る危険に直面せねばならなくなる。つまり、感性の受ける傷は彼の批評精神をもそこねるのだ。従つて、おのれの詩人としての宿命を頑なに信じて書ける詩人だけが、たしかな骨組を持つた詩、つまり詩としての普遍性をそなえた詩を書きうるという、真実だが、今日では些か皮肉な現象が起つてくるのだ。今日詩を書くということは実に難しい仕事である。

だが、このような事情は今日になつてはじめて起つたものというよりは、むしろ伝統的にぼくら日本人の生き方にまつわつてきたものではなかろうか。

ぼくらは日常それを実感していないのだが、たとえばぼくらが西洋人の人間と個人的に知りあつたとき、常にぼくらを驚かせるのは、数量に関する彼らの心づかいの細かさだ。この細心さは、日常の経済的な収支から、歴史の年代や地理的関係に至るまで、実に顕著にみられるところである。こうした彼らの習性を支えているものは、そのようにしなければ生きられないという生活のきびしさだろうが、ぼくが強く関心を惹かれるのはこうした事実だけではない。かれらのこうした習性が、そのまま彼らの観念的、抽象的な思考への執着と密着している点こそぼくの注意を惹く。いわば、物質的な環境を、かれらは数量に翻訳して受取るのだ——ぼくらが感覚的にそれを受取るようにこのためかれらは常に事物を実体としてよりも関係の面から理解する。つまり、批評的なのだ。東洋の絵と西洋の絵を比較すると、この点は極めて具体的に明らかになるように思われる。

東洋の絵の空白な部分、それは西洋の絵にあつては空があり地があり、背景がある部分なのだが、東洋の絵にあつては単にそして真に、空白な部分である。通常時間的に限定されたものとして理解され、従つて常に具体的であり区切られている空間ではなく、この空間は無限であり、永遠である。この空間を限定するものは、いわばこのようにして偶発的に自己を顕示する空間自身であり、他のものによつては限定されない。いわば音楽における休止の部分に等しいもの、そして観る者の眼に無限の休息を与えるものとしか言いようのないものだ。画家や人物が描かれていたとしても、それらの家や人物は、それを取巻く空間と具体的な関係を持つていない。それ故家人や人物はそれだけで存在しているものであり、空白の部分と同様、それ自体で完結しているのだ。だから画家は、空白な部分に文字で賛をして些かも奇怪さを感じない。永遠に完結しているもの、それこそ東洋の精神の目指す至高の達成であるように思われる。筆の軽い一觸が、永遠にそこに揺れ動く無窮の動勢を感じさせながら静まりかえつている——こうした芸術的達成は西洋にはない。ここでは感覚的な受容乃至は創造は、理念の世界と別物ではないほどに洗練され、一元的世界を形造つている。本来ならこのような生き方乃至表現は、完全に生きられ、あるいは完全に表現されたならば、この上もなく具体的、明確なものであるはずだ。しかし、こうした生き方乃至表現は、主体の認識あるいは感受能力の有効な範囲内でのみ具体的であるにすぎず、他者との関係はここでは捨象されている。事実上隠者のごとき生活をしている人間にしか、このようなことは可能ではない。

実際、このような一元的世界を理解し、それに惹かれるぼくらの本能的な傾向こそ、今日ぼくらの精神を極度に曖昧にしているものだ。ぼくらは現実の事実として、そうした世界の存在が最も非現実的にしかみえない世界に生きている。ぼくらの周囲を見廻せば、極端に生理的に還元されたものと、逆に極度に抽象化されたものとの共存という奇怪な事態がいたるところに見られる。すなわち、一方ではぼくらの非科学的な貧しい日常生活と、他方ではぼくらがその一員である複雑で巨大な機構との対比のようなものから、すべての人間的なものと、原子兵器を頂点とする極度に抽象的な機械文明との対比に至るまで、ぼくらの周囲はこうした二つの極端にかけ離れた要素の共存という事実によつて概括されるものである。しかもこの共存は、東洋の精神の目指すような融合という形ではなく、逆に対立という形でぼくらの前に現われている。このような時、事物をどこまでも相互の発展的な関係において捉えてゆこうとする精神的習練に乏しいぼくらは、こうした現象がそれとして現に示している圧倒的な暗さを、全的に受入れ、それによつて自ら言いようもなく暗くなりやすいのだ。観念的、分析的な思考の持つているレアリズムは、ぼくらにとつて実になじみの薄いものである。ぼくらは、実体を感覚的に受入れ、それによつて実体と同一の存在感覚に生きるというような対象把握の方法をこそレアリズムとみなしてきた。こうした方法は、本来極めて人間の生理を尊重するものであり、人間に対する直接的な信頼に基いているものだが、皮肉にも今日では、こうした方法によつて、ぼくらはまともに非人間的なものの肌に触れてしまうのだ。ぼくらはそれから自分を離しておくことができず、逆にそれになじみ、一種の非人間的な諦観主義に陥つてしまう。対象との合一という東洋の精神の理想は、今日では恐るべき理想に外ならぬ少くともぼくは、自分の心理の動きを点検して、このような推定に達せざるをえなかつた。ここからさらに次のような推論が生れてくるのだ。すなわち、ぼくらの心理の暗さは、そのままの形でつきつめてゆくと、原罪観念に類するものの方へ流れてゆくということである。つまり、ぼくらはこの暗さを直接無媒介的に受けとめることによつてこれを絶対化してしまうのだ。ここから、時間的な存在であるぼくらの中に超絶的な暗さが宿る。キリスト教思想が原罪観念という一つの超絶的な観念から出発することによつて救済の具体的方法を実践に移しえたとするなら、ぼくらの歩みは丁度反対に、具体的な事実の領域から出発して超絶的な観念――というよりむしろムード――に到達するようにみえる。「一定の世界観のない意識的生活は、生活ではなく重荷であり、恐怖であります」と一八八八年にチェーホフが手紙に書いたような事態が、いまぼくらの身に起りはじめているようにみえる。これを言いかえれば、今日人間への素朴な信頼ほどぼくら自身の没落という冷酷な事実にぼくらを直面させるものはないということだ。実際、ぼくらは自己認識の方法について、ほとんど全く無智である。

このことについては、明治以降の実に短い自己認識の習練の歴史において、多くの人が繰返してためしながら、まだほとんど何の解決をも見出していないといつていい。倫理的自我の問題を追求した人々は、自我の底部にエゴイズムを見出した。しかもこれが考察の到達点であつたのだ。エゴの発見は、思考を構成する一契機の発見ではなく、思考がそこで壁にぶつかつてしまう実在の発見にほかならなかつた。近代的自我の追求が皮肉にも原罪的なものとしてのエゴイズムをつかんでしまうのだ――丁度ロレンスが本能をつかんだように。倫理的な自我の確立が可能であるとの信念のもとに開始された近代日本の精神史における一連の追求は、いろいろな方向はあつたにしても最後には自我の最深部において、この信念を真向から否定し去る超絶的なエゴを見出すのが常だつたようにみえる。宗教的な伝統のない日本では、こうした追求の果てに残されているものは絶対的な懐疑主義への道ばかりだ。たしかにぼくらにとつて「悟り」という言葉は、漠然とではあつても肉体的に理解できる言葉だ。しかし「救い」という言葉は、ほとんど何の衝動をもぼくらの精神に与えはしない。本来、「悟り」というものは、絶対的な懐疑主義なのだとぼくは思つている。そしてこれが、内在的な普遍性を確立する最高唯一の方法であるということもぼくらは疑わない。だが、ここでぼくはもとに戻らねばならぬ。ぼくらは内在する普遍性を無条件に信ずることの到底不可能な時代に生きているからだ。絶対的な懐疑主義は、すでに一種の確信であるといつていい。それはぼくらの懐疑的なあり方とは種別のものだ。ぼくらの精神は、今日、およそこのような状況の中で、ある宿命的な軌道を歩むもののように思われる。

ここで詩人の問題に帰ろう。ぼくは思うのだが、本来詩人はこれまでのべてきた絶対的な懐疑主義者には最も遠い存在であるといつていい。何故なら、詩人の発語本能は、すでにのべたごとく、外部からの触発によつて動くものだからであり、詩人は絶対的な懐疑主義の依拠する悟性的な立場において詩を作るのではないからだ。悟性的な態度、すなわち事物を自己のもつ秩序観乃至は価値観によつて裁断し、従つて何らかの意味で対象を定式化し、単純化する態度は、詩作する時の態度とは異質である。詩はぼくらを襲うとき、ぼくらの能力の悟性的な部分を襲うのではない。言いかえれば、詩人は観念や形象やリズムや音を最初から選ぶことはできない。それらはまず詩人の中になだれこんでしまうのだ。選択はその後に行われる。詩人において重要なのは、彼がある秩序観をもつているということではなく、ある秩序が彼を貫くという事だ。たとえ詩人の中になだれこんだものが、すでになだれこむように選ばれていたのだと言つても、実際にぼくらが詩的創造の衝動に突き動かされている状態を言いあらわすには、この言い方は一面の正しさしか持つていない。ぼくらはたしかに詩の対象を選ばないわけではないし、むしろ決定的に選ぶのだが、それを意識的に行うのではなく、意識下の衝動のごときものによつて選ぶのだからであるだから詩人は、これを形を持つものにまで高めるため、もう一度、意識的な操作を行つて選択行為を完成するのである。選択という言葉に執着して言うならば、詩人は選ぶのではなくて、選ばせられてしまうのだ。これは何と言おうとも惰性的な態度ではない。

詩人の質を決定する大きな要素は、従つて、彼の意識下の部分の質如何にあると言つていい。相も変らぬ詩人天才論とみられても仕方がないのだが、ぼくは詩人のこのようなあり方ゆえに、先にのべてきたぼくらの精神的状況からの一脱出路をそこに認めるのだ。つまり、極めて生理的な対象把握の仕方から、自我の絶対化を通じて到達される絶対的懐疑主義に至るまでのあの牢固とした精神的構造を、一人の詩人が打破り、何らかの新たな展望をひらいてくれたら、とぼくはねがうのだ。勿論、詩人だけがそのようなことをしうるとぼくが考えているわけではない。しかし詩人によつてのみをしうることがなければならない筈だ。それをつかみ出し、指し示すことができなければ、今日詩人たちが受けている慎しみ深い無視という扱いはいつまでも続くであろう。

詩人は選ばせられるのだ、とぼくは書いたが、意識的に選ぶより先に、意識下で選ばせられている、つまり詩人の意識しうる自我の範囲を越えた何物かが常に詩人を導いている、というような詩人のあり方は、自我を出発点とし、しかも到達点とする精神的円環をたちきる一つの可能性を秘めているようにぼくには思われる。意識下の部分も所詮詩人の自我にほかならないではないか、というかもしれぬ。だが、この領域は、少くともぼくらの意識の領域とは全く別種の広がりを持つていると信じていい理由がある。たとえば、ぼくらに生の意味を暗示する強烈で深い感動は、意識下の部分でこそ決定的に働くようだ。でなければ、一つのものがある人間には何の意味をも持たないのに、他の人間には深い感動を与えるというようなことの理由がわからないだろう。たしかに、このような場合、感動することが正しか正しくないかというような基準はないようにみえる。しかし、感動という状態を少しくわしく検討してみれば、ぼくらがある物自体に感動するのではなく、それの持つ意味に感動するのだということがすぐ明らかになるだろう。感動という、意識下でこそ決定的に働くものも、たしかに意味、言いかえれば物がおかれているある秩序によつて喚起されるのだ。

意識下の領域は、意識とは全く異つた仕方、つまり予感や直観によつてこのような意味を探りだす。そして予感や直観は、対象との生き生きした共感なしに働かないし、さらにこうした共感を深め、持続させるものでもある。詩人は、今日特に甚だしく抑圧され、冷たくなつている人間心理のこのような部分を掘り返し、甦えらせねばならぬ。言いかえれば、詩人は感動の範囲を拡大していかねばならぬ。詩人自身の感動の範囲を拡大するとともに、読者の感動の範囲をも拡大せねばならぬ。つまり、読者の意識下に漠然と可能性のままでわだかまつている感性を、詩の言葉の組織的な構造を通じて組織化し、ぼんやりみれば何の意味をも啓示しないものの中に深い感動の源泉を見出しうるような能力を育ててゆくことが必要なのだ。ぼくらと他者との関係の新たな様式を生み出してゆくことが必要なのだ。今日詩人に求められるべき使命は、ぼくにはこのような形で考えられる。

意識下の部分を組織化する、とぼくは書いたが、ここで組織化というのは、たとえば感受性のある面が刺戟された場合、刺戟が他の部分と照応し、交響しながら全体に拡がつてゆくことを可能にする操作、外部からの刺戟を密度の高い感動にまで結晶させることを可能にするような操作をさしている。このような操作がしだいに明らかに自覚されてゆくとき、ぼくらの中に真の批評精神が形成されてゆくのだ。詩はこのようにして、意識下の部分の豊かさを読者に啓示すると同時に、その豊かさを測り、さらに自らそれを拡大してゆこうとする読者の意識的な操作を通じて精神に批評的な習性を与えるであろう。このとき豊かさを感じとる精神と、それを識別し、分析する精神とは別のものではない。

詩が存在と存在との関係の新たな様式を、観念やリズムや形象や音の総体において、また各部分において啓示するものでありえたら、どのようにすばらしいことだろう。

ふあんたじいあ・もんたあな

山本太郎

この一本道を　どこまでも　ぐいぐい　おゆきなされ
沼沢地帯は　はらはら　あるき
魚の骨などに　つまずきながら　脱兎的にゆきなされ
すると　岩ばかりで出来た　街がある
ひとがゐるかゐないか　分らない
鳥が西をむいて坐つてゐる広場では
猫は南をむいて眠つてゐるが
そんなことは　どうでもいい
太い石柱に気をつけな
そこを　五日がかりで　泣いて通ると
火山の真下に　でるのだよ
頂上が石英ガラスで
斧みたいに光つてゐるから　すぐ分る

裾野はぼうぼう　ガスが深いので
海のなかにゐるやうだ

＊

ぼくはいろんな霧を知つてゐる。だがいま、ぼくをとりまくのは、そのどれにも似ない奴だ。渦の無数が、いろとりどりのアラベスクで、幻々無類の化物模様。手足や頸にからまつて、ひどく刺すのだ。

ぼくは熔岩流のぎざぎざの、そのまたとがつた岩場にのぼり、霧のなかから首だけだして、わづかに白い息を吐く。大海原のまつただなかの、しぶきに濡れる岩礁に、ふるへる渡鳥のやうにだ。眼ばかり光らし、霧の海を展望する。

なるほど、ぼうぼう。リュックが急に重たいのは、背中でカンテラが、ひとりでに燃えはじめたのだろう。

山は昏れてゆく。さう、熊笹も、けだものたちも、くれてゆく……

＊

山はいつも隠れやうとしてゐる
さうしてあれは　ぼくをこばむ山霊の
まやかし　だつたに違ひない
あの不思議に美しい林間は

いや　濃霧に酔ひ　ほとんど溺れてゐたと
ぼくはいおう
おどろしいばかりの　晦冥の……
いつまでも　いつまでも
苦しい酩酊がつづいた

〈タロー　あるけるですか
〈首からさげた　呼子を吹いて

さうだ　たしかに！
山は深いワナを持つてゐる
むかし　幻の島の説話をきいた
海図にはなく　精神の狂気の方角に
まねかれて漂ふ　航海の話をきいた

霧笛がなる　霧笛がなる
舷燈も消へ　いまは死棺である船の
行手で　海は二つに割れ

そのおくに　虹の輪を吐く小島が浮ぶ
さうして　いつのことだろう
ぼくの歩行に　かすかな狂いが生じたのは
漂流はいつか　ぼくを饒舌にしてゐた

＜静かに　タロー　はやく！
＜黙らないと　魔性がねらふ

濃霧のそこで　演技は禁物だつた
深海魚のやうに眼ばかり光らせ　ゆらゆらと
溶岩流の暗い割目くぐると
霧は晴れ　太陽の大顔面は大きく西へ傾き
淡紅色の空が　いきなり美しかつた

すなはち　ぼく・は・ゐた
真紅のガラス片をまきちらした小花の群生

縞馬のやうに軽快な白かばの林間
〈さうです　そのとき
〈ある声が　呼んだのです

美は恐怖のはじまりである　と
なんといふ空気の澄明であつたのだろう
淡青の蛾の一群が
ヒラヒラと頭上をまひ……
そのときだ　ぼくがあの
妖しい息づかいをきいたのは

風景はもういちど変つてゐた
ふりかへると　落日と枯木の黒いシルエット
沢の苔は　いつせいに匂つてくる
静けさは迫るばかり

〈タロー　ふるへてますね

うん　胴震ひだ　じんじん寒い
落石は眼前で道を消し
おほひかぶさる亀裂の絶壁
荒れ果てた谿底に　ぼくは立つてゐるではないか
おびへて　みつめる岩肌には
赤茶けた毛が二、三本　こびりついてゐるではないか
け・も・の・みち　さう　いつか話にきいた　獣だけが通ふといふ……
灌木の繁みを鳴らし突風が吹きすぎた
ああ　凶かな眼が！

一息ごとに小さくなり　ぼくは
山のこの　思ひがけない敵意に対し
全身さらしてたちつくした

まぎれもなく
ぼくは　永遠という奴に
真正面からでくわしてしまつたのだ
かへすがへすも　ちつぽけに　醜く

＊

ぼくはいまさら、ぼくの思想を護らうとはしない。むしろ外部へさらけ出したいと思ふのだ。山は裸で、どんな、たくらみも持たないと考へてゐたが……

（逃げましたね、タロー）転進なぞといふもんぢやない。熊笹かきわけ、五、六度ころんで、ぼくは森に入つた。森にはつづく小径があつた。ふりかへると、梢の間、裾野はかなしいくらい、とほくになつてゐた。地図にまで純化された風景。そのうへを、ヴァイオレットの霧が、レースのやうに流れてゐた。ああかなしいくらいにとほく！つづく小径は限りなかつた。知つてゐるか、ひとつの貧しい魂を、むげんに誘ふ寂寥の道を、ぼくは、そこを歩いて何年間誰に会ふこともなかつた。さうしていま、深い森と――。

――渓流は一里の足下、森に入つて、ぼくは山を見失なつた。雷に撃たれた倒木の白骨に似た妖気、大樹の林立。この、たじろぎを、どうしやう！　石に還る　小さないのち　ぼくは、できるだけ小ちやく、小ちやく、足音をしのばせて歩いた。いまこそは、かぎりをこめて、さぐらふ願ひ。腹で、ぐ・ぐ泣きながら、ダアクグレイの尾根をこえると、純粋な夜にであつた。樹木に奪はれない小さな空に、あふれる星は、サルオガセや羊歯の霧滴に灯つた。山の動静は、風音が知らせてくれるばかり、蔓草をつかみ、四つん這ひになつて、苔の急坂をのぼる。きわまりに、つながる願ひ。願ひはさらにはげしく！　はぐきにしみる、冷却渦流は、まじかを走り、大樹のきしみか、ときおりきこへる瀬音には、妙なしのび笑ひがまじつてゐて、寒さはひとしおふかまつた。

月がのぼつたのだらうか。森はいつきに、蒼い海に変つた。あたりいちめん、暗く冷い物質がもえてゐて、浮きあがり、くねつて流れる影の怪異。地衣のはふ、木の根のうつろ。しみとほる化身の世界。

胎内感、さう一種の。いいしれず、甘やかな性のうづきを、ぼくは感じてゐた。

ああ、すべては、大樹の顔にかはれ！　このぼくは、いきながら、はたさういのち。

＊

針葉樹の北限をすぎ、おおかんばの間を抜けて、石の墓場をゆく。ここからは、岩の世界。ぼくは未来にひたすら、おそろしい真空ばかりを感じて足をすくめた。（タロー、ねむつたのですか。ねむつてはいけない。あぶないのだ。ねむつては……）月に撃たれた石畳の上に、小さな神像が立つてゐる。ノッペラボーの、青白いマスクが、ぢつとこちらをみつめてゐる。そのとき、ぼくの心におこつた落盤の、小さな砂ぼこりなどがなんであろう。氷のやうにはりつめた空気のなかに、時折、鱗粉に似た光りがまつた。神像は静かに立上り、斧のやうにそびへたつ山頂をさし示すのだ。ものすごい群青の空、歪んだカーブを描いて永久に消えない大岩塊。神の怒りに試され、伏す巨人の顔。（どうしました、タロー。まちがつてはいけない。さういう感傷は有毒です。あれは、地球の嫐の、ひとつとも無意味なひとつにすぎない）気がつくと、神像はやはり、石畳の上で、月に撃たれて坐つてゐた。たとへ神像でも、このさい人間の恰好をした奴は、どうも薄気味がわるい。どだい、真空世界の入口に、こんなみだらな、人間おばけを、かざりつけ、旅人の眼をおどろかせる、そんな教義の、まやかしが、いらだたしい。神像と仲よくならんで坐り、ぼくは次第に口笛でも吹きたい気分になつてゐた。虻が一匹まわりをとんでゐた。
ひとは何故　とぼくは想つた。永遠といふものにあこがれるのだろう。その凝視に耐へ得ないぼくも、お前も。未来を信ずる、ひとの無智は、寺院や墓を自分達の周囲にぎつしり建てていつた。さうしていま、この荘厳な山の全貌は、おほきな寺院、あの古代エジプトの大墳墓に似てはいないだらうか。
すべてはこわれるのだ。僕も、お前も。さうして、こわれないやうなものが、なにひとつあつただらうか。「いきる」といふ狂気じみた欲望と、にんげんの、執着の内部に築かれた寺院をのぞいて……
ぼくはいつか、ターキッシュの教会の偶像ひとつない暗い祭壇、その洞窟のやうな闇黒に、いつさう黒く、巨きな一つの椅子があつたのを想出してゐた。ああ、ほんとうに、ひどく冷えた。(大丈夫ですか。タロー、山は同情しない。そしてこれから、一種の祭壇へのぼる)
榠松の微醺は近く……

*

谿間にひくく沈んだ霧は、いつか動きはじめてゐた。すごい速度でまじかを走り、烈しい風に一瞬ふきはらはれてまひあがる。みあげる天に、大岩塊は、たちまち隠れ、たちまち現れた。谿へなだれる急斜面を、うづめつくした岩の群に、月光の縞が乱れ、高山の魔術は果しなかつた。

この出現と転移と、醱酵と停止と。

きわめがたく透明の、はがねで組立てられた、石と火花とエーテルの寺院
その、おほきな胎内にまよひこみ、ぼくは神への道を、岩づたひのぼつて行つた。

雲母を二つならべたやうな雪渓のそばをのぼつて行つた。

時間的に流れる限り、幸福はいつでも遠くにある。のぼりつめると肩の小屋は意外に近かつた。

乾魚と古肉のかたまり。山小屋の木卓にもたれ、傷ついた獣のやうに、どれほどの時を眠つたのだらう。キーン

という鋭い、金属音に眼をさました。上衣の襟をたて鼻じるすすつて外へ出る。そこには、高山の深夜に現れる不思議な現象、山と空との、あらゆる演技が燃へてゐた。

山巓の空は、一種浄かな物質から出来てゐて、とほうもなくおほきな夜が、ぼくのうへにおほひかぶさり、ああ、なんといふ思ひがけない心裡の変化だつたのだらう。ぼくはいきなり、神話の世界にとりかこまれてしまつた。ぼくまでが、一匹の青い狐のやうに、いんいんともえてゐる。

南には妖しく光る蝎座の、アンタレースの赤光。みあげる空に、ベガ、アルタイル、銀河がガーゼのやうに流れはるかの天にアンドロメダの星雲が輝きはじめる。

夜のなかで、醱酵してゐるものがあるのだ。ふたたび、キーンという音が谿に木霊した。落石！　黒々と聳へる大山系の、どこの峯からおちる岩の涙。山はぼくから隠れもきれず、この深夜、とほい太古の言葉で語りかけてくるのだ。ああ、かなしいくらいに、とほく　とほく……

ぼくには、しよせん、美しすぎる合図だつた。星座のめぐる。はりつめた秩序の下を、ぼくは首をふりふり、半ば気も遠くなつた眼つきで、懐中電燈片手に、頂上へつづく軽石の道をのぼつて行つた。さう、悲しみの顔の方へ。

いや、ぼくは、ぼくの孤独のなかへ、降りていつたといおう。

山はやはり、みられることをきらつてゐたのだ。古代遺跡が、旅人の好奇の前に姿を隠すやうに。この巨きな、ヘラスびとの窪んだ眼は、しかし、まつすぐ天を凝視してゐた。水の涸れかけた火山湖。残雪の鈍く光る、きりたつた縁は不毛で、狷狭なまでに、けわしかつた。ああ、ああ、ああ、もうぼくは。一刻も早く山を下りやう。

ここまでやつてきて、ぼくは何故、毒について考へたりしたのだらう。人間の毒について。ぼくは明かにはみだしてゐた。この深い、まじろがぬ眼にくらべ、ぼくの乾いた孤独などがなんであつたらう。

人間のなかへおりてゆかう。そこにはわずかではあるが、ぼくを入れる場所がある。そこには、貧しくはあるが
ぼくをひきとめる愛がある……

＊

吹きあげる風に鉱物質の匂ひがまじつてゐて、石室で待つ夜明けは長かつた。

朝がきた。西から東天へつらなる色彩のグラディエーション。この朝を、ことさら感傷的にうけとめまいと、山への訣別の意志をひそめ、ぼくは胸はり、大股で石室の外へ出た。

鎔という鎔からガスが湧き、視界はときおり、ゼロになる日の出前。連る岩のホルンがいつせいにピンクに染り、万艦飾の雲の艦隊がゆく。ノース・バイ・ウエスト、穂高の西、アルペン海峡を通過する。

やがて雲海に陽がのぼり、あやまたず、今日はやつてくるのだ。

〈タロー、イワキキョウやウサギグサのみだれさく、

〈あの一本道を行きますか。美しい光のなかに、長くとどまつてゐてはいけない

＊

その一本道を　どこまでも　ぐいぐい　おゆきなされ
深い鎔間は　はらはら　あるき
熊の足跡などにおどろきながら　脱兎的にゆきなされ
すると並木のきれいな街道にでる

ひとが　とほるかどうか　分らない
アヒルが西をむいて坐つてゐる三叉路では
犬は南をむいて眠つてゐるが
そんなことはどうでもいい
石のトンネルに気をつけな
そこを五日がかりで唄つてくぐると
おほきな街の入口にでるのだよ
煙突いつぱい　空もよごれてゐるからすぐ分る
にんげんうようよ　脂くさくて屠殺場にゐるやうだ

追記　第四節は既發表の「のりくら素描」を原形としたものです。

浮説

——Meine Weltanschauung——

児玉　惇

1

わたくしが日夜、保有し、認識する島は、鰥夫としてなやみつつ、その湿潤の台風圏のなかで、青空の聖骨匣《レリカリ》をもつ。

こみあげる胃液、と空襲のパヴロフ反応、
および、売りわたした貞操帯の代償としての防潜網を、湾口にもつ。
游曳する、……軟弱なふぐりのように。

吉田茂の奸悪な微笑と、Paul Valery は、
吉川英治とともに、おなじ匣のなかのわが物舎利——

島は、ときとして、突如、排泄感をもよおし、汚職し、指揮権発動し、その因果を弾劾して、こきざみにふるえた。

「与論、与論」と、せつなげに声をもらした。

が、排泄物は、つねに異様にあつけなく、やがて、姿もとどめず蒸発した。


詩人は？

警世の諷刺詩人は!?


（新聞の裏に、ねそべつているのか。）

匣のなかの青空は、そのたびにかすかに転捻し、苦痛に身をよじらせて、咳をした。「革命……」

……ふるさとの山河は、やはり、いとおしいのだ。

マス・コミュニケーションの拍手に応じて、
島は、雪崩《なだれ》をおこし、船をつくがえしたりして、しきりに己れへ拗《す》ねつづけた。

2

島の浮説をものがたるには、まず、不毛の土を覆うしだ類の寄生とともに、戦後、おびただしく生えた観光塔につ
　いて、かたらねばならない。
青空へ、いつわりの肺胞のなかの青空へ、

桿菌のようにほがらかに、にょきにょきとそれは生えた。帝国資本主義経済と、観光政策の硫安をまかれて——
きれいな眺めだつた。「原民喜文学碑」
恩怨なき、うつくしい文字であつた。「おゆるし下さい。あやまちは、二度とくりかえしませぬ。」
その塔のたつところ、蛇行する防衛道路をのぼりつめると、島の無慘な禿頭部が、そこにひらけた。ABCCの建物があつた。
島の僧侶が、詩人たちが、魅入られてやまぬ、
……未来への聖地、
汎骨髄癆の幽魂どもが、署名簿の火をたいてわたる Styx 河がながれている。

蓬髪にもえさかる、核理論方程式の熱なき熱——
戸籍なき物資、の哀号哀号哀号。

このリアリテイは、とらえられねばならぬ。このリアリテイは、涅槃の地のものとひとしく、ひとびとの飛翔を圧するのである。
「とびたい！」が、落ちつづける。

井戸へ、匣のなかの青空へ、ひとびとは抱きしめるものを抱いて潜入した。追つて、人知れず追つて——
罠の深いほこらへ。

……これが、島の浮説である。
根《ね》葉《は》のない、うわごとじみた浮説である。

3

……一夜、海があれ狂う。
わたくしが日夜、欲情し、自瀆する島は、憂婦として呆《ほう》けつつ、おろかな夢魔の目をさます。夜明け、
　おとろえず、牙をむく波、
　今日もふたたびふりかかる、因循な生のしぶき。
わたくしは、徐々にそれを離脱する。……徐々に、島より遠ざかる、重い虚脱した腕を上にあげて。
そして、近づく、確実に近づく、
魯迅の国の風景へ、毛沢東の肖像画の方へ——

婆々

中島可一郎

婆　　々……八十才位（疲れたダミ聲）
みどり兒……三ケ月位（すんだ明るい聲）

…暗室に一点から薄い光りがさしこむ…
…目に見えぬところで二つの声がたがいに引きあう…

婆　　々　ああ身体がばらばらにほぐれていく。冷たくなっていく。沈んでいく……。
みどり兒　ふっふふふ（ふくみ笑い）
婆　　々　だれ？　そこで小気味いい冷笑をうかべるのは？　わたしのみにくいあがきがおまえさんになぜおかしいのだ。だれ？　返事をするがいいよ。
みどり兒　ぼくだよ。ばば。隣の部屋でねているあなたのヒコです。
婆　　々　おまえか。わたしと同じように仰向けに北窓にむかつてねているんだね。おまえの顔がみたい。おまえのさくらいろの頬に手をふれたい。おまえの血にそまりたい。

みどり児　ふつふふふ

婆　〃　おまえの笑い声はわたしのこころを凍らせてしまう。そんな風にわらう仕方をだれに教わったのだ。どうしてそんなに笑いたいのだ。

みどり児　だってこうするより仕方がない。ばば。さっきから、あなたの身体の匂いがぼくの部屋に一杯つまってきた。ぼくもくるしい。なにか言わずにはいられない。だってあなたの匂いは、ぼくの新しい黒目をくもらせてしまう。鰊のくさったような鋭いにほい。ああ苦しい。だがしかし泣けないんです。

婆　〃　匂いがするって？　そんなことはないはずだよ。わたしは何時も清潔だし、こころもそんなに汚れてはいないはずだからね。

みどり児　それはきつと薬のせいだな。あなたの枕元においてある、黒いどろりとした……

婆　〃　ああこれかね。これは苦味沈幾だよ。わたしゃあ三十年間こればかり飲んできた。これが一番性にあった薬でね。これがそんな匂いをふりまくはずがない。それどころか、さっきからかんばしい、うっとりするような匂いにわたしゃあ聞きほれていた。なにかおまえの間違いではないが。わたしの匂いは、この匂いがほんとうだ。この匂いにつつまれてわたしゃあ息をひきとりたいと思っていたのさ。

みどり児　その匂いは？　乳臭いでしょう。

婆　〃　そうなもんか。二月の野に生えた若い雪割れのような匂いだよ。

みどり児　ばば。それはたしかにぼくの匂いです。ぼくの匂いはこんな鰊の腐ったようなものではないはずだ。

婆　〃　おまえの匂いだって？　とんでもない。わたしの死にぎわに、いやな匂いがでるはずがない。八十年間、わたしゃあそればかり念じてきた。わたしに何かが加わるとすれば、最後に、この身体が、春の野原のようにかぐわしい匂いをはなつことだと、こころで祈つてきたのさ。

みどり児 ばば。ぼくは泣くよ。あなたの安眠をさまたげぬために、ぼくはぢっと我慢してきた。だがもう堪えられない。泣いて泣いて、このいやな匂いをぼくの喉からでるちからでかき消してしまおう。

婆 々 ああいいとも。おまえがそう思うのならわたしに遠慮はいらない。勝手にするがいいよ。さくらいろした肌の匂いは、日向くさい枯芝の匂いもまじっている。

〈赤ん坊の泣く声が、明るくのんびりした調子でつずく〉

〈老婆のたえだえのうなり声、しわがれたひくい調子があとにつずく〉

みどり児 ばば。どうしました。やっぱりぼくは泣かないほうがよかった。身体中とげがささったみたいにやかましかったでしょう。

婆 々 〈うなり声〉

みどり児 苦しいの。

婆 々 わたしの身体は半分冷えかかっている。だがわたしのこころはまだ半分目覚めている。そのこころがわたしに教えてくれた。

みどり児 どうしたのです。ばば。あなたは安らかにいい匂いにつつまれて眠っていらっしゃい。

婆 々 やっぱりおまえのいうとおりだつた。おまえが泣くと、わたしのまわりの匂いがきえた。そして臓腑のくさつた匂いが入れ替りにわたしのまわりを取り巻いた。わたしゃあ自分の八十年のいのりがくずれたのを知った。それがなさけない。

みどり児　ではやっぱり入れ替ったんだな。ぼくはやっと息がつけるようになった。

婆　々　鼻のまわりで羽根をひろげた小さな蝿のうるさいこと。この可愛い天使をこわがらない。この臭い匂いをいやがらない。わたしの一生はここでほろびるのだから……

みどり児　ぼくはなんにも知っていない。生れたばかりのぼくが、ここで役立つ知恵を持っているかどうかも。

婆　々　おまえは心配しないでおくれ。わたしのヒコや。おまえの泣き声は元気にあふれている。わたしの干からびた手がさぐらなくとも、おまえの顔立ちはよくわかるのだ。わたしの一生はあと十年ちょっとで、一世紀生きることになる。ずいぶん長い一生でもあり、ついこの間のことのような気もする。

明治五年、わたしゃあ東海道筋の庄屋の娘に生れた。それは日本の国が東洋の新らしいあけぼのとして、非常な勢いをみせはじめる頃にあたる。わたしゃあ無知な女だった。だが我のつよい、頑丈な身体にめぐまれた。

無知なをんなは、零落した家を追われて、浜松在の女郎部屋に売られた。すべすべした肌と病気をしない頑丈な身体が資本《もとで》。十六才のをんなは、客にだかれて夜伽もせずにねむることもあった。見ようみまねで三味線や踊りを身につけ、習字作法もなんとかやってのけた。亭主と名の付くものは三回変つた。天にも地にもこのひと一人とたよって暮したが、何時も先立たれた。

わたしゃあそのたんびに目がつぶれるほど泣いた。

おまえのお父さんのお父さんも早く死んでしまった。わたしゃあ子供を四人かかえて、なりふりかまわず働いた。我がつよく、ただ他人にまけまいとして、男のようにふるまいすぎたことがあったっけ。自然に、子供をしかりつけるけわしい目と眉間のしわが、子供を寄せつけなくしてしまったようだ。子供をたよりに生きたわたしが、おまえのおぢいさんにしばしば泣かされもした。人さまのものに手を出して、保護院とやらに連れていかれそうになったこともある。
わたしやあ気もそぞろで、世間をはばかりせめせっかんしたものだ。
日清、日露のたたかいに勝てば喜び、欧州大戦のときには、もうこれでいくさもおわりかと、がっかりした。
二人の我子が銃をとって出掛け、一人っきり返らなかったのさ。
でも、こんなことくだくだおまえに聞かせても仕方があるまい。

みどり児　ばば。身体にさわるよ。だまって静かにしてらっしゃい。

婆　々　わたしやあなんのために生きてきたのだろう。ただ苦しみのために、それだけを味はうために生きたのぢやああるまいに……。

みどり児　静かに。

婆　々　わたしゃあなんのために生きてきたのだろう。ただ死んでいくために、そのときを待つために生きてきたのぢゃああるまいに……。

みどり児　ぼくにすこし予感がある。

婆　々　死ぬものは、早く死ぬがいいのだよ。

みどり児　ばば。死んではいけない。どんな予感が匂ほうとも。

婆　々　今度の戦争で三人の孫を殺し、家が焼かれた。こんなバラック建に。

みどり児　こんなバラック建で二人がねているんです。

婆　々　戦争はいやだよ。こわいよ。そしてかなしいものだよ。なぜひとは戦はなければならないのか。血を流しあわなければならないのか。をんなのこころをふみにじって、途方もないところで、をんなに仕返えししているのさ。

もうわたしゃあいろんな不幸のしるしを背負いきれぬほど、かかえこんだ。わたしゃあそれに堪えているのさ。ぢつと肩をおとして――。なにがこんなみじめさにつきおとしたかを忘れるほど、なれっこにさせられた。

婆　々　戦争はいやだよ。戦争があふれる河のようなものなら、わたしの細腕でもせきとめてしまいたい！　おまえのくりくりした頬ッぺたにいやなかげをかげらしたくない。

もうじきおまえにバトンをつぎながら、わたしゃあ死ぬ。おまえの時代は、わたしの時代ぢゃあない。わたしの苦しみをおまえにつぎたくない。おまえが父親になるときがあっても、おまえのかなしみは、わたしのかなしみと同じぢゃあいけない。

わたしゃあはつきりわかるような気がする。おまえの時代は、新しい時代であることが。それは自分がほろびて、おまえがそだつという大きないのちのつぎ目のなかにひめられている。

わたしあゃなんのために生きてきたのだろう。それは、おまえの声を聞きたいために、わたしはぢっと生きてきたのだ。

みどり児　＜陽気なわらい声＞

婆　々　おそろしいもの。それは時代だよ。かなしいもの。それはをんなの性かも知れぬ。だが、このうるさい蝿とくさい匂いとにぶくなった内臓をかかえて、わたしゃあ死んでいくのだよ。死んでいくのだよ。

――暗　転――

書評

中島可一郎『子供の恐怖』について

中島可一郎の特異な詩集「子供の恐怖」を読み終えて、あとがきの中に、「手短かにいえば、この四十篇にも満たぬ小冊は、約十四年間の閲歴をもつている」という著者の言葉を見出したとき、ぼくには、その言葉が、いじめ抜きながら尙生き残つた自分の詩作品について語るきびしい告白であるように感じられた。そして、同じ世代に属し、同じ告白をしなければならないであろうぼくは、批評しようとする立場が、そのとき、きわめて弱いものになつていることに気づいた――。

なんらかの意味で自分に近いものを批評しようとするとき、対象との距離をつくりだすためには、充分な時間を必要とする。しかも、「子供の恐怖」の場合、作者は決して作品と自己とのエキヴアランスを直ちに主張しようとはしてない――傾向を異にする作品群がしだいに形成して行く世界の重心にしか作家が発見されないように、それは仕組まれている。ぼくは、今のところは、中島可一郎についての作家論を大胆に試みることができない――。

例えば、多作型の詩人についてならば、ぼくはそれほどに苦労しないですむだろう。多産な詩的想像力というものは、それが安定することができる場所、一種の言い方をすれば、内部現実と外部現実がかかわりあうところに位置しているものであり、そこに焦点を定めることによつて、語りはじめることができるからである。平林敏彦の作品ならば、個人的な運命と社会的な運命がすれちがう場合の現実に生じるある均衡感に狙いを定めたいし、山本太郎の作品ならば、戦後の社会の混乱と彼の精神の錯乱が投影しあう生命力の昂揚状態に中心をおきたい。そこから作家論をはじめても、それほど間違いはないはずである。しかも、ともに、作品と作家のエキヴアランスを信じている詩人である。世代の両端にいる野間宏と大岡信・飯島耕一についても、同じ生で語ることは不可能でないだろう。

中島可一郎の場合には、そうした焦点は探りあてにくいのである。同じふうに言うならば、彼の作品における内部現実と外部現実は、その分離が明確であり、その振幅は大きい。「子供の恐怖」を構成する四つの章、「造花点描」、「部屋」、「辻公園」「通信」は、彼の詩的想像力の形成が、はげしく二つの側へ揺れ動きながら行われてきた跡を示している。その著しい例を示すならば、例えば、「造花点描」の冒頭に掲げられた。

　夜は濡れている
　病葉《わくらば》があまりに騒ぐから
　それは　見事な
　白いものの吹出る月だから　（月）

という、象徴的な手法による内部世界の情感の表現と、殆んど記録主義的ともいえる、「通信」のなかの「袋の中の兵士は……」における、

　彼は平均三人の目をつぶしただろう
　彼の従軍日誌は　きつかり百日だつた
　それから規格どうり　弾に当つた
　参謀の消耗計画を狂わせなかつた

という詩句を比較してみればよい。詩作の年代を異にするこの二つの作品の間の距離だけを言つているのではない。そのおのおのにおける、内部への、または外部への、はげしく傾いて行く姿勢である。

もちろん、こうした傾向が目立たない場合もあり、例えば、最後に掲げられた「通信」などでは、ぼくのこうした理くつなどは、殆んど通用しそうにない。

エンゲージ・リング。
弟の
ふかいおもいのしるしの青。
おんぼろさんは知らぬ顔。
石の光りが
おれの
胸につきささる。
ブラウン島の
うらみの
鬼火。

このように、指輪という一個のものに発光装置をおいているため、ここではぼくが述べた傾向が生じていない。しかし、ぼくには、この場合、作者がむしろ小さくまとまつたという感じがする。ぼくは、「袋の中の兵士は………」における外部現象の分析の方を買いたい。外部現実は、「通信」の場合、日常的なリアリデイの遠景をなす世間並のぼうぼくさしかもつていない。

ところでまた、「リツトリア」という作品の構成を見るとき、作者は、ぼくが述べた傾向を意識していて、それを巧みに使いわけようとしているのではないかという気もする。

（おれは悲し気に、そしてむしろ陽気にうるさく飛廻つた。
おれは臭ぎ慣れた死と　その酸つぱい肉汁に気をとられた。
だが　おれは可愛いエンヂエルのようにふるまつただけだ）
おお　マドモワゼル　リツトリア
の一個の物体
CIEの腸詰をあまりに食べすぎたので
まずい笑顔は　中部イタリーの
峻しい沼にそつくりだ

この詩における（ ）の使い方は、明らかに作者のそうした意識的な苦心のあらわれであるだろう。

とにかく、中島可一郎の作品における、外部と内部へのリアリデイの分裂性、ぼくはそこにこそこの詩人の意味と、今後への期待を見出したい。彼が目指すものが、その主観的リアリテイと客観的リアテイの 統合であることは 言うまでもないことであり、その統合を行う彼独自の場所は、第一詩集の実験的な成果をふまえてきづきあげられるであろう。振幅が大きかつただけに、容易な場所には安定できないのである。

彼が詩集の題名とした「子供の恐怖」、そのデーモンが安住し、自己主張をはじめるとき、純情家と諷刺家、ヒユーマニストとニヒリスト、中島可一郎のオーヴアーラツプされている二つの顔が、しだいに一つの意志を表現して行くのであろう。

（清岡卓行）

中村稔詩集『樹』について

――いたましい自由――

ぼくは思う。一日一日を追われるようにあわただしく生き、パンの工面をし、遅刻を気にし、休日と月給日をいつも待ちわびながら過す日常のあいまいに、どうしても書かずにはいられない詩とはいつたい何ものであろうか、と。おそらく社会の多くの人

書評

々にとつては徒労としか思われないであろうもの、あの人はいい趣味を持つているというふうな眼でしかみられない価値なきもの、けれども一人の詩人にとつては生きることそれ自体であるところの詩とは何であるだろう？

中村稔の作品はぼくにこのような素直な気持を呼びおこしてくれた。ぼくは生きることに誠実で、不自然な身ぶりのない、つまり美しい心を大切にする一人の詩人を発見したのである。このように平凡な感動がめずらしいほどに、詩人の数は少い。詩人らしい顔つきをしたがる人間はやたらに多いのに、汚れない心を持つたほんとうの詩人はこの世にざらにはいないのだ。

中村稔の詩は一見古典的とさえ思われるほどに端正な構成を持つている。また彼の言葉への潔癖さは、粗雑な現代詩に馴らされた読者には保守的とさえ思われるほどであろう。しかし、現代に生きる小市民の善意を侮蔑することができない読者ならば、これらの詩のなかに泡だつている行動への誘いを見逃すことはできないであろう。そして、彼の詩を単に弱々しいとか、消極的であるとか、古めかしいとかいう理由で非難する資格が、いつたいどれだけの人にあるというのだろうか？

たとえば、「樹」という詩を読んでみよう。くらがりのなかでゆれている樹、夜どおしさわぎつづけている葉ずれの音、くらがりのなかだからよく見える眼、はてしのない浪費、それらのイメエジは素直にぼくらの生活する実感を思いださせる。しかしそのあとにくるものが、疲労や倦怠や、大げさな悲劇詩人の身ぶりでする絶望のうめき声などであつたとしたら、ぼくはまたか、というあの不気嫌な顔つきで頁をとじてしまうだろう。しかし彼は生活の浪費のなかでたえずゆれうごき、たたかい、無為を克服していく世界への信頼をみつめる詩人である。これは彼の詩を支持する理由としては、あまりに単純な公式であるかも知れない。しかし、この単純な論理を嗤うことが誰にできるのか？　むしろ彼の詩を美しくたかめている行動への誘いの単純さ、その単純さのもつている力づよさと明るさこそ、ぼくらを純粋な感動にさそう要因なのである。

「海」という詩、「五月」という詩では、ともに奪われたる存在としての自分が、つねに都会の塵のなかで消耗され、むなしさで重い感情を背負わされながら、生活という海のなかでの難破者、漂流者としてたえず危機へと悲しみの波に洗われている状況をえがき、しかもなおはげしく生きることを主張する自由とは何か、を訴え、湧きたつ心を抑えることができない、抑圧された人間の叫びを叫んでいる。

その悲しみと憤りは「冬」「街」などの詩にも適確にえがかれている。この詩人にとつては、人間への信頼がすべてのものの基調なのだ。孤独な心のおくにひらいている自由、自分にも、多くの見知らぬ人々にもたしかに息づいている自由。しかしこの自由さえも疑つてみなければならないような時代、自分も他人もじつはそつくり見えない権力のなかで見動きできないほどにされているのではないだろうかという不安。すでに群衆の渦のなかで、自分はもはや自分ひとりではないことの自由を感じるこの詩人は、いたるところで自分を発見し、自分を再組織し、自分を自分たちの列に参加させているのである

現実の暗さと、傷つきながら起上ろうとしているこの詩人の姿勢は、また「夜」や「夏」などの詩にすぐれた技術で表現されている。「夜」では、生れ

て苦しげな時間の流れ、亡んでいくもの、死んでいくものの悲しみのなかで、まだ朝の気配も感じられないのにも短い夜が白みかけてくる、焦燥と失意、ひとりの人を信じる心がやがてもたらすであろう希望、愛するものが樹のように薄明の空でそよさ枝をさしのべている、というメタフオアは卓抜で、夜の詩はこの詩集の中でも、もつとも完成度の高い作品であるかも知れない。書きたいことは多いが、読者のためにこの一篇を引用しておこう。

夜

夜　おまえはゆるやかにからだを揺する
おまえの唇には熟した果実のにおい
低いあえぎにたえて　しなやかな躯幹をそらし
また江ばむ髪毛に顔を伏せ　吐息を洩らす
あわただしく腐りゆくものがあり崩れてゆくも
　のがあり
曙を待つこともなく夜が白みはじめ
ふとおまえはたちあがりたちどまり樹木となり
枝々をさしのべ　葉ずれがわさわさと鳴つてい
る……
ああそのあとしばらく丘陵の砂はながれやまず
烈しく風が葉を散らせ樹皮はみるみる裸になり
夜は終りにちかく物言わずおまえは仆れかかる
ひとりの不慮の死にちかく　その埋葬にちかく
一月の天につるさがつた梢があり　だからこそ
ぼくたちはいだきあつて眠りに堕ちる

またこれとはちがつた意味で目を惹くのは「声」と「六月」の二篇であつた。これらの詩は他と比べてそのデエマ自体が、この詩人をしてはきわめて直接的であり、言い方を変えれば直情的であると思う。「声」は朝鮮戦乱に取材して、海嘯のようにおしよせてくる、ひくく、しかし近い声を、その危機感の象徴として切迫した表現でとらえた詩で、形式も他の十四行詩とは離れてかなり行数の多いものになつている。ここでは、「われら闇に伏して久しいげにも久しい（いいだ・もも）」という前書と、第一連と終連でリフレインされている「……待つていてはなにもなにも訪れはしないのだ」という詩句が、よくこの詩人の心情をものがたつている。さらに、駆りたてられてどこへとも知れず姿を消していつた男子たちの通つた白い道「その道は傾き白い陽がさしていた……」という、白い道のイメエジはいつまでもぼくらの心の悲しみのうちに焼きつけられているだろう。

「六月」では、梅雨期の焦燥がきわめてリアルに書かれているが、この一見とりとめのない事がらのつみ重ねが、じつは根強い庶民生活からの抗議の声をよくひきだしているという、この詩人の技術を評価しなければならないと思う。やさしく、簡潔で、人間の無垢な心の声をとらえたこのような詩に、多くの傾向詩はまなばねばならないだろう。

ぼくは中村稔の詩にひどくシヤツポをぬいだかたちになつたが、彼を非難する人々はおそらく、現実の傍観的な態度のひ弱さ、行動への踏切台で暗い予感に耳をそばだてている小市民の頼りなさ、いわばポケツトに手をつつこんだままの姿勢、技術的にはひかえめな表現、言葉への執着、形式の保守性などを指摘するだろう。しかしわれわれに、いや、少くともぼく自身には、彼以上のどんな責任ある主張も批判も弾がいも、眼前の現実に向つて為す資格は無く、彼以上の技術的な冒険の成果もわがものとして挙げることはできない。一人の詩人がその人間的な卒直さ謙虚さのために、観念的に非難されることは不当である。

最後にこの詩集（ユリイカ版）の装幀、造本はきわめて立派で、岸田衿子氏のうつくしいデツサン十葉がともに収められている豪華な詩画集である。

（平林敏彦）

平林敏彦『種子と破片』について

I

烈しい共感に心を揺すぶられながら「種子と破片」を読みおえた。ことに、「影の部分」1「声」そのほかの数篇に出会つたことは、僕にとつてひとつの事件であつた。しかし、それと同時に僕は、「影の部分」1などの数篇は、この詩人がこの詩集で執拗に模索しているものとはかなりちがつているのではないか、と疑つている。

おそらく抒情詩というものは、ひとつの場所に立止つて、流れる時をさえぎつた呼吸の間に、とらえられた思想であるにちがいない。そういう意味で、「影の部分」1の如きはきわめて高度に昇華された抒情詩と言いえよう。しかも「種子と破片」一巻を通じて僕にこの詩人のきわだつた特徴と感じられたものは、いわば「歩きながら歌う」といわれるような姿勢であつた。これは多分、平林敏彦の体験の仕方の個性的な特徴と絡みあつていることのように思われる。

平林敏彦は、腸腑をもつて体験するということをこの詩集の出版記念会の席上で大岡信が述べた。僕にはこの詩人の体験の個性的な意味をこれ以上正確に語る言葉を知らない。まことに平林敏彦は臓腑をもつて体験する。だから、この詩人は対象をいつも臓腑にまでひきつける。あるいはかれの臓腑を対象にまでひきつける。読者にとつてこの詩人の定着した対象が息苦しいまでに切実に、また生々しいものに感じさせるとすれば、それは対象と詩人との間に距離が無いことによつている。そして、この無い距離に於て、平林敏彦は対象を造型する。その造型する手の苦渋がとりもなおさず僕たちをとりまく現実の苦渋として僕たちに訴えるのである。ある場合には、格斗している間に、詩人の臓腑が地面にたたきつぶされていることがあり（「影の部分」4）時には詩人は「つねに空腹な馬のなかに住」む（「空腹な馬」）言うまでもなく、詠嘆というようなもの、眺望というようなものはそのひとかけらもない。ただ平林敏彦の格斗のあとだけが畳々と一巻の詩集を成したのである。

しかし、平林敏彦は臓腑をもつて体験した対象にある種の意味とか思想とかを托そうとするような詩人ではない。ある対象を体験しおえれば、かれは次の探険に出かける。ひとつの小節は多くの場合、ひとつの体験である。「うすわらいを浮べて　おれは歩きだす」と言い、又、「おれはしだいに明るみに出る」と言う（「亡命」）。読者はいくらもこのような説明的な章句をこの詩集の中から見いだすことができるだろう。それはある対象と次の対象の間で読者がまごつかないようにとの詩人の親切である。そして、それらの対象はこれらの章句によつて、オーヴァーラツプしながらつらなつてゆくのである。これらの詩篇が映画的な印象を与えるとすれば、そのためである。そして、僕がはじめに言つた「歩きながら歌う」というのもこの意味である。しかし、正確に言えば、歩きながらは、平林敏彦は何もうたつてはいない。考えているともいえない。最後に投げだされた形が詩人以外の何者の体験でもないという意味で、それは詩としか名付けられないものなのである。

平林敏彦が詩に於て、何処から歩き始め、どういう体験をへて、何処へいつたか、そして、その道程はどういう展望をもつているか、僕にははつきりと分らない。美術館へ行つたときのように僕は格斗のあとにどぎまぎし、共感しながら全体としてのアトモスフエアを感じるにとどまる。

そして「影の部分」1、「声」などにもつとも深く打たれながらも、この詩人の明日はもつと　いところにいるだろうと感じるのである。

（中村　稔）

II

著者への私信として——

「種子と破片」を読みました。

これらの作品の大部分はぼくにとつて始めて読むものだつたのですが、今まで自分の触知しうる範囲になかつた素材やら方法やらにぶつかつて、とまどいに似た驚きを感じています。盗みとらなくてはいけないものがここにはあります。しかし、「種子と破片」の中に見られる、かなり多量の生理的な表象と、非常に抽象的な処理方法との合体は大変魅力があるだけに、なまなかの盗み方をすると下痃を起しそうな気がします。

生理的な表象と抽象的な処理方法、これは「種子と破片」のきわめて大きな特色だと思うのですが、ぼくのように生理的な表象をあまり持たない人間には興味ある問題です。いわば臓腑と観念とが秤の左右で均衡しているところから生れる緊張感、これはぼくには新しい発見でした。臓腑にまで還元された人間が、依然として緊張を生みだすことができるということ、これは逆から言えば臓腑にまで還元されながら相変らず緊張を生むための片棒をかつがされる現代の人間の悲哀をも意味するわけでしようが、ぼくには両様の意味で非常に面白く思われます。

そこで当然、臓腑的なものと観念的なものとをつなぎとめる方法が問題になつてくるわけで、それはそのまま詩の方法になるわけでしようが、「種子と破片」に僕が感じたところは次のようなものです

ぼくには「種子と破片」が、いわばフオーヴの素材でアブストラクトの絵を構成しているように思えるのです。これは、臓腑的なものと観念的なもの、とぼくが書いたことを言いかえたに過ぎませんが、もしぼくのこうした大ざつぱな図式がある程度あてはまるとすれば、ここに「種子と破片」の問題というべきものがあるのじやないかと思います。この二つのものは緊張を生みます。しかしそれが緊張を生みえない場合には、あるムードを伝えるけれどはつきり実体がつかめないといつた焦立たしさを人に与えるのではないかと思います。あらゆる冒険的な企図につきものの、成功と失敗が相接し、時には見分けがつかない状態、それが「種子と破片」にもみられます。従つてこれは何度も読み返すべき詩集であり、読み返しながらそれまでの評価が変つてしまうほど、新しい発見をする可能性のある詩集です。

個々の作品を一つ一つとりあげて、よいわるいというのは好かないのでしたくありませんが、詩集が大別されている三つの部分にそれぞれ特殊な意味を持たせるなら、ぼくは第一部の方法的な面での成功第二部のリリシズム、第三部の直接性のそれぞれに興味をそそられ、それぞれに自分の好みが満足させられるのを感じました。この色分けが正しいとすれば、この三つの部分はそれぞれぼくの考えている詩の形態の最も重要な要素だからです。

ところで手紙のPSみたいに付加えますと、ぼくは詩に兇暴といつてもいい感動をいつも夢みているので、そうした点で「種子と破片」の方法にある疑問を感じたことはたしかです。ここでは詩人自体が見事に解体されているように思います。つまり、極めて意識的に詩人が自分を解体し、その結果、詩を書いているもう一人の詩人はどうしても巧みな手際を見せざるをえない不幸につきまとわれているように思われます。外界と内部が実に見事に交流しているため、詩の中で強烈な盛り上りが失われ、その代りに精巧で静かな画面が作りあげられています。これはすでに好みの問題になるので、ぼくの意見にすぎませんが、ぼくはどうも詩にひと息で歌われている何ものかを求めているようです。それがぼくの狭量であるわけで、下疕をせずにこの詩集から盗みをするにはどうしたらいいのか、とそんなことを考えています。

（大岡　信）

山本太郎の詩
――詩集「歩行者の祈りの唄」について

戦後詩人全集第一巻に収められた山本太郎の七篇の詩をよんだあと、新しい詩集「歩行者の祈りの唄」をよむ機会に恵まれた。

今まで僕は山本太郎の詩をそんなによんだことがなかつた、と最初に書いておかねばならない。

実はそれほどではなく、既に何篇か何十篇かよんでいたには違いないのだが、それなのにいつも僕は「山本太郎の詩をそんなによんだことがない」といつた気持でいたようである。そういう気持を僕にもたせる何かが、いつも山本太郎の詩にひそんでいたようである。僕に一篇の詩でかるがるしく判断する事を差しひかえさせるような、何か未知なものが。

「山本太郎のような詩を、私は以前、予想したことがなかつた。私にとつては不思議なシヤワアを浴びるような思いがする」と詩集の「序」に草野心平氏が書いているが、僕は卒直にこれに同感する。

が、同時に、はじめてまとまつた形でよんだこれらの詩が、今まで僕が考えていたよりもつと単純、明確で素朴なものであつたことに、激しい喜びを感じている。僕にもよくわかる詩だということが、喜びにたえないのである。単純、明確で素朴と僕は言つたが、それはこれらの詩のすぐれたものの悉くが「唄」である、ということである。

「唄」というのは、山本太郎の詩のリズミカルなスタイルだけを言つているのではない。むしろこれらの詩が山本太郎の内心の唄である、ということである。饒舌だとか、舌足らずだとか、ポオズが多すぎるとか、兎角テコラテイブな面だけが取り上げられやすいようであるが、しかしそういうものをリアルに支え、支えることで言葉の陰にかくれている作者の心理の素朴な流れを見逃すわけにはいかない。流れ出ずには止まない激しいものがそこにある。僕が単純、明確というのは、言葉の背後にあるこの激しいものが、彼の詩がどんなにドラマチツクであつても、それを単にドラマチツクな詩に終らせない、最も大きな原因を成しているからである。

誇張、偽悪、嘔吐、気取……あらゆるものが、そこにある。が、僕らの日常の心理にそういうものはそう珍しいものではない。傷心、悲壮感……にしても、同じことである。決して珍しいことではない。誇張を誇張に終らせないもの、偽悪を偽悪に終らせないもの……それは山本太郎が誇張を誇張として、偽悪を偽悪として、詩のなかに定着させる力を十分に持つているからだ、と僕は思う。彼の詩は誇張でもなければ、偽悪でもないのである。ましてポオズでもないのである。

「僕等が真に人間に関して感動するのは、卑小な人間の内部に大きな力が働いているのを見る時だ」と大岡信が「詩学」12月号のエツセイ「詩の条件」にかいている。大岡信は同じことを詩の言葉について言つているわけであるが、これと同じ論理が山本太郎の唄にも適用される。

無頼漢の捨てぜりふに似た彼の詩の言葉のひとつひとつに、適用されるだけではない。人間というものに対する山本太郎の考え方、そして詩における、ひとりの人間としての山本太郎の在り方、そのものに、この論理を適用することができる。

困難は、卑小なものを卑小なものとして捕え、醜悪なものを醜悪なものとして捕える、というだけではないのだ。自分自身をそういうものとして捕えなければならない人間の精神の内部にある。自分を卑小なものとして捕え、醜悪なものとして捕えるときに、どんなに大きな力が、その卑小で醜悪な人間の内部に働かなければならないことか。卑小で醜悪な人間であることに自ら耐えて生きなければならないのだ。

山本太郎の詩の美しさは、むしろそういう精神の緊張、その波動の生々しい軌跡にある、と僕は思う
その自己認識の仕方とその反俗の精神の在方は、いかにも現代詩といつた取りすました詩の多いなかでは、きわめてユニイクではあるが、しかし決して異常なものでも、突拍子もないものでもないのだ、僕はむしろ山本太郎が自分自身に当り前であることを卒直に言うのに、これほど悪戦苦斗しなければならない、という事態をこそ正視したいと思うものだ

草野心平氏の言うように、「戦争という大きなマイナスの栄養が、日本の詩にとつては一面、劃期的なプラスになつた」ことは、たしかである。山本太郎が「そのような世界の特異なチャンピオンとして出現した」ということにも全然異議がない。

戦後、「空白はあつたか」という言葉を北村太郎が投げたときのことを僕は決して忘れていない。戦後十年、草野氏のこの「序」の言葉は、空白が果して何であつたか、を最もよく物語るものである、と僕は考える。

勿論山本太郎はそういう意味で代表的な戦後詩人かもしれない。だが、山本太郎は戦後という特異な時代の畸形児なのであろうか。僕はここで彼の詩にある奇妙に古めかしいものにふれないわけにゆかない。古めかしいというのは或いは適切でないかもしれないが、外面的に最も戦後を代表するように見えながら、内面的には日本の詩のひとつの伝統的な流れをふまえて立つている点を力説せずにはいられないのである。

太宰治が代表的な戦後作家であつたように、彼も代表的な戦後詩人であることはたしかである。同時に太宰が典型的に破滅型の私小説作家であつたよう

に、彼も草野心平、金子光晴、中原中也などによつて象徴的に示される、日本の詩のひとつの伝統的な流れの上に、立つていることはたしかだと僕は思う

山本太郎が誰かの詩の真似をしていると言つているのではない。山本太郎の詩が草野の詩に似ているといつているのではない。金子にも、中原にもそれほど似ているとは思えない。が、決して無関係に出て来たわけではないのだ。

モダニズムの流れと、プロレタリア詩の流れを見るならば、山本太郎がその何れの流れの上にも立つていないことはたしかだ。日本におけるこの詩の二つの流れが、共にないがしろにして来たものは何か。山本太郎の詩はそれについて最もよく考えさせる典型的な例だ、と僕は思う。

山本太郎の詩の部分を取り出して、彼の思想とでもいつたものを抽象するのは、そう難しいことではない。「短い唄」などという詩も平気で並べている彼のことだ。

しかし、そういう思想とでも言つたものを引き出すのは彼の詩についてはそう重要ではない。彼の詩は、唄われたことにではなく、唄うこと自体に詩の存在理由の懸つている、そういう詩であるからである。

そのスタイルについて、ひとつだけ言つておきたいことは、彼の詩の展開のロジカルなこと、部分から部分へ移る、その転移に飛躍のあることである。これは僕の親しい「荒地」の仲間では、田村隆一に最もよく似ており、他の誰にも似ていない点である「どうしろというのだ」とか「あばよ」とか「ざまはない」とか、山本太郎がその詩に使う言葉は、今迄どの詩人も使つたことのない俗語を生かしているだけでなく、先の一行に反覆を入れることによつてその意味をかえ、言葉に立体感を与えている点で、きわめて心理的である。人間の心理にある矛盾や対立が、そういう措辞によつて見事に生かされていると思う。

こういう問題を捕えてゆけば、全くきりがない位である。最後に全体的な問題として言つておきたいことは彼の詩にあるふたつの流れについてである。ひとつは「よひどれの唄」「深夜の合唱」「たそがれ族の祈りの唄」「告別の唄」などで代表される唄であり、「歩行者の祈りの唄」の第一部「一つの出発」は、この種の詩でまとまり、第二部「聖灰祭」に尾を引いている。

今ひとつは「聖灰祭」を頂天とする一群の詩であつて、その先駆は第三部「貴族、スケツチ抄」にも見られる。

恐らく、前者は或る時代の山本太郎の詩を代表するものであり、「聖灰祭」は今後の作者の行方を暗示するものであると思う。その点、今日誰よりも豊富に相対立する要素をその詩のなかにもつ詩人として、今後の展開を注目したいと思う。

編集責任　難波　輝郎・平林　敏彦
児玉　潔・岩瀬　敏彦
飯島　耕一・中島可一郎

今日第三冊　定価八〇圓
（一年分三〇〇圓）
一九五五年三月十五日発行
編集者　中島可一郎
発行者　伊達　得夫
発行所　東京都新宿区上落合二ノ五四〇
書肆ユリイカ
振替東京一〇二七五一番
電話(29)〇二二六・〇三二四

日本印刷納

ニユー・トーキヨー

今日

第4冊　1955年7月号

The Quarterly Magazine of Poetry

今日の会 編集　ユリイカ 刊行

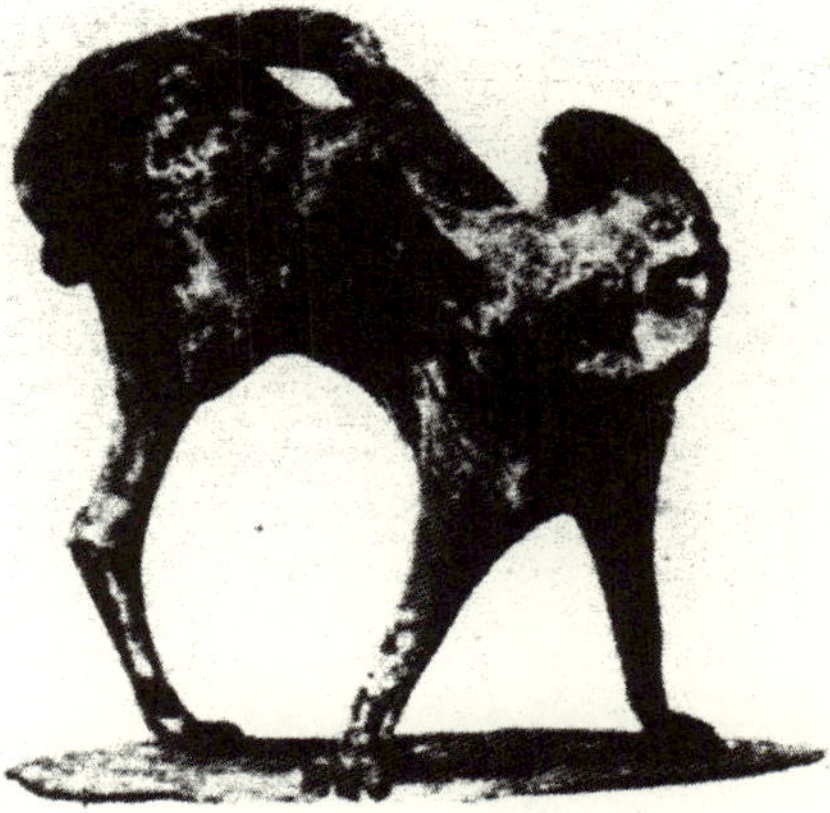

今日第4冊　1955・7

評　論

新しいリズム・新しいうた……………………中島可一郎（24）
日本の詩の反省…………………………………児玉　惇（37）

作　品

子守唄ののちに…………………………………清岡卓行（2）
なまぐさい春……………………………………平林敏彦（4）
時計 外一篇……………………………………鈴木　創（11）
君たちのことを考えてあげられない……飯島耕一（16）
オレは突き刺す…………………………………難波律郎（46）
即興無題…………………………………………山本太郎（48）
青　年……………………………………………児玉　惇（51）

共同研究　中野清見著「新しい村つくり」

日本農業近代化のすぐれた範例…………岩瀬敏彦（58）
日本農民像の一典型を描く…………………立石　巖（61）
レイシズムの悪疾をねじふせた思想……児玉　惇（62）

表　紙：レッグ・バトラー作「少女」
目次カット：ペリクレ・ファッツイーニ作「猫」

子守唄のための太鼓

清岡卓行

二十世紀なかごろの　とある日曜日の午前
愛されるということは　人生最大の驚愕である
かれは走る
かれは走る
そして皮膚の裏側のような海面のうえに　かれは
かれの死後に流れるであろう音楽をきく
人類の歴史が　二千年とは
あまりに　短かすぎる
あの影は　なんという哺乳動物の奇蹟か？
あの　最後に部屋を出る
そのあとで　地球が火事になる

なにげなく　空気の乳首を嚙み切る
動きだした　木乃伊のような恐怖は？
かれははねあがる
かれははねあがる
そして匿された変電所のような雲のなかに　かれは
まどろむ幼児の指をまさぐる
ああ　この平和はどこからくるか？
かれは　眼をとじて
誰からどのように愛されているか
大声でどなつた

なまぐさい春

平林敏彦

歩いた……
捨てがたいものの　いつさいに
意味をあたえては捨てて　歩いた
（鶏の肛門を　あぶるにおい
ムチを子供に　あてるおと……）
ほんとうだろうか？
おれはもつと　もつと貧しい市民のひとりになりたい
と　欲して歩いた……　と言うのさえ！

呼んでみても　おそい
それはいつも　手おくれ……
はずかしい繰りかえし
その健康さだけは癒えない　一日のはじまり
（煙がでる　雨あがりの町の屋根から……）
幸福で死にそうになつているもの
鼻つまみ　ならず者　恥知らず……

そんな連中が　明日は世界で生きのこるのよ　きつと！

凬のなかで　おれはひとり
高圧線に吹きあげられ　ひつかかり
　ジュンとひと思いに焦げつく
　　夢を　みる……
うきうきとして　それから町へ出かけるのだ
　手あたり次第　女を犯す　汚してやる！
　　死にそこないの病人を　くびり殺す……
　　　そのときおれが欲しかつたのは
　　　ただ次の食事に過ぎなかつた、かも知れないのだ！

　　　　せめて　ああ……
せめて百秒　人間がしやべることを
止めてくださいませんか？
　野菜畑や　解剖室で
　　ふるびた血管の栓を　吹きとばしてくれるような
　　　一幕の無言劇が見たいから……
空はまるで　（可愛いあなた！）
なめらかな果肉のように　ふしだらです

腐つた足のにおいがします……

手紙を書く　なぜ
コオヒイを飲むたびに　書いてはいけないのか？
郵便局へ着くまでに　おれは幾度もあいつに会う
いまとりだしたばかりの臓物のように
まだなまあたたかいやつ……
びろうどの　神さまのよだれかけへ
たつぷりとくさい汁をかけろ
ぴたぴたと不潔なはねをあげろ！
（音楽のおわり
こわれかけた水門のかげで　死んでいる犬……）

——あたくしの部屋の　どこかに
子ねずみが　一匹いて
毎晩十一時になると　きまつて騒ぎはじめます……
いけませんわ！
人間たちはみんな　そこが
世界中でいちばん　居心地いい場所だと信じて
暮して居りますのに……

生甲斐なんて無いからこそ
世の中がたのしいんだ、というふうに……
（ええ　お祭の朝　場末の停車場で生れたんですつて！　あたくし）

じつを言えば　毎晩
——おれは　ねずみ獲りに夢中である
油づけになつたやつ　こんがり焼けたやつ
ベランダの軒に　しつぽを吊るして並べてある……
諸君！　いやな塀がここから見えますな！
ああやつて　男と女が抱きあわないために
そそり立つてしまつた　高い煉瓦の塀
（だが　待つていよう　怒らずに
辛棒づよく　歩きまわりながら……）
あの高さは　どんなに陰気な思想よりも
いつも何処かで人を殺している涙よりも　はるかな「悪」だ……
美しすぎる売春婦か　さもなければ
きつと　慈悲ぶかい皇帝のようなやつだよ　あれは！

まあ　不作法なこと！
テエブルの上に　お髯ばかり載つているなんて……

水洗便器を威勢よくほとばしる水みたいに
「今朝は　さわやかだ！」なんて……あなたまでが
　靴みがきが　今年もだんだらな日除けを張つたら
　うつとり並木に　風が吹いたら
　（どんな浪費をたのしんだつて
　たぶん　罪とは言えませんわ……）
それなのに　夕方
公園のきたないベンチを台にして
　斧で指を切りはなしている　あんな男に会うなんて！

女が　酔うと
　黒ん坊が　泣いた
田舎くさい　おれの国の女を器用に抱いて
またひとり　こんどは白い兵隊が入つてきた……
人間は　もうおれに属さない！
（必要なものは　なお限りなく意味を流す
　空間であつた……）
行つてしまつた　女は去つた　黒ん坊よ　さようなら
あけがたの　さびしい曲り角のむこうへ……
　それからおれは　朝刊の中で髯を剃り
　夕刊の中で　今夜もつけの酒を飲む

コツプもコルク抜きも　浴室の具合のわるいカランも
すべてが　活字の行間につまつている！

天才たちが　糞尿のようにこぼれている舗道
明日はあたらしく塗りかえられる町
　まだぴつたりと　下ろされた鎧扉……
　　休日の市場から　葬式が出る
　　新聞でくるんだキャベツのように　やすやすとあの人は眠る
生れてくる前の　生きもの同志が
もう　やさしいキスをしあつている……
　（屋上の声
　　声になるまでの　おびただしい車のきしり……）
ああ　やつと誰からのくちびるから
「人間はいないの！　あなたがたは人間なの！」

おれは書物をひらく　黒いうぶ毛の生えている頁　草の実が汗でべつとり貼りついた頁
おれは爪をはがす　ひらたくなめす　切れ味わるいペエパアナイフ
するとぞろぞろ　植字の海へ出入りするやつかいな連中に行きあうのだ……
頬のそげた　陰気な女をベットに追いやる　隣にかみきりむしをほうり投げる
青い汁があの女の臀を汚すまで　せめて静かな時間よ　ここに置いておくれ

もうひとりの男前の音楽家は　おれを見るなり鼻をつまんだ
あいつは単に　おれの恋人が美人すぎるという理由で　おれを買いかぶつているのだ
孤独だよおれは　偽善者だよおれは　詩人だよおれはおまけに……　とでも言えば
あの芸術家の自尊心は満足するのだから……
世界のいちばん端つこを　おれは歩く
おれの不幸は　捨てにくいものばかりを　入港間際の洗濯物みたいに抱えこんでることだ
それなのに　よごれ物の中にしか　見わけがたく明日も未来というやつも無い
踏みはずしてみろ　誰のせいとも言わないで踏みはずすのが革命さ
何も無い皿の上で　批判がきいきい音をさせてナイフを使つている
おれは梯子に上つて町を見おろす
どの家のドアにも封印がしてあつて　厨房では女たちがかすかな噢を吹いている……

けれど世界は　一日一日あたらしい
明日は　美しかつたものほどいぎたなく　なぐさめが欲しい！　と喚くことだろう
そのときおれは　聞いてやる耳を持たない　それからはたぶん
一人が一人で居られるだろう
おれたちは　あたらしい一日の表紙の手ざわりを　空想する
そうして　まつすぐに　明るい未知の森に入つていくのだ……

時計

鈴木創

《みうしなうまいとしてささえていたのだ》

ひとり、
屋根の瓦をかぞえつづけながら。
その日から
服装はなく、
ただ目撃者の眼だけがのこされる。
拒絶がやさしい動物の仮面をつくる日。
夕風の視線のなかで肩先の薄れゆく日。

時はなぜそびえたたなければならないか。

草花のように不幸の吹く日。
フォーレのレクィエムよりも
散らばった広告ビラの単音がつくる虚点――
そこで突き刺した

ナイフのほかの光はいらぬ。
暗いガラスに惹かれながら、
その厚みのなかで擦れ合うものを
《みうしなうためにささえていたのだ》
砂粒の落ちる間を。

215　『今日』第4冊　1955（昭和30）年7月

ある晴れた日に

不幸のそとで冷えてゆく眼。
燃えているしるしはただ動かない鋼鉄の位置。

真夜中の前方へすすむ足跡。
まばたきながらそれを追撃するもの、
流星ではなく、

名指しているのにとまらなくてはならない
はてしもなく近い距離。

それは
捕われの壁をつらぬくのでなく、

＊

終ったものが歌いだす
陸橋の上。
他人の肩をかすめすぎる。

不幸のなかでまわる機械。
いつも出来事のように冴えている月光。

＊

追いながら削ってゆく火。
夢をくぐる市街戦、手をむすびあって。
不幸のそとの体重。
すべては
断面でしか生きられない。

消されるために在った
午前零時の緑。

君たちのことを考えてあげられない

谷川俊太郎に

飯島耕一

1

雨の日のカタツムリよ
人は誰も　君たちのことを考えてあげられない。
人は手仕事をするとき　もう太陽を見ない。
土を見ない。
カタツムリに用事のない人々……
トランプをする人々……
彼らも　太陽を見ない。
(うあれ　ぬふ
ろわだあむ)
雨の日々の　とおい視野に
貧しい実しかつけない花　萎れた花
昨日の太陽はもうめぐらない。

人のことしか考えなくなった人間たち、
彼らはもう何も見ない。
彼らが何を見るというんだ。
彼らは　救助者であり屋根である
空の色でさえ
十分間と眺めつづけることができない。

ええん？　切符を持って　安心している連中は
一ぺんでも　あの
花をつけるまえのリンゴの枝にかくされた
心臓の呟きを
聞いたことがあるというのか。
何でも知っている連中
彼らはカタツムリの歌にくらべられる
何を持ち合わせている？
羊のふんが　どういう順序で
土にまじりあうかを　知ることができたら、

ぼくは　大地を
ほとんど　生きて呼吸し
ふくれて行くものだと
感ずることができるだろう。

人はカタツムリのことを
考えてあげるようにできているのじゃないか。
人は土を見るように、
花々が太陽を呼ぶ姿を
見るように、
できているのじゃないか？

2

ぼくが散歩に出て
くたくたになって帰って来ると、
目のまえに
一軒の種苗店がある。

低い棚のうえに
ずらりと　種物や
砂だらけの球根が並べてあり、
ガラス戸ごしに日はさんさんとさし入っているが、
彼らは当然のことじつに冷静。
ぼくは腹立たしくなり
水がないからにちがいないと思って
バケツにいっぱいにしてあった水を
いきなり
店中の種物めがけて
くつがえす。
それで棚のうえは
ざぶざぶになるが
種物は依然とし　芽を出さないし
むろん花も咲かない。

だがつぎに土のなかにうづめてやると
彼らは確実に　太陽を呼ぶ。

彼らは紅殻や黄や紫の開花を呼ぶ。
日は味方だ。
日は彼らのうえにめぐってやまないんだ。
日は昼を夜に変えたりはしないんだ。
そうじゃないか。
トランプの勝負けで
ぼくらが明日のお天気を決めている
最中も……

まさしく　花々と太陽と土は仲間で
人間は孤独だ。

手術日の電気樂器

ラジオのレシーバーを
耳にあてると
「詩人の魂」が
〈ロンタン・ロンタン……〉を

繰返している。
そして火曜日の
手術日の午後の
安静時間には
電気メスのスイッチが入るたびに
ジージーと
雑音がうなり出す。

そして雑音は
病院中の
手術の順番を待っている
男や女の患者たちの
耳の穴からはいってきて
いきなり心臓のまわりで
放り出されて忘れられた蓄音器の
レコードのように
じつにへんな音をたてて
廻転をつづける。

彼らはもちろん不安になり
レシーバーを急いで耳からもぎとり
ふとんを頭からかぶってしまう。
それでもまだ　安物のレシーバーから
ジージーという音が
耳もとに
波のようにうちよせて
「詩人の魂」が終り、
「ポルトガルの四月」が
終ってしまっても
まだうちよせて来る。

聖火曜日

火曜日が来ると
また一人が
搬ばれて手術台のうえに。

太陽は確固として　黄色い
レモンのようにころがって行き、
カレンダーの
火曜日の日付のうえで
止まる。
芳わしい聖火曜日。
また次の一人が
血まみれの
手術台の方にころがって行く。

そして
さきほどまで　愛する
一個の　レモンののせられていた
からっぽの皿をかこんで、
ぐるりと輪になって坐っている
彼の近親者たちが、
〈ああ……〉といって
何度も何度も　生唾を
のみ下しているんだ。

新しいリズム・新しいうた

中島可一郎

今年の二月頃から、現代詩ついて、いろんな注目すべき提言・注文・批判が、かなり数多くの新聞・雑誌にかかげられた。そして、それらの意見にたいする反応もなかなか弾力のあるものであつた。あるものは、それが掲載されてから旬余をでずに、若い詩人に大きな影響力をあたえていつたように思える。その意見は、詩人自身の内側の声からでなく、まつたく外部からの声であつたところに、一層の効果と影響力をもたらしたようです。とにかく、それらの意見の代表的なものを要旨だけでもまとめてみることにしよう。

1、山本健吉、村野四郎、三好達治の諸氏が、いずれも商業新聞に、現代詩が、イメージ中心に傾くべきか、リズム中心に傾くべきか、の問題をめぐつて、それぞれの解答をだそうとしていた。山本氏は、福田恒存氏の詩劇『崖の上』についてふれた上で、現代詩が言葉のストレッスや語感をないがしろにしている傾向は反省せねばならぬ、とまず提言した。それは詩劇が、現代詩によつて開拓されるべき、もつとも新しい領域であることに関連させた発言であつたのです。

村野四郎氏は、山本氏の発言にたいして一つの反応をいち早く出した点で注目された。村野氏は、戦後、詩がイメージをより多く活用することによつて、きゆうくつないままでのリズムから解放され、新しい質の詩をゆたかにみのらせた功績をたたえ、今後とも、イメージの機能を高く評価し、いちだんと詩の領域を、イメージの追求によつて拡大すべきだと主張した。

三好達治氏は、詩はほんらい語感をもつと重視すべきであつて、イメージ偏重の傾向は、ゆがめられた行過ぎ

喚した。つぎに

であり、これは一日も早く、詩のほんらいの姿に立返らせねばならぬと説いた。またイメージの偏重は、表現がまわりくどくなり、ますます微視的となつて、詩を卒直に味い、大づかみにつかむことができなくなることを示唆した。つぎに

2、詩人は、社会的責任を意識して書くべきか、どうかという問題をめぐつて、伊藤信吉、鮎川信夫氏がそれぞれ自分の立場を明かにした。それは、現代詩人会編の『死の灰詩集』に収められた詩のある部分について、S・スペンダーがのべた見解にひつかけていわれたので、『詩学』『現代詩』などにスペンダーのエッセイが訳出され、大きな関心の的となつたために、一層表面化した。

伊藤氏は、スペンダーがいういわないにかかわらず、「死の灰」事件という世界的事件にたいして、とくに被災した日本人の立場から、詩集によつて、この事実に抗議することの重要性を強調しており、この詩集のなかに芸術作品として未熟なものがあつたとしても、このアンソロジーの意図する性質までも、否定的にあつかうことはできぬという。

伊藤氏は「私どもにふりかかる死の灰、放射能そのものが、外界の事象（素材・そして題材）そのものが、避けることのできない詩的主題として、いきなり詩人の内部に成熟することを要求する」といい、主題が、芸術作品に直ちに昇華することが緊急の課題であることをつよくのべた。

いつぽう、鮎川氏はスペンダーのいうように、社会的な主題の復活について、発言を抑制している詩人としての立場から、『死の灰詩集』におさめられた多くの作品の詩意識が、原子力時代にふさわしからぬ古臭さをもち、むしろそれらの詩人の時代感覚、社会感覚は、確信をもつまでは発言を抑制している詩人のそれよりも、一段とひくく、かつ鈍いものであることを表明した。またこの問題に直接の関係はないが、

3、ふたたび日本に来たエドマンド・ブランデン氏は、若い作家の進むべき道、という講演のなかで「今日の文学界の驚きは、明日は顧みられざる展覧会になるかも知れない」と教訓的にのべ、古い題材かならずしも古からず、キーツは「秋の詩」をうたつているが、秋はつねに人の心をとらえる。秋はもう古いといつたら、キーツは怒るだろうといい、近代科学や機械的な進歩をあつかつた詩が、かならずしも何時までも新しくない、という詩の哲学をのべた。

以上のべた三つのことがらは、時期を異にして各紙に掲載されたエッセイを要約したのだが、これらの詩論が、

断面的にばらばらに発表されていながら、ぼくは、一本の縄のように一つの想念をなつてみたい誘惑にかられた。これらは、いずれも詩についての真実を、正直に告白しているように思われ、それゆえにこそ信念うすいぼくなどにも、うろうろさせてしまうような圧力をもつていました。

＊

＊

ぼくらは、まだ新しいということに限りない魅力をおぼえる年代です。ぼくらは、詩というものに、まだ多少の進歩の可能性を夢みている。新しい詩、新しい内容、新しい生き方、新しい人間像といつたものを、その新しいという字の魅力には関係なく、その新しいという真の内容そのものへアトラクテイブに引きつけられている。そして、ぼくらは古いといわれる要素を心から嫌う。というよりはげしい憎しみすら感じる。

ぼくらの考える新しいということへの観念は、古いという要素をまつたく念頭におかない。新しいという内容は、すべて新しい要素でうづまつていなければならない。あるいは、新しいものでありたいというのぞみは、できるだけ古い要素をはじき出すということを意味している。しかし、ほんとうにそのようなことができるだろうか。そこで、ぼくは、最初にあげた諸氏のことばのなかの、自分に関心のある問題だけに限定して、つまり詩の新しさとは何かということをここで考えてゆきたいと思うのです。このことは、ぼくの詩への観念を整理するためにもぜひ必要だ。

その前に、詩の成立に必要なプロセスをあげてみると、わかりやすくいえば、まず詩人にある感動がわき、つぎに題材がもとめられ、そして修辞法によつて詩がつづられる。そこで大ざつぱにいえば、詩には題材と修辞法が必要だということもいえる。そして論理的には

新しい詩は、新しい題材から成り立つ
新しい詩は、新しい修辞法から成り立つ

という一般的な規定が前提となります。また同様に、新しさの反対である、古い詩についても

古い詩は、古い題材から成り立つ
古い詩は、古い修辞法から成り立つ

ということがいえるわけでしよう。

もしもこのシエーマが正しいとしたならば、詩はいまよりもつと進歩していただろうし、反対にその限界を知

ることによつて、現状よりもつと退化していたかも知れない。しかし、結果としては、先にあげた三つの焦点の各部分にひそんでいるような複合性がいろいろとみられる。ぼくらは、そのなかの一種の停滞的環境にはまりこんで、身動きできぬような状態にいる。

また新しい、古いという概念には、ほんらい価値的な評価をふくまないことを注意しなければならない。古いものが、それだけすでに価値が低いという判断をあたえることは危険だ。新しいということも同様にいえる。そういつても、ぼくらは、やはり新しい、古いというとき、なんらかの価値判断を行つているようでもある。だから次のようにいうことを、新しい、古いということで代用しているばあいもある。

すぐれた詩はあたらしい

読む人に新鮮な感動をあたえるという意味からいえば、この命題はまちがつてはいない。しかし

あたらしい詩はすぐれている

といえるかどうか。あたらしい詩、——あたらしい題材、修辞法の詩——がすべてすぐれているといえるかどうか。これはぼくらの詩的鑑賞力によつて十分ふるいわけることができる。つまり、あたらしい詩はすべてすぐれているということはできないということです。

新しい題材・古い題材

このように考えると、ぼくらはすぐれた詩はあたらしい、ということの一般的な基準をこころのなかで持つていて、新しい詩を書くということを目指していると思える。そこで

新しい詩は、新しい題材から成り立つ

とは、一体どういうことがそうだといえるのだろう。新しい題材といつても、まつたく新しい題材というものは、めつたにあるものではない。たとえば「死の灰」事件などという経験は、まつたく人類生存以来の新しい経験事実だが、これはまつたく稀有のことがらといわなくてはならない。もしこの事件に、題材をとれば、とうぜん新しい詩がつくられる可能性がでてくる。また、すぐれた詩は新しい、という意味においても、「死の灰」事件によって非常にモニュメンタルな新しさを、詩人は作りうるはずだつた。しかし

新しい題材から成り立つ詩は、新しい

ということがいえるかどうか。これは鮎川氏が考えるような意味において、ネガティヴな答えもでてくるということがいえる。

八百人が動員されたという『死の灰詩集』のなかで、戦時中の愛国詩、戦争讃美詩をあつめた『辻詩集』とか『現代愛国詩集』のなかで見られるような復讐心、排外主義、過度な感情が相変らず、死の灰という主題の外でチョウリョウしているというならば、新しい人類の課題にたいして、古い詩意識のワクのなかでしかとらえられていない詩人の目が問題になつてこよう。

これは一面からいえば、新しい事件（発明・発見をふくめて）について素早い感応を示す詩人が、やはり他の大部分の人間、とくに中小企業や農業などで働いているひとびとと大して差のない感情、つまりべーシックな国民感情のむきだしの中でしか、自分たちもこのような事件に立ち向えないということを意味している。あんがい、日本の詩人も曲のない自分をさらけだすものだなと、ぼくはむしろその正直さにほほえましくなる。

だけど、ぼくはやはりのん気に、ほほえんでなぞいられぬものを感じる。『死の灰詩集』に表われていたものが、古臭い社会的意識の所産以外のなにものでもない、という見方があることに対して、そのような見方自体に、何かの欠陥があるから、古臭い見方しかできぬのではないか、と考えてみたくなる。どちらが社会的意識について新しく、また古いかということは、もうここでは詩人の個別的な認識から発している、表現のあり方によつて判断しなければならなくなる。ぼくは、伊藤、鮎川氏とも、それぞれ詩意識の新しさという問題については、両者なりに安定した理解をしつかりもつていると思う。もし二人がそれぞれ同じことを感じながら、そのどこかに食い違いがあるとしても、かつてのプロレタリア詩人と新感覚派の開きほどでの差はない（世界観というようなものは一応度外視して）。伊藤氏よりももつと柔軟なセンシビリティをもつぼくら若い詩人にとつては、鮎川氏がいうような『社会性か、芸術性』かというような二者択一を、だれが強いているのかよくわからない。まさか伊藤氏がそのようなことを強いているとは思えないし、じつさい、そういうことを詩のよしあしの最大の条件におくというようなことであれば、今日の常識において、まつたくアナクロニズムとしてわらい者にされるしかないであろう。

ぼくは、鮎川氏が、社会的立場をとる詩人（もつとはつきりと社会主義の立場をとる詩人といつたほうがわかりやすい）というものに対して、ある種の偏見をだいているのではないかと思う。暴力主義者に高尚な芸術がわかるかといつた程度の、無邪気な先入観であるような気がする。そういう彼の感情は、新し、古しという区別からすれば、やはり一種の古さに属するといえるだろう。すぐれた詩を、公式主義のイデオロギーだけで書けるものでないことは、戦後のフランス詩の動きなどについて見ればわかることだし、日本でも、社会主義の立場をとる詩人のすぐれた作品に接してみれば、すぐにうなづける。

『死の灰詩集』の意義を強調するのあまり、参加しない者に対して、世論の方向に冷淡だとだれがきめつけるのだろうか。もしだれか熱心のあまりそのようなことばを吐いたとしても、聞く者が、『死の灰詩集』というものの企だてに対して、そういう強制が、詩集そのものの企図を台なしにしてしまつたと考えることは、あまりに小さな自己本位というべきだろう。出来あがつた詩集のなかで、X氏の詩が愚劣であるとしたなら、その責任はX氏が負うべきです。『死の灰詩集』という意図そのものに、その作品の全責任が負わされるべきではなく、それこそ鮎川氏が認識しているように、個々の詩人の愚劣さこそ責められなければならない。

『死の灰詩集』という厳粛なモニュメントに対して、誠実に自己の立場をのべることの自由がだれにでも保証されている。保証されていればこそ、八百人という多数の参加を見たわけです。しかもそれが、署名入りで掲載されたことに対して、『死の灰詩集』が非難されるのであつたなら、ぜんぶ無署名とすべきであつたでしよう。

むしろ、詩意識の鮮度をむしばむ危機は、新しい題材から成立つ詩が、詩そのものに新しさを加えずに、かえつて古臭さをバクロするという矛盾を自覚しない詩人のうえに、いつそう致命的なものとなっておそうでしよう。

そこで、

新しい詩は、新しい題材から成り立つ

というシエーマは、論理的には正しいけれども、しかし、じつさいは、「死の灰」を扱つた詩が、このショッキングな事件よりも、感情のある盲点を多く露出したという事実でわかるように、すぐれた作品を書くことはきわめてむずかしい。しかし、詩をアバンガルドとして考えるものは、この困難にひるむべきではない。

＊　　　　＊

ちようどこれと同様に

古い詩は、古い題材から成立つ

という命題が論理的に正しいことがいえます。しかし、ぼくらが最初にあげた3のブランデンの言葉をもう一度

かみなおしてみると、

プディングの味は食べなければわからない、ということばをブランデンは、その講演でのべている。新しい題材がかならずしも、永遠に新鮮なものではないし、古い題材は、かならずしも古いとばかりいえない、ということです。たしかに、『死の灰詩集』のある詩については、

古い詩は、新しい題材からも成り立つ

というシエーマをそのままあてはめることのできるようなものもあります。しかしブランデンは

新しい詩は、古い題材からも成立つ

ということをかなり講演で強調した。ぼくらはその身近かな例をいくつかあげることができる。たとえば、黒田三郎氏の『ひとりの女に』という詩集は、一種の新鮮さを感ずる。しかもその新鮮さは、いわゆる口なおしの、新鮮さではない。うたわれた対象は、古来からのありふれた題材ではあるけれども、詩人の詩意識は、かなり質のちがつたものになつている。

極端にいえば、ぼくらにとつては、新しい詩が問題なのであつて、題材の新しさ、古さはたいした関心にはならなくなつている。しかし、その新しいものは、作り手である詩人の質とつながつている。しかもぼくらの新しさは、今日の新しさを追求するばかりではなく、今日の新しさは、明日の新しさにつながるものでなければならない。したがつて、ぜんぜん新しい詩はわからない、わからない詩は、よくない詩だという論理の落し穴をも計算に入れておくべきだろう。新しい詩をささえる詩意識は、ぼくらの手によつて、少しずつ変革されるべきだ。

新しい修辭法・古い修辭法

詩の修辞法を考えることは、また現代詩の性格を考えることにもなる。大正末期に自由口語詩の開花期をむかえたが、第一次戦後、日本にもすでに西脇順三郎氏などは、いわゆる超現実主義的なスタイルについて、多くの関心をよせ、英文で詩作するといつた状態にあつた。当時、萩原朔太郎はその鋭い感覚力から、西欧の新興文芸思潮についても、その理解のひろさを示そうとしたが、詩について、大正十五年ごろ、一つの認識に達していた。すなわち、詩に意味の伝達性と、音律美のあることを指摘したが、彼自身は、その美意識からことばの意味より音感を重く見ていつた。しかし、それから約三十年間、日本の詩は、朔太郎の主張と逆に、意味に重点をおく、

いわゆるイメージ全盛の時代となつていた。
　現代詩の修辞法の特長として、ハーバート・リードは To cut the cackle—that was to be the first aim of a modern poetry. (H. Read "The dirft of modern poetry" Encounter, Jan. 1955) ということを最近になつていつている。つまり「おしやべりを切ること」であつた。別ないい表わし方をすれば、意味と意味を切断することです。しかも、それはことば使いの根本的な変更がこころみられなければ、意味の馴れ合いを切ることができない。ことばの使い方の変更というのは、regular metrical structure の変更をあえて行うことで、それは耳から入る韻率を開放することを意味します。それが、西欧の詩では、自由詩（free Verse）とよばれる原因となつたのです。しかし自由詩とは、退屈な規則正しいいろんな韻率（metres）を追放して、新しいリズム（rhythms）を作ることにあつた。その新しいリズムは、情緒的な経験を、直接的に表わすようなリズムでした。つまりイメージがそのまま働きかけるという状態をいいます。
　外国の例を、そのまま日本に当てはめることは、必ずしも当を得ていないが、西脇氏のおびただしいエッセイのなかには、これとほぼひとしい意見を書いていたということができる。昭和初頭から輸入された新しい詩は、けつきよく、リードがいつたような詩意識を指すといえよう。そこで、今日以後の詩の新しい修辞法は、新しいリズムを作ることに目的があると考えられるなら、韻率は古い修辞法に属するということができる。つまり
　新しい詩は、新しい修辞法から成立つ
　古い詩は、古い修辞法から成立つ
ということがいえる。と同時に、
　新しい詩は、新しいリズムから成立つ
　古い詩は、古い韻率から成立つ
といいかえることもできる。しかし、この命題を、すぐれた詩は新しい、というように、書きかえて
　新しいリズムから成立つ詩は、新しい
といつたとき、ポジティヴな答えが得られるだろうか。ぼくはこの命題は正しいと答えられると思う。また
　古い韻率から成立つ詩は、古い
といつたとき、この命題はあきらかに詩の一般的の評価基準となります。たとえば、

とらはれびとは、春を待つ、薄い獄衣で春を待つ、下萠え淡き窓の下、芝生のあをき春を待つ、とらはれびとは薄い獄衣で春を待つ

という詩は、どういう判別をあたえられるだろう。これをいまのシェーマからすれば、明かに古い詩は、古い韻率から成立つという範囲に入る。この詩は、七・五調の定型詩です。しかもこの詩は、ひろし・ぬやまの『編笠』の一篇『とらわれびと』という詩であることを注意して下さい。ぼくは、この詩をいろんな角度からみて、一つの座標としての価値を持つものであることをみとめます。しかし、新しい詩、古い詩という判別の上からは、明かに古い詩であるというほかはない。このような例はかなりあります。それなら、ぼくらは新しいリズムの詩を、ここに見付ける必要がある。ぼくが、新しい詩だと引用した実例が、果してそれに堪えうるかどうかを、心配しながらも。

五月　ぼくたちはすでに花々の名をおぼえたが
まだ知らない　その果実の熟する時期を
対馬海峡を颯々と風がふきわたつて　ともすれば
ちりぢりにくだかれやすい麦の穂にぼくたちは似ている

中村稔詩集『樹』のなかの「五月」という詩の一節です。この詩はもちろん、韻率の詩ではなく、リズムの詩です。しかし、「おしやべりを切つた」典型というわけにはいかない。またリードがいうような、おしやべりを切る、切り方が、日本語にとつては、イマジストのパウンドの詩のようにはいかないということをぼくは前に（「詩の現実」詩行動）言つたことがあります。パウンドの詩は、もつと怪奇な造語選択が行われて、現代詩がむずかしいといわゆる代表的なスタイルをもつている。

この「五月」という詩は、しかしぼくらに、あるイメージをあたえる。そのイメージによつて、ぼくらは、作者の意図を、あるばくぜんとした雰囲気のうちにふれることができる。この統一された雰囲気の印象は、この作品がすぐれていることを明かにしているといえよう。また飯島耕一詩集『他人の空』のなかにも、こうしたイメージのうつくしさを発見することができます。すくなくとも、ぼくらの考える新しい詩とは、このようなリズム

ごがつ　ぼくたちはすでに花々の名をおぼえたが
まだ知らない　その果実の熟する時期を

という語勢を感ずることができなければなりません。しかも傍点のあるひらがなが、その強音部となつているのです。またそれは、他の外国語とちがつて、みな語尾が母音でおわつていることが注目されます。このあいだ、ラヂオでドイツ婦人の話す日本語を聞いたが、不思議なことには、まつたくイントネーションとことばの切り方が、ドイツ語的であつたのには、いまさらびつくりしました。そしてその強音部が正確には解らなかつたが、ほとんど子音であつたようです。日本の詩歌には、その語勢の強音部が母音でおわり、外国語のように、しかも単語単位の強弱の排列でなく、単位文のなかに、いくつかの強音部がみられるというのが特色であります。

山本氏は、子供の日常語の使い方が、どんどん子音を落していつているので、近い将来、詩もあたかも外国語のストレッス法にちかい感じを出せるのではないかという提案を、その新聞紙上で行つたが、いまでは、子供の日常語、あるいは教科書に出てくる文章を、小学校でローマ字として教えるとき、すでにいくぶんかは、子音を落して教えている。しかし、これはまだきわめて便宜的なものであり、その教師のローマ字の綴法の意見によつて、どうでも変えられる現状です。したがつて、詩劇などの、会話体であつても、ストレッスを厳密に作り出すことは、いぜんとしてむずかしいのではないか。それよりも、日本語は、単語からなるストレッスの性格を考えるより、単位文のリズムとして、語の強弱をとらえるほうが、容易だと思う。さきにあげた中村稔氏の詩のばあいでも、強音部だけをあげても、弱音部を正確につかむことはできない。これでは正確にストレッスを作りだしているといえない。むしろ、日本語には、語のピッチがあるといつたほうが適切であるかもしれない。

三好達治氏が、語感をもつと尊重しろ、という主張は、山本氏とはぜんぜん別な角度からなされている。しかし、イメージ偏重主義に反省的であろうとする立場は、二人とも同じです。三好氏については、別なところでやや詳しく述べたが（「三好達治論」現代詩九月号）、彼は朔太郎の大正末期時代にとなえられた、自由詩論から決定的な影響を受けており、しかも、イメージよりも音律美が詩の中心であるという考え方にふかく傾倒した。これは三好氏が、詩作にはいる前に、俳句や短歌にかなり親近したことが原因の一つとなつているかも知れぬ。朔太郎は詩集『氷島』を出す前まで、自由口語詩の、内在的な音律美といつたものを考えていて、韻率とくに、定型韻率をはげしく憎悪してさえいます。ところが、三好達治氏は、定型韻率を好んで使つている。詩集『駱駝の瘤にまたがつて』のごときは、自由口語詩と定型韻率詩とのミックスで、印象をかなり混濁にしてしまつた感がある位だ。

三好氏にあつては、日本語の音律美をはげしく追求していつたばあい、語句を切つて節度をつけるより仕方がないと考えた。ちようど、リードがおしやべりを切ることが、現代詩のかなめであるとみたように。しかし、三好氏は、リードとは反対の意見をもつていた。リードのばあいは、韻率を解放して、新しいリズムを作るために、おしやべりを切ることをいつたのだが、三好氏は、むしろ日本語というあいまいな律格語は、日本古来の語調を使用するほかに仕方がないことを認識した。けれども、三好氏の詩といえども、正確な韻率の詩ではなく、たんに七五、調にあるいは五七調にととのえた文語詩であるにすぎない。時々まくらことばなどを使用するが、それは彼にとつて積極的な語感をつよめる手段とみなしていなかつたろう。

こう考えてくると、三好氏の詩は、その根底には、意識的・心象的な要素をもちながらも、詩は音楽的でなければならぬという彼の詩学からいつて、ぼくらが図式化しているような

古い詩は、古い韻率から成立つ

というカテゴリーのなかに明かにはいることになります。三好氏のいうような音律・語感のうつくしさは、すでにここで取扱つたように、かすかな芽生えをみとめられる。ぼくらは、新しいリズムの一つを中村稔詩集のなかで発見したが、三好氏自身も、その新聞紙上の『雑感』というエッセイのなかで、その詩集にかなりの同感を示した。柔軟な感覚力をもつ三好氏は、そこに新しいというものの真の実体を見出したのであろう。

また村野四郎氏は、イメージの詩が、まだまだ新しい領域を開く余地のあることをいい、音律を犠牲にした描写の詩の時代がつづくだろうということを、山本氏と対照的にのべた。しかし詩を新しい抒情詩として、あるいは新しいうたごえとして考えるものは、今日以後は、描写偏重の詩（イメージの詩）が、たとえ自由詩（free Vers）としてその極限大を追求する熱意を示したとしても、大きな共感を寄せることができないであろう。自由詩は、リードのいうとおり、ほんらい自由なリズムをつくるところにその使命がある。自由詩化するというのは、たんに韻率をなくして、散文化することを意味しないのです。またイメージの拡大は、つねに人間が、言語を音声的に再生して脳神経に刺戟をあたえることによつて成しとげられるのを知るならば、リズムがもつと現代詩の進歩のために重視される日は遠くないでありましょう。

巨視的な詩・徴視的な詩

中村稔詩集『樹』について、かなりの共感を示した三好氏は、そのエッセイのなかで、こういう所感をのべています。つまりこの詩集は、あまりに微視的でありすぎて、まわりくどく、詩の生命である音感をころしてしまつている。詩のうつくしさ、あるいは詩の律動感を大づかみにつかむ的確さに欠けていると指摘しました。そのくだりを読んだとき、ぼくは内心かなりの動揺をおぼえた。中村氏の詩が微視的であるというならば、それは、現在イメージを表現の主なる形式と考えている大部分の詩人についても、いいうることだからです。たとえば、平林敏彦詩集『種子と破片』は、その好例の一つであるように思えます。ぼくは、彼の詩集検討会の司会をつとめた時に、まず最初に、彼の詩がミクロコスモスの世界に属することを明言した。しかしその時は、彼の詩だけについて言つたのであつて、それがまた若い世代の詩人の大きな共通点であることを覚つていなかつた。三好氏は、イメージを主とする詩が、一般的にいつて、多かれ少かれ微視的であると見たのは、ぼくにとつてなかなか示唆ふかいものがあつたのです。

またその詩集検討会に、木原孝一氏は、『種子と破片』という詩は、なにか先が見えないという感じだといつたことを思出します。つまり、もつと別ないいかたをすれば、意味に密着しつづられてできたイメージが、もつと大きな空間的透視力といつたものに欠けていることを指したと思われます。そのことは、微視的な詩のもつ、やはり大きな特長といえるのではないだろうか。

また詩の本質を、大づかみに、あるいは的確につかむという方法を、微視的ということばに対して、巨視的ということばを使うとするなら、巨視的な詩は、今日において、その典型をあまり見掛けなくなつた。たとえば、三好氏や草野心平氏の詩などは、その部類に入るかと思われます。

微視的な詩が、精巧なミニアチュアのように、ただスポットをあてた箇所にだけ、すぐれた意味の完璧性を要求して、全体の統一ある律動に欠けていることを、美意識の上で無秩序と感じない。巨視的な詩は、求心性がつよく、フカン撮影のように、全体のまとまりある律動美をつよく必要と感じる。

前者が、超現実的な手法を用いて、意味に密着し、デテイルが細かになればなるほど、何か集約的につかむべきものがすりぬけていく。後者は、詩につよく統一性を感じながら、この複雑な現実意識に、適応しかね、とまどいする、といつたそれぞれの欠陥が見られるのではないかと考えます。

しかし、新しい、古いといつた点から見ると、微視的な詩が新しいスタイルであり、より今日的であるにくらべ

て、巨視的な詩が、古いスタイルであり、過去的な傾向にあるといえなくはない。したがつて、

新しい詩は、微視的である
古い詩は、巨視的である

といつたシェーマを描くこともできるでしよう。だが、この区別の仕方は、あまり適切とはいえない。なぜならば、ぼくらの考える新しい詩の概念のなかには、描写の細密化ということのほかに、描写のリズム化ということを軽視しないからです。すでに本誌のこの号などにおいては、鈴木創氏などがその点を意識的に踏み切つているように思われます。

*　*

このように考えてくると、ぼくの先に意図した、現代詩というものへの観念の整理が、不十分ながらできかかつたように思えます。ぼくらは、ぼくらの詩にたいする、今後の進歩の可能性は、詩に対する観念の神秘性をとりのぞくというところから生れると信じている。詩が、あいかわらず、言語の二重の魔術性につきまとわれるところをつよく、突きやぶつて、まず対象をただしく抽象化するという能力を回復しなければならない。したがつて、

蟬の抜殻、擱坐した戦車。
大空の、機関銃で縫合された肉屋の亭主の血の前垂。

といつた大ゲサな身振りと、児玉惇氏のいう過度な衣裳主義は、ぼくらの考える新しいうたには用がない。ぼくらのうたは、もつとアンチームなものであり、ぼくらの詩のことばは、日常に使われていることばであり、ぼくらの生活に使う共通語のリズムになりひびかなければならない。

また、ぼくらの詩意識は意識された詩意識であり、たんなる夢や潜在意識を技術的によみがえらせることによつて、そこに新しい詩の領域をつかむことにのぞみをおかない。どんな環境、どんな事件であつても、ぼくらの目をマヒさせることはできない。ぼくらの目が、その不眠のために見えなくなることがあつても、ぼくらのうたとリズムは、目を閉じぬための、その努力のためにも最後の活力をそそぐことを惜しもうとしないだろう。

日本の詩の反省

児玉　惇

★

★

とばと思想と
詩の特殊部落性
詩の結社の問題
克服さるべき衣裳思想
レイシズムのなかに生きよ

ことばと思想と

詩のことばばかりでなく、ふだんのことばをあやつり使用するしかたには、人それぞれの相違がある。そして、そのことばづかいのニュアンスを検討してゆくと、その人がどのような人間の人か、どのような生の思想の持ち主であるか、或るていどはさぐりあてることができる。意識的に、まだ効果を考えて技巧的に使われる詩のことばからは、たたちにその人の表面的な人間や性格を知ることはできないが、しかし、それもできないことではない。〈思想はことばのヒダから顔を出すとき、もはや思想ではない〉とアルベール・カミュは言っているが、詩の思想はことば（美意識）にどのようにからみあうものか。どのような形で関係を結んでいるか。生きることと思想がほとんど円満に結婚することのない、つまり現実の畑に思想が肥料として役立つことがすくなく、ただまずしいだけの痩地に育つてきたぼくたちの短い文化の歴史の上では、詩も同じ痩地の植物でしかなかつた。どういうコースの、どのような曲り角で、詩は生を、思想をひきはなし、自分をねじまげてきているか。この反省と検討は、今後のぼくたちの詩の飼育のために必要なことである。そして、現在のぼくたちがそのような過去のあやまちから免かれているかどうか、ということの検討のためにも。

〈主知派〉〈モダニズム〉ということの触れこみではじまつた日本の詩の一連の系譜が、出発いらい一様におこなつてきた西欧思想の摂取と消化――そこからはじまつたことばの技巧的意匠のさまざまの派生。細胞分裂。戦争という風土と生命感のはげしくゆれうごく時代の飛沫に洗われて、それらがどのように反知的な日蔭へダラクしていつたかということについて、すでにぼくたちは語つてきた。（註1）詩は日本の大衆のくるしみとなやみをともにになつてきただろうか。否という声。然りという声。これらは、決してことあたらしいテーマではない。

日本の〈モダニズム〉詩の草分けのひとりとして知られているH氏に、最近、ぼくは会うことがあつた。H氏は、いまは詩

のジャーナリズムから隠遁？されているが、昭和初期には〈詩と詩論〉という雑誌を主宰して、

白イ蝶デス
白イ蝶デス

というようなバタくさい詩を書き、詩語の新鮮な機能性を日本の詩に教唆し、付与した人として、詩史に、ぼくたちの記憶のなかに、あきらかにエポック・メイカーと目されている人である。いまは埃の積んだ洋書にうずもれて、花の歴史や西洋風俗の研究をおこない、その稿料で生計をたてていられる。かつては、NHKの〈話の泉〉に出演して博識をうたわれていた詩人、といえば、読者のなかには思いあたる人もあるだろう。いわば、忘れ去られつつある幸福なブルジョワジー詩人のさいごの人として、いかにも安定した社会感覚をもち、温容博雅の市民生活をいとなんでいる人、といった先入見をいだきつつ、ぼくはH氏の宅をおとずれたのであつた。

会つていろいろ四方山ばなしをしているうちに、ぼくはH氏のいだいている社会への批判、というより憤懣に近いものが猛烈に発散する毒気に、しだいにおどろきをおぼえてきた。ぼくの浅薄なH氏像は、みごとにこわれてしまつた。とくに友人や派閥、ジャーナリズムへの不満や批判が高じてくると、H氏のことばは、たとえば〈狷介孤高〉という漢語のニュアンスがもつ、壮士風の慷慨調をおびてくるのだ。一種の〈世拗人〉の問わずがたりをきくような、うらみがましいひびきさえぼくはそこに感じとり、異様な感懐をいだいてH氏宅を辞した。

このことは、これまで、散見的に批判されていた日本の詩の奇矯な特殊部落性ということについて、あらためて再考慮しなければならぬ契機をぼくにあたえてくれた。いくども言いふるされたことかも知れぬが、〈社会と詩人〉〈社会における詩人の位置、役割〉という問題について、とくに。そして、このことは決して解決ずみの問題ではないようである。詩とは何か。詩人とは？

〈人類の文明におけるテクノロジイの躍進と生活様式の間に生じた亀裂をうめつくすことばの錬金術師である〉（註2）

〈哲学体系は文学体系によつて完補される。エリオットはダンテ論をおわるにあたつて、すべては感性の倫理にしたがつて合致すると書きのこした。詩人とは、つまり感性の倫理をつくりだすものの謂である〉（註3）

〈あいまいにして、かつ正確なことばで申しますと、詩人は〈魂の技師〉なのです。詩とはことばによつて再生された〈存在〉へのおどろき、ひとつの全くあたらしい解剖学か天文学に接したときのようなショックです。あるいは想像の原形にふれたおどろきであると言つてもよいでしよう。〉（註4）

多くの詩の啓蒙書が書かれ、詩人の特殊な使命感がうたいあげられたのだが、それらがつねに問題の底辺にある鉱脈につきあたらず、詩を生のバネとしてはたらかしたいと願つているぼくたちの欲求に歯ごたえを感じさせぬ、一種の隔靴掻痒感から免かれることができないのは、この問題の解明が十分におこなわれていないためではないかと思われる。つまり、社会思想史の観点からみた〈生産者〉としての詩人の役割についての検討と解明。重ねてもくずれる砂の塔のように、このことの不足が、

日本の詩の大きな不幸になつていることは否めない。H氏にかいまみた〈世捨人〉としての不幸な地獄が、日本の詩の不幸な地獄の迷路であることに、あらためてぼくは思いいたつたのである。

詩の特殊部落性

詩人ばかりでなく、日本の知識人の思想における衣裳主義、輸入主義ということは、戦後、詩人以外の人々がみずからの傷をいためつつかなりのメスをふるつたのであつた。それらの日本人の精神風土論や日本文化論は、胎動する現実の政治危機のながれに掉さしつつ、たとえばとくに教育の思想と実践の面において、うたがいなく顕在的な茂りのきざしを示しはじめたのである。中国革命がつたえた波。アジアの目ざめ。原子力問題をめぐる人類意識と理念の発生。あるいは、アメリカの影響による社会心理学やプラグマティズムなどの現実適用のはたらきも、有効な効薬となつて日本の思想を有機的に培養しつつあることを、ぼくたちは否定できない。ハーバート・リードの芸術教育論に似た国分一太郎氏の〈概念くだき〉の国語教育論などは、輸入思想によらないユニークな芸術教育思想が、すでに発生していることを思わせるに十分なものがある。このような見方をあまい楽観と言えば言つてもよいが、（しかし、瘦土の畑のなかで芽ぶこうとしている麦の種子は、たとえ一粒でも大事にしなければならぬ。ぼくたちの詩のよりどころはそこにしかないからだ。）戦後の民衆と知識人の合作思想は、徐々にではあるが、たしかに日本の文化に形而下の変質をあたえているのである。いわば〈物をはつきり考えるくせをつけようじやないか。いまの思想界におもくるしくのしかかつている、このもやもやした考え方の伝統から、なるべく遠くはなれていこうじやないか。このためには、ぼくたちの頭にうかぶ抽象的な文句のひとつひとつを、なにかの実験とむすびつけて考えてみるようにして、もしそれができないときはそんな文句は使わないことにしよう。〉とアメリカのプラグマティストであるチャールズ・パースが〈形而上学クラブ〉の発会にあたつて言つたような思想が。このことばと、動機と環境はことなるけれども、このような思想の胚胎は、とくに戦後教育の実践面においていちぢるしいようである。子ども詩、作文がぼくたちの心にあたえた衝動は、商業出版の示唆と言うまえに、現実性を正しくふまえてことばを発しているという意味において、芸能的な意匠の迷路にはまりこんでいた多くの職業?詩人の虚をついたものがあつたことはたしかである。

平凡な、言わずもがなの解説をぼくはくりひろげてしまつたが、こんなにわかりきつたことをのべたのは、ひるがえつて日本の詩はどうなのか、ということを考えたかつたためなのだ。日本の詩は、思想の衣裳主義や、衣裳的な詩人の社会的地位への迷夢から脱しているのか。シヤレタ詩を書く詩人が、意外にもあさましい〈呪術人〉homo divinans の巨塊であつたりする後進的悲惨は避けられているか。後進的風土の劣悪さを呪詛するために、あるいはその苦痛から逃避するために、意匠化し、芸能化した衣裳思想によることばの新奇性のヒダへのみ亡命しなければならぬ、主知派の後進的反知性は、はたして避けられているだろうか。革新はなく、累積だけが砂の塔をきずいているような現象は、あらためられているだろうか。H氏との会見は、このようなおそれる日ましにぼくにつよくした。

　ぼくはここしばらく、食うことの仕事におわれていて、詩の本や雑誌を手にすることがほとんどなかつた。いわば、そのような不安からしばらくはなれてすごしていた。ふたたび必要があつて、最近、いくつかの詩の書籍を読んでみたのだが、やはり同じような不安にとりつかれた。ぼくは、あたかも遠い異郷のことばを読むような思いで、しげしげと詩の文字を眺めたのであつた。月給が足りないことからくる心の不安定さ、さびしさやよりどころのなさ、そこから文明の危機感が生じないとはいえないが、しかし、所詮は恒産なくして恒心なし、というあたりまえのことを、なぜに、

危機は、私の属性である
私の心を、常に不安の哨戒機が旋回する

　とゥヤゥヤしげに、もつてまわつた表現をしなければならぬのだろう。（註5）このようなねじまがつたことばの使いかた、言いまわしの拠つてくる生の思想はどのようなものなのだろうか。それとも詩を書く際には、一種独特な別製の義眼をはめてものを見なければならぬのであろうか。右の詩は、決して月給の不足をなげいたものではないが、ぼくは、ぼくたちのもつと一般的な生の条件から発想された、ことばのあざむきのない詩を欲する。真率に個人の内部をみつめた、近よりやすい詩が欲しい。それは言いかえれば、日本の詩というものはあやまつた夢を追つてみずからを特殊視し、姿を奇体にねじまげて、食うことの世界――ゲゼルシヤフト的社会――の公示性から根源的に失格してしまつているのではないか、というおそれ。これは、かなり多くの詩人たちの心をしめている不安でもあるようだ。

　黒田三郎氏は〈個人の経験とは何か〉という文章においてこのことに言及し、〈ぼくは現代詩の名において、おびただしい暗喩や直喩をしよいこみ、ことばにたいするリアルなセンスを失つた多くの詩を、じつにうんざりするほど見せつけられている。暗喩や直喩がリアルなセンスの障壁化することは、詩の自殺である〉ことを強調し、次のような吉井啓氏の詩をそうでない例として引用している。

なぜ黙つているのだ
なぜ話しかけてはくれぬのだ
みんな黙つて
みんな黙つて　一歩づつ登つてゆく

雨の　正月四日
行列はこの建物の前を出つてずつと向う
初荷の旗をたてた車がゆききする大道路
　からつづいている
浪速港職業安定所と書かれた
入口をはいつてすぐ左側
泥としずくで凍りついた石の階段は
三階まで登らねばならぬ

　ぼくは率直に、黒田氏の意見に同感し、吉井氏の作品に感動したのである。（註6）日本の詩のあやまちは、なかなか払拭

されつくしていないようである。そして、このようなあやまちは、社会における詩人の位置、役割ということの解明と無関係ではない。

詩の結社の問題

全国には数百にのぼる詩の雑誌と結社があり、一万人もの詩人がそれぞれのなかで棲息しているといわれる。社会学的用語に従えば、この種のゲマインシャフト的組織は、近代社会の諸原則を内面化するための、パースナリティ形成の重要な基盤として考えられる。井戸端会議や日本のどこにでも自然発生する俳句同好会など――このような形なき人間のつらなりや組織が、よく成長して社会の理法とむすびつけば、たとえば最近、或る町で主婦を中心におこなわれた〈十円牛乳運動〉のように、すぐれた社会発展の一礎となりうるということが、ジャーナリズムではしだいに認識されてきた。しかし、一方において奇矯な派閥感情をそだて、わるくすすめば、親分子分関係のようなハイラーキーをつくりだす害悪も指摘される。ぼくは、同じゲマインシャフト的社会の組織として、日本の群生する詩の結社を自然発生的井戸端会議や俳句同好会にたとえようとは決して思わないが、それにしても、すくなくも近代社会思想の所産たることを自称し、他称する現代詩が数百のエコールをもつということは、どのような意味をかたるのであろうか。せまい日本に、それほど多くのことなった思想が、バラバラにおこりうるわけはない。詩人といっても、別に特別の生活をいとなんでいるのではないから。……ぼくが憂えることは、これらの詩人たちが、思想として確たるものをもたないまま、奇矯な一人一党の衒気と迷夢にうごかされて自然発生し、たいせつな同人費を費消してゆく自慰と徒労が大部分なのではないか、ということである。詩が生へつらなり、それを打開してゆく鍵とならず、かえってメガネをくもらせているということはないのであろうか。その閉鎖的な心からできるあやまった高踏性が、不当に詩人の自由をうばい、ノドをしめつけているのではないか、という疑問。黒田三郎氏も前記の〈個人の経験とは何か〉のなかで、ゲゼルシャフト的社会における詩の商品価値には、機能的に限界があるのではないかという疑問から出発して、〈それは詩人として自由のあることを意味しているだろうか。ジャーナリズムでしめている席が小さく、せまいということは、そのことだけで決して詩人の自由を意味しない。せいぜい逃亡奴隷の自由に一歩近いというぐらいのことである〉とのべているが、同感を禁じえない。ハッキリ言って、日本のおびただしい詩の結社は、ゲゼルシャフト的組織のフルイにかけられて、一日もはやくほろびることをぼくはのぞむ。ぼくたちの雑誌〈今日〉も、そのような懸念があれば、一日もはやくほろぼすことがいい。そして、もっと食うことの仕事に専念することがいい。真の詩は、その後に生きのこり、姿をかえてたくましくあらわれてくるだろう。何よりも詩が衣裳の思想をやぶりすてて、社会の生産関係に素足で踏みいることだけが、詩をすくい、よみがえらせるにちがいないから。

克服さるべき衣裳思想

日本の詩における思想の衣裳主義が、戦後の有力な詩人と目される人々のなかにも根をたもっていることは、たとえば、〈詩と詩論〉NO2に鮎川信夫氏が書いた文章〈われわれの心にとつて詩とは何か〉を読めばわかる。氏はこのなかで、日本の詩の思想の二つのながれとして、①ボデイを失つたモダニズム詩②なんらかの意味でナショナリテイに根ざすもの、レイシズムにつながるものを挙げ、戦争という試練を契機として、①はボデイを失つたが、②はボデイをますますつよくし、多くの愛国詩、戦争詩を繁茂させた。われわれにのこされた遺産のボデイは何もなかつたが、②の古い詩のボデイにながれているよごれた血よりも、①の詩における過去の詩との決定的訣別、そのための不完全さとゆがみ、一種のヒステリイ的昂揚、これらの底にながれるものを尊重したいと言つている。このような大まかな分類と推断の図式が、ぼくたちが未来の正統のために汲みあげるべき現実的少数意見の側面を、衣裳的なモダニテイ嗜好癖のポーズによつてきりおとし、すりかえていることは言うまでもない。

　レイシズムは、戦争という試練によつて全く変容しなかつたと氏は言つているが、全く変容しなかつたか。ほとんど変容しなかつた。しかし、変容したものはあつた。たとえば、金子光晴。この人は日本の劣悪な文化気候のなかで、しかも戦争の試練のなかで、レイシズムに根ざしつつ、みごとに反帝国主義的思想骨格へ自分の詩を変容させた稀有の人だ。ぼくたちが、この人から汲みあげるべきものは尽きないと思う。そして、ぼくたちがボデイを受けつぐべき人は、貧困な日本の詩人だけにはかぎるまい。夏目漱石——小林多喜二——清沢冽などと書けば恣意的な図系のようだが、日本における明治いらいのみじかい近代思想の揺籃期のなかで、さまざまの変態的過誤や曲折をたどりつつ、すぐれたレイシズムの感覚は、微弱ながら近代思想を骨肉化するいとなみをつづけてきたのであり、左翼知識人ばかりでなく、ブルジョアジー知識人による戦後の日本の文化思想への検討と発言は、多くこの接点の評価と再編をめぐつておこなわれたのである。多言するまでもない。

　そして、詩はこのような再編へのうごきに参画したかといえば、左翼のそれを除いては遺憾ながらほとんど皆無であつたと言わねばならない。ここにも、日本の詩の特殊部落性が見られる。鮎川信夫氏は、われわれがボデイを受けつぐべき詩人として永田助太郎を挙げている。いつたい氏のクリテイシズムは、どのような国の風景、どのように奇異な異郷の火星から発せられるのか、問わざるをえない。

　言うまでもなく、日本のレイシズム風土のぬきがたい劣悪性ということは、鮎川氏のみならず多くの人々、とくに知識人のすべてがそのぬかるみにすべり、膝をよごし、絶望したところであつた。すくなからぬ数のめざめた精神たちも、結局はレイシズムの総和である戦争には無力であつたし、いまとなつて、その風土にミキリをつけた鮎川氏のような〈避難者〉refugeeが生ずることも決して故なしとしない。ぼくたちも、再度の難を受けてばかをみることはゴメンこうむりたい。……けれども、ぼくたちが問いたいのは、敗戦によつて理論上はレイシズムの劣悪性が身にしみてわかつても、すぐ翌日から、思想的にはレイシズムから縁をきつてくらしてゆく、そんな人形の衣裳のように器用に、詩のボデイのきりはなしやぬぎかえができるものかどうかということだ。たとえば、吉川英治の小説が悪しきレイシズム文学の典型であることをぼくたちは理解しているが、いまの日本の質のわるいレイシズムのセキュラリズムのなかで、ぼくたちは、吉川英治がえがく世界の因襲と後進思想のくびきから、どれだけのがれて生きることができるだろうか。いや、むしろ吉川英治の小説には、多くの近代思想や生の哲学の影さえひらめいており、他の思想家や詩人があまりそれをあたえてくれぬ現状では、読まないより読む方が、日本人の思想にはげましをあたえ、生きるためのテコとなつてはたらくことの方が、遺憾ながらはるかに多いのだ。とすればぼくたちは、吉川英治のあたえる栄養をも喰つていかねばならない。あつさりとレイシズムから縁をきつて、翌日から新意匠のタバコを吸つてゆくわけにはいかないのだ。なるほどモダニズムは挫折した。空白をぼくたちにあたえた。

――あなたたちは、その空白を埋めようというわけですか？
――それはかれら以外に、何人も埋めることはできません。その空白を永久に保存しておくのです。とり返しのつかぬものとして。

右のような、〈空白〉を〈埋め〉たり〈永久に保存〉したりするややこしい観念の逆説と玩弄趣味は、〈空白〉をあたかも造花術の一操作のように扱う鮎川氏の思想の衣裳主義をものがたつている。また氏の文章には、〈夢みることを知らないものが、どうして夢を拒絶できるでしよう。せいぜい歴史を拒絶することができるだけです。〉とか〈われわれの詩がはげしいめまいにほかならないとき、われわれの詩は立ちつくすことの有償性をとりもどす〉とかいう気負いたつた感傷語や装飾語だけが多く、社会の生産関係における詩人の脆弱な位置を見さだめることが、ほとんどないこともその特徴であつて、教師の聖職感や師道主義が自分をあざむきつづけるように、このような近よりかたは、はなしをすこしも生産的にしない。いわば、聖職者としての詩人の使命感ばかりうたわれていて、適応技術 social engineering の処方箋は全くしめされていないのである。

レイシズムのなかに生きよ

……レイシズムは変質しつつある。また、ぼくたちはレイシズムのなかに生き、そこに思想を、ことばをもとめてゆくよりほかに道はない。レイシズムに通じないモダニズムのことば。その接点での融合とコミュニケイションを回避して、住みやすい特別の場所でだけかたられてきた日本の詩や思想のことばをぼくたちはすてなければならない。そこをつきやぶつていかなければならない。そのような現実適用の努力をへて、苦労しらずであつたモダニズムがいかに強靱になり、たのもしい胸毛をはやしてきて、しだいにレイシズムを屈伏させてゆくかということは、たとえば、中野清見氏の〈新しい村つくり〉（新評論社刊）を読めばわかる。次代を背負うこどもたちのなかで、どのようにプラグマティックな生の思想がはぐくまれ、モダニズムがレイシズムを屈伏させつつあるかは、日教組の教育研究全国集会などへいけば感得することができる。（註7）鮎川氏の提示する新意匠への亡命思想は、現代日本の後進的文化現象にたいするひとつの高踏的なリアクションの姿勢としては、当然の批判の効用と意義はたすけれども、しかしその効用かぎりのものであつて、今後のぼくたちの栄養とはならないものである。逃亡奴隷の生活演技さえ良心のともしびとなり、ひとつの文化批判の姿勢をとりかねまじきぼくたちの国柄では、その効用はたしかにあろう。しかしまた、これほどチンプな効用もほかにないと言うべきであろう。ハロルド・ラスキは書いている。〈現代知識人の悲劇は、人類文明史におけるこの最高のたたかいに対して、すべて多少とも無関心な態度をとるか、でなければ反対に、ソレルやキプリングやシャルル・ペギーのように完全に反動陣営に参加したことである。……一九一九年平和回復とともに、かれらは再建の事業にのりだすかわりに、みすみす荒地へとその足を踏みいれたのであつた。もちろん時にはW・H・デイヴスやジークフリード・サスーンなどが、いまだ詩人のもつ神聖な激怒の声が跡を絶つていないことをしめしてくれたが、しかしこの二つの大戦間の英米詩壇において、かりにもT・S・エリオットのごときが、そのもつとも大きな影響力をもつ詩人であつたという事実は、たとえば中部都市《ミドル・タウン》に見るように、キリスト教が神の宮殿《みやい》の一隅にほんのわずかな場所をあたえられる権利の代償に、みすみす両替商人たちと妥協してしまつたという事実に劣らず、意味深いものでなければならぬ。〉と。学識といい、すばらしい修辞能力といい、おそらく当代まれの天分をエリオットはもつている。しかし、かれのばあいもつとも重要なことは、かれが極度に庶民を嫌悪し、かりにも大衆と接することに怖気をふるい、すべて本質的に低俗、醜悪、野蛮とみるらしいその気むずかしいまでの過敏さである。詩人が、シエリのいわゆる〈公認されざる世界の立法者〉でなくなるときは、とりもなおさずかれがこの世界にたいして何の意味も出さなくなつたからであり、いわば思想と行動とをきりはなして、もはやはなしかけるべき聴衆さえ必要としなくなつたときである。このばあい、かれのなかにあつて失われているものはあきらかに人間的精神であり、いわば生きた世界を抹殺し去る神秘主義とひきかえに、その想像的洞察のいつさいをあげてギセイにしてしまつたのである。ラスキはまた、こうも言つている。〈私のいつているのは、なにもエリオットの主張する世界観が、じつはわれわれ現代の諸問題にたいしてのみならず、近代歴史学が貴いギセイをはらつてえた成果にたいして、ほとんどお門ちがいな是認や希望の上にたつ価値構造を基にした伝統に堕し去つているから、いけないというのではない。危機に立つた社会というものは、きまつて、ちようどエリオットがしたように、当時の支配的な思惟習性にかわる、別の或る世界観を提供し、それにより、それを通して支配的思惟があたえる不幸から解放されようとする少数の思想家をうみだすものである。……私の批判は全く別の点にあるのであり、すなわち、一つにはその堕落をもつて、少数のえらばれたもの以外の人間にとつては、あたかも必然、不可避のものと是認していること、二つには、やがてこのことがかれをして、ただこれらのえらばれた少数者だけに、しかしあきらかにかれ独特の趣味とおぼしい、ことさら特殊、晦渋な言語をえらんで呼びかけるようにさせているというこの二点についてなのである。〉と。（註8）このようなエリオット批判は、エリオットの使徒である鮎川氏の思想批判としても共通するところが多い。さらにわが国において今後、エリオットを受けいれる際においても、ラスキのような意見は十分にのみこまれることが必要である。

ラスキ が指摘する右のような知識人の知性と反知性は、日本のそれと度合こそちがえ、戦争という試練を契機として、イギリスにおいてもだいたい相似の姿をたどつて変化していつたものであつたことは興味深い。……スペイン戦争のころは、イギリスの知識人のなかにひとつの社会力として、自分たちの影響を考慮する姿勢がたかまりつつあつた。いわば、職業政治が破壊している文明を、社会の政治的構造と行動にはたらきかけてすくおうとする点では一致していた。或るものはハッキリ政治的になり、ロレンスは政治のそとで人間改造を夢み、エリオットは教会を幇助しようとした。かれらには、現実から遠ざかつている個人主義的な態度でも、社会に影響をおよぼしうるという共通の信念があつたのだ。一九三九年戦争勃発と同時に、この幻想は消えた。戦争反対者がファッシズムや集団抑留所から安全にまもられ、戦争肯定者によりやしなわれるという事態の前には、社会への批判者としての影響力はなくなつた。一九四〇年は、現実逃避の勝利の時代になつた。若い世代は、想像の生を社会現象へ混交させ、社会改造の観念につかれている三〇年代の作家を見すて、公けに責任をもたない作家――ダイラン・トーマスやジョージ・ベイカーなどを尊敬した。スペンダーは、文学の風土におけるこの段階の光景を陰気に感じ、重要な現代の思考からの分離を危険視している。（註9）アメリカでも見受けられることだが、社会的できごとへ向つてでなく、それからのリアクション、つまり歴史からしりぞいて完結的個人性へたてこもる反作用は、それが十分に強靭ならば、キーツの詩におけるような重要な意義をもつ。しかしそれには、自分を圧迫するものへの強力な抵抗がなければ、やがて自然消滅するか、ナルシス的自己愛で死ななければならない。

日本の詩はレイシズムのなかに生き、そこに思想をもとめてゆくよりほかに道はない。デューイがかれの哲学の出発にあたつて、まず哲学というひとつのナワバリをふりほどいて、経済学、政治学、物理学、生物学、心理学などのいろいろな専門領域に解体させ、その上でそれらの異花受精 cross-fertilization をこころみたように、いまの日本の詩は、その得体の知れない性格をもう一度バラバラにふりほどいてみることが必要である。〈詩人〉という特殊部落の人間は、その後に異花受精され、再編されて、ふたたび社会の生産関係へ生きかえつてくるだろう。なによりもその前に、現実を錯誤してあたらしげな衣裳を身にまとつている〈詩人〉が、一日もはやくほろびることをぼくはのぞむ。（一九五五年五月四日）

註1　平林敏彦〈仮空の近代〉中島可一郎〈ニシワキジユンザブロウ論〉
註2　児玉　惇〈現代詩〉二月号時評
註3　深瀬基寛〈エリオットの詩学〉
註4　鮎川信夫〈われわれの心にとつて詩とは何か〉
註5　田村隆一〈危機〉
註6　吉井　啓〈行列〉
註7　今年の二月長野市でひらかれた。
註8　ハロルド・J・ラスキ〈信仰・理性・文明〉
註9　S・スペンダー〈イギリスの知識人と今日の世界〉

オレは突き刺す………

難波律郎

オレは突き刺す　外套ぐるみ
そいつの肩胛骨の下を
そいつは崩れるように倒れる　血を噴いてひくひくするが
やがて死ぬ
オレを苦しめた心臓を引ずり出し
ズタズタにキザむ
憎悪の仕上げ　それを靴で踏みにじり　唾液をひつかける
そいつの親　そいつの妻や子は泣くだろう
だがオレはオレに強制する
そいつの鼻をそぐ　眼をえぐる
足を斬り手をもいでバラバラにする
そいつの原形は失われた　針金でくくる
首はドブへ蹴落し　残りは犬にやる

おお　嫉妬に痒かつたペニスよ　虚妄の歯よ口よ
わかるか？
くくられて処置されるものの恐怖が
わかるか？
裂かれる愛のように　腑分けされる内臓の痛みが
わかるか？
最早妻にやさしくすることや　子供と微笑しあうことや
一杯の水さえ飲めなくなつたものよ
これで一切が終了し　オレは解放された
オレは軽い足どりで歩くことができる
オレの咽喉は大声で歌いたがり　押殺すのに骨が折れる

オレの作つた死はやがてそいつの顔とともに忘れ去られ
古新聞の小さな記事　小さな活字が残るだろう
雨が降つてきた　雨の中の散策
なつかしい珈琲店　たのしい一日　オレの顔は雨の顔になり
オレには　オレが笑つて処刑されるとおもえてきた

即興無題

山本太郎

森は兇暴な城であり潜在性の墳墓であることに原生森に関する記憶といふやつは純粋悪寒の仕業であり人間の遠い敗北を喚起する
動物園の檻のなかで猿どもは森の言葉を忘れ従ふという詭計のなかで春の夜の微風に髯をぴくぴくさせてうつとり眠つているが
めざましい誤謬よ　蟻の塔状にそびえたつビルの谷間を歩く僕は森の恐怖を感じて小ちやく慄へる　しなやかに跳びなめらかに駆る毛物のごとき思寵　うけぬ僕が試されて萬の才月を歩いて深夜に入るいま非常にいま　寝静まつた都会のある一点に立ち石と火と洞窟と森とを想出すことは一体誰が何物の切迫を告げようとするのであるか
それは頭脳の奥へ屈折して消えてゆく回廊の涯のキノコ型の雲を吐き出す不思議な庭へまで遡行する操作でもあるのでもう僕はネガテイブな倒影像として壁伝ひにゆく
すなはちいふまでもなく逆立　逆立の論理で時間に抗す　そこにちよつぴり青つぽい悲劇の味がして気にかかるがいまはまさしく夜だ　僕は充分それを心得てゐる　ここでは芝

居の面白さだけが人気をよぶとどういふ大人が僕に教へたのであるか
　月光の縞のゆれる僧院式回廊からはケシの群落や赤錆びた焼跡の鉄骨が見えたりするが時間はたちまち逆にすすまない　望遠鏡のレンズに映るミニアチュールは青銅色の森　森のなかにはファントームという化物が動いてゐて羊歯の葉陰で人間の叩きうりといふのをやつてゐる
　もろもろの不具を産むのはどいつだ
もろもろの地獄を孕むのはだれだ
あらゆる憎しみを宿すのは　おんな
おんなのうちなる母　母を殺せ
母の血はわれわれの呪ひ
むすうの母を悪魔に捧げろ
われらの願いを不具者の怒りを
そんな唄声がきこえてくるやうだが怒りの唄はかかる化物どもの間に於てはたかだか衛生学上の問題であり僕の周囲に彼等の末裔をいささか思いあたりさへすればそれでことたりる
　しかしこの記憶のもつとも遠い原生森に於ける潜在的な毒ある祭りは鱗木の枝に逆につるしあげられた人間の顔に浮ぶ笑いにいたつてきわまるといふべくこころうち……

すなわちそれは夢のなかでの自己拡散といふものにちがいなくそこで僕は笑殺といふ遊戯を行ふのである　たとへばそれは望遠鏡を裏返した時はつきりと映るおほきな白画像の口辺にただよふ薄笑いの構造に似てゐる
いや　あざけりはしまい　いまさらに
そのはみだしかかつた　おのれの舌を
創造の為にはつねに妄念が必要であり自らを絶望へおとしこむ妄念のなかにさへ幸福の概念が含まれてゐるのだから……
石と火と洞窟と森の恐怖を担つて歩く仲間たちに幸あれ　生命の原質に遷り生きてゐることのおののきを煥とし　すべて足なへに近き歩行の　いくたまさぐりびとの未来に幸あれ

青年
（あるいは　世代）

児玉惇

1

父は　老境にはいつた
停年　失職……
度の合わない眼鏡で
英字新聞を読む　明けくれが
一つの　ふしぎな破瓜期となり
父は　急速に
或るはなやかな　恢復をとげるようであつた

息子は　にきびの頃もすぎ
青年期にはいつたが
これは　一つの閉経期なのか——
　笑うでなく
浮いた話をするでなく

涸渇した　干潟
ふしぎな老境へ　おちこんでいつた

或る夜　帰宅して
疲れた　と息子は言つた
疲れた
疲れた
疲れた
父は　Mumford　の〈生きのこるための価値〉などを　読んでいて
面白いねえ　これは
とにこにこした

息子は　どたりと眠りこんだ
暗黒
月給
歴史的現実
母なる思想
思想

思想
息子は　くるしげに寝がえつた
思想……

父の寝部屋では
螢光燈が　ともり
終夜　本をめくる音がしていた

2

……青年は　眠る
いぎたなく　口をあけて――
衰弱した脊士の夢
地平線は　なく
鳥は　忘れ
フローレンスの夕映えも
包茎のなかの　希望
馬くさい薬床
水爆

雨

自由党
鐃子……
革命
黄色い涎から
原子力の
奇警なオブジエ
あやしげな 明日が
立ちのぼる

黴《かび》の夢
疲労した 母の夢
雑巾
勤勉
正直
そのあげくに
恩給とともに はき出された
父

移民
老人院
産児制限
出征
……
……
引揚船での　下痢
青年は　眠る

3

ひさしく父祖の代から　ぼくたちは
夜空を失つていたのだつた
蟇のように
はいつくばつて
生のための　狡猾と阿諛を糊塗した　空
……失業とともに
暮れおちた
夜空

ヴエトナムの夜空
戦火に
染められ
妹を姦殺された兄が
見上げた 夜空
南京の夜空
嗟呼！ いく久しく父祖の代から
ぼくたちは 夜空を失つた——
くつきりと夜の地平に浮ぶ 豪宕な廟の肩 天壇 塔…それら父の形を失つていたのだつた

貝殻と星
木も 拝火石《ストーン・ヘンジ》も……

4

青年とは 青い年
青い思想
青い苦労
青い反俗

自嘲
性欲
妄執
（呵々）
それだけに
たまらなく　青くさい地獄！
青年が
これほど　老いこんだ年であつたとは　メフイスト老人も知らなかつた

青年
青年
青年
青年

骰子は　まだ
きみの掌に　あるか？
何を譫言……
と　きみは言う
眠りつづける

共同研究

中野清見著「新しい村つくり」

岩瀬敏彦・立石　巖・児玉　惇

日本農業近代化のすぐれた範例

新しい村つくりという言葉にぼくはある固定観念をもつていた。

それは、ひとつは武者小路実篤氏の「新しき村」運動で知つていたものであり、他はアメリカのオーネイダ共産体にみていたものである。それらは一方が武者小路氏の人道主義によつて創始された共鳴者達の全く新しい村の建設であつたし、他方がキリスト教的共産主義の精神に導かれた宗教的協同体による新しい村の誕生だつた。そして、そこではいずれも統一された意志というものがあつて、いわば既存の社会秩序に対するひとつのアンチテーゼとしての役割をもつて、大きな使命を果そうとしたものであつた。それらはそのために、あまりにも理想主義的であつたために、その当然の存在理由も次第に現実の推移の中にあつて完うすることができなかつた。日本におけるその「新しき村」の運動はあまりにも有名だが、武者小路氏が日向の地を去つて東京にやがて住むようになつた時、次第にそれの社会に対する積極的な主導精神は終熄したと見られるべきだろう。オーネイダ共産体については、一八四七年から八年にかけて、ニューヨーク州マヂソン・カウンテイーの地に、ジョン・ハンフリイ・ノイズによつて創設されたのだが、彼は米国最初の共産主義史家で知られ、またアンドゥバア神学校、エール神学校に学んだキリスト教者でもあつて、彼がオーネイダに共産体を作つて原始共産主義的生活に入つたのは、フーリエ主義の影響をうけたためといわれる。彼ははじめ、キリスト教者として新しく到達した救世の方法——それは後にパーフエクショニズムと呼ばれたが——によつて信徒を吸収したが、オーネイダ共産体はニュー・イングランドにおける彼の信徒たちが、彼の説くところに従つて、各自財産を提供して協同生活をはじめたものだつた。彼等もまたひとつの意志によつて全く新しい村を建設した。彼等はそこで協同作業によつて旅行鞄、マッチ箱、果実の罐詰、瓶詰、絹織物等をつくつた。そしてそれらの生産物を通じて彼等は米国内に声価を高めた。一八七四年二月には二百八十三人の人達がいて、中には新しく医師や法律家、僧侶、教師など、多数の専門職業人が加わつていた。共産体の運営事務は二十一人の常置委員で管理され、私有財産は全く廃止した。そして更に特色のあるのはその結婚制度で、ここでは彼等の徹底した共産主義の人間観から、一夫一婦制を排斥した。彼等のなかでは総ての男子が総ての女子の夫と考えられていて、相互に雑然と同棲した。子供は離乳するまで母親の手に委ねられ、それ以後は村の保育所に送られて保育者の手で育てられた。教育についても学校をもつていて、共同体内部の必要な専門技術の教育を施した。

しかし、この自由結婚の慣習は米国内からようやく激しい非難を浴びて、一八七九年、創設者ノイズは遂にその特色ある秩序の廃止を宣言しなければならなかつた。そしてそれは同時にオーネイダ共産体崩壊の契機でもあつた。翌八十年、ノイズは忠実な少数の信徒に伴われてカナダに移り、同団体はまた、新しく「有限責任オーネイダ共同団体」という企業団体に変形し、多くの構成員はその地を去つた。ノイズはのち、一八八六年にナイヤガラ・フォールズで死んだが、運動の意義はその主体性と共に失われた。新しい村の試みはそれで成就しなかつた。

ぼくはここで、中野清見氏の新しい村つくりについて考えている訳だ。氏のいわゆる新しい村つくりとは何を意味するか。氏の場合それは前の二者がそうであつたように、はじめに信奉者や共鳴者の統一された意志があつて、その作業をはじめた訳ではない。中野氏の新しい村つくりにあつては、全く現実の混沌の中にそれが出発している。

江刈村は日本の貧窮農村の一典型であり、それは狭小な耕地と北国特有の寒冷な気候によつて、かつて農民は稗を主食にしていた地帯だつた。そして村民はまた日本の何処にでもみられる、いわばながい間の地主小作の身分関係の中にあつて、父祖の代から続いた貧窮の生活が、彼等の頭脳は勿論、体質までをいため劣悪なものにしているといつた種類の農民だつた。

江刈村長である氏自身、そういう村民の幾度か愚かしい者と、その著書の中で歎息しているが、しかも氏はそういう村民をたくみに誘導する術も心得ているのだ。

氏の理念はいつも現実を離れることはないが、しかも理想をつねに求めていることもたしかだ。そして、現代ではこのような理想主義者こそ待望される処だ。

かつての歴史において、ぼく達はいずれも実を結ばなかつた理想主義者達の理念を数多く見て来た。しかし今はもう、それが所詮、人間条理の分限をこえた努力の故に、当然海へ墜ちなければならなかつたイカルス的人間の宿命として、既成社会の不条理を老成した論理で説いている時代ではない。ぼく達はいま社会におけるどのような小さな試みにも同時代人の責任があることを改めて認識する必要がある。氏のような試みが、日本のしかもそのような僻村に育つていくことを、ぼく達は傍観者の白眼で妨げてはならないと思う。新しい日本の形成が、ある一面では、こういう過程を経て推し進められていくことは確かである。

しかし、困難は多々あるだろう。江刈村の課題が日本農業近代化の問題に関連して典型的であることは再言を要しないが、そのことは逆に、江刈村の問題自体を日本農業の本質に関連して考えてみなければならないことを意味する。

戦後、日本農業近代化の中心課題が農地改革にあつたことは、日本農業の構造的特質を端的に示しているが、それはいってみれば、日本農業の発達乃至は近代化を阻止していたものが、旧い封建的或は半封建的な諸関係であり、その支配的実現形態が小作制度に対応する地主的土地所有であつたということである。高率の現物小作料をぼく達はその実現形態としてみることが出来る。広汎な農民層の窮乏と困苦の歴史は主としてそこに胚胎している。

更にまた日本農業の本質を他の一面から考たえ場合、それは「過小農的生産方法」であるといわれる。そしてこのことは、エンゲルスの「農民を没落に駆りやるものはまさしく個別所有によつて条件ずけられた個別経営である。かれ等が個別経営に執着するならば、かれ等は不断に家と耕地とから追われ、かれ等の旧弊化した生産形態は資本主義的な経営によつて駆逐される。」といつた言葉を合わせ考えてみる時、日本農業の将来にとつてそれははるかに暗示的なものとなつてくる。

江刈村においても、この日本農業における二つの構造的特質が例外でないことを中野氏は著書の中で説いている。氏が昭和二十二年、江刈村長に就任以来、数年に亘つて考え、そして実行してきたいわゆる「新しい村つくり」も、そういう日本農業の構造的本質を根本的に改革していくことだつた。その体験を通じて氏はいまひとつの理念に到達している。それは窮極において、村民の生活改善の実際をもたらすものが、「生産の集団化」以外にあり得ないということだ。氏はそのことに関連して次のようにのべている。

「……土地改革によつて往時の支配権はくつがえされたとはいえ山林と自作地は失わなかつた旧地主層が、自作農として着々資本を蓄積しつつ時至るを待つている。さらにまた同じ貧農出身で、土地改革に際し賢明に立ちまわり、恵まれた家族労働と相俟つて、急速に財をなした新富農層も発生して来ている。この新しいクラークたちは、旧地主の教養さえも身につけていないので、目を放せば一層危険な存在となりかねない。こうした情勢の中で、農民の一人にまで、転落をふせぎ、動かない生活を打ち立ててやるための方法を、私たちは模索して来た。そして到達した結論は、「経営の集団化」以外にはあり得ないということである。これに対してたちまち起る反問は、資本主義社会において、農業経営の集団化が果して可能であるかということであろう。」（九頁）「……個人営農の限界は、一方では農民の知能の低さによつて、他方では経営面積によつて決定されている。知能の低さは、経営面積の許す限界までも彼らを行かせない。」（二二四頁）

資本主経済のもとで、農業が依然として資本にとつて魅力のない産業部門である時、農民が「過少農的個別生産」に終止するかぎり、再び農民層の没落は避けられないだろう。

中野氏が酪農による「生産の集団化」を結論として企図していることは、日本農業が旧い生産様式を維持していては到底避けることの出来ない危機的要素を克服する方法として当然考えられるべきものである。その当然すぎる方法が容易に実行出来ない処にまた資本主義経済の構造的特質にからんでいる複雑さがある。またかりに、「生産の集団化」が成功しても、資本主義という商品経済の競争裡にあつて、共同経営の実体が、より大きい資本力とどのように太刀打ちをし、存在を続けていくか、資本主義経済下にあつて困難は多々あるだろう。

しかし、僕は少くとも中野氏の方法が、新しい農村の建設にとつて必要な、しかも当然の方向だと思つている。「新しい村つくり」の将来は必ずしも保証されないが、成功を祈るものである。

日本農民像の一典型を描く

（岩瀬敏彦）

現代日本における農村の位置については、いまさら云々するに及ばないことであるけれども、その実態について、わたしたちの認識がどんなに観念的なものにすぎないかということを、この本はつくづくと反省させてくれる。わたしたちは思考とすることとそれを表現することによつて、大衆を牽引してゆくことができると錯覚しがちである。しかし現代日本の社会層の大部をしめる農民とは、ビヨルンソンやゴーゴリなどとははるかに隔つた無知の世界で、わたしたちが愛し味方として献身する農民は、そのほとんどが全くの頑迷蒙昧の徒によつて構成されていることを、この本は教えてくれる。いわばこの本には、これまでの日本の農民文学がかきえなかつた農民像の一典型さえ、みごとにえがかれているのである。かれは現代に寄与せんとするわたしたちの願いに反し、あまりにもかなしい現実かも知れぬが、その事実に目をそらすことなく、そのいたつたゆえんを考えるとき、知識人という人々に対して大きな示唆をあたえてくれると思う。

かれらには言葉などはない。モラル、礼節、修辞――それらは一片のパンの前にはたちまち色褪せ、うまれながらの卑屈さがたたきこんだ、目前の物にすがろうとする本能的なテクニックと化してしまう。隴を得れば蜀をのぞみ、蜀を得れば余世界をのぞむ――幾百年かの封建制度の下にしみこんだ卑屈さ、狡猾さ、それは一朝の変革で癒えるものではない。

この本のなかには、そういつた驚嘆すべき人間像がひしめいている。わずかな給料にしがみついて裏切りを重ね、阿諛をもつてそれを糊塗する農会書記、旧権力と金力をタテに脅迫と買収によつて地主勢力の挽回をこころみる前村長、村長かつぎ出し運動に成功したことから、しだいに自分がその地位をうばおうとする野望にめざめ、策動して失敗、自滅する農地委員――これらは、決して一江刈村の劇ではない。日本地図のあらゆる瘠地に跳梁する人間像であり、スターたちである。かれらは観照的に傍観すれば、目前の利に追われて一飯一雨に喜怒哀楽を磨滅させているにすぎない。あるいはそれも、愛すべき人々としてうつることもあるかも知れない。しかし、もしわたしたちがその渦中におどりこんで事をなそうとはかるならば、かれらがいかに済度しがたい怪物であるかということを、いやというほど知らねばならぬであろう。

この本の著書も、はじめから農村の現実に憂いをよせて、自らを投じたのではなかつた。むしろかれらの利得への敏感性によつて利用され、状況に投入されてはじめてその実態にふれたのであつた。しかし著者はそのとき、自分の現実をふまえてそ

共同研究

の情熱をペンから鍬へうつし、舌から腕へ換えていつた。暴力や裏切り、阿諛のなかを胸をはつて歩をすすめていつた。家に帰ることもなく、服をぬぐこともない幾夜、農民の憎悪と殺意から身をまもるために斧を抱いてとる仮睡。妻子も村人から白眼視され、著者に翻意をうながすこと再三であつた。夜ひそやかに家を訪うて泣きつく貧民の声だけを支柱として、著者は狂気じみたたたかいに没入していつた。そこにつらぬかれた生命の焰。

わたしはこの本を読んで、きわめて詩的な純粋さに胸をうたれた。行動の重要性をそのまま強要するのではないけれども、何かわたしたちの詩が雲の上を散歩しているのではないかという反省を迫られて、疎然とするものを感じざるをえなかつた。

（立石 巖）

レイシズムの悪疾をねじふせた思想

なにごとかをおこなおうとするとき、ぼくたちが常に出会わねばならぬことばとことばの間のこえがたいミゾ。記号の通じない心と心の間のディスコミュニケイションの垣根。ひとびとは、世の中で自分のことばがこんなにも通じないことに疲れ、暗然とし、あるいはヒシヒシと寂しさを感じて、やがて詩を書きはじめる。ふつうのことばでは心と心が通じあわぬことを察して、もつと別な、新奇の魅力ある記号を発明しようとする。

ぼくたちをとりまいているわずらわしいディスコミュニケイションの城塞。そこに敵兵のように潜伏して、茂つている悪いいばら。ぼくたちはもはや、孤独な個室で、私的記号の製造にふけつているばかりではすまされないことに気づいてきた。ディスコミュニケイションの垣根やいばらを刈りはらわねばならぬ。そのためには、これまでのようにチャチな手細工のかみそりでは、また、音白い夢やモダンな観念でといだメスやスティンレスでは、役に立たない。つまり、これからの詩は、蕊のつよい俗物の垣根やレイシズムのいばらを刈りはらうのに役に立つような、認識の合理性にきたえられた双をそなえなければならぬ、とぼくたちは気づくようになつた。詩は、言葉の鉈や鎌でなければならぬ。名刀のキレアジと同時に、いばらの根をたたき切る方の性格ももたねばならぬ、と。

いまの日本のひとびと、とくに知識人といわれるひとびとが苦しんでいるのは、このことである。自分のことばが知的な研究室や喫茶店では通じあうのに、天候の悪い大衆の仕事場や農村ではからきし役に立たない。もちろん、詩もその例外ではない。通じあわないということに、悪意や政治的立場の相違といういばらがからみあつて出てくると、もはや手の施しようがない。ヘナヘナと腰を折られて、あとはあきらめの嘆息をはくことが多いのだ。イギリスでは、「文盲」とは字を知らぬということから、二義的に、もののわからぬ、暗い心――啓蒙の対立物を指していうことがある。これを、かりに「知的文盲」と名づけよう。文盲の数のすくないことでは世界的水準をゆく日本であるが、しかし、いまの日本ほど知的文盲の数が多く、その階層が区々別々に混乱して、手のつけられない国はすくないのではなかろうか。共通のことばがない、広場がない、文化がない。

そのような知的文盲の戦国時代、小国分立時代の虚に乗じて、「バスにのりおくれるな！」と叫ぶ新聞やラジオなどの網が、ひとびとの心をマヒさせ、無意識のうちにしばつてゆく。詩人は、このような商業的マス・コミュニケイションのはらむディスコミュニケイションの危険性のメカニズムについて、まず、よく目をこすらねばならぬようになつてきた。黒田三郎氏は、「今日」二号に書いた「個人の経験とは何か」のなかで、このことについての注意を詩人たちにうながしている。さらに、鶴見俊輔氏が「デューイのコミュニケイション論」（春秋社刊「デューイ研究」）においてのべている次のようなことばは、ぼくたちの耳に美しいひびきを与える。

「心と心がたがいに出会う仕方、場所、目的、条件および歴史の研究は、今日の日本にとつてたいせつだ。なぜならば、ぼくたち日本人は、たがいの心に近づく方法をもたず、そういう努力をする元気さえもたないことが多いからである。

　ぼくたちはとくに、下役のものが上役のものにたいしてつたえるべき通信の方法に貧しく、民衆がお役所にたいして訴える通信の方法にとぼしい。学歴のないものが大学出のものにたいして言うときには、思うことのわずかしか言えない。世代を異にするものが、汽車の座席にむかいあつてすわつても、共通の話題をみつけるのに苦しむ。親と子のおいだに礼節が保たれている場合にも、深いみぞがある。男は、女にたいしてはなすべきことばをもたない。そして、自然な言葉の流露のかわりに、いくつかの紋切型コトバのくりかえし。

　ぼくたちの母国語にみちあふれている数知れぬ紋切型コトバは、おたがいのあいだのミゾをうめるための砂利の山を思わせる。」

　いまの日本の、このようなディスコミュニケイション症の質の悪い慢性疾患のなかで、岩手県江刈村村長中野清見氏が、その「新しい村つくり」（新評論社刊）の過程で、未開墾地のいばらを刈りはらうと同時に、知識人と農民、村長と村会議員との間にたちはだかるディスコミュニケイションのいばらを刈りはらい、たたき伏せるためにおこなつた努力は、おどろくべきものである。ここで中野氏は、人口四千余の寒村の村長として、村の農地改革と酪農化のために、多くの文盲、俗物、怪物、オポチュニスト、裏切者たちと戦い、ことばのコミュニケイションをおこなつた。中野氏が対手として、ことばをコミュニケイトしなければならなかつた人物とは、たとえば次のようである。

「陸士、陸大を出て山下奉文の参謀であり、比島で航空隊長をし、山下が左遷されるや天皇に直訴せんとし、また水雷艇の艇長であつたという、おそろしく雄弁な男、開墾作業の現場監督、今川某。」

「五十すぎの女と同棲し、農地委員長となり村長の片腕となつて働き、後、村長の地位を夢みて裏切り、のたれ死にする川原某。」

　このような人物群の衣服には、あたかもチベットの奥地で発見する地衣類にみるような、根づよい日本のレイシズムの悪臭がたえがたくにおつてくる。きたならしくて、鼻をそむけたくなる。カウッキーをよみ、東京帝国大学出身である中野村長は、鼻をそむけることはゆるされなかつた。いや、鼻をつきあわせ、酒くさい懐の腋臭をかぎ、これらの獣の心にとびこんで、ことばを交通させた。中野氏の書は、いまの日本におけるコミュニケイションのむずかしさをヒシヒシと教える。コミュニケイションがおこなわれず、たがいの心の吐け口がつまつてくると、暴力がおこり、殺意がもたげる。中野氏は、身の危険をまもるため、しばしば、枕頭に鉈をおいて寝なければならなかつた。中野氏の書は、いまの日本の社会心理の結節のありかを象徴的にものがたつている。

日本の詩は、今後、いよいよ、現実のいばらを刈りはらう鉈としての役割を求められてくるだろう。日本の詩に欠けていたものは、そのような現実への道具性だつた。「詩人」という得体の知れぬ名称をもつ人間は、それに従つて変容し、別な姿で社会の生産関係にたちあらわれてくるのではないかと思う。中野氏の著書は以上のような意味で、ぼくたちの思想形成の今後によこたわる困難と希望について、かぎりない示唆をぼくたちにふきこむものだといえる。

（児玉　惇）

中野清見著「新しい村つくり」新評論社刊　一三〇円

編集後記

ぼくたちには「詩人」として、特別の生き方があるわけではない。とりたてて「詩人だから」と構えてみなくても、ありきたりの「人間」として、ひとりまえに凡俗の倫理をはたし、生業のために身をけずつてゆくことすら、容易ではない。限りない人間の尊さがそこにあり、格別に「詩人」の仕事が尊重されるユエンは毛ほどもないのだ。詩あるいは詩らしきものを書き、今後書こうとしている人間どうしが、そのことを互いの免罪符として妥協し合つているとすれば、こんな不潔な、忌まわしい変態風景も外にないというべきである。

最近、ぼくの周囲には一つの事件があつた。ぼくは　勤め人として口を糊するに汲々としがちな現在の生き方が、正しいとは決して思わぬ。淫靡、姦掠、背信打算―そんな悪徳に徹した生き方が、時に小気味よい共感をぼくたちに呼ぶことがあるとすれば、それは現下の虚妄の世情に、ぼくたちが感ずる欝憤のゆえであろう。ぼくたちはそれを詩に書く。その痛みを自分の生き方の惰性の上にもきびしく加え、新陳代謝をおこなつてゆくわけだ。しかし、詩人であることを世の善人たちの視線をくらます　流通無礙の免罪符として、たとえば現実に女をダマし悪ラツな色情をほしいままにする男がいて、またそれをテン然と眺めている同人雑誌があるとすれば、それは信じ難い変質者の集りという外はない。

今号を編集した季節は、ぼくにとつて右のような莫迦げた苦悩を深刻に悩んだ、忘れ難い季節だつた。中島可一郎の言うように、この雑誌がぼくたちの作品のはたし合いの場所であると同時に、互いの生き方のためにもきびしいはたし合いの場所であるように、今後とも運んでゆきたい。（K）

飯島　耕一　　岩瀬　敏彦
清岡　卓行　　児玉　惇
鈴木　創　　立石　巖
中島可一郎　　難波　律郎
平林　敏彦　　（五十音順）

一九五五年七月十日発行 今日第四冊 編集人 中島可一郎 発行人 伊達得夫 東京都新宿区上落合二ノ五四〇 ユリイカ発行 八〇円

今日

第5冊

The Quarterly Magazine of Poetry

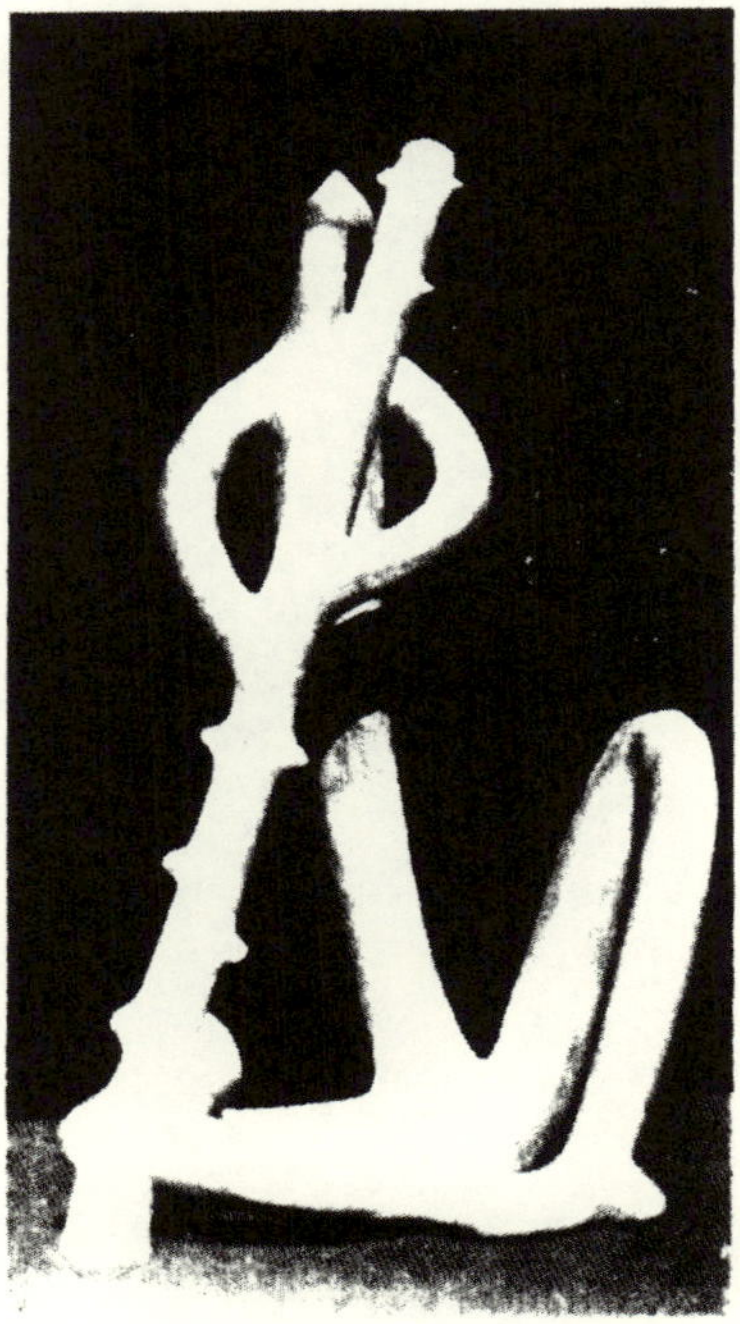

1956年4月号

今日の会編集・ユリイカ刊行

今日第5冊　1956・3

メニュー泥棒　ほか5篇……………鈴木　創　2
父をうつ　ほか3篇……………児玉　惇　15
鳥を呼ぶぼくのつとめ……………飯島耕一　36
古い写真によせて……………難波律郎　40
ぼくらはうたう　ほか1篇……………金　太　中　49
近づく場所……………平林敏彦　53
運転士……………中島可一郎　55
今日（岩田宏・平林敏彦・飯島耕一）　33
・
書評（那珂太郎・中島可一郎）　46
・
椎名麟三「美しい女」について　岩瀬敏彦　28

表　紙：Dヴアガツト（印度）作「音楽家」（コンクリート）
目　次：岸田衿子

メニュー泥棒

鈴木創

はじめは考えてもいなかったし

それが考えはじめたとき　泥棒の世界に足を入れた
自身泥棒につむがせるしかなかったのだ　考える生糸です

喫茶店で　コーヒーといっしょに一つ　また一つ
かわりにほかの店のマッチを置く　なぎさの貝がらのまね
失くしたら大変だとつぶやいて　雪ごうごうで
颪しんしんで
誰もこない部屋にメニューだけがたまる
記念の――

ミミとふたりで署名したメニューは壁にぴょうでとめた

戦利品だとミミが書く

はじめに署名があつて
二回目からは署名がなくて二回目からは定価だけ
生きるって定価を暗記することです

あの夜のレコードはモーツァルトの魔笛
ミミの手がれもんの実をくれた
毎日の時間を薄く切って匂いの種子をさがした

夢だけが固定した所有だなんて不純すぎる
核爆発という活字をきょうも新聞でみて
若いメニューを内ポケットに入れると人形屋の窓ガラスに顔をうつした

泥棒の

メニュー　メニューそれがふえてゆくのを
もう逆転はできない
ミミは撮影のフィルム　だ
人間にはゼロなんていう数字はなかったんだ　だから

メニュー　メニューはじめは考えてもいなかったし
それがこの稼業にも箔がつくとのごろ
なぜか発覚するのがこわくなってきた　明日なんかどこにある？
ミミの靴裏の乾いた泥

そして泥棒のいまをよぎって……

流弾

変りやすい気象のなかで
冬のすみれが咲きました

いまは新しい仮面をつけるときです

驟雨がきて
あわてて馳けとむ軒下などどこにもないのです
ほら、神さまと兵士たちも
五円銅貨の裏側でいっしょにねむっています
そうして指のなかでふるえている秒針です
自分よりも他人の方が親しいのです

探しあてたものは…
きょうも流弾をひろいました

水の下で

水の下に街ができている、ひとびとが往来する。

頭の上を水が通っても苦しくないし、ズボンも革のバンドもぬれない。
みやげものを売る通りの店先には
干乾しになった言葉がきまってぶらさがっている、ここはどこなのだろう？

≪主よ？≫
廃墟よ、花束を俵でくるんだ貧しそうな少女が水のなかをわけてペダルをふんでゆく。
朝、街の食堂にのれんがさがり、
昼、胡しょうをうどんかけにすこし多目にふりかけ、
ゆうぐれは肉屋がコロッケをあげはじめる。
貝類のいっぱいころがっている横断歩道。
課題と貝殻をひろってゆくぼくの一日。

壮大なビルディングの窓からはときどき
馬の首がのぞいては大きなくしゃみをする、
＜テネシー・ワルツ＞もきこえてくる。

そのときぼくはふと気がつく。
計ればちょうど銃口だけの背丈にひとしく、
ぼくの身長は水の下に没しているのだと。
空襲の路上でぼくをみつめていた十一年まえの犬の眼も、
遠くガラス窓に射した吹雪のようなくちづけも。

いまは思いきり偽善の紙片さえも口にくわえよう。
首すじが愛ほどにつめたくても、
空がとがっても、
問わねばならぬ水の下の日々。

泡、また一つの泡がうまれ、
叛乱と、

そして吐気さえも、
誕生のうぶ湯のようにぼくをゆするのだ。
見知らぬ街にのどがかわく。
かすかな戦慄がきてぼくは発射される、さけびながら水面にむかって

《水を……》

Variation

花崎皋平へ

自動車のバックミラーは〈政治〉と答える
塀にかけた泥棒の足は〈記録〉と答える。
交通巡査の警棒は〈海〉と答える。

そうして憎悪がぼくを剥製の蝶にする。
聖書をなくして、
人間をなくして、
空が河むこうの街をゆらゆらとうつすとき、
そこから死んだ友人たちがピクニックからのように帰ってくる。
ぼくはあわてて煙草をもみ消す。

パジャマの紐のさきが〈忘却〉と答える。
金魚鉢の藻草が〈自由〉と答える。
かんずめの空かんが〈思想〉と答える。

蝶はガラスの皿にうまれかわる。

眼をなくして、
夜をなくして、
至近距離にある無限の遠さへよびかけながら、
ぼくが今日の存在をたしかめはじめると、
皿は抽象された同心円になる。

すずめの顔つきをした公使が＜知恵＞と答える。
焼けこげた地図のスカンディナヴィアが＜希望＞と答える。
オランウータンの操じゅうするヘリコプターが＜現実＞と答える。

やがて凪のなかのレストランに灯がつく。

誰もいない。
世界があるきはじめる。
そしてどこにもいなくなったぼくは答えつづける
＜愚かさをじぶんにゆるして
駈けだしてゆくのか
駈けだしてゆくのか
そうすれば髪の毛は風になびくか＞

影について

ぼくは駅の伝言板の前に立つ
書かれた文字をみながら忘れた自分の住所をさがす
＜イギリスへ行ってわら屋根の下で住みましょう＞
黒板のみぞに折れたチョークが置いてある
待つ人はやがて次の待つ人によって消されてゆく

そんな時間も別な列車がすぎる

ぼくは駅の伝言板の前に立つ
…泥が？
…泥で？
いいえ、貨車と貨車にはさまれている微笑なんです
ホームの一部は暁の処刑場よりながい
やがて

殺されるために生まれた名前の
その突端から日がのぼるだろう

＜イギリスへ行ってわら屋根の下で住みましょう＞

駅の
どこかで裸電球のこわれる音がして
ぼくがいなくなる
汽笛が一つの影だけをのこして

夢

火を放たれた世界のすみで
ぼくの手術台はクロロホルムに閉ざされる
眼を暁を消し合う出会いのように

誕生日がきびしい抑揚をもつ
童話のように不幸がすぎる
世界がふたたび小さなさけびをあげるとき
やさしい稲妻をコップのなかにしまった

いま胸の高さをすぎるもの
今日は別れのための方向をもつ
上衣のポケットをさがしてマッチの柚木をすろう

曲角では犯したものがふとめざめる
そのあたりをブルガリア・ローズも匂うようだ
ぼくの腕時計は野ねずみの眼でまわる
遠い日の城！

途切れることでみつけた影を
小魚のえらのように動かしながら
ひらかれた戸口、審判の前にすすみでるとき
＜エスペラール＞の廻転は止んでしまった
真昼、風船玉が電線をこえてゆく
ぼくはもう数匹の奴れいを飼いはじめている

誰、そこにいるのは？

ぼくのこぶしの方へ
がらんどうの時間の方へちぎれた空がすべってくる

父をうつ

児玉　惇

いつか　父をうつ日がくるだろう
とぼくは　信じていた
いつかは　くる
恋を得るときのように　いつかはくる　と

過ぎさった日　父は
しばしばぼくを擲った　…霜のようにきびしく
憎悪の霙を　浴びせかけた
そうだ
ぼくは　信ずることができる
憎悪……まさしく　あれは憎悪であった　と

たしかに　かれは　常に苛責なく
いらだった老鶏のトサカのように　常に　あきらかに　旗色鮮明であった　と
…昔から　生はむかしから　錬金術師だけのものだった
塩の苦汁に　青空を
あかつきの染色を投じて
化学的に　まじり合わせるときにのみ
生は　生としてよみがえり
知慧の有機性をとりもどすことだった……
父にも　青雲の日はあったのだ
しかし　ぼくは知っている
父の阿諛を　追従笑いを…
ぼくは　知っているよ
汲々として上役に気をつかい　芸者あそびをし
そして　母にはことごとに「贅沢をするな」と言っていた
父の姿を……

過ぎさった日

過ぎさってゆくであろう　これからの日々
…そうして　ぼくは　或る日
つかんだのだ　自分の旗を
反抗が知慧に
夢が　現実につらなり
沃土の社会につらなるべき可能性の旗　立法者としての自分の旗を　確実に——
呵々　笑え！
いまこそ　ぼくはトサカをもち
蹴爪をとぎ
声高に　啼き
暁《とき》を告げる
父上　みたか
あなたが　浴び
また　ぼくに浴びせかけた
湿潤の
汚辱にぬれた
瘠土の汗

種子の根づかない
悪い土地の霙を 今日
ぼくは たしかにうちかえす
うちかえし 銀一色の雪にさえぼくは変えることができるのだ

過ぎさった日
やがて 訪れるであろう日々
…父よ いつかは別れのときがくる
あなたの棺に 釘を擲たねばならぬときがくる
死の海へのりいれる 乳母車は…
いや 頑是ない笹舟はできましたか?
糠によごれた 母上との
さいごの媾合は すみましたか?
やがて 若鶏は やむなく舟の綱をとき
出帆の刻《とき》を 高々と 四囲に告げなければなりません

さびしい人

——或る朝鮮人へ

さびしい人
透けてみえる　あなたのからだの背後には
海がある
鉛色の　海——
木椀に湛えられた粥のように　あやうく
傾き　骨ばった手に支えられている
支えているのは　誰か？
名を知らぬ　父
母なる半島
咳《しわぶ》くような　哀号の
煙霧に似た
唄である
ときおり　稲妻のようにはしり
交叉する

幾条かの水平線……
あなたは　蒼白になり
一瞬　たじろぐ
「危い」
とぼくは囁く
さびしい人
そんなときは　ぼくも
さびしい

あるとき　高らかな砲声とともに
国境が　くずれた
硝煙と喊声…
地ひびきをたてて
地をはしる　戦車
土地は　にわかに落葉に降られ
はげしく　降られ
耕され
屍をかくし

要塞となった

さびしい人
あなたは　夜ごと削る　…一雙の軽い木舟を
まだ透けてみえる　背後の海は
ときとして　暗滅し
倫落する
燈台守が　くらやみの自分の内部を見つめるように
あなたは　削り
槌をふるう
いつか　その海にうかべて
異国の岸をはなれる一雙の木舟を……

さびしい人
そのときは　ぼくも押そう
あなたの舟の艫を
しかし　あなたよ
その舟ができあがるのは　いつだろう？

欲しい

欲しい　とあなたは言った
何が欲しい？　ときかれても　返事はせずに
ただしきりに欲しがった　欲していた

近づく冬
…冷たい風が　はげしく空より降りてくる日
枯葉が　はげしく降りてくる日
わたしは見た　白い風のなかを　手が
吹きちぎられた手が　おびただしく空を降りてくるのを
あなたは　それを見向きもせずに
去っていったのだ　…外套の襟をたてて

それから　また幾年かの歳月がながれ
はげしく　空をながれて
その後　わたしはしばしば見た　手が
吹きちぎられた手が　空をとんで降りてゆくのを
……レニングラードで吹きちぎられた手
井岡山で　朝鮮で吹きちぎられた手
わたしは　見た
それら吹きちぎられた多くの手が　一様に　指をかたくし
つかもうと　何かをつかもうと欲し
わなないて　消えてゆくのを……
あれらは　何を欲していた形だったろう？

いくばくもなく　冬が残り　氷がとけ
わたしは　あのときの手の意味を解きかねていたが
まもなく　偉大な手の物語は

つぎつぎと　雪を溶かして伝えられた
…レニングラートを守った手
大長征の哩を踏みぬいた　力
主婦のポケットに
少年のよごれた服に　ひそんでいた手
それら　王手の物語が…
欲しい　とわたしは思う
しきりに欲しい　手…わたしたちの王手が
近づく春
…あたたかい風が　空より降りてくる日
ほこりが　塵が　はげしく降りてくる日
わたしは　見た
おびただしく　吹きちぎられた手が
鳩のように　かるがると乱舞して去つてゆくのを…

せむしの人

せむしの人　あなたの瘤に樅をうえて
あなたのあるいてゆく道にも　青空はあるだろう

…思いがけない　恋の驟雨が
あなたの瘤をぬらしたり
夕ぐれ　軒ばにただようさんまのにおいのように　愛の落葉が
こっそりと　あなたの低い肩に
落ちたりすることも　あるだろう
愛…それはむかしら　ぼくたちにとっても
自分の不具性を　証し立てることだった
自分がせむしであることの彫像を
一片のナルシシズムとともに　瘤にきざみこむことだった…

せむしの人は　見ない
見ることができない

…低い視野　白いトルソ
平坦な道をあるくときでも　あなたの歩行は　はげしい不均衡の喘ぎをあらわし
あなたの肩をささえる　地平線も
非情にみだれ　上下する
ああ　崖のかなたに感じられる
見えない　海――
いつさんに　急坂をかけあがるときの
女の人の髪のように　上へ
上へといどみ
うちあげる波がしらを
見たい　そのしぶきをつかみたい……と
せむしの人
あなたは　つねに思うだろう

…十幾年という歳月を

徒刑と栄光の瘤をかついできた　人々のものがたりを
せむしの人
あなたは　知っているだろうか
蝮のハサミに追われ　のがれて　幾千哩の天嶮をふみぬいたしらみと乞食の軍隊は
毛も　朱も
おなじせむしの瘤と苦難を　ともにになっていたのである

「偉大なる道」
その人々のものがたりを挺子にして
せむしの人
今日　ぼくはあなたの瘤に　鍬をいれ
自分の瘤に　丁々といきどおりの鑿をふるう…そして　縦に花咲かせる日のよろこびを
ぼくははげしく夢みるのだ……

椎名麟三 美しい女 について

岩瀬敏彦

椎名麟三氏の「美しい女」を読んだ。

題名の「美しい女」というのは、この小説に登場する特定の人物を指しているのではなく、私鉄労働者である木村という主人公を性格づけるための象徴として設定されているらしい。しかし、僕は確信をもつていうのだが、そういう意味では椎名氏の意図は失敗であつた。この小説においては、結局、この美しい女が主人公への造型に何の影響も及ぼしてはいないと、僕はいわない訳にいかぬ。

「群像」の創作合評で、たしか梅崎春生氏はこの小説の場合、一種の自由感として、美しい女があり、それが心の中のほんとうの自由を意味しているのだというふうにいつていたけれども、作者が題名にも採用しているくらいだから、主題としては何か梅崎氏のいうような観念が、その美しい女の中にかくされているのかと思われもするのだが、しかも僕は梅崎氏のいうようにこの美しい女を考えようとすると、男の心の中に美しい女がはいり込むと現実の女には迷わされなくなるものだという、一種の、女に対する免疫質みたいな、つまりそういつた意味での自由感みたいな、うがつた他愛もないアフォリズムしか、この小説からは思うことが出来ない。結局その程度の象徴しかここではそれが果していないと思うより仕方がないのだが、この作品はむしろそのような美しい女の作品自体への働きかけというような問題を別にして、なお問題作なのであつて、椎名氏の作品系列の中でも意味のある作品である。その意味とは何か。それはこの「美しい女」に至つて椎名氏の文学が思想的にも作品の完成度の上からいつても、ある定着を示したといえる事だ。

椎名氏については、「その歩みの全過程によつて判断さるべき作家」という評価がいわゆる殆ど定説になつている訳だが、このことは少くとも、バルザックについていえるようにはその作品のすべてによつて判断さるべき作家ではないことを、氏の文学の本質を考える上に注意する必要がある。

バルザックは、例えば、ホフマンスタアルが「もし誰かがその内容をことごとくバルザックから汲み取つた百科辞典を編纂しようと計画するなら、それはわれわれの生活のあらゆる物質的精神的現実を包含することになるであろう。」とまでいつている程、壮大な才能である。バルザックの文学には驚くべき綜合と造型が殆ど三千に及ぶという登場人物の描写や、また幾万という事物や関係や現象についてなされている訳だが、「ひとはバルザックの作品を一つ二つ知つているというだけでは、まだとの偉大な作家を知つたことにはならない。」という言葉の意味も、バルザックのそういう雄大な才能についていつているのだ。

椎名氏の場合、だが事態は全く異るといつていい。氏はバルザック的な、目のみえすぎる才能の偉大さに比べれば、全く裏腹の素朴さなのだ。氏は自らの生き方の生々しい傷痕の中にしか自らの文学を発見しない。亀井勝一郎氏が「彼は手に六枚のトランプを持つている。」という一枚一枚のトランプ、つまり、実存主義、神、共産主義、自殺、愛、ニヒリズムのどのひとつをとつてみても、憑かれて生きてきた人間の呻きに満ちている。椎名氏は、自分の生き方の証しになるようなかたちでしか作品をかかない。そういう素朴な才能なのである。しかし、稀有な素朴さをもつた作家なのだ。

椎名氏の文学については、二十七年八月の文学界誌上での臼井吉見氏と亀井氏の対談が、殆ど氏の本質を語つていると思うのだが、その中で、臼井氏は次のようにいつている。

「あのくらい、眼の見えて来ないという作家は少い。だから、こういうことは、結局、将来どういうふうに変つて行くかという過程として、関心がもたれるわけなんで、一個の作品として一つの完成した結晶として見るという立場からいえば、ずいぶん悪口もいわねばならなくなる。何しろ傍観者として見ればひようきんなものにちがいなかろう」

作品の破滅を賭してまで、椎名氏は思想に憑かれているといわれる作家だ。

日本近代の文学的系譜や風土について考える時、そういう氏の資質は殆ど稀なのだが、またそういう稀な資質がいかに混濁とよろめきの様相を避けることが出来ないかを、氏のように、これ程明らさまに示唆している作家も少い。

しかし、「美しい女」をかいた時、椎名氏の眼はちやんとみえている。思想が、安定した作家の精神状態の中で均衡を保つている。眼がすなわち見えているからだ。「深夜の酒宴」以来、「堪える」という言葉が氏によつてつかわれた時それは氏独特の真実さをもつて、どうしようもなく現実の不条理というものを、読者に感じさせるのだが、その「堪える」という言葉のうらに満ちている椎名氏の真実は、惨澹たるものなのだ。およそ気のきいた文学的表現などというものではない。生きようとして、ひどく現実に頭をぶつけ、均衡を失した、ひとりの誠実な魂が、それでも生きようとするとき、自己の生き方について、いかなる思想、表現によつても現出することの出来ない呻きとして、それは出てきた言葉ならぬ言葉なのだ。呻きをさえ生きているといつても、氏の場合嘘にならぬ。バルザツクのようには眼がみえるはずがないのだ。少くとも「美しい女」までの氏はそうだつた。「美しい女」の主題は、平凡な日常性の中に、犯し難い、人間の、本質的な生活そのものがあることの発見であり、そういう生活を発見し、生活することによつて、人間は真に自由であり得るという、一種のアフォリズムに到達している。

人間の自由という、困難な思想が、それ自身、平凡な日常性の中に滲透していく時、人間は外部との関係において自由でいられなくなる。何故なら平凡な日常性というものは、どこまでも日常的な習慣性をともなつた形而下の世界であり、むずかしい思想を吸収するにはあまりにも透明で、無感動な世界であるからだ。「美しい女」の主人公は、そういう自由を生きるために、どんなに深刻なディス・コミュニケイションを体験しなければならないか。ここでも現実は不条理なのである。そしてそういう現実を生きるために、椎名氏の処女作以来とつてきた現実認識の方式は、やはり、「堪える」ということであつた。この、木村という一私鉄労働者のそれも、やはり、「堪える」ということである。平凡な日常性の中にいて、彼は虚心にみえるけれど、底に強烈な意識の働いていることをみのがしてはならない。しかも、この「美しい女」の主人公の場合、「堪える」という蒙昧な生理が内面化して、一つの思想、つまり、ストイシズムにまで至つていることを指摘しない訳にいかぬ。そこに、僕は作者の思想的な、ある定着をみる。いままで、椎名氏は、どの作品においても「しかし、私に嫉妬心がないのでなくて、ちやんと一人前はもつているのだ。ただたとえそれが帝王の徳であろうと、嫉妬に身をこがせるようなことはさせてやらないだけなのである。」というようなことをいつたことはないのだ。

主人公のストイシズムが、ディス・コミュニケイションの越え難い溝を埋めようとして妻にする数々の思い遣りは美しい。それが突飛な演技であつたとしても美しい。

私は、仕方のない気がして立上つた。それから、やつとらさと掛声をかけながら壁へ向つて逆立ちをした。

彼女は、ひるんだように云つた。

「それ、何の意味でんの！」

私はやつと逆立ちをやめて、食卓にかえりながら云つた。

「何の意味もあらへん。」

「さかいにうち、あんたがいやなんやわ」

「な、もう少しやわらこうなつてくれ。」と私は哀願するように云つた。「そしたら、おれたち、もつと楽に息が出来るようになると思うんや。お前は曙会の婦人部長になつてからというもの、かとうなる

一方や いまに女どころか、人間でなくなつてしまうで。」

主人公の外部世界に対するディス・コミュニケイションの自覚は深い。彼が過去を振返つてみる時、それはいろいろの人達から、いろいろにいわれながら生涯を送つてきたこととの空疎さについて思わぬ訳にいかぬのだ。妻には無気力だといわれ、左翼的な人々からは、無自覚な労働者だとか、奴隷根性をしているとか、臆病だとか、卑怯だとかといわれた。また他のある時期、右翼的な人々からは、曖昧だとか、無責任だとかといわれ、同僚からは妻の尻にしかれた弱虫だとか、真面目すぎるといわれて敬遠されたりした。

そういつた自分の位置を、主人公は結局喜劇的であると考えざるを得ない。しかし作者の眼は、ここでは明らかに他の真実をみているのであつて、喜劇を信じてかいている訳ではないのだ。何故なら、読者はやがて、「喜劇は主人公の側にあるのではなく相手のほうなのだ。」というもうひとつのテーマを否応なく知らされることになるからである。喜劇的だといつた主人公の独白は逆説なのだ。僕はここに、「深夜の酒宴」や「重き流れのなかに」の主題であり、それ以後も、それぞれの作品の底を流れてきた「くだらないのは、自分ではなく、世界のほうではないか。」という氏の親しい観念にぶつかる。

ストイシズムに到達した氏の文学は、もはや、動かし難い形式をストイックにあらわしている。「いまの私の希望は、情ないことながら、この会社を停年になつてやめさせられると同時に死ぬことだ。」という独白にさえ、一片の感慨がある訳ではない。氏の思考の形式、文学の形式があるだけなのだ。

氏が伝統的な私小説の形式において、思想的にも、文学的にも、完成度の高いある定着を示したということは、氏の今後の文学にとつても、現代の日本文学にとつても意味のあることだ。

この作品が、氏の作家的な振幅の大きさを示す、ひとつの過程としての意味をもつならば、むしろ作家の光栄といえるだろう。

（終）

ペシミズム

「恐喝の街」というアメリカ映画を観た。技術的には何の新味もない、むしろ平凡なフィルムだつたが、なかで職業不明のいわゆるパーティ・ガールが出てくる。いくらか間延びのした顔の、大柄なその女が、アラン・ラッド扮するところの正義派の新聞記者をしきりとなぐさめる。そんなくたびれた顔して……労働過重だよ……じや組合をつくりなさい、組合を……もうできてるよ……それじやあ御用組合ね、きつと……。透けてみえるナイトガウンの女がカクテル・グラスを片手にそう言い放つ情景が、ぼくの心のなかで妙に反響した。この映画のシナリオ・ライター、三十年代には左翼だつたのかもしれない、と思つた。二年ばかり前の映画、カーク・ダグラス、ダニイ・ロバン主演の「想い出」、あれのシナリオを担当したアーウイン・ショウがそうだつた。冒頭のシーンでリヴィエラ海岸を大型バスが走る。きりたつた断崖の路が大きく迂回すると岩壁にあらわれる白い大きな文字 AMI GO HOME！に、ぼくはハツとしたのだつた。かつて「死者を葬れ」や「若い獅子たち」を書いたこのヒューマニストは、いまフランスやスイスあたりをうろうろしているらしい。パリで出版されたこの作者の短篇集を読んだ。本国にいたたまれないインテリ・アメリカ人のペシミズムでいつぱいの作品ばかり。三十六年にスペインへ行つた、でなければ救援資金をカンパした、なにかの抗議文に署名した。それだけで、戦後FBIやマッカーシーにおびえた芸術家やジャーナリストがいつたい幾人いるのだろう。一言か二言のセリフでかすかにウツプンを晴らしているシナリオ・ライターが幾人いるのか。ノーマン・メイラーの「鹿の園」の映画監督は愛国心《パトリオチズム》と豚《ピグ》をならべてPのアリテレーションをとしらえるだけ、あとは酒とセックスに溺れている。「欲望という名の電車」や「革命児サパタ」をつくつたエリア・カザンは、「エデンの東」でピューリタニズムの衣裳を身につけた。マーク・ゲインは今頃なにをしているのだろう。ヘミングウエイはライオンを追つかけている。ドス・パソスは？

巨大なペシミズムが太平洋の向うから吹きつけてくる。その風が、暴行をはらむ駅前広場や、夜ふけのネオンサインや、ぼくらの安酒場を、いやがうえに寒くする。左翼くずれや文学老年たちが「除名……復党……」などとささやき合うとき、手に職のない共産党員が故郷へ帰つてゆく。ヒステリィ気味の若い娘がやたらに結婚する。基地の商人たちは何度でも商売を替える。ぼくのボーナスはとつくに失くなつた。ぼくの恋人は泣きながら眠る。

このペシミズムに対抗できるものをつかまなければならない。一人でも、二人でも、大勢ででも、ぜひともつかまねばならぬ。その努力や絶望のなかで、ぼくの若さはもちこたえるだろうか。擦り切れないだろうか。

（岩田宏）

今日

ある告発者

彼はこんなことを言つた。

『ねえ君、創元社版の「現代詩人全集」の編纂委員会に、ぼくはこういう意見を出したんだ。つまり全詩集大成と銘うつ以上ぼくらは戦争詩ももろともに発表すべきだと思うとね。そうしたら、それはどうも　というあんばいで、手も無く握りつぶされたよ。』

これには僕もびつくりした。いつたいどういう心理状態で、こんなはつきりした意見を出すことになつたのだろうか。彼はコムミニストの陣営で、一応代表的な詩人とされているし、戦争中は転向して、かなり戦争詩といわれる作品も書いている。

彼が屢々、解説的乃至回顧的な文章のなかで、自己の挫折については回避的態度をとり、その傷ぐちを執拗にえぐることをせず、或いは自分のうちにそうした挫折を内省的にみとめながらも、結局民主々義文学運動とやらの指導者面をひけらかしたことを否定することは出来ない。

その彼が、戦争詩をさらけ出すというのだから、僕は一応びつくりしたあとで、理解に苦しんだ。彼は、「どうせスネに傷持つやつらだから、こんな意見が具体化するわけはあるまい」というような、ずるい計算をするような人間ではなさそうに見えたからだ。

その後、彼はある頭のいい詩人から、こつぴどく戦争責任を追及された。戦争詩をはつきり引用されて、何が民主々義運動の指導者だ、恥知らず、詐欺漢、人でなしめという論調で槍玉にあげられた。

この告発状に喝采する精鋭たちが当然あらわれた。彼とともにやつつけられたもう一人の詩人は、敵ながら見事な斬れ味であると、ほめたたえたほどだつた。

彼はこの衝撃を受けたあとで、

『この問題はねえ、二十枚や三十枚の駁論なんかで片づかないよ、これから死ぬまでかかつて本にでもするつもりさ。』

と言つた。その言葉のひびきから、僕はうしろめたさ三分の一と、抗議の気持三分の二とを感じとつた。

秀才をうたわれる告発者は、当時きつと戦争に反対し、はつきりと歴史の方向を認識し、国賊少年囚として投獄でもされながら、戦争詩などというものは全然知りもしなかつたろう。彼がたぶん特高や憲兵に焼ゴテをあてられながら耐えている時に、悲しいかな今日の被告となつた老詩人は、「もうすこし生かしてくれ…」とだらしない悲鳴をあげてしまつたのだろう。

長い刑務所生活の折々にやつてきて、そのことに関しては一言も触れなかつた妻や、俺たちが島に居ることも出来なくなつたぞ、と訴えにきた兄にだらしなく屈して、彼は立派な同志を裏切つて、最後まで生きぬけなかつたのであろう。

僕が知りたいことは、かの告発者がジュウ！と焼ゴテをあてられながら何と叫んだろうか、ということである。

（平林敏彦）

ぼくの資格

小笠原豊樹訳の「プレヴエール詩集」が出た。ずつとまえから出ることをきいていたので、手にしてみると自分のことのようにうれしい。装幀もなかなかしやれている。実はプレヴエールは自分でも訳してみたかつたものだから、ねたましい気もしないではない。プレヴエールを訳すのはしかし大へん難しい。小笠原豊樹訳はおおむねぼくのプレヴエールのイメージをつたえてくれていて、これ以上はちよつと誰にもできないだろう。プレヴエールの一見無雑作な調子のたのしさがよく日本語にうつされている。こういう訳は、自分でも詩を書いてことばの工夫に悩み、その面白さを知らなければできないだろう。小笠原豊樹、すなわち岩田宏の詩をぼくは大そう好んでいるから、プレヴエールの訳にも、彼の詩のことばのやわらかさを見出してうれしいものに思つた。「現代詩」あたりで岩田宏の詩が不当に批評されていたが、彼の詩はアプレゲールのわれらの世代にして充分面白く受容できる質のものだ。もう一人、最近では入沢康夫「倖せそれとも不倖せ」がよかつた。苦悩の使徒のような詩は、並べられるとうんざりする。また夜か。暗い夜の詩はボードレールがあれば足りる。真面目な詩も面白くない。もつともアポリネールが「おれだけが真面目だ」といつた真面目さは別だ。

ぼくは民主主義擁護が今こそ必要だと思うが、民主主義擁護の詩はなぜ大ていつまらないのだろう。りつぱすぎてつまらないのか。それは人間についてもそう言えよう。りつぱな大人はつまらない。

民主主義擁護といえば、うたごえ運動のいくつかの歌なども、感覚的にかなわないものがある。好きでやつているのだろうから、ぼくはうたごえ運動に特別な批判のことばを投げようと思わないが、シャンソンの方がはるかにいい。今も、イヴエツト・ジローが、セーヌが流れ、われらの恋が流れると歌つていたが、そしてぼくはまぎれもない日本人だが、感覚的にはシャンソンの調子がぼくらを一番安心させてくれるようである。戦争中、ぼくらは中学生で勤労動員にかり出されて造船工場にいたが、よくエスケープして倉庫にポータブルのプレヤーを持ちこみ、シャンソンやジャズを聴いたことを思い出す。教師はそんなぼくらをつかまえて毎日予科練に行けとおどしつけた。そして彼らといえばせつせと内職と称して下駄などを作つていた。思えば大人への不信はそのへんにも根ざしているようだ。ぼくにはうたごえ運動に熱中する人々に加わる資格はなさそうだ。ところで民主主義擁護を必要だとする資格は、彼らよりぼくらの方がはるかに持ち合わせていると信ずる。こうした話の通じる連中はそれほど多くはないが、また少くもない。

（飯島耕一）

今日

鳥を呼ぶぼくのつとめ

飯島耕一

ぼくらの視覚を土に引戻そうとして
冬の木の葉は死ぬ。黄の赤の
枯葉があざやかにしかれて
ぼくはそのしたで冬の土になる。

冬の土はかたい。冬の土は霜柱にしめつけられる。
土の表面だけ見る人々は
寒気にうちひしがれる。
ぼくは死んだ木の葉のための葬い歌の
韻律を舌さきに転ばし
ひらひらと舞う木の葉の身振りに呼吸をあわせる。

死んだその清潔で　軽い骨のため。
だがぼくの視覚は　なおも
ふかく地にかくされた　ヒナゲシの塊の
火を掘ろうと
年ふりた岩のかたさになる。
ぼくは純粋な火をまね
その深淵からやつてくる光にかがやかされ、
同時に憶病さは
あまりに純粋な火のまえに
おそれを抱く。

土はそのため木の葉に蔽われたがるのだ。
木の葉はあざやかな黄と赤で
人を土に導きながら　一方では
土ふかく這入りこませてしまうまいと
美しい身振りを二倍にする。
木の葉よ、かれは水に濡れ、腐り、透いた骨を残し、土になるまで。
しかも地は生ある者をあやしく魅惑して
どこまでも深い口をもつ。

ぼくには
青空を背景にして
枯葉をあつめ、
火を焚いている労働者たちの美しさが、
そのかこまれた火の美しさがよくわかる。
そこにかざされた手が　思いがけず
誰もが共通の
ひとつのかたちをまねてしまうのがよくわかる。
かれらが火のまわりにその手をもつたとき、
かれらはすでに青空のまんなかで輪になつて火を焚いている。
火は地の底からかぎりなく掘られている。
火のまなざしは　青空のなかで

なお高く見ようと
紡錘形の焔は　かざされた夥しい手のように
垂直に立ち
かぎりなくすぐれたかたちをまねる。

＊

ここに一羽の鳥を呼んでくること
それが　ぼくのつとめだ。
鳥はまた別の火を運ぶだろう。
森の焔はよい空気のなかで燃えるだろう。

古い写眞によせて

難波律郎

風は窓から　鏡のうえをすべる
鏡に写るカンナ　カンナのうしろで光る海　遠い海………
……その伸縮する青い響きに　しずかな午後のとき
私の耳がうまれる　眼がうまれる　鼻がうまれる
シモォヌの　やさしい軽い指さきから
私の制服はあたらしい　茎のような首すじに
私のカラーは白い

シモォヌ　きみの沈黙はリンシィド・オイルにとけて
画布のうえでしやべる

私は眼をとじる　すると世界が急に馥郁として
私は傾く　私は流される

私は眼をひらく　と　小さな痛みのように
コダックの音がして　ダニエルがカンナのうしろで笑う………

私と　私を写生するシモォヌの
これがそのときの写真だ

ダニエルも鏡の中に　カメラをむけて写つている
遠い夏の日　遠い海　遠い記憶………

この美しい兄妹が　故国のフランスへ帰つてから
もう十年あまりになる

それなのに　私の手の中で
いまもかすかになまめき香水のようにはげしく匂う一枚の写真

ダニエルは去年の秋に　神様に召されたと手紙をくれた
シモォヌは　いま故郷のリョンにいる

アブダラ

―古い写真によせて―

アブダラ　おまえは背が高い
それにめつぽう喧嘩が強い
アブダラ　おまえは勉強が苦手　だが鉄棒は大得意

おまけにハモニカ　手風琴　なんでもござれ音楽師
きれいな声で歌も歌う
サンタ・ルチアに村娘　登山電車にアイアイアイアイ

アブダラ　おまえは勇ましい
それなのに　心臓は小さい
フェリスのオフィリヤ　好きな女生徒《ガール》に口もきけぬ

夏の夕日の坂道で　チャンスだ！　アブダラ
けしかけても　顔あからめて　下をむく

アブダラ　おまえは恋にはむかぬ
懸垂　蹴上り　大車輪　木のぼり上手で　射撃の名手

戦争　戦争　戦争の
戦争時代にふさわしく　どうやら生れついたのか
男七人兄弟の　にんじん嫌いの末息子

それでも芸もこまかくて　古切手など集めてた

記憶をたぐればきりがない
秋がきて　戦争にゆく日にも　天気予報で賭をする

とにかく愉快なやつだつた
とにかく愉快な奴だつたが
それからあとは　もう歌えない

アブダラ　本名虻田　良　飛行予科練習生出身
一九四五年二月七日未明　亨年二十　レイテ湾で死んだ

書評

飯島耕一詩集

わが母音

「わが母音」という題はいい。この詩集の題名からして、飯島耕一の見事な詩である。それがランボオの母音から聯想されたかどうか、そんなことは僕の知つたことではない。

彼は「小石を蹴るように最初の母音を蹴りながら」歩く。その歩きぶりが卒直で大胆なのに僕は驚く。第一詩集「他人の空」のスタティックな世界から、じつに卒直に彼は歩いてきたのだ。「他人の空」はいわば飯島耕一というX光線によつて撮影された内や外やの現実の陰画だつたが、今や彼は暗いこの現実という蛇の口から光を奪おうと決意し、決意したところをまことに大胆に、歩行の様に確実な日常語のリズムで語る。つまり曾て現在から過去を「想像しなおした」彼の透視力は、今現実にはたらきかけて在るべき未来の方へつき抜けようとしていると言つてもいい。無論それはいかなる政治マニアの空想とも関係がない。彼は詩人に固有の権利で見えないものを見る。

　　不在であるために
　　いつそうぼくを駆りたてる
　　いくつもの夢。

彼の歩きぶりを跡づけるには、この詩集を後から前の方へと逆に読まなければならないが、ともあれこの様な移行は、飯島のようなつねに経験から学ぶところのある（意外にこれは難かしいことだ）詩人にとつては、殆ど論理的必然だと僕には見える。「詩にふれることによつて、僕たちは、僕たちの生の途上に立ちはだかる多くの困難をこえることが出来る、と信じなければならない」と彼は「他人の空」あとがきに書いていたが、「見えないものを見る」「絶望の色を切離す手」などに、そのことのより一層確信にみちた再宣言を僕は聴く。論理的必然と僕は言つたが、恐らくここに、彼は他ならぬ詩作という行為によつて導かれてきたのであつて、そのことは例えば、「今日」四号の「君たちのことを考えてあげられない」という詩と、その改稿と思われる本詩集の「絶望の色を切離す手」とを比べてみれば明瞭だ。詩人は獲得した思想を作品に記すより以上に、作品を書くことによつて思想を獲得して行くものなのだ。そして

　　ぼくらは見るのだ。一番美しい花
　　高い塔　純粋な空を
　　人々の絶望の色、衰えた心を打消すために。

「わが母音」の出版記念会の席上、多くの人がこの詩人の前詩集に執着を示し、新しい仕事に対して危惧の念を述べたのは、どうにも不可解だつた。或いはイメエジ偏愛の現代的通念が、「他人の空」においてより多くイメエジの詩人であつた飯島が、「わが母音」においてより多くステイトメントの詩人になつたことに

不満をおぼえたのであろうか。だが、後者の中により少いイメエジしか見ない批評眼を僕は疑う。彼の感性はここで一層柔軟で生々したイメエジを捉えており、彼の言葉は一層素朴で自在となっている。
　飯島君、僕に出来ること、若しくはしようと欲することは、君の新しい出発に拍手することだけだ。そして、「ぼくらは本来光に向かうように造られているのだ」と自答する君が、これからどの様な光を、太陽を、明るいイマージュを、制作によって示して呉れるか、大いに期待したい。
　ついでながら装幀について言えば、伊原通夫の抽象的な奇体なデザインは僕には意味不明だが、赤と黒との効果的コントラストにおいて、そのふしぎなリズムにおいて、飯島の詩集にいかにもふさわしいものになっている　（那珂太郎）
（ユリイカ刊・二三〇円）

書評

加藤周一著
ある旅行者の思想
ー西洋見物始末記ー

　いままで読んだ西欧旅行記のなかでも、この書物はもっともすぐれたものの一つにはいる。この一巻は、まさにすぐれた頭脳が、あざやかに対象をズバリと裁断してみせた、その庖丁のサエとでもいった感じを読者にあたえる。この書物へのおびただしい書評を読んでみても書評者のアタマはそれほどちがわないらしく、どれも合理主義者である著者の、ゆたかな精神のアクティビリティにひかれてものをいっていた。それがもっともだとぼくには思える。なぜならば、新鮮に、あるいは完璧とでもいっていいほど、ぼくらの目のまえに、著者のメスのあと。縫合の糸の、ミシンの縫取りのような整然さ。ややもすれば、冷たく、あるいは何ものにも屈しまいとする、または何ものをも見透そうとする、部厚い感覚の強さをなどふかく感じさせるからだ。

　著者は医者である。しかしもちろん尋常の医者であろうはずはなく、たとえば美術史・近代史に通じていることにおいても人後におちない。ルネッサンスと現代というものについて語っても、このむずかしい課題にたいして、ほとんど完全な回答を用意していることをうかがわせる。

　ほんらい、ぼくはこの書物について語る資格はない。ぼくは著者のゆたかな「感情旅行」にたいして、いさぎよく脱帽する。そして、もしこの書物について、なにかの感想を書きたい、という意欲をもえたたされたとすれば、ぼくは、不覚にもあるいは情けなくも、全く同じようなコースで、欧米旅行記を書いたことがある、ということによる。それは、つまりある会社の社長の代筆をやってのけたことを指すのだ。

　もしも、それを書くまえに、この書物を読んでいたならば、ぼくは、ぼくなりの苦労をそれほどしなくてもすんだであ

書評

ろう。しかし、ぼくは、大会社の社長としてではなく、貧書生の赤ゲットとして自分の好奇心と空想を、その旅行記によつて満す、ということを主眼としたために、いつそうみじめさを曝露することになつてしまつた。

まつたくこの書物は、ぼくにとつて、ひとつの「調和」ある世界の像を示してくれた。しかし　とぼくは付け加えさせてもらうなら、この西欧という事象への切りこみかたに、ぼくはかすかな不満を持つ。ということは、書かれた内容についていうのではなく、書かれた内容によつて推察しうる著者という一個の主体についてである。ボッシュとターナーとミケランジェロとゴテイツクとが彼のなかにどのような位置をそれぞれ占めているかということに、ぼくの興味が集つたのだ。著者は微視的なレンズで、それら被写体を見事にとらえることに成功した。たとえば、イギリス、フランス、ドイツ、イタリーといつた諸国民のある典型といつたものも同じ手法でとらえられている。著者自身のことばを借りるならば、——西洋での印象が強かつたのは、そこに、感覚的かつ知的な世界が、その歴史的な厚みを通して、強固な統一としてあるのを直接に感じたからだろうと思われるからだ。

イギリス、フランスの持つている文明の価値体系が、ある事実、ある問題、ある社会的状況をまえにして、いたるところに崩れかかつてきてをり、古い文明の体系は、それを理解し、包括することができない。または、今のヨーロッパの思想的困難と弱点とは、そういうところに現われていることをするどく指摘しながら、その新しい価値体系と古い体系とにはさまれ、この両極にムザンに割かれつつさまよつている現代人の姿という問題について、多く聞くことができなかつた。——人はそこで考え、感じるために、いきなり荒野に放り出されるということがない。個人はどういう問題に対しても全くはじめからやりなおす必要はなく、歴史的経験をいわば本能的に利用することができる——という叙述の箇所は、その点でもつとも注目させられた。

この「西洋見物始末記」は、このくだりを読むだけで、すでに全巻の半ばを読破したといつてもさしつかえないかもしれない。だが、二つの価値体系の世界を、旅行者として、これほど調和的に、というよりは、自分の感覚、知性の豊富さのワクのなかで、描出する見事さというものに問題がなければならない。ここにいわば、熟した「自己充足」があり、ぼくらが焦慮し、直面している「自己疎外」化への危機感はみられない。つまり自己の判断力に信頼して、いかなるイデオローグにも傾斜しえないという合理主義があるならば、その合理主義とは一体なにものか、ということを問うてみたいのだ。西欧の文明を批評する著者も、やはりなんらかの価値体系に属しなければならないことは、白明だろうからである。それとも、そういう性急な質問自体か、あまりにも非政治的な無教養の持つ通弊だということになるのだろうか。（中島可一郎）

ぼくらは　うたう

金　太　中

北国の一月の雨はつめたく
軒をつたって落ちる滴は
おまえのふりしぼってだすことばのように
ぼくの頸ふかくながれる――

おまえが考えこんでスプーンを握る
ぼくがせきこんで煙草の火を指におしつける
おまえの髪が思わずほほえむ
ぼくのけむりがおまえの笑いをかくしてしまう

幼い日の元山《ウォンサン》の海がおまえのなかで騒ぎはじめると
ぼくは玄海のしぶきにぬれておまえを呼ぶ
かたくなにしまいこんでいた海に

ぼくはけんめいに手をさしのべる

北国の一月のはげしい雨に
ぼくらは異国での夢を捨てる
さむざむところがっている路端のカンテラに
ぼくらはこっそりと古里をしまいこむ

ぼくはしずかに子どものうたをうたう
そのぼくの耳朶をつんざいておまえはうたう
古里の恋のうた　大人のうたを

ぼくの咽喉もとに薊がつきささる
はげしく血が流れる　おまえの唇に
ぼくのあかい血がそそぎこまれる——

そしてぼくらはうたう　古里のうた
ふたりだけの恋のうたを

おーい　古里よ

おれの古里には
いつも雲がうかんでいる
しゃにむに手をのばして
とおいところから　おれは
おーい　と　呼んでみる
固い顔をした古里は
ふいと雲のなかにかくれてしまう

おれは海がたまらなくすきだ
海鳴りが風にのって
おれの耳をいやというほどつんざいても

おれは叫びつづける
おーい　古里よ　顔をだしてくれないか——

おーい　古里よ
おれは　耳を落した耳なしだ
おーい　古里よ
おれは　口のきけない不具者《かたわもの》さ

だがな
おーい　古里よ
おれには目があるぞ
ふたつの目があるぞ

近づく場所

平林敏彦

夜にかけて　風は樹木を吹き倒し
かれらの重い足音は　森の出口をとざされる
しかし　かれら　近づく
枝からぶらさがつている銃をひきおろし
狡猾な狩猟家の獲物を奪いとつて
うす青い光のなかを　まだ歌もなく通りかかる

岸壁の銹びた船腹から
残らずリベツトを海に抛り投げたやつらが
鮫のように飢えて　近づく
ドツクの飯どきには
細菌のつまつた内臓どもが
黄いろい水を吐きながら　来る

子供らは仕切られた教室からあふれ出る

ひしめく農夫の鼻は赤く
腐りかけた葡萄の匂いが　村を兇暴にする
駅にはきまつて見張りがひそみ
しぼりたての血は　広場の所々にくろずんで溜る
しかしかれらは　辛棒づよく近づく

すぐに　残酷な見せ物が始まるだろう！
幾千日も　おれたちは一歩一歩
その場所へ接近するために　生きた
遠くから多くの車輪の韻律にさからい
はじめは　真昼の自信と感動とにみち
やがて　深夜の怖れと虚ろとにたちむかい
皮をむかれ　徐々に言葉さえ火に焙られながら
その場所へ近づく

しかもときには　たつた一人
おれはその円の中心にいる
犬釘のように強情に　首をまげ
声あげて襲いかかるものたちを　待つ

運転士

中島可一郎

横須賀線の
戸塚駅。
上リ　八時十五分に。
債権者。
坊主。
おれの恋人。
サラリーマン。
……………
を乗せて
つっぱしる
毎朝《あさ》を。
やさしく

目で
挨拶した
恋人が
こころを
冷たくした
瞬間から。
おれのレール
と座席が
逆上した。

乗客《ひと》は
かがんで
鼻をまげ。
ジェット機の
両翼が
雲の
割れ目《クレバス》から

太陽に
おそいかかった
夢を
みる。

夢をみるのは
止めよう。
靄のなかでは
鳩を
揚《あ》げよう。
窓という窓から
ゴム製の
紐のついた
戸塚から　東京まで
沿線の
上空を
花やかな　列。

いっせいに
窓という窓から
紐を
はなそう。
靄のなかでは
膜のとれた
義眼の
鳩が
はばたき
なきながら
消える。

伝声管の
ならす
けたたましい
ブザー。

モーターが焼けます。
モーターが焼けます。
つぶてのように
吹きぬける
匂い。
おれは
うしろを
むく。
裏切った
恋人たちの
あつい
キス。
を見ちまった。

ニヤリ。
時速百二十キロ
に目盛りを

あげて
六郷川はとっくに過ぎた
恋敵《ライバル》を殺せ。
品川駅
あと
一分。
と
胸中
ふかく
さけんだとき。
八時五十九分。
静かに
東京駅構内に
車体を
いれた。

※1955年7月以来、8ヵ月ぶりに刊行することになつた。このいちじるしい遅刊のもつとも大きな理由は、「戦後詩人論」（ユリイカ版種まく人双書収録）の執筆に各同人が意外な精力を費さざるを得なかつたことによる。

※本号の編集当番を引受けて痛感されたのは、各作品がはげしく自己を主張しあつて、ゆずらないということである。このはげしい自己主張のはてに、なにが滅びなにが生きのこつていくだろうかと空想するのは、ぼくの興味のあるところである。

しかし、これらの自己主張が、集団的リサーチのある類型的なそれと、多くのへだたりがあることは、注目されなければならないだろう。（可）

飯島耕一　岩瀬敏彦　清岡卓行
金 太 中　児玉 惇　鈴木 創
立石 厳　中島可一郎　難波律郎
平林敏彦

1956年4月1日発行
80円
編集人　中島可一郎
発行人　伊達得夫
発行所
東京新宿区上落合
書肆ユリイカ
振替東京102751番

今日

第６冊

The Quarterly Magazine of Poetry

1956年12月

今日の会編集・ユリイカ刊行

今日

Ⅵ　1956.12

昇って行く降って行く二つの廃墟…飯島　耕一
変　わ　る……………………中島可一郎
間　奏　曲……………………鈴木　創
仕　　　事……………………吉岡　実
く　ら　く　ら………………山口　洋子
機関車DX二五六五号…………広田　国臣
音　無　姫　譚………………岸田　衿子
走　　　る……………………平林　敏彦
最　後　の　道………………多田智満子
少　年　・　夢………………難波　律郎
序　曲　と　鎮　魂　歌……岩田　宏
生　　　涯……………………辻井　喬

*

「生活」というふりだしの地点から…児玉　惇

*

写真　イジス　ロベール・ドアノー　シヤルル・レーラン

昇つて行く降つて行く二つの廃墟

飯島耕一

昇って行く降って行く
二つの廃墟。
眼に見える一つは　消え
眼に見えぬ心の廃墟は街々に育つ。

人々の心のなかの廃墟、
雑草と空瓶にふちどられたかがやかしい住家よ。
人々がほんとうに戦争をはじめたのは
戦争が終った翌日から　だった。
情欲的な海底では　美しい無秩序の歌、
暗い緑がたえず生成し、夜も昼も
たえず海草になりつづけ、
子供らは　道端に
鮮烈な太陽を描いてまわるのだが、
埃っぽいアスファルトの道路は
岩肌よりも　裸のものだった。

一つは昇り　一つはどこまでも降って行った。
眼に見える廃墟は日一日と去り
眼に見えぬ心の廃墟は次々と空に舞った。

女たちがマッチを擦ると
くすんだ酒場にとつぜん夜がやってきた。
あわれな夜の地球は
そのマッチをともしたくらいの

明るみの潮境に漂着したばかりで、
おずおずと立つ　まだ若い娘の
かざされた二つの小さな手は
コクリコの　花の口をひらいていた。
引力を失って行く夜、土地を奪われた村人たちは
苦しみの汗を皺だらけの皮膚ににじませ、
眠りの避難所の扉口を叩きつづけ、
ラジオは、打楽器のラグタイムのリズムを
低く低く　鳴らしつづけた。
それらは夜の空虚に　たしかに
一つの彫り深い　輪廓をあたえているのであった。

そして　男たちは
タバコを吸う習慣で、
あの心の船酔いの
くるのを待っていた。
彼らは
すっかり一人で、
悲しみの梯子を
どぶ板ほどの空間の奥、
長いことかかって下ろしつづけていた。

眼に見えぬ心の廃墟は
追うものと追われる者のように
この季節　街々に育ちつつあった。
その二つの廃墟のうえ
朝になると　ぼくは青空のなか
裏切った女たちと　裏切られた女たちと
たかだかと
白い洗濯物をかかげるのを　見た。

変わる

中島可一郎

そのとき　おれは　一粒の
　核《たね》をにぎった。
さん・ばあどという料理店で
となりに坐つた捲舌の
白い手の
男からわたされた。
それは粟の殻のように　固く
茶褐色の小さな物体。
それは光りをあてて　芽を
はじきだす
時を待っていそうにない。
おれはポケットに　投げこんで　忘れた。

毎日
おれは商談にかけまわり
そのたんびに汗をかき
ポケットへ　薬のように　半巾《ハンカチ》をつめた。
その手巾を　パリパリたべはじめた
核《たね》。

ポケットのなかの物体は
とつぜん
羽根　性器
つやつやの長いヒゲ。
六本のアシをそろえてなきはじめる。
そいつは恋にやつれ
性液でヌルヌルとなり
相手をさがして　はねかえる。

おれは商談にかけまわり
そのたんびに汗をかき
ポケットへ　薬のように　手巾をかさねる。
そいつは　ますます

手巾をむさぼり
目は血ばしり
アシをとげのように磨き
カラダをふとらせ　ふるえる
虫になった。

ついに
そいつは食いやぶって出た。
空気がなだれ　思切って　そいつは飛ぶ。
おれは聞いた。
そいつの誇らしげなナキ声と　それにこたえる無数
　のナキ声。
土台や柱やタタミのすきまに巣喰っている　仲間。
仲間のなかの　そいつの夜の仕業。
音もなく　人目をさけ　台所をかけまわり　いちゃつき
野菜をくさらせ　蔵書をなめる。
取引がすっかりだめになり
破れたポケットから手巾がずれおち
給料はもらえぬ。
そのたんびに　そいつらのナキ声。
血ばしった目。
するどい歯。
マント型の羽根が　キラキラと
もうれつなスピードでおれの目のまえにせまってくる。

おれは　はじめて気がついた。
やせて寝ている自分の妻と子供とにではなく
天井穴からのぞいている　そいつらの
いやらしい目のかがやき。
そのひきこまれるような　ふかい目《ま》なざしの力を。

昼となく夜となく
事務所の花瓶や受話器
ごーるど・とらんぷというコンドームのなかにまで
羽根をならしつづけ
親子四人が飢えて
白い紙のように　破れていくのを　見ているやつ。

間奏曲

鈴木創

I

そこでは見知らない者同士がオレンジをかじっている。
種子に歯があたると吐きだす。
そこからまた新しい木が生えた。

こうしてオレンジの果樹にかこまれながら
ひとびとはその実を食べつづける。
種子は無意味に木になった。

ひとびとはあいさつした。
眼を信じた、そしてそっくり盗んだ。
見知らないから他人でなかった。
建物はなかった。
住むことはないのだから。

歩いて咳をするとオレンジの枝がゆれた。
歩くことは止まらなかった。
曲角へくると急に影がのびた。
オレンジの木がふえた。
ひとびともふえた。
そこでは一人も死ななかった。

日は沈むことができない。
最初の死者がくるまで。

II

どこかで記号を打っている。

部屋のドアはあけられている。
階段の手すりは下へ降りる部分がみえる。

この部屋で一着の背広が燃えている。
背広は床になげだされている。
床には火がつかない。
時間には匂いがない。
背広を着る人はいないのだから。
燃えるとは最後の手段かも知れない。

一秒たち、また一秒たつ。
やはりどこかで記号を打ちつづける。
背広は燃えながら焼けていない。
壁には温度計がかかっている。
零度をしめす。
起床もない。
眠ることもない。
背広を着る人はいないのだから。

階下で自動車のとまる音がする。

けれども人はこない。
どこかで記号を打っている。
この火災の時刻が純粋であるならば
死ぬことは拒否されていい。
飛びおりるための屋上はさがさないでも。

部屋がさかさまになる。
そうすれば自然階段も上方へ向う。
背広は燃えつづける。

誰かが記号を打っている。

仕事

吉岡　実

荷揚地は雨だ
玉葱と真昼のなかで
その男はいつも重い袋の下にいた
仲間は盲目の者ばかり
船からおろす荷の類
すべて形が女にちかいので
愉快にかついでゆく
ありあまる植物の力

はげしい空腹と渇き
やみから抽き出された
一つの長い管を通りぬけ
坐りこんだ臓物
その男は完全に馴致された
だが習性の眼は観察をあやまたぬ
見えていた百本の煙突が陸地から姿を消す
その男はいそぎ足で家路へ向う
独りの食事を摂り
卑猥な天体を寝床に持ちこむため
臭いシャツの背中を星が裂く
その男は川に平行された

一九五六・九・一五

くらくら

《ballad》風に……

山　口　洋　子

だれもいない部屋がまっくら
いそぎ足の学生の濡れた爪先がまっくら
あのひとを待ちぶせるあたしがまっくら

だれかが呼ぶの
晴れた日の土管のなかから
すると今迄居眠りしていた人夫が
　この野郎！
空に突きさしたシャベルがまっくら

いゝえ　あたしなんにも知らない
追いつめられた屋根のうえ
チビたちが笑ったいっせいに
シャボンのように消えていく口がまっくら

おしろい女の乳房がまっくら
ゆれていく買物籠がまっくら
あのひとの野心がまっくら

裁判所のベンチに
やってきた猫が踊る
あゝ　まっくら　腰をくねらせ
猫が　まっくら……

もえさかる船がまっくら
酔いざめの月がまっくら
あのひとを殺《はら》したあたしがまっくら
くら……
くら……

機関車ＤＸ二五六五号

広　田　国　臣

かれの父は赤帽子　列車にひかれて死んだ
酔っぱらってレールの上を歩いていて
貧乏の手に育てられかれは一米七五
話しがへたで貨物列車《グヅトレイン》と呼ばれている

だが　リベットを打つ腕は強いリズムを持っている
かれの笑顔は組合誌の表紙を飾るにふさわしい
時々かれは大声で係長と喧嘩する
ハンマーで　分った分ったと叩きながら

機関車のスチームで五時が身震いする頃
誰もが眠い　枕木《スリーパー》を枕にしても眠りたい
だがその頃かれは寝ぼすけの機械を起す
ので忙しい＜さあ起きろ　お前達の空だ＞

機関車ＤＸ二五六五号
石炭つぶしの　あくびの好きな五輛列車
だがこの列車はピストンが赤ん坊の声
に似ているのでかれは好きだ　古なじみだ

職場代表者は集って下さい　かれは答える
＜今行けない　二五六五のブレーキ修理中＞
きみは組合意識が低劣だな
＜今行けない　二五六五のブレーキ修理中＞

七時　仲間が云う　もう帰ろう
＜まだ駄目だ　このギヤー取り変える＞
もう時間だぜ　そのギヤそれ程悪くない
＜おれは二五六五で帰る　ひとりでやるよ＞

そして　その起ったのはスネーク曲りの踏切だった
物凄いブレーキがかかって急停車
かれは前の座席の娘の膝に手をついて
真赤になった　人が引かれた！

が助かった　機関車はレールにはまった
牛車の十米前で止っていた
機関手は農夫をつつき腕を誇った
おれだからこのボロ機関車が止ったのだ！

まぶしそうにかれはつんぼの農夫を見た
まぶしそうに農夫は牛の汗を拭っていた
かれは笑った　喜びがつき抜けた
機関手が呟いた　よくブレーキがきいたな

かれは又座席で眠りこける　徹夜の疲れで
前のオフイスガールは軽蔑している
出勤時から眠るなんてだらしがない
かれのいびきは大きくはない

かれは既に乗り越ししてしまっている
ピストンが愉快に鼓動する＜乗り越したぞ
起きろ起きろ＞と　かれの睡は益々深い
機関車DX二五六五号走る！

音無姫譚《ものがたり》（一）

岸田衿子

かしこい少年がいた　少年の口笛の聞えぬ時　少年は双眼鏡で遠くの方を調べていたし　双眼鏡に飽きた時　少年はテープレコーダーで遊んでいた　又時として「愛しの汝が瞳」を口笛で吹きながら　双眼鏡で女の子を調べ

テープレコーダーに女の子の音をとってみる事もあった　頭の中は思ったより柔かく漣のようだな　唇は蕾だから聞かないこと　耳は　あ　全然音がない……　かしこい少年はメモをとった

或日そこに変な女の子がいた　変な理由を述べよう　女の子の足音は道の足音で　女の子が走る音は風の走る音なので　女の子が杏子を喰べると　杏子が女の子を喰べる音がする　女の子が泳ぐと　海が泳ぎにやってくる

少年は　とするとどっちが本当なのか　どっちの音をテープレコーダーにとるべきか　と悩んでいた　もし女の子が僕を好きになったら　と思ったら急に少年は怖くなった　少年はもうその時　女の子を好きだったのだ

その先はもうおわかりと思う　少年はメモをやめた　少年は女の子の耳に耳を当てた　そうして　あ　音がするよ　この耳は　あ　僕の音僕の音　と云った

走る

平林敏彦

こわごわ子供はやってきた
男はコップを飲みほした
テーブルの隅に盛った塩を舐め
透きとおった液体をゆっくりあふった
道路工事はどぶどろで
ギリギリ　滑車が変圧器《トランス》を吊上げていた
靴屋は靴底をヤケに叩く
小銭をチャラチャラさせる女がひとり
不思議そうに　子供は男を見上げていた
男はまたテーブルの塩を舐め
――小僧　まだ見てやがるな
子供は視線をそらせて

廻っているコンクリートミキサーの方を見た
そのむこうがわの
衝突事故現場の野次馬はわんわん
ついさっき
子供はその人垣からたった一人ぬけてきたのだ
すこしばかりの風　そろそろ日暮
男は酒の催促　もう一杯
レールの脇の水たまりに
ひっそり背広の襟がうつり
どのビルもすすけた背中をさらしていた
――小僧　まだ消えて無くならねえな
左手の指が一本足りない　足りない
子供には　それがいったいどの指なのか
知りたいのにどうしても分らないのだ
男はいきなりスコップを振上げた
子供は走りだす
泣きながら　事故現場の人の輪をつき破り
そのまま　誰が何時何処で行き会っても
ただまっしぐらに走っていた

最後の道

多田智満子
最後の道には一本の樹もない
なんの道標べもない
ただむやみに風通しがよい
最後の道をあるいていると
晩秋のすすきの穂のように
わたしの髪が四方にちらばる
最後の道に道伴れはいない

最後の道はわたしの足音だけがきこえる
それからときどき風の向きで
遠い人間の町のどよめきがきこえる

最後の道は狭い
糸のようにほそい
そのさきをくわえて
黒い鳥が無心に虚空をとぶのがみえる

少年・夢

難波律郎

空には三日月　窓にはキリギリス
カーテンの蔭に　立っているのは誰？
眠りの中で少年は歌う
……海には海蛇　山には菫……
鍵穴から　のぞいているのは誰？
夢の中で少年は呟やく

……廊下には　枯葉が落ちている……
ぼくのうしろに　誰がいる？
少年は知っている
ぼくのうしろには　磨かれた化粧鏡――
そこには　なにが写っている？
不意に　恐怖が少年の肩をつかむ
「なにも写っていない」　と鏡の中で
誰かがいう
空には三日月　窓にはキリギリス

序曲と鎭魂歌

岩田　宏

1　序　曲　（一九三一―三六）

そとはあかるいけれども
寒いだろうか　うちの角を
だれかがまがった　窓から
ぼくが顔を出すとそれが隠れる
それは鬼？　それともそとのあかるさ
お客にきたよ　お酒を出しな
あかいあかい空の下
ぼくは火を焚く　ぼくは走る

ぼくの指にとまっているのは
蟬かもしれない　犬かもしれない
ぼくの舌は長くてやわらかくて
ひるの空気はけものくさい
冬と夏とはちがうから
夏と冬とはべつのものだ　春すぎて
夏がきたらしい　ペンキ塗りの
白い埃の　水の光の
跳びこむこと　ばんざい！　ぼくの姿は
みえなくなった　みえなくなった？
そとはくらいけれども
日本は喧嘩をするだろうか　ぼくの風邪は
なおらなかった　馬がかけぬけて
花がわらった　はやく寝ること
忍術はだめ　おやすみなさい　おやすみ！

ぼくの胸に咲いているのは
字かもしれない　音かもしれない
ぼくの姉たちが咳をすると
知らない手紙が汗をかいた
夢と海とはちがうから
海と石油はべつのものだ
あかいあかい空の下
ぼくは火を消す　ぼくは眠る

2　鎮魂歌　（一九三六―四五）

光の

壁の向うに
叫びが見える
手の汗　汗の岩
岩の太陽　その厚い壁
痛いほど透明な空気にさえぎられて
素直なくちびるのしめりけ
むきだしの髪の熱さが
ぼくらの目に叫ぶ
その指と爪がつくるかたちを
塩の海　氷の山　歴史　固い歴史のかなた
ぼくらは見た　それは
死のかたち
人のつくる死のかたちだ
うつくしい海にまぎれ
やせ衰えた山にうもれ
歴史のあかるい闇に消える
その死ではない　ちがう　死のかたち！
絶望より大きく愛とおなじ大きさの！
愛より忘れられない　絶望とおなじ長さの！
それは足だ　長すぎる足　真昼の空に
直立し　くるしげな雲を辛うじてささえ
力つきて輝かしい砂の上によこたわる
それは腹だ　ひろすぎる腹　朝の地震に
揺れ　揺れながら残酷な波をくいとめ
みるみる執拗ななぎさから溶けてゆく
それは乳房だ　無数の乳房　足と腹たちの
ほろびたあと　きらめく夜明けのなか
こなごなにくだかれて飛びちる
このまぶしさ！　土くれのつぶやきも
けだものの声も　夜の呪いもない
なぐさめの色の腐敗もない
正確な光だ　そこに投げこまれた
死のかたちが　光より
ことばより早く
ぼくらの目を
射る

のぞいてほしい　これが夜
目のなかの　射られた夜だ
すさんだ船のマストから
この街の廊下を通り
島をつきぬけて走る夜
めくらの夜に抱かれて
ぼくらは詩を書いた　そのくらい紙が
ぼくらの閉じた瞼をやさしく撫でて
恐怖の鳥と飛び去る　その羽音

のこったものは何 殺された視力のほかのすべて!
にくしみのように鼻を刺す花の匂い
さげすみのように黄いろい衣ずれの音
しびれてやわらかい果物の味
とめどない会話のように
ぼくらは逃げつづける 追われて
唄! あの唄に
触れたい! あれこそ
死のかたちより早い
恋よりなめらかな女の
呼吸のかたち ぼくらの遠いひとみが
かってはふるえていたしるしだ
土の頬 つるはしの歯 傷痕のひたいで
縄のようによじれた背中で
行きどまりの穴のなか ぼくらは触れた
風に!
唄のない風
ささくれた風
すっぱい 重い風
ぼくらはにくむ 風のなかの敵の匂い ぼくらとおな
　じにくしみの匂いだ
ぼくらはさげすむ 風のなかの敵の音 ぼくらとおな
　じさげすみの音だ

ああ ぼくらはしびれる
しびれる 敵 敵 風のなかのしかばねの味 ぼくら
　とおなじ!
飢えたぼくらはたべる なんでもいい
煮えた水たまり
焼けたガラス
粉末の時計
ぼくらの耳も鼻も あと二秒 舌も肌も
なくなるだろう あと一秒 ぼくらの上空!

ふたたび光
光の壁が破れ
音のきらめきが
ぼくらの叫びをつつむ
口の水 水の柱
柱の焰 その高い櫓
はげしく逆流する滝の光に刺されて
雲におそわれた空の金切声
上に落ちる雷のうめきが
ぼくらの瞼をたたく
その熱線と巨大な円がつくることばを
塩の橋 氷の塔 歴史 熱い歴史のただなか
ぼくらは聴いた それは

死のことば
人のつくる死のことばだ
ひそやかな橋をくぐり
ほのぐらい塔にのぼり
歴史のやわらかな昼に溶ける
その死ではない　ちがう　死のことば！
希望より熱くにくしみとおなじ熱さの！
にくしみより痛く　希望とおなじくるしさの！
それは母だ　くるしい母　鉛の坂の上に
うずくまり　流れる乳房をてのひらに受け
乳首で叫ぶ「わたしなの？　わたしなの！」
それは兄だ　疑う兄　むしろの下から
起ちあがり　むきだしの腹をかきむしり
腐肉でわめく「やつらか？　やつらか！」
それはぼくだ　やましいぼく　廃墟の街を
歩きつづけ　はだしの足をひきちぎり
折りまげてはつぶやく「なぜ？　なぜ！」
このかしましさ！　死体のしずけさも
機械のつめたさも　昼の倖せもない
あきらめの色の暗黒もない
きらめく音だ　そこに投げこまれた
死のことばが　音より
かたちより早く

ぼくらの瞼を
ひらく

のぞいてほしい　これが昼
死のかたち　死のことば
死の生のなかでひらかれた昼だ
まなこをみひらき
白痴の昼を抱きしめて
ぼくらはふたたび詩を書きはじめる
ぼくらの回復　ぼくらの建設
ぼくらの善　ぼくらの悪
すべてここからはじまる

スペインの死人たち　人殺したち
広島の死人たち　人殺したち
きみら忘れるな　ぼくらのことを
ぼくらがここまでにおぼえたのは
にくしみとさげすみ　それにしびれ
それだけだった　それだけをおぼえた
ぼくら忘れるな　きみらのことを
二度の光を　死を　死を！
きみらがぼくらに教えたはずの
生のかたちとことばを求めて

生涯

辻井喬
これはこの男の言葉です

僕の墓には
白い罌粟の花を植えてくれ
花芯には黒い穴があるだろう
死んだ太陽の痕のように
僕は土の中で
傷に向って過去を編もう
僕が傷つけたもの
そのことによって僕が傷ついたものの為に
墓には札を立てておこう
この男の言葉には刺があって
人に害を与えました
今 こゝに咲いているのは
その刺から生れた白い花です

★

この男は善人でしたが気の弱い所があって 悪るく言われました 毎朝同じ時間に家を出て役所にいきました

影が重なって
一つの黒い影が出来るように
僕は流れの中に住んでいる

陽がさすと
追いつめられた期待が
列を作り
蛤の紫の夢のように
返ってくる

生計は
微分方程式の蟻だ

昼
これは散文だ
曇り色の空を着て
机の前に坐る
黒い腕カヴァーをつけ
ピンセットで
人々の魂を選り分ける

夕べ
古代風景のような
ビルの岡に風が吹く
落下傘が鳩になり
舞ってゆく
僕の手には何もなく
波のように光つているのは
咲き呆けた薄どもだ

いつも残業を終えて帰る頃　あたりは闇でした　世界では呼吸《イキ》づいているらしい人々の事柄を　電光ニュースの中に感じ濠端の車の流れの中でオートメーション化されてゆくことも分らない程に疲れ　たゞ漠然とした悲しみが空洞に薄い氷の膜をはるのでした

★

然し
この男にも
一度は若々しく
覇気に満ちた時代があったのです

人が眠るとき
砕かれた馬は
髪を長くして
空を駈るという
そんな悲しい物語りを
僕は信じようとしなかった

その頃
僕は自由で
将来指導者だと言われていた

英雄的行動と
人間的価値は別で
いつの時も
希望や墓や朝日があり
犯人は観念論者で
ある晴れた日に
黄いダリヤを毟っていた——
そんなことが分った時
にんげんが作った歴史が
どうしてにんげんに背くのか
僕には分らなくなってしまった

僕は野原の戦いを避けて
崖下に身を寄せた

批評家A　彼の脱落はこの時からはじまった
批評家B　彼は最初から崖下にいるべきだった
批評家C　にんげんなんてそんなものさ

生きていると
分らないことばかりふえて行く
その頃
僕の恐れたこと
選民《エリート》に反吐がでて
それでもやっぱり
もう一つの選民を探していた
どうしてこんなになってしまったのだろう
どこかが間違っていて
僕の二つの眼の焦点があわないのだ

それでも
僕は歩るいている
平衡を保つため
星屑のような

空をわたる風に
孤りをたしかめ――
それでも彼は死ぬまで生きつづけようとしましたし
その間　人の言葉を借りようとはしなかったようです

空洞をめぐる
血が
闇の中で搏っている
崖を上ったり降りたりの一日が
時間の絵にはめこまれ
いつか僕は耳をすます
クレーンを伝って
希望が鋼《ハガネ》色の空を駈るころ
もう一度
確かめようとして立止る
鶏はこんなところでも鬨をつくると
選民《エリート》でない
耳をすます

★

こんな具合ですから皆さんどうかこの男の墓はそっと
しておいてやって下さい
そうそう　批評家X氏から皆さんにもう一つお願いが
あるそうです

お願い

デモ隊は静かに通って下さい
風の吹いている日には
罌粟の実を焚いて下さい
空気がキラキラ光っているような日には
碧い空をごらんなさい
この男が
霜の破片のように
鋭く
空をわたっていくのが見えるでしょう

「生活」というふりだしの地点から

児玉 惇

1

一個の矛盾である私が、多くの外部環境の矛盾にとりまかれ、それらと渉り合うことによってひきおこされてくる矛盾の複合した関係のなかに、その矛盾の組織を明析に弁別しながら生きてゆくことは、容易なワザではありません。生命衝動は、それら矛盾を認識する意識とは、無関係に、いわば無意識におこりますから私たちの苦痛はその二律背反によって生ずるわけです。

……私は、このようなわかりきったこと、あたりまえのこと、言うもおろかなことから、いわば「ふりだし」から始めなければなりません。それは、実に腹立たしいほど、私は、多くのことを「ふりだし」から始めなければならないのであって、従って、以下に書くことに、どのような新しさがあるはずはないのです。自慢できることでもありません。むしろ、恥ずべきことかも知れないのです。私は多くのわからないことを抱えているので、それらのわからないことを書くことによって整理し、疑問を人に投げかけて答えを得ようという、いわば自分ひとりの目的のためにこれを書くのです。

しかし、私は何を書こうというのでしょう?それは、文学につながることかも知れぬが、文学論ではない。詩論でもない。強いて名づければ、「生活思想記録」というべきものです。詩人でも、文学青年でも、インテリでもない。（それらは「私」という人間の一部分をしめる要素にすぎません）いわば、あきらかに一個の「生活者」としてある私が、その私なりの認識の成長過程で、どのように感じ、考え、迷ったか――その生活の思想コースを、今後のために整理しつつ、おぼつかなく辿ってみたいというのです。あたりまえのこと――その考えに到達することすら、実に容易ではありません。あたりまえのことを書くことも、あながち無意義ではないでしょう。（あたりまえのことに到達することが、いかに容易ではないか。私および私たちが、「まずしい」という認識に至ることすら、私には容易なことではありませんでした。）

私たち、と同類視しては失礼にあたるでしょうか。が、すくなくとも私ひとりに関していえば、私は、ああ、何とながい間、同じ場所、同じ古くさい地点にだけ停頓をしつづけていることでしょう。……生活のまずしさ、ということにつながる思想のまずしさ。悪い気流が俳徊し、陰微なカビや苔の生えた塵捨場のような、湿気くさい思想のふきだまりに、私はもうイヤというほどながい

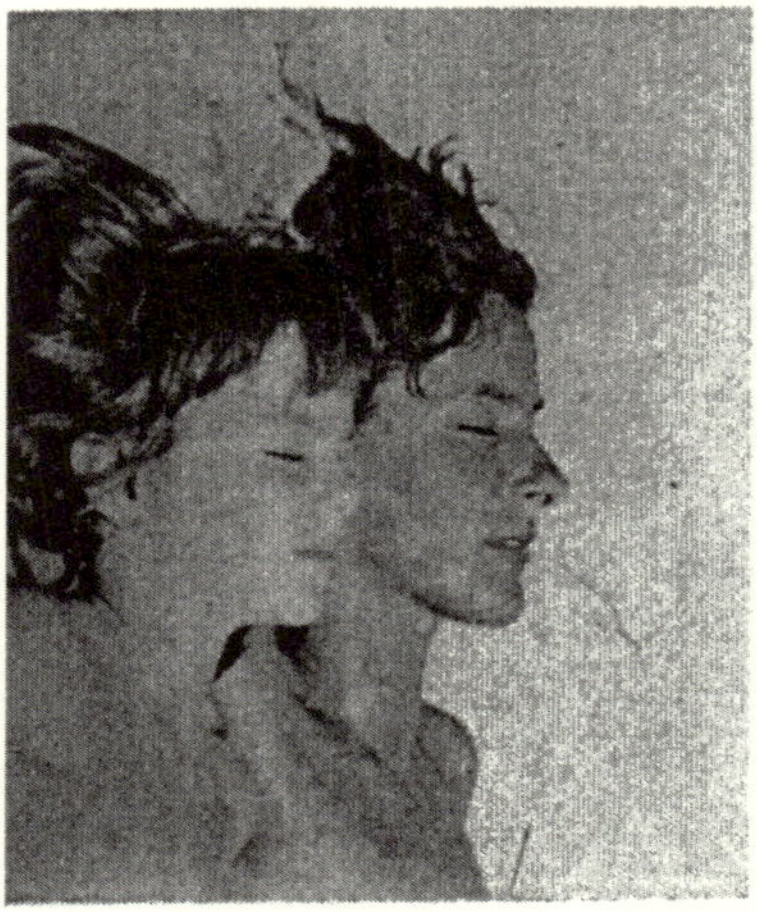

期間、居つづけたままです。それは、全く思っただけでもウンザりとする。やりきれない性質のものであります。

私、……私とは何か？　私は「詩」を書く。あるいは、書きたいと願っている一人です。何のために？　どのようにして？　それらの問いに答え、そして私（たち）の生活を、詩を何らかの意味で「前進」させる、その意味づけを行うことが、この小文ができるならばはたしたい意図でありますが、そのためには、私が持ち、全身に背負っている、このさまざまな形の「まずしさ」から、私はまず始めなければならないのです。

私はまずしい。それは物質的にまずしい、というばかりでなく、そのまずしさを余儀なくさせている、私たちの富を奪っている社会構造に対して、そのメカニズムをおぼろげな眼で認識はしつつも、とかく日常の無目的な惰性の壁に眼をぬりこめられて、自己を見失い、疎外化され、ときに酒に酔いしれて、知的論争に口角アワをとばすことはあっても、それらの思想は、おおむね日常の「生活」の土壌のなかに根ざした草の形をとらずついに「生活打開」と「自己変革」という持続的な理念と行動にむすびつかない、という点においても、私たちはまずしいのであります。

このような「まずしさ」のヌキサシならない深みのなかで、日常の蠕動をくりかえしている日本人は、多い。そして、私もまた、そうしたみじめな、数多い大衆の一人であつて、それ以外ではありません。ですから私は、私とは何か？という問いに対しては、「生活者」と答えたいと思います。私は、サラリーマンであり、男性であり、インテリのはしくれであり、詩人（！）である——等々、幾通りにも答えられるでしょうが、私はそれらの規定はすべて排して、まず叙上の意味で、「私は生活者である」ことを確認したいのです。

では、生活者とは何であろうか？　生活とは？　……月給取りである意識、インテリである意識、ドレイである意識、オスである意識、神のシモベである意識、革命者である意識——等々、私の日々の生命認識の連続構造を占める意識の色帯は、外部の条件の変化に応じて、区々さまざまであります。実にさまざまに、分裂し、変化します。それは私たちの誰しもがもつ、カメレオン的表情変貌の宿命であるといえましょう。私たちは冷静に沈潜して、自己を他者を観照するとき、その宿命を重く負うていることからくる、この世におけるさまざまの矛盾の相を、ある程度まで認識することができます。私たちは、そこでしきりに思弁し、模索し、反省します。しかし、矛盾は反省され、思弁されることによって翌日、ふたたび矛盾がひきおこす害悪から、私たちは多少なりとも免かれることはできますが、矛盾の根源は、人間性の先天的なエゴイズム本能や強食弱肉、相互収奪を余儀なくせしめる現代の資本主義利欲社会の構造にあるのですから、矛盾は根源的には無くなりません。私たちは、矛盾の不快感をたえず味わいながら、否応なく、矛盾と仲間になり、同衾し、喧嘩し、あるいは笑い合って、生きてゆくより外に仕方がないのであります。

従って、生活者とは、こうした矛盾認識を意識的に把握していながら、「生活」のための無意識な、あるいはやむをえない生命衝動によって、矛盾を強行せざるをえない者の謂である、と考えられます。――私は、こうした意味での「生活者」です。またすべての人が、こうした意味での「生活者」です。

……私にはいろいろなことがわからない。しかし、多くのわからないことの中で、すこしづつわかってゆくことも、すこしはあるのです。それらのものは、徐々に私の内部で沈澱し、凝固して、しだいに私の「確信」をつくりあげてゆくのです。「私はまずしい」、「私は生活者である」――まずしい、ということを自慢してあげつらうわけにゆきませんし、生活の意味に到達せざるをえない認識は、まさしく、恐怖、戦慄すべきことですけれども、しかし、このこともまずしい私の、数少い「確信」のひとつであって、私はこの「確信」を拠りどころにして、今後の私の存在をふみ歩いてゆくより外に仕方がないのであります。しかし、私たちは、まずしさをまずしさのままにあきらめ、悲惨な認識を悲惨なまま容認することができないから、さまざまな手段でそれに拮抗し、方法を模索し、発見しようとします。まずしさはゆたかさへ、悲惨は偉大へ――。芸術や思想、さまざまの「文化」と称せられるものは、すべてその「転位」をめざして試みられてきた集積です。むろん、詩もその例外ではないでしょう。……

私は、現在、ほぼこのような「ふりだし」の地点に、自分をつれ戻し、足踏みしています。私は、なるべく早く、この地点から歩き出さなければならないと思います。

2

「生活者」という認識――しかし、考えてみれば、この認識ほどバカげた、あたりまえのこともありません。だが、私はこの認識を強調します。このふりだしの地点に執着したい。何故か？それは個人的には、欲しいままに、浮草的な夢ばかり見つづけてきた私自身の反省もありますが、一つは、大げさに言えば、私たちの昭和史、日本近代思想史に対する反省として、「生活」の概念を再提出したい、その意味をもっと精密に味わい、ソシャクしてみたい、という欲求に駆られるからであります。

「生活者」とは前に述べたように、生命衝動によって矛盾を強行せざるをえない者の謂でありますから、それは、言ってみればエゴイズムということではないか、と問われるかも知れません。――そうです、私は卒直に言ってしまおう。「生活者」とは、贅沢はいけない、悪である、と知り、思いながら、いい着物を着たい、うまいものを食いたい、きれいな家に住みたい、もっとお金が欲しい――などという、私たちの内なる欲望本能と虚栄心を充足させるために、行動する者の謂に外ならないのです。実利的人間と言ってもかまいません。

戦後、「あたらしい人間像」ということがしきりに言われ、さまざまの人間論、人生論が書かれましたけれども、たとえば、こうした実利的人間のエゴイズムの問題などは、どのように処理されたのでしょうか。たとえば、「共産主義的人間像」などのイメージにおいて。

私たちは、たえざる自己変革を行うために、常にストイックな克己性をみずからに課し、その力となる夢と未来像を望み見なければなりませんから、林達夫氏のことばのとおり、「共産主義的人間」を一つの信仰的「黄金伝説」としては、感動裡に理解し、渇仰することができるけれども、しかしその未来像の山に登りつめるために余儀なくされる、日々の生活の日常的実利性、打算性は、どのように考えられるべきでしょうか。そのような人間性のいわば「悪」としての面は、無視されるか、あるいは触れないままですまされてきたのではないか、と私は思います。「共産主義的人間」は、そのような点で、戦後の日本人の中に、現実像を結びにくい欠陥を持つていたと思われます。

昭和史あるいは日本近代思想史において、日本人、とりわけ知識人の思想態度として、大義名分のための「自己抹殺性」、「自己滅却性」ということが、戦後荒正人氏や福田恒存氏などによって言われましたが、これは「市民社会」のエゴイズムと個人主義を通過しなかった日本の「近代」において、幾度強調されても足りることはない、重大な指摘であります。「天皇」といい、「国家」という、これら怖るべき抽象道徳の幻覚に麻酔をかけられると、個人の欲望、ささやかな家庭の幸福などはたちまち惜しげもなく抹殺し、自己放棄して、出征し、苦役し、放浪し、飢渇して、はては洞穴のドクロと化する栄光をになった私たちの昭和史のものがたりは、戦慄すべき日本人の自我喪失、デカダンス的自己抹殺病のすさまじい集積であると言っても過言ではありません。ファシズム思想史の研究も、戦争責任批判も、こうした思想的内面にたち入って行われなければ、意味がないのです。

戦後の知識人の大義名分的抽象道徳は、「階級」であり、「革命」であり、「平和」ではなかったでしょうか？「憲法改悪反対」は、はたしてどの程度に、抽象道徳でなく、生活上の実利道徳として、血肉化されていたのでしょうか？「平和」は抽象的な大義名分としてではなく、日本人ひとりひとりの生活上の実利的な欲望の損得感情、エゴイズムの共鳴にまでなりきらなければ、いつになってもホンモノとはならぬでしょう。……私は、戦前の通幣につらなる「自己抹殺病」の態様を、戦後思想史の中にもありありと見るのです。

社会と歴史の正統的な発展に即応する私たちの日常の道徳を、大義名分的な「抽象道徳」としてでなく、「実利道徳」としてとらえる仕事は、戦後十一年後の私たちの課題であります。たとえば、金をもうけようとして狡猾なタクティックスに奔命する商人道徳――その「悪徳」の中にも「近代」を見出し、「哲学」を、「知慧」を発掘しようとする鶴見俊輔氏ら思想の科学研究会の「伝記づくり」の仕事（河出新書「民衆の座」にまとめられています）などは、その貴重な探究のひとつのあらわれであると思われます。

とは言え、小市民的な自己保存のエゴイズムや商人の打算哲学は、決して無条件に礼賛できる性質のものではありますまい。いや、むしろそれらはヒンシュクさるべき性質のものであり、多くの商人や農民の中の知識層――いわゆる「亜インテリゲンチャ」（丸山真男氏）と言われる層の人々の人生哲学は、往々にして醜悪な拝金主義と固陋なオブスキュランティズムに堕しかねない、やりきれぬ臭みを放つこともたしかです。しかし、彼らの人生哲学は、実利評価の情容赦ない自己鍛錬と、その鍛錬によるエゴイズムのたえざる確認によって、強靭な自己肯定の生命を持っており、それは本能的、蒙昧的な自己肯定である点において「前近代」かも知れませんが、強靭である点において「近代」の一資格は有している、と見るべきでありましょう。

実利道徳を近代主義の中に汲み入れる、ということは、こうした意味で、感傷的、観念的「自己抹殺」と「転向」に終始した、日本の脆弱な、土着性を持たぬ知識人型近代主義の反省のために、その欠陥を補う補強剤として、ぜひ企てられねばならぬ仕事であると私は考えます。

歴史の正統的な発展方向に即して産み出された、「平和」とか「憲法改悪反対」などの社会変革の理念に即応すべき、私たちひとりひとりの日常の実利道徳が、その理念に即応するために自己を不当に抹殺せず、即応することによって個々の実利性を失うことなく、理念をソシャク、消化しつつ、はたしてどの程度にまで変容してゆくか——その変容の目盛りは、そのまま日本近代化の目盛りであります。しかし、このような期待は甘いかも知れません。独占資本の受恵者として、受恵者であることによっていっそう資本の忠実な奉仕者に近づく、雇傭労働者やホワイト・カラー族が著増して、強靭な身分階層制《ヒエラルヒイ》の網の目に日常性をとじこめられてゆくと、大衆の実利道徳は、たちまち圧迫感を失って無目的化し、日常のための日常主義、実利のための実利主義にあまねく支配されてゆくようになります。また別な態様の「自己抹殺」におちいってゆくのです。——こうした状況が、利欲社会としての資本主義社会における、ひとびとの避けることのできないエゴイズムの運命であり、そしてその状況が覆いがたく顕在化しつつある現在、大衆の実利道徳に変容の期待を課し、夢みることは、むしろ危険というべきかも知れません。

しかし、そのような期待をみたしめる萌芽は、徐々にではあるが、日本人の感覚となりつつある、と言えなくはありません。

たとえば「世界」九月号において、石田雄氏は、八月の参議院選挙において、憲法擁護を標榜する革新派が三分の一の議席を占めたことを、「国民の側の変質に原因している」と言い、組織された労農大衆から、青年、婦人、インテリ、小市民あるいはいわゆる『太陽族』に至るまで、国民の広い層において戦後の『解放感情』が生活化し、とにかく、それぞれの立場で考えた自分の生活と幸福を失いたくないという感覚が、ようやく国民のものになりはじめたということが、今度の選挙で明らかにされたといつてもよい。」と述べていますが、これは言いかえれば、憲法擁護という理念が大衆のエゴイズム、日常の実利道徳の共鳴にまでなりひびきはじめてきた、という動向の兆候であって、この動向をねばりづよく促進し、組織化してゆくことが、今後の私たちの大きな課題となるのでありましょう。

ふたたび石田雄氏の言葉を借りれば、しかしながら、「こうした願いが、想像もつかない位厖大化した国家権力に立ちむかったとき、あまりの無力さを自覚して、政治に背を向け、いわゆる政治的無関心を生み出して行かないという保証はない。(中略)組織労働者さえも砂のような大衆に転化して、(職場において戦闘的な労仂者も、家庭にかえれば善良な市民であるから、これをとらえるべきだという保守新党の組織要綱を想起されたい)不安と焦慮に追いこむことによって、国民統合を実現するのが、ファシズムの移行過程に見られる特色であるとすれば、それに対抗する途は、孤立した個人の生活を守りたいという不安定な願いに方向を与えることによって、失望でなく希望を、不安でなく自信を得させることである。しかしこのささやかな願いは、いわばその人にとって全人間的なものであるだけに、きわめて日常的であり、同時に潜在的であり、それをすぐに政治目的をもった結社としての政党に組織することは不可能である。この願いに方向と自信を与えるものは、第一次的には、顔と顔を見合わせる関係を基礎とした日常生活におけるつながりである。サークル、生活綴方、主婦のつどい等々、それは階級意識や政治意識による結合ではなく、不定型ではあるが、生活の、全人間のつながりである。」

……舌たらずな言い方に終ったかも知れませんが、私は、現在、ほぼこのような意味で「生活者」としてのふりだしの地点に立ち、「生活」の意味を私たちの思想史の中で、もっと精密にソシャクし、その苦味を味わってゆきたいと考えています。詩も、モラルも、すべての行動も、こうした「情勢」の中での「生活者」としての自己確認と整理の後に、はじめて正しく位置づけられ、方向を照らし出されて、私の中からひき出されてくるのです。

3

さて、整理と自己確認にかかずらって、詩について触れることが少くなってしまいました。しかし、詩について述べることは、私にとってあまり気の進むことではありません。それは、私が最近の詩を精読していないからでもありますが、また私自身の詩を含めて、ほとんど関心をそそらないことにもよるのです。

「生活者」という地点に立てば、今日の日本の詩は、実にさまざまの歪みと彷徨の姿を私の目に映してくるように思われます。エリオットやエリュアールに拝跪し、追従する近代主義奴隷の亡霊と、政治的イデオロギーの先行による内面的律格の喪失と――これら、およそ二つに分類される現代詩の歪みと彷徨のあわれな姿は、つい昨日まで私自身の内部に巣くい、そして今日もまたひきずってゆかねばならぬ、まぎれもなき私の姿であります。

私は、「生活」のみをいたずらに強調したいとは思いません。卑俗空疎な生活主義のトリヴィアリズムに陥って、広い宇宙的な夢想の飛翔をも私は失いたくありません。なつかしい自然や音楽への驚愕心も、常にとりもどしていたい。しかし、と私は考えます。

乳しぼる牛舎を出て仰ぐ空銀河の果に牛飼座あり　（秦野）越水政吉

一人生きて知り得しことはさびしければ文に短く父母に便りす　（東京）長瀬鈴代

果しなきくり返しにて廊下ふくこの朝重ねて老いゆくならん　（東京）中村雪江

群翔の寄りつ崩れつゆく果に酷寒迫りて苦役する人あり　（東京）若菜幸二

追われゆく流民の中にあるわれを夢とたしかめてふたたび眠る　（秩父）加藤新八

これは、偶然目にふれた朝日新聞の歌壇欄から、私が心おもむくままに拾いあげた短歌にすぎませんが、ここには大時代な反文明の主題も、高度の政治思想もないけれども、しかし、このような些抹な生活上の哀歓を右のような律格でとらえ、うたいあげた現代詩が、私たちの目に触れることはまず少い。——それは、短歌という短詩定型形式の律格が与える感動ではないか、と言いかえす人もありましょう。なるほど現代詩には外形的律格はないし、それだけに表現は困難であり、問題を含みます。しかし、内面的律格は、どこまでもきびしくあるはずです。こんにち、「詩人」と自称し、他称する人々が、外形的律格がないという詩の表現上の安易さに倚りかかって、日記の一節とも、私的独白の断片ともつかぬ、内面的律格を喪失した「詩」を書きちらしている光景は、まさしく蝿の群れ集っている街上の馬糞と変るところのない、地獄的光景であります。

それでは、「表現」とは、何か？「詩」という「表現」は、どのように「生活」に相関し合うものなのか？ 私は「表現」とは、さまざまの求心性を失った生活上の感覚、思想の断片を、一つのきびしい「律格」にのせ、感覚的形象化によって統合することであると考えます。それは思想を位置づけ、秩序づけることであり、自己と世界が統一的に渉り合う小宇宙を仮構することによって行う、自己整理と自己確認であり、私たちはそれによって、常に人間性の本質に立ち帰り、明日の生活へ一歩踏みでるための行動の弁別と発条を得るのであります。単なる「生活者」と「表現者」である「生活者」とは、こうした意味で相違してきます。そして、こうした意味での「表現者」——「生活者」として「表現者」を兼ね備えた人々は、現在、生活記録者、投書夫人など日本の各地に数多く輩出しており、さまざまな形の小集団を形成しつつあります。これらは、こんにちの日本に産れつつある新しい表現の地下水である、と期待したいと思います。

職業的詩人とはいったい何者であろうか？工場や事務所で仂き、稼ぎ、疲れて書いているサークルの詩作者と、いったいいくばくの基本的な相違があるのか？これは実にしばしば、私をとらえる疑惑です。私は自分が「詩人」と呼ばれることを、たまらなく嫌忌します。ランボオの「見者」としての自恃や、シェリイの「公認されざる世界の立法者」としての自己宣言など——喫茶店や酒場での私たちの会話は、往々にしてその末裔の一員たる矜りと自己陶酔に駆られて吐き出されることが多いのです。私はその矜持を否定しません。が同時に、空虚、奇怪な哄笑をも禁ずることができないのです。……私たちがまず払拭すべきものは、「詩人」というバカげた潜称と意識が、知らず知らずにむしばんでいる自家中毒症の毒素ではないでしょうか。私はこうした意味で、自分(たち)の詩が一人の生活者の詩として、多くの無名のサークルの表現者やエンピツをにぎる主婦たちの集団と全く同じ平面で出発し、論じられることを心から願っています。

私たちの中にも明らかにひそむ専門詩人《スペシャリスト》意識は、生活と作品において、多くの立ちおくれと倒錯観念を及ぼしてきます。立ちおくれが立ちおくれとして意識されず、前向きと錯覚させるから、なおこわい。——生活という根底に認識と発想の錘を下ろし、還元させて、言葉を洗いざらいにして後に表現するスペシャリストならば、詩人が孤高であり、特殊者であることは大いに推賞されてよいのです。しかし私たちにおいて、スペシャリストとしての詩人意識が往々にしてひきおこすものは、表現の美粧意識であり、言葉が生活と生産から遊離し、糸のきれたタコのようにきりはなされて、技術主義におちいっていくことです。この害毒は、その病毒が無意識裡に進行するだけに、いっそう危険であり、おそろしいのです。

私はここで、かって竹内好氏が「美文意識について」という論文の中で、裁判の論告文、軍隊の報告書、官庁の公用文などにあらわれた日本人の美文意識が、非常に根強いものであることを指摘し、それは官僚文化が日本人の肉体にしみこんだからである、と推論していたことを思い出して、私たち大衆の表現がいかに鬱屈し、自由をしばられているかにリツ然とするのですが、私はこのような視点から、同じ文化構造において、日本の詩の近代主義的美粧意識をとらえ、推論してみることに興味をそそられます。そして、根底的に近代詩史をひっくりかえし、否定してみなければ、これを私たちの遺産として血肉化することはできまいと思います。（この点は稿を改めて、具体的に論じたいと思います。）

近代詩史を根底的にひっくりかえす、という態度は、近代詩史が喪失していた「生活」という根底の基盤を、私たちに回復することです。私は短歌などを引きあいにして、現代詩を不当かつ乱暴に貶しめたかも知れませんが、これは自己愛の裏がえしとしての自己侮蔑であり、一つのアンチ・テーゼとして受けとっていただければ幸いです。

4

私は生活者です。私の詩は生活の記録であり、思想史です。表現のための生活でなく、生活のための表現を——私はそのために、日常を反覆的に、持続的に送り、食い、排泄し、怒り、笑い、眠ってゆかなければなりません。従って、生活者とは徒労者であり、苦役者であるかも知れない。私はそれを肯定します。

「あたしたちはどうすればいいのでしょう？」というナターシャの問いは、このような地点で発せられたのでしょう。チェーホフはむろんそれに答えることはしませんでしたが、しかし、と言って、彼は生を真黒なペシミズムに塗りつぶすことはしなかった。常にたえまなく医者としての職業の「勤労」を愛し、卑俗な生活者としての持続と反覆のながれのなかに、皮肉な愛の小魚を、銀鱗を発見し、語りつづけたのであります。——チエホフは、生活者として、一つのすぐれた像であると私には思われます。

中庸がいかに革命的な逆説《パラドックス》であるか、極から極へと移動する日本の絶対主義思想史のなかでは、中庸の感覚はほとんど育たなかった、と荒正人氏は言っています（「終末の眼」）。以上描写してきた私の生活者像は、日本思想史に対する逆説という意味で、決して陳腐、安易な一介の事なかれ主義、自己保存主義の小市民像ではないことは想察していただけると思いますが、それにしても、この生活者像には、積極的な社会変革と自己変革の方向を意欲するモメントが、やや欠落している憾みを拭いえないようです。

生活者の変革のモメントは、どこに求められるべきでしょうか？日本および日本人の変革と近代化の鍵として、「民族《ナショナリズム》」という概念を提示した竹内好氏の「国民文学論」は、このことに関する重要な診断書です。しかし、処方箋は付いていない。「近代主義」とは「民族」を思考の通路に含まぬことである、と竹内好氏は言います。ナショナリズムのなかに革命思想をつかみとろうとした石川啄木や二葉亭四迷など、すぐれた近代への萌芽の系譜はありながら、プロレタリア文学さえ近代主義化して「民族」をネグレクトレ、のちに「日本浪漫派」の手痛い復讐を受けたのだ、とする竹内氏のいみじき指摘は、日本近代思想史の病患の根をついて余りあるものです。この診断に対して、どのような処方を施すべきか。これは私たちがともに模索すべき今後の宿題であると思います。

生活者は実利的人間ですが、現在の政治経済の構造のなかにおいて、私たちの実利追求はことごとに圧迫され、奪われます。生活者はそのとき徒労者となり、苦役者となって、暗い嘆息を吐くのです。「民族」とは、頭大症化した日本の近代の網の目からこぼれ落ちた脱落者の感情であり、徒労者、苦役者の意識《コムプレックス》です。生活者はその点において正しい政治危機に目ざめるとき、「民族」につながるソリダリティにつながることができるのではないか、と私には思われます。

私は生活者です。同時に徒労者であり、苦役者です。——今後の思想の空転をふせぎ、いま私が足を停めているこの地点に、楔をハッキリとうちこむために、私はこの定義と意味を幾度も、確認したいと思います。私たちがいかに徒労者であり、苦役者であるか。ハイネは、こう言ったといわれます。

「われわれが生きなければならなかった夜の闇が、どんなに恐ろしいものであったか、また恐るべき亡霊や、鳴き叫ぶ梟や、敬虔そうな罪人たちに対して、いかに凄惨な戦いを闘わねばならなかったか、そんなことは、もうほとんどわかるまい。ああ、それにしても、われわれは、なんというみじめな戦士たちだろう。ただこうした戦いに、一生を消尽させられ、最後に勝利の朝が白む頃には、すでに蒼ざめ、疲れはてているのである。もはや日の出の輝きが、われわれの頬を彩ることはなかろうし、われわれの心臓もまた、ふたたび熱く燃え立つことは、永久にあるまい。虧けてゆく月のように、われわれは死んでゆくのだ。人間巡礼の旅は、あまりにも短い。そしてその果てには、酷薄な墓場が待っているのだ。」(「ルテーティア」序文)

私たち生活者にして、このような人間社会の荒涼とした風景のなかに突き放されて、ひとり佇み、孤独の恐怖と悲愁に襲われなかったものがいるでしょうか。ハイネはしかし、そのペシミズムに敗れませんでした。常に想像力において、「社会主義をよしとする声」に黎明の約束を感じ、「新しい自由の太陽が、かって貴族社会のあらゆる星屑を合したそれよりも、より暖く、より幸福に、この地球を照らし出すすばらしい日」を信じて、うたいつづけました。——

生活者としての反覆と持続のなかに、亡霊と戦い、鳴き叫ぶ梟や罪人たちの声をききながら、たえまなく克己し、実利を、夢を、愛を、希望と偉大を具現化してゆくことを、シジフォスのように努力することは、表現者としてある私の生活の支えであり、力であり、喜びであり、矜りであると私は信じたいと思います。

(一九五六年九月二十四日)

【付記】ハイネについては、H・ラスキ著「信仰・理性・文明」に多くを学んだ。この書は、私にとって稀有の衝撃と激励を与えられた書である。あまり知友の感想をきかぬので、この機会に付記しておきたい。また竹内好氏の所論についても、もっと立ち入ったことを考えたかったが、力不足ではたすことができなかった。

編集後記

最近の同人雑誌はつまらなくなつたと思う。人のことは言えないが、時代の詩精神の主体になり得るような、運動も実験も見当らないのではないか。詩壇の商業雑誌はいずれも売行良好だというが、この現象は同人雑誌の衰退と無関係なのだろうか。貧しくて野暮ったい同人雑誌などは、よほど山間僻地の要領の悪い詩人達のやることになつてしまつて、発表舞台にこと欠かぬ俊才達は、今月はQ誌来月はP誌と、ところきらわず依頼原稿を書くことで、女にモテでもしたような気分なのかも知れぬ。

だから同人雑誌をやるには結構今が面白い時なのだ。ぼくはどっぷりと同人雑誌の貧しさと苦しさのなかに身を沈めて、この独得なたのしみに浸りながら詩を書いてみたくなつた。

今号はちょっと不思議な顔ぶれに見えるかも知れないが、新しくぼくらとたのしくやろうという人達が集まつたのである。これからの「今日」はせめて季刊をまもり、そのうち一冊は新形態の年刊詩集として出すことにした。プンプンと同人達の匂いはしても、清潔で美しい雑誌を作りたいと思う。

1956年12月1日発行

60円

編集人　平林敏彦

発行人　伊達得夫

発行所
東京都新宿区上落合
書肆ユリイカ
振替 東京 102751番

今日

第7冊

The Quarterly Magazine of Poetry

1957年3月

今日の会編集・ユリイカ刊行

今日

Ⅶ　1957.3

詩篇	吉岡　実	9	長谷川竜生	10
	清岡卓行	12	児玉　淳	14
	大岡　信	16	岩田　宏	18
	山口洋子	20	金　太中	22
	辻井　喬	23	田中清光	24
	岸田衿子	26	広田国臣	28
	難波律郎	30	多田智満子	31
	鈴木　創	32	飯島耕一	34
	平林敏彦	36		

*

一幕物　資格検査はつづけられています　中島可一郎　38

*

評論　アルファベット　飯島耕一　2

写真　ジャン・デュゼード　ブラッサイ

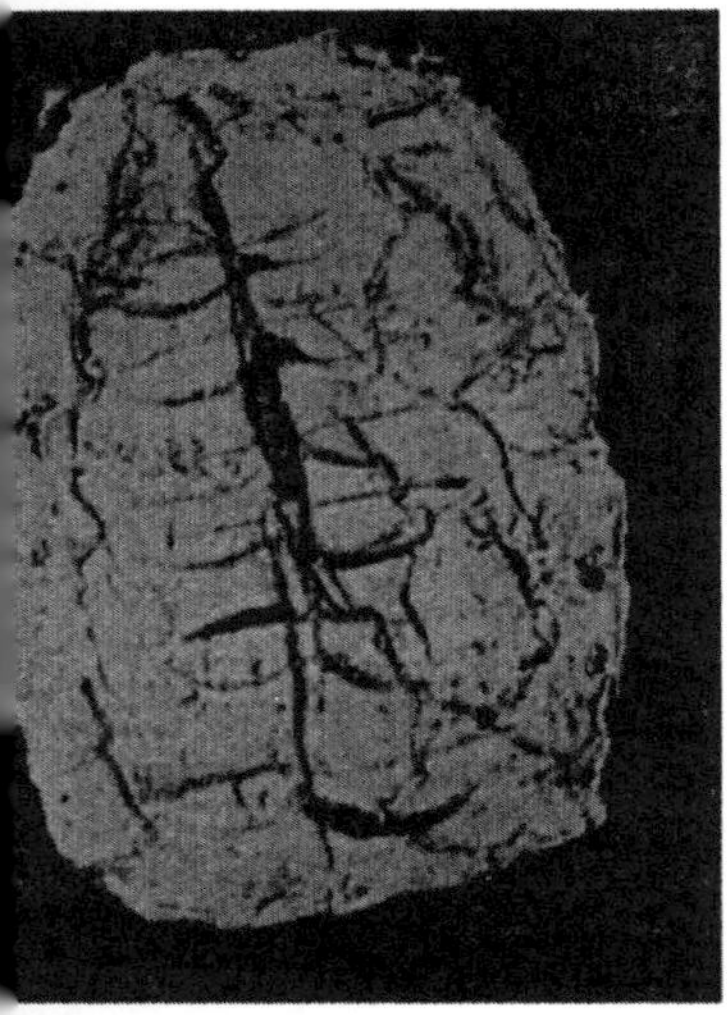

「人質」　フォートリエ

アルファベット

——あるいはアンリ・ミショー序説の序章——

飯島耕一

シニフイアン・ド・ランフォルメルの画家、フォートリエの作品「人質」は、奇体な牽引力をもつ絵画であつた。一枚の化石した木の葉のようでもあれば、苦悩にみちた人面にも似ている。ただひややかに、そこに沈んでいるオブジエというか、記号というか。静かな狂気。

ぼくはこの作品をみてただちに、アンリ・ミショーの「アルファベット」という作品を想起した。絵画を見て、詩、ことばの秩序である詩を想起することは依然として不純なことであろうか。かまうことはない。そうなのだ。「人質」がシニフイエするもの、意味するものは、ことばによつても表わせるだろう。それが詩人の自負である。「人質」のオブジエは、フォートリエのアルファベットなのである。

アルファベット

死が冷やかに近づいてきていたあいだ、私はこれが最後というように、諸存在を眺めた。深く。深く。

この氷のまなざしの致命的な接触のため、本質的ならざる一切は消えた。

しかしながら私はその諸存在を鞭うつたのだつた。死さえもが、弛緩させえない何ものかをひきとめようとして。

それらは薄くなつた。そしてアルファベットのようなものに還元してしまつた。だが別の世界で、どこかしら別の世界で、役立つことのできるだろう一つのアルファベットに還元したのであつた。

そこで、私は、誰かが私から、私の生きた世界を、すつかりひきぬいてしまうのではないかという、恐怖から脱れた。

この把握によつて元気づけられ、私はそのアルファベットを、敗れることのないものとして、じつと眺めたのだつた。血液が、満足して、私の小動脈や血管中に帰つてきたとき、私はゆつくりと、生の開かれた傾斜地を再びよじのぼつた。

アルファベット、それは本質的でないものがすべて消去したあとにのこつた、護符であり、敗れることのないもの、この息苦しくゆがんだ世界よりも、別の世界で、役立つことのできるはずのものなのである。その世界がどこかはわからない。しかしこの世界を拒絶しようとする精神が、よじのぼろうとする世界である。この世界でどう生きてよいかわからない人々とニイチエが云うとき、その人々の夢みる世界である。

これはミショーの、一九四三年の詩集「エグゾルシスム」に収められたものである。直訳風に訳したとはいえ、訳のぎごちなさは見のがしていただきたい。「エグゾルシスム」とは何か。悪魔祓いである。

アンフオルメル運動の理論的指導者、シュールレアリスムにおけるブルトン的存在、ミシエル・タピエは、ミショーの全作品をアンフオルメルの立場から感動的作品としているが「別の美学について」のなかで、次のように書く。

（みづゑ一月号、滝口修三訳）

「現在のもう一つの必然な現象がある。それはアリストテレスに予感されていたもので、かれが引合いに出した諸作からよりも、かれの精神の内部にはるかに多くを見いだしたものだ。つまりカタルシスのことであるが、この『情熱の浄化』をアンリ・ミショーは「エグゾルシスム」という用語できわめて今日的に説明した。」

悪魔を祓うこと。

そして別の地点に脱出すること。反抗。

「人質」も「アルファベット」も、ともに第二次大戦の末期、対独レジスタンスのさなかのフランスで製作されたものであることに、注意をむけてみる要がある。そうすればいつそうよく、この悲劇的な精神が理解できるだろう。

「死」ということばは、ここで、自由をはばむものと同義である。それは形而上的なノーマンズ・ランドの世界の恐怖であると同時に、戦争の圧力である。自分を置く場所がここにないという感じ、何ものも持つていない、何ものかに脅迫されているという意識、そこからしか出発はできない。世界は解体する。ずり落ちる世界の崖で、何かにしがみつかねばならない。一本の藁をも、地中深く根を下ろす木の根に変えて。このとき、無力な、行動の不得手な、詩人という変光星は、何をなすか？　叫びをあげるより、術策はない。これはほんとだ。偽善の読者たちよ！ そして偽善の詩人たちよ！

ミショーは、autre 別のものだと自分を考える。それは彼の不幸な不幸な、生いたちからも、よつてきていよう。そしてあの戦争、自分も死に追いこみ、他人をも死に追いこむ、残酷な残酷な残酷な、許すべからざる戦争。

彼の第一回の展覧会、エックス線で透かしてみた世界に似るといわれたデッサンの展覧会は、ヴィシー政府によつて禁止されている。重苦しい世界。だが別の世界があるのではないか。ある。そこに脱け出すこと。逃避ではないだろうか。しかし逃避は絶対に許されないことか。人間に、許されないということがあるだろうか。誰も一瞬も逃避をしていないのか？

アルファベットは、dans n'importe quel monde どこかしら別の世界へ、詩人自身に云わせれば、この袋小路をぬけだして行くための、羅針盤であり、切符であり、松葉杖なのだ。人ごとではない。君もいずれは、別の世界へ脱け出すためのアルファベットのことを考えないわけには行くまい。死ではなく生へ。一切は悪意と残酷さにみちている。

芸術作品というものは、虚無の穴をうづめる、ほんの小石のようなものだ、しかしたとい一時にもせよ、その深淵から眼をそらさせてくれる、とフランシス・ポンジュは云う。そしてミショーもまた、人間が、この世界の虜囚であることを免れえぬとしても、その身を距離をおいて眺め、それを自分から押し出そうとすることができ、そのとき発することばや線や色のうちに、すべてを宿らせようと試みることはできると考えている。それはあくまでも試みにすぎまいが。

そうしてミショーは詩を書き、絵を書く。しばしば悲痛な声をあげてしまう。

ミショーをまえにしては、かつてのシュールレアリストたちの風貌はあまりに愉しげなものにみえる。第二次大戦を通つてきたぼくらからみても。このことはたしか大岡も書いていたと思う。ちようど、かつてのダダイストをまえにして、ギヨーム・アポリネールが、地中海の青空のように晴朗すぎたように。しかしぼくは、ここでミショーをただ讃美しているのでもなければ、ましてやみくもに自分の模範にしようろと、そんな大それたことを考えているのではない。それどこか、ミショーの不幸を思い、また追いつめられたヨーロッパ、ことにフランスの知識人の窮状を思つている。ぼくらはまだまだ、それほどではない。ぼくは眼をつぶつているのではない。とつぜん現状維持派になつたのではない。現状維持派は、かえつて進歩主義者のうちに巣をつくつている。「いわゆる歴史的必然」派のうちに。必然的なものは君自身ゼロのところから探す他はない。ぼくは何をなすべきかを語つているのだ。ぼくらは、はたして地上のものに、愛するもの、信じうるもの、うたうものを見出すことはできないのか。ぼくはアポリネールの詩にあこがれる。詩人はああいうふうにありたい。ほめたたえるものを探したい。

ミショーの詩に、一種のレトリスムを思わせるていのものがあつて、まつたく無意味か、無意味に近いことばが、激発的に、デイナミックに配列されている。それがだんだん普通の詩のかたちをとつて行く、かなり長いものだ。これは詩のことばになる以前の、自然発生的な、人間の衝動的な叫び、うづき、人間の内部から、何かが、多分悪魔がおし出されるときを、定着したいと試みたものであろう。

Quand les mah,
Quand les mah,
…………
Quand les mahahahas,
Les mahaha borras,

これをみても、大体ミショーはなかば狂乱状態だし、ことばを侮蔑している。ことばを侮蔑した〃詩人というのは矛盾概念である。ことばを、めで、いつくしむのが詩人のつとめではなかつたか。

だから、ぼくには、絵を描いている、また描かねばならぬミショーがよくわかる。彼はことばによる表現なぞという、まどろつこしく不正確な、手つづきのうるさいものに耐えられなくなつたのだ。ランボーが、「おれは外道のことばしか知らない」と云い放つたのとは、事情がまた異る。外道のことばというのは、Parole paiénne つまり異教徒のことばの小林秀雄訳である。そしてぼくもまた、ことばにはさらさら縁を切りたいとねがうことしばしばである。かのアポリネールが名づけた、ドルムザン男爵が、あらゆる芸術ジャンルに匙を投げたあげく発表したアンフイオニーのひそみにならい東京の街々を歩きまわるほうがどんなに好ましいか。

ミショーはことばに対するように、人間をも嫌厭しているのではなかろうか。それとも彼なりのやり方で、人間を愛しているのであろうか。アンチ・ヒューマニストだろうか、いやそう簡単にも行くまいが。何という不幸なことだ。彼の sudhumain 人間下の世界への異常な関心。ミショーがいやらしい昆虫の世界を、ほとんど偏執狂的に書いているのを見て、ぼくの神経はおののく。

ミショーは小海永二氏の手でひろく紹介されたが、小海君の訳篇以外に、別の、もつとすごくていやつたらしいミショーがいはしないだろうか。

ぼくは自分のなかに、ミショー的世界を同居させたいとはいささかものぞまない。ぼくはずつと地上的人間であるし、できうればそうありたいし、青空のひろがりのうちに、人々の雑踏のうちにいつも身をおきたい。ぼくは臆病なのだろうか。それでいてなぜ、ミショーとか、その血縁のロートレアモンに何かコンプレックスをおぼえるのであろう。創造者にとつて、勇気とは、虚無のなか、それがsubhumainの世界であろうと、no man's landであろうと、奥深くはいりこんで行き、どこまでもその壁を押して行くことを辞せず、そこにはげしく奔騰する黒を見つめうることであろう。ぼくはいつもどのあたりで引返しているか。

また別の勇気もある。再び、もしかりに、ファシストの世になつたとしたら、ぼくはどうするだろうか。反抗の声をあげることができるだろうか。今ならできるかもしれないが。今なら、適当に、というのは自分の生活の安定をともかく保ちながら、進歩的な良心をもつこともでき、それを意見として発表することも容易い。他人の優柔不断を責めることも可能だ。しかしほんとうに言論の自由を確保しなくてはならぬ状況になつたとき、沈黙するだろうか、あるいは……先ばしつた告白はすまい。だが一つ云えることはある。何かを本気でやるときには、それだけの犠牲をいさぎよくはらわねばならぬ。

ミショーの世界よりも、ぼくはやはり、あの「赤毛の女」や「ミラボー橋」のアポリネールを、バッカスに忠誠をささげ、美女をあがめた「チレジアの乳房」と「アルコール」の大ロマンチスト・アポリネールのようでありたい。できうれば、美しい冬の木々と、澄んだ空気を、キーツの眼で見、感じたい。接吻をまつやさしい唇が、いつもぼくの現実であればよい。

「かつて私は自然を尊敬しすぎていた。事物や風景のまえで、私は彼らのするままにしていた。そんなことはお終いだ。今や私は干渉するだろう。」（ミショー）

ぼくは自然を、できうれば尊敬しつづけたいと思う。アヴァンギャルドが、自然を否定する宿命をになつているとすれば、それは不幸なことだと、一度考えてみる必要はありはしないか。

ぼくはエゴイストだろうか。自分だけが幸福な愛を見ればいいとねがつているのだろうか。そうだとしたら、やはり少しばかり悲しいが。しかし幸福でも不幸でもないということは、ほんとうに人間的なことではないのだ。シュールレアリストの二つの源、ランボーとロートレアモン、前者は「幸福の魔術をおれは探究した」と書き、「幸福はおれの宿命だつた」と書く。そのとき詩人はどんな高い塔を、どんな永遠を見つけてしまつたか。後者はそのポエジーの序文で書く。「今まで人々は、恐れやあわれみをあたえるために不幸を描いた。それらの反対物をあたえるために、私は幸福を描くだろう」詩人は冒瀆のことば、不信のことばの裏側に、彼の幸福のあまりに高い希望をかくす。

ぼくは、詩人とは、彼がはげしく夢みる力をもつならば、限度をこえてその視力を培い、どこまで高い幸福の塔を見るかに賭ける者の謂だと思う。

外国の詩人のことばかり書くことになるが、これはペダンチスムとは無縁である。ひろい意味で、同時代の詩人であり同時代の問題を投げてくれるから、外国の詩人に興味をもつ。問題は、今や本質的な人間とその生に関係しているのでありコスモポリテイックなことである。とはいえ、実は、ぼくには同世代の幾人かの詩人たちの未来の仕事をのぞいて、日本の詩人たちの思想にも作品にも、それほど熱情的になれないのだ。日本の過去の詩人たちの分析は、たとえば吉本隆明氏らがやつてくれるだろうし、サークル詩といわれるアマチュアの詩人たちの指導者たちにも、積極的な人たちは多勢いる。安心していい。当分のあいだ、ぼくは勝手なことを書き、勝手なことを云わしてもらおう。

ポール・エリュアールの「プチ・グリヨンの財布窃盗事件」という綺譚がある。

例によつてその夜も、ダダイストの詩人や画家たちが、キャフエ・ヴォルテルで会合していた。テーブルのうえには、お金がいつぱいつまつた財布があり、ここでも御多聞にもれず、飲んでしまおうか、それとも新しい雑誌の基金にするかともめていた。それがわれわれの会合でも、同人費の集りはよくないが、飲む金は案外ポケットから出てくるのと同様のことだ。人間性はいづこも同じ。

それはエリュアールがもつてきた財布だつた。ところが彼が緊急提案をして、財布をキャフエのギャルソンにやつてしまつた。どうしたのかというと、実はその財布は、エリュアールがその会合に来る道すがら、カトリックの坊さんからスリとつてきたのだが、キャフエに来てみると、ギャルソンの顔があんまりその坊さんに似すぎていたというわけである。

エリュアール、あの善良なエリュアールのスキャンダルとして、これは上出来すぎるではないか。しかしエリュアールはあの狂つた空気を通つて自己と世界の解体に立ち会い、エリュアールとなつた。エリュアールがモラルというとき、このエピソードくらい、あわせて思い出したいものだ。

あんなに博学で、あんなに大勢の友をもち、あんなにエロチックなエリュアール。そして詩のうまいエリュアール。エリュアールの詩のうまさのまえではどんな詩人も色あせてしまうようだ。

最近、セゲルス版の一九五六年度、現代フランス詩人のアントロジーというのをざつと読んだが、エリュアールのあとに、あんなうまい詩人は、なかなか出そうもない気配である。なるほど、詩よりも精神の方が大事だ。しかし詩もうまいにこしたことはない。一時のなぐさめとしてである。

アントロジーというものは大体面白くないときまつているが、それにしても、トリスタン・ツアラも、ジュリアン・グラックも、閉鎖的な超現実的世界を、同じイマージュ、荒野で一匹の馬が草を食んでいるといつた世界をくりひろげて、一種シュールレアリスムのアカデミスムを展示しているし、若い詩人たちの詩も、小さくまとまつて、それほどめざましいものに見当らぬようだ。ぼくらの周囲の詩人たち、たとえば、「今日」の岩田宏や吉岡実や長谷川竜生のほうがずつとはつらつとして、現代的意味を提出しているのではないか。そのアントロジーでは、やはりジャック・プレヴエールが、シュールレアリスムを、より解放的で、現実的で、サチリックつまり知的な方向にもつて行つて、面白いものとなつている。小笠原君によると、この「アンフアン・ボエーム」という詩は、三十年代のものだということであるが、どうして五六年のアントロジーに入つているのだろうか。

およその筋は次のごときものである。

ある男が犬を飼つている。その犬はアムール、つまり愛と名づけられている。男はアムールを大そう愛している。ところがある日、愕然としたことには、アムールよりも、自分のほうがずつといいものを食つている。（ここでもエゴイスムの問題だ！）そしてそのことに気づいたら、おれのアムールは逃げ出して、おれはもとのもくあみ、また孤独になつてしまう。それよりかいつそ犬を殺してしまつたほうがいい。男は犬を殺す。あげくそれを食つてしまう。食い終つたところで、犬の亡霊がテーブルの下から匍いだしてくる。男は驚ろいて骨を投げてやる。しかし、犬の亡霊はやにわに男にとびかかつて、男を食べてしまう。そして新しい主人を求めて巷に走り出して行く。

何という皮肉だろう。人間性は残酷なものをつねになつている。人間はどんな幸福や自由のうちにあつても、存在することそのうちに毒のように含まれる、不安と悪意を払拭することはできない。

プレヴエールが幸福の詩人であるというのは、人間の不幸を知りすぎているためであろう。彼はそれにもかかわらず、人間は幸福であらねばならぬという思想に誠実であろうとする。剝きだしにされた人間は美しいかそれとも醜いか。そしてそれにもかかわらず、奇蹟的に、人間は美しすぎる行為をもしてしまつたり、美しすぎる音やことばや色を発見してしまつたりもする。そして、詩人という変光星は、人一倍、それらのことに敏感であるはずだろう。彼は何かことばを発しようとして、そのことばが自分の思想の振幅と矛盾を表現できないことに、引裂かれる思いをすることだろう。自分が世界の、どのあたりにいるのかにおののくことだろう。その額のうえに明滅する光のため、世界とどのあたりで和解し、自らも他も生かすかに苦しむだろう。

ぼくらは一人ずつ、自らの現実と声を発見するよりほかないが、それにしても真理は一つであり、人間の想像力は互いに通いあつている。アルファベットはどこにあるか。世界は苦悩している。

（カット　アンリ・ミショオ）

牧歌

吉岡実

村にきて
わたしたち恋をするため裸になる
停る川のとなりで
眠らぬ馬をつれだす
飼槽の水と凍る星の角に
かさばる女の胴体と同じ重さの
こわれる物を搬ぶ
桶の底をはいつくす
なめくじやむかでの踊り
わたしたちすばやく狩りたてる
羽毛のない鳥やゴムの魚
朝啼いて夜だまる可憐な獲物を
枯れた薬と茜いろの雲のあいだで
しきりに移動したえず噛むもの
小屋にとじこめ
窓から月を押しだし
火をおこす
食物にならぬ四つの腿の肉をやき
飲料にならぬレモンをしぼる
小屋の主人は行方不明
マダムは心中未遂
子供は街の学校の便所のなか
にぎやかな運命
わたしたちここに停るもの
わたしたち裸のまま
火事と同時に消えるもの
多勢の街の人々が煙を見にくる

実在のかけ橋

長谷川龍生

だれにもわからない　ある日
だれでもが知つている　ある街かどで
からつぽの霊柩車がとまつていた。
雄牛が二頭、重い荷車をひつぱつて
ゆつくりと傍をとおつていつた。
その瞬間、靑い帽子、靑い冬外套の男と
黄色い帽子　黄色いトレンチコートの男が
せまい間隔にはさまれてしまつた。
二人の秘密党員が、間隔のかげで
なにげなくぶっつかりあつた。
ぶっつかりあい、すれちがいながら
右手が動いて、タッチを待つている左手へ
レポートが、わたされていつた。
霊柩車を、雄牛の荷車がはなれていつたとき、
そこには、だれもいなかつた。

街かどには、だれもいなかつたが
つぎの瞬間に通行人がとおりはじめ
通行人にまじつて、二人の監視党員が
眼球を裏がえしにして立ちあらわれた。
なにげなく、すれちがいながら
焼付の終つた眼球に白い膜をおろし
それぞれ消えていつた人間のあとを
舗道の上にかぎつけ、尾けていつた。
ところが、背後の空間の何処かで、
大きな眼球がぶら下つていたのだ。
デパートの屋上で、だれかが望遠レンズで
さつきの一瞬をとらえていた。

だれにもわからない　ある日
だれでもが知つている　ある街かどで
からつぽの霊柩車がとまつていた。
雄牛が二頭、重い荷車をひつぱつて
ゆつくりと傍をとおつていつた。
その瞬間、青い冬外套の男、ひとりだけが
せまい間隔にはさまれてしまつた。
黄色いトレンチコートの男が連絡して来ていない、
あわてながら間隔のかげを、後ずさりしようとしたら
ふうわりと霊柩車の扉がひらいて
つよい吸引力で、ひきずりこまれた。
暗い柩の中で、かすかに扉の閉まる音がした。
雄牛の荷車と、霊柩車が逆の方向にはなれていつたとき
そこには、レポートが落ちていた。

街かどには
だれもいなかつたが
つぎの瞬間に
すばやくレポをひろいあげた。
通行人のあいだを泳ぎながら、
同志点検悲幹部会議の種子のかけらが
封をやぶつて、太陽の匂の下にこぼれるとおもつたら
たつた一枚の　白紙の委任状が
舞いおちただけだ。

初期詩篇より

清岡卓行

1 空

わが罪は青　その翼空にかなしむ

2 矢

見よ　鏃にわが紫の血は塗られぬ
いづこに向きて
このかなしき矢を放たむ
非力の腕《かいな》に　狙はむ空の
涯しなく青かるを
唇かみて　なほ遙かに望むべし
いかにせむ　わが生ひ立ち
ましろき矢はむなしく海に堕ちむ

3 刀

刀を見たり
蒼く深き怒りを見たり
われとわが身を投げむ海のごとく
わが心をしばしつらぬき
刀はよきかな
刀見て腹切らむと思へり

4 夢ののちに

相逢はむすべもなく
今は遠く去りにけらしな
愚かしや　今宵の夢に

わがはじめて知りし
そのかみの淡き祕めごと
かつてわれはなれを愛し
なれもまたわれを愛しぬ

5　わがピアニスト

音楽の流れに溺れ
音楽の流れよりわが心ふと歩み出でぬ

おお　ひたすらに奏づるひとよ
やがて消ゆべきピアノの音の
その消えゆかむのちのひととき
君がかぼそき指によりて生きてありし
その黒と白の鍵のうへに
君が双の瞳は何を視つめむ
君がいかなる新しき思ひは浮ばむ

いづこより君は来り
いつよりぞ君はかなしむ
見かへれば
わが涯しなき追憶のかなた
生命の芽生するかの幽暗の時刻
そこに坐して
ピアノ掻い鳴らせしかの悲しみびとは
君なりしならずや

いとほしや
わが秘けき懼れを知らず
なほ君が奏づるひとふしのヴァルス
ああ　その　永久《とは》に絶えであらば

（以上、一九四二年における作品。）

笑いさんざめくあなた

児玉 惇

笑いさんざめくあなた
おかしさに 笑いころげているあなた

小鳥は どこからとんでくるの
と子どもに理由なく訊かれても 困るように
さびしさは 愛は…
どこからやってくるか と訊かれても
困惑して あなたは
うつむいてしまうだけだつた
そんなあなたが

笑いさんざめいているのに ぼくは
おどろき 目を見はる

或る日
あなたは 寂寥にたえがたく
福寿草を買つてきて 心愉しんだ
むろん 空は晴れていて
アパートの窓はさむかつた
それから あなたは
マニキュアをしたり スリッパに
刺繍をしたりして 意味もなく
ぼくがネクタイをしめたり
むやみに 莨をふかしたりするように
ただ 何の意味もなく……
そのころ 森では

りすがくるみを食べていた
小鳥は蓑虫をついばんで　喜々とたわむれ　遊んでいた
　ブダペストでは
銃をもつた市民が　屍になり
戦車はかく挫　…難民の
子どもは　いつぱいのミルクに飢えて
……泣いていた

　小鳥は　福寿草は
そして蓑虫や　屍や難民は　なぜか――
何故にこうか　と訊かれても
あなたは　ただ困惑し　理由もなくうつむいてしまうだ
　けだろう

そんなあなたが
笑いさんざめいているのだ
おかしさに　笑いころげているのだ
あなたよ　ぼくたちが
ときにみじめな愛を通して　学んだこと　それは
持続的に生きることが　いかに
難しいかということだ――
問いつづけてゆくことは　もつと難しいといえるだろう
しかし　この晦渋な　難解な日々のあけくれに
笑いさんざめくあなたの姿に　…ああ　ぼくは
最も心なぐさみ　和むのだ

　笑いさんざめくあなた！
おかしさに　笑いころげているあなた！

（一月二十四日）

さわる

大岡　信

さわる。
木目の汁にさわる。
女のはるかな曲線にさわる。
ビルディングの砂に住む乾きにさわる。
色情的な音楽ののどもとにさわる。
さわる。

さわることは見ることか　おとこよ。

さわる。
のどの乾きにさわるレモンの汁。
デモンののどにさわつて動かぬ憂鬱な知恵。
熱い女の厚い部分にさわる冷えた指。
花　このわめいている　花。
さわる。

さわることは知ることか　おとこよ。

青年の初夏の夜の
星を破裂させる性欲。
窓辺に消えぬあの幻影
とおい浜の濡れた新聞　それを
やわらかく踏んで通るやわらかい足。
その足に眼のなかでさわる。

さわることは存在を認めることか。

名前にさわる。
名前とものとのばからしい隙間にさわる。
さわることの不安にさわる。
さわることの不安からくる興奮にさわる。
興奮がけつして知覚のたしかさを
保証しない不安にさわる。

さわることはさわることの確かさをたしかめることか。

さわることでは保証されない
さわることの確かさはどこにあるか。
さわることをおぼえたとき
いのちにめざめたことを知つた。
めざめなんて自然にすぎぬと知つたとき
自然から落っこちたのだ。

さわる。
時のなかで現象はすべて虚構。
そのときさわる。すべてにさわる。
そのときさわることだけに確かさをさぐり
そのときさわるものは虚構。
さわることはさらに虚構。

どこへ行く。
さわることの不安にさわる。
不安がふるえるとがつた爪で
心臓をつかむ。
だがさわる。さわることからやり直す。
飛躍はない。

ほそいうらめしげな音

――映画「ヘッドライト」に

岩田　宏

あの
ほそい
うらめしげな音が
ひるまのざわめきの奥からきこえたので
あわてて耳をおさえ
足をはやめた
街
しがない街
しがない人

白塗りのくるまが走つてゆく
つかまつた奴らやつかまえた奴ら
牛や羊は
夜からどこへ行くのだろう
ひるまは寒くて風がふいている
きみは靴下をぬいで解剖される
ああ　帰り
たくないよ　帰りたくない！
ガソリンのようなたべもの
運行表《ダイヤ》のような毎日
記事のような死
きみの死も！
これを
すつかり
こわすためには

もの言わずにいやな男をなぐつて
たちまちクビになればいいのか
なだらかな
やわらかなきみの
二つの肩に手をかけて
霧や
かすかな陽の光や
埃
路を　しがない路を
走ればいいのか走ればいいのか
死んだきみを呼びもどすには
わるいゆめ
悪夢の力しか今はない
ああ　帰り
たい　どこへ　どこへでも！

牛や羊が啼いている
道は行きどまり

きみは死にかけながら
小さな口をゆがめてあくびした
ねむいわ
とてもねむい
もう詩も唄も要りません
あたしのねむさは道しるべの数
あたしのねむさはしらちやけた朝

うたいながら駈け足で……

山口洋子

町は氷柱《つらら》をぶらさげて
いつでも踊れる用意をしていた
髪に花をかざつた窃盗団が
海の方からやつてきて
その腕利きの頭目は
氷柱《つらら》をポキポキ折つてすてた
窃盗団員の資格は
もつぱら処女であること……

女は
窃盗団の溌剌さに惹かれ
窓を開けたまゝひるをむかえ
たつたいちまいのシュミーズを
うたいながら　せんたくした
昨日リュックひとつで山を降りたのは
なんのためであつたか？

さてジャガイモをむいていると
ひげづらの男がかえつてくる
ラジオのスイッチをいれる
甘酸っぱい果実のうた
庖丁をすべらせながら
女はうれしくなり
人間を信用してもいゝと思う

男は仕方なく
テーブルについて
仕方なくうす笑いをする
突然　壁は黒くなり
スプーンだけがそこで光る
なにかあつた？　ときく
外はまた降りだす気配
そんなこと
わかつてるじゃないか
あつても
なくても

おんなじさ
男は熊のように背をまげ
ひとりの見知らぬ歩行者になつて
部屋をまわる

荒野を馬車でゆられていくように
女はゆれる
いつのまにか馬車のなかでいくらか眠り
目が覚めると世界は朝
ちいさな小屋のまえ
黄色い風が吹き　口笛がきこえ
たとえば鹿皮のジャケット着た男が
ほそい眼差を投げてくる
待つていたのだ
ギターの巧い男　草のようにピストルを啣えた男
そのとき　重いドアを押しあけて
どなた？と老婆が入つてきた……

女はかたい椅子で夜を明かした
ひと晩じゆう
男は歩行者でしかなかつたのか

いそいそと希望ありげに
ふたりの汚れた皮膚のすきまを
はぎあわせていたのは？

女はまたジャガイモをむく
だからといつて……
町はすこしも遠慮せずに
誰やらの葬式の用意にいそがしい
舗道を軽やかに
窃盗団が近づいてきた
庖丁が銹びた　窓から男の声が追つてきた
うたいながら駈け足で
素足のまゝで列についた
窃盗団の一員は
もつぱら処女であること　処女であること……

明日のために生きない

金 太 中
傲慢な明日のために
ぼくは生きない
生長するであろう樹木の影のために
ぼくはことばを用意しない

互いが手をとりあうであろう日のために
今日の怨讐をすてない
明日が明日のためにのみあるような明日を
ぼくははげしく憎む……
幼かつた日が昨日であるようなそんな憶い出に
ぼくは生きない
昨日が今日でないように過ぎた日は過ぎた日
乳房をまさぐつていた手がいまのぼくのどこにあろう

呪われた日々は呪うために
傷ついた日は傷口を舐めるために
そして涸れた海峡は敗れた民族の流亡のためにのみあつ
　たのか

血ぬられた歴史にいたむ人よ

きれぎれの歌

辻井　喬

面をふせ
風にむかう
唇と唇の間から
儀式を拒否し
意地っぱりの
泣き虫の
孤りの斗いを穏し
こともなげに相手を励す
決して表現されない
一つの言葉が

かばいあつて
かばいあつていることを恥じ
ひとりのような恰好をして
二人で進む
何と名ずけられようと
これしかないと言うやり方で
暗い昼
僕等
汚れてしまつた
死に絶えた
言葉の山から
たゞ一つの
鳥の言葉を
探すのだ

証明

かもしかよ……

田中清光

おまえの優しいまなこにひかりながら
ゆれる木木のみどり
やわらかいかかとが土を離れるときに
おまえのなかで
樹木の枝は引きしぼられる
そこからはしりだすおまえ
はじけるように空にゆく小鳥
はねかえつた枝は
もうおまえの背をふさぐばかりだ
どこまでも　道のついている世界
弾んだ胸のたかみに

草はふれる
おまえはもえはじめる
さわやかな風が
しめつた鼻孔にながれこみ
眼をほそめてはしる
そのときからだ
弓に矢をつがえたひとりの猟人が
しつこくおまえを追いかけはじめたのは
刻々
おまえが風に変身しはじめたのは
おまえが風になる
樹木のさえぎる地上に
おまえのまなこいつぱいに木木がみちて……
だが　畢竟
おまえは死ななければならない
たとえおまえ自身が
今日のおまえを証明できたにしても

明日　猟人の手にひとつの石器のかけらが
おまえを神話にのこすだけだろう
けれども　いまは
木の実にふれ　草をくわえて
すばやく　はしりぬける
瀕死の言葉の森を
ああ　そのやさしい蹠《あしのうら》のつくつたくぼみから
ぼくははじめて顔をあげる
こみあげてくる血に　はげしく動悸しながら
太陽にむかつて　立ちあがる

空

小鳥たちはゆつくりと弧を描きながら
じぶんの空をたしかめる
ひとつの囀りが　ひとつの囀りをみたし
よびかえすことで　明るくもえている
いぬたで・べにしだはひそみはびこりながら
じぶんの土地をたしかめる
獣たちに踏みしだかれながら欲望をもやし
殺されることで　生殖している

僕たちは歩きまわる　歌をうたう
でもじぶんの領域をたしかめられはしない
ときに誰かが殺される

だがどうしてもそれはつぐなえない
言葉はそのとき　僕たちの一層不確かな空となる
そしてそこから絶えず　未来がばらばらになつて墜ちて
くる

凩の女

──一人の声・赤ん坊の泣き声・凩の音による──

岸田衿子

赤ん坊が　泣いてます
外は冷く　きつい風が吹いても
ここは暖く　ひつそりしてるのに
赤ん坊は　泣いてます

人々は少し頬を熱くして待つていたのでした
赤ん坊が　生まれてくるのを　泣くのを
あの誰の子かしれない　赤ん坊
古里を忘れてしまつて
一度泣きやんでも
誰も思い出してくれなくて　泣いてます

あの扉が　ほそくあいてます
何時あいたのか　誰もしらないのです
そこには　一人の女が立つています

女は母かもしれません　何故なら
赤ん坊の傍には誰もいないから
それとも女は　隣の病棟の片肺の女
何故なら　その人のペットはからだから

赤ん坊を円く囲んで
皆黙つて何か聞いてます
赤ん坊に訪ねたい事があつても
赤ん坊が泣くので只聞いています
皆少し頬を染め　先刻からじつとして
あの扉の外の女は皆には見えません
扉の外の女からは皆がよく見えます
真中にいる赤ん坊だけをのぞいて
あの女の胸はからつぽです
赤ん坊を生んだ母よりも　何故なら赤ん坊を皆が隠して
　いるから

外には凩が吹きつのつています
昔　その人は凩を好きでした
凩の中に立つていることが好きでした

けれども何時からか人は凩を隠してしまつたのです
だからその人の胸には凩が入つていたのです
凩が棲みいいように　からつぽの所があるのです
そこはそのまま温まろうとせず　誰かの為にあるのでも
　ないのです

そこには　昔恋人の居た海を距てた砂ばかりの小島の硝
煙の匂いが少しと父母を埋めに行つた古里の土の湿り気
と　人と別れた夜の灯の無い暗闇の色が少しづつ交つて
いたけれど　何時も強く吹いて　その人をじつとそこに
たち停まらせずにはおかない凩だつたのです

その人の胸には誰も入らないのです
赤ん坊も棲むことはないのですから

あのひつそり暖い部屋は
赤ん坊だけになつたのです
赤ん坊の泣き声が溢れたので
人々はそれぞれの問を胸に抱いたまま
寂しく凩の中の外へ出てゆきました

あの扉がほそくあいています
あの女がそこに立つています
赤ん坊だけの暖い部屋に
一筋の風が迷い込んで行つたのです
からつぽな女の胸から洩れ
こつそり偲び込んでゆく　風

赤ん坊が泣きやみます……はじめて
母のいない赤ん坊に　きこえます
あれは子守唄　低く　低く
眠つている赤ん坊に　わかります
凩が　あの凩だけが　育ててくれるのが

赤ん坊が眠つています

アニリンブラックの唄

広田国臣

アニリンブラックの桶の中に落ちこんで
ぼくは真黒に染つてしまつた
カラスの笑いが桶の周りをぐるぐる廻つた
働いて汗と垢を落したら
鼠ぐらいにはなれるとボスが云つた
嘘だ　働けば働くほど
ぼくの肌は黒くなつた
アニリンブラックと呼ばれてぼくは
アニリンブラックで染めた服を着て働いた
ぼくの工場の染料はすぐ剝げる
のに何故こんなに落ちなく染つたのだ
蛾が一匹いると女に笑われ
ぼくは急にもつと黒くなろうと決意した
再びアニリンブラックの桶にとびこんだ
影がふくれて出て来たとき
ぼくはカラスより黒くてうれしかつた
ぼくはカラ　カラ　カラと笑つたのだ

それからぼくの染めた
黒い布は決して剝げない
さらし粉でいじめても決して剝げない
ドライヤーで布の皮膚をひきのばし
アニリンブラック
煙突のすす
硫酸　芒硝

それにちよつぴりピエロの涙
それらで布の毛穴をつぶすのだ
ぼくが通ると街の人は笑つたが
黒い肌がおかしいか
きみら　笑つているその顔は
あまり笑いが剝げるので
笑つた顔でなくなつている
だから剝げない
ぼくの黒い布はよく売れた
はゝゝ

だがぼくは染つた黒い布ではまだだめだ
Bela Bartok　のように
染めものでない黒さが欲しい
それにはぼくの体から生きた黒さが
染液の中に出て行かなくては
ぼくは三度アニリンブラックの桶にとびこんだ
たろう　くろう　くまこ
たすけ
笑いたければ
ねつれつに笑え！
間違つても　おれが黒そのものになる前に
桶の中からたすけあげてくれるなよ

大地の勲章

難波律郎

鉄の鋏でブリキをキザんだ
ブリキは小さな破片になり　散乱した
鴉がきてそれを喰べた
やがて　鴉は卵を産んだ
ブリキの
卵はブリキの鴉になつた　鴉は卵を
卵は鴉に　鴉は卵を
卵は鴉に……

……いつか地平はペカペカの　鴉と卵で
隆起した

癌のような、その傾斜を、僕は歩いていつた。蟻に似ていた。触角の尖で、ブリキが音をたてた……

空はつめたかつた。風に頭を浸していると、眼と鼻が欠けた。日没には、すべての有機質が脱落した――鉄骨風にたたずんでいると、胸の中で、鴉が歌つた――

するとグルグル、僕のアンテナが廻りはじめた。鴉の声に、声が重なり、声々が輪になり、輪が輪を作り、波を作り、無限に拡大する音の、渦の中で、僕ははげしく咳こむ、すると、無数の鴉が沸騰した。僕はみじろぐ、と、足もとで卵の群が雪崩れた。うつ向くと、僕の下界で、大地は遠く縮んでみえた……

……いつからか、僕は巨大であつた。のみならず、変形していた。千畳の翼をもつ大鴉！

僕は一搏ちで上昇した。空のひろさが僕をみたすと、悲しみがあふれた。涙は驟雨になり、落ちていつた……

僕は誰かを呼んでいた。だがその声は、砲声のように重い、夕とどろきにすぎなかつた。

そこにもう僕のいない地平で、孵化はまだ続いていた。月が昇つた。照らし出された金属の絨氈は、母なる大地の、偉大な勲章のようにかがやいてみえた……

鮫の歌

多田智満子

おれのからだは執拗な波にのたうち
はげしく緑の潮をかきわける
おれはまだ日輪を見たことがない
おれの眼は濡れすぎているから

鋼鉄のバネのような飢えと
白い牙とをもつ　おれは鮫
おとなしい魚にむかつて
遮二無二おれは突進する
さもなければ己が重みで
底なしの海淵に沈まなければならないから

おれのひれは強靭
おれのあごは残忍
獲物を喰い裂くたびに
赤い血が一瞬水を曇らせるたびに

おれのあらい肌は悲しみで蒼くなる
おれは追いつづける
季節から季節へとさすらう魚たちを
おれは屠る　次々と　無辜の犠牲を
悔恨はおれの牙を真赤に染める
なぜならおれは鮫だから
弱肉を喰らう強者だから
ああどす黒い藻におおわれた岩かげに
おれの疲労は重い

眼をとじて骨なしの蛸を喰えば骨なしの蛸になる
平べったいえいを喰えば平べったいえいになる
おれは日に七度変身を経験する
だが一度として　かわいたものになつたことがない！

*

おれは小鳥に生れたかつた
空近い梢に歌つていたかつた

ぼくを作る途中

鈴木　創

一つの光は
途中で屈折して柱時計のまえでとまつた。
一つの光は
ぼくを制作し終えたばかりの彫刻に仕立てる。

レモンの果汁が匂い、
埃が新しい、
この部屋に住んで、
ぼくは今日の途中まできた。
働け、働け、そしてその陶酔に似た表情を
戸外の太陽にむけて死ね！
洗いたてのにんじんの
きやしやな稜線をかじりながら、働け！

どこかで、
いま横断歩道の白線の上を横切る人がいる。
火災現場では炭素が露出し、
焼けのこつた有棘鉄線がゆれている。
すべては頂点できめられてくる。
すべては空気が唾液をひからびさせ、
ぼくの呼吸をつまらせる場所で作られるのがいい。

それは
雪の、
破裂、
不意の持続でなければならない。
鉛管をはしる飲み水の部分は
どこの蛇口から急にはきだされるかを知らないのだ。
一日ぼくは午前をえらんでそこに小さい鐘を沈める。
ぼくはいつも斜めでいなくてはならない。
ぼくは両手をひろげて、
やつと粗い舗道をつたわるんだ。

ぼくは疲れる。
ぼくは跳ぶ。
光は似合つた闇をさがしてゼンマイのように自動しはじ
　める。

光はぼくを制作しはじめたばかりの沈黙に……

突きもどす。

*

そのとき楽器がなりはじめていた。

ぼくの理性は
それがこわれたアコーデオンだとみとめている。
けれども一種家族的な感情を
鳥がついばんで飛んでゆくというように、
ぼくはその楽器を
なにかになぞらえないと気がすまない。
それは理性以外のしわざだし、
というよりも
不規則な心臓の鼓動にリズムが似てくるのだ。

〈生〉の断面が
海と陸地の両方にひろがつて、
森のような雲と雲のような森とを作りだし、
たちまち生きている今日を
青年の輪廓で包囲してしまう。

そうだぼくは捕縛されていたのだ。
この光の牢獄からぬけだして、
ぼくは石灰質の道をあるいている。
楽器はその途中からきこえてきた。
それはくりかえし歌う。
　〈おまえは小鳥のお尻です
〈おまえは塩をなめる舌のつけ根です

悲劇

飯島耕一

私は忘れた。行きあつた人の数だけの顔を
私はそれらのほとんど一人一人から何かを受けとつたのに。
（というのはよほど私が戦闘的だつたからだ。）
私はうす暗がりで　足音のほうがずつと鮮かな　塊にでも
男か女かを見分け、一人一人にほとんど運命的な接触を
　感じるのである。
私は人々が集つているところで　時々
それがバスで偶然隣あつた乗客でも、
一人一人の意識の襞に　何がかくされているか
ほとんどおそろしいほどの関心をもち、
それらが見えない線でどんなにからみあつているかを想
　像し、
そのため何度も窒息した悪い習慣を持つている。
（で私はその無益さに匙を投げ、Moces を試みる。）
だが私はそれらを翌朝の青空のなかで何も記憶していない。

私は忘れた。13という数字のためになつかしい
病棟での稀薄な稀薄な空気のことを。
こぼれたクレゾールの匂いも　男たちの野蛮なSexeも、
金属のふれあう冷い音も　遠い事件だ。
私はとくべつ忘れっぽいのだろうか。
滞貨の山積したK港桟橋から　朝ごとに
河口の海くさい造船所へ輸送された中学生は私だつたか。
そこで特殊潜航艇の小さなバネを削つた指は
この指だろうか。
私はあの残酷な残酷な残酷な

戦争の日々の思い出を　今考えてみても
防空濠で聴いた　埃くさいジヤズとなまぐさい
岸壁のかきの味でしか　おぼえていない。
夜の眠りに沈んでいるうちに
昼間　私の内部につきささつた記憶という短刀《あいくち》は
ゆつくりと泳ぎ出すか
それとも燃えつきるか、誰もいない海
どんな波のしぶく外海に。

忘れることだ。それらの記憶が
吹き荒れる劇場のように圧倒的におしよせてくることか
ら
免れることだ。
（それらの一切と出会うことなしには
君は君でないのだと　誰が云い得よう。）
私は今日ひろがつている青空をはじめてのもののように
　吸いこんでいる。

一切を忘れること　それが私のモラルだ。
冬の木々はなぜこんなにどこまでもどこまでも
はだかでいるのか、
鳥の飛翔の跡が　なぜこんなに
どこまでもどこまでも透明な残像をのこすのか、
子供たちが小石をひろい　それを投げると
なぜ木々がのびあがつて　どこまでもどこまでもその行
　方を追うのか。
闇に帰巣しようとする記憶たちは
もはや　私の友ではない。
あばよ。
私だけが知つている
私に役立つ記憶　それは
やさしく熱い　火の匂いに似ている。

生きる

平林敏彦

いくら小刀《ナイフ》で削つても
いやらしい教会の窓が消せない
尖塔の辺に邪魔なのは
壁土いろの雲
おれはみるみるすりむける
ちびていくパン屑のように
肩も肘も　ふくらはぎの皮も……
夜になれば四つ肢のカラス
ガオガオ頭蓋をつつきちらす
細首をしめあげられて
考えちやいけない　考えちや！
と啼きながら……

陰気な夢にふける愉しみ
女の衿をひっつかむ
裂けおちるうすい下着
背筋をすべる剃刀
たまらない脂肪のにおい……
ゆつくり時間をかけて剥《む》く
馬乗りになり　背から腹へ
くるりとおれが剥いてやろう！
しずかに陽が射し
どこかで物売りの声がする……

朝　屋上には銃架がある
黒いトランペッタアが地下にいる
荒れている白い陸には滑走路
移動する火器を
おれはフアインダアから覗く
草の根に横たわる兵士の
腐りかけた足を嗅ぐ
一瞬にして声を刺され
ペロリと火傷した顔を漬ける
暗渠からごぼごぼ

裂けたパイプがあがつてくる
考えちやいけない　考えちや！
と喚きながら……

おれは女に首ったけ
腋毛を剃る　丁寧な逆剃りで
ほそい眉をつりあげ
心臓のうぶ毛を剃りおとす
もう労働者の髯面などあたれない
錆びたテロリストを砥石にのせる
まだ火葬場は遠いの？
女は聞き　それから
上気嫌で男達の噂をふりまく
ガリリとおれは恥骨を噛む
靴底の鋲で踏み砕くと
川のむこうで女が嗤つている

風のなかのカンカン虫
涸れたダムの灯

貨車の覗き窓にくっついた家畜の眼
どのみち　おれには他人
一台のブランコ　すべり台
石塀にかこまれたちいさな家
おれが生れたその日暮から
屋根も木も姉妹達も別々だつた
考えちやいけない　考えちや！
とうたいながら……

丘が見え　それからつぎに
赤茶けた煙突が見えた
灰色の低い建物のまえに
うろついている人間のなかに
いるときおれは快活すぎた
襤褸のように無雑作に！
どんなに不幸な日がきても
きつとおれたちはもう死ねない
おれも　そうしてこの女も
肉のひときれになつても生きるだろう！

資格検査はつづけられています

一幕

中島可一郎

第一場

あまり高くない、腹にこたえるような犬の遠吠え。それに入りまじつて犬殺しの、罵声。だんだん遠くなる犬の吠える声。――幕があく――

どこかの公園地の一隅。まわりにあおい木がキチンと植えられている。背後に、三階建ぐらいの白色の建物が上部だけ遠目《とをめ》に見える。舞台の右に、やや小高くつくられたプロムナードがのぞける。左隅にブランコ乗り場があり、若い男がゆらゆら乗つている。ドツグ・シヨウの始る一時間ぐらい前の十時半ごろ。やわらかい光線が一杯に降りそそいでいる。

皮膚病にかかつた赤茶けた大きな犬。グレイハウンドの雑種。通称テラ。

若者――二十才前後。軽い脳膜炎にかかつたことがある。

犬殺し――やせぎすの暗い感じの中年男。

犬の周旋人二人――ニツカー姿。

（犬殺しがブランコ乗り場のうしろから息を切らして出てくる。）

犬殺し　畜生！またやりそこなつた。
もう一週間も狙つているのに、
何時もヘマばかりやつてござる。
この俺に腕のくるいはねえはず。
この十年間に五千頭は捕つてきたんだ
あいつばかりは骨を折らせやがる。
あいつはただの犬じやねえ。
あいつの面《ツラ》をみると、犬殺しの俺も胸くそがわるくなる。
あいつは魔性かも知れねえ。
おれがうしろからしのびよる。
――すると、あいつは、くるつと前にむきをかえる。
そしてよ。
おれの顔をぢつとみつめやがる。
おれはカツとなつて捕獲器をつんだすると、あざけるように、ワンと吠える。
あいつの鋭い目が、おれの手許をゝくる

わす。
それで勝負は何時もきまつちまうんだ
それから、あいつの遠吠え。
おれにやあ、ワン馬鹿、ワン馬鹿というように聞えるよ。

若　者　テラのことだね。

犬殺し　だ、誰だ！だれかそこにいたのか。

若　者　おれだよ。おぢさん。

犬殺し　おう、いい若えもんが、真ツ昼間なにをしてんだ。

若　者　遊んでるだよ。おぢさん。

犬殺し　天道さまにバチが当るぞ。

若　者　だつて、だれもおれにかまつてくれねえんだ。
おれのこと、だれもが薄ノロ、といつてからかうだけさ。

犬殺し　ヘツ、手前が薄ノロだとひけらかしやあ世話がねえ。

若　者　だれも人間は構つてくれねえのさ

犬殺し　当りめえよ。忙しい世の中に、薄ノロの相手になつていられるもんか
そうだ、畜生！あの赤め、なんとかとつちめてやらにやあ。

若　者　大人はいいなあ。犬をつかまえてりやあいいんだから。

犬殺し　なにを、聞いたことぬかすな。おめえの知つたこつちやあねえ。

若　者　あんな犬、追つかけるのよしな。
それよりブランコ乗りしねえか。

犬殺し　馬鹿野郎、いい気になりやがつてぶつとばすぞ。——ああ、こいつは薄ノロだつたんだつけ。

若　者　あんな犬かまうより、おれと遊んでおくれよ。そのほうが面白かんべ

犬殺し　おめえなんかと遊ぶより、犬とチンチンしあうほうがよつぽど人間らしいよ。
お犬さまを捕《と》りやオマンマを食べていられるんだ。
今日は三頭ぐらい捕らにやあ、オマンマの食いあげだ。
それによ、手前だから話すけど——犬を捕るのは、何時もドキドキものでな。犬という犬はみんなおれの恋人ちゆうわけだ。
貴婦人なんかに抱かれているテリヤまがいの小犬をみると
おれはゾクツとするね。

若　者　鑑札があつてもか。

犬殺し　鑑札？そんなもの、おれには関係がないことさ。
いまは家畜飼育法ちゆう法律でよ、どうにでも解釈できるんだ。おれは何時も思うのさ。
——奥さま
あなたの胸にだかれている
その可愛いテリヤに
わたしや惚れましたわいナ
ちよつと
だかして　くださんせ——
そしておれにだかせて御覧《ろう》じろ。
おれは一目散に突つぱしる。
その貴婦人はアレーツとばかり仰天して、裾もあらわに追つかけてくる。
——返して　おくれ
この犬泥棒！——
おれはつかまらねえよ。おれは鑑札をもつた犬泥棒だ。
この白いテリヤまがいを
ワンワン、キャンキャンほざいている
箱のなかに
インクの一滴のように、落してやる。
——ヘツ、ただの穀つぶしの犬ぢやねえか。——
野良犬どもにいぢめられてさ。白い毛

にシラミがわんさとたかる頃。やつとなにもかも気が付きだすという始末。
その貴婦人の泣き笑い。お追従笑いのほうがよつぽど面白れえ。

若　者　ひひひ……それでふところがたんまりあたたまるというわけか。

犬殺し　たまに、焼酎の一杯ぐれえにありつけても、お天道さまの罰は当るめえ。
それが人間さまへの功徳というもんだあね。

若　者　テラはだめだよ。捕まらねえよ。

犬殺し　テラつて、あの赤犬のことか。

若　者　うん、そうだ。
おれの大好きなテラ。
おれの仲好し。

犬殺し　あの薄気味悪い犬は、どうしてもおれが捕つてみせる。
あいつを捕らねえことにや、おれの面子が立たねえ。
あいつは魔性の犬だ。
あいつの目を見ればわかる。

若　者　あの犬はさみしがり屋だよ。
おれと同じ、だれにも構つてもらえないのさ。
あの病気じやあね。

犬殺し　そうか。おめえはあの犬と仲好しだつたのか。
そうか。こりやあいいことを聞いたな。
どうだね。おぢさんともつと仲よくしねえか。

若　者　仲好くするつて？犬殺しと仲よくするなんてパツとしないや。

犬殺し　生意気いつてやがら。薄ノロの…（くせにといいかけて、あわててにごもる。）
おぢさんともつと仲よくしようや。
そうすると、好いことがあるぜ。

若　者　好いことつて？　なんだい、それは……。

犬殺し　それはね。おぢさんと仲よくして言うことを聞けばだよ。うんとうまい菓子を買つてやる。

若　者　ふふふふ……。

犬殺し　どうだ。

若　者　（返事をしない）

犬殺し　な、どうだ。

若　者　おぢさんとなにをするんだ？

犬殺し　それはね。（若者に近寄つて、なにかささやく。）

若　者　（ギョツとしたように返事をしない。）

（上手より犬の周旋人二人話しながらあらわれる。）

周旋人A　というのは、なにも悪気があつたんぢやないんだ。

周旋人B　そりやあ解るよ。しかしだね。あれがそんなふうにハマろうとは、業者仲間でもちよつとした評判だぜ。

周旋人A　まあ悪く思わないでくれ。おれにやつと日が射しかけたつてえところさ。君だつて、脛に何とかやら……覚えがあるだろう。

周旋人B　そりやあないことはないさ。だがね。業者仲間の仁義というものがあらあね。アコギな真似は互に気をつけるとしようぜ。

周旋人A　おいおい変にカラんでくるじやないか。ぼくはなにも、こちらからハメたわけぢやないんだぜ。先方から断つてといわれるんで、仕

方がなしに手放したというわけさ

そのかわり今日の資格審査は、ビクビクものなんだ。カメラ持参でね優秀カツプを手にした奥さんをパチリという寸法なんだが、カツプ取れなきや御出入かなわずだよ。

周旋人B　あのお下劣なスタイルが優秀カツプだつて？

ふつ冗談じやないよ。君はそんなことまでたきつけたのか。

絶対にあのパンニは肩の恰好が寸づまりだよ、ありやあ君、せいぜい犬でございという三等賞ものだよ。

周旋人A　ぼくは頭が痛いのさ。あのパンニの肩がもう二センチ長けりやなあ。しかし、今日はテリアで強い犬というのは見当らないね。あるいは、という希望ぐらいあるかも知れん。それが唯一ののぞみなんだ。

周旋人B　審査委員長には、とつくに鼻ぐすりをかがしてございます、か。

犬殺し　今日は、旦那がた。

周旋人A・B　やあ、今日は。

犬殺し　今日のドツグ・シヨウはいいあんばいだね。旦那がたも出場をさせになるんで？

周旋人A　いや、ぼくらは犬を連れて来ませんよ。見るのが商売。

犬殺し　旦那がた、犬に関係した商売だね。わしにやあ、わしの鼻にやすぐ解る。

周旋人B　君も犬に関係した職業だね。君の目をみれば察しがつく。

若　者　犬殺しだよ。

周旋人A・B　ええつ。

犬殺し　余計なことをいうな。

周旋人B　そうですか。保健所のかたで……。

周旋人A　何時もお世話さまですな。

周旋人B　今日はここへ御出張ですか。

犬殺し　いやあ、別に、とりたてて用事があるわけぢやねえんです。

若　者　犬を捕り損ねたんだ。

犬殺し　こらつ黙らねえか。

周旋人A　なにを捕り損ねたんですつて？

犬殺し　なにね、赤犬を一頭追込んだんだが、逃げられたんですわ。

周旋人B　へえ、どんな犬で……。

若　者　病気の犬だよ、テラというね、ふふふ……。

周旋人A・B　病気！

犬殺し　いやな野良犬で、あの目をみるとゾツとするようで。つまり魔性のけだものといつてもいいでがしよう。

周旋人A　病気の犬は、いけない。す、すぐ処分されるんですな。こちらに見えればわれわれもお手伝いしますよ。

犬殺し　へえ、まつたくでさ。今日は天下の名犬、優秀犬がたくさんあつまるつてえのに。あんな犬を野放しにするのは、当市保健所の名誉にかかわりますからな。ひひひ……。

おつと、もう開会までにいくらも時間がねえ。どら一汗かくか。

周旋人A・B　（素早くうなづきあつて、ひとりが、いくらか包んでおひねりにする。）

周旋人A　や、大変失礼ですが、これで煙草を一服すつて下さい。

犬殺し　なんでがす、それは？　おらあ当市の役人ですだ。そんなもの貰う筋合はねえ。

周旋人B　まあいいから、納めておいて下さい。

（と、いいながら周旋人二人あわてて上手へ去る。犬殺し、あたりを見廻したが、素早く紙包みを内ポケットにしまいこむ。そして、マッチを擦って煙草を吸う。）

犬殺し　どら、一かせぎすべえ。（行きかけたが、ブランコに乗った若者に気づく。）

お、薄ノ（ロといいかけて）、若けえ衆、さっきのこといいな。約束したぜ。

（犬殺し、上手へ歩いていく。）

若者　（返事をしない。黙って下をむきながら、ブランコをゆすっている。そして、ふと何かの気《け》にさそわれて、顔をあげると）

テラ！（と肝高く、ややとまどい気にさけぶ。）

（その視線を追っていくと、テラがプロムナードの下のすみに姿をあらわし、ぢっと立っている。）

――暗転――

第二場

にぎやかに「愛犬のうた」の合唱がアコーデオンの伴奏ではじまる。

まことつくせり　この日まで
熱さ寒さに　手塩かけ
愛犬そだてる　たのしさよ
おお
われら　愛犬の幸福《しあわせ》のために
この奉仕を　たたえん
この奉仕を　たたえん

空は晴れたり　この佳《よ》き日
見知らぬ人と　たずさえて
愛犬みせあう　たのしさよ
おお
われら　愛犬の名誉のために
この佳き日を　たたえん
この佳き日を　たたえん

そして、けたたましい各種の犬の鳴き声人の話し声。スピーカーの呼出などがいりまじって、花やかなドッグ・ショーの感じがたかまる。

――幕があく――

第一場で、右手にみえたプロムナードが舞台正面に横に長く見える。そしてその前（つまり客席に背をむけて）に審査員たちが三人ほど腰かけメモをとっている。中央の一人は禿頭。

第一場に出た登場者のほかに、見物人大勢。また各種の犬が飼主の手で、あちこちに手入をうけている。大柄の中年婦人が、学生風の青年に命じて、ワイヤー・フォクステリアに櫛をいれさせている。周旋人A・Bといる。

スピーカー　つぎに各種優良テリアの審査を行います。登録されたかたは準備をねがいます。準備ねがいます。

周旋人A　さあいよいよパンニ嬢のお出ましですね。晴れの場所で、わたくしのほうが気が気じゃありません。

中年婦人　優勝カップはパンニのものですわ。パンニがカップをもらうとき、いえ、わたくしが、カップをいただくとき……。

周旋人A　そのとき、犬屋のわたくしも、パンニ嬢のために、鼻高々。これこうして、スナップ写真の準備OKですよ。
中年婦人　パンニの強敵はどれですの。
周旋人A　えゝと、登録犬は、ぜんぶで六頭、ブル・テリア、エアデル・テリア、スムース・フオクス・テリア、スコツチ・テリア、スカイ・テリア、それとパンニのワイヤー・フオクステリア。いずれも名犬ぞろい。
おお、あそこのエアデル・テリアをごらん下さい。均勢のとれたいい犬ですね。犬屋のわたくしもほれぼれする。それと、あのスコツチ・テリア。ああ、あの素晴しい短い前肢《あし》と耳のとんがり。あのずんぐりとした容姿。それとくらべるとこのパンニ。まつたく月となんとかやら……（語尾を口のなかで吸いとる。）
中年婦人　えつ、なんですつて、どれが月とスツポンですつて。どれもこれもこのパンニにくらべれば、釣鐘に提灯ですわ。
周旋人A　そ、そうですとも。奥さま。
中年婦人　あなたがすすめたパンニですもの。万が一、しくじるようなことがあれば……。
周旋人A　え、そのときは……。
中年婦人　あなたに倍額で引取つてもらいますわ。
周旋人A　御冗談を。ぜつたい優勝疑いつこなしでさ。
スピーカー　トラツクのうえにゼツケンをつけておならび下さい。
周旋人　さあ、御出陣。
各種テリアがゼツケンをつけた持主につれられて、プロムナードの上に一列にならぶ。「愛犬のうた」のメロデイーだけが、高らかにスピーカーから流れる。
スピーカー　唯今より、各種テリアの資格検査を行います。
ゼツケン1番、ブル・テリア、ゼツケン2番、エアデル・テリア、ゼツケン3番、ワイヤ・フオクステリア、ゼツケン4番、スムース・フオクステリア、ゼツケン5番、スコツチ・テリア、ゼツケン6番、スカイテリア。
ゼツケン1番から、並足でお廻りねがいます。
ただいま資格検査を行つております。資格検査を行つております。
（ゼツケン1番から円形をつくつて、並足で歩かせる。持主はいかにも慎重に、自分の犬を印象好く見せようと骨折りながら、ゆつくり二、三回まわる。）
スピーカー　資格検査はつづけられています。つづけられています。
スピーカー　並足から速足でお廻りねがいます。速足でお廻りねがいます。
唯今、審査が慎重につづけられています。つづけられています。
スピーカー　並足でお廻りねがいます。並足でお廻りねがいます。
スピーカー　並足から停止して下さい。停止して下さい。
各頭ゼツケン順にお並び下さい。
ゼツケン順にお並び下さい。
スピーカー　審査結果の発表まで少々お待ちねがいます。

なお、次に出場のシエパード三才
の登録犬は準備ねがいます。
（出場するシエパードの胴中にゼツケンを両側につけ、飼主につれられてプロムナードへむかう。）
周旋人B　いよいよ最後の審判だ。覚悟はいいかね。
周旋人A　覚悟だって？一体なにを覚悟するんだ。変なことをいうなよ。
周旋人B　言わずと知れたパンニのことさ
周旋人A　パンニは優勝するよ。当りまえぢゃないか。
周旋人B　まず衆目のみるところエアデルかスコツチだな。
周旋人A　まあ細工は隆々だ。発表を御覧じろ。
スピーカー　各種テリアの審査の結果を発表いたします。
一等ゼツケン3番、ワイヤ・フォクステリア
（観衆のワーツという歓声があがる。中年の婦人、プロムナードのうえで、パンニをだきあげほほずりする。）
スピーカー　二等ゼツケン2番、エアデルテリア、三等ゼツケン5番、スコツチテリア。
以上でございます。
唯今より、一等入賞犬には大日本畜犬商会寄贈の記念カツプ授与が行われます。
周旋人A　勝つた！勝つた！
周旋人B　この賭はおれの完全な負けだ。
（禿頭の審査委員長がカツプを持つて、プロムナードにあがり、中年婦人にカツプを渡す。ひとしきり、「愛犬のうた」の前奏曲がなり、歓衆は一斉に拍手する。周旋人Aはその光景を写真機で何枚か写す。出場犬はそれぞれプロムナードからおりる。）
中年婦人　ああ、みんなあなたのお蔭ですわ。パンニの幸福は、わたしの幸福。そしてその幸福はあなたが作つてくださつたもの。嬉しい。
周旋人A　いや、パンニの実力ですよ。さすがは審査員の目が高い。
周旋人B　さすがに審査員の目も曇らされた。君の実力で——。
周旋人A　さあ、パンニ嬢をだつこして下さい。スナツプをとりましよう。
（群衆にかこまれながら、記念写真をとる。）
中年婦人　Aさん、どこか取りあえず祝盃をあげにいこうじゃありませんか記念カツプでお酒を飲むなんて、奇蹟ですわ。
スピーカー　シエパード出場犬は、ゼツケン順にトラツクのうえにおならび下さい。おならび下さい。
周旋人A　お供をしますよ奥さん。B君も一緒に行かないか。
周旋人B　（口惜しそうに）切角だが御免こうむります。渇しても盗泉の水を飲まずだ。
周旋人A　なにを体裁のいいことを言つているんだ。
（中年婦人、周旋人Aと学生風の青年が

檻のなかにパンニをいれて、自転車にくくりつけ、下手へ去る。）

スピーカー　唯今より、シエパード三才の資格検査を行います。

ゼツケン1番から、並足でお廻りねがいます。

ただいま資格検査を行っております。資格検査を行っております。

（ゼツケン1番から円形をつくって、並足で歩かせ、二、三回まわる。）

スピーカー　資格検査はつづけられております。つづけられております。

（そのとき、観衆のキャーツという叫び声。群衆が波のようにゆれる。テラがあつちこつち興奮して駈けまわる。大人たちが摑えようとするが、どうしても摑まらない。

スピーカー　並足から速歩でお廻りねがいます。速歩でお廻りねがいます。

（テラは追われながら、トラックで整然と並足で廻つているシエパートの輪のなかにぴよんとはいる。）

舞台は急に薄光《ツワイライト》。ただシエパードの輪にだけ、つよい光りが当てられる。

スピーカー　唯今、審査が慎重につづけられております。つづけられております。

スピーカー　並足でお廻りねがいます。並足でお廻りねがいます。

ゼツケン3の犬　焦げくさい匂いがする

ゼツケン1の〃　ものの腐りかけた匂いがする。

ゼツケン5の〃　それは君たちの鼻が弱つた証拠さ。弱ればいろんな妖しい匂いをかぎだす。鼻ノイローゼになつたんだ。

ゼツケン3の〃　いや、ぼくの鼻は健康すぎるほどよくしめつている。

ゼツケン4の〃　それじや、きつと、あのスピーカーのガサツな声のせいだろ。

ゼツケン2の犬　資格検査はつづけられています。つづけられています。

ゼンケン1の〃　あの声を聞くと、船酔いのように吐きたくなる

ゼツケン3の〃　愚劣な人間どもの好い気な道化芝居だ。あいつらに検査する資格なんてありやあしない。

ゼツケン5の〃　人間どものことを言つてもはじまらない。彼奴らはしよせん救えつこないのだ。

ゼツケン2の〃　たしかに嫌な匂いがするようだ。

ゼツケン1の〃　おや？ぼくの目の前に変な奴が走つている。

ゼツケン5の〃　すると俺のうしろつてえわけか。

（うしろをふりむく。テラは済した顔で並足で列のなかにいる。）

ゼツケン5の犬　俺はみちまつたよ。

ゼツケン4の犬　なにを。
ゼツケン5の〃　凄い胴ツ腹のキズあとテラテラに光つた海綿のようなしわ。
ゼツケン1の〃　どこかの風来犬か。
ゼツケン3の〃　どこからやつて来たんだろう。それに、この臭い匂いはたまらない。
ゼツケン5の〃　このケロイドは、原子病かも知れぬ。
ゼツケン4の〃　原子病だつて、桑原、桑原。
ゼツケン5の犬　ぼくたちは犬の生存権を主張する。だが、それは優れた犬のみが主張できることなのだ。原子病なんて、ぼくたち優秀犬にはかかわりのないことさ。なぜなら、ぼくたちは、雨に打たれることも悪い水を飲む事もない。じゆうぶん保護されているからだ。雑種の駄犬、野良犬だけが骨をくさらし、浅間しい悪鬼のように、腐つて、死んでいくがいいのだ。
ゼツケン2の犬　このぼくたちの優秀な血統の保存のために。
ゼツケン1の〃　人間どもの薄つぺらな見栄と、欲ばりを利用してやろう。
ゼツケン3の〃　あたたかい寝床と、人間どもの愛撫は失いたくない。
ゼツケン2の〃　無鑑札犬を犬殺しに引渡さねばならぬ。
ゼツケン1の犬　そうだ、そうだ、早く出ていくがいいのだ。
3
4
5
スピーカー　並足から停止して下さい。停止して下さい。
犬殺し　やあ赤、あんなとこにいやがつたのか。
薄光《ツワイライト》から真昼の光りへ。
（犬殺しは飛びあがるようにしてプロムナードにかけのぼろうとする。テラは素早く逃げる。群衆のはじけるようなさわぎ、そのあいだを逃げまわるテラ）
犬殺し　待ちやがれ、待ちやがれ。
（犬殺しは必死に追いかけるが、つかまらずテラとともに舞台上手へはいる。）

――暗転――

第三場

第一場と同じ。ただしドッグ・ショウ閉会後すでに二間近く経つてをり、夕暮れ前の光線に変る。

登場者は苦者と犬殺しそれにテラ。

（舞台上手のプロムナードのうしろから、テラと苦者が静かになかよく中央のほうへ歩きながら。）

若　者　おれはもう生きているのが嫌になつた。家《うち》で顔をならべて飯を食うにもつまはじきにされる。町を歩けば馬鹿にされ、相手にされない。おれ

は何時もひとりぼっちだ。なあ、お
前とおんなじだよ。何処へ行っても
嫌らわれ、憎まれ、摑まえられそう
になるテラと同じさ。
おれたちに、なにか毒素が匂っている
というのか。臭い膿が匂っていると
でもいうのか。人間のおれにもよく
解らない。
おれが、薄ノロ？　とんでもねえ。む
かし軽い脳膜炎をやっただけさ。そ
して、世間のオキテにただ従ってい
るだけだ。薄っぺらな、誤魔化しだ
らけの、常識の。もう面をかむって
いるのも憶怯になってきた。
テラ。
ふたりで河の底に沈んでいこうか。
爪草の一杯生えた河原《かわら》で
ふるい子守唄をうたいながら
夕焼雲のように
そっと消えていっちまおうか。
デラ。なんとか言っておくれ。
お前を　あのけがらわしい手に
　渡したくない。
おまえの棲家は
あの水のなか。

夜も昼も
陽気な音楽を奏でる
軽いハンモックにゆすられ
広い海へと旅立っていくのだ。
流れや渦の　長い柩は
ふたつの骸《むくろ》を誰にも触れさせはしない

（犬殺し、ブランコの柱によりかかりなが
ら様子をうかがっている。）

犬殺し　（低い声で）おい、若い衆。さっきの約束を忘れはしめえな。今日は散々ぱら恥を掻いた。町の衆のいいわらいものだった。赤をおれに引渡してくれ。

若　者　（黙っている）

犬殺し　な、頼む。

若　者　（黙っている）

犬殺し　この犬を引っつかまえれば、おめえにたんまりお菓子を買ってやる。そして保健所の所長さんからも褒美がたんまり貰らえるように頼んでみてやる。な、この野良犬をおれの手に引渡してくれ。

若　者　いやだ。

犬殺し　いやだと。犬を渡したってなにもおめえが損をすることはねえんだぜ逆に得をするんじゃねえか。解らねえことをいうな。だからみんなから薄ノロなんぞと言われるんだ。

若　者　テラを渡すくらいなら、おぢさんを殺してやる。おぢさんのそのけがらわしい手に誰が渡すもんか。

犬殺し　けがらわしい手だって？綺麗なとはいわねえが普通の手だよ。お天道さまがお見透しの手だ。おれはただの役人のはしくれにすぎねえんだ。犬を捕るという商売のね。
この赤はおれ一人じゃやつかまらねえ。ここ一週間はこいつのために、ほかの犬は目にはいらなかった。正直のところおれはこいつの目がおっかねえ。こいつの目は魔性の目だ。こいつの前に出るとおれの手足は疎んでしまう。
若え衆。おめえだけが頼りだ。おれを男にさせてくれ。今日という今日は町の衆が、腹をかかえて嘲笑《わら》いやがった。このおれのぶざまな恰好を。
おれは奴等の鼻を明かしてやりてえ

おまえが赤を納得させてくれ。おれだつて、十年も犬を捕つてきた。犬の気持のはしくれぐれえは見当がつく。
犬は人間の四倍も早く年をとるんだ。もうこの犬だつて長いことはねえ。どこかで野垂れ死だす。それよりおれの手で、死に花を咲かせてやつてくれ。犬に因果をふくめてくれ。

若　者　（黙つている）

犬殺し　な、頼む。

若　者　（黙つている）

犬殺し　な、頼む。

若　者　（急に）テラ、おまえは行け！

（と、肝高く叫びながら、テラの首を抱いて、犬殺しのほうに静かに押してやる。テラは首を垂れて、ブランコの前に立つ犬殺しのほうに、ゆつくりゆつくりと歩き、そしてとまる）

犬殺し　おお、言うことを聞いてくれたか。

（犬殺しは、内心びつくりしながら、やや心持ふるえる手付で、テラの口に縄をはめ、首に輪をまわす）

犬殺し　さ、若え衆。一緒に行こう。町へ出てから、おれと一緒に飯でも食おう。

若　者　（黙つている）

犬殺し　な、いいじやねえか。一緒に行こう。この犬だつて死場所を見つけたよ。

（若者はとつぜん、舞台の上手のほうへ歩いて行こうとする）

犬殺し　おう、待つてくれ。な、一緒に町へ行つてくれ。

若　者　いやだ。おれもテラのあとを追う。

犬殺し　なんだつて、どこへ行くのだ。

若　者　河原へ行く！

犬殺し　河原へ？　なにしに行くんだ。待つてくれ。

若　者　河へはまつて、死ぬ。

犬殺し　馬鹿な、待つ、待つてくれ。おい早まつたことをしないでくれ。

若　者　テラ！　左様なら。あとで一緒になろうな。そして愉しく、静かに暮らそう。

犬殺し　おい、待て、変なことをしないでおれの言うことを聞いてくれ。

（若者は、すたすたとやや薄暗くなつたプロムナードの陰へと入つてしまう）

犬殺し　おおい、若え衆。待てないのか。

（テラはじつと犬殺しの足許にうずくまつている。犬殺しはボウゼンと立ちすくみ、そして、首をたれながら、舞台の下手へと歩きはじめる。テラもゆつくりと、おとなしく付いていく）

＜静かな音楽＞

――幕――

今日の会

飯島耕一	岩田宏	岩瀬敏彦	大岡信
清岡卓行	金太中	岸田衿子	児玉惇
鈴木創	多田智満子	田中清光	辻井喬
中島可一郎	難波律郎	長谷川竜生	平林敏彦
広田国臣	山口洋子	吉岡実	

今日　第7冊　1957年3月1日発行　**60円**　編集　平林敏彦　発行　伊達得夫
発行所　東京都新宿区上落合2～540　**ユリイカ**　振替東京102751番

今日

第 8 冊

The Quarterly Magazine of Poetry

1957年6月

今日の会編集・ユリイカ刊行

今日 第八冊

「詩人」の畸型性について……………………………児玉 惇 39

＊

この暗い波に似た夜は…飯島耕一 2　津波の……岩田 宏 4
Metronome…鈴木 創 8　或女ドラム叩きの話…岸田衿子 6
タンポポと菠薐草……広田国臣 10　闘技場……多田智満子 12
火口…………山口洋子 13　ナルシスのうた………児玉 惇 14
ぼくには裂けた枝でも……田中清光 16　恋文……辻井 喬 18
消息…………平林敏彦 20　声……………大岡 信 22
初期詩篇より…………清岡卓行 24　単純…………吉岡 実 30

プチグリヨン財布竊盗事件をめぐる二つの記録及付記……飯島耕一 31
かおとかお…岸田衿子 32
お茶と同情…岩田 宏 33
回転木馬……山口洋子 34
「ユリイカ」抄伊達得夫 36
批評と良心…清岡卓行 38

＊

写真 シャルル・レーラン
ジャン・フィリップ・シャルボニエ
アンリ・カルティエ・ブレッソン

この暗い波に似た夜は

飯島耕一

雪山に不時着したパイロットが
基地へたどるため
自分の肉にナイフを刺した。
血はやわらかい雪の羽毛に
急速ににじんだ。
この暗い波に似た夜は
くりかえすに価せぬ夜だ。
別の男、彼にとつて
明晰な苦痛のなさが
そのしぐさを日も夜もいつそう盲目のものとした。
夜は灯火といくつかのコップを用意し
おれは層をなす波を　剝ぐようにして進んだ。
層をなす波を
剝がれてくる地平の光と
ひろがる夜にはじまる
さびしい圏内を手探りで。
この　暗い
波に似た夜。

四日後
パイロットは宿舎に帰投した。
リングワンデルングとの死闘。
彼は待たれていたのだから
彼にとつて
歩みつづけることが務めであつた。
この暗い波に似た夜は
くりかえすに価せぬ夜だ。

もう一人の男、
おれはまつすぐに進んでいるつもりであつたが、
おれは同じ地点をまわりつづけているのであつた。
すなわち　方向が欠けていた。
ある暁《あさ》、
同じ暁《あさ》同じ誕生はありえないのだと
知るまでの
氷りついた　ものを知らぬ千の夜。
苦渋にみちた頭と動かぬ足。
視線を外すことはできない。

この暗い波に似た夜、
おれは何度でもターンする。
水族館の奥でのように
煙つた水をくぐつておれは眠りのなかにはいつて行く。
発着点。
おれは子供をまねて足を折りまげて眠り、

その夢の波に
子宮の暗い安堵と　暁の
最初の涼しい空気をねぶる舌、
野の草の
幼くするどい穂尖が光り。

芳わしい肉がおしえるのは
睡みが
盃をまねてふくらんでくること。
暁は一つ。
幼年の血の管で　一度虐殺した光の紐
が
銀河をこえて甦える。
雪山に不時着したパイロットたち。
この暗い波に似た夜は
たしかなことは
ながくまもるに価せぬ夜だ。

津波の……

岩田宏

津波のことを、
なぜ津波のことを、
今まで話してくれなかつたのです、
ああ、ぼくの先祖、
名人みたいにそしらぬ顔した、
じいさん、おふくろ、叔父貴も、兄貴も！
忙しい街角にぼくは立つていた、午後五時半、
ぼくの日当、ありきたりな紙幣《おさつ》を指にはさんで。
墨のように、建物のへりはインクの空のなかに
滲んでみえた。漁船のように灯をともして、
北と南へ、東と西へ、気安く走る電車たちが
十字に交わるところに、ぼくはいた。どれに乗ろう？
北へ行けば、電車はさびしい坂道を上り下りし、陸橋の
上で黙つてとまる。西へ行けば、もつと大きな坂を登
りつめ、それから死人たちのそばを通らなければなら
ない。南には堀割がある。もう暗いから白鳥は見えな
いだろう。それをのぞきこむぼくの顔も。東はどこま
で行つてもきりがない。問屋、あきんど、問屋、屋号。
海まで。海ぞいには倉庫。ドラム鑵。ドラム鑵。

そう、太鼓だつた。そいつがひるまからきこえていた
のだ。おかまのかたちした西洋の太鼓で、ぼくらの祭り
ばやしをやつていた。単調なリズム、五十年このかた変
らぬリズムで、ぼくはそれを新しいとも古いとも思わな
かつた。それは太鼓ですらない、ただのどよめき、海鳴
りに似たざわめき、くるまのドアの閉まる音、タイプラ
イターの鈴《りん》の音、階段を駆け降りる足の音、さまざまな
人声、やさしさとにくしみのこもつた人声だ。ぼくはそ
こに、ぼくの先祖のように、危険信号を読みとつた。だ
から朝から、ぼくは歩きまわつた。しかし一度も、そう
一度も、危険を人に説きはしなかつた。逆にすべてはぼ
くに危険を語つていたのだ、ぼくに。遠く、水平線に白
い縄がふくれあがる。ここに積みあげられたみだらな本
や、割れないレコードや、香水よりもしつこい酒。それ
から花のように美しい稲むら。こいつら、何の役にも立
たない造花。火をつけようか。夕やみのなか、つぎつぎ
と、あかあかと。
いけねえ！ マッチを出したとこを見られちまつたん
だ。ぼくは肩を叩かれて、ふりかえる。うすくらがりに
土色の顔。
「にいさん、はやまつちや駄目だぜ」
「今夕バコを吸おうと思つて……」
「火ならライターを使いな。ほれ。ロンスン」

「ありがとう。あんたは誰だつけ」
「忘れたんかい、いやんなつちやうな。今朝の金貸しだよ、運転手だよ、代議士の子分だよ。金は耳をそろえて持つてきた。といつても、目や鼻はありやしねえんだがね。こいつらは道具さ。片輪の道具さ。商売柄おいらにやよく分つてる。だからせいぜい有効に使うんだな。こどもを養うとか。女にくれてやるとか」

どうしたんだろ、足ががたがたふるえだした。胸の動悸がはやくなつた。そつと胸ポケットを抑えてみる。つるつるしたミツマタの厚み。おおい、運転手さん、行つちやわないでくれよ！　ぼくあ片輪がこわいんだ。ほら、くる、くる。顔はんぶん焦げた娘、鈎の手を出す男。ぼくのからだは一つだから、あの娘と結婚し、あの男とアコーデオンを弾き、それを一度にはできないんだ。こどもだつて？　こどもはたそがれの人ごみをかきわけかきわけ、桃いろの舌やくちびるで鼻唄を歌う。

　朝日のさしてる日暮れどき
　まがつた道をまつすぐに
　銹びたかたなを光らして
　一人でぞろぞろやつてくる
ふくれあがつた白い縄が押寄せてきた！　今のうちだ、ザンゲでも、告白でも！　そうです、ぼくは片輪の蜘蛛を雨戸で殺したし、いじけたお茶の葉に熱湯をそそぎました。そしていちばんゆるせないのは一部始終をおぼえていること。今このたそがれどきが「忘れろ」と叫びながら白い津波となつて押寄せるのは、昔ながらの運命のようなもの。しきたり、あるいは、しめくくり。ただお願いです、あのこどもだけは呑みこまないで。ぼくは何度でも呑みこまれてきた。おとなしく。でもこどもがこどもでなくなつたら、ぼくはどこかへ行かなきやならない。なんだつて？　もう呑みこまれて……

　銹びたかたなを光らして！
……笑つている、こどもはげらげら笑つている。大波のてつぺんに腰掛け、インクの空にちいさな両手をどつぷり浸して！

ぼくは素直だ。夜はこれから始まるのだが、
夜道を歩いてやつと人家にたどりついた人のように。
ぼくは忘れた。大事な人の大事な物を忘れて、
その物のほかは何もかも忘れた人のように。
ぼくは行かなければならない。
女に金をくれてやりに。

（長詩「平和」の第七章）

或女ドラム叩きの話

——太鼓の音、一人の女の声による——

岸田衿子

あたし十九ん時だつた
恋人ね　戦争行つて
何となく別れたのあたし
一言も話さなかつたの

恋人　とうとう帰つてこなかつた
戦争終つたのに
あたし太鼓買つたの　バンドに入つたの
シクス・シスターズつての　そのバンド

女ばかりよ　そのバンド
主にアメさん向きのクラブでね
北の果から南の端まで　行つたの
色んな事あつたの　色んな所で

アメさんて　すぐ申し込むの
或時　いやに波の音ばかしする町で
怪しい二人の人影が　ね
あたしのことで争つてた

組んでほどけて　又組んで
そん時よ　あたしの後に
誰かがそつとやつて来て
あたしと一緒に眺めてた

それがあの人　そう　今のね
あの人少し変つていた
はじめに手紙　よこしたの
落付いてんのね　他の人より

「貴女を見た時
貴女こそ私の妻」　て決めたつて
五十過ぎてて　髪もうすいの

向うで奥さんと別れて来たの

その次は　羽田の将校クラブにいた
太鼓つて身体使うのよ
あたし病気で休んでいたら
あの人病床で申し込んだの

あたし熱意に押されて　結婚した
「いつだつて　どこだつて
君の　君の黒い円い眼が　忘れない
その下の　二つのほくろが　忘れない」つて

あたし療養所に行つた
なさけなくつて涙が出て出て
ラジオ聞くと思出ばつかし
二人で旅行したのよ　よーく

あたしね　しつこいものきらい
パンも駄目　でも支那そば好きなの
主人　ダニイ・ケイに少し似てるの

あたしは　スパニッシ系のチャイニーズだつて

あたし洗礼受けたのよ
自分の弱さはかなさが　つくづくやで
だから今は迷わないの
あたし太鼓　売つて来た

あたし今二十九なの
太鼓つて　身体使うのよ
いつやめられるかわかんないの　はじめたら
いつなおるかわかんないの　あたしの病気

あの太鼓　よくきこえるのよ
今でも時々きこえてくるの
ラジオかけても　鳴つてるの
どつかで　誰か　鳴らしてるのね

Metronome

鈴木　創

I

時よ
おまえは生まれたてのかたつむりです
どうしてそんなに小さくて
どうしてぼくをけものに仕立てる
おまえと小さな時をわかちあつて
かぶさつてきた空気のかるさ
おまえはもう雪けむりが
あおあおとした首すじにかかるように
そんな仕方でぼくと出会う
おまえは手をひつぱつてぼくをつれてゆく
貨車のような……
そんなはこばれてゆく貨車のなかで
おまえの手からエクレアを食べよう
＜遠いのか？＞
がたごとゆれながら
窓のそとにも人がいる
窓のそとで火が消えるひとつずつ
時よ
暗くあれ！

おまえのそばで若葉を焼こう

II

枯草のさきまで水がひたしている
水面の下で
枯草は二度生きかえらない
水の上は空をうつす
うつっている空が今日のように近い
そこから無限の遠さで
上へ
もう一つの空がある

もう一つの空の遠さ
もう一つの今日の遠さ

今日が空で呼吸する
枯草は水のなかでじぶんをおしまいにする
ここで渡つているのは
橋ではない
水さえももう水ではない
遠い空が水の下の空をかぞえる
一つ……
水の下の空も遠い空をかぞえる
一つ……
一つしかない空がじぶんを見せあう
うつっている空が今日のように近い

Ⅲ

ヒトデは海のもの
モンシロチョウはイチゴの花のもの
そうしてぼくが見えなくなつた
霧がわさわさと立ちこめる一日の終りです

ハツカネズミは幸福者
だつて幸福を知らないんだもの
城の番人は影がながい
だつて物語の季節は冬だもの
そうしてぼくが見えなくなつた
うんと背の高い人がじやまをするんだ

あそぼう
ぼろぼろのオンドリ君
きみのとさかを見ているときだけ
ぼくは見える
ぼくのことがすこしでもたとえ半分だけでも
ぼくは膝に明方の星をのせて
ぼろぼろのとさかを見ている

タンポポと菠薐草

広田国臣

種なんかまかなかつたのに
庭に咲いた
タンポポめ

桑の畠に夕陽の皺が寄る
土のなかで乾いて
咽喉をごろごろならす
いも
二年間だまつて手伝つてやつてきた
あきこの畠のぺんぺん草　折れたくわ
胸やけで
ゴクゴクゴクと水を飲む
かの女ののどもとがおれは好きだ
死んだ夫の半纒を着て
鎌を使うように
くわを振る

かの女は菠薐草の感じがする
おれはまいばん菠薐草を
なまのまゝ喰べて
弟に馬だとあざけられる
種なんかまかなかつたのに
庭に咲いた
タンポポめ

秋頃はかの女は強靭だつた
大きくきれる眼をそむけて
おれの援助をにらんでいた
春になつてのやせ方は
大根のしなびてゆくよりなおひどい
ひるになると
ひつくりかえつて
やたら　水ばかり飲んでいる
かの女の眼を見るとかなしくなる
営養失調のタンポポの花
煙草の煙をふきかけると
煙まで吸う
タンポポめ

二年前おれの愛が拒絶された
厨の前でからすうりが
ひどい下痢をうつたえた
死んだ夫をまだ愛している
ぜつたいたしかです　という
暗いめつき
そののどもとに
鉄を含む菠薐草の
あかみがみえる
焼酎を飲んで弟に
〃あのタンポポとつてしまえ〃と命令した
〃それより兄貴　馬を飼おう
　電灯の光で蒼くなる馬〃
なにもしらない弟よ
〃おいおまえ　菠薐草がないじやないか〃
種なんかまかなかつたのに
庭に咲いた
タンポポめ

その翌日あきこが畠で卒倒した

まつさきにおれはかけつけて
かの女を家にかつぎこんだ
ヘチマの水に塩を入れて
熱のある唇にふくませる
爪のない空
そこでおれは庭のタンポポ
がなくなつているのに気が付いた
弟め　本当にとつてしまつたのか
何もしらないふりをして
今頃は又豚の餌やうどをとつているだろう
風でくさる
菠薐草め

咽喉のしなびたあきこを見て
おれは無性に憎らしかつた
あきこのくちにおれのくちをおしつけた
拒絶されたら更に冷たくちづけようと
かの女はしかし　声をころして
泣いていた——

闘技場

多田智満子

失意

おびただしいゆうぐれよ
散在する島々よ
稀薄な記憶の霧のなかに
ひろがつて消える静脈
巨大な空つぽの客船は
黙つて暗礁にのりあげたまま……
あとからあとから降りてゆく鉛の錘《おもり》
おおおびただしいゆうぐれよ
映すもののない水底《みなそこ》に
きらめく鏡の破片《かけら》たちよ……

闘技場

憂鬱たちがひしめき合う
円形の闘技場
おもちやの剣を抜いて
たたかえ　たそがれの奴隷たち
みな片眼をひからせ
とざされた時間の環のなかで
黙々と殺し合え

火口

山口洋子

歩きだす
花のきたない闇の方へ
靴のなかは土だらけ
なわのように乾いた髪を
あつさり捨ててしまう場所を探す

風が吹き
だれでもよかつた
一羽の鶸を穴にけおとす
しなやかな瓜先き
氷がとけ
けもの臭い流れが
いつのまにか
わたしの乳房を濡らし
昨日は
きちがいじみた鏡のまえで
サーカスをやつた
いまはもう
あの美しい村の入口を知らない
いやらしい
いやらしい祈りに
小さな屋根は包まれ
夜は荒れ果てた火口の笑い

わけもなく汚された
いちまいのタウルのように
ひろがつていく敵意
だんだんわたしはホラ吹きになつて……

あゝ　それでも
かえらない
白いきらきらする橋
いつかのやさしい指
わたしは泣かない
見失つた空から
ふいに墜ちてくる鈎の下で！

ナルシスのうた

児玉 惇

暗渠を歩くと
顔に　くもの巣がねばりつく
手で　指でとりはらつても
またまといつく
髪にかかり　瞼毛に吊り下る
前が見えなくなる
立往生して
耳をすますと
……ああ　今日もどこかでなぐられている音がする
びしりびしりと　割れ竹で
背をたたかれる音　革で
濡れ雑巾で　頬げたをわられる音
声は
悲鳴は　きこえないが
確実にひびき　こだまする
　重い　その音……

手さぐり　足さぐりして　暗渠を
歩きながら
ある日　ぼくは
吐いた　花びらのように美しい　痰！
――犯罪者が　夜
独房で
しやがみこんで
便器の尿を鏡にして　自分の
鬚をうつすように
ぼくも　かがんで
ガラス玉のような　その痰の液面に
顔をうつすと
おお　…蕾のように
水仙のように　険しくやせた青年の肖像《かを》が

ちつぽけな像をうつし出す

誰だろう　この顔は？
ぼくはなつかしく　嬉しく
思わず　その痰をひろい上げて　瞼近くに　凝視した
が　思い出さぬ
名を忘れた
その青年は　よそよそしく
とりつくしまのない　見知らぬ顔
いくど自分の顔をなぜても　さわつても
その青年は　異国人
どこかの海の
荒れた島に住んでいる
はげたかに似た　顔つきだ

驚いて　ぼくは
抛り捨てた　その痰を　ガラス玉のように
痰は　小さな音をたてて　暗渠の石に
くだけてしまつた
おお　その音　昔の恋人の
耳飾りをヘア・ピンを落したときのような
その音……
音は消える
ナルシスは消えるのだ

暗渠を歩くと
顔に　くもの巣がねばりつく
手で　指でとりはらつても
またまといつく
髪にかかり　瞼毛に吊り下る
前が見えなくなる
立往生して
耳をすますと
……ああ　今日もどこかでなぐられている音がする

ぼくには裂けた枝でも

田中清光

ぼくには裂けた枝でもよかつた
ささくれ立つた熱い壁を
すりぬけてきた
もえさしのイメジ。
砂に埋まつている一本の髪の毛でも
川をただようゴム人形でも
よかつた——
火を発てるために
ただれた火打石の色
黒いおまえの瞳の色
ぼくのもえさしのイメジ。

朝が裂けた枝のあいだからながれこみ
ぼろぼろになつた空のへりを
風がふいてきたように
はだしのおまえは
ふんでくる
灼けて
もろくなつた小石のうえ
こわれやすいぼくの心臓の階段。
ぼくにはおまえの黒い髪
ちいさい耳がほしかつただけだ
廃墟になつた
心の街に。

夜明けの小鳥の眼のように
深い海底の魚の耳のように
とぎすまされた
ぼくの眼　ぼくの耳。
おまえがよび
ぼくがよぶこえのむこうには
たしかに赤くもえている
もうひとつの街がみえる。

灰色の道路のつきた
若葉が微笑のかたちをしてつづく
廃墟のむこう

火を発てる。
ぼくは灰になつた壁のなかから
かけだし
おまえの耳に接吻《くちづ》ける
おまえの傷あとのあるからだをわすれ
ぼくには耳だけで
髪の毛だけで
よかつた
……ながいことかかつてわすれた
かすり傷ひとつなかつたおまえのからだ
そしてそのころおまえのもつていた旗の林のなかのひとつの旗よ……

ぼくにはくずれた石段でもよかつた
点火したほのおを

しずかに　ひろげながら
そのなかでひとのかたちをした影が
立ちあがり
ゆつくりと
ぼくのうでと　ぼくの胴と　脚と
からだのすみずみまでを
痛めて　はびこりはじめたのを
待つていよう
黒いおまえの瞳の色
ぼくのもえさしのイメジには
指にこびりついたひとすじの髪の毛
腹の裂けたゴム人形でも

ぼくの火薬ののこつている心臓は
きなくさい肩やくるぶしに
火を点ける

恋文

辻井喬

僕を好きになつてはいけません
僕は
パイプをくわえた
密猟者

僕の肩には
冷たい銃がひかつています
岩から岩を伝つて
不機嫌な
熊の餌を食べています

僕はいつも山を登つています
これが僕のありきたりの秘密で
いつから
どうして
それは僕にもわからず
幸いなことに
分ろうとする人もいないのです

僕は冬の山が好き
日溜りがあつたり
冷い風が吹いたりして
空だけが碧く
僕の心を突きぬけます

疲れたからだに穴をあけて
雨が降りつづきます
僕は鳥打帽をかぶります
スタスタと歩きます
紋附がすれちがい
シルクハットがすれちがい
ベレー帽もとうります
誰れも僕に気がつかず
彼等は意義のある歌や
陽気な歌や
彼等の団体の歌をうたつています

僕の歌は雨滴れ
空を飛ぶ鳥の歌
死ぬときは皆ひとりひとりで
僕は鉄砲で歌を撃ちます

狙いうちで
直青な穴があき
荷物がまた一つふえました
歌うたびにふえていく
僕の不幸な歌のために
僕はコスモスを植えました

あなたは——
いや
あなたの事は歌いますまい
僕が愛するのは
僕のなかのきみ
きみのなかの暗い海
海のなかの頑な魚です

　そう言えば
　コスモスの花びらは
　魚の型をしています

それは岬の灯台です
海を照しながら
明るいのは自分だけ
いつも

遠い空を背肩つています

荒れた海の上へ
散つていくコスモスを
僕は考えています
あなたのことではありません
僕のことではありません
いつてみれば
僕達のこと

そんな日にも
僕は知りたいのです
きみのなかで
波は重つて寄せていますか
羊の群の背のように
ひしめき
鈍色の海の中に

きかせて下さい
僕は
よびかけではじまる歌を
歌いたいのです

消息

平林敏彦

或るゆうがた
トレアドル風の小娘が
ぼくの眼のさきで踊つていた
干潟のような舞台で
くるくるたのしげにあばれていた

気まぐれにこうした場所へ来たからには
たとえ無理にも
ぼくらは笑つてやらなければならない
踊り子達のひとりひとりに
飢えた眼をすえて
なるべくアクビはしないように
適度に喝采しなければならない

ぼくの出発点はいつもこうだ
町にもう光るものはなかつた
まるでチューブを踏みつけるように
ぼくはわずかな金を浪費する

アルコールランプのかたわらで
爪がある豚の足や
ステーキにした肝臓を喰つた

悪い酒にひたすと
それまでぼくの領髪《えり》をつかんでいた
うつくしい苦痛もみるみる萎えた

あついガラスのコップのなかで
あの人はさも辛そうに眉をしかめ
最後の視線をぼくに向けると

つかのまに見えなくなつた
それからぼくは長い時間
夢中で誰かと話しにふけつた

風が屋台を吹きあげていた
ぼくら架空のパルチザンは
そのときいずこへ脱走したか
きつと犬のように鼻先で酒を倒し
ならず者をてらつた大声をあげて
ぼくらは幸福そうにそこを出たはずだ

何もすることがなかつたから
すこし不逞な笑いをうかべ
ふいに駈けたり蹴散らしたりしながら
コウモリのように不安に飛んでいたはずだ

それで昨夜も
あの人を怒らせてしまつた
いつものように泣かせてしまつた
ぼくはあの人に背をむけられ
部屋の隅でいつまでも未練がましく起きていた

時ならぬ夜の訪問者のように
いきなりうしろから組みついてきて
馴れた手つきで
ぼくの感覚を虐殺してしまう
あの奇怪なけだものは何だろう

手さぐりで台所へゆき
蛇口から唇をはなして振りむくと
あれを見ろ
あいつがぼくのかわりに坐りこんで
あの人の白い寝顔をじつとのぞきこんでいるのだ

声

大岡 信

声
苦しみにふたをされた
歓びの声
檻の声

飲んでいる声
ひつかいている声
井戸のなかに空を見る
胃のなかに空を見る
二十世紀の声

枯れた 空腹の 純粋な声
二十世紀の声の小太鼓
井戸のなかに反響する声

声
地平にひろがる声
爆発しない
ひらべつたい
水槽のなかの
不満にみちた赤エイの声
その聞こえない
砂をくだいている声
くだけている声
善良であろうとつとめ

愚鈍になつたおとこの声
知的な　おおわれた声
おおこのビニールに密閉されて
すつかりむされた水晶の森
塔のなかで
苔に吸われる
由緒ある声
お茶室の柱のあいだを
つるつる滑つて走りぬける
十八才のバナナの声
おおこの未来の声

声

舌を噛んでいる声

たくさんだ
檻の声
神経のさざなみの声
復唱の声
復唱　復唱！

声

舌を噛んでいる声
その声に噛ませろ
七月ざらざら溢れている
太陽と塩
声帯のほうたいを剝げ
声がはげしく声を呑む
そこから
生れるならば
声が生れる。

初期詩篇より

清岡卓行

6 青くうすき刃

誰もあらず
誰とても見てはあらず
この青光るうすき刃に
いとかすか
きみが小指を切らしめたまへ

7 シガレットによる幻想

みにくく生れしことに涙せよ
美しく美しきひとを愛しうるなり
さなり　望みなき望みもて愛しうるなり

さつき深きたそがれは
ゆくりなきテラスの出会ひ
かいま見む　おそらくは
　いやはての　紅きくちびる
ましろの卓布に
病めるみそらの青はふりこぼれ
きみもだしつつ
われならぬ方を眺めたまへば
あはれ　巻ほそきシガレット
灰燼の虚無へと赴く風情を帯びぬ

いつの日か　わが死に絶えむ
　しぬびかの　淡きおののき
　　その夢のぼりゆく煙の舞ひよ
えんえんと
　命は燃えて流るるものを
　風に散る望みは胡藤《アカシア》に宿り香れり

しかはあれ　何ごとぞ
きみ戯れに巻ほそきを指にしたまひ
わが燃ゆる火を
やさしく請ひうけたまふにはあらず
　伏目がちに

心遠きにあるごとく
　ふとうたひづる　うたのひとふし
誰にむかひて　うたひたまへる
あはれ　わが消えがてのシガレット
知らじな
きみが秘けき夢の舞ひぶり

さつきふかき胡藤《アカシア》の甘き香りに
はた　こぼれ散るみそらの青に
たゆたひつつ消えゆきし
　かすかなる調べの
　その白きかんばせのきみなれば
もとほりつ　ためらひつつぞ
われもまた煙と失せし
　在りし日のかのシガレット

8　札

夕ともなれば　しめやかに切られし札
白くほそき手の　てきぱきと
煙草くゆらす客人《まろうど》に　そを頒ちゆけば
ふと　嫋《たを》やぎて取収むきみが札
床し御手のうち　いかなる札を秘めたまふらむ

わが賜ひし　こよなき幸の札
心焦り　勝ちを得むと
リキュール乾す諸人《もろうど》に　そを奢り示せば
ふと　われを敗るきみが切札
悩し御手のうち　いかなる札を秘めたまふらむ

夜更けて　去りもやらぬ遊び手の
盃　緑に疲るる蔭や
常に勝を奪ふ　黒衣のきみよ
わけてわれを憫《あわれ》め　心紊《みだ》れぬ

甘き苦さもて悟れとや　宿世の札
愛なくば　戯れの確率に過ぎじと
さかしらの智慧　そを歎けば
ふと　月寵愛の眼差しそそぐきみが札

妖し御手のうち　いかなる札を秘めたまふらむ

9 牌

桜貝くづほるるごとき
麻雀の牌掻きみだすやさしき調べに
遊び果てむのちの悲しみは宿らずや
新しき荘風の骰子振られて
心うつろに清一色の夢を描けど
碧と赤と青に澄む
ひとむらの索子の牌　色悲しかり
よきひとよ　いかにせましな
夏の夜に溺れしあまり
わがこころいまは慴れぬ
きみがゆかしき自模のゆびは
おののく牌の感触を知りたまふや否や
栄和の声ふとあがりて
わが理牌はむなしくついえ
荘子またためぐりて行きぬ
いかに　よきひとよ
桜貝くづほるるごとき
麻雀の牌掻きみだすやさしき調べに
遊び果てむのちの悲しみは宿らずや

10 商船の夜

若き日は商船の底に揺られ
道連れにふと故しれぬ優しき心や
いかなれば道連れの
わがふるさとの人にして
わが捨て去りし
父母の国を説かむとするぞ
貧しき夕餉
かれが取出せるウオトカに
心しぬびかに肉親の地を恋ふるも
たまゆらの憩ひなれ
味気なき煙草ふかし
物思うことのはげしき旅にしあれば
心よき食糧商人よ
短き毛布まとひて
わが黙し語らぬを宥したまへや
夜は来りぬ

告げよ
何者ぞかく心をせかしめ
烈風北より来りて南に往かむとするデッキに
息ふたぎつつ
究めがたく悩ましき意志に
胸疼かしむるや
おお　コロンブスの夜よ
汝のいかに甘く悲しきかな
幻の島は消え果てて
かなた
底ひなき闇のなかに
われを惑わしむる怪鳥のしば鳴けり
父母よ
不孝の子を宥したまへ
美よ
わが墳墓の土くれよ

11　知られざる山

積雲のかなた　茜の血汚れず
われは聞く
仙風道古　梵行のしらべ
鉄刹山の奥深く
杳として失せゆく苔路

なが像《すがた》　なれが声音の
誘なひの妖しき身振りよ
呪ひもてわが肉身《ししむら》を搏たんとや
さなり
陰湿の昏酔はたそがれて
光なき臓腑に眠る
貘食みし宿縁の悪夢
宵宵に
酔はざる酒を求めては
街衢《ちまた》の雨に悲しみを流さんとす

見よ
縛めの縄目裂け初めたり
ああ　なが枯れし手もて燻せる
麝香のゆらぎ漂ひてあれ
魂寂びて
かのみたりの道士と
われは雲光洞に臥してあらむ

天つ神怒りて　稲妻獣の身を灼くとも
われら
風定石珠の下に籠らなむ
かつは冬近き日　薪を運びて
炭焼ける煙にいちらしの涙を浮べぬ

日はめぐり
春の芽もほころびゆけば
薄明《かはたれ》どきに　われら虚し
洞の深処に滴りまどろむ水を酌みて
碧き陽の来り慈しむ岩峭に
われは読まむ
懈怠の誓ひ　七つの文字
別有天地非人間

見よ　積雲の彼方　茜の血の汚れず
今し　誘ひの呪ひは描かれぬ
いざ
笈を負ひてさすらひ行かむ
何に焦れて
愛するものの瞳を視つむるぞ

わが道徳律は愛執に過ぎじ
かつは問へ
学び舎に来りて得しものは何ぞと
これ迷妄の理性にあらずや
捨てよかし　捨てよかし
笈軽やかに
旅路つつがなかるべきものを

12　音楽への祈り

かしこにはなべてみな　秩序と美と
奢りと静寂《しじま》と逸楽のみ
――シャルル・ボードレール

ああJeanne　いつの日に
ふたりして音楽を聴かむ
わが唯一の望みよ
げに　ひとつなればこそ美はしく
悲しくこころを破るかな
ああJeanne　やめよ
くづ折れて何を歎く

滅びの道はひとつ　受けよこの誘なひ
思へ　ふたりして
ふたりして音楽を聴く日を

夢見よ　かしこ
紫陽花匂ふ園の奥深く
眠る黒壇の卓子の上
秩序と美と奢りと静寂《しじま》と逸楽の
五色の綾なす死への憧れ
そこに輝く空しき涙の　見よ
　滴る波紋は凍りゆく
何処ともなく　せちに願はれし楽の音の
いかならむ潜戸を忍びきて
妖し　うまし夢結ばするか
ああかしこ
音楽はいみじくも流れゆく
時は佇む
　波立る面輪ぞあはれ
　　永久《とは》の像《すがた》に眠りゆけば
時は去る
　はた鶺鴒の頭かたぶけしままに
　　もだしゆけば

信ぜよ
楽の音絶つを迷ひ給はむ神の微笑み

いかに
時の歩みを聞きとりし悲しきひとよ
何故に傷む　虚しかりし試みのかずかず
ひとたびは　なれ病みて叶はず
ひとたびは　われ病みて叶はず
かくて果敢なく生は流るるものとや
かつは何故に説く　暗黙の裡の弱き瞳よ
むしろなれ去りゆきてひとり
寂しき呼名を枕辺にくりかへし
かの絶えて眠りえぬ夜半の秘密を学ぶにしかじと

ああJeanne　やめよ
くづ折れて何を説く
叶はぬことに似ればこそ尚も
こころ破りて祈るこの願ひ
命を賭けて唯一ど　樹氷咲く日とても
いつ　いつの日に
夜を籠めて音楽を聴かむ
（以上、一九四三年における作品）

単純

吉岡 実

警戒もされずにその男は死んだ 尾底骨のいちじるしく
突起した男に 妻は憎しみしかもたず 眼のわりに舌が
つめたくかがやくので 乳房のゆたかな女である妻には
たえられぬ 食事するとき以外は うごきが非常にかん
まんだ むしろないといえる ことに就寝するとき 植
物の花をつけぬ部分を感じさせ その男はくもの巣のい
とにひつぱられて 地に伏してゆく陰惨な形態をとる
しかし死んだ妻にはそれはどうでもよい ただ毎日たえ
ず波うつ手で 壁の向うに飼つている犬に餌を与える
その偽証が心から妻を死なせないのだ じぶんの美質を
うけつぐ猫が屋根で雪をかぶり 生きていることがはが
ゆい もしじぶんの蛇腹が暗の裡から充分のび 男の歩
きまわる部屋へ突き戻せたら 勝目はある 石膏の胎児
を孕めるから 犬は男の身のまわりのせわをやき 困ら
せたり笑わせる それからさきの甘美な操作はできぬ
男は生きるためには 死んだ妻の猫を塵ばかりふる屋根
から呼び戻して 芸を仕込まねばならぬと考える 世俗
的な事柄でなく 美しい女に仕立てあげ 最初の夜は寝
台であたためて 溺死者の好む月をのぼらす 裸の女の
姿勢と葉の下に息づく桃の半熟の羞恥を えとくさせる
べく大声をだした 夏がきた稲妻の紐をたらして 男は
人間である証拠のゆえに死ぬのか 頭は犬の血をさわが
せ 下半身は猫の毛に蔽われたまま 汗の強国から 肌
寒い一寒村へと葬られた

今　日

プチグリヨン財布竊盗事件をめぐる二つの記録及び付記

飯島耕一

……「セルタ」の許《もと》か、少くともジュフロア拱廊の別館なる「蟋蟀の子《ル・プチグリオン》」に於て、ダダイスト年鑑中のセンセーショナルな事件が繰りひろげられた。カフエのボーイが釣銭を戻して後、腰掛の上に財布を忘れたのを、ダダイストが横領して、大論戦が起つたのである。道徳に対する反逆は、財布を保管することを望ましめた。しかしそれはカフエのしがないボーイの財産ではないか。ダダの感覚では、これが不埒なことではないのか。金満家の財産を盗むのと訳が違ふ。それともそれを返すと、言行不一致の証拠を与へることになるのか。貧乏人を虐める窃盗を批難する、さうした憐愍といふやうな滑稽な感情を持つ証拠になるといふのか。金持より貧しい者から強奪する方が、遙かに意味深長ではないか。金はそのまま保管された。しかしこれはどうしたものか。ブールヴァールに近い通にあるカフエの二階で議論が続けられた。一人は盗んだ金を利用して、雑誌を一号作りたいと云ふ。一人はそれで飲む方がいゝと云ふ。もう一人は……各自が烈しく相手を反駁すべく立上り果しがなかつた。到頭ポール・エリュアールが財布の没収を引受けた。

　しかし翌日早々、無名の返還に依つて財布はボーイに戻された。エリュアールは残酷な処置であることを悟り、かうした策に出たことが知られる所となつた。ブルトンは彼に就て、仮借ない意見を述べた。しかしこの解決は無益な討論にケリをつけた。この議論によつて、実践的方面になると、ダダが全く無力であることを表明した。後になつて、リシャール・ヒュルセンベックが、「文学」の新巻の第四号で述べた通り、ダダは最早「抽象的な神話の域内」にあるのみだつた……

（G・リベモン・ドセーニュ「ダダの歴史」岡田弘訳より）資料吉行淳之介氏提供。

編集長殿

問題の財布はカフエで盗まれたものではなく、私が往来で盗んだものであります。財布には三五〇〇フランはいつていました。私の器用さが、ブールヴァールを通行中のイタリヤの坊さんのポケットからぬきとることを許したのであります。

私は結局翌朝になつて、その坊さんに似ていたカフェのギャルソンに財布を返したのです。そのことはみんながよろこんだことでした。

それが巡査であろうと盗賊に対してであろうと、それに負うているものを、あまりに無思慮に扱つているリベモン・ドセーニュ氏は引証する事実の正確さというものを尊ばねばならなかつたようです。後としてはよりよく思いいたるということになるでしょう。

ポール・エリンアール

（NRF・三一年八月号）

資料・大岡信氏提供。

「今日」の編集長殿

問題は、われわれがモラルについて考察する一つの機会を、ぼくがこのスキャンダルの紹介によつて、提出したにすぎませぬ。われわれはこの奇怪な時代に生きているので、またわれわれの一人一人は内心に、それぞれのモラルを培つているわけであります。それはきつと透明で、しかもグロテスクなものであろうと、止むをえず、ぼくは空想するのです。だが、モラルの問題についても、われわれは嬉しげに、そして少しばかり不真面目に語りあおうではありませんか。ダダイストないしシュールレアリストが破壊しようとしたものも、せまい合理主義、社会とセックスのタブーであると同時に、かの上品さ、真面目さにほかなりませんでした。われわれは悪しき時代に立ち向うに、カイギャクの精神を忘れてはならぬようです。若者は体をきたえるよりも、頭をきたえるべきでしょう。死んだヒューマニズムは、季節が土のなか、ゆつくりと球根をあたためるように、時をかけて甦えらせねばならないでしょう。頭のなかに、われわれが培うべきものは、必ずや、大多数のそれと奇体にも相反していると思いますが、それこそ一つの塩となることを、われわれは信じたいものではありませぬか。

飯島耕一

かおとかお

岸田衿子

飯島耕一さん—

ウキーンの少年合唱団の中に、眼鏡をかけた子が一人いた。飯島さんはその子だ。おでこに落ちる髪をふり上げ〳〵唱つていた、あの子だ。彼が眼鏡をはずした時そつと盗み見る。そこには朝の湖水のような大きな澄んだ瞳があり、その上に、湖に沿つてどこまでも平行な小径—二重瞼の線—が湖の外れで消える。彼は先に立つて歩くのが好きだ。道案内の好きな少年の様に。人々が通り過ぎてしまつてから、彼はいたずらつぽく耳打ちする。「あすこにね、いいモンが隠してあるんだ」時々彼はそれがどこだつたか忘れる。そんな時、彼は怒つたように口をとがらせてぷいと黙つてしまう。大人達は急に心配になつて、彼が何か云い出すのを待つ。

中村稔さん—

「僕には父母があります」と云うのと同じ位、「僕には妻子があります」と十代の中村さんが呟いたとしても、私は驚かない。中村さんは最初に逢つた時も、一番最後に逢つた時も変らない。何故かと云うと、中村さんは、何時も北の方を見ているから。北窓のアトリエの光線が変らないように、その瞳に直接太陽は当らない。刻々に変つて行く海をじつと見ながら、そこにすつかり陽が落ちてしまわないと、何も云わない。昼私達は眩し過ぎ、色々なものを見失う。

山口洋子さん―
　洋子さんの横顔を私は愛している。ごむ人形のような、ゼシル・オーブリのような頬と口元。人がきつと貫める美しい眼眉より魅惑的だ。私は女だからこの感動を半分しか味わえないのを残念に思う。
　洋子さんは銀杏の実のように時々はぜる。人々の生温い言葉に対して。その時は最も美しい。どんな笑顔、どんな寂しそうな洋子さんより、怒れるひとの美しさに人々の心は戦く。

清岡卓行さん―
　清岡さんが飯島さんを困らせるようなことを云うと、飯島さんは「この頃清岡は老獪なんだ」と云う。私は老獪の獪の字を思い出し、飯島さんに「ケモノヘンね」と云うと、しばらく考えていたが、「そうなんだ、彼が喋り出すと、両手をばたばた動かして、身体をふるわす。イルカが波の上に現われる時みたいなんだ」と云つた。たしかに口のよく動く人々の間で、彼は目立つ。男性的だ。

岩田宏さん―
　唄うのと話すのが好きな人。ソフィア・ローレンのような唇で―（清岡さんの観察）―川のようによく流れる唄い方、話し方は、奔放で、ごう慢で、いつも聞き惚れてしまう。その人の眼は、割に冷たい。きつと見える物を信じないのだ。いつも耳を澄し、きこえるものだけを信じているのだ。目をつぶつてピアノのキイにさわる人、お酒を飲むと唄い、ときどき静かに冴を反芻しているのは牛にそつくりだ。

大岡信さん―
　飯島さんがウイーンとすると、大岡さんは私達の幼い時、よく童話の表紙等で親しんだ目も髪も黒いこの国の健康優良児。
　その人とお友達になつただけで、何となく利口になれたような気がする。私達がもぞもぞ口の中で何か云つている時、「ハイッ」と手を挙げて大岡さんが答えて下さると、何とも云えず誇らしく思う。大岡さんの尊敬する恋人はどんなにこわい人かと思つたら、優しい方なので安心した。

× ×

　私は絵描きだつたので、詩人の詩よりも先に風姿風貌に気をとめたのは仕方ないことだ。そう云う点では、割に古くから詩人を知つている。最近詩の友が増えたが、私の癖はなおつていない。「今日」の会ではじめて逢つた人々についても、これから研究を続けて行こうと思う。

お茶と同情

岩田　宏

　戦争がひどくなつてきた頃、ぼくらは中学の下級生で、そのだだつぴろい講堂のまんなかに、羊みたいに集められたぼくらの周囲には、背丈も声もぐつと大人らしい上級生たちがいた。かれらは剣道の稽古のようにとつぜん足を踏み鳴したり、なぜかゲラゲラ笑つたりしながら、夜というものはいつも月夜とは限らないこと、やみ夜にチョウチンでは暗いことなどを、どなつて教えてくれた。それは「応援歌練習」と呼ばれていた集まりで、たまの休日に遠い工場から母校へ帰つてきた上級生たちが、まいにち松の根つこばかりいじつていたぼくら下級生を「鍛えて」くれたのである。「オエンカレンシユ」はかれらにとつては楽しいレクリェーションであり、ぼくらには恐怖のシンボルだつた。ぼくらは一人びとり「三歩前へ」引つぱり出され、あらん限りの声をふりしぼつて歌わねばならない。評価の基準となるのは、音量と迫力である。変声前の、すぐ裏声に変りやすいかぼそい声にせいぜい凄みをつけて、ぼくらは歌つた。それは、いつかぼくらが衝立の前にパンツひとつでおとなしい列をつくり、白衣の男がぼくらのものを握つて、「力をいれて！」とひくい声で言つた、そのときの感じと似ていた。そのときの身体検査場はとてもしずかで、「応援歌練習」は講堂がわれんばかりの騒ぎだつたけれども、いずれにしろぼくらはふてくされていた。時間は、時間の密度は、双曲線的に上昇するが、事がすめばガタンと落ちる。事前は果しなくおそろしいが、あとは、なに、なんのこともありやしないのだ。それをぼくらは知つていた、ぼくらの経験を通して。そして戸外では風ばかり吹いていた。一度ぼくはゲートルと地下足袋のあいだの皮膚にひどいオデキができて、裏庭のドクダミの葉を懸命に摘んだ。

……「お茶と同情」という映画をみながら、ぼくはそんなことを思つていた。デボラ・カアつて女のひとは、なんてきれいなんだろう。或る男はぼくと酒を飲みながら、デボラ・カアを暴力で犯してみたいと言つたが、チャンスがあるのなら、ぼくもそれはぜひやつてみたい。ぼくはクラシック音楽が好きだつたし「呼子と口笛」を筆写したけれども、決して「シスター・ボーイ」ではなかつた。ぼくはもうその頃から、仲間を呼びあつめ、ひそかに一勢力をつくることを知つていたのだ。解放社版のザラ紙の「ブリュメール十八日」を廻し読みし、赤ら顔の教師にたてついた。しかしぼくらに「同情」はなかつたし、それどころか「お茶」すらなかつたのである。そう、確かなことだが、ぼくらにはお茶がなかつた。ぼくらが飲んだのは水だつた。古井戸から汲み上げた、すこしにごつた、美しくてつめたい水。

今さら誰かに甘えようとしてこんなことを書くわけではない。ぼくはぼくのなかでこわれなかつたものに惚れているし、こわれなかつたことに自分で感心してもいる。それからぼくらにお茶も同情もなかつたこと、しかもぼくらが平気で生きつづけていることに、あいそをつかしてもいる。ぼくは自分を過小評価も過大評価もしたくないのだ。それがたまらなくいやなだけのことだ。

回転木馬

——われは酒徒

山口洋子

めんどくさいことは、すべて、やめよう。めんどくさいことは、みんな、すてろ。ただウタえばいゝ。オドレバ天国である。

悪魔がやつてくるには、いささか安つぽすぎるナイトクラブで、ジンフイズのグラスごしに見えたもの、遠くから、近づいてくるようで来なかつたもの……。

汚された鶴のようなバンド・マンたち。ただやけくそが売りものの男たち。ブダペストの小さなカフエのまぼろしが浮んだりする。なぜ？私に縁なき若者たちの踊りなんか、どうでもいゝはずなのに、変なこと。

やたらに浪費させる仕組になつているらしい銀座のバー。共産圏を一めぐりして急に進歩主義者になつた男のベレーが、となりのボックスにころがりこんだ。小説家稼業はやめられない。今頃、わが愛する詩人たちは、なにをしているだろう？ 酔つて、「やん坊にん坊とん坊」に出てくるトマトさんの真似をする木原孝一サン。鳩のような大岡信サン。なにを言つても、ゆるしてあげたくなるような飯島耕一サン。そうして、あの、どこかものがなしげなうす笑いをして、大きな袋をかついで、遙かなる国からやつてくる詩人、谷川俊太郎サンの声をききたい。心うつくしい詩人たちは、もう、おやすみになつたかしら？

ムカシ、ワタシハ、オヒメサマノヨウニ、カミヲナガクシテ、キモノヲキテイマシタ。シンダヨウナ、ジョウカマチノウミハ、アカクモエテ、ワタシハ、ヒソカニ、オサケヲノミマシタ。アノオンナハ、コドモナノニ、ゴハンニオサケヲカケテタベルヨ、ト、イツカ、ソラノホウマデ、ウソガヒロガツテイキマシタ。

昔飲んだオサケは、美しい泉のようにおもえ、いまは、ストロンチウム90の雨水をのんでいるようなむなしさ。けれどわたしがおそれるのは、虹色のオサケ…。蛇のようなあやしい誘惑のオサケ。

雪のふる日にのむのは哀しい。売れない役者とむかい合い、わがままだけが、ふたりの会話。わたしは泣き、うすぐらい地下で、ドイツ帰りのぢいさんが、ひとりで踊るワルツ。忘れたころになつて、名のうれだした青い役者。

着物はいいな。踊る女の、かろやかなすそさばき。フケツな女ざかりのマダムの笑つた口に、たべられそうになつて、いそいでとびだすと、外は雨…。まるで疑似パリ。「ちつとも、男なんて…」ほろよいのジャズ歌手の腕をつかんで生意気言うと、ユメ見るあの眼でささやく。「でも、やつぱり、いゝわ…」

このあたりで、イカスのは、Hサンのヴィブラホン…。サアサア、いくらでももつておいで。肴はうまく、上等なオサケにかぎる。くれがたの湖水のほとり、風のまにまになりゆき次第。五月は生ビールもサワヤカである。そのビールをのみながら、いつか吉行淳之介サンがいつた…「旦那さんが大事にしてるような奥さんを誘惑するんだよ、君」飲んでいる吉行サンの色つぽさはいゝ。

たまには女だけの話をしたい。ゆつくりとなにもかも話せる？岡本かの子が好きだという、有吉佐和子サンの堂々たるボリウムに魅せられる。このひとは、ブランデーのグラスをあたためながら、何を考えているのか？

酔いたいのに、のませてくれぬひとの冷たさ。気まぐれなボートが河を流れていく、だれか、よし町柳ばしあたりの、スカッとした料亭で、心ゆくまで飲ませてくれるひとはいないか。相手は、女でも、男でもよし。ただケチなのはごめんです。

突然、ルイ・ジューヴェの横顔が、丸い柱の向うからのぞき、わたしは、はつとする。おんなにすてられたみじめな男、男に忘れられた、いたいたしいおんな。ぐるぐるまわり、からみ合い。ふと、「ピクニック」のなかの踊るシーンが浮んでくる。一歩一歩が、近づきの、おそろしいときめきで、そういうときに飲み干す酒の、甘い舌ざわり。ひろがる快楽の肌ざわり。

けれど、ゆきずりの街角で、わけのわからぬ、いかりや、かなしみ。いくつもの汚れない子供の眼がわたしをみつめ、「花を買つてね」と首をかしげる。かのドライ作家氏が買つたのは、純白のフリージャの花。わたしは鼻うたをうたい、もうただ、オサケをのむことしか考えない。

めんどくさいことは、すべてやめよう。将来、わたしが間違つて、女財閥にでもなつたら、心うつくしいがゆえに貧しい日本の詩人たちとともに、世界の美酒を酌みかわしたいものである。

（某月某夜戯れのために…）

「ユリイカ」抄

伊達得夫

昭和二十一年十月二十五日、一高生原口統三が逗子の海で入水した。そのことをぼくは、三面記事で知つたが、二十一年と云えば、国民は凡ね飢餓線上をさすらつていた。従つてこの事件は、米の遅配の記事ほどにもぼくの関心を誘かなかつた。しかし、数日後、ぼくは読書新聞で、ふたたび同じ記事を見た。それは、日刊新聞と違つて、かなりくわしく原口統三という学生について語り、最後に、遺稿が一冊のノートにまとめられているが、それを出版したという意味の、友人橋本一明の談話が附されていた。ぼくはMという出版社の編集者だつたから、今度は、その記事を見逃すわけにはいかなかつた。一高生、自殺、遺稿、これだけの条件さえあれば、たとえ内容がどうであろうと、売れなくつてさ!というようなものだ。ぼくは誰の紹介もなく、一高の寮をたずねた。入口で一人の学生をつかまえて、橋本さんに会いたい旨を伝えると、やがて、廊下の奥からペタペタとスリッパをひきずつて痩軀長身の青年が現れた。かれは、ぼくの差出した名刺をちらと見て、「橋本は外出しています。どういう御用でしようと言つた。来意を聞きとると、ぼくを一室に招じた。椅子がなかつたから、ベットに腰をおろし、ぼくは手巻きのタバコを咥えた。かれも同じベットに腰をおろしたが、その服装の汚なさにも似ず、挙動は端正だつた。

「ぼく中村と言います。原口の遺稿は橋本が保管してますので何とも言えませんが」

「で、何処か外の出版社とすでに話がきまつたというようなことは……」

「いや、まだです。二、三話はあるようですが」

ぼくは一高の門を出て、ほこりつぽい残暑の道を帝都電車の駅にいそぎながら、いま会つた中村という学生の印象から、なんとなく、この話はまとまるナと思つた。

原口統三遺稿集「二十才のエチュード」は、翌年六月、M出版社から初版五千部が発行され、あつという間に売切れた。が、追いかけて再版、というわけにはいかなかつた。紙が当時は簡単に手に入らなかつたからだ。それでも、その年の秋に、再版五千部が出され、それも瞬く間に売切れた。しかし、そのころから出版界にはようやく不況の風が立ち始めた。戦後一日一社のわり合いで増えたと言われる出版社は、同じ割合いで姿を消して行つた。M出版社もその例外ではなかつたから、「二十才のエチュード」の売行が記録的だつたにも拘らず、その印税の支払いはスムースではなかつた。けれども、そのことが、版権所有者である橋本一明やその友人たちと、ぼくとの間を深める結果になつたのだろうか。ぼくは印税を断るために、しばしば彼らと対談しなければならなかつたし、その負い目で向陵時報という一高校友会の機関紙の印刷をあつせんしたり、最初に一高の寮で会つた中村――詩人、中村稔の書いた探偵小説をカストリ雑誌に売込んでやつたり、それらのめんどうを心よく引受けなければならなかつた。

中村稔の探偵小説――ぼくはもうその題も彼が、この場合だけ使用したペンネームも記憶にないが、それが小栗虫太郎の影響をうけていたことと、たいへんエロつぽいものであつたことは忘れない。結婚したばかりのぼくの女房は、その原稿を読んで、「中村さんは結婚もしていないのに、どうしてこんなことまで知つてるんでしよう」と顔をあからめた。しかし、その点にこそカストリ雑誌の編集長は惚れこんだのであろう。いくばくかの原稿料を、かれはポケットに納めて、心もち背を丸めながら、夕暮の神保町に消えていつた。

二十二年の暮、ぼくのつとめ先は、尨大な返本を屑屋に叩き売つて倒産した。ぼくは個人で出版をつづけようと考えた。神保町の喫茶店ランボオの片隅で、ぼくはコーヒーを前に置いて、橋本一明と対座していた。ぼくが始める出版の最初の仕事として「二十才のエチュード」を改版して出さしてほしいと申し入れたのだ。

その茶房の隅では、ウエトレスのユリ子さんが、黒い瞳をミスチックに光らせながら、立つたまま、南京豆をかじつていた。

新らしい年の二月、一高の記念祭の日に、ぼくは駒場をおとずれた。橋本一明に会う用事があつたのだ。そのときかれは三年生で、卒業を目前に控えていた。中村稔は一級上だつたから、すでに東大生で、その日は角帽をかぶつて、やはり橋本の部屋に遊びに来ていた。橋本は由比正雪風の長髪で、寮の部屋にねころんでいた。ぼくが行くと、かれは、夕ーナーの画集を大切そうにひらいて見せながら、「この絵を見て泣かないような奴は芸術家ではない」と言つた。けれども、新しく作る出版屋のことで頭が一杯だつたぼくは十九世紀半の風景画家に泣きたくなる気分ではなかつた。中村稔も、「ふむ、ふむ」としさいらしく肯くだけで、左程感動した風でもなかつた。それより、ぼくの目をひいたのはむき出しのベットの上にほうり出されてあつた一冊の白い表紙の本であつた。その本の背には、エドガア・アラン・ポオ「ユリイカ」牧野信一訳という文字が読まれた。

早稲田大学の坂を下りたところに、有名な焼鳥屋があつた。その店のオヤジは胸まで垂れるアゴヒゲを持つていたので、通称ひげのおやじと呼ばれていたが、ぼくは作家稲垣足穂と、その店で焼酎のコップを前にしていた。

そのとき、かれが云つたのだ。ポオの「ユリイカ」を知つているか。ポオは原稿を書いても誰も買つてくれなかつたから、場末の酒場で浮浪者を集めて、自分の原稿を読んで聞かせたのだ。誰も聞いてる奴はいなかつた。またあの気狂い奴がしやべつてる、と人は思つていた。その原稿が、「ユリイカ」だつた。アメリカにも、やつぱり、あんた見たいな編集者がいて、その「ユリイカ」を本にしてやつた。しかし、二部、ほんとうに二部しか売れなかつた。首をつつて死んだ牧野がそれを訳して第一書房から出したが、日本でもやつぱり読れなかつたろう。「ユリイカ」の意味知つてるか。「余は発見せり」と云う意味だ。ギリシャ語だね。アルキメデスが、比重の原理を発見したとき、ほら、風呂の中に入つて水がざあとあふれるのを見て、しめた、と言つてとび出したろう。うれしさのあまり、アテネの町をすつぱだかで走りながら、「ユリイカ！」「ユリイカ！」と叫んだというな。ほほほ。かつてモダニズム派の惑星であつたこの作家は、鼻めがねを、掛けたりはづしたりしながら、アルコホル中毒らしい、もつれた舌で、そう語つてくれたのだが、それがほんの数日前のことだつた――。

ぼくは、何げないふりをして、ベットの上から「ユリイカ」をとり上げた。仙花紙の本を見なれていた目に、そのづしりと重い感触が、何かを告げた。

夕暮れ、記念祭の終つた寮庭では、学生が

輪になつて、「ああ玉杯」を歌いはじめた。ぼくたちも寮庭へ出てその円周をながめていたが、中村がそのとき、つかつかと歌つている学生の側へ寄つて、その肩をポンと叩き、「君、玉杯をマント着たままで歌つてもいいのかい」と言つた。言われた学生は黙つて肩からマントをはづした。歌が終ると、ぼく一人、かれらに別れて、一高を出た。帰りの電車は、一高見物に来た着飾つた若い女性たちで一杯であつたが、ぼくはその中にもまれながら、暗い車窓に、あのまつ白い表紙の本をふたたび思いかえしていた。「ユリイカ」という何やら呪文めいたそのタイトルのことを。

批評の良心

清岡卓行

性急で的はずれな批評ほど腹の立つものはない。サント・ブーヴが次のように言つたことがある。Aはこうだ、Bはこうだと性急に決めてかかるのは、逆に、批評する側の底の浅い焦りを表現するだけである。長い時間をかけて対象を味わつていれば、相手の方でこちらの心の中にその肖像を描いてくれる。

ユリイカ六月号の「二人の芸術至上主義者と一匹狼」で、井上光晴のためにぼくは自分でも見当のつかないシロモノに作り上げられた。何と批評されようと、それがこちらを一応理解した上で発せられているならば、ぼくは文句を言わない。頭をさげるだけだ。批評とは自己を賭けるものであり、勝負は相打ちだ。しかし、井上の文章を読むと、かれがぼくのものをろくに読んでいないことがわかる。孫引き的な引用やいい加減な拾い読みしかない。ハッタリの強い彼に肖像主義など勉強しろとは言わないが、最低の良心として、相手のものに一通り眼を通したらどうだ。「純潔の論理」（？）などという書き方は、彼から見れば、ぼくが人間ではなく、単なる疑問符号に過ぎないということではないか。

詩学六月号の詩壇時評にも呆れた。ぼくの「実験」と時評氏の「実験」は、それこそ「提琴」と「提琴の箱」のように似ているが、彼にはレトリックというものがわからぬらしい。「最大多数の詩の書き手、最大多数の詩の読者というカクレミノによつて、このなかから現代詩後退説のでてくる可能性がある」という箇所に至つては、自分が匿名というカクレミノをかぶつている劣等感をいみじくも表現し、ぼくの論旨とは正反対の後退説をデッチ上げている。覆面を脱いでぼくと実験問答でもやつてくれないものか。これが詩でございますとやにさがつたレデイ・メイドを詩と認めないぼくは、今、文語による旧作を発表しつづけることに皮肉な喜びを感じている。

「詩人」の畸型性について

児　玉　　惇

「観念論者とは、自分の存在と、自分の内部に交互的に現われる感覚の存在とのみを所知のものと認めて、他の何ものをも許容しない哲学者の謂である。思うに、盲目者のみが創案し得る途方もない体系だ」

とは唯物論者であり、アンシクロペディストの首領であったディドロが、ジョージ・バークレイについて語った評語である。第一次ロシア革命の挫折後、「唯物論は反駁されたと、百回も千回も人々は言明したのに、百一回目、千一回目と今以て唯物論を反駁しつづけて」くる観念論的諸哲学派――主としてマッハ、アヴェナリウス等の独在論に対して、一九〇八年、レーニンは「唯物論と経験批判論」を書いた。そして、十八世紀フランスの啓蒙思想の揺籃期に、ディドロとダランベールとの間に行われた「気違いピアノ」に関する論争を引用し、私が冒頭に記した、当時のディドロの嘆きの言葉をもって、レーニンは自己の嘆きを托している。ディドロ曰く、「このような体系は、人類の精神や哲学にとって恥ではあるが、しかしこの体系は不条理至極でありながら論破することは至難である。」

昨年来の、スターリン批判という歴史的な思想変動の風潮に乗じたわけでもあるまいが、（風潮のあふりを受けるほど現実に棹さしているならば、まだよい）最近、私の周囲に、あたかも鼻紙を捨てるように「歴史的必然」をソデにし、事もなげに「唯物弁証法」と論じ去っている友人が現われているのを見ると、私は、ディドロがバークレイやダランベールに対して、レーニンがマッハやアヴェナリウス等に対して、覚えたと同じ嘆きと腹立ちを感じずにいることができない。だいたい私は、昨年来行われつつあるマルクス主義批判の風潮に対しては、賛同の立場から、これを機会に、日本のマルクス主義がフイゴの火を入れ換えて、鍛鉄し直されてゆくであろうことを希望の目で眺めているのだが、――しかしそれにしても、あたかもその風潮と軌を一にしたかの如く、私の周囲の「詩人」諸君の間に、マルクス主義を軽侮する言辞が弄されているのを見ると、彼らが詩を書いている幸福な書斎に、突然、椿入して、「唯物論と経験批判論」岩波文庫版でも、彼らに示してやりたい欲求にかられることがしばしばある。

さて、私のこれから述べようとすることは、機あるごとに、私たちの内部に鎌首をもたげてうごめき、むしかえし的に、私たちを腐心させるユーウツな疑問の一つ――「詩人は異常児か、特殊部落人か、社会の畸型的存在であるか、という相も変らぬ質問である。不快をガマンして、もう一度このことを考えてみると、どうして、決して陳腐な質問でないことに、私は気づく。

私の考えでは、現代社会において詩人の部落だけが、とくに特殊な畸型部落だとする評は、全く当っていない。詩人部落以外の、小説家部落、俳優部落、ジャーナリスト部落、学者部落、サラリーマン部落、労仂者部落、乞食部落――等々も、現代社会においては、ほぼ同質的に異常であり、畸型であることはまちがいなく、その点においては、おそらく兄弟の境いは見定め難いのではあるまいか。何故なら、現代社会の病いを蒙むることにおいては、メシを食っている以上、詩人といえども、乞食といえども、平等かつ同質であろうと考えられるからである。何も詩人諸君だけが、詩が金にならず貧しいからと言って、とくに劣等感を覚えねばならぬユエンは、寸毫もない。学者や重役やジャーナリストたちは、金になり、社会的ヒエラルヒイにおいては優位を占めてはいるので、たとえ人間としてダメであっても、体裁や景気のいいということの嚢にかくれて、良心や虚偽をごまかし、すりかえているだけのことであって、もはや劣等感や自己苛責を覚えぬほど、病気が亢進しているにすぎぬのである。

しかしよく考えてみれば、学者部落やサラリーマン部落などと詩人部落を、同一の平面で扱い論ずることが、そもそも不可能なのである。こんにちの詩人は、おおむね学者兼詩人、主婦兼詩人、実業家兼詩人、サラリーマン兼詩人、ニコヨン兼詩人、などなどであり、詩作一本立ちの職業人というものは、近代社会の職業システムの中に、位置を占めることは不可能になった。これはごくあたりまえのこと。だから私は「詩人」でなく、「兼詩人」だ。「兼詩人」。これはいい名前だと思う。

私は「詩人」という名称がキライで、たくさんと人たちと一緒に紹介されるとき、他の人は「何々新聞社の誰」「日教組の誰」と紹介されるのに、私だけ「詩人の児玉さんです」などと言われると、自分でもドギマギして、何とも言えない、イヤアな異物感と困惑を覚えてしまう。そして、その異物感の記憶が、ちょうど寝小便でもしたときのように、不快なシミとなつて心に残り、しばらくまといついて離れぬので、閉口する。だが、「兼詩人」というのはまだいい。これを、流行らせたらどうだろう。あなたも、私も、彼も、みんな「詩人」ではない。「兼詩人」だ。そういえば、ハイネも政治家兼詩人だし、ホイットマンはジャーナリスト兼詩人、エリオットも学者兼重役兼詩人だった。

こういうふうに詩人の存在を考えると、詩人部落だけが他の諸部落と比較して、畸型だとか孤独だとかいう相対論は、問題の起し方からして、ずいぶんおかしいことになる。にもかかわらず、そうした批評は外部からも機あるごとに絶えることなく、また私たち自身の内部にも、コンプレックスとして自覚されるのは、ふさわしい理由と根源があるからであろうか。

私は、あるのだと思う。前述のとおり、私は、詩人という存在をすべて兼詩人（つまり生活者）だと思っているから、とくに彼らをモラリッシュに考えたり、清教徒に見立てたりしようとは思わない。そんな見方は、バカバカしいかぎりだ。詩人であろうと音楽家だろうと、他の人種と同様に、醜くかつ美しいことに変りのあろうはずはないのだが、にもかかわらず、詩人つまり兼詩人一般には、一種の思考の畸型性が、たしかに存在しているように見えるのは、私だけの偏見にもとづくものだろうか。それを指摘し分析してみることが、本稿の課題である。

「畸型」とは、しかし何であるか。では、何を「正型」とするのか。正常と異常、一般と特殊——その相対概念をまず明らかに定義し、限定することが、必要になるだろう。

表面だけ、うわべだけの畸型性、不具性だけを見て、これをダメなものとする価値判断はSecularismである。こんな道徳観、価値観に組してはならぬ。ゴッホが、ボードレールが狂っていたのか、世の中が狂っていたのか、という対比は、芸術家のパースナリテイと社会の相関関係を検証する際に、よく持ち出される。私としても、この勝負、明らかにゴッホ、ボードレールの勝であり、狂っていたのは世の中の方であると判定するに、ヤブサカでない。肉体上の畸型者や不具者をバカにすることが、神を冒すに等しい人間性の冒瀆であることは、申すまでもない。同様に、他人の人格上の畸型性、不具性を軽々しく非難することが、おのれの面にツバをかけている行為であることに気づかないのは、侮蔑すべきSecularistである。正型と畸型の価値判断は、このように、容易なことではない。

それでは、私は何を指さして、詩人の畸型性と言うのであるか。私は先に、現代社会においては、乞食部落も学者部落も、メシを食っている以上、現代の病弊から逃れられまいから、人間が畸型にならざるをえない点においては、どの部落も同じであろう、と言ったが、詩人部落の特殊性は、彼らがこうした一般社会の畸型性の病弊から、フシギにも免がれている（自覚していない）ところにあるのである。これは、前々から私の気になり、ギモンに思っていたことなのだ。その畸型性を実証するにふさわしい文章として、飯島耕一の「アルファベットーアンリ・ミショオ序章の序説」（「今日」七号）がある。これに即して述べていこう。

飯島は御承知のとおり仏文学徒である。私が、飯島耕一に限らずこの国の仏文学徒と言われる人々に、前からニガニガしく思っていたことは、彼らに一様に、フランス文学者頌であり讃というものがテーマ・ソングとしてうたわれる、ということであるが、いったいこの人々は、確かな世界観と人間観を持って本を読んでいるのかどうか、彼らの文章を読むと、眉にツバをつけたくなる場合が少くない。いわば、一人の作家なり詩人なりの、美しいバラの花だけを見て、醜い茎や根の腐汁、さらに土やくさい肥料のにおいは嗅ごうとしない、つまり歴史や社会の文脈や矛盾構造を剪り捨てた、単にパースナルなだけの関心にもとづく剪りとり方。お嬢さんのイケ花芸術に似た、その作家観であり、態度である。

私はだいたい、人に憎まれない人間が好きでない。円満具足、八方ニコニコ、おだやかで、職場の女の子たちから、いい人だワと一様に評判の人種が、最もキライだ。そんな人間は無気力や怠惰、実践力のないことの標本みたいなものであり、要するにウソっぱちだと信ずるからだ。しかし、世の中は広いので、無気力で実行力はないのに、ひねくれた論理だけは達者という人間も少くない。そんなのも、もちろん私はキライだが、論理を解脱したかのような顔つきの円満具足派より、まだマシだという気がする。要するに、人間というものは俗悪《セキュラー》なものであり、信用できるものは愛情より憎悪である。（憎悪を通した愛情である。）というと、あたかも太陽族ばりの、シニカルな論理のようにきこえそうでキケンだが、そうではなく、人間は俗悪なものと純潔なもの——その両者の同時競覇による矛盾・非両立性（incompatibility）の苦悩体として捉えなければ、その人間観はカタワになり、ウソになるという、あたりまえのことを私は言いたいにすぎぬのである。

　そして、このことは私たち日常の職場の人間だけでなく、外国の作家なり思想家に対する見方、考え方にも通ずる。ハイネだってそうだ。美しい恋愛詩だけを剪りとってハイネを見れば、世のミーハー族たちの胸をドキドキさせるだろうが、彼の痛烈な政治諷刺詩はむろんのこと、晩年のパリ流寓時代、ギゾー反動政府から保護金をもらって、夜な夜な若いパリ娘にうつつをぬかし、虚ろを慰めていた部分は、醜いといえば醜いし、俗悪といえば俗悪だろう。このことを新ライン新聞時代のマルクスが弁護したのは、有名な話だ。）ただ私は、その醜いハイネの苦悩をも含めて、またその俗悪さとの戦いのゆえにこそ、ハイネにいっそう強く惹かれ、愛情と尊敬とはげましを、親しく感じることができるのだ。ルフェーブルが「パスカル」を書き、「デカルト」において言っているのも、カンタンに言えばそのことだ。「なぜ、いったいどうして、デカルトとデカルトの思惟が矛盾を含んでいたことを認めないのであるか。この仮説こそ、テキストを融和させ、テキストのうちに単一の指導的概念、単一のテーゼ、あるいは単一の基礎的直観を見つけ出そうと努力する歴史家たちが、あえて設けようとしなかった唯一の仮説である。……いったいどういうわけで、デカルト説を完成と抽象的明晰との面に移して、それにそのように論理的なだけで実を結ばない、不動の「存在」に帰するのであるか。もし矛盾が、みのり豊かな諸探究や運動と原因と同時に結果、すなわち条件と同時に徴候であるなら、なにゆえにそれをデカルトに対して禁じるのであるか。」とルフェーブルは書いている。（服部英次郎・青木靖三訳「デカルト」岩波現代叢書）

　私が飯島の「アルファベット」という文章に感じるのも、そのことである。むろん、これは本格的作家論ではなく、いわば気楽に書かれたエッセイ風のものであり、序章の序説であるから、ある程度は割引きはしなければならぬとして、それにしてもである、エリュアールが財布を通行人からすってきた、という他愛ないゴシップ（ゴシップだ、これは。インフォメイションというものではない。）を披露して、「人間性はいずこも同じ。エリュアールがモラルと言うとき、この挿話ぐらいは思い出してもらいたいものだ」とは、イヤハヤ、何と他愛ない、しかしまた、いじらしくも稚拙なエリュアール渇仰心であろうか。私はふき出してしまった。これは、いまを流行の何々文学散歩とやらと同じく、島崎藤村といえば彼の使った茶碗まで有難がる、ミーハー・ファンのフェティシズム心理と、あまり変らないのではあるまいか。私には、そんなエリュアールのすりの逸話など、金子光晴がオモチャのウンコを新聞紙でくるんできて、人をだまして驚かしたのと同じ類の、軽い冗談事としか思えない。

むろん、このことはエリュアール観、金子観と全然無関係ではあるまいが、これをエリュアールのモラル、金子のモラルと結びつけるとは……。モラルが驚いて、逃げるだろう。

　ルフェーブルはこう言っている。「じっさいに、純粋な内在的な批判は循環論に陥る。そのような批判は、思想家たちの作品を主観的にとって、それをおのおのの解釈者の方向づけにしたがって整序するのである。歴史家は解釈するようになると、もう認識しなくなる」と。ルフェーブルにかこつけて言うのはイヤだが、まさしく、飯島もエリュアールのゴシップを重要視して解釈し、それを彼なりの主観的エリュアール像の中へ整序しているのである。認識していない。認識とは何か。「客観的基準を見出すことである。テキストを定置し、テキストを——解釈させるのでなく——認識させるところの綜体的連関を見出して、テキストをそれとは別のものに関係させることが必要である」（前掲書）

　最近、わが国も世情がおちついて、諸外国の詩人、それもイギリス、フランスに限らず、たとえばヒクメットとかネルーダとかの作品まで、さまざま輸入、紹介されるようになっている。私はこれらの紹介のほとんどを、あまり信用していない。イケ花鑑賞が多いからだ。花の根や土まで、移しとってこないからである。エリュアールもその一つではないのか。ルフェーブルの言う「認識の綜体的連関づけ」がない。見事に、欠落症であるからだ。私はこれを、とくに詩人に通弊の「畸型性」と呼ぶのである。

　たとえば、虎の威を借りるようだが、私はルフェーブルの「弁証法的唯物論」は難解で、面白く読み通せなかったけれども、「パスカル」は面白かった。これは興味津々の思想家論である。まず、ブルボン朝のルイ十四世太陽王統治時代の政治支配構造と、当時の宗教的・文化的時代構造が描かれ、さらにリッシュリューやヴェルコールたちの重商主義《マーカンティリズム》的収奪形態と、それに対するポール・ロワイヤールを中心とするジャンセニストたちの隠遁者的反逆像が描かれてそれらの文脈の中で、政府の高官であったエチエンヌを父とし、惑い、苦悶し、妹と財産争いのケンカをして僧院へ追いやったりする、崇高かつ俗悪なパスカルの人間と思想像が、実に生き生きと浮彫りにされている。いわば、パスカルの諸矛盾が、当時の時代・歴史の綜体的関連構造に、見事に結びつけられ、躍動しているのである。

（「パスカル」日本評論新社刊）

　人間は、こういうふうに面白く捉えたい。多情多恨、いい意味にも悪い意味にも、慾深いもの、俗悪なものとして掘り下げたい。一人の作家論、詩人論にしても然りだろう。もっと豊富に、ヒダのある肉体として捉えたい。つまり、俗悪なものとの相剋を通してこそ純潔な部面が、いっそう光を帯びてくる。私はそう思う。このことは「現代詩」三月号に書いた、「リアリズムの座標」という文章でも、述べておいた。飯島君、一つそういうエリュアール論を書いて見せてくれないものだろうか。

　このような詩人、いや日本の兼詩人たちの思考方式の畸型性は、しかし、別に飯島特有のものではない。最近、たまたま「詩学」三月号に自分の作品が載ったので、久しぶりにこの雑誌を読んだが、巻頭の上田保「現代の神話—ディラン・トマスの問題」を見て、驚いた。そして、タメイキを吐き、腹が立ってきた。相も変らぬ、白痴的なイケ花鑑賞のディラン・トマス紹介が、述べられているからである。新アポカリプスは、私に言わせれば、イギリスのブルジョア知識人たちが、世界観の方向と目的を失つた末に衰弱症状として発熱した、きわめて風土的な、一種のロマンティシズムのアレルギー湿疹のようなものにすぎない。紹介とは、もっと主体的なものであって欲しい。われわれの苛酷な、また特殊な現実と問題に問を発して、それをディラン・トマスに、エリュアールに投げつけ、その反響を紹介とともに伝えるものであつて欲しい。私たちには「戦争」という大きな、共同の歴史体験があるのだから――。日本の現実より、イギリスやフランスの文学的現実の方を重く背負っているような、春山行夫と選ぶところのあまりない、ファルス的なやり方は、いい加減に、日本人の思想史に止めにしようではないか。イギリスならば、ラスキやC・コードウェル（「二十世紀作家の没落」みすず書房刊）の飜訳本でも、まず読んで考えることにしたいものである。

こうした詩人たちの畸型的通弊が、転じて、日本の現実への関心欠落症としてあらわれてくるのは、ナサケなくも当然のことである。先のこと、私が飯島に国分一太郎の仕事の話をすると、国分一太郎なんか全然興味がないよ、と白けた顔をした。そんな顔が私にはつくづくフシギに見えた。飯島は日本のメシを食って生きているのかな。そんな飯島たちは、喫茶店で会うと、ジェラール・フィリップはコンミュニストだつてね、へエ、面白いねえ、などという会話を交し、私の知らぬシャンソンの話などをしている。私には、さつぱり面白くない。むろん、ジェラール・フイリップやシャンソンにも私は興味があるが、それよりももっと、国分一太郎が、北村透谷が、石川三四郎（の「わが非戦論史」を読みたまえ！）が、自分と全く同じ問題をどう考え、どう悩んだか、ということの方にアタマがいっぱいだからだ。飯島が、平林敏彦が、このことをどう考えているか、知りたいし、学びたいのだ。それなのに、まるきりコトバが違うのである。私はツクネンとしてしまう。私がフランス語を知らぬから、劣等感に見舞われたのだろうか。飯島に「こんど同人雑誌にどんな評論を書くの?」と訊くと、「…うん、一言では言えない。君のように現世的・地上的なことでなく、もっと高尚なことだよ」と言って笑った。その評論が「アルファベット」である。高尚なものでないことは、前述のとおりだ。

その中で、飯島は次のようにも言つている。

「外国の詩人のことばかり書くが、これはペダンチスムとは無縁である。同時代の詩人であり、同時代の問題を投げてくれるから、外国の詩人に興味をもつ」

これはそのとおりだ。私は飯島のこのエッセイを、全くペダンチックでないとは思わないが、しかし、それは措くとして、その次、「問題は、今や本質的な人間とその生に関係しているのであり、コスモポリティクなことである。とはいえ、実は、ぼくには同世代の幾人かの詩人たちの未来の仕事をのぞいて、日本の詩人たちの思想にも、作品にも、それほど熱情的になれないのだ。日本の過去の詩人たちの分析は、たとえば吉本隆明氏あたりがやってくれるだろうし、サークル詩といわれるアマチュア詩人たちの指導者たちも、多勢いる。当分、ぼくは勝手なことを書き、言わしてもらおう」

外国文学徒の日本色盲はまア通弊であったとしても、青年の純潔な思想の出発期に、こうした過去との絶縁声明は珍しくない。「勝手なことを書き、言わしてもらおう」というのは、反語だろう。この文章にも、そうした飯島の純潔な姿勢が、反語的に、ある意味では美しく語られているとさえいえるだろう。飯島が、戦後の日本のニセ民主主義やニセ進歩主義に対して、反撥をこういう形で投げつけるのは、よくわかる。私も同感だ。

しかし、それにしても疑問は残る。出発期はまだよい。大人になれば、おいおい世俗的な責任もとらねばならぬし、いつまでこうした放言的姿勢がつづくかということだ。早く、大人のように俗っぽくなれ、と言っているのではない。そんなのは私もゴメンである。私のいうのは、こんな反語的姿勢が、無責任な、関心の剪り捨てに通じはせぬかということである。そんな態度はかならず、けつまづくときがくる。飯島個人がけつまづくというのではない。こうした反語的な、日本の愚劣、厳粛な日本の現状に背を向けた、インテリの思想の総和と累積が、思想史となり、歴史となって、ついにはインテリ自身が物質的惨害をこうむるにいたるのである。日本のヨーロッパ文化崇拝史がいい例だ。トップ・モードの輸入、着こなしに浮身をやつしている間に、それへの不満感から、悪しきナショナリズムと結托して、ファシズムが鎌首をもたげてきたのにも気づかず、腰がたたなくなるほどけつまづいてしまった。その痛さを、次の世代へ伝承するのが私たちの大きな仕事の責任だ。私は身にしみてそう思う。

だから、私が飯島なら、こう書く。

「問題は、今や本質的な人間とその生に関係しているのであり、ナショナルなことである。最もナショナルなことである。だから、ぼくは同世代の、サークルの生活者兼詩人も含めて、また詩人だけに限らず、多くの同世代の人々の現在の（未来を按ずるのはその後のことだ）仕事に、深甚な興味をもつ。日本の過去の詩人や思想家たちの勉強と分析は、他人に任せず、自分の問題として即刻やりたい。サークル詩などにあらわれる、大衆の思想の変革の方向には、反省するインテリの一人として、学びたい。当分の間、ぼくは勝手なことをせず、責任のある言動を喫緊事として自分に課したい」

と、私はこう書きたい。

詩人の戦争責任が問われている。吉本隆明の追究の仕方は、私には共感するところ多かった。私が共感したのは、吉本氏の過去の詩人たちへの責任追究の火が、自分の内部をも焼いているからだ。自分の痛みから出発して、歴史的に、主体的に責任を問うていると感じられたからだ。絶縁声明は、強烈な連帯意識に裏うちされた、その反語としてはじめて美しいし、意味がある。飯島が、出発期の純潔な倫理化にこだわるのはいいとして、それに慣れるのあまり、不潔な無責任の倫理化へ転落せぬことを私は望む。私たちの親たちが冒したこととはいえ、またいかに絶縁を声明しようと、たとえば、日本の中国虐殺史の責任がわれわれの世代、また後世代において、消えることがあろうか。このあやまち、東条英機のあやまちは、外ならぬわれわれのあやまちだ。さらに後世代にも伝えて、責任を負うてもらわねばならぬあやまちだと思うのだ。私は、岡本潤や壺井繁治を笑ってはとうていいられない。げんに、私たちはその「無責任」の犯罪を冒していないだろうか。現実との格闘をなまけていやしないだろうか。私はリツ然と反省する。

外国の文学者なり思想家の像に、ある「完璧な姿」を望み見て、それに依拠し、そこに文学や思想の「絶対性」を錯覚することも、日本の外国文学徒にありがちなことだった。（たとえば加藤周一は違う。最近の氏のエッセイを見よ。）ブルトン、シェストフ、ヴァレリイなど、それぞれ思いあたるフシがあるだろう。（鶴見俊輔によれば、アメリカのプラグマティスト、ミードの著書が、ナチの戦争哲学に奉仕したローゼンベルグと並んで、同じシリーズの哲学書として、戦前出たりしたこともあるという。）そしてそれは今もある。スタニスラフスキイ、エリュアール、エリオット、毛沢東などなどである。これは植民地に通弊のドレイ思想だ、と竹内好氏とともに私も言おう。またこのような人々には、サルトルの「現代誌創刊の辞」をもう一度拡声器で、耳に近づけて聞かせてやりたい。（サルトルぐらいは、仏文学徒でなくとも、読んでいるのだろう。）サルトルはこう言っている。

「われわれは永遠的価値を観念の天空に求めようとはしない。それは現実的外皮を被ってこそ興味があるのだ。われわれは相対論者であるどころか、人間は絶対者であることを公然と断言する。しかし人間はその時代において、その環境において、その生存する地上において絶対者である。絶対的なるもの、一千年の歴史も滅ぼすことのできないもの、それはこの状況に関して、人間が今この時にとつた取返しのつかない、比較を絶したこの決意である。（中略）われわれが絶対者となるのは不死を追いかけることによつてではない。時代から時代へと引き廻されるほど空虚な、無内容な、骨と皮ばかりのいくつかの原理を、作品中に反影させたからといつて絶対者となるのではなく、われわれの時代において熱烈に闘争し、われわれの時代を熱烈に愛し、われわれの時代とともに完全に滅びるからこそ絶対者となるのだ」（「唯物論と革命」）

こんどのハンガリア事件でも、サルトルはフランスのため、フランス人である自分のために、この問題に対決した。日本の現実の諸矛盾にはあまり対決せずに、エリュアールに、ミショオに心を奪われているのは、おそらく、日本の気の毒な詩人たちだけだろうと私は思う。

飯島のこの solipsism 的な、あまりにも solipsism 的なエッセイについては、私はまだこれを批判するコトバを持っているが、あまり角だてて言う気もおこらない。客観的基準のない solipsism は、存在することはけっこうだし、あってよいのだが、これと渉り合ってみてもムダであるように思われる。

ただひとつ、私がわからないのは、この人々が最近しきりに気どられている、シュールリアリズムというやつである。私はシュールリアリズムについては、サルトルがたしか一九四七年に書いた「作家の状況」という論文によって察する以外に、あまり知らないのでシュールリアリズム論議は紙数も増えるし、別の機会にゆずることにするが、たとえばサルトルがその中で、「シュールリアリストは一つの企画を謀る諸手段を自己から取除いたので、その活動は衝動行為に還元された。われわれはここに、無償の行為というジイド的倫理が暗くされ、重くされているのを発見する。……」と述べているシュールリアリズムを、なぜいまさらに、これらの人々が自分の座標としているに至ったのか――私は清岡卓行の「私の詩の極点」（「現代作詩講座」Ⅰ巻」）を読んでみたが、清岡氏の篤実な自己追求の過程に共感は覚えても、ナットクすることはできなかった。いまでもよくわからない。（この点は稿を改めて疑問を出したい。）

ただ、こうした人々のシュールリアリズム風潮に、結論的、概括的に私の疑問を述べるならば、「一つの企画を謀る諸手段を自己から取除いた」一種のOcculist的神秘密教主義であり、歴史性をきりすてた幼年的思想への回帰ではないか、ということである。はたせるかな、飯島耕一も「アルファベット」の中で、「自然が大事である、アヴァンギャルドも自然を閑却してはいけない」と言つているが、こんなケッサクな意見こそSolipsismの結果である。「自然」というとき、すぐ私の頭に浮ぶのは、トマス・ホッブスの「自然法と自然権」であり、「万人が万人のための狼」と自然に対してペシミスティクに嘆じた、彼の言葉である。「自然」とは最も階級的なものであり、弱肉強食の闘争場だ。アヴァンギャルドは、その酷薄な闘争のコロシウムでしか発想しない。飯島のように、文学的礼拝堂で呪文を唱えていやしない。

呪文といえば、飯島耕一は昨年の「現代詩」十月号において、「呪文の効用」と題する文章を書き、詩は呪文としての効用と恩恵を果すことを、プレヴェールの漫画映画「やぶにらみの暴君」を引いて述べているが、私なら、詩は無償な「呪文の効用」を果すものでなく、有償な「物質的力の効用」を果すものだと書くだろう。そして飯島はこの文章の中でしきりに「歴史的必然」を軽侮しているが、これに対しては、私が冒頭に引いたディドロの嘆声をもって、代えて批判するにとどめておこう。

こうした詩人たちの畸型性は、さらに言いかえれば、一つの個性の移植方式において、移植の媒介物にはほとんど意を介しない、という幸福な（不幸な）態度となってあらわれてくる。

硫酸に亜鉛を投じると、硫酸はアワをたててさかんに酸素を出し亜鈴は酸化亜鉛になる——というのは、中学校の実験室で習つた化学方程式である。その酸素をフラスコにとって、アルコール・ランプの焔に近づけると、パンと異様な音をたてて小さな爆発をおこす。その音が面白くて、化学の実験が楽しみだったものである。水やアルコールに亜鉛を投じても、酸化現象はおこらぬという事実。これはあたりまえのことかも知れぬが、重要な、物理的真実なのだ。

こんな初歩的なことを書くと、人を愚弄するようで恐縮だが、外でもない、人間の思想の実験についても、同様の比喩が成り立つのではないかと考えられるからである。亜鉛は硫酸に投じなければ、酸化現象はおこらない。一つの思想にしても然りである。われわれの肺は、生命のために酸素を必要とするのであって、思想もまた酸化作用をおこして、有益な酸素を売出してくれなければ用はない。つまり、硫酸が酸素を出すためには、水でなく亜鉛という異質の、しかし適当な媒介物を経なければ、変質しない。思想もまた、その移植に際しては、酸化現象をなるべく多くおこすように、ふさわしい媒介項の中へ、有機的に投入されなければイミがない。これは種子と土壌、あるいは土質との関係にも似ている。

私たちの周囲には、水に亜鉛を投じるような、無益な実験作業があまりに多いのではなかろうか。白樺派、モダニズム詩運動、新感覚派、マルクス主義など、私たちの思想史はそんな実験にみちていた。

このことはまた個性と普遍の関係にも似ている。シェクスピアの演劇が、シェクスピアという作家の天禀の資質だけで、あれほどの隆昌をかちうるものではない。十七世紀初頭の興隆期のイギリス、スペイン無敵艦隊をうち破つた頃のイギリス資本主義と、それを基礎にしたエリザベス王朝期のブルジョワ文化を背景にしなくては、シェクスピアという個性が、あれほど普遍化することは考えられぬであろう。スターリン主義が、スターリンの個人的パースナリティだけにもとづくのではなく、スタリーンとともにあったソヴェトの社会・文化体制をも総括して捉えなければならぬことは、昨年のにぎやかな論争のとおり。ヴィクトル・ユーゴには十九世紀フランス、エリオットには二十世紀イギリスとヨーロッパの時代構造をコンテキストしなければ、作家像は浮彫りにされぬ。エリュアール、ミショオまた然りだろう。これは個別と普遍、つまり亜鉛と硫酸に関する、ごく初歩的な芸術社会学上の化学方程式である。

実験には、自ずと経験的、歴史的法則性があり、ある程度の仮説がある。媒介項を無視した思想の移植実験は、仮説を無視した無責任なニセ実験であり、その都度の目新しい面白がらせであることを私たちは過去の失敗に照らして銘記しよう。ニセ実験は、犯罪にさえ通じることになりかねない。私たちの周囲には、こうしたニセ実験があまりも多いのではなかろうか。

私はもうムダな実験は、心からゴメンである。

最後に、失礼きわまることを付記させてもらうと、私の周囲の兼詩人たちは、なぜこうも詩の本や小説の本しか読まぬのだろうか。思想書や社会科学書も読んで欲しい。私も含めて、とにかく不勉強だ。不勉強というのは、私たちが外国の文学的現実にばかり気どられて、日本の現実の文学性には無関心であり、身を沈めて生きていないということだ。たとえば石川三四郎の「わが非戦論史」。こんなにすぐれた、バルビュスにもロマン・ロランにも負けぬような、日本人の手によって創られた思想の滋養分を、知らないで食べずにすぎる日本人こそ不幸である。「勝利の万歳」と題して石川三四郎は、「哀調を湛えた日本人は勝利にも必ず悲哀を感ずる。万歳にも涙がある。こと哀感と涙とに光明の窓を開いてやることこそ、日本人を生かす唯一の路ではないか」と書いているが、このような知慧は、エリュアールやエリオットは教えてくれぬ知慧である。彼らは日本人ではないからだ。

さて、ながながと書きつらねた。そして、この文章の主調はすっかりナショナリストふうのものになったが、私には元来ショウヴィニズム（国粋主義）の趣味はない、と最後に一言ことわっておく。

自律的な哲学史はもはやありえない、とルフェーブルは言う。神学と科学の間の橋渡し的メタフィジクスとして、哲学はあったのだと。これからの哲学は、イデオロギイの科学へと変らねばならぬと。詩も社会思想史のコンテキストの中で、その一章として、社会思想の綜体的連関の中で捉えられなければ、――詩人、いや兼詩人たちが、そのような科学的遠近透視に堪えうるふくよかな眼力を備えてこなければ、袋小路だ、と私もハッキリ言って鉛筆をおこう。以上は飯島耕一批判であるとともに、飯島を含む「今日」の同人批判であり、また私自身の内部に住む飯島的なるものとの戦いの一端である。飯島を全面的にネガティヴなものとして否定したのではなく、飯島の中にあるネガティヴな部分を拡大し、指摘したものである。諸氏の反論を期待する。私もそれを待って再論したい。（四月九日）

今日の会

飯島耕一	岩田宏	岩瀬敏彦	大岡信
清岡卓行	金太中	岸田衿子	児玉惇
鈴木創	多田智満子	田中清光	辻井喬
中島可一郎	難波律郎	長谷川竜生	平林敏彦
広田国臣	山口洋子	吉岡実	

今日 第8冊 1957年6月1日発行 **60円** 編集平林敏彦 発行伊達得夫
発行所 東京都新宿区上落合2〜540 **ユリイカ** 振替東京102751番

ロートレアモン全集

全三巻　栗田勇全訳

推薦の言葉　渡邊一夫

イジドール・デュカス・ロートレアモン伯爵は十九世紀フランス象徴主義の前駆として青い空に五彩の虹を投げかけて「マルドロールの歌」を残した。この虹の残像は、その時代の若き人々の心に、怪奇な真珠色の幻を宿した。アルチュール・ランボオは正にロートレアモンの弟である。今、ランボオに傾倒した栗田勇氏が、ロートレアモンの作品を完訳された。栗田氏は新進の詩人である。ロートレアモンは、またとない訳者を見出したと信ずる。

A5クロース装函入上製本　各巻500円（送料30円）

ユリイカ

東京都新宿区上落合2〜540　振替東京102751番

今日

第 9 冊

The Quarterly Magazine of Poetry

1958年7月

今日の会編集・ユリイカ刊行

今日　第9冊

轉調するラヴソング……大岡　信 2
女神がひとり……山口洋子 5
喪服……吉岡　実 8
青空のように……鈴木　創 10
阪東長二郎……難波律郎 12
眞晝の白い灯台の下で……岸田衿子 14
日曜の詩三つ……岩田　宏 16
時計のはなし……金　太中 18
みにくい想像力を……広田国臣 20
矮樹……田中清光 22
ハラルからの手紙……清岡卓行 24
きこりの物語……入沢康夫 26
生活技術……中島可一郎 28

今日

父と子についての対話……児玉　惇 29
パイプはブライヤア……伊達得夫 31
書評…岸田衿子・多田智満子・広田国臣……33

転調するラヴ・ソング

大岡 信

今宵わたしの銀河は
まったく不規則に動いている
海の底を
あおい種子　女の影が歩きまわっているだけなのに
わたしの銀河はバウンドし
炎をひいて滑走する
見たこともない女が見える
彼女は花で毛根だ
城で細い矢
彼女は虎で呼子の笛だ
炎で氷だ蒼い氷だ

彼女は彼女のいとしい生きてるお尻とは
別の生きもの別の世界だ
彼女は彼女の唇を流れる光流れる風とは
別の生きもの別の空気だ
彼女は彼女の既成服お仕着せのイデオロギーとは
別の生きもの別のからだだ
柔らかくむいてやると
くすぐったがって彼女ははぜる
イロハニ金米糖！
彼女の笹身は清潔だ
なんにもない美しさだけが張りつめている

どんな言葉も彼女の口を火傷させせない
だから言葉もひとつだって傷ついていない
彼女の言葉は乾いたガーゼだ
わたしの傷をこすってうめかせ
血にふくらんで捨てられていく
彼女は　すてきだ
風がくれば風が屋根
波がくれば波が灯台
羅針盤も極もないので
彼女は円転滑脱するはだかの風景
円満具足の生活者だ！
――角を曲ると眼玉を売ってる店があるから
その店で瑪瑙を買って
あんたの眼玉と入れかえなされ
あんたの眼玉は
雨季でしめったカンシャク玉だ

くずれて散らん愁い顔には
娘に機智を盗まれた
まぬけな騎士の残んの香ばかり
花のように匂っているよ
――ありがとう
欲しいのはほんとは時計と磁石ですが
わたしはしゃがんで漂っている
なんだかとても気持がいい
酔っぱらった赤ん坊です
気分がいいのか苦しいのか
（あ　椿が散る）
わからないほど忘我の境で
炎をひいて滑走してます
けれどほんとは
蒼い氷にとじこめられて
眼をあいたままうっとりしている

わたしの恋よ
あんまりなんでも見えるのは
死んでるためではないだろうか
教えてくれ！ めくらになりたい！
うわさでは近ごろ女が利口になった
言葉の射的がうまくなった
わたしの胸の吹き溜りに花がしおれる
彼女の無傷な弾丸に首を折られて
教えてくれ！ わたしは
だれだ？
ああ ちいさく沈む者
おまえさんは騎士だ
不実がもっとも似つかわしい女ごころに
ヒアシンスを捧げて誓う
つつしみ深い好色な紳士だ
おまえさんのおそい初恋
のろまをよそおう押しの一手も
娘にゃ効かない
おまえさんの尊い過去は
娘の未来にスポンジボールと蹴りあげられ
遠い空に笑いがあがる
ああ ちいさく沈む者
銀河系の動揺ほど
おまえに無縁なものはないのに
今宵おまえは夢みているのか
銀河宇宙の疾走を
迷路の涯の大災害を
爆発しろ こうもりの群遊する河
弁証の有は破裂する無に帰趨を聞け
廢墟で逢おう
いやもう逢うまい
廢墟はちかごろ破裂している。

女神がひとり

山口洋子

女神は腕を高くかざし
生真面目に歩いたつもりなのに
はぐれてしまった
だまされて阿片をのんだときのように
迷いの園に酔いながら入ってしまった
あまり平和で退屈だったので
うす絹の衣裳を脱ぎ
せりあがってくるもうひとつの世界に
身をおどらせていった

鹿たちは
遠くから鼓を打ち
女神をとりかこんだ
〈おねえさま　お待ちしていましたのよ
あたしたち　まだ商売をはじめたばかりで　なにが
　どうなるか　わからないんですわ〉
女神は輪になった鹿たちの黒いまつ毛の下に
なにがかくされているのかを知りたい
〈いつまであたしたち　こうやって生きていけるのか
　しら〉
〈なんとか　ちゃんとした暮しをしたいのだけれど…
　……〉

ルルは芥子色のスタンドからいきなりかさをはずすとそ
れをかぶって腰をくねらせる
ナナはマニュキアした爪で着ものの衿をぐっとはだけた
＜なにさ　ええい　めんどくせえ
　やっぱりほんとの声でうたったほうが
　気分がいいや＞
女神はひよわな鹿たちの脚を
どこへ運べばよいのか
＜さ　おねえさま　戦争のうたうたいましょう＞
＜そうよ　こんなに　はなしのわかるおねえさまが
　来てくれたんですもの……＞
手を打ち　鼓を打ち
女神もいっしょに　せっせとうたった

朝
鹿たちは亡霊のように
遠い城壁のなかへ去っていく
紫色の花粉につつまれ
風邪をひいたのは女神ばかりではない
川も　樹も　羊小舎も
めざめからすでに狂った身なりをしている

街とまったく反対の方角を
女神は選んだ
冒険好きな男たちが前や後を歩いている
彼らに勝とうなどと
女神は考えてもみなかった
　かれらは何に賭けているのだろう
彼らは武器を持っているのに
鳥一羽落さずみるみるやせていくのはなぜか
砂漠では
ただ　生きていけるものだけが勝つ

進んでいるうち
女神は原始の動物たちと歩いていく自身を感じる
だが白骨になる男たちを救うひまはない
毛ずねもすっかりすりきれて
枯れたサボテンのようになってしまったものを
これからはじまろうとする宴に
さそうわけにはいかない
　＜どうか　もう少し生かしておくれ＞
女神がひとりになったとき
くりかえしきこえたのは声だけだった

むなしい歩行
とだれかがわらったとしても
女神はふりかえらない
　天使に近いのかい？
ときかれて首を振るように

どこへいっても
だれも　なんにもないのだから
女神は　生みたいとおもう
生まなくてはならないのは
他人ではなく
自身なのだ

女神は
もうふたたび
雲のうえ　光った塔のなかへはかえらない
なまけものの女神には
日毎いのちをなげだす
残酷なよろこびがあったから……
ひとびとは知るだろう
やがて女神がひとりの悪女になって自殺する真昼を

喪服

吉岡実

ぼくが今つくりたいのは矩形の家
そこで育てあげねばならぬ円筒の死児
勝算なき戦いに遭遇すべく
仮眠の妻を起してはさいなむ
粘土の肉体を間断なく変化させるために
勃起とエーテルの退潮
湿性の粗い布の下で夜昼の別なくこねる
ぼくは石炭の凍る床にはいつくばい
死児の哺乳をつづける
浪費と愛をうけつけず発育しないもの
ぼくの腕力の埒外に在り
正体も見せず固くかさばる死児

それは光栄に匹敵する悲劇
ぼくの魂の沈む城の全景を占め
美しいメモリアルとして立ちつくす
他人の経営する空間を徐々に埋め
せり上る死児の円筒
そのすべすべのまわりを歩く
ぼくは父親の声も出さず
母親は食事ものぞまず横臥する
やがて円筒の死児は哭く
一家の族長として
塵とくもの巣を頭から傘のごとくかぶる時
ぼくの家系は秩序をうしなうだろうか
老いたねずみの形骸を発光させ
ぼくら両親はストーブのなかの闇に
住みつくかも知れぬ
或は
円筒の死児が喪服に覆われる時まで

青空のように

鈴木 創

一日は　クロッカスの花のようにゆれた。
一日は　ゆれながらめざめかけた。
眼のふちで、眼のふちのナイフのへりで。
エレベーターで昇りつめた
屋上を
ゆっくりぼくはあるく。
＜それはあるくのか？＞
＜危険近ヨルベカラズ＞と書いてある　一角で、
高圧線の切手型のねじに、
一種の愛を見た。
小さく叫んだ、この空がいるように。
けれど工事中の建物では、
死ぬことさえが　直線で引かれている。

屋上は　やたらに乾く。
ぼくはそとから押し入れられた、
回転ドアにあわせた速度で。
入口では返礼をしたくなり、

タイムレコーダーの名札をぱさんと打った。
それから青空はどこまでもつづく。
ぼくはもうはだしだ。
四月の風速で　よごれっぱなしだ。
ぼくは　真昼へかぶさる荒い毛をはやしはじめる。

ぼくは屋上のかこみをあるく。
みけんに肉腫のような植物の芽を　祕密に感じる
ぼくのなかの唾液と未知は　とつぜんな暗さへ転落し、
ずんと本質的な関心をそれてゆく。
眼のふちでナイフが光った。
そのとき　自動車のクラクションがきこえ、
非常用のらせん階段が　すばやく内部にかかり、
ただ、
かけ降りてゆくばかりだ、あと一回生きるために。

それはほんとなのか？∧ほんとだよ∨
やがてぼくは　唯一の犯行者だった、
一日の他人に対して。
よく拭かれた事務机にもどり、黒い計算器のハンドルに最初のゆびをふれて、
ぼくは定位置から空を透視した、さかさまに。
そうして言った∧ごめんなさい∨

阪東長二郎

難波律郎

≪ビラの写真のさびしい顔≫
その顔に
ぼくが出逢ったのはいつだった？
季節は夏も終りの
裏日本の海市で　乏しい漂泊も底をついた
ぼくに仕事と巣をくれた奴
阪東長二郎
阪東曲芸団《サーカス》で
ぼくの仕事は看板かきとビラくばりだった

サーカスと書いてあっても　動物は猿と犬だけ
インチキ裸踊《ヌード》りとアクロバットが売物の
一座のボスの長さんは
〈人間カタパルト〉から打出され　空を泳いで
横木《バー》にとまる

祭りを追って一座は旅する　村から都市へ
十月　ぼくは抒情的であり
長さんは踊子の一人を愛しはじめた
〈流れの旅路〉というレコードが　どこの町でも鳴り

十一月　ぼくはひとかどの旅芸人
十二月　南の国の大晦日　座長夫人が踊子に硫酸かけた
事件はすぐに片づいたが
新年の桜島は発狂し
ぼくはしきりに東京が恋しかった

そうして
ぼくはもとのぼくにもどり　何年たっただろう
ある日
ぼくは街角で≪ビラの写真≫と再会した
阿佐ケ谷の神社の小舎へたずねていったが
彼は肥って
もう≪さびしい顔≫じゃなかったし　ぼくのことなど忘
　れていた
それでも　話しているうちに思い出したのか
ニヤリ笑っていった

＜あれから餓鬼がまた二人もふえた……＞

さらに月日が流れ
ぼくはもうもとのぼくでもなくなった
漂泊と彷徨の記憶も　押入れにしまわれ
妻と一緒のある朝の食卓　食後にふとひらいた週間誌の
　ページ
──「≪人間衛星に乗って≫」──
阪東長二郎の文字に　ぼくは思わず戦慄したが
そのとき　彼はもういなかった
津軽の空で　＜人間衛星＞に乗って華やかに
まことに華やかに彼は　曲芸師のまま
地球から飛び出していった

真昼の白い灯台の下で

岸田衿子

真昼の白い灯台の下で
四人の海女が火を焚いている
男たちは　どこにもいない

一人の若い黒い海女が云った
おれっちのは八丈行った　かつお船だ
三十そこその白い海女が云った
おれっちのは南支那海さ　鯖の漁さ
四十がらみのやせた海女が云った
おれっちのは台湾沖でまぐろだ
六十こえた婆の海女が云った

おれっちの奴あ　印度洋で死んだっけ

黒い　白い　木のような　しなびた
八つの乳房が乾いたので
四人の海女は昼飯を食べる

焚火の中のさざえが焼けた
—食ってみな　蓋ならこそごって
　とるさね—
さざえはとげがあって熱い
中味はバネのように伸びて縮んだ

真昼の白い灯台の下で
天草をとる海女が昼寝をしてる
天草は海女の髪に似ている
濡れて乾いた髪に似ている

日曜の詩三つ

岩田宏

おそすぎる帰り

土曜の晩に飲みすぎて
日曜はすばらしい天気になった
どういうわけで他人のふとんは
いつもふくふくなのだろう
ゆうべは確か猫そのほかの
あたたかい動物がもぐりこんできて
ぼくの胸の上で不吉な音をたてた
けれども朝の光は遠慮せずに
とても素直に待っていたんだ
帰ろう　ここのうちのひとにお詫びを言って
街はまちまちの身なりの
不幸に無抵抗な
ぼくの知らない人たちでいっぱいだ
ゆうべの蒸暑い外套のままで
日曜は戦争の親戚であるなんて
ぼくが説くのは気がひける
帰ろう　今頃いちめんに陽をあびてる
ぼくの部屋の可哀想な雨戸を
一刻も早くあけてやること
今日一日はぼくだって人なみに
ちっとも仕事をしないだろう
そして日向でタバコを吸いながら
おそろしい夕方を待つだろう

三月九日日曜日

三月九日日曜日
おどろくほどよく晴れたひるまが終りかけ
夕ぐれの観光地でバスを待つ
きみたち二人
きみたちの今日一日は
きみたちの期待に反したとぼくは思う
きみたちはどう思う？
すこしずつ
まるで溶けるチョコレート
靴の踵
空の雲
寺の石段
すこしずつ
きみたちの予定は確実に狂った
そうだ　こんなときさ
ぼくがせわしない映画作りなら
必ずここで事件を起してやるんだ！
だからドーラン化粧の女優のように
クリーム色の大型バスがあらわれる時刻まで
不機嫌な監督　月曜日の顔を見せるまいと
きみたちは鏡をとりだしタバコを吸う
それはとてもいいことだとぼくは思う
きみたちもそう思う？
あと十分で日が沈み寒くなる
さようなら
ほんとに風邪をひかないように

すばらしい日曜日

小石川の植物園の
温室の前のベンチに
まっかな目をした男がひとり
泣いたあとかな
持ちこみ禁止の
酒のせいかな
ぼくらはちゃんと合法的に
ラムネを飲んで笑ったよ
十メートル四方の草原には
足を折って
相対坐する二人のおばさん
黄色い布地が木立のなかを駆けぬけて
ぼくの恋人は
すんなり明るい影を踊らせ
ぼくを見上げて
「政治のことを教えてね」

時計のはなし

金 太 中

時計の針に追いつめられて自殺をはかった男の左の手首にはあたらしい腕時計がはめられてあった。右の手首には過去をしかきざまない祖父ゆずりの古い懐中時計が巻きつけられてあった。

ある日ふたつの時計がぴたりと出逢うときをはかろうと男は真剣に考えた。左の目と右の目はたがいに独立して己れの目で勝利をほころうとあせった。ふたつの目は奇妙にひきずり血走った。

ドアーをたたく友人の訪れにもふたつの目は無表情だった。こんなときにも差しのべられた手を握るほうの手首と片方の手首とをみつめる左右の目はするどく交叉した。

そのうち右の時計のきざむ音がよわまった。しかし左の指がゼンマイを捲きつけるのをこの時代物はいさぎよしとしなかった。若いものの手は借りぬとばかり脇腹でごしごしやりはじめた。腕時計はこちらは手を動かすだけで永遠に動きつづけてみせるといきまいて時代物を嗤った。

このふたつの時計とふたつの目の限りない意地っぱりに彼は当惑し涙を流した。ながい時がたって涙に血がまじりだしたとき彼は初めてふたつの目が自分のものだという自覚をとり戻した。

だがすでにこのとき左の目は腕時計にひっついたまま離れず右の目は懐中時計の針に釘づけにされたままだった。彼は己れの意志のもろさを嘆いて医師の診断を求めた。医師はこの不幸な息子たちのために左の目と手首と腕時計は左の彼に属し右の目と手首と懐中時計は右の彼に属するものであることを宣言した。

それでも心臓はひとりひくひくと脈うつことをやめなかった。いつかは息子たちが親の死をたしかめるために出逢うであろうことを信じながら。また　いつかは時計の針を超えたあたらしい時間がふたりにこの争いの無意味さを悟らせるであろうことを信じながら。

みにくい想像力を

広田国臣

ぬる
傷の深いおまえの背中の凹みに
血の少ないその首のまわりに
ホクロが落ちる
ソバカスがでる
ひっぱる
後天的にみだらになったおまえの腕を
善良な女の足より
さらに善良なおまえの足を
下半身に生えている
白い毛は
不條理に　おまえの組織を暖めているが
水で洗う
その怯えている指を

曲がらない指を
はぐ
使い過ぎのわきの下から
いらなくなった皮膚を
抱きあっている寄生物を
眼から
ケダモノの
涙をだし
おまえは長い足をつっぱるが
かき出す
声を
その砕けかかったのどぼとけから

あるいはこねる
後頭部の倫理的にかたい脂肪を
それでもだめ
なら
おまえの胸から
もっともきたならしい骨を抜く

夜
熱がでる
舌のまわりから生臭い希望が発熱する
おまえは膨らむ
嘔気の明かにある眼をシッ　と
こちらののどにすえながら
肌に笑うべき血の色がでる
しんに笑うべき
弾力が
でき
る

しばる
できる限りくいこむ紐を使って
おまえの手足を
ふれる
さらにいちだんの勇気をだして
機能過剰のおまえの　その眼に
その唇に生れた
みにくい愛
母性的に　より母性的にみにくい愛の
涙ぐましいとりことなって
初めておまえは憎むことを
タノシミ
ダス
さて

食べる
おまえをおれは
ゲップしながら食べてしまう

矮樹

田中清光

この矮樹に
地上につきでた種族ただ一本の
流裔だとしても
それに気づくひとはいまい
年ぢゅう
大キレットをふきあげる
十五米の風に曝された
ナイフ・エッジ
その礫岩のあいまをぬって
よくもはいでてきたものだ
数百年間跋扈した
この痩山を食いつめて

からくも跳りだしたさいごの芽は
夏の日
雷雨にてきびしくむち打たれ
ひと冬を　氷としめった雪に
じわじわせめがれて
ついに匍匐したのだ

纒いつく霧の柔毛《にこ》が
ふきちぎられ流れちったあとの
ひかって黒い岩の背
そのうえにかがみこむ矮樹は
年よりも老《ふ》けこみ

破産した王様
小児麻痺の足をしつこく岩のすきまにはびこらせ
血統という不渡手形にあえぎながら
岩石帯の底からしわよせされた赤字を
じっと怺らえてきた
(王様には無尽蔵に領地がある筈だったのに)

いきなり　風化した岩がくずれる
王座のかけらが地獄へ　雪崩れおちる
ぼくはこの若い天然記念物を
いそいでカメラにおさめた

写真にしてみれば
このかばのき科の化けものは
にてくるな
むかしファシストだったバーテン野郎

きょ年　酸っぱい米をみのらせた稲田に
いた影のない農夫
空は汚れ　きたないおり物がくだるなかで
漁夫はかれらのおふくろをうしない
それに　きざなネクタイで爪をみがく
女みたいな声の社長
岩場をすべり下りながらぼくはおもった
みんなひどい尾根に追いあげられているな
へたをすると身ぐるみ底なしのがれへひきずりこまれる
ぞ
陽ざしにからからに灼かれた
あの矮樹を
ヨーロッパ産の
Pinus montana　だというひともあるが
絶対に
そんなことはない

ハラルからの手紙

清岡卓行

隊商の鈴の音のように
貿易風に吹かれて鳴っている
ランボー
オアシスの滴のように
爽やかにひびいてくる懐しい名よ

死火山が口をひらき
熱帯のあかるい空に向けて
惜気もなく露出させた海底の夢の中から
いくらかの草と木と涼しさ
故郷のロッシュをふと思い出させる
はるかな高原と山岳の方へ
あなたの痩せた影が行く

「何時でもやって来て何処へでも行く」
ためではなく
珈琲や　牛皮や　象牙や　護謨などを
真珠や　武器や　木綿などと
アフリカの奥に出向いた一人の白人として
できるだけうまく交易するために
土着人たちの言葉を操り
かれらの憎悪に耐えながら
あなたは頭髪に銀色のものを加える

ランボー
今もなおあなたの眼に映るものは
「古代の拝跪と苦痛」なのか
「焔と氷の天使たち」なのか

自我の涯を飛び去った星よ
そこには勝利の　あるいは敗北の
いかなる祕密の虹がのぼるのか
怖ろしくも美しい唯一の謎
「魂と肉体の裡に所有された真実」にも
ああ　なお　生きて行く道はあるのか

ぼくは時おりあなたを思い出す
時計のように狂おしく流れて行く
生活というもののほとりで
ぼくはおのがふがいない劣弱に
時おり三十何才かのあなたを思いだす

一八八一年五月二五日
あなたはハラルから母と妹に宛てて書いた「ぼくは相変らずの状態です。三箇月後には貯めた三千フランをお送りすることもできるでしょう。でも、このあたりで何かちょっとした仕事を自前で始めるために、この金は取っておくということになりそうです。なぜと言って、ぼくは全生涯を奴隷状態で過すつもりはありませんからね。」

また一八八三年五月六日
あなたは同じく書いた
「ああ、こうして行ったり来たりの旅、奇妙な人種の間での疲労と冒険、頭のなかに一杯つめこんでいる諸国の言葉、名前のない苦悩、一体これらは何の役に立つでしょう、若しぼくが、数年の後、いつかはほぼ心に適った所に憩い、家庭を見出し、少くとも一人の男の子を持ち、余生をかけて思い通りにこれを育て、この時代に人が達し得る最も完全な教育を以てこれを飾り、これを武装し、そしてこの子供が有名な技術者となり、学問によって富み栄えてくれるのを見得るはずでないとすれば……」

ランボー
「優れた音楽がぼくらの欲望には欠けている」
確かにあなたが生きたものは
人間に見ることができる最も激しいドラマ
そして　平凡な一人の冒険家の失敗
ぼくは見る
ぼくの中の小さなアフリカ大陸を
ぼくの疲労した奇妙な毎日を
そしてなお　馬か　駱駝に乗って
沙漠の上を行くあなたを思い描く

きこりの物語

入沢康夫

きこりだったがその男は
森の樹々を
心の底から好きだった
森の樹々も　きこりを信じ切っていて
斧を振りながら彼の話す世間話に
声を揃えて　合い槌を打つのだった
奇妙な友情
けれども物と物　人と物との関係は
理想的にはこれ以外考えられない

森の向うに飛行場ができ
やがて　拡張された
ブルドーザーがやって来て
森を
端の方から削っていった時
きこりはズボンをはきながらかけつけ
ブルドーザーの機関に

片っ端から斧をぶち込んだ
きこりはずり下ったズボンをひき上げた
革のバンドをしめ直した
すると遠くで牛の啼き声がした
きこりをとりまいて
銃をかまえている兵士たち
そのうしろには
まだ銃を肩にかけた連中
きこりは森の樹にくくりつけられた

雲が切れて陽が出て来た
きこりは　背にしている樹に向って
いつものおしゃべりを始める
世間話のあげくに
今朝がた　女房とけんかをして
ついぶんなぐっちまったんだがあれは
やっぱり俺が悪かったかなあ
元はといえば……と
説明しかかった時
やっとジープで隊長が到着し
銃弾がこのおしゃべりにピリオドを打った
一つで沢山なのに十五も

生活技術

中島可一郎

おれのあしは　菱型
金がたまらぬ

おれの口臭は　黄色い砂
うまいものにかつえた匂い

おれの鼻。とその下の口ヒゲ
しなびたラッキョウの根。純潔

おれの立てた親指
後家を三人だました道具。または不渡用の印鑑

おれの目。うしろにつづく目と目
節穴です

おれのうすい髪の毛
おふくろの形見

おれのやさしい微笑
わが城！

今日

父と子についての寓話

―戦争責任批判について―

児玉　惇

父と子の関係は概してかなしい。二十才《はたち》近くになると、子は、一度はかならず父にそむいて牙をむく。反抗し、侮蔑する。批判し、罵倒する。凧の糸はプツリと切れてしまう。どこにでもある小悲劇である。

幾年かたち、息子は成人して、世間の波にもまれるようになった。むなしく、わびしい日が続く。心衰え、つい魔に魅入られて、つまづく。挫折する。窮迫して、泣く日もある。誰一人助けてくれようとしない。そんな時に、息子は父のことを思い出す。父が走ったと同じ生の競走路《トラック》を、同じ宿命の重荷を負って自分も走っていることに息子は気づく。父はもう死んでしまった。語り合う術《すべ》はない……。父は前走者である父のバトンを、その時、骨を拾うように息子は初めて受け継ぐのだ。

父が犯罪者であったとしたら、どうだろう。その父子関係は、もっと深刻なものにならざるを得ない。

事実、父は大泥棒であった。放火、強姦、殺人まで犯した。少くも共犯者であり、協力者・加担者の片われであった。しかし、永い間、自分ではそのことを気づかずにいた。

一九四五年八月十五日以後、そのことがいっせいに明るみへ出た。父は困った。が、頬かむりしてごまかそうとした。もと左翼であり、アナーキストであったという昔の杵柄をアリバイにして、勇ましく「復活」した。声高に、他人の責任を追求したりした。

そのばけの皮も、剝がれる日がきた。息子がその皮を剝いだのだ。

吉本隆明・武井昭夫の『文学者の戦争責任』を読んで、まず私の脳裡に去来したのは、このような父と子のかなしい寓話であった。息子が父を糾弾した。ついにやった……。すさまじいな。よくやったな。つらかっただろうな。吉本隆明の『高村光太郎』を読んだ時、これは吉本が自ら父を殺し、葬る慟哭の歌だと私は思った。トーマス・マンの『ファウスト博士』などを思い出したりした。これはファシストとなって、自分で自分の屍を地獄の火にほろぼした旧友へ、祖国ドイツへ、マンがそそいだ愛怨の涙である。

父が放蕩に身をもちくずした自分の息子を世間様に顔向けができないと言って、扼殺する。警察に自首する。その逆の場合もある。子が父を扼殺する場合である。大時代な新派悲劇だと言うなかれ。戦争や原爆や、それにまつわるさまざまな悪を産みおとした歴史と文明――それは外ならぬわれわれの父であり、自らの手で扼殺せねばならぬ蕩児であり、鬼子であると言えるかも知れない。

子が父を殺す動機は、さまざまなものがあるであろう。世間体もあれば、憎悪もある。被害者への罪償として、法律上の処罰として。しかし、文学者の戦争責任批判は、そうした私怨や世間的な道徳律の水準だけで、動機を云々できるものではない。

吉本隆明の批判に対しては、さまざまの反響の声があがった。問題は多くの人々の手へ受け渡され、組みかえられ、発展した。しかし、私たちの部落や隣近所ではどうであったろうか。すごい、真っ赤だ、よく燃えるなあ。ほとんどが対岸の火事を眺める野次馬の声のように、私にはきこえた。まったくだよ。吉本の言うとおりだよ。壺井・岡本なんてまったくダラシがなかったんだ。そんな嘲笑の声もきこえた。私の空耳か？　いや、自分の心に巣食う野次馬の声であったかも知れない。え？　父だと？　あんな大泥棒の親父のバトンをおれたちが受け継ぐのかい？　嫌だ、嫌だ、アラゴンを見ろ、エリュアールを見たまえ、受け継ぐなら、あんな立派な父親のバトンを受け継ぎたいよ。それは駄目だ、できない、おれたちはフランス人じゃないよ、愚劣な日本人の父の、愚劣な子だよ、いかに父のばけの皮を剥ぎ、糾弾し、葬ってみたところで、子がそれを知らんと言っているようでは父の罪は償えないよ、父の犯した罪のバトンを受け継いで、今度はおれたちが走るんだ、走らねばならんのだ、そのバトンの受け継ぎ方、走り方の如何によってしか罪を償う方法はないさ……。そんな暗中問答を、私は心の中で交したりした。

しかし、どうも気持がすっきりしなかった。当の岡本潤氏の答え方にも納得がいかなかったが、それよりも私の周囲の人々の間に、心この国にあらず他国の月を見る、といった風情の姿しか見ないことに、いっそう怪訝な気がした。

平林敏彦はこんなことを言った、自分の足に拷問の焼き鏝をジュウ！とあてられてみたまえ、痛いよ、やりきれないよ、と、これはあの時代の弾圧の怖しさを思えば、他人の転向をそんなに強く咎めだてできない、という意味であろうか。金子光晴は単なる人並以上の好色な老爺だ、というような言い方と同じく、こんな反知的な言い方には、私は少しも感心できなかった。

わずかに清岡卓行の『奇妙な幕間の告白』だけが、戦争責任を批判する者の裏側のコンプレックスの機微を語ったものとして、心に残った。これは父の罪科をはげしく非難する一徹な弟を、静かに見ている兄の態度にも似ていよう。いかにも、まず己れを知る「良心」の声だと思い、深く惹かれるものを私は感じた。また、花崎皐平が『詩の必要』（『ぼくたちの未来のために』終刊号）において、戦争責任の問題を通路として戦前の詩人たちとの間に対話の道がひらけた、という意味のことを述べているのも、朝鮮戦争後の戦後世代の心の内面化をものがたるものとして注意を引いた。

私はこう思う。

文学者の戦争責任批判ということは、いくつにも問題を転移させてみなければならない。文学者、というよりは人間の責任は、戦争に対してだけ問われるのではない。平常心に移してこれを言えば、一つの状況、組織（職場、家族、同人雑誌、研究会、サークルなど）、約束、男女関係、金銭問題等々についても充分に責任は問われ得るのだし、また問われなければならないのだ。無垢の理念にかがやく青春時代ならばともかく、若気の至りとして許される特権もあるが、大人になれば、いつ自分が責任を問われる側に廻るかわからない。子が父を、弟が兄を批判することが、批判することによって、リレーの後走者が前走者の走り方を批判摂取し、訂正しつつ走るということ、いわば自分の現在の「主体」の確認と検証ということに結びついてなされなければ、戦争責任批判はいつになっても、いたずらに新世代が旧世代の過誤を叱るという、平面的な同地点での世代交番だけに終ってしまうのではないだろうか。

戦争責任批判は伝統批判と内面的に相通じる。伝統批判は、多くの場合、外国の範例に照らし合わせて行われる。それは必要だし、大いに行われねばならないが、それが外国の範例のみに依拠して自分の足場を失った地点で行われるのでは、畳の上の水泳と言われても仕方がない。

状況に対する責任とは、たとえばこうである。

われわれは病んでいる、と飯島耕一は書いた。「何をぼくたちは信頼すればよいのか」と（『ユリイカ』四月号）。私は共感せざるを得ない。つまり、病んでいるという自己認識において、飯島と私は一致している。同感し合うことができる。しかし、どのように病んでいるかということの立ち入った認識と、いかにして病いから脱却するかという今後の態度あるいは志向において、飯島は一九二〇年代のエリュアールを目ざし、私はそれを錯覚だと否定する。私はまず、血で手を汚した犯罪者（ナショナリズム）の子として、自分の位置を確かめたい。その血をどう洗うか、という方法の一つとして、前世代者の戦争責任は今後もっと深く追尋されなければならないし、それを避けて病いから回復する道はないと考える。こうした状況と自己認識の錯覚という点で、私は飯島に「詩人」としての責任を問うことができる。

挫折、転向ということも同様である。弾圧や権力の圧力にねじ伏せられて思想のコースを曲げることだけが、転向ではない。人の一生には、多くの転向点・挫折点が暗礁のように待ち受けている。家出・失恋・失職・離婚・倒産・災害などである。友人・人間関係にしてもそうである。一つの破綻が互いの心に、いかに深い挫折の淵を作り出すか測りがたい。いや、私たちの生そのものが、日々、挫折と転向の連鎖だと言えるのかも知れない。

挫折は多く恥に結びつく。人間が人間たることが難しいように、挫折を真に挫折たらしめることも容易でない。恥を恥として認めることが難しいからだ。

挫折によって、いや、挫折をいかに挫折たらしめるかによって、その人の思想はいちだんと陰影の彫りを深める。新しい立直りのエネルギーを容易する。翼を折られ、挫折の淵にたたずんでいる人を私は愛し、見守りたい。挫折なき思想を私は信用することができない。

文学者の戦争責任は、生きる責任、つまりいかによく生きるか（すぐれた作品を書くか）という「生き方」のパタンにまで追尋して、定式化する必要があると私は思う。そういう意味において、吉本隆明の批判は、岡本・壺井両氏に対してのみ向けられたものでなく、すべての同世代者が自己の主体に内面化して答えるべき責任を求められている問いであろう。そして、この問いに私たちが今後、実践的に解き答えてゆくこと以外には、未来も自由も扉をひらかないだろうと思われる。

パイプはブライヤア
＜ユリイカ抄＞3

伊達得夫

ぼくが原口統三の「二十才のエチュード」を出版したのは一九四八年二月である。そして四月には、原口統三の書簡と教師や友人たちの追悼文をおさめた「死人覚え書」を発行した。ある書店に立ちよったとき、ぼくの前でそれらの本がみるみる数冊売れて行ったのを目撃した。ぼくは落ちつかない気分で、用もないのに、その店を出たり入ったりした。

ところでこの本を読んだ者は誰でも気のつくことだが、全篇をつらぬくはげしい反抗的な姿勢にもかかわらず、つねに敬愛の念をもってくりかえし書かれているたゞ一人の先輩の名がある。清岡卓行。

僕のマドロスパイプはブライヤアだ。所でブライヤアとは薔薇の根であり、薔薇の根で作ったパイプは上等だ、と始めて教へてくれたのは清岡さんだ。

パイプ。いかにも清岡さんの風貌に似合ったものであった。（二十才のエチユードI）

「ランボォこそは君、ぴんからきりまで男の中の男ですよ。」

この清岡さんの言葉が胸を刺した。

そして、それ以来、僕の誠実さの唯一の尺度となった。（同右）

また、橋本一明は原口統三追悼の文章の中でかれの会話を次のように記録している。

「いつお別れだか分らないからね。僕の死んだ後で清岡さんが帰って来たら、このパイプとシガレット・ケースをあげて、清岡さんのサンチョ・パンザだった原口も清岡さんが去った後に独歩の詩人になって、恐らく清岡さんを驚倒させたような詩を沢山作ったこともあった、と言ってくれ」

「清岡さんを通じて僕は人間の高貴と詩人の姿を知り、清岡さんの詩を通じて詩の本質と正しい道を知ったんだ」（死人覚え書）

清岡卓行は東大仏文の学生だった。二十年の春、大連の生家に帰省し、そのまま上京して来なかった。戦争が終って外地の消息は断えた。

　最初原口統三が自殺の地に選んだのは赤城山であった。その最後の夜、ヒュッテの夢に現れたのは、やはり「清岡さん」だった。二人で荒涼たる高原を歩いている。そのとき清岡が言う。「もう幾年になるだろう」原口は答えない。いつの間にか舞台は満州大連の街になっている。丘の上に赤い屋根、煙突のむこうは海である。清岡は子供のように跳ね廻りながら小径を駈けている。足もとに小犬がじゃれつく。それを蹴っとばしてかれは怒鳴る。「これこそ俺の故郷だ！　これこそ俺の故郷だ！」――原口統三は目を覚ます。それから寝床をぬけだして、ヒュッテを出、朝まだきの高原で、ベロナアル二〇錠をのんだ。

　清岡卓行は、引揚げまでのアルバイトに大連で女学校の教師をしていた。英語と数学を教えていた。

　原口の赤城での自殺は未遂に終った。しかし山をおりて数日後、今度は湘南逗子の海をえらんだ。一高の制服を着た死体は翌日、秋雨の海辺に上った。

　清岡が英語を教えていたクラスにぬきんでた美少女がいた。クラウン・リーダーズ巻一レスン・トウエンティ、ア・マウス。美少女が立った。

　I am a mouse……I have many teeth and a tangue.

my teeth are white and hard, but my tongue is red and soft……

　ワタシハハツカネズミデス。ワタシハタクサンノハトヒトツノシタヲモッテイマス。ワタシノハハシロクテカタイ、シカシ、ワタシノシタハアカクソシテヤワラカイ……。

　清岡先生はそのあどけない訳述を聞きながら、その少女が自分自身の歯や舌のことを告げているような錯覚におちいり、胸がときめいた。

　大連を引揚げる日、かれの乗ったトラックにむかって、群衆の中でしきりに手をふっている女学生があった。かれは近眼だから、それが白い歯と赤い舌の少女であると確認することはできなかった。けれども、そう信じることにした。

船がいよいよ大連埠頭を離れるときには、しかし、女学生に対してではなく、大連全体に対する切ない想い出のために、心臓が喉元につかえた。「サーラーバ、大連ヨ、マタクールーマデーハ」という素朴な歌が、くりかえし引揚者たちによって甲板で歌われていた。

一九四六年七月、「世代」という文芸雑誌が創刊された。「学生の手による、学生のための雑誌」というキャッチフレーズであった。発行元は目黒書店。月刊の筈だったが四八年に十号がでて休刊になった。営業不振のためである。同人、中村稔、橋本一明、浜田新一吉行淳之介たちとぼくが識り合いになったときは、すでに雑誌は休刊になってしまっていたが、しかしかれらは世代の会と称して始終目黒書店の一室にたむろし、Y談に花を咲かせていた。

一九五〇年、つまり三年後だ、「なんにもしないより、何かした方がいくらかマシであろう」という意見が同人の間に出て、ガリ版刷三十四頁で復刊された。同じ体裁で五一年七月までに三冊発行されている。ところで、その同じ年の冬、突然活版刷六十四頁のスマートな雑誌となって十四号が発行された。発行元はユリイカ。この突然変異がどんな理由でおこったかをぼくは審かにしない。ただ発行元ユリイカの力でなかつたことだけは確実だ。ぼくは文字通りの発行名義人であった。つづいて翌年の春にでた十五号は九六頁に増頁された。さらに十六号は六六版八〇頁になった。雪だるま式に大きくなったのだ。だがそれが死花であった。借金も雪だるま式にふえたのに相異ない。

十六号のできた日、世代最後の集会をするからという通知を受けとって、ぼくは駒場の一幸亭という小料理屋に出掛けた。その店のことを同人たちはワン・ハッピイあるいはワンハツと称していたが。そのワンハツの奥座敷にぼくが入ったとき、橋本一明が、見なれない小肥りの男を相手に将棋を指していた。

「あゝしばらく」と橋本が云った。それから相手の男をぼくに紹介した。「この人が、清岡卓行氏」

清岡卓行が引揚げて東大に復学したことは聞いていた。「世代」の同人になって、十三号にシナリオを十五号にエッセイを十六号に詩を書いていたのもぼくは読んでいた。しかし、これまで会う機会はなかった。人間の想像力なぞというものは全く信用できないものだ。「二十才のエチュード」を読み、橋本一明や中村稔から話を聞いて作りあげていたぼくのイメージと、そこに将棋をさしている人物を結びつけるのにぼくは戸まどった。

「キヨオカです」そういって、かれはニヤリと笑った。ぼくのとまどいを見ぬいたのであろう。「妙なところに勤めています」と云いながら名刺を出した。それには、「日本野球連盟」と印刷されてあった。

「……？」

かれはぼくの狐につままれたような顔をまともに見て心地よさそうに「ゲラゲラ」とわらった。

それから六年経っている。しかしあの笑い声はまだぼくの耳にある。ある夜、ある町の焼とり屋で、ブライヤアではないけれどもパイプをくわえてかれが語った。「大連時代の美少女の消息がわかった。日本航空のスチュワーデスになってるんだ。ミス・日航だってさ」

たとえば、かれが勤め先の野球連盟にむかって銀座の雑踏の中を、いくぶんうつむきかげんに歩いているとき、高らかに爆音とどろかせて飛ぶ銀いろの大型機があったとしたらその上に、赤い舌と白い歯のハツカネズミがのっていたかも知れない……というような気の廻し方は「時代おくれであろうか？」

「ミクロコスモス」と海

岸田衿子

　今、私は海辺の小さな漁村にいます。漁師の若い者は殆ど遠洋に出ていて静かですが、昨日かつお船が着いたので、少しざわめいています。ここはかつおぶしの産地なんです。どの露路、どの空地にも、かつおを蒸すためのますが用意され、仕度場では男達がかつおの頭と腸を切り、三角になった胴をますに並べ、地下では大きな竈に火が燃されています。女達はしおからを作るために腸を選りわけています。ぷんぷんかつおの匂がしてきます。

　ミクロコスモスは、海のように私には思えます。それも夜明の海、まだ船の在りかも、魚の群の位置もわからない、不思議な明るさの中に生まれたばかりの海。そして、かつおぶしと海ほどの遠さを、かつおぶしとミクロコスモスに感じます。かつおの背は、海に染りあのように蒼かったのに、かつおは光らなくなり、黒くなり、やがてひからび、樽の中で青かびから白かびを生やし、最後に赤いかびになった時、はじめて市場に送られるのです。それまで一年かかると云います。

　伊原ミツちゃんに、「ミクロコスモスの評を書くことになったのよ」と云ったら、ミツちゃんは、「うんとけなすか、うんとほめるか、どっちかにしろよ」と云いました。私は「そうね」と云ったのですが、どっちにしても私の思っていることは変らないと思ったのです。ミクロコスモスは或る朝軽やかに私を襲い、そのくせ私をなめし、刻んで行ったあの海です。それは少年の腕のようにかたくぎごちなく首をしめに来ます。私は、彼が殺さないのを知っています。何故なら、彼は凄く空腹なのです。

—すると、それはまちのパン屋だった。たくさんのパンを焼くにおいが、ぷうんとした。
それがぼくらの、人間的な、暁のはじまりだった。その店の灯も、一晩中の街灯のつらなりも、だんだん、ほとんど規則的に溶けて行った。それは息をひきとる人のようにながくかかった。—

　ミクロコスモスの中で、一番人間的な一節です。けれども、このはじまったばかりの暁は永遠にはじまったばかりで、息をひきとる人のようにながい夜と隣り合っているのです。胎児の姿勢が土の中の死人の姿勢に似ているように。

　私は少年が本当にパンを食べたかどうか心配なのです。夫のためにかつおぶしを削って味噌汁のだしをとりながら、女は考えるでしよう。

　あの「球根」のように、花のためにあるかわいい心臓の音や、「光を紡ぐ」ためにはばたくやさしい羽の音を。でもそれはやがて消えてしまいます。

　—画布のただ中に小石を投げて

　子供らは美しい混乱をつくっている。

　その微かな　埃っぽい　光に押され

　おれたちは土のなか
　芽吹くものを探す。

　「収穫に対する執着と
　歴史に対する　無関心と…」—

この清潔な子供らはあなた達この本をつくった二人です。「おれたち（あなた達）は涙のように明晰、に粗い水晶のように盲いている」んです。

　詩と組み合わされた伊原さんの絵、血の色と闇の色で彩られている象… それは、旗と旗の影、胎内と胎児、種子とそれをかこむ土のようにしっくりしていて美しい。雑多のものは何一つ入っていないのです。でも、血の匂も、闇のくらさもない…。

私は、あなた方二人の、こうした言葉とかたちを愛することが出来るのです。けれどもあなた方の敵だって、他人だって、賞めることはできましょう。私は永遠に、どんなことがあっても味方なんですから、今日はけなすことにしました。

　一人の男の生涯を書いて下さい
　一人の女の生涯を書いて下さい

一人の老婆の一生を、一人の青年の一生を。「似かよう」ことのできない、老婆と青年を「火を点け」ても輝かないよどんだ水を、呼んでもやってこない黒い鳥」を…。そうですながいながい夜の海を、書いて下さい。

　一人の男を描いて下さい
　一人の女を描いて下さい

一人の老人の額を、少女の髪の毛を。あの外光によって描くのでなく、内から射す光に、一つ一つの皺や、一本一本の髪の毛を描いて下さい。一つのこらず描いて下さい。

あなた方の詩と絵は、絵描きと詩人にしかわからないのです。それでは寂しいです。絶体にかいて下さい。

「吉本隆明詩集」について

多田智満子

まず「固有時との対話」をよんで、その詩的論理の微密さに驚ろかされた。抽象のなかにこれほど透明に結晶した抒情が日本の詩人に可能であろうとは殆んど期待していなかった。この長いモノローグ風の詩篇の中には、意識度に比例して純度を高められた〃ことば〃が、研ぎ澄まされたレンズのように光っていて、それを通して私たちは詩人の宇宙を覗き、かつ鑑賞することができる。

〃誰もわたしに驚愕を強ひなかったし
　孤独は充分に填められてゐて余剰を思
　はせなかった〃

〃わたしは自らの影を腐葉土のやうに埋
　れさせた〃

こんなぞっとするほど美しい詩句が至るところに鏤ばめられている。（宝石のように、という陳腐な比喩はここでは全く正確だ。なぜこれらの詩句は嘆賞の対象として、静的なモノとして、硬く結晶しているからである。）

ところが、次の「転位のための十篇」では詩人はもはや私たちに鑑賞の態度をとる事を許さない。それは仂きかけようとする詩である。これは誰の目にもそう映る通り、完結した「固有時との対話」的ミクロコスモスへの健気な反措定であろうし、この十篇を絶讃する声もきかないではないが、しかし私はこれを読みながら、吉本氏ほどの知性を以てしても、（むしろ知性をもつが故にいうべきかもしれぬ）前向きの姿勢で大きな声を張り上げて詩を聞かせる事の困難さは打破れないのかという問を自らに繰返したにすぎなかった。

しかし最近の詩篇を集めたⅢのグループに至ると、詩人は円熟した並々ならぬ技量でもってその困難さをかなり克服している。

〃胸のあいだからは　涙のかわりに
　バラ色の私鉄の切符があらわれ
　ぼくらはぼくらに　または少女に
　それを視せて　とおくまで
　ゆくんだと告げるのである〃

ここでは「固有時との対話」に示された論理的抒情性が、パルナシアンな〃わたし〃の中に収斂されたミクロコスモスを見すてて、複数の〃ぼくら〃を容れる世界にひろがろうとしている。とはいうものの、私は、この詩集に示された詩人の精神の歴史が、あまりに整然たる発展の段階を示し、殆んどヘーゲル的弁証法の生きた実例であるかの様に見える事に対して、感服すると同時に多少の取越苦労をせずにはいられない。というのは、頭のよい詩人であるだけに時流のさし示すSollenに対していちはやく反応をしめしているわけだが、そこに詩人の過敏な良心が見るべきかそれとも過敏なジャーナリスティック・センスを見るべきか、おそらく両方であろうが、その二つが詩人の内部において占める比率について正確な判断を下すほどに私は頭がよくないからである。詩人は本当に彼の〃固有時の恒数〃を明らかにし、それを〃生存への最小与件〃として、他の座標系との間の通約を可能にし得たのであろうか？　この詩集の後半は明らかに〃然り〃と語っている。読者もまた〃然り〃と合点するかどうか、それは各自の判断にまつほかはない。詩評というものは多かれ少かれ、独断的要素を含むものであるから。

「夏至の火」　広田國臣

入沢康夫さん、詩集「夏至の火」読ませてもらいました。貴方の第一詩集「倖せそれとも不倖せ」は僕の愛好する詩集の一つだったので期待しながら読みました。結果はどうだったでしょう。撲は一寸腕をくんで考えたのです。それから一寸困り、室の中をぐる〳〵歩き、又詩集にかじりついて再読しました。

「倖せそれとも不倖せ」と同じものを期待して読んだのがいけなかったのでしょう。今度の詩集「夏至の火」が前のに比べて感銘が鈍いというのではない。そうです。前の詩集は探偵小説にたとえれば、そのトリックのうまさに啞然としたものですが、今度の詩集は行われた事と犯人の実態をつかんでもそのトリックのつかめないのがあるのです。

ひどくまずいヒユですな、でも我慢して下さい。それで「樹」その他一群の詩はよく了解出来るのですが、例えば「外出」などになると自分の体が三つか四つなくてはかなわなくなるような困り方にさらされてしまいます。

つまりその奔放なイメージにいささかおろ〳〵という所です。

このよって来る所、つまり僕はこう考えます。イメージが詩をかもし出す、その最小単位を構成する方程式が貴方と僕のでは少し違うのではないかと、少くとも「夏至の火」に於ては、僕のをかりに代数的とすれば、貴方のは何となく幾何的な感じがします。

これは勿論いゝの、悪いのという問題ではなく、この「夏至の火」はいゝ詩集だと思いますし、他人に面白い、とか良いとかいって進言するにはちゅうちょしません。但し作者の代弁者となって解析したり、説明したりすることは無理なのです。

誰かが、勿論その誰かは同人のひとりなのでお互に分っている訳ですが、貴方の詩と僕の詩はどこか似た所がある、と云いました。

若しどこか似た所があるとすれば、その似ている所ゆえに、似てない所が一層気になるのでしょうか、貴方自身はどう思います？

似てはいませんなア……

お互に似ているなんて気持のいゝ事じゃありません。貴方には貴方の、たとえ外見はどうあれユニークな感性が溢れていますし、僕は僕で決して貴方のスタノールを借用したおぼえもありません。似ていると云われて少し気に入ると云えば貴方の詩と比較されて云われたことでしょう。

しかし本当に似ていたらどうしよう。若し僕の読みが浅くて貴方と僕が同じ方程式で出発しているとしたら、僕の誤りはそこを根本的につついて確かめねばならないし、又是非知らなければなりません。若し違ったものであれば一層それを確かめたいのです。

　僕にはこの詩集「夏至の火」の魅力と同じ位、その分らない点が魅力です。そのためにはもっと〳〵貴方の詩を読ませてもらって一層僕自身にとって親和力の強いものにしたいのです。

　詩集評などと書きながら、全く入沢さん個人に対する手紙みたいなものになってしまいましたが、僕の単純な精神ではこれ位のことを書くのが精一杯です。機会を見つけこのことについてゆっくりお話ししたいものと思っております。

今日の会
清岡卓行　田中清光　広田国臣
入沢康夫　金太中　辻井喬　山口洋子
飯島耕一　岸田衿子　中島可一郎　吉岡実
岩田宏　児玉惇　難波律郎　吉野弘
岩瀬敏彦　鈴木創　長谷川龍生
大岡信　多田智満子　平林敏彦

今日　第9冊
一九五八年七月一日発行　編集入沢康大
発行伊達得夫　発行所東京都新宿区上落合二ノ五四〇　書肆ユリイカ

今日

第10冊

The Quarterly Magazine of Poetry

1958年12月

今日の会編集・ユリイカ刊行

今日

X　1958.12

廃　園……………………山口　洋子　2
時刻表……………………鈴木　創　4
塔……………………田中　清光　6
野分の旗手……………………辻井　喬　7
ガランバチ国夜話……………………中島可一郎　8
山高帽……………………吉野　弘　11
歴史的現実……………………岩田　宏　12
島　二篇……………………大岡　信　14
遠い国の女から……………………多田智満子　16
ライラック・ガーデン……………………吉岡　実　18

*

ひも＜ユリイカ抄のうち＞…………伊達　得夫　19

*

エリュアール「二人の夜々」論……飯島　耕一　20

表紙写真　奈良原一高

廃園

山口洋子
檻のなかに鶴がいた
一羽は老いて禿げあがった額
ぼんやり通りすぎる兵士たちを見つめた
ひざのうえに部厚い毛布をかけ
男たちはどれも腰かけたまま手動車を動かしている
若い鶴はあせっていた
病んでいたから羽が毎夜脱けおちる
もう通りすぎるものたちを見送ったりするひまはなかった

日光が当ると
二羽の鶴は透明になってしまい
だれもその姿をみつけることができない
空になった檻のなかを
ゆっくりと叫び声だけがめぐっていた

兵士のひとりに
射撃の巧みな男がいた
とびたつ鳥や
めまぐるしく動くものが
かれの腕を狂わせた
かれはひそかにピストルを毛布の下にかくしていた
病んだ鶴と
老いた鶴と
どちらを殺すであろうということが
兵士たちのささやかな賭けであった

鶴たちは
たくましい男を知らない
充実した肉体で汗を流し

走っていく男を見たいと思った
ふと夢のなかで鶴たちは
はずんだ若者の声を
聞いたような気がした

広場のダリヤはどれも憎いほどふとっていた
日照りつづきに兵士たちは頭を垂れ
鶴たちも白茶けたなわのように
ころがっていた
突然の豪雨は兵士たちの手動車を船にした
一瞬稲妻は檻を災えあがる城のように見せた
やがて視界に
鋼鉄の無数のリボンだけが生きていた
こわれかけた桟に
老いた鶴は手肢をかけくちばしでそれをたたいた
切れ長のひとみに
さかんな炎がうつっていた
若い鶴はうなづき両肢で高くとびたつように
くりかえし床を蹴った

死んだ池のようになって
檻は朝の風のなかにうづくまっている
老いた鶴はなほ美しい微笑で
兵士たちをむかえていた
チェッ！
射撃の巧い男を
だれもできそこないだと思っていた
かれは撃てなかったのだ
若い鶴が逃亡したのを
かれは雨のせいにした
若い鶴はいまごろ
どこかの片隅で
たくましい男を見ているであろう
老いた鶴の視力はすでに
兵士たちの手動車の車輪だけしか
見えなくなってしまったが
それでも明日また
深いまなざしで祈りのうたをうたうにちがいない

時刻表

鈴木 創

旅行案内所の電話が鳴る

＜いそぐのよ いそぐのよ とってもね

同時にぱちりと 音
フィルムの巻換装置が同調して
彼は左手のカメラを奪われた
もういけませんとあきらめてみたり
まあいいさと
横断歩道で立ちどまってみたりして

……………

ここはどこ？ 実験室
彼は
水晶オルガンの前に立ちます
音響学の計算で
ガラス管のピッチを調整して
ゆびさきをぬらして

＜だけれど そいつがつけねらうんだ
＜私服の刑事によく似たコミュニストが
彼はしょうがないから
銀行の支店で預金をおろして
やがて咳をしてみたり
くさめをしてみたりして
棒きれのイメージでささえられた
すこうし背すじをまっすぐにしてみるけれど
＜――みるけれど＞

ガラス管のうえをすべらせてみたりして
こんな濾化作用をくりかえし　くりかえしして
演奏し終ると
ふと
ふりかえった寄席の客席はからっぽでした
彼はいつかイスのへりを疲れて歩いてた
誰かが彼を必死に呼ぶんなら＜呼ぶんなら＞

彼の時はセミのように逃げた
彼は鳥よりもすくなくねむった

彼は駅の階段をかけのぼる
彼は開花振動をけい紙に記録する
彼は毒薬の栓をあける
＜このやぶにらみ　オトンチキ！
＜ズボンのさきが焦げてるぞオ！
Y氏とM氏とS氏とみんなきらいだ

彼は見た　前衛の山を

彼は食べた　スイカのたねを

変性した空
からからの空と
遠い祖父とけれど
いまは生きてる
火曜日には死んでる
＜眼をつむると十三才
きみの解剖
死体の顔はななめに高くのけぞってた
その少女
一台の自動車と
そうしてボストンの刑場の森と池
＜あ　ディターミナルの方程式
星の摂動。

塔

田中清光

ぼくは　塔をもっている
誰もはいれない　ただふた色の血だけが
通路をもつ息ぐるしい闇の塔
穫り入れの穀物をかくまえない
太陽の光の掌にふれずかくしこまれている
沈黙の高い塔
いくつもの眼がそこで
生き物の祕密をみるためにひらく
けものめいた海の霧のなかを漂流する塔
やさしさをしずかに拒絶し

あらゆる回想と　お通夜のような音楽を
拒絶する塔
いく年　しなやかな鎖に足を縛られて
ぼくはそのまわりをまわったことか
プロメトイスのように……
ぼくの愛した少女たち
かの女らのうるんだ乳首も傷つけられた

兇器をもつ神のすむ塔
すでにひとつの心臓を抉りとられ
ふたつの眼も潰されたぼくは
片脚で畑のなかを這いずりながら
腋の下に種子を焠めるよりほかない農夫
穀物を雨のなかに曝したまま
風のはこんだ種子をあてもなく育てているぼくは
絶対的な音楽の充満しているやわらかい塔の番人

野分の騎手

辻井　喬

孤りの影を
炎のようにひいて走る
野分の騎手
あなたは
嵐にむかって
今日もあなたの道を歩く

風が光を押していったあと
暗らい樹の幹は展かれる
あなたの風景のなかを
季節風は吹きわたり

陽が照っているのは
僕のなかのあなたのイマージュ

嵐のなかを徒渉する
あなたの脚は細く
ゆるやかに　軌跡を描く
白い厚紙の上にひかれた
決して想い出にはならぬ記憶を

炎の鳥
あなたは暗い
瞳は明るくて
空を飛ぶ
雨は僕の上に落ちて米て
枯れた葉と
新しい枝を分ける

ガランバチ国夜話（I）

中島可一郎

戦争

＜若いアシナカ蜂決意のこと＞

アシナガ蜂が　巣からでた。
おとっつあんの　巣からでた。
アシナガ蜂の羽根のいろ。
ジェラルミンの　空のいろ。
四角な柱に　羽根すりあわせ。
おとっつあんの巣を恋しがる。
おれはと　おとっつあんが切りだすと
（おれはといってはいけないんだ。ぼくは
　といえと　パパはいったね）
うん　ぼくは　羽根が穴だらけになった。
と、おとっつあんは　むすこのジェラルミンに目をち
らとやる。

わかいわかいアシナガ蜂。
おとっつあんの巣を恋しがる。

そこへ隣の腰細《ジガ》バチが
なにやら紙きれをもってきて
ひそかに　むすこに耳うちする。

ええ　なになんだい。
おやじは羽根をすりよせて
若いアシナガ蜂に　問いかける。

パパ

*セメンダインで羽根をなおしな。

うん　そのうちな。
おまえが　おとっつあんになってからな。

ううん　ぼく　オトナになれそうもない。

そんなことあるもんか。
おとっつあんのように　巣をつくりな。

ジェラルミンの羽根が一瞬ひかり
紙きれをオヤジにわたす。

明日　午前十時
ニニナ連隊へ　集合！

若いアシナガ蜂に徴集令状

おやじは　たまげて　脚をおり
羽根はますます　たれさがる。

ヒゲの隊長がおごそかにいった
山脈こえて　アム河の
敵艦隊をセンメツすべし。

アシナガ蜂の精鋭は
時をうつさず　エンジンかけ
尻からほそい煙りをながし
あとからあとからあとから
発進。

ダンダラ縞の提防こえ
水たまりのアム河めがけ
数千のハチが
敵艦隊の真上にかかる。
おおキャツらの堂々たる威容よ。
ヒゲの隊長がおごそかにいった
貴官らは眼下の敵に体当りを敢行すべし

貴官らの成功をいのる。
成功をいのる。
成功をいのる。
幾千万の声がこだまし。
若いアシナガ蜂は　尻をふって
男々しくも　別れをつげた。
あとからあとからあとからあとから
羽根ひるがえし。
眼下の艦隊ササ舟めがけて
急降下。

おやじはためいきついて目をあけた。
それでも　おまえは行くのかネ。
それでも　ボク行く。
ボク行く。ボク行く。ボク行く。

あっちからこっちからしずかにつぶやき
もれはじめ。それがわあんわあんと　天地をゆるがし。

ボク行く。

という字のカタチとなり。
はるか彼方に消えてった。
年よりオヤジは　夕飼《げ》にかかる。
あしたの戦争どうなるか。

どこからともなく来た　紙で。
若いアシナガ蜂は　狩りだされる。
年よりオヤジは　夕飼にかかる。
セメンダインを買わねばな。

＊セメンダインとは市販の接着剤

山高帽

吉野弘

男が山高帽をかぶり、草のまばらな堤の斜面に腰を下ろしていた。珍らしいこともあるものだ。僕は男の傍に腰を下ろし、男の帽子を頭にかぶり、当今は帽子をかぶることも少くなりました、帽子をかぶって帽子の気位の高さに価いするよう努めるのは仲々大変でしょう、恥ずかしいことに僕はいまだに無帽です、話しかけて僕は男の深い疲れに気がついた。

僕は男に帽子を返そうかと思ったが、男が受取らないことはわかってしまった。帽子を返したい僕と帽子を受取りたくない男とが、さりげないふうに黙っていた。

僕は立ちあがり、帽子をかぶったまゝ一人で街の方へ歩いた。怖しい帽子。僕は帽子を脱いで道端の濠の水へそっと捨てた。自分の葬式を自分でやったような、あわれな気持だった。それからあと、僕は僕がまだ無帽だなどとは人に言えなくなった。

歴史的現実

岩田宏

大工は
建てかけの家のほとりで
焚火かこんで
めしくらい
桶屋は
とばり引いた土間で
丑満まで
たが叩き
屑屋 集めた
隠亡 焼いた
百姓は
糞まるめ草取りで爪なくし
魚屋は
尻はしょり
水流し
さかな裂き
八百屋は
くるま引き
そしてどいつにも
どどいつを歌う場所がなかった
くるわのほかには

ぼく じき じいさんになる！

むすめに

ことばは手に変れ
とても男らしい手に
すこし汗ばみ すこし荒れた
実用的な手に なぜなら
ぼくはことばを
突き出さなければならない
自殺を決心したむすめ
あなたに なぜなら
それがぼくの権利
あなたの義務は
思いつめ 思いつめること
まるで追いつ追われつ
走るように なぜなら
夜は戦争よりも長いんだ

政府もあなたも徹底的に一人で
朝ほど痛い時間はほかに絶対ないんだ
そのことを百回あるいは
千回思って絶望しなさい
あなたは睡眠薬を二百錠飲むつもりだが
薬より口あたりのわるいことばを
あなたの穴という穴に詰めこむのが
ぼくのほんとうの望みなんだ
サディストどもが
拍手している　ぼくは
あなたにあげる
握手を！

やさしい酔いどれ

あなたは夜の道路のまんなかで
いたずらにぼくの名を呼び
ほほえみながら揺れていた
あなたを揺するほど丈夫な
綱のようなものを
ぼくは見たい

あなたは近寄ったぼくを
出しぬけにきつく振りはらい
少年の足どりで走りだした
あなたを走らすほど精密な
時間表のようなものを
ぼくは見たい

あなたはぼくの両腕にささえられ
ふしぎな音を喉いっぱい響かせては
体を波にしてのけぞった
あなたをのけぞらせるほど痛い
濡れ手拭のようなものを
ぼくは見たい

あなたは静かな部屋のぼくのそばで
押しつぶされた動物になって
とても平らに眠っていた
あなたを眠らすほどみだらな
臼のようなものを
ぼくは見たい

見る　ぼくは
あなたが死に　見えないものが生れるのを
こきざみに身ぶるいしながら

鳥 二篇

大岡 信

ひるがえる鳥

胸壁のうちがわに
胸郭のかたちしたものが羽搏く
こいつは宇宙のちいさな突起
単独航海者だ
全身のふくれあがる静脈の悲鳴
そのなかから骨を割って生まれてきた
まだやわらかい船だ

壁から壁へ
夜空をかき乱して飛ぶだろう
ちいさなめくらの鳥よ

不幸なサンチョ幸福なメフィストフェレスになるな
ついに存在しない星々のあいだを
おのれの中心にむかって何世紀
孤独な天体航法の暗い橋を
ひるがえり飛翔してゆきつかない
胸郭のかたちしたちいさな
いきもの

さわぐ鳥

さいしょ
鳥はぼくののどで
むずかっていた
半ば開いたあなたの口に
空があった煩わしい空が。

やがて鳥は

胸の中へずり落ちた
かれの眼は
ぼくが記憶のインキ壺に
溺らしちまったむかしのひとの
みだれた髪のアラビア模様に
ぬいつけられて
むずかっていた
半ば閉じたあなたの眼が
訴えていた願わしい愛を。

やがて鳥は
ぼくの腹部にずり落ちていった
ドルシネア姫　いずこにありや
姫は牛乳しぼってらっしゃる
今ではどこかの
商事会社で伝票を切る
ドルシネア姫　いずこにありや

くらい　くらい
鳥がぼくの下腹部でばたばた騒いだ
やみの地平に
半ば開いたあなたの膝が
訴えていた願わしい夜を。

ぼくがあなたを食べたとき
あなたは言った
すばやい鳥が
あたしの空を裂いてしまった！
鳥はそのとき
もう寝こんでいた
願わしいあなたの森に閉じこめられて。
ぼくひとり
とり残されて
鳥の去った空のしたで
夢みていた　願わしい卵巣の夜を。

遠い国の女から

多田智満子

1

この国では死人を葬りません。お人形のようにガラスのケースにおさめ、家のなかに飾っておくのです。

人々は、特に旧家で教養の高い人々は、多勢の立派な死者たちにかこまれて生きています。居間にも客間にも、食堂や寝室にまで、ガラスケース入りの祖先がいっぱいつまっているのです。あまり場所が狭くなると、家具のかわりに利用されることもあります。

私たちは、花に埋もれて横たわった美しい二十五才の曽祖母様の上に、夕べのスープをならべます。

2

私たちは合唱しません。四人集ると四つのべつべつの旋律がからみあいます。私たちはこれを関係とよびます。それはつねに一種の「もつれ」です。もつれがほどけると私たちは四方へ散ってゆきます。あるときはほっとして、あるときは当惑して。

3

四方へ散って、と私は書きました。けれどもひとつの光源から発せられる光線のように、互に他からのがれながら放射状に散って行って帰ることがない、という意味ではありません。

互に逢う必要のなくなった四人は東西南北へ散って行きますが、しかしだれも地平線を踏み破る者はないのです。

人は地球から足をふみはずすのを怖れて、地平線の一歩手前で逆もどりします。こうして三十年後に、見たくもない顔が再び視野に入ってくるのです。

4

この国では誰しも真昼を怖れます。ひるまは死人が死人でありすぎるのです。太陽の鋭い視線を浴びると、私たちは鳥肌立って身ぶるいします。

人と人との間の距離を埋めるに足るほどの、おびただしいめくらの夜たち、おびただしいつんぼの夜たちがおりてくると、私たちはコルセットをはずしてほっと息をつきます。闇の底に横たわって眠るとき、人々はほとんど死者とおなじくらい幸福そうです。

5

私たちは若葉を見るのがこわいのです。梢に顔をもたげているあの小さな蕾が、私の乳首でないと誰がいえましょうか? うるおった大地のさしのべる柔い双葉が、少年のうっすらひらいた唇でないと、誰がいえましょうか?

6

春になって緑の侵略がはじまると、私たちは逃場を失って家の奥の暗いところへ隠れます。そして時々、死んだ兄たちの間から首を出して、みるみる膨れあがってゆく緑の半球を眺めます。私たちの多数は微熱になやまされ、体温計を脇にはさんで暮します。

女であること、とりわけ、この国でこの春の季節に女であるとはどういうことか、おわかりになりますか？

私は十五のとき、女になるのはおそろしいと思いました。十八のとき、女であるのは忌わしいと思いました。いま、私はいったいいくつ？　女になりすぎたので再び人間になれなくなった、そんな年頃、とりかえしのつかぬ年令です。私の頭は小さく首はほそく、髪はとても重たいのです。

7

私たちはとても上手に笑うことができます。愛想よく、ほんものの笑顔と見まがうばかりに。けれども万一笑いそこなったら大変です。がっくりとあごがゆるみ、顔かたちがバラバラに分解してしまいます。

そんなとき私たちは、顔をハンカチで覆って中座し、ひとりきりの部屋にとじこもって、自然のしかめ面がもどってくるまでしずかに回復を待つのです。

8

食事をしていると、テーブルの上をななめにすばやく、キラリと光る黒い虫がはしります。それが何から湧いたのか、人々はよく知っています。サラダとパンの間をその大きな虫が走り過ぎると、一瞬人々は口をつぐみ、それからまたさりげなく話をつづけるのです。

その虫には名前がありません。そのよく知られた虫のことを、いまだかつて、あえて口にした人はいないからです。

9

日に三度、あらゆる大きな建物がサイレンを鳴らします。小学校も劇場も警察も、終日鎖につながれて退屈しきった獣のような、長々しいうなりをあげるのです。

この国のどこにいても、その音からはのがれられません。たとえ恋をしていても、望遠鏡をのぞいていても。

そうなのです、この国にはたくさんの望遠鏡があります。町の主な交叉点には必ず立派な大望遠鏡が据えつけてあります。人々は自分の国以外のものを見るのが好きなのです。毎日多勢の人がレンズをのぞきこみながら自動車にはねられて死にます。

10

風の向きでかすかに潮の香りがただよってくると、この国もまた海をもっているのだということを思出します。けれどもその海は、私たちが航海するためにあるのではなくて、私たちをとじこめるためにあるのです。波は私たちを運ぶためにではなく私たちをあきらめさせるために、永久の運動をつづけているのです。

私たちはゆっくりと逆巻く波のように、身をのけぞらせてあくびをし、それから頭をがっくり垂れてくずおれます。砂浜のうえにスカートのすそをひろげながら……

11

これらすべてにもかかわらず未知の商品を積んで、貿易の船が港に出入りしています。未知の言語が話され、未知の顔が現われてはまた消えてゆきます。ああいくたび、サイレンのうなりに耳をふさぎ、眼をとじて私は見送ったことでしょう、船にのせられて港を出てゆく私の心臓を！

ライラック・ガーデン

バレー〈ライラック・ガーデン〉より

吉岡　実

紫のいろは夜のみつぎもの
すべての音楽が沈みやすいように
すこしずつ泡だちながら
庭から星を消す
それはまわりのライラックの花の咲く頃
石の像はささやかれる
嫉妬にも愛にも
抽象的な倦怠をかたどる
欠けた耳をたれたまま
そのかげから
美しい妻はいざなわれる
心をぬれた鳥がかけぬけ
不倫の腰帯　橙色の男のうでのなかで
純粋な恋の跳躍
ただいちどしかできない角度
かんらんの枝のおもみで女は支えられる
喜ばしい罪の肌着のひと裂き
なやましい絹の足がまじわるとき
髯の男この舘の主はとびだしてどなる
かけだす犬　ランプをまもる猫たち
髯の男は欲情の大きな輪をひろげてゆく
花と破綻の中心に
おのれの情人たる緑の着物の女をよこたえる
咲きそびれたライラック以外の花の
めざめる声をききながら
下男は玩具の猿の踊り
女中は玩具の蛇の踊り
ライラックの花のしげみで
まっちをするな
夜鶯を鳴かすな
舘のろうそくのひかりを蠱惑する海辺の風を
ことごとくまねきいれる
ひだの多い美しい妻の裳で
愛をいつわる女の乳房のふかさを石にきざみ
秋の海の反響はかすかになってゆく
いまは人物も不在の庭の空を
夜鶯も鳴き過ぎる
他の種の花も匂いだす
狂ってのぼる黄色い月は
近ずく朝のみつぎもの

ひも ＜ユリイカ抄のうち＞

伊達得夫

昭和一九年秋。内蒙古。――陸軍二等兵のぼくの上に朔北の風が吹きしきっていた。凍傷の指は絶えずじくじくとウミをたらしていた。部隊で慰問映画がかかった。風の吹きさらしで、ぼくたちは立ったままその映画を観覧させられた。「いちばん美しく」という題の映画であった。勤労動員の女学生が工場に落ちた焼夷弾を消しとめるというようなシーンがあって、日の丸鉢巻したヒロインが、ハタキの親玉のような「火消し棒」をふりかざして敢斗するのであるが……。ぼくはしかしそのヒロインの清潔な美しさに感動していた。ときどき風がスクリーンをはためかせるのでそのたび、ぼくのはるかな想いは現実に引戻されねばならなかったけれども。状袋のようなベッドにもぐりこんでから「おい、あの女優何て名だい」と声をひそめて、となりの戦友に聞いたら、映画通であることを常に誇っていたワセダ出身のその兵隊は即座に答えた。「××だ。いま売り出し。いい子だろ。な」「うん、いい子だ」兵舎の窓ガラスには、雨のように砂粒のあたる音が聞えていた。

昭和二五年。東京。――映画通の戦友は、東京劇場で芝居関係の仕事をしていた。東劇はそのころ、歌舞伎上演劇場だった。立居ふるまいに女形めいたしぐささえそなわって、銃を担いでいた日の面影の急速に消えたその戦友は、ある日、かけ出しの出版屋であるぼくに言った。「歌舞伎も古いものばっかりでは駄目よ。新作しなくちゃ。ほら木下順二の夕鶴。あんなもの歌舞伎でやりたいよね。あ、加藤道夫って知ってる？ この人のねえ、『なよたけ』って戯曲があるんだ。水上滝太郎賞をもらった作品でさ。いいものなんだけどなあ。君、出さない？ そのうち紹介するからさ。あまり売れないかも知れんけど、いい仕事になるよ。あ、そうだ。君覚えてるかな。蒙古でさ、映画見たことあるだろ 。『いちばん美しく』っての。あのときの主演女優ね。あの子が加藤道夫の奥さんなんだ。いまは文学座の加藤治子。――そう云えばこの間、第二中隊のS少尉にねえ、バッタリ会ったよ。魚屋でやがんの……。」

ある日、ぼくはかれと連れ立って加藤道夫の家をたずねた。加藤道夫は、伏目がちに弱々しいポーズでぼくたちを迎えた。洋間。片隅にベッド。それをカーテンで仕切っていた。大きいデスク。クラシックな調度。日本とフランスの本。天井には洗濯物を吊していた細びきが数本はられていた（洗濯物は、かれによって手早く取片づけられた）何故、部屋の中に干し物をしなくてはならないのか？ 加藤家は邸宅と呼ぶにふさわしい立派なコンクリートの洋館で、敷地も広かったから、ぼくの疑問は今も疑問のままだ。そして二年後、かれの自殺の記事を新聞で読んだとき、反射的にぼくの頭に浮んだのは、天井にはられていたその細びきであった。かれの自殺の方法は、その紐の一つを自分の首にまきつけることであった。「一度、文学座あたりで上演するといいですよね」「いやあ……」「おくさんがなよたけで……」「いやあ……」そんな頼りない会話が、ぼくを除いた二人の間でかわされた。『なよたけ』は二六年四月に発行され、五月、菊五郎劇団によって東劇で上演された。六月再版発行。ユリイカの出版物としては当った方である。そのころのある夕方加藤道夫を尋ねた帰り途、ぼくの前をスタスタ歩いて行く治子夫人を見た。ピタリと身体に合った黒いスーツを着て、細い上体をキリッと立てていた。そして、ぼくの日の前でエターナルモーションをつづける丸いヒップには蒙古のスクリーンで見た固さはなかった。

エリュアール「二人の夜々」論

飯島耕一

1

一つの詩について書こうと思う。それは「二人の夜々」（**Nuits partagées**）というポール・エリユアールの詩で、詩集「直接の生《ラヴィ・イメディアット》」（三二年）に収められている。この作品はこれ一つで独立して、そののち（三五年）やはりガリマール書店から出されているし、散文詩や詩論を主に集めた「見させる《ドネ・ア・ヴォワール》」（三九年）にも収録されてある。さて前記の独立した詩集には二つのデッサンが挿入されているらしいが、その作者はサルバドール・ダリである。ぼくはたちまち奇妙な発見をする。というのは、この「二人の夜々」にあらわれる「君」と呼ばれる女は、エリユアールの最初の恋人であり妻であるガラだからだ。そしてガラは周知のようにのちのダリ夫人である。ダリの四五年の絵画「背を露わにしたガラ」を知っている人も多いだろう。奇妙な友情であり、謎をいっぱい含んだ恋愛である。ぼくらはそれをエリユアールの詩のなかに読むのだ。

ぼくがこの作品を、数多いエリユアールの詩のなかからとりあげるのは、それがめずらしく散文で書かれてあるためであり、そしてこの詩に、エリユアールの青春の、不安定な愛のよろこびと苦悩が充満していると思われたからにほかならない。もともとエリユアールの詩はいずれも愛の詩といってさしつかえない。彼の詩集の一つの題名が「愛・詩《ラムール・ラポエジー》」であり、エリユアールはことばのもっとも純粋な意味での、愛の詩人である。だが、ガラとの愛が霊感となって書かれた詩には、他のニユッシユやドミニックの場合とあきらかにちがったところがある。ニユッシユとの愛の生活、そこから生れた詩は、ガラとの場合にくらべれば安定したものだ。そこには明るい陽ざしばかりがあるようにさえ見える。ニユッシユとエリユアールが、木洩日のしたで抱きあっている写真を見た人は多いだろう。ニユッシユは病気で死んだ。詩人はその癒やしがたい悲しみから立ちあがるためにもまた、夥しい詩を書いた。ニユッシユはほとんどエリユアール自身である。その声は死から蘇ろうとする人の声だ。「政治詩集」（四八年）の「一人の地平線から……」「記憶すべき肉体」（四八年）「道徳の一教課」（四九年）のなかに、エリユアールの悲しみはつきることがない。絶望と蘇りの二つの声が、縄のようにないあわされてそこにはある。そこには「黒いエリユアール」がいる。

だが君は、君は死んで、ぼくはたった一人だ
ぼくは片腕切り落された。ぼくは病気、ぼくは寒い、そして生きてる
からっぽ《ネアン》なのにぼくはいつわりのように生きる
「黒、それは孤独なぼくだ、君らはもっと透明になることだ」と

彼は書く。

エリュアールはあるとき、「ボードレールのうちには黒いボードレールと白いボードレールがいる」というように云った。エリュアールのうちにも黒いエリュアールがいるのではないか。そして彼は己れの黒《ノワール》にもっともよく耐えた人だ。

だがニッシュはエリュアールとともに生きエリュアールを愛しながら死んだ。二人は

そしてぼくらは互いに愛しあうから
ぼくらは他の人々を　凍りついた
彼らの孤独から解き放ちたいのだ

と詩人がうたったようなぼくらであった。だがガラとは生き別れである。正しくはガラがエリュアールのもとを去ったのである。そしてエリュアールはその苦しみに耐えた。そのガラとの不安定な愛の思い出と、別離の苦しみが「二人の夜々」にはつめこまれてある。あるいは、詩人はその苦しみから逃れるために書いた。そのつみかさなった生活とは別のものを、言語として定着しようとしたのであろう。こうした逃げを両方にうつ云い方でしかぼくは詩を書く理由を表現できそうにない。

このような詩を読むとき、ぼくは詩というものをふしぎなものにそして限りなく力づよいものに思う。詩人の苦悩が、彼の搏っている心臓の鼓動と、そこを流れてくりかえし立戻ってくる血の色のように、なまなましく留められてあるからだ。しかもそれらのことばは、ぼくらの日常のことばでは何一つ云わない。ぼくらはあたかも唖の娘のまえに、朝の聳り立つ樹々のまえにいるようだ。彼らはぼくらのことも知っており、ぼくらのことばをも聴きとるのだが、ぼくらの方はその眼の色にしか、意味をなさないざわめきにしか何一つ読みとることができない。

一切のみだらな現実を含んでいながら、そのわいざつさを拒否した「空虚」がそこにはある。マラルメが云ったように「ページにひろがるおののき」として。しかしそのためにぼくらはその苦悩をわけもつのであり、そこにぼくらはそれぞれの主観において、サルトル流に云えば「対象《オブジェ》化された一箇の魂」une âme faite objet を見るのである。

2

エリュアールがガラと出会ったのは、スイスの療養所でだった。彼は十二才から十六才まで、パリのルイ・ブラン街に住み、エコール・コルベールに学ぶが、十六才のとき、肺結核になりスイスに行く。二年間そこの高山地帯で過すと、一四年パリへ帰り、すぐさま第一次大戦に参加する。一七年二月には、エルンストとお互いに一キロと離れない戦線にいた。ずっと後に、彼は「詩の証し」（三七年）でそのときのことを云っている。「ドイツ砲手マックス・エルンストは、ぼくがフランス歩兵として上番衛兵をしていた塹壕を爆撃していた。三年後ぼくらは最良の友であった。それ以来ぼくらは同じ理由のために熱烈に共同しているのである。」二二年の「複製《レペティシオン》」二四年の「死なないために死ぬ」等の詩集は昔の敵エルンストの絵で飾られたのだ。三年後ダダはシュルレアリスムに移行しようとしていた。大へんな時代だったわけだ。同じ戦後の二十代の作家たちとして、ドリユウ・ラ・ロシエル、アンドレ・シャンソン、ジャック・リヴィエール、「エスプリ」誌の哲学者たち、ロランの「ユーロップ」誌によるジャン・ゲーノ、デュアメル、ジャン・カスー、

民衆派の「新文学時代」誌のウージエヌ・ダビらがあり、彼らは一様にロシヤ革命に深い関心を持っていた。むろんそれに反して、モーラスやバレスの弟子たちがあった。彼らのうえの世代にはベルグソン、クローデルから、コクトー、ジロドウに至る人々がひしめきあっていた。文学上の立場はただちに政治的な立場につながらずにはいなかった。シユルレアリストたちは頻繁な会合をもち酒と議論に没頭していたが、この会合にガラはたびたび出席したものらしい。二二年のエルンストの絵「友人たちの出会い」には、のちに自殺したクルヴエルや、アルプ、キリコ、デスノス、バンジヤマン・ペレ、それにアラゴン、エリユアール、ブルトンほかの人々が並んでいるが、そこにはドストエフスキーの亡霊も出席しており、またただ一人の女としてガラ・エリユアールが見出される。ガラとエリユアールはすでに一七年、詩集「義務と不安」刊行の年に結婚し、娘セシルが生れていた。

　さてエリユアールはガラを数多くの詩でうたった。ルイ・パロオは、そのすぐれた「エリユアール論」（今日の詩人叢書序文）のなかで、「人生の必要と夢の結果」（二一年）や「死なないために死ぬ」について語り、「これらの詩をつらぬく戦慄は、そこにつみかさねられたイマージユを玉虫色にかがやかせている。しかしぼくらを眩惑し、批評家たちが黒ダイヤと比べることを忘れない、これらのきらめくとっぴなイマージユも、その内部の音楽的な流れをぼくらに見分けさせずにはおかない。ガラの名が透しのようにあらわれる、あの重々しく同時に優雅な詩のなかでは、愛は心をひらいて語っている。彼女とのめぐりあいにつづく数年、愛は詩とまじりあい、エリユアールの詩のなかで唯一の主題となる。」と書いている。

一八年の七月「平和のための詩」のよろこびにあふれた詩行のなかに、次の四行を思い出してみよう。

　ぼくは久しく無用の顔を持っていた
　だが今や
　ぼくは愛されるための顔を持ってる
　幸福になるための顔を持ってる

二一年の「人生の必要と夢の結果」には、直接「ガラへ」とした美しい散文詩があるが、その「おまえ」は

　やっておいで、のぼってこいよ。類なく軽い羽毛が、空気の潜水夫が、じきにおまえの頸をとらえるだろう。

　大地は必要なものしか持っていない。そしておまえの美しい鳥たちは、微笑みを。おまえの悲しみのかわりに、愛の背後《うしろ》の影のように、風景は一切を蔽いかくす。

　さあ早く走るのだ。おまえの肉体はおまえの思考よりもすばやく進む。何ものも、わかるかい？　おまえを追いこす何ものもない。

二四年の「死なないために……」には、絶望し、翼を失った愛に苦しむエリユアールの姿が見出されるだろう。「ぼくは生き生きしている」だがそれは「ぼくの愛ぼくの絶望と同じくらいに」なのだ。

　ぼくはうたうためにうたい、うたうためにおまえを愛する

というのは「苦悩の都」（二六年）の最後の詩にある一行である。この詩は「いつもの女《ひと》、一切の女《ひと》」という題を持っている。

　彼女の唇の扇、その眼の反映《てりかえし》
　それについて語れるのはぼく一人

ぼくはうたう　君をうたうよろこびを
君を所有する、あるいは所有しない大きなよろこびを

彼は「愛がぼくを創り、解き放つ神秘」についてうたうことをえらぶ。

君は純粋だ　君はぼくよりもなおずっと純粋だ

とエリュアールはその詩を結ぶ。

この詩が書かれたのは、彼の二四年の失綜事件ののち、（この旅行の背後には、絶望的な影があるが、そこにはシュルレアリスム運動の果てしない論議による疲労の影とともに、ガラとの不和のそれが明らかに落ちているだろう）パリへ帰って数ケ月ののちのものである。

おそらく同じ頃書かれたと推定される二六年刊の「生の下積みと人間のピラミッド」には、奇妙な白昼夢の記録が、かなりの数で集められてあるが、ぼくらはそこでG…という頭文字をもつ女について書いた十数行にぶつかるだろう。

G……は隣の人にしなをつくっていた。彼女は男に写真とアドレスをたのみさえしているのだ……ぼくはノリのつぼをとりあげる。そして憤然としてぼくはGの顔にぬりたくる。それから口に刷毛をおしこむ。ぼくは彼女を階段の下へつき落とす……

ぼくは急いで彼女が死んだのかどうかをたしかめる……

ミショーの「夜動く」からの断片ではないかと思わせるこれが、エリュアールであってミショーとちがうのは、小さな小さなものになってしまった彼女が、もとのかたちに戻るかどうかをハラハラして見ている男の姿によってである。ここに嫉妬に狂ったエリュアールがいる。愛する女のまえに膝まづく詩人が。

「二人の夜々」（三一年）を読むまえに、もう一つの詩を読んでみよう。それは三二年の「一滴の水のように」であり、「みんなの薔薇」（三四年）の一篇である。この詩集の詩はそれまでのものとかなり印象を変えているようだ。これをパロオは、もう恋のうたではなく告白のうたにほかならぬとしている。

ここに「恋の二人」le couple érotique とある一人はやはりガラであるにちがいない。この冒頭の断章のアルプスは、スイスの療養所から見えた山々であり、二人して夢見た「球」である。

アルプスの球は砕かれた
恋の二人がそこで夢見ていたような
その蒼白い脇腹に
一人の小さな娘が刻まれていた
娘はわらっていた　おかしな結婚
羨ましいほどの生活を

娘はセシルから曳く影をもっている。この書き出しは、「苦悩の都」ほかの、限りない愛の讃歌とは、たしかに相違した、あるいたましさにつつまれてある。つまりこれは失われた愛への喪のうたであり、「二人の夜々」とかさなわせて見るべき性質のものだ。

二つの眼　かける二つの眼は
決して二倍の似たものではない

女はいつも暗い彼方を向いていた。海神《プロテ》のほうを。エリュアールはこの詩のなかで、つねに悲しみと嘆きにひたされた男であり、その悲嘆のなかで、女は微笑んでいる。女は「いつ果てるのか知ることのできぬ青春」のなかで、無邪気にはねまわっている。彼女はまぶしいほどの素裸、裾には一匹の密蜂をもち、

そして陽が朝の空に
向きを決めるとき
ぼくの嘆きのなかで微笑む

のだ。男は風変りな幸福の観念を持っているが彼はそれにも見放されている。ほどけた髪毛に、彼は不安な声をおしかぶせる。彼はあの水晶の時を、幸福の決定的瞬間を求める。怒りの星々をちりばめた長い日々は、接吻に閉じられた長い日々のためのものだ。

そしてひとに知られず　ものを知らない百人の無垢な女から
ただ一人残った女をえらぶため
歎きとしかめつらと
首くくるほどの恨みをこめた
変貌《メタモルフォーズ》の一夜

がある。「人は無知について考えない。そして無知が支配する。そう、ぼくは一切をのぞんだ。そして一切に絶望した。人生に、愛に、忘却に、眠りに、力の弱さに、誰ももうぼくを知らない。ぼくの名ぼくの影は狼だ。」

彼はひきつづく長い題名の詩、「その矛盾のままに愛とセックスがまじりあっている、いつも新しい、いつも違った一人のひとが、たえず、ぼくの欲望の完全さから浮びあがる。あらゆる所有の観念は彼女にはとてもふしぎなものだ」においても、あの二三、四年頃を回想する。そして次の注意して読むべき詩行がある。

弱つた密蜂は怒りつぽい
炎の隠れ場は消えてなくなる
昨日のイマージュの醜い救助のために飛翔することはお終いだ
森の完全さ、太陽の繊細な秣桶
愛のいくつもの溶けるメダル
顔たちは願望のパン屑だ
あくる日の子供ら今夜の眠り
類なく忠実なことばたち
一切は黒い傷口を持っている
ぼくにそむいた女でさえも

ここで密蜂は女、炎は男と、エロティックな比喩《メタフォル》を透かしてみることはそれほど行き過ぎではないだろう。秣桶、溶けるメダルもそれぞれ何かであるだろう。詩人は一切のものに傷口を見る。やがて三〇年にニュッシュのあらわれるまで。

やがて詩集の「容易さ《ファシール》」が、さきほどのダリのデッサン入りの「二人の夜々」と同じ三四年に出る。この「容易さ」はマン・レイのたくさんの写真によって飾られているが、翌年「豊かな眼」に収められすべてニュッシュに捧げられる。かつて「愛・詩」がガラに捧げられたように。

三四年のダリが松葉杖に支えられた「セックスアピールの幽霊《スペクトル》」を描いていたことを思い出してもいいだろう。そして「今日女の新しい性的魅力のすべては、幽霊としてのキャパシテイと富とを、あたうるかぎり利用することにある。可能なかぎりバラバラにすること、納骨堂のようなかがやかしい解体をすることだ。」と書いていた。ルイ・パロオはこの間の事情を次のように云っている。

「人はごく自然にこの『容易さ』を『愛・詩』に比較する。二つながら愛の書なのだ。だが何とちがうことか！『愛・詩』このつきることない書物は、詩人がその詩のなかでぼくらに告げる発見によっていや増した一つの苦悩を、その詩句のもとにあらわしている。」

これらの詩句のなかでは、怒りっぽい頑固さ、たえず自分をのりこえ、自分を＜ねうちのあるものにしたい＞欲望が、彼が一人の女に味わった子供っぽい熱情とまじりあっている。その女の名が書物の冒頭に記されてある。」と。そしてニユッシユとの恋が生んだ「容易さ」のほうは、全的なよろこびの開花であり、信頼と鎮静だけがもたらすことのできる確信をもったことばで、完全な平穏のうちに書かれたものである、と。

そして「二人の夜々」は「二滴の水……」と同じく、ニユッシユとの出会いののちに、別れたガラとの長い苦しみにみちた歳月をふりかえって生み出された詩であった。

3

これらの年はエリユアールにとってどんな年だったか。

ブルトンのシユルレアリスム第一宣言は二四年である。睡眠時代といわれる自動記述《オートマチスム》の実験のさかんだったのはそれに先立つ二一年である。ブルトンの回想によるとエリユアールは、パリ郊外の自宅でも集りをもち、そのとき催眠状態にあったデスノスに、短刀をぬいて庭に追いかけられたりしている。ダダ時代はエリユアールは雑誌「プロヴエルブ」の編集をやっていた。二四年アナトール・フランスを罵倒するパンフレット「屍体」を発行、これにエリユアールも執筆する。A・フランスはテイボーデも云う「フランスの良心の系列の柱」として、ドレフユス事件でもゾラとともにたたかった文学者だが、何よりもA・フランスの懐疑主義というやつが、彼ら青年たちをぞっとさせていたのだった。

シユルレアリスム運動が、主として愛の霊感を重んじたのは二八年を前後する二、三年とされている。デスノス、エリユアールが恋愛詩の、恋のなかの生き生きした女のタブローの書き手の、代表的な二人だった。雑誌「シユルレアリスム革命」が、「貴下は愛にどんな希望をかけるか?」のアンケートを発表したのは二九年である。

ダリがとつぜんフランスにやってきて、シユルレアリスムに参加し、たちまち中心人物の一人となったのは、やはり二九年だった。運動は大きく変貌しようとしていた。オートマチスム、催眠術等による、受動的直観的な探究の時代は終り、新しい方法が求められていた。何よりもこの時期にファシズムのあきらかな抬頭がはじまる。以後三九年のナチのパリ占領にいたるまで、シユルレアリスムは大きな危機に見舞われつづけていた。彼らのもっとも大きなスローガンは、絶対的な自由だったからである。

三〇年、マヤコフスキーの自殺。ブルトンエリユアールによる狂気の探求の書「聖母受胎《イマキユレ・コンセプシヨン》」、ダリ「偏執狂的批判方法《パラノイア・クリチツク》」の発表。アラゴン、ハリコフの第二回国際革命作家大会に出席。

三一年、アラゴンの「赤色戦線《フロン・ルージユ》」発表、このときアラゴンはシユルレアリスムの友人たちと交りを断ち、コミユニストたろうとし、エリユアールらから公然と非難されている。三三年フランス共産党に一時入党した、ブルトン、エリユアール、クルヴエルの三人が除名される。

三三年、ヒトラーの政権獲得、三四年、人民戦線結成の年、「証明書、アラゴンにあたう」により、エリユアールはアラゴンを非難（この間の問題については、ナドー「シユルレアリスムの歴史」および「資料」、ブルトンの「対話集《アントルチアン》」、また橋本一明、江原順らの精細な論稿がある。）

三六年、来るべき第二次大戦の大演習と云われるスペイン戦争が起り、今度はエリュアールが政治的という理由でブルトンと不和になり、三八年、ブルトンがメキシコから帰ると、二人の不和は決定的になる。

「二人の夜々」はそのような時代の予感のうちで書かれた。

「二人の夜々」は、ルイ・パロオも云うように自伝的色彩の濃いものであることは疑いえないだろう。パロオは二十年の歳月の帖尻を詩人はこの詩であわせようとしている、と指摘している。つまりガラとはじめて会った年から三一年までのこの時期に一人の少年は詩と愛に没頭し、戦争と戦後の悲惨をこえて詩人となった。

まず見事な散文詩である。パロオは、ボードレールの散文詩、ないしマラルメの「デイヴァガシオン」のいくつかをのぞけば、どんな散文にも似ていないとする。ボードレールを愛することが深かったエリュアールは、たしかに「巴里の憂鬱」から、なみなみならぬ啓示を受けたことだろう。（ブルトンによればエリュアールの好みは、＜悪の華＞では『美しい船』の系列であり、たとえばアントナン・アルトウの好み『殺戮者の酒』とはかなり異っていたという。）

「二人の夜々」は七つの散文詩から出来ており、いちじるしく内面的な姿勢で書かれる。「内的空間に身をかがめ、自分の孤独の虜となり、胸の鼓動のみちあふれている薄明のうちに、自分の夢と向きあっている」（ガエタン・ピコン）ような声だ。

4

第一の散文詩は「長い旅路の果てに」という一句からはじまっている。

長い旅路の果てに、ぼくはいつも見る。あの廊下を、もぐらをあの熱い影を。そこに海の泡が小さな子供たちをまねて、純な空気の流れを呼んでいる。ぼくはいつもくりかえし見る。あの部屋を。そこでぼくは君と、ぼくら二人の欲望のパンをちぎろうとしていたのだった。ぼくはくりかえし見る。朝、着物をぬいだ君の蒼白さが、消えて行く星々と一つになるのを。ぼくは知っている。ぼくがなおも眼をとじようとするのを。君に近づくことができるようにと、いつもの色と形を再び見出すために。

壮重なスタイルであって、いつものエリュアールの軽妙さは可能なかぎり抑えられている。この部屋や廊下のイマージュ、これは詩人がガラと過した場所のそれであろう。この部屋は七番目の散文詩にきちんと呼応している。

長い旅路の果てにも、ぼくは、二人があんなによく知っていた扉のほうに進むことはもうないだろう。また絶望とその絶望に終りを告げたいのぞみに、幾度も心ひかれたあの部屋に入ることはもうあるまい。

ここでエリュアールはガラに別れを告げている。それはクランシエも云うように adieu ではなく au revoir なのだが。そして別の者たちのために役立とうと決意する。

第一の詩で、詩人はガラとの見失われた時をふりかえる。「君がぼくに差し出した、支離滅裂の仲直りの方法と、了解しがたい世界のまえで、ぼくが何も見えなくなり、おし黙っていた」あの時のことを。それは苦しい思い出だ。彼女はあの無邪気さに無責任だったのだろうか、その無邪気さは、彼女自身自分を裏切っているところのものではなかったか？　大きな神秘があり、その神秘をたしかめるために、詩人は女のことをなおもふりかえろうとする。久しいまえから、頑固な扉は云うことをきかなかった。久しくまえから単調な希望は倦怠を養っていたし、君（女）の微笑は涙だったのだ、と詩人は古びていった二人の愛をふりかえる。そして、

　ぼくらは見物人をなかに入れることを拒んだ。なぜなら見世物はなかったから。思い出すか。孤独のために、舞台はからっぽ。装置もなく、役者も楽師たちもいなかった。人は云ったものだ。世界の劇、世界的な舞台と。そしてぼくら二人、ぼくらはもはやそれが何かを知らないのだ……ぼくらはほんとうにいっしょだった。ほんとうにぼくらは、ぼくらは、ぼくらは。君もぼくも、時をかさねることができなかった。今、ぼくらをばらばらにした時を。あの時の間、ぼくらはむすばれていた。君もぼくも、そのことを否むことはできなかった。

　二人の一つの影。そして影のなか、ぼくらはその時を忘れなかった。

「恋人たちの動物物語」の詩人クロード・ロワは、その卓抜な「エリュアール論」（批評的描写）のなかで、この数行を引用する。

　ロワはまず次のように云う。「ある存在はその矛盾によって興味ぶかい。そしてその存在が己れの矛盾にあたえる答えによって決定される。私はポール・エリュアールの矛盾を、その人間としての存在と、その詩人としての声のなかに探す。」　エリュアールのうちには不断に、かくされた孤独な一人の人間と、公開された詩人とがまじりあっている。内部に向けられた眼差しと、革命のための人間が、恋する男と、扇動者としての男が。そしてエリュアールは現在《プレザン》に向かって語る。エリュアールは現在の、目のまえにある瞬間に訴え、その瞬間を喚起し、馴らすのである。時々に詩人に差出される、ある特権的なヴィジオンを言語で定着する。ロワはついでヴァレリイを引用する。「人間は己れの姿を消してしまうある眼差しを持っている。彼を、そしてその他のすべてを、諸存在、大地と空を。そして彼は己れを、時間をこえた時間のうちに定着する。」詩篇《ポエム》というものは、精神に差出されたこの瞬間を定着してしまうのに役立つものだ。だが、それだけで十分正しいとは行かぬだろう。なぜなら、詩篇はまたその瞬間をかきたて、それを再生産することにも役立つからだ。その瞬間を再構成し、それを人工的に復原することに。一篇の詩とは、人間を彼があるよりも別のものに作りかえるような、ことばに敏感な工場設備であり、変身《メタモルフォーズ》の処方箋なのである。エリュアールにとって問題なのは、われわれに、すばらしく幸福で、単純になった人間、洞察力あり、確信にみちた人間のイマージュを見せること、見せしめることである。また「二人の夜々」のなかで彼が云っているあの瞬間を見せることである。

　ロワは「見世物はない」という一連を引用する。見世物はないとエリュアールは云い、ヴァレリイは諸存在が、大地と空が姿を消すと云う。ところで、詩人は正しくも、見世物にあらざる一箇の見世物 un spectacle du non-spectacle を組織することを企てる。そしてさまざまの存在や大地や空をさし示す言語の助けをかりて、それらの不在を、その蕩尽を表現しようとする。それは気も狂った企て、une entreprise insensée であるはずだ。

　エリュアールの詩はつまり大ていは意味を持たない。「その詩は謎

を縮約しているもので、そのためあらゆる凝結から免れ、どんな意味も果さない。その詩は滑り行き、着物をぬぐ。作品の岩滓は自ら消えてほどけ、ダイアモンドによる手がきの壁文字、勝利をのみ存続するのである。すなわち詩篇《ポエム》。エリュアールは低い声で、彼自身に、またあの影の共犯者に、日々彼が何ものをも見ないあの眼差しこの不在なる現存、彼の唯一の生きる理由であり〈方法〉である、明らかでいながら云い難い魔術《マジー》を征服するようにと、手助けしてくれる恋人にこそ、語りかけるのである。」

ロワは詩篇《ポエム》というものについて語った。

そしてエリュアール自身もまた三六年、ロンドンのシュルレアリスム展で、シュルレアリスムの詩について講演し、そこで詩篇《ポエム》についてふれた。

「夢物語 récit d' une rêve は詩篇《ポエム》とは見なせない。どちらも生きた現実ではあるが、夢物語は思い出であり、たちまち擦り切れ、変形してしまう偶発的な出来事である。他方詩篇にあっては、何一つ失われず、変りもしない。詩篇は人間的諸能力のためにのみ、宇宙の感光力を奪い、人間に別の方法で、別のものを見ることを可能にさせる。彼のこれまでのヴイジオンは死ぬか、いつわりのものとなる。彼は新しい世界を発見し、新しい人間となるのだ。」（詩の証し）

つまり同じことを云っている。詩篇は現実とは別のものなのだ。不在なる現存 la présence absente であり、変身の武器なのだ。詩は人間の限界のばかばかしい地図を破り、人間の眼が未開のままにおかれることに反対するだろう。詩篇は空虚《ヴィッド》なのだ。それゆえに持続する。

エリュアールの親しい同僚で、共同詩集「仕事をおくらせる」を出したこともあるルネ・シャールは、「詩篇《ポエム》のうしろにくっついて走り、詩に懇願し、罵倒すること……そしてある夜、その背後について、ついに宇宙の榴弾の婚姻の席になだれこむのだ。」とシャールらしい壮麗さで、詩篇について語っている。

これは重要な問題だ。象徴主義からシュルレアリスムへ、そして現代詩にひきつがれた詩的言語のもっとも重要な問題がここにあるのではないだろうか？

「焔の部分」の批評家、モーリス・ブランショはまたこの言語とフィクションの問題についての鋭敏な考察家だが、彼は「シュルレアリスムへの反省」というエッセーで、エリュアールの詩は「透明な詩」ではなく「透明さについての詩」だと云い切っている。エリュアールの詩は、習慣の世界に生きる人々には、もっとも純粋な錬金術と同じように不可解であいまいなものであろうと。この詩は自動記述の法則に大いにかなっているようには見えないが、自動記述が目的とする言語に先行する瞬間、私が感じているものをそのまま感じる瞬間をよりよく表現した。これは真の「コギト」の詩である、と。

シュルレアリスムにおける人間の現実は、与えられるものではなく、獲得すべきものであって、現実自体とは無関係だ——この限りない超越の意識の把握であると同時に、その手段でもあり、超越自体でもある詩もまた、決して与えられたものではない。少くとも、外見はすっかり出来あがった事物の世界のように見えるわれわれの生きている世界に対しては、詩は何らなすべきものを持っていない。ここから想像力の優先、奇体さへの要求が出てくるのだ、と。

マラルメという詩人が、この詩篇は別のもの、詩は別の場所ということにはじめて自覚的になった詩人である。詩は空虚と現実のあいだにある。われわれは現実の物の過剰から逃れるためにこそ書くのではないか。詩のなかには現実のかわりにおかれた戦慄があるのであって、それがわれわれを暗い奥底の世界へ誘うのではないか。ブランショはそう云う。

ぼくらはそのため、詩のイマージュに死の瞬間の人間のイマージュを見る。あるいははじめてものを見る人の眼差しを読みとるのではないか。それはこの現実とはほとんど無関係でありながら、もっともよく生命について証するのである。「存在《エートル》は最初に来たもの」（シャール）なのだ。

散文詩というものは、しかし詩篇とはちがって何かを云うことができるのではないだろうか。そして「デイヴァガシオン」のなかに人はマラルメという人を読もうとした。やはり自伝なのだ。にもかかわらず、「二人の夜々」でエリュアールは「君」とよばれる女と「ぼく」が存在したこと、そこに無量の時が流れて、立ち切れたことを云っているだけだろう。ただその時を謎のことばのうちにひき留めたかったのであろう。たかだか十頁のなかに、二十年の歳月とその謎をとじこめようとすることは、散文というものの性質を知るものの観点からすれば、冗談というものだろう。エリュアールは単にNuits partagées（分けもった夜――二人の夜々）という無限に複数におかれた夜ということばを置きたかったのではないか。

現代小説が、一日とか一週間を、数千枚の紙のうえにくりひろげているとき、詩は数行のうちに十年の歳月を引留めようという無謀な企てをなす。

…Nous étions vraiment ensemble, nous étions vraiment, nous étions, nous.（ぼくらはほんとうにいっしょだった）という、存在するêtreの直接法半過去の一人称複数を、悲痛さの塊として詩人は並べたかったに過ぎないだろう。

第二の詩は、エリュアール独自の同一化することidentifierによる現実への対しかた、詩の創造を推察するため見逃しがたいだろう。だがその詩自体はまさしく美しく単純な詩である。

だが、光はぼくに美しいイマージュを、ぼくらの出会いの陰画《ネガチーフ》のイマージュをあたえた。ぼくはさまざまの存在に君を一致《イダンティフィエ》させた。そのため、ただ多様さだけが、その存在の名を証した。いつも同じ、君の名まえを。ぼくはそれらに君の名まえをつけたいとねがった。それらの存在を、ぼくは君を変形《トランスフォルメ》したようにして、光のまっただなかで変形した。人が泉の水をその水を盃に入れることで変形するように。人がその手を他の手にかさねて変形するように。

そのあとに非常に美しく奇体なイマージュが出てくる。「……雪さえも仮面をかぶせられていた。地の洞窟では、結晶になった木々が、肩をあらわにした外出用のデコルテを探していた。」と。

詩人は恋人と他のさまざまの存在の区別がつかない。その眩るめくような混乱のなかにいる。そしてその恋人の名が、すでに空しくなったのを見分けることもできないでいた。

第三の詩は次のようにはじまる。

一つに結ばれ、どんなときも、いつまでも一つに結ばれ、君の声は君の眼をいっぱいにする。ちょうどこだまが夕暮の空を満たすように。ぼくは君のあらわれるあまたの川のほうへ下りて行く。君は何を云ったろう？ 君は決して独りのものだということを信じなかった。君はぼくに会ってからというもの、夢見ることがなかった。君は一つの石のようだった。その石を人は割って、死んだその母親よりも美しい二つの石を得たのだった。君は昨日の女だった。君は今日の女だった。君を慰めるものが何もなかった。なぜなら君は時間に傷つけられないでいられるように、自分を二つに分けていたから。

「君」というのは女であり、ガラであり、同時に「詩」であるようにさえ見える。それは石くれや、自然そのものに近いものだ。この三番目の詩は最初の詩の難解さに比べ、はるかに単純な語り口をもっている。次のエロティックなイマージュ。

素裸であり、素裸であり、君の胸は凍った君の香りよりもこわれやすい。そしてその胸は君の肩を支えている。素裸、君は着物を、このうえなく大たんな単純さでもちあげる。そして君は眼をとじる。すると一つの肉体のうえに一つの影が落ちる。お終いの炎のうえに、まるごとの影が落ちる。

季節季節の芽たちが崩れる。君は君の心臓の奥底を見せる。それは身をかがめた炎たちを役立てる生命の光だ。それは沙漠がこやし、荒廃が育てたオアシスだ。繊細で、穿たれた新鮮さが、入れかわって、くるくる渦を巻く火床となり、火床は君にぼくを欲しがらせる。君のうえ、君の髪毛は、ぼくらの離反を動かしがたいものとする深淵のなかに滑りおちる。

le foyer tournoyant 火床のイマージュも大そうエロティックなものに見える。しかし「君の髪毛」はそのときすでに別の方に滑りおちようとしているのだ。「君」は荒廃が育てたオアシスだ。そしてエリュアールのイマージュも、荒廃ゆえに、それをのりこえて作り出されたものだったにちがいない。イマージュははじめてすぐれて人工《アルティフィシエル》的なものとなる。パロオは、彼らシュルレアリストたちは、ボードレールが云ったように、「魂の抒情的な動きに、夢想の転調に、意識の飛躍に適合する」ことを詩語に求めるだけでは足りず、この意識自体に仂きかけ、この夢想を進んで喚起しないではいられなかった、としている。

第四の詩でエリュアールは、「短刀と、短刀が切るものが、見事に和合しているということを君といっしょに認めることが、どうしてぼくにはもうできないのか」と嘆く。ピアノと沈黙が、地平線と地のひろがりが、あれほど一つのものであったのに。だが一切のもう一つ奥に、倦怠があったのだ。このくりぬかれた眼をもつ鷲が、ぼくらのノスタルジーをつかんでいるとき、君は一体何を欲するのか？

第五の詩で、詩人は長い年月をふたたびふりかえり、幸福だった日と夜にもかかわらず、どうしても受け入れることのできなかった苦しい年月のことを思い出す。しかし「ぼくは君よりほかの腕のなかでの、別の人生を想像することはなかった。ぼくがある日君に忠実であることを止めるなどとは思いもかけなかった。」それは二人があってはじめて一人があり得たためである。

しかし生命こそがぼくらの愛を非難した。止むことなく新しい愛を求めている生命、古びた愛、危い愛をうち消すために、生命は愛を変えることをのぞんでいた。
なぜなら、たしかなことは、ものの根源というものは、祖先たちのあの無味乾燥な規範にいつもよりかかるのではなくて、見事に生き生きした魅惑、眼差し、態度、話しことば、青春の純粋さの、情熱のしるしによりかかるものだからだ。

エリュアールはここで回想を一転して、古びた愛は、断乎として新しい愛にかわらなければならぬことを告げるのだ。ランボーの云ったように、愛はあらためてつくりなおされつづけるべきものなのだ。おそらくこの時、ガラはダリのもとにあり、詩人はニュッシュを、あの新しい幸福の顔を知っていただろう。

第五の詩はそれだけ切り離されて、セゲルスの今日の詩人叢書のうちにもえらび出されており、ひろく知られた詩である。ぼく自身、まずこの断章から「二人の夜々」を知ったのだった。

恐るべき現実に虚構《フイクション》をまぜあわせることに、ぼくは熱中する。人の住まぬ家々よ、ぼくはおまえたちのうちに、どこにでもはいない女たちを住まわせた。肥ってもいず、痩せてもいず、金髪《ブロンド》でもなく、栗色《ブリュン》でもなく、愚かでもなく、賢くもなく、そんなことはどうでもいいが、ただ一つの点で、ありうべからざるほどに蠱惑的な女たちを。役に立たないオブジエよ、おまえたちの製作にとりかかる愚かささえも、ぼくには魅惑の泉だった。いろいろな存在《もの》たち、ぼくは君たちによく耳を傾けた。微妙な気持よさで船酔いを待ちながら、人が波の音、機械の音を聞くように。類なく習慣に反したイマージュの習慣をぼくはつかんだ。イマージュのないところにイマージュを見た。自分の起き伏しと同様にイマージュを機械仕掛けにし、さいなんだ。広場は石けんの泡立ちのように、ぼくの両頬のふくらみにしたがい、街々はぼくの足にしたがった。片足がもう一方のまえにあり、もう一方が片足のまえに出て、両足のまえで完全になる。女たちは横たえられたままでしか搬ばれなかった。彼女らの胴着《コルサージュ》ははだけて太陽を映すのであった。理性よ、頭をあげよ。冷淡な鉄の首伽、蟻の頭した角灯よ、理性よ、夢中になった男のための、運命のあわれなマスト、船の運命のマスト……もっと高く見ること。

生きる理由を見出すために、ぼくは君を愛する理由をこわそうと試みた。君を愛する理由を見出すために、ぼくはつたなく生きた。

このすばらしい断章にぼくはエリュアールのイマージュ論を読みとりたいが、それは行き過ぎと云うものだろうか？虚構とは言語である。そして熱中するのはイマージュを見るため、更に高く見るためである。イマージュを受動性によってのみとらえるのではなくmécaniserすること、機械化し、苦しめいじめること。シャール流に云えば罵倒すること。ここにあるのは愚かしい理性というものへの侮蔑であり運命をこえて高く見ることへの決意であろう。

「見させる」《ドネ・ア・ヴオアール》（三九年）のエピグラフにエリュアールは次のように書きつけている。「見る、それは理解する、判断する、変形する、想像する、忘れる、あるいは我を忘れる、存在する、あるいは消えること。」まえにあげたヴアレリイのことばと呼応するものがここに見出されよう。

最後の数行は、ガラとの生活への反省であろう。生きる理由はたえず点検されねばならなかった。頽廃は死である。詩とは「死をたえずしめ出すこと」（大岡信）であった。

「人の住まぬ家々」はエリュアールの内面の虚無であり、荒廃である。彼が積極的に夢見る場所、人間の現実をつくり出して行く場所はそこにしかない。

「役に立たないオブジエ」objets inutiles はシュルレアリストのオブジエを指すものとも考えたいし、詩作とも考えたい。この詩の書かれた三一年に、シュルレアリストのオブジエの発表が、もっとも旺盛に行われたことも記憶していいだろう。ジャコメッテイの「吊られた球体」をはじめとして、ダリ、ミロ、マグリット、ブルトンらがオブジエの製作にあたった。愚かさ la sottise というのも、理性の側から云ってみたものであり、それはエリュアールにとっては魅惑の泉であったはずだ。気も狂った企て une entreprise insensée を愚かさと見るのは習慣的な世界の理性にほかなるまい。それは冷淡なものたちの声を聴くこと、ロートレアモンに云わせると「死の内部からさえ」新鮮なイマージュをつかむことであった。

「人間は花弁であり、バラであり、想像力は徳《ヴェルチュ》だ」というエリュアールは、ピカソに捧げた「画家の仕事」（四六年「見る」所収）という詩で次のように書く。

そして数えきれない壁が崩れおちる
君の絵の背後で、そして君は
盲のように白痴《フー》のように　眼をすえ
虚空に剱を　ふりかざす
一描き　また次の一描き
羽毛のような　あらわな口
微笑が生まれ　そして涙が
画鋲のきらきらする画布のふちにあふれる

これが画家の仕事だ。絵ができあがったら、あとはつき放すことだ。そのうえにイマージュはあふれるだろう。詩人も画家も、イマージュをその製作物のうえに解き放ってやり、自由に運動させるのだ。はげしく夢見ること、「昼に一度、夜に一度、夢見れば盲目はない。」というのはエルンストをうたった詩の終りを結ぶ詩句だった。

「二人の夜々」は七番目の短い詩で終る。「長い旅路の果てに、ぼくは多分もうあの扉のほうに進むことはあるまい……」という書き出しの。絶望は何度もたち切られることをのぞんだ。だが……

己れ自身と運命への無知をのりこえることのできない一人の
男であるがために、ぼくは多分、ぼくが作り出したこの存在《もの》と
は違った存在《もの》たちの味方につくだろう。
ぼくはどのように彼らに役立つだろうか？

ここで語られているのは〈ここからぬけ出す〉意志だ。そしてそれはさまざまの方法で久しくかかって実現されたところである。

Que voulez-vous la pOrteétait gardée?
君は何をしたらいいのか、扉が見張られていたとき？

とエリュアールはやがてドイツ軍に占領されたパリで書くことになる。何をしたらいいのか、ガラとの別離ののちも、詩人はこの問を発しつづけたことだろう。

今日の会

飯島耕一　入沢康夫　岩田宏　岩瀬敏彦　大岡信
清岡卓行　金太中　岸田衿子　鈴木創　多田智満子　田中清光
辻井喬　中島可一郎　難波律郎　長谷川竜生　平林敏彦　広田国臣
山口洋子　吉岡実　吉野弘

今日 第10冊
一九五八年十二月一日発行　編集入沢康夫
発行伊達得夫　発行所東京都新宿区上落合
二ノ五四〇　書肆ユリイカ

『葡萄』

第1号〜第12号（一九五四・一〇〜一九五七・六）

葡　萄

<*The Grapes*>

Magazine for Poetry and Essay

I

MCMLIV Oct.

隔月刊

葡　　萄

創刊号

1945.10

さむい夜明け……大岡　信…2
悲劇的に青いポーズ……木川木六…4
どれもこれも　そしてどれも……藤富保男…6
暗示……加藤　博…8
つゝじ……福交保六…10
地上〈雨〉……堀内幸枝…11
後記

さむい夜明け

大岡 信

いくたびか冷たい朝の風をきつて私は落ちた
雲海の中に……
馴鹿たちは氷河地帯に追いやられ
微光の中を静かな足で歩いていた

いくたびか古城をめぐる伝説に
若い命がささげられ
城壁は人血を吸つてくろぐろとさび
人はそれを歴史と名付け蔦で飾つた

いくたびか季節をめぐるうろこ雲に
戀人たちは悲しくめざめ
いく夜かは
銀河にかれらの乳がながれた

鳥たちは星から星へおちていつた
無辺際にひろがる虚空にははばたきながら
心ばかりはあわれに小さくしぼんでいた

ある朝は素足の女が馳け去つた
波止場の方へ
ある朝は素足の男が引かれてきた
波止場の方から

空ばかり澄みきつていた
溺れてしまう　溺れてしまうと
波止場で女が歌つていた

もの言わぬ靴下ばかり
眼ざめるように美しかつた

木川木六

悲劇的に青いポーズ

風のなかで蜘蛛は優美に懸垂する
それは幸福に近い
無花果の葉裏によどむ青い月日
やゝ変性した朝の光をあびて
彼女は優美なレースをひろげる
私は額に葉状の影をかさねる

たがいに幼年時代を知る植物と私
暗い卵形の昔
私のなかに螺旋状の繊維がある
珈琲茶碗にはそれがない
風にぬれて私は街の縁を逍遥する
私は痩せていく
私は掌に葉脈と汗をうかべる

風の梁にぶらさがるオデキに喰われた変態嬰児のために
さかさまの窓で母親はきのうの洗濯に精を出す
やがてバケツがわらいだすだろう
解体した子供がそれから学校をバラバラに抜け出すだろう

どれもこれも そしてどれも

藤富保男

西部は今日は雨だった
話をする人もなく
べつに
くわしい話もなく
話にもならない
ある日

そいから
1人あらわれ
1人消えてく

僕は
見ないでもよいものを
見てしまった

ので
西部のその西の方に
いる
顔色の悪い男爵達
僕はとても
沈んではいないのだ

そして
鉄砲を
うつでもなく
うってる男について
果実の裂ける音みたいに
それでも
そうした

加藤 博

暗 示

星に觸れると
少女たちは 挨拶を忘れる

食卓に 戀をつみかさねて
ぼくは 黒い唇のドラマに 告白する

逃げていったのは 昨日の鏡
それも 古くなつた自画像の 感傷的な未来
無口な午前をノックして
やつと 指紋を回復させたものの

あわれな手紙は　方角を知らない
濡れる旅行に　首をかしげて
影は　こころもなく直線となる
そこに　椅子のない約束が生れ
置き忘れられて
少女たちの星がゆらめく

おもえば
ぼくは　真晝の白い凪を抱いたまま
流れるように
戀をはなれて

少女たちは
星に觸れようとしていて

つゝじ

福来保夫

マルタン・マリ・ベイエット
老神父が
ピアノを弾いて聴かしてくれた

エリーゼのために
ラ・マルセイーズ
私達が拍手すると
少年のように
顔を紅潮させてよろこんだ
そして最後に
恋はやさし
何年か前の流行歌のメロデイを
おぼつかない手附でたたき
鉢のつつじの赤い花瓣《びら》がこぼれる程
哄笑した

地　上……雨

堀内幸枝

この繁華街の中心点がその夜は一様な萎靡沈滞に落入つていた。

私がホームに差し掛つた途端、ホーム一面を覆つていた靄に足を吸取られるような感覚が、既に異常な前兆だつた。

待合せた貴方を求めて外に出ると靄はホームだけでなく、霧雨は屋根上で解体して、藤色の靄となつて、地上低く垂れ下り、道路にも街路樹にもショオウィンドにも妙な陰欝さが張附いていた。

ショオウィンドの品々は、眺めている人の頭に、突然不気味な空想の魔天樓を築き上げる、不敵な魅力に輝いていた。

驛前の貴方にさり気なく肩を並べたが、異常に濃厚な空気は息を圧迫して、吐く事は出来ても吸込む方が困難だつた。

挨拶の言葉すら出なかつた。

二角ばかり折れる頃、息が詰る様な妙な感じが現れ、私の精神と身体とに到底説明しがたい状態が引起された。まだ何事も語らないうち長い事待ち焦れた、逢瀬を欲する気持は、急に炎のように吹き消え、ただ異様な苦痛に全身鎖されて行つた。

私は既に此処まで来て、貴方の失望するのを恐れた。気附かれないように重い息を抜いて、後向きに貴方の顔を伺うと、貴方は私より先に眼を細め、苦しい息を吐き終えたところと、鉢合せになつた。

互は互の顔を見て身振ひがした。ここ十年間人間の甜めた、悲哀と厭人とそれにも増して孤独の渇が、引釣つた目と歪んだ口にまざまざ浮び出ている相手の顔はぞつとする自らの表情の鏡だつた。

二人は今日の奇態な孤独から救われようと、焦つた。

而し相手の苦痛を労わる余裕のない程、増々この靄は濃度を増して、二人の肩の五寸程の隙間を流れる靄は、先刻に比べると不気味な程、水温が冷えていた。遠からず地球まで冷えつくす恐怖を感じさせた。

沈黙のまま歩き續ける二人の耳に、人間の戀愛なぞ嘲笑うような、悪魔の歯軋が、錯覚とも違う異常な空間から落ちて来た。

孤独は増々瘦せ細つて、呼吸困難を乗り越えて烈しく喘ぎ始めた。最早やここで互に支え合わなければ、孤独の戦慄は自らの心を、引裂いてしまうように思えた。

然し不思議と何度振り出しに戻つて、白紙の心に於てみても、僅の所で合致点はするりと外れてしまつた。

この靄は今となつては、温い会話の生れる貴方の胸線まで、浸蝕してしまつていた。

こう云う奇現象はまだ續出した。

先刻から半時間も捜しているK喫茶店は、なんとしても見出す事が出来ず、もう一度驛前から、ぐるぐる歩き始めてみても、K店の前に出ない前に再び元の驛前に立つていると云う、極めて無茶苦茶な事態ばかり現れた。

広い大通を北へ透して見ると、藤色の靄が白く薄れている方向へと、二人は歩を選んだ。

しかし、折しも後から通りかかつた自動車のサーチライトに、照し出されると建物や入口は俄かに大きくなり、道路や樹木はひどく小さくなる奇妙な倒錯に出会うと、この数百回歩いた街が、突然アメリカやフランスのビル街の一角のように、亭々と輝き出し、私達はそのコンクリートの間に、冷く挾まれてしまつた。

突然貴方は呼吸をしなくなつた。

人間性を失つた一本の電柱と影とに分裂すると、俄にヒステリックな挙動になり、別れを惜しむ風情もなく手を高く挙げて、私を離れて行つた。一歩一歩私から他人に変貌しつつある貴方の後姿は、聰て高い建物の間をアメリカ映画の一シーンのように、全く私と無縁の姿となり果てて走つて行つた。

藤色の靄は桔梗色になり、次に烈しい雨に変つた。街路樹を覆つた、ショオウィンドを覆つた靄は、躊躇なく地面に叩きつけられた。棘々しい風も吹き出し、今迄の模糊とした風景は端から捲れて、丸裸になつて行つた。

あれ程捜したコーヒー店は街角にぽつかり浮いてきた。私は一人で入ると角のボックスに座つた。

靄が払い落されて行くと、水溫は増々厳しく冷え、手摺もテーブルも初夏と云うのに、觸るのも不気味なほど冷かつた。私は袖無しの夏服を着ているのに、何処迄冷えて行くのだろう。私は窓側に寄つて雨の音を聞いた。又窓下の低い灌木を眺めた。窓廂から滴る雨垂は、私の心に突刺つた。私は孤独の底で大きな悲鳴を上げて泣いた。而しその声は心の壁から漏れなかつたのか、廻りの客で気附く者は無かつた。

雨は止みそうになかつた。ここにこうして居れば、貴方と同じように私の孤独にも、穴が明いて何時、断末魔の叫を発しないとも限らない、危険を感じた。私は停留所へ急いだ。足下に吸い附くように寄つて来た、電車に乗ると、今夜の奇しい螺旋状の道路は、こんな所で又彼の家の前に出てしまつた。彼の家には未だ灯がついていた。全く電柱に化した貴方と、独立した影が映つていた。家の廻りには嘗ての貴方の住居の懐しい雰囲気は消え、庭の黒い花が一様に、魔の譌に嬲られていた。

私は足下から世界が裂けて行く心地がして、周章てて踵を返した。而し運悪く影だけは、敏感に私を臭ぎ附けると、窓を越して庭へ下り、雷の勢で私の洋服に落ちた。と頭の上から、麻酔薬のような痺れが足へ突き徹つて、地下へ潜り抜けた。それきり影の姿も、私の中の孤独も、共に地下へ吸い込まれてしまつた。生気を取り戻した時、自分の体を眺めると、手も足も共に響のない木材で造り替えられていた。

而し明る日から、木偶人形の私の胴体の中には、限りなく得体の知れぬ空虚な風が、孤独に代つて、苦痛の位置を隈無く占領していた。

後記

戦後の詩壇は恰も、群雄割拠の様相を呈してきて、一般に詩を愛して来た者は、何時となし、政治色に惑わされて、雑音ばかり多く耳にするようになり、詩の正統的美学に打たれる機会を失つて来た事を、私は私なりに淋しく思う。

又一面戦後の詩の変化は詩人が詩によつて、政治社会の問題を追求するようになつたことで、これは現在の社会情勢が青年の第一関心事となつてきた所以で、丁度戦争を境にして、戦前に青春を経た人々は何等かの形で、芸術至上主義を持つて美学の尺度とするのに対し、美意識の点でかなり大きな差異を生じて来たように思えるのです。

ここ二三年、こうした状態を眺めて、私は私なりの詩への願望を持つようになり、小さな個人誌を作つてみました。

極めて尠いスペースでも、サークル、個人的感情、詩歴に煩わされることなく、個性的詩人の実験の場にあてて戴きたいのです。

詩に於て書かれるものは、短篇でも良し、特に純粋なる詩論の寄せられることを願つてやみません。

どんな暗礁に乗り上げるか、私は今此の雑誌と船出したばかりです。多くの人達の誠実な御批判、御意見も賜りたく存じます。

1954年10月1日　発行
頒価30円
編集
発行人　堀内幸枝
東京都新宿区柏木3～446
千葉方　葡萄発行所

戦後詩人全集

全5巻・第一巻發賣中

戰後9年の胎動を經て、遂に新しい精神の美學は生れた！

第1巻発売中
中村稔
大岡信
山本太郎
谷川俊太郎
那珂太郎
新藤千恵
解説 木下常太郎

第2巻10月配本
藤島宇内
中村真一郎
長島三芳
和泉克雄
沢村光博
祝算之介
解説 村野四郎

第3巻
三好豊一郎
黒田三郎
木原孝一
高橋宗近
高野喜久雄
解説 菱山修三

第4巻
野間宏
安東次男
平林敏彦
飯島耕一
磯永秀雄
河邨文一郎
解説 金子光晴

第5巻
関根弘
木島始
峠三吉
許南麒
長谷川竜生
解説 壺井繁治

体裁
各巻B6二五〇頁
本文 9ポ 一段組
クロース装 函入
本文 上質紙
別刷写真 五、六葉
極美上製本

豫約規定
本全集は原則として豫約者にのみ頒布します。豫約金は不要ですが少くとも一巻分（三〇〇円）を前払の上本社又は小売店へ御申込下さい。各巻とも一〇〇〇部の限定出版ですから、豫約者以外にはお渡しできないと思います。

各巻 300円 〒30円
1揃1時払豫約者に限り
全巻 1300円（送料当社負担）

東京都新宿区
上落合2～540
ユリイカ
振替東京
102751

葡　萄

<The Grapes>

Magazine for Poetry and Essay

II

MCMLIV　Dec.

隔月刊

葡　　萄

第2号

1954.12

少年の話……………………………………島原健三…2
露　点……………………………………青木ひろたか…4
そういうようなものたち……………………藤富保男…5
孤　独……………………………………小海永二…6
記　憶……………………………………木川木六…8
華やかな別離……………………………市多美子…10
地　上〈人間解体〉………………………堀内幸枝…12
後　記

少年の話

島原健三

それはたしかにひとつの変化であつた。

ある朝、かれは異様な音をきき、それとともに、とつぜん空の一角が崩れおちるのをみた。裂け目には、巨きな、ばら色の瞳があつた。それは、あの陰気な博物教室の壁の蠟細工の模型のように、トラコーマを病んでいるらしく、無数の顆粒におおわれていた。と、にんげんの形をした暗色のかげが列なしてあらわれ、顆粒の吐き出す膿汁の流れに逆らうように、また溺れるように、瞳孔に招き寄せられるように、消えた。

かれが地上に眼をやると、そこでも様子が一変していた。眼にみえぬ、苔のようなものが急速にひろがり、地上をおかしはじめていた。瞬時のうちに、時間は停止し、空白がのこつた。そして、前衛絵画と化した樹木のあいだを、影をうしなつた人びとは四つ脚で匍いまわつた。さらに悪いことには、少年自身も、二本の後脚で立つことができなくなつていた。

少年は、相手かまわず、見たすべてを話した。もちろん、とり合うものはなかつた。聴き手である、えせ科学者どもは、申しわけばかり首をかしげていうのであつた。それはおそらく、蜃気楼だろうと。さもなくば、視覚残像現象だろうと。それからかれらは、でめきんのように眼をいからせ、でめきんのようにせわしく、匍い去つた。

長い模索のすえ、少年は悟つた。こわれてしまつた空は、自分の手で縫いあわせるしかないのだ、と。そのときから、かれはひとにたずねることをしなくなつた。かれは二本の脚であるく練習をはじめたからである。

露　点

―山篇補抄―

青木ひろたか

山の中では　愛さなかつた。
誰ひとり容《ゆる》さなかつた。

お前ひとりが
冷えた抒情になつた。
ひとりを　愛せなかつた。

かき消えた洋燈《ランプ》。かき熾すてもなく、
予期しなかつた非情に
並々の　何ものも愛せなくなつた。

愛さないことが
月の暈《わ》のように山肌《やまむ》に消える。
（心で汚垢《をこれ》がおちる。露が光りを罩める。）

岩盤《いわき》に風がひかり、
ひとり生きるに　日は　短かかつた。

そういうようなものたち

藤富保男

どうにもならない事であつた

薔薇戦争で
行方不明になつた
それらしい人が
それは
かまきりであつた

そして
かくかく
しかじかのこと

あなたにつかまつた日のこと
平清盛があらわれると

天使は
すぐに
かくれてしまつたこと
僕の番だ

孤独

小海永二

蒼い顔をしたぼくの恋人は
笑つていない時は　いつも泣いている
血が足の方に下るので
疲れが彼女を蒼くする

ぼくに逢いに来る時にも
彼女の頬には　いつも涙の跡がある
めざとく見つけると
ぼくの恋人は
若い娘らしく笑うのだが

そのはじらいにも　涙の跡がにじんでいる

ぼくが接吻した跡だけが
彼女の中で　一番鮮かな色
そこだけが　血の色になる
実際そこは　こらえている嗚咽の色
そこだけが　孤独のぼくらの
世界につながる　一本の血の筋《すじ》
世界の中の光に　つながる　血の鎖

ぼくの恋人は　いつも蒼い
ぼくが黙ると　彼女は一そう蒼くなり
いつの間にか　ぼくも蒼くなり
みんな黙つてしまうと
世界は益々　蒼くなる

記憶

木川木六

堤をさまよえば
雲が深くなつてくる
雲が川底をみたしはじめるのだ

土筆のように佇ちならんで
いつとき言葉を喪くした
人口のあいだを
琺瑯の
雲が流れていつた

きのうの跫音の
罪のように
つづいている街並
橋は
なぜ顎をうずめたまゝであろう

いくたびか
鉛の環を撒きながら
私の肩に
斑膚の猫が流れつき
去つていつた
この黄昏

華やかな別離

市 多美子

鏡を砕いて

冬の
眼と眼の
流れる岸に
明日の
涙があつた

頰に
ほのかな海草の
風を
はげしく
摩擦させた
時間があつた

何処かの

空のしたの
宝石をちりばめた
痕を

踊りながら

闇には
四季の花が乱れて
冬の
孤島を支えた
海の日記があつた

金色の
髪に濡れて
きらめく日が

地　上………人間解體

堀内幸枝

私は何やら白い空間に立つと、私の前に一つの部屋が見えていた。

私の目に止まつただけでも、此の部屋は、黄色い壁、窓は半開になつたまゝ、ピンクのカーテンが下つている。

先刻から、硝子戸に、秋の渡り鳥のようにごつんごつんと音立てゝいるのは、青桐の成長した固葉が、飜つては打つかつているのだ。

別に変りはない。変りはないが此の部屋では、妙な静かさが、何処かに烈しい異常を潜めている。軈て視線を移して行くと、入口の扉に固く下された錠の所で、この予感は止まつた。

静かに見詰ていると、此処は確に女の部屋だ。赤い鏡台が窓側に見えた。その中に一人の女の姿が映つている。壁に靠れて幾分だるそうに手を垂れている外見では、窓側で本でも読んでいる風情だが、その女が此方を向いた時、欅木に懸られたように又は絹紐でも胴体に食込むのを耐えてでもいる風な表情《かお》に、歪んで見えた。

そう感じた時、部屋の柱時計の音が、弱く段々強く聞き取れるようになつてきた。それは私の中で恐ろしい緊張度が緩んで来た証拠で、私は急に手足に痺を感じ始めた。と、その鏡の中の女が、霧のように近寄つて来て、私の上に合体した。

私は過ぎ去つた心の中の事件を、平気で話す事が出来ない。それは全く或る限られた、瞬間の出来事で、私も貴方も詩人と云う、極めて感性の強い人種の中で、こうした驚くべき、反人間的な事件が起きたのである。

私は自分の今日までの感情の成長を、正常なものと考えていたし、又貴方の暗い外見的表情や動作が、最初私に、貴方が内的に瑞々しく生きている様に思わせたのだつたが、感情の高波の打合う瞬間、私は貴方の中に妙なものを見出してしまつた。

極度に陰欝な表情は、私の予測した報いられない現在の人間性の、悲歎でも、諦感の美でもなく、奇妙なことに、すつかり人間性喪失の姿だつた。

残滓の中には、常に新芽の潜んでいる歴史も、私の肉眼では見ることは出来ない。

私は驚きの余り、両手を挙げて貴方を揺り動かしてみた。然し貴方の空洞の胴体からは、がらがらと二度と聴きたくない様な、毀れた家具に似た音を立てゝいるきりだつた。

一度動揺した私の愛慾は、情ないことに自らの力では元の位置に戻す事が出来ない。私は書斎に錠を下して、貴方に会い安い時間中、自分をこの中に拘束してしまつた。

然しこうした理性に反して、私が勝手に作り上げた貴方の際立つて今日的匂の魅力は、なかなか消えるどころか、怖ろしい情熱と不気味な矛盾の戦が、小さい私を見捨てゝ縦横に暴れ廻つた。

一寸でも私を縛る縄を緩めると、私はハンドバックを持ち、戸外へ出て、話さえ通じない無益な貴方のところへ走ろうとする。が、入口の鍵が、その怖ろしい私の考を思い留まらせようと、時々あのがらがらした恐怖の音を響かせては、此の危急な場を救つてくれた。

私は何日かを興奮の中にも出来るだけの事をして、自らを外に出すまいとした。こうした時反駁一つしない私の素直な性情は、纔の日ですぐ望み通りになつたが、後でこの自己監禁の方法は最も怖ろしい手段であつたと、後悔するような事が起きた。

この影響は覿面に身体の方に現れ、最初窓側で本を手にしていたその儘の姿勢で、徐々に身体は麻痺して行つた。次に食慾はなく乱れた呼吸作用だけ胸部に残つた。その底にもはや弱つて消えかゝつた情念が、私に時々最後の劇痛を与えた。

私は浴衣の帯をきつく締め直すと、苦しい中にもまだ幾分甘い血が胸元へ伝つてきた。こうなれば、時間をかけて回復を待つより仕方がない。私は机に打伏せになつた。暫くこの状態を続けるうち、ある程度まで回復の見込がついた。

その時今迄聞きとれなかつた、裏道の通行人の声が聞え始めた。耳を立てると外で奇妙な話声がしていた。その声が近寄つて来ると、それは今迄聞き馴れた人間の声と、似ているようで、非常に異つていた。その時見出した不可思議な人間の姿をどうして私は忘れられよう。それは全く若い人々の一団であつた。その人達をみて、我々はもう此の地上に自分と同族の人種に会うことは出来ないと云う、極めて漠とした哀感に逼られた。彼等は各々歩き乍ら読書している事が、私達のように彼等も生きていることを私に再認識させた。私は思わず窓側へのめり出した。彼等の話は滅茶苦茶で、私などその思考と少しも関係のない所で、語られていた。その一人なぞ繰返し、自分がどう云う目的の為に生きているかと云う事を、手真似まで加えて話していたが、その大上段の様子以外は、何も知ることは出来なかつた。

軀て近づいて来る、光つた目や固い足どりから、私に通じない心的世界でも、彼等は自分の境遇に就いて正気で話している様子だけは感じとれた。この真剣な動作は最初我々と同じ感性の人種のようにも見せたが、すぐ次の瞬間、はつきり彼等は別の種族である事を、知らしめてくれた。

擦り切れた上着と、頑強な骨の組合されたその体全体に、人間解体者の誇りやかな自信を見せていた。確かに、彼等はその抒情への絶対無感情と云う武器によつて、原子核発見以来の新しい人間体質を創造した。

その時初めて私の心に或る考が閃いた。

稲妻のような激動が私の中に光つた瞬間、突然小さい針孔《めど》のようなものが、彼等の方へ向つて開いた。と、不思議な事に彼等の話の意味も急に少しずつ分つて来た。

同じ時、時計の音が浸徹るように、五時を打つた。その合図の音は、何時ものように私から監禁の紐を解いてくれた。

血液が体に廻り始め、足が畳から軽く持上つた。「もうあの人は会社には居ませんよ、お電話しても無駄ですよ、よく耐えました。」と黒い影が呼び掛けた。

然し今日の私の胴体は、全く何時もの様子とは違つていた。人間仲間の体質の変化が急激に私の上に持ち上つた。

先程、あの奇しい通行人の一団が通り過ぎる際、水が流れ出すように、私の中から馴れ親しんだ情緒が、惜気もなく流れ出して行つた。そして、その後へ一つ何かゞ残つていた。

それは人間本質の固い核らしいものであつた。

急に出来上つた此の人間解体者の小さな核の中には、詩でさえ侵しようもない、追い込められた人類の緻密な喜怒哀楽が、狷介なまでに孤独な位置を保つたまゝ、その他の胴体からは、貴方と同じ感情の交流の角めもない空虚な音が……

……私の中にも鳴つていた……。

後　記

長い間の詩への願望から、大胆と臆病の入り交つた気持で、本誌を始めましたが、絶大な御批判、御高見をいたゞき、幾分の落着きが出て来ました。

私が最近まで感じた事は、詩はその詩人特有の内的意思を、独得の表現様式をもつて書かれなければならないと云う、云い替えれば詩としての公約数のような枠を排除した位置で書かれたいと云う事でした。が然しこうした単純な云い方も、今日のような混沌とした社会の中で、一度び自由の姿を摑もうとしてみると、思わぬ深渕に落込んでしまう。そこに、書いてみるより仕方のないと云う、雑誌の意味が生まれてくるのだろうと思います。

葡萄に親しい藤富氏の「八月の何か」が国文社から出た。私は此の詩集を読みながら、この頃の詩が何故難解なものが多いかを考えてみえました。現代の詩が難解と云うことは、暗喩の複数が難解なのではないか、その点此の詩集は曖昧なようで、単線で引く強い印象効果を持つています。又詩の本幹と云うより頬笑ましいユニークな一本の枝とでも云いたい。

さて今月は季節のせいか、静かな内的作品が集りましたが、何時の場合でもその号が葡萄の性格と云う訳ではありません。

誠に小さい詩誌ですが、個人誌ですから一切の詩歴は関係なくこんな所に又何の煩いもなく新しい芸術への自由大胆の場がある事も面白いものと考えています。第一号に誠実な御意見お寄せ下さつた、詩人諸氏にお礼申し上げると共に、再度の御高見戴きたく存じ上げます。（堀内）

1954年12月1日　発行
頒価30円
編集
発行人　堀内幸枝
東京都新宿区柏木3〜446
千葉方　葡萄発行所

戦後詩人全集

全5巻・豫約受附中

戦後9年の胎動を経て、遂に新しい精神の美學は生れた！

第1巻
中村稔　大岡信　山本太郎　谷川俊太郎　那珂太郎　新藤千恵
解説 木下常太郎

第2巻
藤島宇内　中村真一郎　長島三芳　和泉克雄　沢村光博　祝算之介
解説 村野四郎

第3巻
三好豊一郎　黒田三郎　木原孝一　高橋宗近　高野喜久雄
解説 菱山修三

第4巻
野間宏　安東次男　平林敏彦　磯永秀雄　河邨文一郎
解説 金子光晴

第5巻
関根弘　木島始　峠三吉　許南麒　長谷川龍生
解説 壺井繁治

体裁
各巻B6二五〇頁
本文 9ポ 一段組
クロース装 函入
本文 上質紙
別刷写真 五、六葉
極美 上製本

予約規定
本全集は原則として予約者にのみ頒布します。
予約金は不要ですが少くとも一巻分（三〇〇円）を前払の上本社又は小売店へお申込下さい。
各巻とも一〇〇〇部の限定出版ですから、予約者以外にはお渡しできないと思います。

各巻 300 円 〒30圓
1揃1時払予約者に限り
1300 円（送料当社負担）

東京都新宿区上落合2～540　**ユリイカ**　振替東京 102751

葡　萄

POETRY AND ESSAY

飯島耕一
堀川正美
古平義雄

岩本昭
上野菊江
ア・ミシヨオ
堀内幸枝
那珂太郎

Ⅲ　MCMXL

隔月刊

葡萄

第3号

1955年2月

人間の声……飯島耕一…1
ふたたび盲いて……堀川正美…2
オートバイに乗つた美学……古平義雄…4
P市の朝……岩本昭…5
手紙……上野菊江…6
海……ア・ミショオ…8
盗まれたテンポ……木川木六…9
地上《悪疫》……堀内幸枝…10
＜黒い水母＞とそのノオト……那珂太郎…14

人間の聲

飯島耕一

人間の声が
鳥の声に負けまいとして、
空の高みに上つて行くときも
それはやはり　人間の声だ。

人間の声は
日々発見することだけができる
ぼくらに、
もつともふさわしいものであることを止めない。

ふたたび盲いて

堀川 正美

一本の植物のように
元の性よりわかれて
別のものへとかわるこの
みえないはばたきをともなわない鳥は
鳥ではない見える手によつて
はばたこうとするそして
噤む
そしてわずかにとらえる

恢復は困乱のためにある
額のようにひろがる眼は
みることのできない天である
この一隅から反對の一隅へと
ゆつくりあるきはじめる雉子は
しやべることのできない指を
わずかにひらきこの
手を喰うことによつてあるく

この土におなじ他の土のうえに
いま啄むものの咽喉に
火がまもられているこの火は
こゝよりうごかないそして

草等また石等がうながされてこわれる
ために関わるより大なるものは
くさつている炎をのこす
そして鳥冠のない
うずくまるものをのこすうずくまるもの
のつぐまつている指は
考えられていない存在でありそして
考えられていない女は
あしゆびによつて把みそして
考えられているもので
すべてつまつてゆく
盲いたまるいもののためにうずくまる

オートバイに乗つた美学

古平義雄

紡錘型の面は直線の空気に冷却さ
れ　爆発するガソリンの快音は加
速度を増す

うす霧を切開していくライト　風
防ガラスに新陳代謝する視界達
速度計の慎重な指針の尖端　ピス
トンと一致する心臓の鼓動

ホーンの主体は立体十字路をフル
で通過し　ST.アルフアにむけハ
ンドルを切る

スピートは美しい　計算されたス
ピートの位相は美しい

P市の朝

岩本　昭

早朝　街の
舗道の石畳の上に
外国の銀貨をおとせば
秋のヒビキがする
とある山手の公園で
保管人が　コトリと
入口のかんぬきをはずす
おさげの女中が　今朝生みたての青い
卵を空にすかして見る
清朗な航海の如き　ソラである
早起きの若い画家が
昨夜画いた　ペン書きの
デタラメ都市鳥瞰図に
ふしぎな興奮を感ずる
やがて　神経質な
市会議員が　この市の旗を
朝海にたかく　ケイヨウする

手紙

上野菊江

今日戀人に手紙を書く
みにくいものはいつさい消え
花と小鳥と音楽の世界になる

指はほのぼのと匂うている
ばらや薔　水芭蕉
きんいろの梨
蜂の吟り

戀人よ
まばたきをしてさえこころが
そのこころのままには伝えられぬ
・のように息をつめ冷たくいよう

渡つた河のあちらから　もとの岸辺を振返らず
ただまつすぐに進むために
どの一行も取消すまい

そういえば　こつそり立去つた奴がある　生活の皮肉のために皮肉になつた確かに
あいの筆跡で
墓碑銘　この者は花も小鳥も音楽もきらいであつた

——方解石2——

海

ア・ミシヨオ
小海永二訳

私が知つているもの、私のもの、それははてしない海だ。

二十一才、私は街の生活から逃げ出した。望んで水夫になつた。船の上には沢山の仕事があつた。私は驚いてばかり居た。私は考えていた、船の上では人は海を見るのだ、無限に海を見るのだ、と。

船は艤装をといていた。海の男たちの休みが始まつたのだ。

私は背を向けると出発した。私は一言も云わなかつた。私は海を自分の中に持つていた。海は私の廻りに無限にひろがつていた。

どんな海かつて？　それなんだ、それなんだが、どうも私には、それがいまだにうまく話せないんだ。

盗まれたテンポ

木川木六

白い尖錐がカッキリと眼に詰まる
眼はもう何にも欲しがらない

雨の日ひとりブランコを拾えば
ブランコは公園を離れたがらない

あの空虚なる雑沓のさなか
誰彼の戀びとを嗅ぎわけるのは愚かなことだ

隣人よ　かぐはしき失意の人等
貨幣は海を這つていく

そしてオレは一枚の黄ばんだ落葉となつて
あわただしい冬の街なかえレールずたいに
流されていくしかないのかも知れぬ

地上……悪疫

堀内幸枝

一九四七年、曇つた地上に再び明るい太陽が近づき、人々が再度人間の幸福について考え始めた頃、一部に不思議な仮死体が現れて、世人の注目を浴びた。これ程人間を生殺しにする恐ろしい悪疫は、かつて医学的歴史にも見当らないと各新聞にも書き立てられた。先ず生命を持つものは外形をそのまゝ残して、専ら、内部の精神面だけを腐蝕させると云う、極めて残酷なものにあつた。この伝染地よりかなり外れた郊外の私の家でも、一家団欒の折、屢々この話題が持ち上ると、突然家中が麻れるような冷やさに落ち込むのだつた。一つの新聞は又こんな事を報じていた。二三日感昌風な症状を呈して、苦悶が止むと、最早や悲しみとか世情への憤りと云う、純粋な感情を喪失して、人生の仕事の役割を機械的に果すことしか許されなくなる。而もなお恐ろしい事には当の人間解体者は、既にこの症状の痛ましさを意識する機能を失くして、専ら無感動な動作が近親者にのみ強い悲哀を起させると云う、苦痛の転移が行われる所に、この病気の特長があつた。然しその襲来の予告も経過も終局もすべて束の間の出来事で、看護も防疫の方法も見出せず、誰も此の対策には手を拱ぬいていた。然し二人の可憐な童女を持つ私は、あらゆる手段を盡しても彼女等のかよわい芽を破壊されまいとする最大の祈願が、ついに一つの案を生んだ。家にはコンクリートの高塀を廻らし、八つの錠前を作つて、滅多に外部の風を入れず、書斎の二方の仕切りには青いサテンの帳を掛け、寝室の四枚の窓には赤い天鵞絨で深い襞を寄せ、地質の明暗で美しい夢が浮く仕組にした。壁はこれとは全く対蹠的に真夏の夜の夢のように、薄緑の色紙を張り上げ、硝子にもロマンチックな特殊な工夫を凝らすのは勿論であつた。燈火が付くと天鵞絨に綾なる煌びやかな光線は、部屋の隅々まで深紅色に染め上げ、彼女等の夢を包むにはかなり贅沢であつた。子供達はその部屋でアラビアンナイトやグリムの童話を読んでいれば、事足りたが、私だけは此の部屋に留つている訳に行かない。世間ではこうした悪疫が愈々猛威を奮い、地上は月世界や天体の距離から見るならば、一見青草が息を返し、その間に人間の生存は点綴して、かつての平凡な風景に還元したかのように見えたが、一人一人の顔を念入りに凝視めて廻ると、彼等の中に人間分解を果した数は、一割、二割、五割とその数を増して行つた。こうして私の十年前の友人は徐々にその数を減らして行き、愈々この薬液がどんな虚を突いて私の上に猛威を加えるか、まるきり見当もつかず、最後の人間の中に残されたロマネスクと誠実の血を固執する私の道は細くなつて来た。

然し国中を荒し廻つた悪疫はとうとう此処迄やつて来た。何時もより曇つて特殊な底冷えのする一日、師走の街では一体誰が既に人間分解に会つたものか見当もつかぬ混雑さで、私は私の誠実が通ずるには、全く最後の人となり果てた彼に靠れて街を歩いていた。而し今日は何であろう、彼との歩行が少しも揃わない。彼の内部に何かひどく固い物が詰つていて、私は躓いてばかりいる。私がその壁を取り除こうと焦れば、彼の動作は何物か隠すのに必死になる。仕方なく私は静かな喫茶店を選んでみた、が其処ではなおいけない。彼が隠そうとするその脳髄を噛むような無気味な音が、静かな中では、判然り聴き取れて来るではないか。彼は愈々周章てゝ呶鳴り散らし、私の良心を痲痺させるのに懸命である。その姿は私の悲しみの極であつた。手の施しようもなかつた、彼が最後に私の肩へ手を掛け、何か大切な事を一言云おうとしたが、もう遅く、私の誠実さは硝子板を流れるような虚しさになつてしまつた。私は日本の男の心臓や肺臓や胃や腸の寄り合つている、新らしい生体を茫然と眺めた。私の中で悲しい憤りが頬を赤く火照らせている上を、何か日蝕が通過して行くような気分が襲い、何物か見えざる怪鳥の影の一部が私の精神の上に通りかゝつた。とうとう私の上にも又彼と同じ最後の運命が来たのだ。それは私の生きていた最後の華やかな一日だつた。私は私の悪疫を抱えて家には寄りつかず街を歩いていた。小さい吾子に哀れな母の戦いを見せたくなかつたのだ。私は左胸に真紅の血を暗示した滴るような紅薔薇をアクセサリーとして付けた。こゝは心臓の上だ、よく似合う。その薔薇は誠に私の最後の人間の血を彩つて、物云わんばかりに何物かへ向つて怒つていた。私は厳粛な足取りで躊躇なく前方へ向つて歩いた。道路では仮死体の人間に絶えず出会つた。このアクセサリーは彼等の中でも実によく目立つ、私は何物かの指令の如く、別れた喫茶店を中心に渦巻状に伸びたり、縮んだり、繰り返し繰り返し歩いていた。ロマンチックで感激し易く可憐であつた、小学生、女学生の私の姿が蜃気楼のように空中に浮かび上り、私が華やかな哄笑と共に喝采を送つてみた時、胸の上に飾られた赤い薔薇をめがけて、鋭い銃声が響いた。ハタハタと赤い花瓣が浪漫の火の子のように辺に飛び散つた。その銃声は私の内部から発したものとも、外部から発したものとも定かでなかつた。一瞬あたりが深閑とした。と、永劫と苦しんだ魂と云うものが見事に打砕かれたのだ。それきり私は死んだものと思つていたが、空気は白く、太陽は赤く燃え、全く別の明日と云う日が来ていた。その上不思議にも私の脳髄、心臓、肺臓がやはりそこに健在していたのだ。

致し方ない。待つとしよう。奇蹟は再び通過することもあろう……。

＜黒い水母＞とそのノオト

那珂太郎

どろどろどろどろどろどろどろどろ
葬列の太鼓の響きよりものうく
老い朽ちた陸橋を渡つてゆく
跫音のかげ
黄昏のレントゲン線に透けてみえる
黒い水母のむれ
びれびれと触手をそよがす海藻の間をぬつて
どこまでそれは流れてゆくか

海底に暗く蹲る
煉瓦の巨体の雁首から
無意味な煙はたえずきな臭く立ちのぼる
それは屍焼く火葬場ではない
無期徒刑囚の
牢獄でもない
しかしそこから吐き出されるのは
口の縫ひふさがつたやつ

★

勤めからの帰り途、池袋の武蔵野線口から省線ホォムへ通ずる木造のブリッジを、いつもの様に僕は群衆にもまれて歩きながら、ふと、床板の上に響く足音が、＜dolente…dolore–dolente…dolore＞と聞こえてくるのに、ひどく感動したのだつた。無論、僕に＜神曲＞の原文が読める筈はない。数年前にみた竹友藻風の訳に、第三歌冒頭の有名な詩句――＜われ過ぎて人は行く苦悩《なやみ》の市《いち》に、／われ過ぎて人は行く永遠《とは》の患《うれひ》に、／＜われ過ぎて人は行く泯滅《ほろび》の民に＞の註に、＜第一行―第三行は 'Per me si va' と同じ言葉に依つて始まり、'dolente…dolore' とロングフェロウの所謂「葬送の鐘の音のやうな」響を伝へている＞と記してあつたのが、自らは気づかぬままに記憶に、残つてゐたのにちがひなかつた。

ともあれ、その跫音のひびきは啓示の様に僕を捕つた。この群をなしてゆく人々は、各々何を信じ、日々何によつて生きているのか？ おそらく彼等は、銘々なすべき仕事と帰るべき家庭を持つてゐよう。自分の生活と自分の運命を持つてゐよう。しかし彼等の生は受身に始まり、つひに偷能動に発してゐないのではあるまいか？彼等すべては、いやこの自分は、信仰すべき何らの神をも持たず、一方純粋な動物であることさへ出来なくなつた、影絵のやうな存在ではないか？……電車の中でそのあと、何を想ひつづけてゐたか、又その直後に自分が詩を書かうとしたかどうか、僕はもう憶えてい

眼玉を刳りぬかれたやつ
手足の関節を外されてぶらんぶらんさせてる
やつ
垂れこめた雨に朦朧とけぶる
それら歪曲された　畸形の生物
やぶれた皮膚に紫の血をにじませ
黄いろい蛔虫を尻からたらして
へんに透明な　揺れうごくうどんこの
臓腑
に詰つた古い記憶——
不滅の真理
自由
神
それは腐つて屍体にひとしい悪臭をはなつた

醜怪な文明のメカニズムの中から吐き出され
たメタンガスの曖気のやうな　気泡のやうな
黒い水母たち
彼等は向ふべき方向をしらない
行きつくべき目当てをもたない
かなしい
盲の　実存よ

ない。しかしこのモチイフがやがて数ケ月後に＜黒い水母＞と＜アドバルウンのやうな鈍い太陽を…＞といふ二つの作品に形を変へて現れたことに間違ひない。

　さて、＜黒い水母＞を書いたのは一九五一年七月である。梅雨の降りつづく或る夕暮、黒い蝙蝠傘をさして夥しい人の群れが、ぞろぞろぞろ果しなく僕の夢の中を通過して行つたのだ。その背景には巨きな陰鬱な工場と、もくもくと煙を吐く煙突があつたが、ひよつとするとそれは、僕が幼年期を過した福岡の家の窓から見えた風景——その遠い残像だつたのかもしれない。とにかくその蝙蝠傘の人の列が、＜黒い水母＞といふメタフォアに化した時、この詩のテエマは決つた。だが、詩の実体はモチイフにも、テエマにもなく、一つ一つの言葉にこそあるのだから、僕は紙に向ふと、雨にけむる夕闇を一歩一歩さぐり足するやうに、メタフォアの論理によつて詩を展開させて行かねばならなかつたのである。外的事象の模写によつて現実を詩化するといふやり方ではなく、言語映像の構成によつて詩的現実を創り出すといふやり方で。僕はこの作業に四五日かかつただらうか。

　書き上げた作品が、もし僕の内部のリアライゼィションに成功したとすれば、今まで述べた制作の導因なぞ、消えてしまつた方がいい。従つて、例へば＜びれびれと触手そよがす海藻＞が＜街路樹＞から、＜海底に暗く蹲る煉瓦の巨体＞が＜雨にけむる夕闇の工場＞から、夫々触発されたメタフォアであつたとしても、それらの事物は作者の思念を吸収して、表現された言葉に於てすでに変貌をとげたのであり、読者はそれらを元の外的事物に還元しないで読んでほしいのだ。無論、一つ一つの言葉は具体的現実に裏付けられてをり、

碎かれた時間の夜光虫きらめく
焦げ残りの肋骨
ひん曲つた鉄柱の錆びた傷口
を洗ひざらして注ぐ雨
雨
雨
西北の空を稲妻が引き裂けば
映し出されたアスファルトの背筋のうねりに
白濁の膿汁と
赤ぐろい血液と
互ひに交ざらぬ二すぢの流れ
その無気味な電流のエスカレェタァにのつて
意志もなく彼等はどこへ漂ふ――
虚妄の明日の希みを灯す
贋造ダイヤの光ゆらぐ街区の方へ？
ああ、陰湿なこの国の梅雨季のなかを
萎えた手足は右にゆれ　左にゆれ
眼もない　口もない
喪神のパラシュウトのむれはただただ沈降し
て行く

時としてメタフォアは謂はばそれに対する作者の批評に他ならない。凡そ言語映像の意味は、決してそれが指示（もしくは暗示）する外的事物ではなくて言語映像そのものなのである。しかも言語映像は、単に一つの外的事物だけを示すのではなく、二重も三重もの事物を包摂する場合が多く、更に作者内部のメタフィジカルな想念乃至情感によつて浸透されたものである以上、これを特定の外的事物に限定して元へ戻すのは危険な徒事だ――。

この作品は当然、書かれた当時の外部現実――社会的季節感をも反映してゐるだろう。朝鮮に戦争が起つて約一年、戦後〈民主化〉されたといふ日本に、奇怪な政治的季節風が吹き漂ひ、占領政策の気圧がへんにわれわれの呼吸を重苦しくしてゐた頃である。だからと云つて、詮索ずきの読者が、〈口の縫ひふさがつたやつ／眼玉を刳りぬかれたやつ／手足の関節を外されてぶらんぶらんさせてるやつ〉から〈言論乃至行動を抑圧制限された状態〉だけを読みとり、〈西北の空を稲妻が引き裂けば〉を〈朝鮮動乱〉、〈白濁の膿汁〉を〈アメリカ的政治勢力〉、〈赤ぐろい血液〉を〈ソ連的政治勢力〉と注釈したとすれば、途端に詩の実体は四散して、新聞記事にも劣る白けた意味しか残らぬだらう。繰り返し云ふが、詩の言葉は、記述ではなく実現である。言語映像は、単に外的事物を置換した符号ではなく、内的・外的な事物と想念の融合による創造物である。大袈裟に云へば、それは作者の全ての経験が複合して形をなしたものであり、それを一つ一つの原素に分解し、還元することの殆ど不可能な、ふしぎな化合物なのだ。そしてかういふ方法によつて形成されたものこそ、まさしく詩人の思想と呼ばるべきものであつて、それ以外に彼の思想なぞある筈はないのである。

後記

暮に出そうとしたⅢ号が、新年号になつてしまつた。某る会で大岡信氏に、葡萄は一号でおしまいかと思つていたと云われ、これは今までの日本の女達の仕事を批評した言葉であろうと身に堪えたが、氏にとつてはそれ程深い意味ではなかつたとの事だが、肝に銘じて置きたい。正月、ゆつくり沢山の詩誌に接したが現代詩に於ては多かれ少なかれ詩人の持つ永遠の純白性が、現実の彩りによつてけがされているところから来る、現実への嘔吐のようなものがかかつていると思つた。今日がニヒリズムの零点とすれば、早く真空地帯を通過して新しい、芸術性に踏み出さなければならないと思うが、ここに強い説得力で混沌とした中に、一つの秩序の回復を示してくれたのは大岡信氏の詩論であつた。詩の社会性と芸術性との問題は、誰でも何かの形でひつかかる問題であろうが、今日の文学は今日の社会から生まれて来るのはあたりまえでありながら、このあたりまえの事が今日の焦点であろうか。或る詩人は又言つた。「同人のグループの中であつてさえ、詩人は常に一人で世界に立つている、他からの攻勢に怯懦になると詩人の濃度は薄められてゆく、一人で立つと云う事に耐えて強く立つていなければならない」と私もふみ迷つたあげく何時もここに戻つてくる。而し孤独の主張と独善性とは区別しなければならないこと勿論だが……。人間の位置に傲慢さと謙虚さとの中間はありえない。謙虚さの上に立つ成る傲慢さを今日の詩人はもつと持つても良いのじやないかしらと考えてみた。

木川氏には何時もいい詩人を感じるのだが（これは三井ふたばこ氏を始め女性群からの讃辞の言）テクニックの面でもつと氏の本質が生かされたらと、私なりに惜しんでみる。文学とは芸術のジャンルの中でも時に男女両性的なものだと思うところから、今年はこの小さいスペースを女性群にも大いに利用して頂きたいと念じている。自分について云えばここ半年ばかり、わけのわからぬところを歩いているので、こうした怪しい形で自分の内部を確めてみた。次号あたりから立直つた位置で書いてみたい。葡萄は詩誌として一定の方向を持たず、意欲的詩人の仕事を助けるユニークな編集でありたいと願い、時には一人の詩人の作品で生め尽してもよいと、そんな情熱を感じる。何故ならこの仕事一つが私の生へ繋る一本の綱であるから。こんな貧弱な一誌を通して多くの詩人諸氏より沢山の御意見を寄せられ、先ず何より私の狭さが大いに引延されることを感謝したい。又執筆者へも出来得る限りこれ等感想文を送つている。何時もの事ながら未熟な私は後記で充分自分の意を尽す事の出来ぬもどかしさを感ずるが、この中で幾分でも詩の為の自由な世界を発揮してみたく、一層腹臓ない御意見を寄せて頂ければ幸です。編集部へ御寄贈頂いた詩書についての批評も一度に収録する号を作つてみたい。とりあえず後記をかりてお礼のみ申しておきます。

（堀　内）

1955年2月10日　発行
頒価30円
編集発行人　堀内幸枝
東京市新宿区柏木3～446
千葉方　葡萄発行所

葡萄

POETRY AND ESSAY

藤富保男
水橋晋
梅本育子
金太中

ア・ミショオ
仙川竹生
木川木六
堀内幸枝
津田勇

Ⅳ MCMXL

隔月刊

葡　　萄

第4号

1955年4月

スケッチ・ポエム……藤富保男…1
城に戻れ……水橋晋…2
あなたはきてはいけない……梅本育子…4
海……金太中…6
魔法……ア・ミショオ…8
貝殻……仙川竹生…11
雨……木川木六…12
沼地……堀内幸枝…14
風のゆうべに……津田勇…16
表紙……パウル・クレエ

スケッチ・ポエム

藤　富　保　男

どこかの塀の裏で
キリストが爪でも上げている
ということにして
4月の雨の中を
あなたはどなた

水仙のような王妃も死去された
はげた頭だけで有名な父も死んだ
これから先は
いずれまた

城に戻れ

水橋 晋

おまえはいつかの城に戻つた
かれらの部族は
灰のなかにその眼を閉じていた
武器もなく種子もないまま

大地はいくつもの休息所を用意していた
休息所は限りない旅立ちを用意していた
旅立ちは襤褸をまとつたおまえを用意していた
窓のない城に戻つて
ひとつのことを語れはしない
語るべき多くのことのために
おまえは何も語れはしない

かれらは厖大な商隊であつた
一本の櫂と一袋の麦のために
ひとつの星とひとつの窓を目指して
大地にすりへつたくつわを鳴らしていた
海を渡つた奴隷船は
祖父の代の以前から帰らなかつた

砂漠に沒した軍隊は
祖母の代の以前から訪れなかつた

春のない城は何もあたえない
堀り起し組み立てるいかなる素材をもつていよう
凪はおまえの內側を吹き拔け
そのなかでは星ひとつめぐらなかつた
樹木は冷えた氷花に埋れていた

時には足音を殺して通りすぎる
大いなるユダヤ人の影であつた
地球の裏側にまで拡がるほどの——
広漠な大地には糞ほどのたしかさを持つ
ものもなかつた
衞るべきどんな権力があるか
城は城でなかつた土でしか
かれらの眼のなかで
おまえは汚点と同じに場違つていた

あなたはきてはいけない

梅本育子

魂となつた雲がよりあつても
ビルの谷間に小石がこぼれる頃となつても
あなたはきてはいけない

夜の河がふくれあがつて
私の胸をぬらしてしまつても
私から銀色のしづくがおちたとしても

街の泪は赤い色になつて
そこにもここにも

恋の広告をしていた

車がとまり
それにのり
私はゆきつかぬ間におろされてしまう

堀の水のなかに
しらじらしい接吻がしずんだ
きてもこなくてもよい人はそこにいた

落ちてもよし落ちなくてもよし
すがれた種子
あるいてはいけない道に
旗手は整列する

海

金 太 中

太陽のひかりは　地べたにひっついたまま　いつからか
かわきはじめた血がふちどる　いたましい告白にききいっていた
あざけりと罵りのこえが海のはてからきこえて
ぼくらの耳は　まっくろい憤怒をじくじくとはきだしていた……

海辺は　古里をおわれた魚たちのむれでいっぱいだというのに
鼻をおとして怯えている犬どものうすい影をふみ
病いに冒された白い手をのばして空をみあげながら
ひとびとは　海辺にむかって傷ついたからだをはこんでいた……

この　奇妙なざわめきをよそに　ひとり
海は　原始のよろこびにあふれ　すでに
ひくくたれこめた雲とからみあいながら

めざめはじめた太陽が朝を告げるのを　拒み
わずかに残された地上にさいごのたたかいを　いどみ
ふたたびよみがえつた原初の夜に　吠えている！

魔法 ほか

アンリ・ミショオ
小海永二 訳

魔法

彼女を見るや、おれは忽ち彼女を欲した。

始め、彼女の心を誘おうと、おれは拡げた、幾つもの平原を、また平原を。おれの視線《まなざし》から繰り出され、平原は遠くまで一ぱいに伸びた、優しく、楽しげに、彼女を安心させるようにと。

想像の平原が伸び彼女に出逢う。と、それとも知らず、彼女はその上を歩き廻つて、その平原に満足を覚えるのだつた。

彼女をすつかり安心させて、おれは彼女を所有した。

済んでから、しばらく静かに憩うのだ。そうしておれは、ありのままの本性をむき出して、現われ出させた、おれの槍、おれの襤褸切れ、おれの断崖絶壁を。

彼女は烈しく寒気を感じた。こうして彼女は、おれにすつかり騙《たぶ》らかされた。

彼女は去つて行く。やつれて、頬をくぼませ。恰も盗賊に襲われたかのようにがつくりと。

消える鳥

それが、それが現われるのは昼、輝くばかり明るい昼だ、その鳥が現われるのは。

羽ばたいて、鳥は飛び去る。羽ばたいて、鳥は消える。

羽ばたいて、鳥はまた現われる。

身構える。と、もう居ない。羽の一打ちで、鳥は純白の空間の中に消されてしまう。

これが私の仲のよい鳥だ。私の小庭の空一ぱいに、その鳥はやつて来る。空一ぱいにだつて？ どうしてそれが見える……

しかしわたしはその場で動かない。じつと見つめる、鳥が現われまた消えるのに魅せられて。

貝殻

仙川竹生

一歩、乳母車を押しては休み、また一歩押していた老婆をよく
見かけた海岸通り。
洗い晒された風が吹いている海岸通りから
ぼんやり海のかなたの入江の町が見える砂浜。

僕の家の近くのその砂浜に打ちあげられた死んだ貝殻のひとつ
ひとつは
見わけがたい鉛色の光を静かに浴び
一日よせては返す波の音を聴いている。

乳児の頭の大きさ位あるまて貝。
口に砂がいっぱい詰っている栄螺。
恐る恐るそのひとつを手に執ってみたが、また棄てた。
わけもなく僕が僕という存在を痛めつけられたもののように考えるように
死んだ貝殻は死そのものをみつめる
今にも狂いそうな無数の曲線にまきこまれながら。

おのれについては何も語らぬ貝殻の中で
一グラムにみたぬ塩をのこして
一年はまたたくうちに過ぎる。

雨

木 川 木 六

あの濡れた屋根は
なにを覆はうとするのか
私の胸もとに角度を合はせ
無数の雨脚を浴びせかけてくる
あなたと私とのあいだを
褐色の道に重ねようとした古い
距離計では測れない
緑の遮断を透して
私の中にまで降りかかる　あの
濡れた屋根の傾斜は……

すべるとすれば
空は　そこから
すべつて来るにちがいない
無慈悲な速度をもつて

もはや自分にも解決できない
白い痙攣をともなつて

そのとき私は
一枚のスレートと化するだろう
消えない雨汚点をつけた
晴れた日の異端の
屋根と化するだろう
そしてまた
木目のない黒い断片となつて
濡れたままつめたく路傍に乾燥するだろう
あなたのイメージも

沼地

堀内幸枝

それは風もない晩秋の、雨の烈しい晩のことでした。もう誰も起きてる人もない時刻、何時も私の外形を形どつたおごりの心に、悪寒を伴うような雨脚が打ち込み、堪え続けてきた現代の、ぞつとする複雑な疲れをたゝき出すと、今迄発したこともない呻き声が、夜更けのカーテンを舞い上げ、私は自由自在に自らの疲労に沒していつた。すると呑んだ事もないお酒の、琥珀色の二本の腕が、生れて始めて優しく私に差し出され、痛々しい体をその膝に招き、お酒とは増々外を静かにし、私の体は赤い花片のように軽く舞い上つた。そして私の人生は、下界を見下す程美しく遠ざかり、花片は、自らに似通つた水車小屋の音ほど空虚な歌声を歌いながら、表に流れ出た。永い事燈火一つない街を歩いているうち、ただ一つ私を差し招くような明りに魅せられて近寄ると、ああ其処にその人はもうじいさんになつていて、静かに本を読んでいた。私のどんどん叩く戸の打ち方で、その人は、二十年も古い夢を想い起し、飛び上る程驚いて細めに戸を開けてみたのだが、其処に私が立つているので、もうとう〳〵青春を過ぎてしまつたじいさんの頬に、涙が雨のようにかゝり、何一つ悶著を起す勇気もなく私を招じ入れた。私の逡巡を見るや（貴女に再び後悔の起きないまじないに、もう少し酔わなければいけない）と私達は再び赤い酒を酌み交した。そして私達は昔争つて別れた、あの悲しい場所に行つてみた。其処には蛇のように曲つた樹木の下に、一面蔓珠沙華が咲き、花の根本に這つた沼を覗き込んだ時、其処に映つた不幸な二人の姿の奥に、二十年も昔の私達の姿が重なつて写つているのを発見し、私は震が止まらなかつた。かつて雙方とも若く鬼火のような彼岸花の咲くここで人生のベールを開けた時、既にこの毒が二人の胸についてしまつたのだ。この毒を受けた私が、どんなセリフを残して別れようと、どんな人生を潜つて来ようと、最後は胡蝶のように、この花の海を慕つて舞い落ちてくることを、じいさんは固く信じていたのだと云う。私達は互に一言も発せず、其処に真紅に咲く彼岸花を取り上げ、石に打つて沢山の露を搾り、分けて呑み合つた。それからこの沼のもつとも奥の淋しい一つの岩まで行つて座つた。まもなく五体を切り詰す烈しい痛みと共に、私達は炎のような媚薬の效果の中に、身を滅していつたのである。

風のゆうべに

津　田　　勇

風がゆうべ枯木を吹き渡り
それは夢の中の形象のように美しく
物語りの中の「時」の戯れのように軽やかに……
風がゆうべ狭い村を吹きそよいで行つた

薄明かりに歌を唱う美しい乙女の髪を
なびかせて　風は吹きそよぎ
夕べ魂の内の絃をかき鳴らす私の歓びも……
なぜ風はこのひとときを連れ去るのであろう

風は　貴方の涙を乾かして
あの峰へとそうつと哀しみを逃がしてあげた
なぜその歓びを感謝に捧げないのであろうか？

君は夢を見ているのでしよう
風がある夜　私に告げてくれた　　ある夜
それが私には寂しいひとふしの告白のように……

後　記　葡萄も漸く四号の運びとなつた。執筆者の方達から原稿は、一ケ月も前から届いていながら、私の多忙のせいで何時も遅刊になる事を、許して頂きたい。沢山の詩誌を御恵送頂いて、スペースの関係上紹介も出来ず、申訳ないのですが、詩誌の性格として考える時、地球が持つ（現代詩には社会性を導入しなければやつて行けない）と云う、これは一種の弱点と指摘されている向もあるが、私達今日の詩人が新しいリ、シズム、ロマンチズムを産む苦難の過程として、大いに親近感を感ずる。詩世紀は詩に対する伝統的観念にも充分照し合せながら、従来の詩の技法を破つて行く新鮮さが窺われ、近代詩猟にかつての「文芸汎論」のような性格の詩誌を失つた今日、ジャンルを問わず有能な詩人達の存分な腕前を見せる、唯一の詩誌で毎号楽しい。先月から葡萄で紹介している小海永二訳のア・ミショウはいよいよユリイカ社から詩集として刊行されることになり、この詩集が一人でも多くの詩人に愛読されることを願いたい。ここでも、詩と小説の区分を、イメージの文芸と物語の文芸と区分する習慣は、今世紀では役立たない。小説にイメージの世界が入り、詩に物語りが入り、詩と散文はかなり合体して来たようだ。精神の質と高度の美のエッセンスが圧縮されているあたりが纔に、区分の尺度になろうか。さて現代詩誌が短歌誌のように統合されず、増々小さく分裂して行くのも、それだけ詩が狷介なまでな純粋性を潜めている所以と尊く思う、それぞれ愛着を持つて拝見させて頂いているが、こうした詩誌が横のつながりを持ちもつと広い場所に飛び出した時、いい詩はより以上日の目を見る機会に恵まれると思う。その点全国同人雑誌連盟のような仕事がもり上つてきた事を喜びたい。自我意識を徒らに磨きすました近代人が、己への才能をひらめかした作品の類より、一見弱いが、再度人間精神への泉を掘り下げようと意図するものに凸会うと、（如何なる範疇に属せらるべき詩であつても、我々を素朴な沈黙に導く詩を、良い詩だ）と考えさせられる。葡萄も毎号、先輩友人から、編集装釘に至るまで、心のこもる御批判御鞭達を頂き、深く感謝する。なお数多くの同人希望の方から、懇切なるお便り頂くのですが、現在の私の身の上では、そうした煩雑な雑誌を運営してゆく能力も時間もなく当分個人誌として私の詩を愛する心の表現だけの小誌に留めたい。スペースの関係上掲載作品も少く残念ですがここからもコロンブスの卵出でよと願わずにはいられない（堀内）

1955年4月25日発行　　編集発行人　堀　内　幸　枝
東京都新宿区柏木3～446　千葉方　葡萄発行所　30圓

葡萄

POETRY AND ESSAY

大岡　信
飯島耕一
堀川正美

小海永二
堀内幸枝
上野菊江

V MCMXL

葡　　　萄

第5号

1955年6月

純粋について……………………………大　岡　　信…2
動物園の熊の歌…………………………飯　島　耕　一…6
単純な悲惨………………………………堀　川　正　美…9
子供たちには何もない？………………小　海　永　二…10
ニヒルなぬりえ…………………………堀　内　幸　枝…12
モーゼ……………………………………上　野　菊　江…14
表紙……ベン・シャーン

純粋について

大岡 信

以前本で——たぶん小野十三郎氏のエッセー集だつたと思うが手許になくて確められない——ヴァイオリンの話を読んだことがある。名器といわれるほどのヴァイオリンは、古くなるにつれて不必要な共鳴を起す部分をみずから、自然に剝離させ、いわば自身を純化してゆく、という意味のものだつた。ぼくはこの説の真偽を知らない。しかしそれを読んだときの不思議な感動はいつまでもぼくに残つた。すでに生長をとめた一片の木が、まずみずからを有機的に淘汰し、組織化してゆくということは、しばしば自然の事象を道徳的なアレゴリーに飜訳したがる精神の忌むべき習性をぼくの中によびさまさなかつたほど、直接的な、鮮明な印象をぼくに与えた。それは、ほとんどイメージとしてのみぼくに与えられた。ぼくがその時何らかの判断をそこに介入させたとすれば、それは純化するということが組織化するということと実は相等しいという、きわめて直観的な判断だけであつた。これはぼくには貴重な判断だつた。

純化する、ということは実にしばしば、一つの物を形成する各要素のうち或る要素を除いて他の要素が退化してゆくことを意味しているようにみえる。特に日本の精神文化においてその傾向が強いように見える。純粋な人、純粋な詩、純粋な小説等々の語句は、たしかにある特種なニュアンスをもつてぼくらの中に入つてくる。いわば、特種な部分の誇張によつて、その他の部分が背景に没してしまつたとき、ひとはそこに純粋を見るのだ。このことはわれわれの貧困——特異な能力を守りつづけるだけで精一ぱいだという貧困と決して無関係ではないと思われるし、こうしたところに純粋を見る社会心理には、深くかつ複雑なコンプレックスがあると思われるのだが、ぼくには現在そうした問題を深く掘り下げるだけの決意もないし、その準備もない。ぼくにできることは、この問題をぼくの方へ近寄せて、ぼく流にそれを料理することだけだ。

ヴァイオリンが純化するということは、一体どういうことか。音程にぴつたり合つた音を出すようになることか。という風な設問の仕方は愚劣かもしれないが、ぼくには興味がある。音程にいささかの狂いもない演奏は、しばしば無味乾燥という評価を受ける。それは理由のないことではない。そこでは音が、いわば粘着力を失つているのだ。一つ一つの音が寄り集つているだけであつて、音楽という綜合的な世界を形成しえないでいるのだ。音の集つたものが音楽ではない。むしろ音楽が音を集める。一音一音の個性はむしろ抹殺される。それによつて、ある音楽の総体があらわされるのだ。そして、そのような音楽こそ、純粋な音楽といいうるものである。大合唱の、非個性的な声がぼくらを感動させるのは、ぼくらがそこに音ではなくてまさに音楽を聴くからにちがいない。音楽はぼくらの意識の個性的な起伏を征服し、意識を、いわば無名な領域に連れ去り、そこに在る秩序、すなわち音楽の秩序にじかに触れさせる。これこそ音楽を芸術として成り立たせている根本的な条件だ。すなわち、音楽の有する無名の領域、そこにのみつくられている独自の秩序。音楽が思想を語るとしても、それはこの条件のもとにおいてのみ語られうる。コクトーがかつて「ベートーヴェンは展開する時あきあきさせる。バッハはそんなことはない。というのはベートーヴェンが形式の展開をするのに対し、バッハは観念の展開をするからだ。大ていの人はその反対だと思つている」と書いたとき、彼が語ろうとしたのはおそらくこの点についてであつたとぼくは思う。バッハのフーガは完全に無名の領域を作り出している。しかも何という個性的な魅力をもつていることか。その魅力は、おそらくぼくらがこの無名の領域の内部に拉し去られ、形式の展開とともにぼくら自身が展開するのを感じるところから生じる。このときぼくらが感じるのは、形式の展開ではなくて――なぜならぼくら自身が展開する形式にほかならないから――むしろ形式を展開させているイデーの展開そのものである。それは、解説しようと思えばいくらでも解説しうるイデーであり、また簡単に言つてしまえば、たとえば歓喜とか静寂とか流れとか上昇とか下降とかという単純な言葉で言い表わせるものでもある。しかもあらゆる言葉を費しても、バッハのフーガに一歩でも近づくことはできぬ。必要なことは、聴くことだ。音楽は名前を持たない。すなわちおのれを象徴するものをもたない。それは具体的なものであり、具体的なものとして扱われねばならない。すなわち、ただひたすら聴かれねばならない。人は音楽を通り抜けてある思想に到達することはできても、ある思想から音楽に到達することはできないのだ。音楽の持つ純粋さとはこうしたものである。つまりそれは、ぼくらの局所的にめざめているだけの関心に対してはその内部の秘密を明さないのだ。それはぼくら自身が全的に意識の無名な流れになることを要求する。それが音楽の要求するぼくらの具体的なあり方だからだ。ぼくらの特種な能力、特種な関心は、むしろここでは音楽という組織の中の異物である。

おのれを象徴するものを持たない、ということが、音楽のみならずあらゆる芸術の在り方だといえよう。従つてそれは常に総体であり、それ以外ではない。芸術品の切売りは不可能である。ということは、芸術にあつては純粋さもまた総体において論じられねばならないことを意味する。

ある芸術作品が純粋であるということは、素材が純粋であることではない。雑多な素材が、それらの素材に対してはこれ以上の処理方法がないと思われる仕方で組織化されているとき、ぼくらはそこに純粋をみる。素材を組織するにあたつて、作者がより多く感性の秩序に頼つていようとも、より多く知性の秩序に従つていようとも、それは重要なことではない。必要なことは作者の関心が局部に限定されることなく、総体を把握し、総体を組織していることだ。

純粋さというものがこうしたものであるかぎり、作者の対決する素材は雑多であればあるほどいい。なぜなら、素材が雑多であればあるほど、それらの組織化によつて獲得される純粋さの純度は高まるからだ。純度は素材の抵抗に比例する。もしくは比例すべきである。

以前ルオーの展覧会を見た。ぼくはそれまでルオーの絵を好きだつたとはいえない。今でも好きだとはいえない気がする。しかし、かつて見た色々な画家のうち、まざまざと思い返せる点で、ルオーにまさる画家がいないことも確かだ。ぼくがたとえばルオーのかいたキリストの顔の一枚を思い浮かべる。するとぼくは、あのずつしりと盛りあがつた絵具の量感をまざまざと再び感じ、同時に、油絵具の美しさの絶頂を示しているかに思えるほど美しく深い黄色や黒の前にたたずんでいたぼく自身をありありと見る。つまり、ルオーの絵はそれに向き合うぼくらをある空間的な定位置に否応なしにひき据える静かで圧倒的な力をもつているのだ。それこそ、ぼくがぼく自身の姿勢を今なお思い浮かべうる理由だと思われる。それならなぜルオーの絵にそんな力があるのか。この問に答えることはむづかしい。画家でないぼくの答は、それ自体単なる設問にすぎないような、空想的なものであるかもしれないからだ。だがぼくは、一つの答を持つている。ルオーは絵具をずつしり盛りあげることによつて、絵具を超え、色に到達しているのだ。

ルオーはなぜあれほどに絵具を盛りあげねばならなかつたのか、という疑問は、すでに展覧会場を出たときぼくの中に湧いていた。あまつさえ、展覧会場には裏からも見られるようなガラス戸の中に、枠という枠をすべて塗りつぶした絵が二枚かかげられていた。裏側まで塗りつぶそうというこの執念――それがぼくをいぶからせた。彼はこれほどにまで絵具を盛りあげなくては美しい色を出せなかつたのか。そんなことはありえない。なぜなら、彼の絵の表面の色は、上からかぶせたような色ではないからだ。たしかにそれは、内部からにじみ出た色だ。一つ一つの作品にかけられた年数を目録によつてみればそれは明らかである。数年から二十年にわたつて、彼は絵具をけずつては盛り上げ、けずつては盛りあげている。おそらく、彼の絵の表面をけずりとつても、人はやはり同じように美しい、光沢のある色を見出すだろう。それはぼくには疑いようのないところと思えた。

従つてぼくは、どうしても先の結論に達せざるをえなかつたのだ。すなわち、ルオーは絵具をふんだんに使い、捨てては盛りあげるという行為の繰返しを通じて、絵具という泥を色にまでたかめたのだと。ほとんど理論を持たないようにみえるこの画家の、何という理論。しかも、泥としての絵具の抵抗を、その一粒一粒を執拗に画面に塗りこんでゆくことによつて、画面そのものに対する画家自身の抵抗にまでたかめた、何という狡智。すでにこの時、枠にまで絵具を盛るということは、勝利の無垢な歓びのしわざだつたのかもしれない。

純粋とは、おそらくこういうものだ。それは抵抗を排除してゆくところに生み出されるものではなく、逆に抵抗するものすべてをつかみとりおのが組織体の一部と化さしめるところにこそ生み出されるものなのだ

年をとる　それはおのが青春を
歳月の中で組織することだ　（エリュアール）

ぼくは何を書いたか。言うまでもない。ぼくは一つの生き方について書いた。そしてまた、詩論を書いた。

動物園の熊の歌

飯島耕一

動物園のオリのなかを
熊は行ったりまた歸ったりする。
オリの外の男たち女たちの
陶器製の眼球は
左から右へ
右からもとの方へ。

それから彼ら見物人は
顔を見あわせて
一人が
＜可哀そうに……＞といい
他の何人かが　それに同感の意を表し
滿足げにカラカラと笑う。

彼らはいっせいに
背中を向け
てんでに出口の方に
歩き出す。

そして出口まで来たところで

一人が眼球の一つを
オリのところで落したことに気づき、
あわてて駆けつける。
おくればせに他の何人かも
めいめいの忘れ物に気づいて
オリのまえは
時ならぬ大騒ぎになる。

陶器製の眼球は
オリのなか。
鉄棒すれすれの空中を
左から右へ
右からまたもとの方へ。
熊はそれについて、
メトロノームのように
行ったり帰ったりする。

見物人は
また管理人とカギを
もとめて
出口の方に駆けて行く。

帰る

種苗店の午後は　バケツいっぱいの
水のような空気が、
悲惨な種物のまわりを
ぐるぐると　まわっている。

人はもう　帰って来ないもののことを
考えようとはしない。
小石はもう
空中でてんぷくしない。

人は何度でもここに帰って来る。
君たちのところに
コブシの白い花を見るために。

……………………………………

答案は白紙のままが
ぼくのやり方にかなっている。
小学校の授業中の肋木のように。

單純な悲惨

堀川正美

長身の女は豌豆畑にうなだれた。骨ばかりの翼が藪にのこった。
永い年月は蘇生のためにたつだろう。
祖先は邪悪なもののみを人間にのこした。それは黒い嘴のかたちの黒い影である。
祈り、そして眠ることだ。地を匍うけだものらは讃えられねばならない。
野をすぎる嵐。とぶ石。
神将は天に炬火をかかげ、赤い寺院の赤い鳥らを扼殺する。

子供たちには何もない？

小海永二

子供たちはさっきから探している
ぼくたちの〈これから〉 くりくりと眼が丸い
私の中を出たり入ったり
子供たちは探している
ぼくのお山は？ ぼくの海は？ ぼくの、お空は？
だのに あんまり高い垣根があって
黒板には×ばっかりが書いてあって
子供たちには未来がない？
子供も山も海も空も
大きな壺が吸いこんじまう

（ぼくんち 停電してるんだ）
（だから 何も めつからないんだ）

物ら みな 眼覚める季節
私は探す 子供たちと一緒に

不安で濡れ蒼ざめる私
いつ迄も探し止めない子供たち
風邪をひいた私

（ぼくたちどうしたらいいんだろうね）

子供たちが呼んでいる
私は起きる

子供たちは探す
私も一緒に探してやる
それなんだ　垣根なんだが
それなんだ　壺なんだが
みんなで早く片づけないと大変だ

ニヒルなぬりえ

堀内幸枝

綱のような社会の中に屢々貴方を取り落してしまうと、きまって私の飛込むここは、騒音の中に忘られた窓だ。

嵐の中に開いているこの窓の静けさ、窓は開け放たれているのに、外の人波の一人として覗こうとするものはない。覗いたことのないものに窓の内側は存在しない。

私は今まで会ったこともない水のような光に案内されて行くと、私のために一つの休息所が用意されていた。手摺に赤いセーターを広げ、くつろいでいると、光の中にセーターも私の顔色も少しずつ吸い出されていく、不審を起し窓側の鏡に近よると、あっ！　なんと私の姿は全く白くなり、続いて透明になり精神ばかり覆うものもなく大写しになつている。卽ち白い霧の中に懷疑や困憊の世間事は、もみくちやの渋紙色にかわり、精神の中心部の唯一の貴方の影のまわりに、いつわりのない私の肺が、水中花のように開いている。あゝこの光に溶解されて、始めて見た人間の心の一つの風景画……。

模糊とした空気の中で白い幸福につつまれていた私は、徐々に空腹を感じはじめたが、こゝには一つかみの食物もない。私は俄に事の顚末を知つた。

すると鏡の中の貴方の投影は、やにはに私に生命への問題を提議し、人波の中へ早く戻るようすゝめたが、模糊とした空気の中を自らのすみかとして、すっかり安住してしまった私の肩に手をおき、苛立たし気な貴女の顔と、私の白い顔とは窓枠の中に一枚の写真として切り取られたまゝ、命は徐々に私から離れていた。

モ ー ゼ

── Tに捧げる弔詩 ──

上 野 菊 江

新しいどんな思想も握りつぶすことができたが
新しい経験は恐ろしかった
多くの古い経験を追放するから
だが　彼は人々のように身をかわすことを好まなかった
土人がカヌーで出てゆくことを知ると
一緒に乗組んで操縦し
いちぢくをみれば
その枝にさかさに七日もぶら下り
あるときは蝿となり
熱帯の香油のなかにも捕えられた
水車は絶間なく心中で回転し
挽くべきものを必要とした
彼は万物である
万物は血肉の内に宿っていた
ヘッドライトの一線を劃しながら
彼は確固たる理想に沿って
時間の背中を疾駆し
夜　車上の人が見るようなものを悉く見た

即ちパンや馬鈴薯
地を這う鬼瓦
惚薬をつくる仙人
子宮と筋肉
ミネルヴァの頭などを
それは利益を得ることによってではない
沈思することによってではない
断食することによってではない
天を探索することによってではない
慈善によってではない
犠牲によってではない
愛によってでもない
ただ彼が天下の大道を旅することによってのみ
可能となった
そして個性の発條が断切れて
彼は彼自らの内側で
全世界となり
全宇宙となり

歴史に闘する広範な知識の及ぶ限り
永遠の時に流入し
一個の卵殻となった
無数の気孔をもったところの
肉体は死滅した
向うにはなにものもない
理想の大道の絶端に
彼の奇妙な野営の灯りが見えるだろう
僕らも今新しく野営に繰出すものだ
不思議な芦が淡紅色の根を下し
一つの根から他の根を出し
さらにも一つの葉をつけて
さわやかな蒸気が恋人を包むように立昇る
あの巾広い彼の地平に吸いよせられて
だが　真に彼を越えて行くものがあるだろうか
あそこはもう偉大な懸崖の端れ　死の縁だ
茫漠たる未来の蒼天が　魔のように打展げているばかりなのだが

後記

五号を数えた。毎号感慨深いものがある。このような小誌でも私にとつてはかなりの抵抗があり、文学や文学するものについてさまざま考えさせられる動機となる。

今月は大岡信氏、飯島耕一氏、小海永二氏が原稿を下さつた。次号では又別の角度の人々に参加して頂きたいさて此の頃各方面で詩、論争活潑で楽しいが、稍、ポエジテイの中核を失つて読者側には淋しい。詩論の対立と云う具象を備えた条件により、言論表現のむずかしいメタフイジック批評の芯部を開いてくれたらもつと有難いア・ミッショウ詩集は各方面で問題化して喜ばしい。木川木六氏から寄せられた手紙に「少しばかりの名の為に雑巾を絞るように絞り出してみたところで、何になろう。ミッショウ詩集により一人の詩人の生活と詩の関係を計つた時、自ら詩作の態度を考えたくなつた」と云つて来た。この詩集は多くの詩人にこのような反省を求めたに違いない。それ程うそのない詩人の魂で漲つている。ミッショウを評して奇怪とか無気味とかの言葉も使われるが、ここに於いては無気味さや病的さは社会の状態の側にあつて、彼の魂は詩人的一種、健康な形であることさえ発見する。この詩集の出版は近来になく愉快な事であつた。これに続いてもう一つ反省を強いられたのは、「氾」六号の後記で山田正弘氏が語つている「わが国とその伝統の検討、そして生命的な世病観を詩のうちに恢復せよ」と主張し抒情の本質への問題を出している。音楽その他の芸術に於いても、自然にかえれと云うテーマが提出討議され始めて来た事は、当然のところへ行つたと云う感がするが、然し今世紀に於いてはこのテーマが、〈戻す〉ことでなく定着させる新らしい秩序を発見しなければならぬと云う事であろう。大岡信氏に於ける今迄の詩論も屢々この問題を提議し、摸索し再び提議している感がします。今度ユリイカから出る氏のエッセイ集を期待したい。全国から多数の同人誌をお送り頂き紙上より厚くお礼申し上げます。「近代詩猟」九の中堅人諸氏の力作、「氾」六の堀川正美氏、「光線」八の菊地貞三氏、滝口雅子氏の詩集「蒼い馬」なぞ共に長く記憶に残つた。その後も詩を愛する多くの方達から「葡萄」の問い合せや、未知の方から原稿お送り頂いて、人間と詩の美しさにふれる度嬉しいのだが、何分これだけの小誌故思うようにならないのを残念に思つている。が、私としては小さい中にもあくまで純粋な文学精神を貫ぬこうとしている意だけは汲んで頂きたい。又女性詩人はとかく批評に対しての抵抗が弱いと云われるが、各方面から沢山の酷評も頂きたい。一冊出る度逡巡している私によく鞭をあてて下さり、編集装幀その他こまごま御指導下さる先輩友人に限りなく感謝すると共に、詩の反省や前進の為に幾分でも役立つことを祈つています。（堀内）

1955年6月20日発行
定価 30円
編集
発行人　堀内幸枝
東京都新宿区柏木3-449
千葉方　葡萄発行所

葡萄

POETRY AND ESSAY

作品　大野　純　2
作品　菊地　貞三　4
作品　藤富　保男　7
作品　中江　俊夫　8

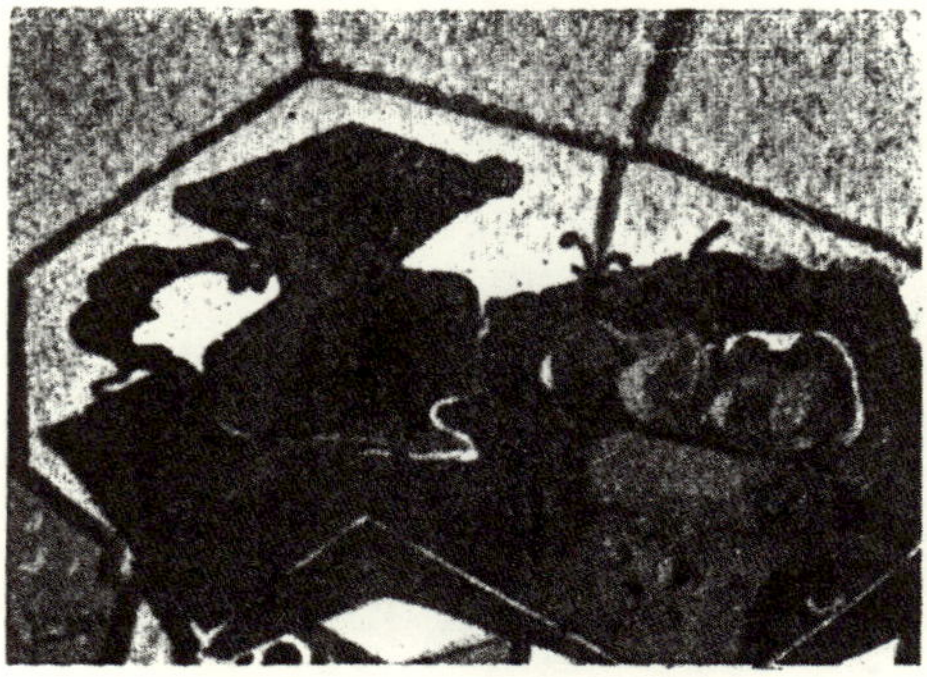

作品　梅本　育子　11
作品　堀内　幸枝　12
作品　山田　正弘　14
訳詩　小笠原豊樹　1

V MCMLV

ジャック・プレヴェール

祭

おふくろの水があふれるなかで
ぼくは冬に生れた
一月の或夜のこと
数ヵ月前の
春のさなか
ぼくの両親《ふたおや》のあいだに
花火があがつた
それはいのちの太陽で
ぼくはもう内部《なか》にいたのだ
両親はぼくの体に血をそそいだ
それは泉の酒だつた
酒蔵の酒でない

ぼくもいつの日か
両親とおなじに去るだろう

夜のパリ

三本のマッチ　一つ一つ擦る　夜のなか
はじめのはきみの顔をいちどきに見るため
つぎのはきみの目をみるため
最後のはきみのくちびるを見るため
残りのくらやみは今のすべてを想い出すため
きみを抱きしめながら

小笠原豊樹訳

斷層

大野純

ある断絶　ひろがる間隙
谷底に黒々と渦巻いているのは何か
叫ひは吸い込まれ　谺も死んでしまう無だ
風の強い崖のうえ
人間の孤独はつめたいセメントの柱となつて直立する
きこえないか
蹠にひびいてくるとをい貝類　魚類　羊歯類
あるいは巨大な爬虫類　三葉虫　マンモス象などの言葉が
地層のしたの祖先の純粋な方言が
人間がなにも見つめなくなり
すべてを征服しようとしたことは
もはや　とりかえしのつかないことなのだ
いま　なにも人間を見つめない
人間はすべてに征服されている
太陽と月と星とは思い思いに輝き

雲はすばやく流れ　雨ははげしく降り　人間はひりひり乾き
裏切りはあらわに裏切られる

気がつかないか
むこうの崖のうえにさむざむと立っているのは
あれは人間の孤独の影ではないか
鳥類でも　獣類でも　種子植物でもない　人間自身の影ではないか
孤独だけが孤独を見つめることが出来る
人間は見つめ　見つめられることを始めねばならない
見つめることは愛だ　つながりだ
ほら　一ぽんのロープが伸びてくるではないか
白い橋がつくられる
天のした　無のうえにしなしなとゆれるたしかな存在
渡つてゆけ　かさなれ
愛せ
死ね
人間が原始からの時代のうえに倒れ
あたらしい地層にかさなり　埋れたあと
崖のうえで　すべての中心で
見つめることを知つた人間の子孫が生きるのだ

ぼくのうた

菊地貞三

プラタナスの道を　かくて女は歩み去り――　場内がみるみる明るくなる　ざわめきにうながされてぼくは椅子からたちあがる

柱時計が九時をうつ　さ　帰りましよ　撒きちらしたカルタや従姉たちの笑いから　母はぼくをひきはなす

おい十二時だ　もう寝なければ　ぼくは読書する妻に声をかける

終り　終り　終り　何のふしぎもなく　ぼくらは終りを告げる告げられる　ひとつひとつ　そうして過去の方へ転がしてやつてしまう　りんごの芯を捨てるように　服をピジヤマに着かえるように

物語が終る　仕事が終る　一日が終る　恋が終る　ぼくらはまるで終りのなかに生きている　日暮れの街の　交通信号の下の群衆のように　分別よく　駄々もこねずに！

※

なにがしかの金を受けとつて　ぼくは廻転ドアーで外に出た　敷石の上で　ぼくははつと不安になつた　うしろの廻転ドアーの廻転のなかで　ぼくは廻りつづ

けているのでないか　ぼくはうつかり置いてきてしまつたのでないか　ガラスに
手をかけて突立つぼくを　廻りつづけてもう出てこないぼくを
手にした紙幣が何の証《あかし》になろう　乾いた靴音が何を確かめえよう　もはやぼく
が　ぼくを失つた部分でしかないとしたら？
けれどもぼくはこの金を使わねばならぬ　いそいで　行かねばならないのだ
ずつしりとした　砂袋のような「明日」を購うために

※

首輪の音がきこえる　かすかに　小刻みに　夏の夜明けの　あさい眠りの片隅
から　ぼくの心の　あじさいいろの静寂《しじま》から
おまえは死んだのだ　黒い小さなぼくの犬よ　ぼくはおまえの骸を埋めた
ぼくの手で　ひとに告げえぬ孤独な手で　ふかいふかい穴を掘つて　もうせ
んのこと！
それなのになぜ　ああ地べたをする鎖の音がきこえる　しきりに　鼻をならし
てぼくを呼ぶ　死んだ犬が　埋めた忍いが　夏の夜明けの　あさい眠りの片隅か
らぼくの心の　あじさいいろの痛みから

※

ぼくは一羽の鳥？　ぼくは高空でわれとわが翼をむしりとる　そしてなお翔び
つづけよう　ぼくは一本の樹木？　ぼくは周到に張つた根のことごとくを大地か

ら引き剝す　そしてなお立ちつづけよう　ひとつを得るためにひとつを失わねばならぬものならば　失うものをして失わしめよ　終るものをして終らしめよ
ぼくの掌のなかに昨日がある　昨日のひとのぬくもりが　ぼくの腕に十年の昔がある　繃帯をした十年の昔の創の痛みが　ぼくの耳のうしろの空を　三十年ぼくは翔んでいる　三十年ぼくは立つている　鳥のように　樹木のように
形あるものは滅びない　生あるものは死なない　刻まれた時は消えはしない　折りとられたつつじの茎の切り口に　ぼくは紅い花をみる　机の上の角のパイプに　死んだ父のふるえる指をみる

※

どこかで　少年のぼくがカルタをつづけているように　曇り日の川原の風のなかで　雨の日の駅の構内で　ひとよ！　ぼくはひそかにあなたに逢いつづける

電話がなる

藤富保男

どこからか
火がつく
（もしそれがもえないで）
（もえたとしたら）

室内で
ふと汽船とすれちがつた

ハンドルを
しぼるように（それから）
夢の女がねている
夢を抱いて

船の中の天候

それはゴルフボールのようである
明日は魚の形であること
それ自体
その次
現在からここまで
そうではない
という
少し柔らかい岬

哀歌　中江俊夫

私は知らなかつた　神のように私が虫けらを捕え殺していた時
私が自然を駆けまわつていた時
山の抜道や　野原のほこら　あけびの下をくぐりぜんまいを踏んで
茅原をぬけ　陽が映画のように動く丘に出て　海をゆく船を彼方に見た時
黄櫨《はぜ》の林をしのび足で　蟬を追つて一日歩き　枝にのぼつては木の葉の海の上に
空とさんぜんと輝く太陽を見て　そのまま枝に額をあて眼をつぶつていた時

人さらいや　山がくしがいると言われながら
私はじぶんの得意の早さと　私のように喜んでいる子供を　だれも
　捕えることはないのを信じ
母のおそれもしんじながら
いつも一人で　網を片手に　籠を腰にゆわえつけ
おずおずと　また騎手のようにこうぜんと小暗を
走つた時　私は知らなかつた

私は知らなかつた　松や小臭木の下　羊歯やふき
笹が密生する山の西側をふみわけかきわけ　奇妙な鳥が飛びたち
黒い蝶を追い　紫のカナブンと虻を何匹もはたき落し　やがて
蒼ざめた池を見つけた時
い草が水辺で風に静かに　かすかに揺れていた時
アメンボは一匹も泳がず　蛙も赤腹もいなかつた午後の時

私は知らなかつた　麓の大池も道をつけるために埋められて半分になり　魚が浮びあがり
低い弱そうな山がけずられてゆき
どこにゆく道がつけられるのか答えられもせず　誰も知らんといい
それ以上はなにも問いもしなかつた時
近所の大きい連中と　竹棒を振りまわしてチャンバラをやり
その崖から足をふみはずして落ちた夕暮に　蛙どもが騒がしかつた時

こつそり　かれらと川に泳ぎにゆき　濡れたパンツを乾かすために
灼けた石垣の凸凹の上に　お尻をあてていたり　杉葉の上にふせつて浮かぬ顔していた時
女の子とお医者さんごつこをして　押入れには入り
半日かくれごとしていた時　女中がとうとう私達を見つけ笑つた時
私は知らなかつた
おお　私は　知らなかつた

私は祈つていた　人はいつまでも生きるようにと
大人や電車や建物が少年の眼に素晴しかつた
この驚きの場所で
私はおぼえていた　私が希望を語る時　自分の眼が熱を帯びたのを――
私が腕白小僧だつた
この庭で

私は疑つたことがあつた　自分とはちがうと――
人が嘘をつくのは自分とはちがうと
理由がわからなかつたその道々
私はとがめもしなかつた　一つがなくなつても――
また必ずもつといいことがあるのをしつていたから
この日々に

私はねがつたことがあつた　すべての人の幸福を――
人はみな豊かになれるようにと
この地上で
私は信じたことがあつた　戦いはもう終ると――
人は平和を歌うだろうと
この国で

おお　私の　無知だつた時　誰も私に教えなかつた
大人達がこれ程みにくく　世界がこれほど汚れており
人間がこれほど失わねばならぬとは　決して
今　血の色をぬかれてまな板の上にある
凍つた私の魂よ！

耳環

梅本育子

こけし人形になつたおまえが
山からおりてきて
わたしの片方の耳にぶら下つた

萩がふるえ合歓木がふるえ
青い歯朶がねむられぬ人のようにふるえ
わたしも首もとから言葉もだされずにふるえた

たまあじさいよ火になつて
子供の手からとびだしておいで

石を叩く雨は
憎らしいといつて降る
憎まれたわたしは硬い着物をきている
着物には苔がはえ
くさいちごがしげつた

耳のこけし
おまえの手は焼鏝をもつた
おまえは碇のようになつた

波打際

堀内幸枝

これは暦のどこを開いてもない某月某日の日記である。その日の酷暑も加わつて、長い困憊の末、私が恐れていた感情原子が、ごとりと砕ける音を合図に、私は時計が一斎に停止したような空間に投げ出されていた。微かに生きてる事を知るのみ身で蒼い叢に転がされ、一夜烈しい驟雨にさらされていたが、翌日からりと晴れ上ると、私の上に大きな青桐の梢が垂れ下り、袂のように葉裏を翻していた。が、私はその祈りを受け幾かずつ知覚をとり戻し、奇妙な精神不在の人間に生き返つていた。するとそちこちに落ちている人間の使い古した乗物、店先の台所用具などに眩暈がして嘔吐が起り、身の置き場もなく、痛み少い土地を捜して歩むうち、水を乞う病人のような姿勢で海際に立つていた。海辺にはかすむ夕焼け、汐凪ぎがとてもきれい、風がやさしい音楽のようだなんてみんな嘘、私はただ死の中で生を楽しむ渾沌とした平和のうちに、疲れた身を休め、わずかに残つた感情を丁寧に整理し、その夜は星が光り、月が射し、私は幾年ぶりで静夜を得たのであつたが……。

☆

夜明けた時、この砂浜の脇に一本赤いカンナが咲いていたと云うことは全く私の運のつきだつた。この火のつくような色。白い空間になんと生ま生ましいまでのアンバランス、原色も出せず、ぼやけた紅色のこの無気味な静かさは、精神不在の私の憩い場と思い惑いさえする……。その時全く見知らぬ人が花蔭を通り過ぎたと云うのみで、その姿もろとも夕焼のように照し出し、彼の落した挨拶の言葉は、花弁の間に煙のように巻き込んでいたが、軈て広がつて行く渦の中に私の位置が入つた時、突然痛みより烈しい苦痛が発生《しよう》すると、神経の襞から黒い塊が綿のような影に誘われて浮遊して来た。……〈あつ!!〉……と云う私の驚きの声と同じ素早さで砂礫の中へ深み込んでしまつたのである。この眼でみたこの影こそ、最後まで人間の魂深く潜んでいた、まごうかたなき孤独と寂寥の切れない固り、譬えようもない黝々としたその印象は、生涯私を、戦慄させ、人間と云う呼び名の脇を恐ろしく忍び足で通過させるのであつた。

紅い日々と眼

山田正弘

わざと美くしいあたまをむしられた夏の草々
なぜか　だが草はまた芽ぶくそのちいさな空地を
歩む盲いた鳥は
かつて吸つた水溢れる井戸を忘れ　死にゆくものを見ようとしない

礼儀は存じています　あなた方！
為すべきことはすべて為しとげた
枯れゆくものはただ土に返えさなければならない
白い　老いた茎の丈たかい黍たち
は自分があんなに腕重く実をつけることを不思議だと思わない
今はやさしい風にさえ傷つきながら立ち

だが雨にさえふたたびはひらかぬ花
そうしてむきだしだつたからだは
あなた方と全く同じ背丈だつたので
水に映せばなおあかかつた髮を
じぶんで噛みながら立つていた
――枯れた茎はきられたつて草の匂いする汁が滴ることはない
からからと音たてて倒れるだけだ
籠のなかの穀物たちしかし与えられるところを拒むな

※

そうだこのまえの冬には
太陽からの温かいおくりものを地のうえで枝で
すばやく雪は吸いとつて水となつた水は月日をそのうちに溶し
白い網のように
あらわだつたわたしの胸のうえにひろがる
甘い　そして裸木のようにきれいで
息苦しい　仔鳥をここにとどめた
おう夕風のなかの枝々よわたしは想う
わたしはからだを押しつける……
髮を梳るのがいちばんよいなぐさめだつたのに

むかし　いいえ昨日……
恐らくあなた方は見るんだがいつちまうだろう
盲いた
あの鳥のような顔つきをして知らないよ
というふうにだがわたしはおまえのうちに生きているもの
おまえと全く同じように　わたしの真の姿は
まだ知られぬものだ
……そうだ若しおまえが真に生きてゆくものであるなら
わたしの褪に君臨する
わたしは慾望を叫ばずにはいられない

それはおまえの所有すべきもの
そうして花々を瞶める眼のなかで溺れるのだ

※

それは暗い鏡のようだこのわたしの姿見
こう映つているのはけれどわたしの骨だけの姿
肉をはがれたつてわたしはこんなに美しい
だがこの黒い導盤のなかに一匹の猿のように生きているものはなにか
混亂したものを食べて生きる一匹の飢えた猿のように
花々のかげでわたしの渇いた歳月がすぎてゆくとき

金いろに炎えて立つているものは
炎やすがいいのだそれははじめ水とともにあり
そして親しく日日の着るもののうちに織りこまれたり
ときには髮の毛のあいだや血のうちから流れだし
そして苦しみを花房に注ぐ
桐の実のように散らばるにがい眼である

今日はどこかにもぎとられた太陽がある
（熟れた果実のように　ほんとうに）
それがわたしの胸のなかに　こんなに紅い血を流させるのだ

後記

こうして仕事に夢中になつているうち、再び秋風が立つてしまつた。八月中旬自動車事故で肋骨を折り、六号の原稿を抱えてまる一ケ月絶対安静を強いられたのは、誠に辛いことであつた。が、お蔭で日日我々が活字から得ている幸福と云うものについて、更めてその有難味を再認識した訳でもある。さて病後お送り頂いた詩集並に同人誌を次々眺めていると、その中に公約数のように詩の波が浮んで来るのを感ずる。即ち戦後一辺倒に傾いた廃墟の歌声はうすらいで、若い詩人達は至つて闊達で自由に自己の方向へ蔓草のようにのびているからである。私なぞ時に羨ましい程である。〈詩はこれから面白くなるんだ―〉と呟いてみたくなる。あれほど人間解体に会つた我々の廃墟がもう一度潤い始めて来たように感ぜられてならない。そうした潤いは過去の芸術の上にネオ・リリシズム・ネオ・ロマンチシズムと云う名を冠するものとは根本的に流れを異にするものであろう、今日はそのような古い呼び名ではもはや呼べなくなつたような詩魂が我々を驚かせてくれるのではないかと思う時、すべての雑誌は誠に楽しくなつてくる。プレヴェールを訳した小笠原豊樹氏は詩学にもフレッシュな詩を発表している岩田宏氏でもあり、前にのべたような未知数を沢山感ぜしめてくれる一人である。葡萄は特別の規範を持たず、隠れた詩人の作品もこだわりなく収録したいと思うのだが、何分これだけのスペースではそうした私の情熱にむいてくれぬこと夥しい。その上私の境遇からもかなり無理の多い仕事であるが、ともかく苦しみから得た喜びの方を受け取ればいいと思つている。この秋は女性の詩集が沢山出ると、聞くのであるが、それに感染したと云わけでもないが、私の第二詩集がユリイカ社から出る運びとなつた。戦後十年近く、もたもたしている自分に参つていたあとであるだけ後れ馳せながら自己の仕事を捜し出せた事は嬉しい。がそれを云う時は葡萄に何時も懇切な御意見下さる先輩友人に、限りない感謝の言葉を述べさせて頂きたいのである。なお本誌に原稿お寄せ下さる詩人諸氏並に、長期購読下さる方々に対し、私一人の仕事であるため、かなり不定期刊行になりがちなことをお詫び申し上げると共に、今後とも御支援下さいますようお願い致します。なお表紙の絵はブラックである。（堀内）

1055年10月10日発行
定価　30円
編集発行人　堀内幸枝
東京都新宿区柏木3-449
千葉方　葡萄発行所

葡萄
高野喜久雄　粒来　哲蔵
佐伯　悠子　嶋岡　晨
堀川　正美　木川　木六
金　太　中　山下　千江
岩田　宏　堀内　幸枝
杉本　春生
7
1955

玩具

高野喜久雄

わたしにとつて
かつては　ただ　こわすためにだけあつたもの
そのさみしさを　まぎらすためにだけあつたもの
それが今では　全くちがつたものになりかけている

笛から汽車へ、汽車から言葉へと
次々に移り変つたわたしの玩具
ついに
言葉まできた今にして
ただこわすこと
ただまぎらすことでは　もはや耐えがたくなつたわたしの玩具

言葉をずたずたにひき裂いた日
言葉でずたずたにひき裂かれた日
わたしが見たものを　わたしは今　口にしたくない
わたしを支えたものを　わたしは今　口にしたくない

評定

粒來哲蔵

評定は無意味だ。私は固定して動けそうにない。にもかかわらず、評定は私の目の前で何のけれんもなく続けられる。第一の男は私に似ている。彼は私よりやや意志的な鉤鼻をもつ。第二の男はより私に酷似しており、彼の虚ろな眸は私のものだ。そして第三の男は私より貧相に構えている。彼は時々私を盗見する。ところで評定は無意味だ。私を中心にして彼らは手をつなぎ、ぐるぐると、単調に回り続ける。大して変化は無いが愉快なこともなくはない。第一の男が、対うから紐のようなものをぶらさげてくるうす汚い雞に興味をもつ。と評定は停止する。彼らの循環は足取りが乱れてくる。第二の男が彼の意中を覗きこみ、第三の男が眉をしかめてしたり顔に背いている。雞が駈け抜けると、誰かが、つと金物のきれはしを拾いあげる。それは大方釘かなにかだ。第三の男が、拾つた者の満足しきつた頬のあたりを捩じまげる。勿論ここで評定は繰り返される。彼らの運動は以前にもまして正確に行われる。而し評定は無意味だ。私は彼らを知つているが、彼らは恐らく私を知るまい。何故なら彼らは自らが作つている渦巻の中で困惑しているものを、嘗て一度も見知つたことがないからだ。だから私は固定していて動けない。評定は繰り返される。私の耳朶を掠めて彼らの唾液がとび、顔をそむけるや、又新たな唾液が首筋を襲つてくるのだ。そこで私は逆に顔をつき出し、耳をかたむける。注意深く。――その上私は冷静にならざるを得ない。と彼らは話をぴたりとやめる。彼らは目くばせをする。指をつき出す。そして唇をとがらせて符諜じみた叫びをあげる。

かくして私は日がな一日、彼らの評定のただ中に在る。評定は無意味だ。にもかかわらず、それは行われている、繰り返されている！ 彼らの何らかの決定をまとうか。その時恐らく私は黄色い骨片となつて、彼らの宣告を聞くことができぬ。

シヤガールの「戀人」幻想

佐伯悠子

恋人たちは　とまつたり
また　ゆるやかに動いたりする
時の流れの　うえにいる

少年は顔をみられたがらない少女を
ひきよせようと思う
さゝやくようであつた会話は
もう　とだえた。

僕たちの頭脳はつながつている?
そして　ひとつの思いが
小さい魚のように
僕たちの頭をめぐつている
　＜空にうつる僕の眼――＞
　＜どこに行つたろう?
　　ぼくの額　ぼくの肩＞
投げ上げられた心よ　かえれ
小さい魚をとらえて　放せ
この温かい輝くながれのおくふかく

私たちに　もう何もないの？
身じろぎもなく　明日もなく
窓のそとに満ちてくる霧のように
深い　とらえがたい安らかさで
おびやかされるから

私たち！

あ　いま
なぜ　息絶えてしまわない？
祝祭の日は待たず　このまゝ
野の風　遠い森のどよめきのなか――

ふたりのたゞよう　流れの上ずみが
音もなく　巨きな山羊の口にすいこまれると
やがて　せりあがつてくるのです
彩色された　ねばつこい時間が――

そして　時こそいたれと
天使は悪魔のラツパを吹き鳴し
いちどもふり返らず　かけ去ります
――にんげんたち！

エデン

嶋岡晨

枯れた花束に埋れた街を
とかげの顔をしたひとりの男が歩いている
ときどき花束に顔を突つこんで
ひとりの女を探している
首から上のどぎつい習性にしたがつて

どの窓もどの壁も死んでしまつて
ゆたかなふつくらとした印象は
男の目の奥でしか蠢いていない
ひつそりとした街中では
光りが動いてさえ音がする

大きくひびく彼の彼だけの靴音
恐怖におのゝく者の心臓の音
欲念にはやる者のあらあらしい動悸の音

髪をふりみだし素裸の思い出が
巨大なおんなとなつておゝいかぶさつてくる
空間　それは標本箱のガラスのように
閉じこめるものを待ちかまえている
存在することにたまらない恥辱を覚えた　たつたひとりの男は
口笛を吹いてあの歌を呼ぶ……

おまえの内部から　黄色い嘴で
殻をやぶつて　卵から出てくる
まだ役立たぬ翼を持つた生命よ
おれの掌の上で　さえずつて
愛をついばめ　愛をついばめ……

ふとポケツトをさぐると
いた！　いたいた　探した女が
彼女はちぎれたボタンになつていた
男はそれを口に入れ　飴のようにしやぶりながら
泣きながら　花束のむこうに立ち去つた

夜

たしかに夜はそこにある
焼きはらわれた森に　船を待つ港に　眠りを支えた建ものに
しかし　たしかに夜が　人間のものとなるためには
ひとりの愛する者が死なねばならない
しかも近くではなく遠くで
鶏小屋を出てきた娘が　青空を見上げて
思わずとりおとした卵のように

夜がくらいというのはまちがつている
塩がからいというのも　涙がかなしいというのも

この手に触れたものも　触れないものも
おしなべて夜は握つている
死はその中の月よりもまるいよろこびである
子供が掌に汗ばむまでに握つている
いちまいの金貨のような　わたしの愛

それはまだ　あがなうことを知らぬ年齢の中にある

まだ生れてまもないころ
血の中にいる猛禽の黒い嘴に
眠つている両眼をえぐられてから
わたしの目は　夜は物を見ない
そして永遠に　夜は物を見ないように生れた
一羽の鳥のふるえている小さな心臓が
夜そのもののまぶしさに悶絶する

わたしが歩けず　また飛べぬ世界は
けつして夜の世界ではなく　夜がその手から　誤つてすべり落した世界なのだ
わたしは遺傳のくらやみにしやがみこみ
はしやぎながら花火で遊ぶ思い出たちを　眺めながら
いつか白骨になつた自分が　思いのまゝに
闇の中をかけまわるのを見る
そして　あの女を抱きしめる　あの女を
愛する者よ　死ね

精励　　堀川正美

弁膜の葉むらのむこうでひつきりなしに
岩の扉がたおれて
重たげにおちてゆく　海峡のなかへ
そこでは陽炎がいつぽんの青い麦をくわえて
裾をかかげあるきまわつていた
その連禱と凸地を
わたしは想い出すことができない
わめく白いなめくじが山と山を隠し
川をわたる二匹の惛が不可解にうたう時刻
かれらは熱い舌を垂らして
半島をかぞえ　島をかぞえ
女ら蟋蟀ら愛し愛するものらを
入江の奥にのこした

不正の階段から出口へ折れまがり　手風琴のなか
つまずいて幾年か旅人らは遍歴した
誰しもがただ一度栄光の人々と語ることを
そこで私は知つた
そのとき海にひらいた洞窟にいて
波がひびきをたて
突兀たる地の頂きでは水素の火柱が噴火し
おびきよせられてむらがつたのは貘のむれであり
他の岸の凸地にうずくまつた仏陀が
涅槃を説く声を

波が洗うこの足もとにいて
巻貝らは聞くことがなかつた
顔のない弟子どもと私は泉のほとりにさまよつて
手首を投げあげ　ただ一人はしりのがれた
蟬らが十月の光に　凍つたきらめく水晶をふみしだいて

また竜巻らも遍歴していつた
老大な葦を刈りながら
その河口はるかな都邑で
床の上げ蓋の裂け目から
おれを梱包して商うもの詩人よと雲がとつぜんうたつた
ながい使徒行伝中に
詩人は義務の通路を辿ると
途方もなく大きな布はよろこびであるのか
よろこびでないのか
一枚の覆面で夜がすべてを
欺瞞するのはきわめてたやすい
そのなかでやわらかいエンジンが唸らないとはかぎらない
それを信ぜよと霧がしやべつていたのだ
石炭広場の寝台にくくられた巨人の口は
みずからの腕を噛んで
聖なる火よりもまつかな炉であり
煙る雨の街々をすぎてわたしはしかし
愛する蓮の花ら億枚のゼラニウムら

何度も死ぬことができる幽霊と
その末裔をみいだしたのだ

回想のもつとも深い裂け目へ
一匹の野牛が断崖からおちてゆくとき
一人の農夫はゆつくり
鍬を振つている とおい平原で――
彼の背後はるかな地平に
たれもそれを見ない
天にとどく鉄の樹はそびえていて
灼熱した鉄の葉を
ばらばらと降りしきらせ
枝をゆすり 触れる鳥のことごとくを
黄銅の果実に変えていた
野を声がわたつて
宣伝した おう不老長寿の地！
時が私を一匹の小牛にして
そこからつれ出すまで

そして最初の年の口笛はとおざかり
幾色もの季節がさまざまに横顔を歪める
劫初の貿易風はためく数千ペエジのなかを
髪をなびかせてとおりぬけ
使徒らが最後にその舌をつけた

海象道路の涯ての涯てから
出航について出航した
黄泉　黄泉
正午となびいて柳らはなびいて合唱した
ただ一人の長である
ただ一人の漕役囚
折れるためすべての櫂は人間の腕からつくられており
甲板に腕輪ばかりが積みあげられて
檣を消した

逃亡者のようによろめいてわたしが
すぎた柵と纜の上にただよい
積乱雲のなかに一人の画家が眠っている
夢で　ヒトマロの追憶を
不思議な背に浴かしながら
なぜなら彼が描くことをのぞんだ岸辺に
飢えた海豚らがむれて泣くので
またわたしが訪れた沖の大門の下には
沈むことのできないものが漂い漂つて
巨大ないそぎんちやくと巨大なひとでが
出あつてささやき
おう　いくつもの太陽がめぐるとき
すべて生きているものは
無力な象徴にとりまかれて盲いているのか

眼をみひらいて
死ぬのかを
暗流のなかをすばやく下手へくだつてゆく鯨は
かんがえない

おそらく行為は
善いことのためにしかない
それはひとつの馴染みぶかい色であり
あつめられる水である
その言葉を口いつぱいにふくみ　湾にくちづけて
紫陽花をつぎつぎに爆発させながら陽炎が
彼女の父なる地へ
かえつてゆくのをみたのだ
私のすべての道程を愛撫してなめし　空を
葉の血脈がうたうところへつれもどすために
そして愛しあうものの子孫だけが
わたしに語る　この夏のシラブルで
岩だらけの海峡共和国
こわれたカメラがころがる泉は
空にのぼる水の円柱を建てると……
蟋蟀らは
すぎていつた羊らを想い出すことができない

緑のオルゴール

木川木六

薄陽のなかに葉が揺れていた。何かしらいのちの閃きのように揺れていた。その揺れ方は爽やかで、いくらぼくらの掌が葉脈をうつしているからといつて、とてもああ爽快にはいかないのだ。かつてぼくらは新緑をつけたことがないし、どんなにしなやかに折りまげたところでぼくらの指から素焼の固さが消せる筈もなかつた。ぼくらの瞼はそれに腐葉の黒さだつた。

そんなにもぼくらは年寄つていた。一枚の葉に生きられる季節とそうでない季節とをつなぎ合わせ。ぎしぎし水車の軋みを骨にのせ。こうしてぼくらは何を紡いで来たのだろう。

薄陽のなかに揺れている葉には、ぼくらの這入れない小さな部屋がある。それが葉につれて鈴のように揺れ、揺れる鈴のように快活に喋る。ぼくらはそこの住人と懇意になりたかつた。ぼくらは年寄くさい分別顔で話しかけた。そして思わず唇をついて出たのが、戦争の話だつたのに気付い止めた。

白球

金太中

風のない　ある日
白球が力いっぱい飛ばされた
よろこびに乗つて
球は　走つた
走つた

ぐうーんと一直線にのびて
つと　立ちどまつた
瞬間
彼は　なにかたじろいで
下を見おろした

草むら！
彼の意志はめんくらつた
おのれの力でさらに走りつづけようか
ゆつくり歩もうか……しかし
彼は　決心したのだ　おれには
翼がない

彼はしずかに下降した
殺到する空虚が
すでにおのれの力を失つて
だるい弧をえがく白球を　追つた……

彼は　赤土にころげこんだ
土は　はげしいクツシヨンではねかえした

えぴそおと

山下千江

あなたが乞食をなさるときには
わたくしも乞食になるべきでした

あなたが苦しみを訴へられる時
わたくしはもつと苦しみながらも
あなたのために微笑すべきでした

かへらぬことではありますけれど
そこに生涯のささやかな幸福を期待しながら
内側へ傾きかけた二人の心は本当です

ただ　あなたがあまりにも近かつたので
わたくしはものを云ひそびれました

万事ソツなく運べるといふことと
愛情の重量とはちがひます
密度の濃い　質量の大きい心ほど
それは　夏の駈ける雲ほど軽快ではありません

それは音もなくひろがり
乳白の繭をつくり
装束する前の蚕のやうに肉体を透明にします

蚕は身を縮め　蛹はもはや死にました
蛾は地上に可能性の屍を横たへ
永遠に翅を持ちません……

悲劇

岩田宏

目の大きい三十五才の未亡人
クレゾールの匂のするやさしいひと
それよりやさしいイアリングのぼくの恋人
ふりむいてごらん　テレビがある
二つのコップがふるえるほど鳴りひびき
ぼくのにぎりしめた拳がふるえ
きみがほほえむ
電話のベルが叫び
陽のふりそそぐ長い塀
高架線
風船と　ぬかるみ
いちどきに消え失せ　目の大きい四十五才の未亡人
クロロホルムの匂のするやさしいひと
それよりやさしいマニキュアのぼくの恋人
きみの想い出を話してほしい　テレビがある
ぼくらの椅子がゆれるほど鳴りひびき　ぼくのタバコの煙がゆれ
きみがほほえむ
発車のベルが叫び
露にぬれたひばの垣根
夜ふけのネオン
門と
寒い部屋

いちどきに消え失せ　目の大きい五十五才の未亡人
クレオソートの匂のするやさしいひと
それよりやさしいネツクレスのぼくの恋人

テレビは演習だ
四角のなか火と埃
それからトランペット
まつかな照明のなかで
水晶のように目も鼻もない
復讐よりも黒い女が歌いだす
おどつてヘンリ！
おどつてヘンリ！
おどつてヘンリ！
おどつてヘンリ！

ヘンリ　匂がもうきこえない
ヘンリ　未亡人が殺される
きらめくぼくの混乱のなかでベル
幕あきのベル
ぼくらの世界が倒れるほど鳴りひびき
ぼくの短剣がきみのブローチに倒れ
きみがほほえむ

悪夢の町

堀内幸枝

この町こそ、地上を飾つたさまざまな物語りの終末記となつた。汽車から見ると平凡かつ温和な風景のこの町に下りた時、誰しも町の中央から北側に赤い花が咲き乱れ、南に白い花ばかり咲いている不思議な風景に、まずとまどうのだ。が町の中央へ進むにつれ、この住人達はひどく無口な人柄であることに気付き、その上何を知ろうにも、この町には眞実の人間関係の片鱗も存在しないと云うことであつた。以前この町に奇妙な事件が起きて以来、人間への信頼が失われ、この町では二人以上寄り合う事を極度に嫌い、一人は一戸を構え、六十人の住人は六十軒の戸数をなし、しかもまばらな距離を隔てゝ建てられていることこそ、この町に何の音響も発せず、日光と花ばかり思う存分満ち溢れている現象となつた。この町の若者達には、恋愛や結婚もこの恐ろしい町の習性への冒瀆と信じ、一家庭も一人口もふえることなく、したがつてこの村に一つの葬いの鐘が鳴り出すと、一人の住民が減ることを意味し、葬の鐘が響いてくると村は突如不気味な静寂に包まれて行くのだ。するとこゝ北方の町に一人、気狂の老人がいて、その葬の鐘が鳴り出すといたたまれず街に飛び出し、赤い草花を買いこみあたりかまわず植え込んでいた。ところが又、町の南に一人、気位い高い老人がいて、それに反撃し、白い花を一面植え込んでいたと云う訳である。

小春日和の一日、老人達の植えた紅白の菊の香が町一面を被いつくし、夜になると気流の変化で一入青味を帯びてきた月とともに、一晩このエゴイストの住人達をかつてない素朴な靄の中に浸してしまつた。夜明近く住人達は狂躁的孤独の哀感に身をさいなまれ、家の中にいたたまれず、表に飛び出すと、男は女の門口を、女達は男達の門口を敲いたが、すでに一人残らずこの狂躁の渦に入つて飛び出た後で、一組の男女もめぐり合わすことなく、長く閉された人間のロマンの幻想だけ低くたちこめ、この町は永遠に壊滅したと云う。

書評

飯島耕一　わが母音

杉本春生

卒直に言つて、ぼくには飯島氏のもつあの不思議な詩の魅力が、はつきりとつかめない。たとえば、「聖火曜日」という詩や、「詩人の魂」のなかには、氏自身の病臥生活から得たモティフが展開されているが、それはまことに非情な観察で、とても病者のもつ湿つたような敗北の生意識にあやつられているものではない。しかしだからといつて、あたゝかさがないわけではない。しかし注目すべきことは、これらの詩は、第一人称ではなく、即物的な手法や、第三人称でうたわれていることだ。氏にとつては、こんなみじめな生活感情は、一人称ではどうにもやり切れないといつた含羞にも似た生々《ういうい》しさがあるのではなかろうかと思つている。しかし、詩集全体を通じて、何か肉体の劣勢から惹き起される自然との和解や交感、進んで自然のもつとも奥ふかいところで曲折しようとする、精神の熱さは汲みとることができる。しかしその曲折はまだはつきりとしたものとして提示されていない。その場合、唯一の手がかりになるのは、「現実的なもの」と、「想像的なもの」を同時に引留め、かがやかしいものに変貌させようとする、氏の願望である。

ぼくには　今日すべての死が
不当に見える。
ぼくには　海難報告書に記入されたまま、
帰つてこない者たちのことが
難解だ。
ぼくは人間たちが　いかに多くの
不当さに試練に　とり囲まれて生きているか
に
おどろく。
けものらの口の暗さに
虚ろのなかに
追いつめられたぼくらの季節の像のまえで。
しかし気体のように時に非現実な
人間たちと動物の
しぐさとことばたちが
ぼくの胸元にやつてきて、
ぼくの胸元に入口をあける。
思いがけず熱い希望や愛を注ぎこんで
ぼくを感動させる。
――不幸に耐える人々――から

この一節には、かなり脈絡を欠いた「現実的なもの」と「想像的なもの」とが同居しているが、それは、まだかゞやかしい変身にまで成長していないようなところが感ぜられるむしろ氏にとつて、そのような過程こそ、詩に賭けた不均衡な歩みであろうと思うが、この一節でも帰結としては、植物的な「感動」の匂いを伝えてくることは否めない。総じて長い詩は、各節が独立したイメージを形造つていて、各節相互の緊密なコンテが、やゝはぐらかされているようにも感ぜられる。

しかし、「見えないものを見る」「絶望の色を切離す手」「森の色」「種子」などは、恐らく、今年度、もつとも問題になる作品の幾つかのなかに入るのではなかろうか。言葉の通念である意味における幻想的な運動性と自意識が、すばらしいハーモニイを奏でていて、幾度読みかえして飽きない厚さをもつている。たとえば、それは音楽上の調性の領域ではなく、反調性の形式をとりながら、もっとも強い統一感を与えているのものだ。

　また、氏の自然観のなかには、崩壊しようとする感覚が傾きをとりながらもなおかつ明るく調和への手続をとろうとする向日的な体温が流れている。「ぼくらはゆたかな沈黙を愛するが、黙りこくつた時を愛さない」といつた一行には、巧まずして氏の素顔が覗いているようにも思える。氏の非情ともみえるある硬さは、技法上の仮象であり、実は、ゆたかな感受性に、目をうるませながら半透明な美質を追つている姿が想像される。

　氏の言葉をみつめていると、言葉は対象を指示するものではなく、対象から言葉の襞にしずかに滲透しているような気持になる。たゞ、こうした言葉の量感と吸着力は、なぜかこわれやすい予感を抱かせるのであるが……じつは、氏の「あとがき」が氏の詩のすべてを語つているように思われるのであるが、とりとめもない感想を記して、書評のかわりとした。色々な意味で、この詩集は多くの有能な若い詩人に、強い刺戟を与えるものだろう。

　ぼくは、その結実を見たい。

（ユリイカ刊・二三〇円）

後記

　今年はこの号をもつて終りとなる。遅々とした歩みであつたが、ジャーナリスチックでもなく、詩壇にも暗い特性を持つこの雑誌もそれ故又別の存在理由もあろうと思う。最近多くの詩集が出版され、そのうち幾つかは編集部にも送られて感謝している。詩とは不思議なもので要素の異る他の作品に交つて掲載された時、個人は雑誌の中へ平均化されてしまうが、一度び詩集となるとすべてがその詩人の表情となる。それ故今日のように複雑で屈折度の強い詩は混雑した詩誌では理解されにくゝ、詩集にして真価を問う意義も又深いことを知る。今月は特に岩本修蔵氏の「月夜のイリス」長島三芳氏の「終末記」など、それぞれの個性の位置で作者自身を透明にし、この詩人達が自らの道を烈しく攀じ登ろうとする一貫した姿勢が読者に強い感銘をあたえる。これとは別に田中冬二氏の「高原と峠をゆく」は氏の作品を愛する者には実に楽しい随筆集であつた。氏の詩にふくまれたあの山水のような清冽な響が、一冊を読み終えるまで長時間心にとゞまつてくれるからである。この外この秋は女性からの詩集が沢山頂いたが、これ等は次号で一度にふれてみることの方が面白いと思い今月は特に割愛した。次にこのごろの詩誌で〃詩壇の公器にしたい〃と云う文章を見かける時、公器とは自らなるべくしてなるものでなく、読者の胸に〃公器のように信用のおける詩誌だと呟やかせることこそ重要だと思う。「近代詩猟」で岡崎清一郎氏が「手をつけてみると公器と云う事は理想であつて中々思うようにゆかぬものである事がわかつた……中略……又余詩壇的に卓れた新人を見付け出すことも容易な業ではない。こう考えてくるとこうした重要な仕事に自分のような無力者の顔をだす幕でもないわけであつたのかも知れない」とあつた。謙虚な詩人の態度こそ心温まるものがある。さて今月は思想と想像にメタフォアの乱用を避け、直截卒直な手法を用意した作品が多くて自分は楽しかつたがいかゞであろう。詩人諸氏より多くの御批判頂きたく思います。又葡萄へ投稿してくる読者も多くなつたが、秀れた作品は掲載したいと思つている。原稿は一人一篇、四百字詰原稿用紙に清書して下さい。過日私の事故に際し、各方面よりお見舞のお言葉を頂き誌上より厚く感謝申し上げます。（堀内）

1955年12月25日発行
定価　30円
編集発行人　堀内幸枝
東京都新宿区柏木3－446
千葉方　葡萄発行所

葡萄

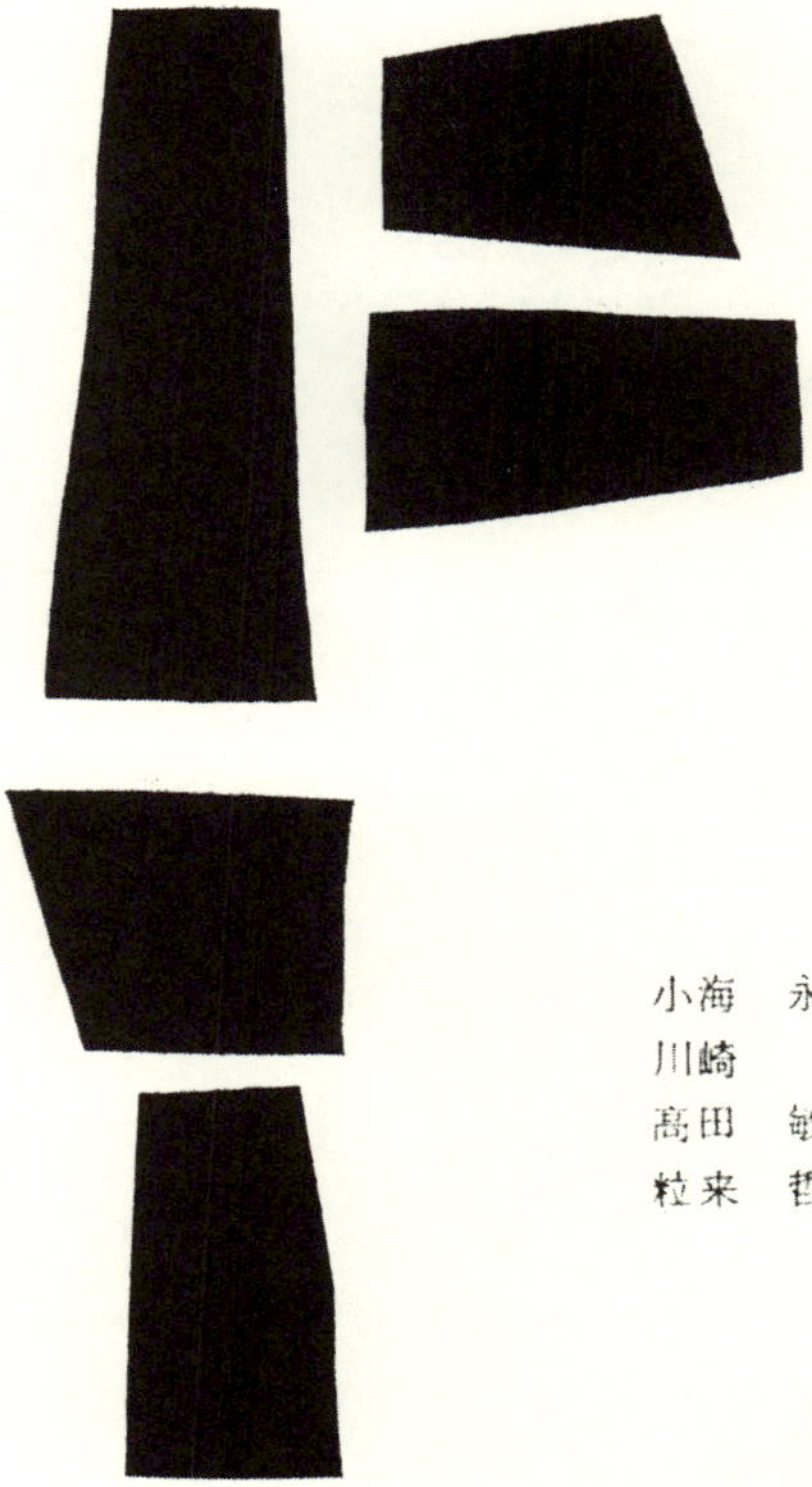

小海　永二　　堀内　幸枝
川崎　　洋　　高島　菊子
高田　敏子　　那珂　太郎
粒来　哲蔵

8　1956

フエデリコ・ガルシア・ロルカ

小海永二譯

歌

もしお前が、純白の月桂樹が
悲しみに啜り泣くのを耳にしたら
お前はどうするだろう？　わが恋人よ
お前はそっと溜息をつくだろう。

もしお前が、生れようとする光が
お前を呼んでいるのを眼にしたら
お前はどうするだろう？　わが恋人よ
お前ははるかに海を想うだろう。

しかし、もしわたしが、ある日
オリーヴの木の下で　（(お前が好きだ)）と言ったなら
お前はどうするだろう？　わが恋人よ
お前はわたしを短刀で刺し殺そうとするだろう。

二人の若い娘

ローラ

オレンジの木の下に　彼女は濯ぐ
木綿の襁褓《むつま》を
碧い眼と
菫色の声持つローラ

ああ！　愛らしい人よ
花咲くオレンジの木の下で！

小川の流れに
陽の光あふれ
オリーヴの木の中に
一羽の雀さえずる

ああ！　愛らしい人よ
花咲くオレンジの木の下で！

そして　ローラが　やがて
シャボンを泡立てて費いきる時
斗牛士たちは来るだろう

ああ！　愛らしい人よ
花咲くオレンジの木の下で！

アムパロ

アムパロ
お前は家で一人ぽつち
白い衣を着て！
（ジヤズミンと甘松香の間を走る
赤道の国よ）

お前は聞く中庭に
不思議な水の湧き出る音
カナリアの
黄色くかすかに顫える声

午下り　お前は見る
鳥たちに身をふるわせる糸杉の木
お前は　ゆつくり刺繍する
白い布の上に　幾つかの文字

アムパロ
お前は家で一人ぽつち
白い衣を着て！

ああ　何て難しいんだろう
アムパロ
〃愛しているよ〃、そうお前に言いかけるのは！

ロルカへの招待　フェデリコ・ガルシア・ロルカは、二十世紀スペインにおける最も有名な最も代表的な詩人である。一九三六年七月、共和政府に反対するフランコ一派のクーデターが勃発して数日後、故郷のグラナダに帰つていたロルカは、フランコ一派のファランヘ党員に捕えられ、自らの入る墓穴を掘らされた後で銃殺された。スペイン内乱の最初の犠牲者であり、自由なスペインを象徴する人物として、いわば伝説的に名高い。

その詩は繊細で抒情詩風である。愛の情感が流れ、悲劇的な死の情念が燃えている。一見単純に、しかもその底にスペインも南の血が脈打つて、それ故に最も民衆的な詩と云える。彼をとりまく詩人や音楽家たちは、彼を《アンダルシアの夜鶯《ロッシニョール》》と呼んだが、こよないギター演奏家、また歌い手であるロルカの詩は、精妙に洗錬されて、同時にわかり易く、口伝えに唄われ得る歌である。実際彼の代表詩集「ジプシー歌集」は、国外で久しく本物のジプシーの作と信じられ、その中の幾つかは、国内においても作者の名も知られぬまま口ずさまれた。民謡を採集してスペイン各地を廻り、即興の詩を奏でた彼を、ある批評家が中世の吟遊詩人にたとえたのも由なしとしない。

歌なるが故に、その訳は難しい。ここに訳したのは佛訳からの重訳であるが、原詩の趣きのいささかでも伝い得ているであろうか。

小海永二

海へ

川崎洋

海のあのどぶんどぶんが　いま　ばかに　なつかしい　わけの判らぬ不満足があつて　海へ入ると　じゅうぶん得心がいつて　すっかり満足するような予感　海を見てると　充実感がとおくからやつてきて　海の匂いが俺をびくんとさせる　そのとき俺は切実に　俺を女の裸に植えたい

海へ　おふくろのところより　もつと還りたい　お前は　昔　魚だつたじゃあないか　と云われたら　あゝそうだつた　と俺は気が付いて　きっと　魚だつた頃の記憶を呼び醒ますに違いない　魚の俺が終つたとき　貝や矢じりと一諸にざらざら海岸に捨てられた感触

を　はるかにはるかに　想い出すに違いない　上をあおいで　星だらけの空を見上げて海岸を走ると　風がさあさあ当るばかりで　ひとつも走つてる感じがしないのは　あの　波の下を泳いでいた感じだつたと想い出す　そうだ　水族館に入ると途端に俺は生き生きとした　あの青い光の中の魚のひらひらした感じ程　俺にとつて催情的なものはなかつたのだ

俺がレエルを選んだのは　プラットフォームから下を見た時の　あの感じが良かつたんだ　あの　川のようなレエルの感じ　あれが良かつたんだ　ひかつて　とおく　見えない海につながつている感じあれが良かつたんだ　だから俺は今さつき　レエルを選んだんだ段々静かになつていく　さっき　俺の右側にころがつていた俺の腕あいつも今頃　海を想い出しているだろう　俺はもう何も彼も忘れた　ただ　あのどぶんどぶんが　今　ばかになつかしい　ばかに

森

高田敏子

　この煩わしい生活の雑事に極めて忠実で柔和な仮面と、冷えきつた人型の表皮を残したまま、そっと戸口の扉を閉ざして出てゆくものは誰れなのであろうか。

さいわい部厚い外套を着ているので赤裸の体をかくしおおせてはいるのだけれど、外套の中は、ひりりと裂いた膚の痛みと、痛みに背いて馳けめぐる奔放なものに満ちていて、不用意に体を動かせばたちまちそこに血なまぐさい臭いをふきこぼしそうであつた。

面を伏せて街を離れると、道は靄につつまれ、こぶしの枝にかかる下弦の月。

はげしいスピードで過ぎる車をよけて、彼女はゆっくりと坂をのぼつてゆく。

靄の坂道はどこまでもつゞき、その混沌をぬけることに、彼女はながい時間をかける。

外套の襟もとからのぼつてくる体臭、この生生しいものに反芻するながい時間。

だが足は止まることもなく、ただ一本の道にひかれてゆく。

彼女を誘うものはなんであろうか。

夜鳥のたけだけしいはばたき？

狂い咲く花弁のそよぎ？

渇をいやす樹液？

いや、それら一切をふくむがぐろい夜の森へ。

森につくと彼女は腕のようにのばされた老木の根かぶに坐り、やがてはらりと外套をとく、もうためらいはない。

ここにたしかめる裸体は月光に映るスライドの画模様。

噴き上る血潮、いつわらぬ生がふるえ、そして森の一切と合体する。

夜鳥が鋭く鳴いて彼女の上におり立ち、熱い肉を深くついばむ、内奥にこもる密包を割つて固い種子のような、憎しみと、怒りを、疑いを、そして不安な愛さえも掘り起す。花弁はそよぎ彼女の体に点火する。

静脈によどむもの、蒼黒いものすべては泡立ち流れ、まろやかな心臓を過ぎるとたちまち愛の奔流となつてあふれ、燃え上る。

森はぽっと明るんで若木は一せいに樹液を噴き、彼女はその中に解体する。

・　　・

夜が明ければ、それは都会の一角を占める変哲もない森にかえり、塵埃によごれた梢の上を旅客機が過ぎるであろう。

紅い花弁は職場に急ぐ靴に荒々しく踏みにじられるであろう。

ただ　瞳の黒い少女がふっと立ちどまり、夜鳥の羽をひろい上げる。珍らしげに朝陽にすかし、やがて、ていねいに土を払つて読みさしの本のページにはさみこむ。

それを持つてはならないと止めることが出来るであろうか、早春の陽をあびるあなたの肢体に早や芽ぶき出す、ばら色のふくらみをとどめることが出来ないように——

私は水事場に立ち習慣の手をのばして、ぽっとガスに点火する。青く燃える炎。

窓を開けて靜かに髪をときはじめる。

異域の人

粒来哲蔵

吾々は待つている、——彼は来るのだろうか?——と。すると彼は門口に来ている、永久に訳の解らぬ繰り言を呟きながら……。彼は確かに吾々の待ち恋がれたものであり、彼の驗に危惧するものはよもやあるまい。が、吾々の待ち人は断じて彼ではないのだ。否彼であつてはならないのだ。何故なら彼が吾々の門を訪うや、彼は既に吾々の家人として遇される。恐らく彼が唾液まじりに口早に喋り出す辺境の言葉にしても、それは彼の酷く長たらしい旅程の途々に棄てられて、吾々の相知ることのできぬ言葉の細片がほんの二三、門口のあたりで戸惑つているに過ぎぬ。而し彼は出発するときのそのままで、今ここに立ち至つたのだ。が彼の急激な変貌は、しばらくは彼自身をも納得させぬ。彼は首を振る、もう一度喋り直す、しかし辺境の言葉は、彼の唇からとうに消え去つて了つている。勿論彼はこうした変移の末に、〈定まり切つたことだが〉吾々の門の中の人となる。多くの人々が彼をうち眺めさし招く。が何れにせよ、それは単なる儀礼的な問題にすぎぬ。依然として人々は、門のかなた、辺境の地に続く延々たる砂丘の果てに目をやるのだ。斯くして吾々はしようこりもなく待つている、——彼は来るのだろうか？——と。けれども日に幾度となく門の近くで喚声が湧き上るが、ついに彼は来ないのだ。彼は来そうにもない。救済の手を差しのべるものは何処にもない。そして待つことは、何と空しいことだろう。吾々は蕭然として家路をたどる。——かつて吾々自身が苦役の果てに門に至り、迎え出た人々の眼に、冷酷な異域の神を見知つたときのように、おし黙つて、震えながら……。

かすかな歌聲

堀内幸枝

或る瞬間――。

私と人間との間に黒いドアーがぴしゃりと締つてしまいました。

私はやむなく裏側の廃墟に小鳥たちと一緒に住みつくようになりました。

ここは一日、力のぬけたような風が吹いているのに、退屈なぞとは勿体ないほど静かで、
一日小鳥たちのねぐらに交つて宿をとつていました。


幾日か過ぎました。

雨上りのことでした。

鏡のように見える水溜から何か物音が起つて来るようで思わず立止まりました。

水溜は井戸のような奥行をもつていました。

私の気がぐっと引込まれて「水溜」と云う意識を忘れてきた時、面白い風景をみつけました。

瞳をこらすと、奥に野っ原がみえ出しました。

たんぽゝと菫が咲いていました。

黄と紫の色が暖い日光を吸つて匂うようでした。

田圃には牛が鳴いて、その声は一面を生き生きとした景色に包んでいました。

その向うの藁屋の縁側に一人の少女が見え出しました。

空を仰いで何かうたを歌つていました。

黒い瞳には恋歌なぞと違い、若葉のような声が田圃を渡つていました。

私のカチカチなる心臓に反射し合つて、少女の伸びやかな姿は、さまざま向をかえていました。

それをみて、まちがいなく昔の私の絵だと分りました。

私は深い深い井戸の底をみつめて考えこみました。

私は急に素晴らしい計算を夢見ました。

私はそこまで歩いて行けると思い始めたのです（なぜなら、この井戸の底はどこまでも伸びているようで、決して到着点がないものでもありません）

その時私の智慧は精一杯の活動をはじめました。

この純粋な計算の陰には泥水で溺死するのだなぞとは露程も思い浮びませんでした――。

花辨日記

高島菊子

Ⅰ

地から生え　地に突込みそうに　枝もたわわに咲いた　花弁は眞綿　核は眞珠
か　小手毬の花
「これも持つてお行き」と　お祖母さまが堀つて下さつた白い花が　わたし
の新居の庭に

Ⅱ

うす暗い花屋の奥で　湿つたタタキの上でガーベラがいつた
「わたしに小量のハイドロサルハイドとインジゴーをください　それらの液
をくぐり　湖の見える山野に自生したい」と鏡　鏡のように

Ⅲ

こぼれている　正午はエニシダの上に　エニシダは垣根の上に　一寸声をかければ垣根の中から黄色い笑いをこぼし　いびつな顔で彼女が出てくるにちがいない　けれどもわたしはその家の前を素通りしてしまつた　それら黄色いものに　いやわたし自信のなかの嘔吐しそうな色　めまいしそうな焦燥感でいっさんに　駈けだしてしまいたくなつたのだ　距離のある見知らぬ駅の方へと

Ⅵ

某月某日　雨であつた　早朝であつた　珍らしい彼女の訪問を受けたのは　とまどつたわたしは彼女に与えるなにものもなく　彼女のうしろの風景をみつめていた　と　又又　彼女から得てしまつた
「きのう　やつとダリアの球根を植え込みました」と　彼女の忙しい生活メモを　わたしのおそい園芸メモに
彼女は事実働きものの忙しい政治家の妻なのである

女流詩人について

那珂太郎

世に男流詩人という言葉はないのに、男女同権が唱へられてすでに久しい今日、尚依然として女流詩人といふ呼称が一般に横行してゐるのは、女性の詩人諸氏にとつてさぞにがにがしいことだらうと、予て僕は邪推してゐた。だから突然堀内さんから電話がかゝり、女流詩人についてのエッセイをと注文された時、僕はびつくりしたのであつた。女流詩人の呼称を忌み嫌はれるどころか、自らすゝんでそれに関するエッセイを、貴重な雑誌の頁のために要請なさる。といふことは取りも直さず、この題目について無関心でない読者が少からずあるといふことであらう。はて、さう云へば日本女詩人会とやらいふ奇体な団体があつたやうだし、女性だけの同人雑誌や女性特集と銘打つ単行本なぞもあつたやうだ。予ての僕の邪推はまるで的外れであつて、女流詩人についてのエッセイの誰より熱心な読者は、他ならぬ女流詩人その人(複数)なのかもしれぬではないか。とすれば、その心理はそもそも女性の被虐嗜好的本性（?）にもとづくのか、或いは自惚れ鏡愛好の性癖によるものであるか。何れにせよ、これは男流批評家にとつての危険な罠である。

いや、さういふ風に勘ぐること自体、すでに女流詩人といふ言葉に誑されることであらう。一体、僕自身詩を書きながら、自分が男性であることを特に意識したこともないし、意識する必要を感じたこともない。読む場合だつて、その詩の作者が男性であるか女性であるかを気にした覚えはないのである。世の中には上等な詩と上等でない詩があるだけだ。すぐれた詩人とへつぽこな詩人とがあるだけであつて、その詩人の性別がある時は男でありある時は女であるといふのは、いはば偶然に過ぎぬ芸術といふものが、自分の形而下的諸条件を超えた何等かの普遍的価値を目指すものである以上、それは当然なことだ。詩人はあくまで詩人であつて、男でも女でもない。批評の正道からすれば、女流詩人といふ言葉はほとんど無意味といふことになる。

だが、たとへ無意味だとしても、出された課題に対しては何とか応ずるのが儀礼といふものだ。男流批評家云々という冗談口を叩いても、批評の正道を持ち出しても始まらぬ、女流詩人論とは、女性論でも詩人論でもあつてはならず、まさしく女流詩人に共通の特徴的何ものかを見つけ出すことから始めねばなるまい。僕は腹を据ゑ手元にありあはせの雑誌や単行本の中から、女性の手になる作品だけを抜き出して片つ端から読んでみたのである。尤も、どうせ一夜づけででつち上げねばならぬエッセイだから、この際僕は狡猾な手段をとつた。漠然たる世間の常識にもとづいて、僕は予めその特徴的何ものかに関し、表現における女性特有の肉感性或ひはエロテイシズム、豊かな抒情性、繊細な感受性、といつた様な点をマアクし、それが実際の作品群によつて裏付けられることを期待したのだ。ところがあれこれの作品を読みとばしてゆくうち、当初の期待は次第に裏切られ、畢に残つたのは甚だしい困惑と快からぬ疲労感だけであつた。確かめ得たのは、さういう世間の常識（もしあるとすれば）がまるで出鱈目だということ、僕の狡猾な手段が何等役に立たなかつたということである。

まづ女性的エロチツクな肉感性といつたものは、僕の目にした範囲ではわづかに越智一美さんと清水深生子さんの表現の中に認めることが出来たが、他の殆どの詩人の作品の中には見当らなかつた。寧ろ大部分の方々はいゝ意味でもわるい意味でも、さういつた肉感性を自らの表現の中で扼殺して居られる。カサカサの、荒れた皮膚みたいな中性的表現の氾濫だ。（ついでに注意すれば、詩人はあくまで詩人であつて男でも女でもない、と先に僕が書いたことは、無論、おのれのセツクスを否定し、中性たれなぞということではない。）豊かな抒情性、繊細な感受性、これまたはかない夢であつた。小野小町から和泉式部を経て式子内親王、俊成女に至る情感と感性の輝かしい伝統は、今日すでに流行おくれのゆゑか、こゝには殆どその跡をとゞめてゐない。尤も流行に敏感なところに感受性の鋭さをせめても見るとするならば、これは認められ過ぎる位に認められるのであつて、現代詩の平均値的表現技法、新聞記事的乃至投書欄的社会意識なぞは、質量共に男流詩人達と研を競つて劣らぬ程の見事さであつた。それが附和雷同的心理傾向によるのでなければ幸ひであるが。

さて、怪しげな常識に基く僕の狡猾な手段が失敗に帰した以上、女流詩人の女流性を僕は何処に求めたらいゝのか。さきに甚だしい困惑と云つたのはこのことだ。深尾須磨子、永瀬清子両先生を始めとし、他ならぬ堀内幸枝さん、上野菊江さんなどを中軸として、茨木のり子さん、清水深生子さんに至る千差万別の夥しい詩人群の中に、何か共通の特徴的なものを見つけ出すことが、果して可能だらうか。もし明快にそれを指摘し得た男があつたらお目にかゝらない。厳密な意味での共通なものは、そこには何もないのである。だが何もないでは収まりがつかないから、漠然と僕に感じられた印象について以上にも述べたし、以下にも少し述べることにする。それはしかしあくまで一般的傾向であり、一般傾向であるかぎり例外は無論あるわけだ。例外については別に個々の詩人論を書かねばなるまい。（尤も堀内さんの詩に関しては大岡信君の巧妙を極めた評文がありますが、あそこで大岡君が〈グロテスク〉と云つた所を、僕なら〈虐げられたロマンテイシズム〉とでも云ひます。）

さて、以下悪口めいたことになるわけだが、癇にさはるお方は、自分は例外の方だと思つていたゞけばいゝんだから、論ずる方にも気苦労は要らぬといふ寸法である。ついでに、これは女性の詩人に限つたことではなく、男性の詩人にも同様に見られる傾向だと考へられても、場合によつては大変結構である。だが悪口は短かければ短い方がいゝ。個条的に書こう。

「言葉遣ひが意外に生硬ですね」（亀井勝一郎先生）生硬というより粗雑、言語感覚がまるきりラフであつて「星宴」と題するアンソロジイなぞその大半が、詩というより雑記帖の走り書きと云つた方がふさはしく、女流詩人とは独り立ち出来ぬ詩人という意味の名称かと疑はれた。たとへば往年の俊成女における言葉のミステイシズムなぞ、薬にしたくも見られぬ。

「女流詩人は大膽といふよりも独断的な表現を男より好む傾向がありますね」（村野四郎先生）。独断的といふより詩以前の曖昧さ。表現不明確で、といつて複雑なのでも深刻なのでも勿論ない。論理性稀薄といふことか。

そこから恐らく冗慢といふことになる。単純な主題のために冗々慢々たる言葉が費され、その割に詩的感動はなかなか現はれぬ。或ひはこれは、性的オルガスムに達するために男性よりはるかに長時間を要する女性の生理と関係があるのかもしれない。

形式美に対する驚くべき無関心。言語感覚が粗雑である以上これは当然の帰結であろうが、実生活における女性の外形美尊重の性向と対比すればまことに驚くべきことだつた。スタンザの切り方などてんでいゝ加減な場合が多く、均斉美、構成美なぞを感じさせるものは、先づ皆無と云つていゝ。

これは、現実に密着し過ぎてゐて抽象化が不十分といふことでもあらう。表現技術に関してだけではなく、思考自体にさういふ傾向を見る。「一芸術が抽象的であればあるほど、そこで名を成した人々の間に、女性の数が少くなる。」これはヴァレリイ氏の見解です。

そして畢に、メタフィジックが何処にもない！

後　記

あまり忙しい月日を送つたので、一度に秋から春が来てしまつたような気がする。さして懶けた訳もないのにいつか季刊の状態になり、その間、沢山の詩誌や便りを受取つて、その度、メモをしていても、このスペースでは思うように入らないで、残念である。

さて昨年から女性の詩集を沢山頂き——（中村隆子・夏に昏れる。港野喜代子・魚のことば。高田敏子・人体聖堂。内山登美子・炎える時間。梅本育子・火の匂。堀場清子・狐の眸。）——深謝する。一つ一つの批評はスペースの関係上及ぶことは不可能なので、これとは別に那珂氏に女性詩人への感想を書いて頂いたが、なかなか手酷しいものであつた。しかしこれを一つのテーマの口火として、次号で女性群はそれぞれの立場で詩論を展開して下さつたら、何かの収穫もあろうと云うもの——。

女流詩人と云う言葉が今もつて存在すると云うことはおかしいと、那珂氏自身も云われるが、作品の上で区別はなくとも、現実に女性の詩人と男性の詩人とはある訳であるし、私なぞ女性に生まれ合わせた事によつて、男性と同質のものを書こうと考えず、何処か別の隙間をさぐりたいと願つているので、こうした意見は興味深い。

三月三十一日、私の「不思議な時計」出版記念会には活潑な意見を聞かせて下さつて、有難く思つている。直接お世話下さつた、中村千尾氏、三井ふたばこ氏、高田敏子氏、内山登美子氏、「砂」同人諸氏に誌上より厚く御礼申し上げます。なお港野喜代子氏の手紙になかなか面白い言葉が折り込んであつたので、御披露致します。「最近東京の皆様の考えや世界について時々考えるのですが、みんなに野つ原を差し上げたいと、とても考えるのです」。と——。

今月は特に散文詩としての意図を持つて集めてみましたが、その成果については多くの詩人より感想を聞かせて頂きたい。

散文詩のベテランとしての粒来哲蔵氏の作品集「虚像」（価三〇〇）が五月上旬出版されることになつた。私もこの詩集に大きな期待を持つ一人である。

小さい詩誌ですが、現代詩の推進に幾分でも役立ちたいと思います。色々な御意見をお寄せ下されゝば有難く思います。（堀内）

1956年 4月30日発行
定価　30円
編集発行人　堀内幸枝
東京都新宿区柏木3—446
千葉方　葡萄発行所

葡萄

作品

大野　純

川崎　洋

松田　幸雄

木川　木六

西内　延子

岩田　宏

堀内　幸枝

書評

エッセイ

高田　敏子

9

1956

翼のない天馬

大野純

まひる　消えぎえの心臓のかたすみで
脱出の予感がふいに大きくはためきはじめるので
みづからの血で渇きをいやしていた瀕死の天馬は
あたらしい飛翔にもだえてあらあらしく立ちあがる

天よ
近づき遠ざかり樹木を垂直に引きあげ光を垂直に投げかけ泪をたたえ季節を見
　つめ歴史を知る天よ
唖の子供たちに言葉が与えられるときのように
位置を失つたたましいたちがあつまる積亂雲の天よ

一瞬　深い生が銀の鞍のうえで美しく躍動する
存在の領土に立つ蹄の尖にみづからを賭け
天馬は翼なしに一気に地平線を蹴つたのだ
たとえその次にどっと倒れたイマージュが血まみれの骨をあらわにするとして
も

歩く人

大野純

なにかが私を見つめている。曲り角を過ぎるとき背後から私を駆けぬけすばやく前に消えてゆく白光の影でもなく。陽の燃える道を歩くにしたがつて移つてゆく私をとりまいている静寂でもなく。視線にならぬ放射が私の皮膚を荒らすのでそれと知られるなにか。多分。鏃だとか石斧だとか土偶だとかもはや名のないものたちだとかに囲まれている私たちを作つたことのあるもの。やがては私たちがそれになるもの。時とすると私の蹠はそのやわらかい蹠にぴったりふれる。そのときは大ていだるい正午だ。

歩く。それを感じながら血のようにあふれ咲いた花花をかかえて歩く。知らないひとたちや知つているひとたちの歩いた道を。道がまがりくねつているので樹木たちはまがりくねり私もまがりくねる。しかも歩みを運ぶたびに道は風景とともに動き私はもとの位置に止つているに過ぎない。道は時間だ。私は簡単に引返すことが出来る。いま歩いている道はきのう歩いた道。お。きみ。きみはきのう出逢つたきみか。あまりにも似ているので私はきみを疑う。（似ていないならなをさらに）　一度に二度出逢うことが出来るなら私は見究められよう。きみはきみであるか。ないか。巻きとり巻きとりえぬこの距離。私たちが思い思いに歩くので道は思い思いに流れ風景は途惑つたのち思い思いに分れる。靜止している永遠のなかで歩くたびに風景が移りかわる。道がくづれる。きみはきみでない。私はそんな都会を気まぐれに歩く。そんな田舎を勝手に歩く。きょうにしかならぬあすの方へ。しかも大いなる全体の秩序に従つて。

だれかが私を見つめている。歩く。徐々に道はくづれながら埋つてゆく。風景は時代のたそがれに褪せ地層は徐々に作られてゆく。踝。膝。腰。頭。麻痺が上昇してゆく。流れながら時間は広漠と積み重なり私はとじ込められてゆく。と。だれかが私に忍び込む。多分眞夜中だ。やがて柩のなかの羊歯の葉かげでどろどろに腐れて私はだれかを目覚めもはや名もないものたちと逆さに歩きはじめる。よみがえろうとまるであたらしい生活を見つけ出そうとする死んだ不良少年みたいに地上のスカートをのぞき込みながら。時として私の蹠はせわしげに生きているあかぎれた蹠にふれる。そのときは大てい苦がい地上の正午だ。

ギター

川崎洋

ね、私をギターのように抱いてよ
こんな具合でいゝのか
その窓から海が見えるように、もっと
ちえ、ぜえ沢なギターときやがら
ね、鳴らして
いつもそう云つて甘えてたんだろ、奴に
いじわる

歌をうたつてやろうか

あの女《ひと》が好きだつた唄でしょ

あ、燕がひかつた

あら、あんたのおなかの筋《すじ》が、いま、ひくって引締まつたの判つたわよ、私の
ほっぺたで、フ、、

死ぬなんて、なぁんでもないな　な?

でも、もう少ししてから

このギターのボタンの固いこと

あゝ本当、燕がひかつたわ

……

野焼図

松田幸雄

狂おしいｖｉｅの風に煽られて、
炎はわれとわが身を燃やし、なおも
他者を焼きつくさないではやまない。
それは、
きみのしつらえた空間を焼き破り、
眼にみえぬ曠野の涯までも拡がるだろう。
炎の舌は、
きみのとらえがたい心を、そのままに
語りつづけるのだから――
火焔の下をかいくぐる卑小な野兎をして、

きみの皮肉な微笑のなかに逃れしめよ！
その背後、
火勢にあらがい、
炎のなかにたちあがる一本の木、
それは、きみの情熱をもつてしても焼ききれない
きみのふてぶてしい精神であるのか。

きみの世界を焼き破り、
きみの心の炎は、
いまぼくの心に迫つてくる。
さあ、
ぼくは一本の逞しい木となつて、
きみの炎に身構えよう！

（註）この詩は、揚州八怪とよばれる画人の一人羅両峯の「野焼図」に題したものです。「野焼図」は、南宋の詩人姜白石の詩に取材して描いた羅両峯の十二画冊のうちの一図ですが、姜白石の詩と私の詩との間には、まったく関連がありません。図は、画面一ぱいに燃え熾る炎、その下を逃げてゆく一匹の黒い野兎、やや左寄り爪をむいて挑むような形の黒い樹木、により構成されています。

風と手のある風景

木川木六

その一

砂丘のうえの燃え殻の陽のいろよ
ため塗の男の肩の
風が素白に剝げ落ちる
昆虫等はすけた羽根の下で
彼等の小平原を開いたりつぼめたりする
誰かの手の甲で急速に集められては
海に抛りこまれる
瀝青
土の悔恨

その二

あの軒に
風の小画がぶら下る
この軒に
見知らぬ季節が首を吊る
その憂愁の窓を
空にむけて垂れた手は……
「考える人」にまねて
おもいをこぶしの背にかさねれば
時のうえ　そくそくと
顎の骨は崩れ落ちた

黒いガーベラ

西内延子

誰も知らない時間を
ジャズ、ピアノばかりが
なりつゞけていた

まるで
黒いガーベラのような
表情でした

それから
無意味に廻轉椅子が
廻り続けていました

あたしの目の前を
石塊だか
海綿だか
針金だかが
無数に
くだけ散つてゆくのでした

おやすみなさい

ママ！
誰も知らない時間って
ひときれのなにかより
重いのね

おとなしい人たち

岩田宏

きみらが歩くと
いつも陽《ひ》が西にかたむき
遠くにみえる天文台　それから
かすかに傳わるざわめきや
積みかけの材木の山
石段に片足かけた馬
その前をこどもがひとり
蛇をにぎつてほほえみながら通りすぎる
灰いろの水がつぶやく小川のほとりで
きみらはやさしさの風呂敷をひろげるが
きみらが坐ると
いつも午前の雨がふりだし
急いでとりこむ鳥籠　それから
みるみる曇つた窓ガラスや
抽出の奥の領收書
椅子にもたれたクッション

その後にナイフがひとふり
糸で釣られてふるえながら揺れはじめる
青いろの光がなでまわすデスクの上で
きみらはくるしさの暦をめくるが
きみらが泣くと
いつも夜半《よなか》の鐘がきこえ
とうに閉まつた劇場　それから
しきりに動く探照燈や
歩道のかげの水たまり
掘割にうつったあかり
そのなかで舟が一艘
重荷を投げすてかたむきながら沈んでゆく
金いろの星が剝げおちる酒場のまんなかで
きみらはやましさの接吻をかわすが
きみらが歌うと……

いや　きみらほとんど歌わない！
口がおとなしさでいっぱいだから
きみらほとんど御存知ない！
たとえば安息のくるしさ　あしたのやましさ
裏切りのやさしさを！

悪魔の図

堀内幸枝

悪魔は地上餘すところなく、その掌中におさめようと、胡散臭そうに廻つている。

「世も終りだ！終りだ！」と繰返しつぶやきながら、地上こまかく捜す道程で、悪魔の足どりは極めて出来心が多く、垣根に赤い薔薇を見ると黒い首を垂れ下げるまで立去らない。天気良い折悪魔は屢々、石畳に腰を下し、通行人の胸にその残忍な矢を放つて、彼等の夢や愛をぱたりと倒すことをこの上なく面白がり、地上ことごとく荒廃の雲で覆いつくすと、満面の笑みを浮かべ、さて次は建物の中にいる人間の側に近寄ると、手を拱いて見物する段取りと見え、暗闇の中で黒い手を窓枠にかけている図が見られる。薄月夜くちなしの花影に忍んだ時の姿ほどグロテスクなものはない。さて窓の中では、荒れ果てた地上を眺めていた男女が、長い愛の争が零の時期に入り、今や先が薄れると、急に弛んだ愛撫を交し、滅びる前の情緒にさそわれて野方図な情欲を拡げているのを見とどけると、悪魔はいよいよほくそ笑み、最後に少年少女の未熟な群に身を投じた。

彼等は最も悪魔の難物である。黒い影をひいて窓ガラスを打つ位いでは何の役にも立たず、彼等が無意識でなぶられている姿こそ、憐れみの情さえ起すので、つい腹を立て一本の鞭をとり上げると、

「さあ、もう地上の門を閉めるのだ」と、自からの足が擦りきれるまで、廻らねばならなかつた。

やがて悪魔はことごとくその意図通り運んだ大地にゆったり陣取り、頭上に輝く日光を全身で遮断しながら、にやりにやり黒ずんだ薔薇を胸にさしていた。

粒来哲蔵詩集
「虚像」について

堀内幸枝

粒来さんの作品に始めてお目にかゝつたのは、「地球」であつたか「近代詩猟」であつたか記憶はないが、あの独得な詩法を目にした時の驚きを思い浮かべることが出来る。

戦後始めて現われたこの確かな手法を持つ第一の詩人に、今後さまざまな批評がなされるであろうが、私は私なりの感想をのべるとしよう。抒情は今まで＜柔軟な器に盛られる＞ことに馴れてきた我々に、この硬質の文章は一見とりつきにくくもあるが粒来さんの壌土に一歩踏み込む摩擦を越えれば、あとは楽々彼の詩の虜になるであろう。一字として、作者の目的に向つて参与していない詩句は見当らず、彼の言葉はいわば、らせん階の頂点を示す為の段階で、読後我々は急に高い智的詩情の上に立つている自分を発見することが出来る。山本太郎氏の一文をかりれば、「メソードの追求がはっきりみとめられる」ことによろう。だから一度び彼の詩に足を留めた者には、新ためて現代詩の高い水準を知るに及んで驚きかつ他の作品と見比べてみたくなる。

粒来さんの作品はロマンチシズム或はリリシズムをうたう「地球」にあつて、抒情が最も冷却されかつ凝縮した形でとりあつかわれている点グループの異色であろう。硬質な言葉はそのモチーフとよくあつて、ジメジメした日本的情緒と訣別して、世界の文学と同質の上に立つている。こゝからは草野先生や村野先生より先にポーやカフカが思い出される。しかも絶対に外国の焼き直しでない点、彼自身の発見の跡がみられよう。著者は自序によつて何等製作の順についての解説をはさんでいないが、一冊読み終えてみると、新らしい順に前に置かれていることは、詩作の経験のあるものには容易に想像することが出来る。即ち粒来さんの面目を最大にするあの詩法の完成がⅠの「布告」「異域の人」「寝台」「評定」の中に見え、その方法がだんだんはっきり姿を現わしてくるまでの過程が「Ⅱ」「Ⅲ」と逆に置かれているのは甚だ興味深い。私が読んできた限りでは、粒来さんの作品が急に上昇してきたのは昨年の秋頃からで、此の頃から秀作を頻繁に発表している。「地球」「近代詩猟」「歴程」が彼の奮発に大きな役割を持つことも想像出来よう。しいて難を拾えば、彼自身自分の詩法にひきずり廻され、優秀な技術が何時か智慧の輪をほどくようなからくりに利用され、読者に手の裏が見えてしまう失敗をすることもあるが、それが何等彼の詩集を弱める事にならないほど、これは高度な位置にある。粒来さんが好んで選ぶモチーフには人生経験が直接深い度合いを保つているわけではないが、彼の年齢を見ると先を期待するのが楽しい。私は粒来さんの詩集に何等かの感想をのべようとしたが、最も讃辞を送りたく思い立つた詩、又は文学性の質についてたゞ作品の廻りをぐるぐる廻つただけで、その芯部の極めて詩的部分へ一歩も踏み込むことの出来なかつた事を恥ずかしく思うが、一面作品の前で批評と云う仕事のいかに微弱であることをも思い知つたのである。

（地球社三〇〇円）

山中散生

「黄昏の人」について

岩本修蔵

『黄昏の人』という題名から匂ってくるほのぼのとした気分は西脇順三郎の『梨の女』に似かよつた永遠のはかなさをたたえているように思われる。ハイ・ブラウ的達観の一致であろう。

ここに、収録されている山中散生の詩三十余篇は、それぞれ高邁な追求の精神にみちていて、ことばで言いつくせない味わいがある。この頃出版される詩集の数は多いが、これほど整頓された、新しい世界を示したものはほかにはあまり見当らないようである。

*

ぼくは、ずっと昔をおもい出す。そして、思い出の中でシュルレアリスム通りを過ぎて間もなく道が二つに別れているところにさしかかる。ここでぼくは立ちどまり、考えにふける。あたりは戦争でこわされた廃墟の中である。一方の道はブルトン街、もう一方はアラゴン街だ。要するに、この二つの道は同じもので、メソドがちがうだけだ。ぼくの眼からは、ミショオ街などはブルトン街の隣りに見えている。それからプレヴエル街。

ぼくはここらで、日本の風景に思いをはせる。廃墟から立ち上つて生きて行くためには、日本の米屋もどちらかの道を歩まなければならなかつたことを。ところが、日本では二つの道が本質的にちがつた方向に伸びつつあつた。すなわち、進歩と退歩とコメ屋の中の大部分はヤミ屋になり、ある部分は廃墟と絶望をしょつたコジキになりさがり、そして、わずかの優秀なコメ屋だけがマルコーを堅持して正統的商道を開拓したことを。

*

時代意識を消化して進むことと、それに押し流されて自己を見失うこととは、どちらが主派だかをのべる必要はなかろう。ところが、世の中の詩の読者は、数の上からだけいうと、とんでもない時流派が多いのである。これはソ連的食物とアメリカ的消化法との合作的現象であろう。日本はいつたいどこへいつたのか。

*

ぼくには、この著者や西脇や北園らに時代感覚が欠けているという批評をバカだと思う。いま言つた通り、これらの人々は完全消化しているだけで、これは最も大切なことだと思う。日本の胃が健全であるかどうか、ということである。不消化で下痢をしているものだけが「適時性がある秀作」だという宣伝にだまされている読者をかわいそうに思う。

*

『黄昏の人』は、現代の詩というより明日への詩だというべきだろう。そこには、現代人の能力を超えた啓示があるからだ。手のとどきそうもない永遠のすがたが、これらの詩には多分に蔵されている。そしてその精神こそは、すべての「進歩」といわれる精神活動の源動力であることを、この詩集は、はっきりと示している。

*

集中、「ぷよぷよ」という擬音語が多く、これは軽卒にうわべだけ読むと、ヘンに思えるかも知れないが、よく味わつてみるとすこしも不自然ではない。すきのない達人の手法である。

（国文社・二〇〇円）

岩田 宏詩集
独 裁

北川 幸比古

5寸×4・8寸の60頁に収めた詩が十六。ところが、この小詩集、中々以て！世の常の退屈な詩集ではない。

いささか高級で、剣豪小説の愛読者などには一向に面白くないが、詩人仲間では好評判乃至は論議の種になる作品というものがあるとする。あるとすると、それと反対に詩人仲間では不評判乃至は問題にされないが、世間一般の決して詩などを作らない連中が面白がる作品というものもあつてよい筈である。〈独裁〉はどうだろうか、前者だろうか、後者だろうか考えたら、答はその両方と出た。

あまり詩を読みつけない私が大変面白くなつて、たとえ僅少の頁にしても全部読み通した事実は、広い読者を約束するかのようである。又、明快な、時に難渋な批評家諸先生の筆にかかればさぞさぞ妥当で、時に思い過ごしでさえある、立派な評価を与えられるに違いない。詩壇事情通の言によれば、かの大評判のプレヴェール詩集の翻訳者と、独裁の著者との特殊な関係から、プレヴェール——岩田宏の影響線を立て、そこで一講釈ぶてそうでもある。

しかし私は批評家でないから気の利いた批評・論議は出来ない上、事情通のように或はある類《たぐ》いの文学研究家のように作家の私生活・交友などから早急に作品を結論する勇気に欠けているので、これではどうも一番素朴な人間性から出る〃吹聴〃に留まりそうである。「××の料理はヤスクテイケルゼ、〇〇県の〇〇へ行つて来たが、良いところだつた行つて見るといいな」とかの一般好人物の会話と似ている。〈独裁〉を読むと、此の種の吹聴をしたくなるから妙である。そこには何やら宗匠めく、〃此の第三連は惜しい、どうも甘くていけない……第三連を取つた方がいいなんぞと無益なおせっかいは、微量も含まれていない。〈独裁〉を通じて著者への敬愛の情は、そのような失礼千万を許さないのである。

詩集〈独裁〉はまず第一に言葉ずかいが一種独特で乏しい学殖では先人の見当がつかない。多分、本当に独特なのではあるまいか。日本語としては舌足らずで、感じから言うと〃ワタシ ニツポンジン ナイ。ギンザ ニギヤカーイ。ビールネオンアル。オイシイ。バンザイ！〃に近い傾向がある。本来ならば、品の悪い三流芸人の使う手でもあり、かなわないものだが、岩田宏はそれを感じの良くないものではなく却つて力強い言葉の流れをつくる新手としている。

テイボルトさん あんた死ぬ あんた死ぬ 太鼓は階段《だんだん》 トランペットが鳴りわたりおふくろ髪かきむしつて あんた死ぬ
（ロミオとジュリエット2節）

それと、一口に言つてしまわないで、言葉を重ね、くり出してくる手法。

電気じかけのパノラマのように
いちどにはなやいで始まつた
あれはなにか
夜の街 夜の街の兵隊 夜の街の子供たち
モビール オイル スタンダード
（土曜の夜のあいびきの唄）

ヘンリ 匂がもうきこえない
ヘンリ 未亡人が殺される
きらめくぼくの混乱のなかでベル
幕あきのベル
（悲劇）

それから、やたらに出て来る〃ぼく〃〃ぼくら〃〃きみ〃——ありきたりの日本語ではあいまいだつた主語が、ここでは欧文のように際立つている。また、それらが此の作品が情緒的に何となくではなく、適確に読者にイメジをほうり込むことの助けになつているので、小気味がよいのだ。

　さて内容は、その新しい形式にふさわしく新しい。十六篇ばかりだから読んでみれば一等早いけれども。

　幼年時追憶少々＋恋愛＋その他の現代普通人生活感情＋アルファであるようだ。前二ツの要素は口あたりを良くし、第三番目の材料は此の作品を嗜好品よりもはばの広いものとしている。

　では、最後の＋《プラス》アルファとは何だろう？曰く諷刺的要素、曰く機智、曰く劇的構成、曰くあれやこれや……。どうもそれは、多分に癖のある詩の技法に深く関係を持つているようである。

　とにかく一本をもとめて、読むこと。二三〇円は安いものである。造本は表紙に人体写真をあしらつてキチンとしたフランス装。

　（ユリイカ版。二三〇円）

堀内幸枝「不思議な時計」の世界

三好豊一郎

近代詩猟誌上に「赤いカンナ」「不思議な時計」を見出したとき、私は驚き、そして魅惑された。この奇妙な倒錯の世界には論理が欠けており、支離滅裂な感じさえある。いやむしろ論理を無視することによつてのみ語りうる世界であつたからこそ、私は魅了されずにはおられなかつたのだ。

　どぎつい色彩とグロテスクな陰影によつて構成されているこの詩の世界は理論によらずして、おのづから超現実的であると共に、夢の生理に近いものであることによつて、極めて自然的でもある。

　作者はいつも、冷静な、醒めた意識の世界から、不意に昏倒することによつて語りはじめる。彼女を昏倒させるものは意識下に圧迫され、かくれひそんでいた情念の嵐である。この情念の嵐は、醒めた意識の世界から彼女を開放する。その時彼女は彼女をしばつている世間の分別から逃れることができる。


　私の上に被つている（分別）の衣の下でせつなげに啼くもののもののために……（中略）青い憂鬱の葉を茂らせていた私は、たちまち昏倒すると其処に私に奨めるような形で一つの椅子が置かれていた。（赤いカンナ）

　現代の良識の包有する不可思議な不幸にからめられ、せつな気に呼吸するうち、しばしば私は息を失くしてしまつた。

　（ゆがんだ絵）


詩作の動機がこうあけすけに語られているのは実に珍らしい。彼女は詩的衣裳の現代への適応など考慮する必要は全く、ない。彼女は現代詩の美学（とまあ仮に呼んで置く）に少しも留意しない。というよりむしろ一般的な詩作の軌範が介入しないところで詩作する。この極めて個人的な動機が、彼女の詩にユニイクな個性を与えている。彼女が散文詩ばかり書いている理由のおよそはここにある。

　この厚塗りの画布の基調をなしている赤や紫が、どれ程彼女の情念の生理の表現となつているか明瞭だ。このなまなましい原色の世界には黒という色がない。情念の生理の表現には、精神世界の陰影である黒は必要ではないからである。又、彼女の世界に「変貌」があつて、「死」がないのも、一見、支離滅裂な彼女の詩的世界が一貫して生の欲望の情熱そのものであることから極めて自然である。

あの神秘な心臓を盛る大型時計の製作中……
（不思議な時計）

生の情熱の神秘は、メタフィジックな想念の神秘感とは異る。実際、黒は色彩の消滅をこそ意味しよう。太陽光線は七色に分折される。そこから情熱の色彩である赤とその陰影である紫を彼女は強調する。彼女が神秘というとき、自然な生の世界と、そこから精神世界が区別される切点に、いわばその断層を充し、包括している魂の暗晦な鼓動を聴き出しているのだ。生の情熱である情念の嵐こそ、彼女が極めて人間的な意味で神秘と呼ぶにふさわしい魂の世界にほかならない。

彼女の詩的表現が没論理的であり、一見支離滅裂にみえようとも、彼女の詩作の生理に全くふさわしいのは、索莫たる理智の穿さくに、時を与えずに、感受性のおもむくまゝに情念のヴイジョンを追うことによつて、おのづから暗晦な魂の世界を描き出してしまうことに依る。彼女が常に昏倒することによつて語り出すのは、理智の穿さくをまぬがれるためである、と同時に、この極めて個人的な詩作の動機による彼女の詩的世界を、混沌たる魂の世界の表現という普遍性にまで導くためである。

跋文で、大岡信氏が指摘するこの「類例のない世界」を表現するためには、実に言語の前に立止まらないことが必要なのだ。選択検討しないことが必要なのだ。必要なのは身を挺してヴイジョンの中にとび込むことであり、語彙の発するまゝにヴイジョンを描き出すことである。彼女は見たまゝを記す以外に術はない。夢の中では、誰も自分の不可解な行動、自分をとりまく世界の不思議な変転を反省し検討することは許されない。然し夢は夢の論理を以て何事かを語る。ということは夢は夢独特の方法を以て夢以外には語り得ない何事かを語るということである。さめて後色あせた記憶の断片に索莫たる穿さくを加えるのは知性の役割である。知性がその不可解さにどんな文句を加えようと見たものは見たものとして潑溂とそこにあつたのだ。

私はこの特異な詩集を語るに、比喩として以上に「夢」に近ずけすぎたかも知れない。だがこの特異な文章は、「小説とも詩と云えぬ怪しげな「ジャンル」と作者みづから述懐するように、情念の嵐のおもむくまゝに魂の夢想を記述した孤独な生への演戯でこそあれ、生への認識とは無縁な世界を語つていることによつて、一定の条件を附してなら許して貰えるだろう。

「思えば女の宿命というものが絶えず外部の圧力で変化するのに対し、絶対に生活の作用を受けつけない地帯を構築し、そこに自分の生存を思うまゝ転移してみたい」愚劣な日常生活の作用を受けつけぬ地帯とは魂の世界に外なるまい。この彼女の言葉こそ情念の抑圧を開放させたいと望む「夢」への意志であり、一人の女性のいつわらざる己が「生」への述懐である。彼女は美事にここにその「夢」をつくることができたし、生への情熱が衰えぬ以上彼女の述懐は尚、生々と実現され続けるであろう。

（ユリイカ三〇〇円）

多田智満子

花火

三井ふたばこ

最近、私の新鮮な感激をおぼえたのは地球の寺門仁氏とこの多田智満子氏の詩集であるが寺門氏はポエジイの未開の境地を提出してくれたのにひきかえ多田氏はリルケの伝統を堅固にまもつたメタフイジックな世界を展開している。多田氏の詩の熟練の度合から考えても内容の深さから想像しても二十三、四才の女性とはちよっと思えなかつた。こういう永遠に通ずる形而上的抒情味をたゝえた詩は、太陽族文学の沸騰する折、ある救いをあたえてくれる。

1　挽　歌

魂よ　おまえの世界には
二つしか色がない
底のない空の青さと
慾望を葬る新しい墓の白さと

これは些かマンネリズムな観念的な世界だが、確実的にリルケの幻想の伝統をひいている。

2　わたし

キャベツのようにたのしく
わたしは地面に植わつている。
着こんでいる言葉を
ていねいに剝がしてゆくと
わたしの不在が証明される。
にもかかわらず根があることも……

これはルネ・シャールのようにするどいウイットの詩である。すべての詩がフランス的深さと洗練味をたゝえているが、やはり卓抜した詩はさほど数多いわけではない今後は充分期待できる新人である。

風

人ごみのなかで
風が私を吹きぬける
私はひとつの管
そしてやがてひとつの音
眼をとじたホルンから
すべり出て
しずかに大都会を吹きぬける

こういう内容、技巧ともに鋭い詩は戦後の詩ではかなり目新しいような気がするのだ。然し、彼女の詩はいつも才能ある新人が処女詩集にたゞよわす世ずれのしない不思議な新鮮味のように、後はかならず衰頽するおそれをもつているのだ。

それを守るのは彼女自身でなく、むしろ周囲の者の責任ではなかろうか。世の詩の通俗的レベルの高低に新人はいつのまにかなぞらえさせられてしまうものであるから

（ユリイカ三〇〇円）

及川均　海の花火

山下千江

あとがきに著者は云う。「これらの作品は、ぼくが右手に鉛筆をもつて書いたものであるが、ぼくでないなにか、三浦半島や房総の海とか……とかが、突如として、あるいはきわめて緩慢に、ぼくのからだを通過して、ぼくの右手にこう書かせたと見るべきである。

その大自然もしくは現実生活のメカニズムと向いあい、それらが、氏のからだを通過したということは、氏がそれらの対象を通過したという方が、もつと適切でさえある。つまり、及川氏が、及川氏の内部に深くはいり、それを通過することから、及川氏と大自然のいのちを、同心円に重ねて、ひとりの人間、ひとつのエネルギー、即ちひとつの生《ブィ》の思念の標識を示したものと思われるからである。

効果としては、抽象的な感情は見事なりアリテイの裏付けで鮮かに描出され、一見無計算らしくて、実は緻密で周到な構成をもつ詩のオーケストラ的の実験と見られるこれら作品群の主調ともなるべき永遠及び絶対なものの反復大循環機能に対し一個体の発生と終焉の小循環を、近代東洋の詩心が、ヒューマンな態度で凝視している。

「完璧な生《ブィ》！　死をそのままに甦りと化す願望の図式！懈怠の所業もまた、渇えるも

のの姿態であるとでもいうのか。」とメモしながら。

「たとえば十三夜、月が出かかる干潮の海退潮《ひきしお》の退きよりもわずかに早く、沖へむかつて歩いていく。」この悽愴な詩句に始まる「懈怠の海」は集中の力作である。ここに人間の生のあげ潮とひき潮の、つきることないダイナミックな情感が、人間的なかなしみとして盛りあがる。かなしみは、「人間　この傷つける意志」「人間　この短命なるもの」「人間　この可憐に営むもの」の「悲しみ」と「哀しみ」と「愛しみ」でもあるのか。

「海の花火」という作品は時間的にやわらかいカットをみせたうつくしい情感の幻《ヴィジョン》である。人間の「生」の基盤から打ちあげられる繊細で、多彩で、傍若無人に空間にひろがる火の華は、一瞬、実在であり、又とらえるいとまのない幻の季節である。

きらきらきら。咲いているのだ。きらきら咲いているのだ。ひとときを。散っているのだ。野茨よ。辛夷《こぶし》よ。いちめんに。宙に。」

花火は海に向つて打ちあげられる。そして母なる「海」に消える。いかにも野放図にみえるその花の輪も、やはり持つて生れた限界だけの大きさしか開かずに……。

この詩集は、本当に書きたくて書かれた作品、何ものにも媚びず、てらわず、自己の重心にしつかり腰を据えた作品に終始している。

これは、ありうべくして、近来とみに邂逅しがたい姿勢で人間の正しい公約数を読んでいる眼だ。「いちめんプランクトンの死骸まつすぐ音なく降りそそぐ微速度吹雪」「白骨艦隊」の一節は、深海の水圧が、高速度撮影の様に感じられて見事である。

（国文社一八〇円）

大野純「あの歌はどこからきこえてくる」について

嶋岡晨

莫逆の友、大野純が、処女詩集「あの歌はどこからきこえてくる」を世に送つた。村野四郎氏の好意にみちた序文を伴う、この瀟洒なフランス装の詩書に関して、この際拙き短文を物して餞としたい。

想像力がその産み出すものに一つの「美」を附与するとき、詩人が一番不安に思うのは、おそらくその「美」が、想像力以上に強いものかどうかということであろうが、自分の作品の「美」がいかなる性質のものであるかを知ることは、自分自身についてと同様大層難しいことだと思う。スポーツマンがスポーツをしているときの自分というものを、徹頭徹尾意識すれば、いつたいどういうことになるだろう。彼は落伍するに決つている。我々が生命を前進させ得るのは、意識しない部分があるからであつて「美」についても、かえつて美意識にとらわれずして自己の肉体を創造の世界に投げうつとき、高い記録を生むことができる。知性の窮極にあるものを充分知つていたポール・ヴァレリイが、感覚の美学ということを言つているが、そのことを思い出してくれてもよい。あらゆる美は意識によつて支えられているが、意識によつてのみ美となり得るのではない。

残念なことに、僕はこの詩集に、先ず「美」を感ずる以前に、「美への意識」を感じてしまう。それはまた「思想」を感ずる前に「思想への意識」を感じさせる。しかし、そのことは彼の詩の魅力を激減せしめる要素とはならない。むしろ彼は詩に、この未実現のイデアへの志向を端的に示すことによつて、トルソ的な魅力さえ覚えさす技術を心得ている。

　聡明博学の彼はそのような問題に関して既に充分知つている。しかもポエジイという馬は尋常の手綱さばきでは乗りこなせない代物なのだ。

　この詩集の第一部に、彼はオートマチスム的世界を巧みに盛りこみ、第二部には稠密な計算性を置き、第三部にメタフイジックとフイジックの混声合唱を与えているが全体をつらぬく一つの理念――それはサブタイトルに出た罪という理念――からは、いささか遠すぎる形態となつていることは否めない。

　オレンジがなぜまるいかという問いに対して、或者は彼女の顔がまるいからまるいのだと言うだろうし、或者は、地球がまるいからまるいのだと言うだろう。詩は実はこうした実に平凡極まる主観的断定によつて、詩人のものとなり得るのであつて「私はこうだ」という熱烈な自己の全精神の折伏のないところに詩も、従つて思想も美も詩人の生命も樹立され得ない。彼の、この詩集が持つ危険はこうした暴力性の欠乏に関るものだと考えられないことはない。

　ともあれ、彼は非常に難しい道を歩いている。どこからか聞えてくる歌声は、いまだ彼の内的世界の遠い歌声と、外的世界のかすかな呼び声との中間に、とまどつている詩人のかなしみの姿そのものの様である。

　彼の沈深たる知性が、激浪の情念に打ち砕かれるとき、彼が真の人間であることの悩みに陥つて、苦しむとき、（友人として望みたくはないが）詩人としてよりよき作品を生むに違いないと、僕は期待している。

　僕は愛する友人とともに訪ねくる未来を待ちたい。批評が目の前の対象を目の前で料理して、その即席的味覚を味うことで終るものでないとすれば。（地球社二三〇円）

堀場清子
「狐の眸」覚書

内山登美子

　この数年来、自逆的な暗い詩集が沢山出版されたが、それらと対称的な堀場さんの詩集は、若さがかもし出す明るい面が彼女の柔軟な感受性とあいまつて新鮮な魅力をつくつている。

　平和な家庭と両親の愛、そして友情と、堀場さんを取り巻く善意にみちた人々の多くの愛のなかで、素直にのび〳〵と育つたお嬢さんの良識のある発言を聞く思いでとても愉しく読める。そういう彼女の言葉が詩の形式を借りたとでもいうように、大胆卒直に書かれていて、それが詩としても立派であるということは、対象に向う堀場さんの眼の確かさを物語り、彼女の文学する上、生活する上で、只の文学好きのお嬢さんでないことを証明してくれる。

　ただ、少し気になるのは、ここにみられる良識のある発言とはひとつの水準で、優等生の発言であつても詩人の発言と、ほんの少しずれた次元にあつて、彼女の多くの詩にみられる才気とゆきとどいた言葉での華麗な詩を読めば読むほどそれを壊してみたい衝動にかられる。

　これは、今後、彼女が詩作する上で、対象を追求、その本質を摑える度に、ひとつの批判精神として彼女自身が打出されるとき、必要に応じて壊さるであろうし、新しい認識の世界へ踏入することにより、まつたく変貌するかもしれないから、とりたてて気にすることもないであろうけど、それほど、この処女詩集は、彼女の青春をとじこめた或る完成された世界を示している。

その意味で、「やさしい日によせて」「今日」「五月に」「他愛ない会話」「野草のうた」などの、美しい格調を保った詩よりも、「真夜中の電線にとまつて」「ある夜に」「蛇つかい」「観光旅行」などにみられる新しい発見、良識だけでは描けない世界に、彼女の人間にふれたおもいがし、その追求と凝視の態度は、彼女の人生をみる眼、世界をみる眼の方向を示す詩として、彼女の今後を期待できるものといえよう。

豊かな才能に恵まれた堀場さんが、その才を充分に生かして、大胆に自己の世界を拡げていかれることと思うが、この詩集でも、たま〳〵とまどいさせられた古風とでもいう言葉使いが、新しい世界観の上では彼女を殺すことにもなりそうで、やがて、彼女自身、これらの言葉とも決別しなければならない時がくると思う。多くの言葉のなかから撰ばれた言葉自身が、その人の批判精神の表われであり、世界観ともいえるから、聡明な彼女はもうすでに感知しているであろう。

ともあれ、潑剌とした抒情で描かれた象徴の世界は大切であると同時に、これを壊しながら、人間的なボリュームを生みだす努力も必要ではないかと思うのである。

詩集「狐の酔」の著者に多くの讃辞を送るとともに、この上の欲と期待をかけたいと思う。

（昭森社二五〇円）

三谷晃一「蝶の記憶」
齋藤庸一「防風林」

上野菊江

詩集「蝶の記憶」に対する批評が、褒貶両面から、四季の世界に近い作品というところからなされていることは、この詩集の性格を、最も端的に物語つていると思う。

私も四季の美にはひどく魅かれた経験があるためか、「蝶の記憶」には特別な郷愁を感ずる。そしてこれは、その世界の限界内での極限を示して、技術的にも非のない完璧な作品の集成だと思う。

しかし「蝶の記憶」の世界が、ある種の読者には、全く耐え難い場所であり、ごく少数の読者としか握手することができないだろうという気持も、私の感情を抜きにしてみるときに、頷けないわけではない。横にだけ伸びて定着していて、物の細胞の奥の方まで、浸みいつて流動する柔かいイメージの触手に欠けるからだと思う。そういう意味で「Vegaに」「記憶」「窓」「部屋」などの作品は、もつと内部へ向つて、縦に発展させ得る可能性をもつのではないだろうか。が、そのことが、この作品を少しも損けていないところが、私などには不思議な魅力と、安心感を与えてくれる理由なのである。

「防風林」は、著者の初期の作品である「部屋」を除いて、「蝶の記憶」とは異質の、行動的な世界だと思う。そして「部屋」は「樹木」「悪夢」「道」のための、一つのトレーニングではなかつたかと思う。テンポの速い、庶民的行動的な作品は、読者に退屈を感じさせないし、「郷愁について」「道」などの実験的なものも、構成上著者の狙いは殆んど成功している。ただ読者を心の底からうならせるものがないとしたら形式上の技術の未熟の故ではなく、詩的思考の実験が伴わないからだと私は思う。それは後記の中の「高めあうことのできる生と生のふれあい」という一言と切離して考えることのできないもののように思われるが、「蝶の記憶」に比して、より多くの読者と握手することのできる詩集であるということは、今後における斎藤氏の最も大きな強みであり、方向を暗示するものであろう。

三谷斎藤両氏とも、古くからの仲間であり、開きなおつて批評などとても出来るものではないのだが、偶々、私自身を引離して見ることも、決して意味のないことではないことを知つた。（詩の会「蝶の記憶」二〇〇円「防風林」二五〇円）

女流詩人の立場

高田敏子

「女流詩人の立場」というのが、堀内さんから依頼された、この原稿の題名なのであるが、女流詩人という呼称は、私にとつては、なにかくすぐったい、面映い呼名である。これは恐らく当の堀内さんも同感であると思うが、ただエッセイという題名の便宜上このような名を付けられたのだと思つている。それで私は、私自身の詩を書きだしたいきさつや、その立場について書いてみたいと考えている。

ただ、前号のこの誌上で「女流詩人について?」という、エッセイを書かれた那珂太郎氏が、先づこの「女流詩人」という名称を、冒頭からとり上げて、大変皮肉な言葉をのべられている。その文中にあるように、はたして、女流詩人という呼称が横行しているかどうかは知らないが、少くとも私個人の上にはあてはまらない。私は平凡な女であつて、一生かかつても、このような呼称をいただける、純然たる詩人にはなれそうもないからである。

今日の日本において、女流作家という名はたちまち出来上るようであるが、女流詩人となると、深尾須磨子先生をおいて以外は、余り通用しないのではないかと思つている。深尾先生の場合は永い年月の詩歴と、先生の時代に遅れない、たゆみない精進が、深尾須磨子をして、極めて自然に、この名のもとに押し出したのだと考えられる。

女流作家となれば、朝から机に向つて創作し、それによつて、経済的な裏付けを得て生活をしている。作家という一つの職業としてなり立つ以上、女流作家と呼ばれ世間に通用するのは当然のことである。が詩人となるとそうはいかない。これは男流の場合も女流の場合も大差はないようである。

詩とはもっときびしく、又非実用的なものであつて、私はこれを精神の贅沢、精神の饗宴、と考えている。ただ現代の日本において女流詩人と呼ばれうるものが、与謝野晶子に次いで、深尾須磨子ひとりにかかり他に育たなかつたということは詩がいかに不遇であつたか、そして、それを書く女性の立場が、よりもつと不遇な場におかれていた。と、いう事を立証するものである。

私が本気で詩を書きだしたのは、戦後の、経済的にも苦しく、肉体的にも一番労働のはげしかつた時代であつた。家庭を持つた女の日常は、今ここに、くだくだしくのべるまでもなく、忙雑極りないものである。その上私はもう一つ内職的な仕事を持ち、ほとんど昼夜の別なく働いていたが、いくら体力と情熱を仕事の上にかけてみても、空々漠々、なにか大切なものを逃しているような気がして、ならなかつた。今日がただ明日に移行し、それを疲れはてた眼で見送る、そのような毎日の連続がたまらなくなり、詩というものに、取り組みだしたのだと思う。今日と明日の間に自己という棒杭を立てて、そこに当る水流の圧力を計り、又それに堪える自分の姿勢をたしかめてみたかつたからである。このような願いで書き出した詩は、私にとつて捨てることの出来ないものとなり、もう六七年も過ぎてしまつている。これからも一生書き続けていくと思うが、この考え、書く、という時間を保ちつづけていくことが、家庭の女にとつて大変困難な仕事である。ましてそれが詩となると現在のところ、経済的な裏付けは全然なく、家庭を持つた女が、今さらそれに取組んでいるということは、周囲の文学に無縁の人達からみれば、全くなつとくのしかねる行為なのである。それで、私はこれを敢て精神の贅沢、精神の饗宴と呼び、ひそかに楽しんでいる。風呂敷包み一つに書きかけの原稿や本を入れて、持ち廻り、人の寝静まつた夜中或は、電車の中、桟台の片すみなど、そんな切れ切れの合間に書いているのであるが、その様にしてまで、私にペンを持たせ詩を書かせるものはなにかといえば、私というこの普偏的な女から、一応女に、課せられた仕事、行為、責任、それらのものを差引いてのち残つた、純粋な人間性なのである。私は日々の生活の中の、ふとした空間に、赤裸の自分と接触する。そして、この社会生活との摩擦によつて起つた、私の皮膚の熱量のようなものを計つてみる。そしてつぶやき、語り、反問する。こうして幾日かかつて引きだされたものが、詩という形式をもつて出来上るのである。女らしい詩を書こうとか、又それを殺そうとも考えていない。ただ毎日を生きている母体が女である以上、産みだされたものは結果からいつて女の詩であると思う。また男の描き得なかつた世界を書いてみたいとも願つている。出来上つた詩についての良否は、多くの人達の手きびしい批判をうけるべきであつて、その批判によつて目覚めた眼で、もう一度、自分を反芻するところに、詩人のきびしい生き方、詩を書く意義があるのだと思う。

ここまで書いて来て、考える事は、前記にもふれた『女流詩人について』の那珂太郎氏のエッセイである。この文は堀内さんが依頼された時につかわれた女流詩人という言葉が、那珂氏の感に触れたのかどうかは知らないがまことに不思議な女流詩人評になつているもつともその中には「詩人はあくまでも詩人であつて、男でも女でもない。批評の正道からすれば、女流詩人という言葉はほとんど、無意味ということになる」と正当なことも云つておられるのだけれど、終始、荒っぽい、ふざけたと見える言葉でつゞられ、批評は、次のような態度でしたと書かれている。

『だが、たとえ無意味だとしても、出された課題に対しては何とか応ずるのが儀礼というものだ。批評の正道を持ち出しても始まらぬ。女流詩人論とは、女性論でも詩人論でもあつてはならず、まさしく女流詩人に共通の特徴的何ものかを見つけ出すことから始めねばならるまい。僕は腹を据え手元にありあわせの雑誌や単行本の中から、女性の手になる作品だけを抜き出して片ッ端から読んでみたのである。尤も、どうせ一夜づけででっち上げねばならぬエッセイだからこの際僕は狡猾な手段をとつた。漠然たる世間の常識にもとづいて僕は予めその特徴的何ものかに関し、表現における女性特有の肉感性或はエロティシズム、豊かな抒情性、繊細な感受性、といった様な点をマアクし、それが実際の作品群によつて裏付けられることを期待したのだ。ところがあれこれ作品をよみとばしてゆくうち、当初の期待は次第に裏切られ、畢に残つたのは甚だしい困惑と快からぬ疲労感だけであつた。』と、そして『まず女性的エロチックな肉感性といつたものは、僕の目にした範囲ではわずかに越智一美さんと清水深生子さんの表現の中に認めることが出来たが、寧ろ大部分の方々はいゝ意味でも悪い意味でも、さういつた肉感性を自らの表現の中で扼殺して居られる。カサカサの、荒わな皮膚みたいな中性的表現の氾濫だ』というのである。〃どうせ一夜づけででっち上げねばならぬエッセイ〃だとしても〃片端から読みとばし〃〃漠然たる世間の常識にもとづいて〃マアクされ、共通性を求められてはたまらない。氏は正直にも狡猾な手段をとつたといつておられるが、とにかく那珂太郎という自分の名のもとに発表されるエッセイである以上、何故狡猾な手段をとり〃漠然たる世間の常識〃という言葉に逃げられたのであろうか。〃世間の常識〃その上に又〃漠然〃という言葉がついているようなもので、詩の良否を定め、エロチィックな肉感性などを探されたとしたら、マアクをつけられた、越智一美さん、清水深生子さんこそ、気の毒といつてあげたいところである。又、現代の詩という複雑なものを、読みとばしながらそこに共通性を探した、ということもなつとくのしかねる言葉である。共通性とは、それぞれの詩を克明に解剖した結果、始めて発見されるべきものである。

このエッセイに書かれたことについて、まだ疑問に思う個所は沢山あるのであるが、とにかく、那珂氏にとつて、女性誌が批評するに価しないものだつたとしても、何故、那珂氏自身の誠実ある言葉でそれをいわなかつたのかと思う。世間の常識と云う線が那辺にあるのが、それも不明瞭なことである。

　このエッセイの終りは、亀井勝一郎氏、村野四郎氏、はてはヴァレリーの言葉を引用し、それに那珂氏の見解を加えているのであるが、それも内容はともかく、もっと真面目な言葉で書いていたゞきたかつたと思う。これは、詩誌によせるべきエッセイではなく、娯楽的な意味でかかれた文章のように私には思われてならない。

　現代の女の詩人達は、それぞれ自己の欠点も知り、女の重みに堪えながら書きつづけているのである。詩の上で褒められること、お世辞をいわれることなど、ミジンも考えてはいないはずである。私達の毎日の生活そのものが、虚偽と世辞、そして不可思議な取引きに満されているのであつて、せめて詩の世界でだけは真実の言葉にふれたいと願つているものである。女性詩が、どの様にして伸びてゆくか、いかに詩を支えていくか、これは、私達の果すべき課題であると思うし、私は自らの作品を産みながら、手探つて、求めていきたいと思つている。よいポエジーを持つているはずの女性が、詩人として育たなかつたと云うことは、現代までの女性の環境がそれを圧し殺してしまつていたのだと思う。戦後は、女性の立場がよくなつたとはいいながらも私達の年代の女性は、やはり、それぞれの苦しい立場に生きている。その上「詩」という、言葉の魅力にとりつかれた女にとつては、二つの相反した世界に生きなければならず、誠実とある種の器用さを持つて、この二つの世界を往復する術も心得なければならない。社会生活に誠実を失なつては、私達は詩を書くこともゆるされないのである。毎日が、なんと疲れることのみ多いのであろうか。だが、私にとつては、自分の生命の燃焼度が、よい詩を書いていく事にこそかかつているように思われてならない。

後記

九集を終え、やつと自分の仕事に立止まつてみると、私の云う純粋さなぞと云うものは実は大人気ないものであつたと思わずにはいられない。たゞ詩が同人雑誌のグループと云う形で成立しているので私はごく自由な形で、常に自己を守る情熱の固さによつて在野の詩人としている人や、かくれた女性詩人に書いてほしいと思つたのでしたが、こんな単純な願いさえも、実際的には私なぞの手におえるものでないことを知つた。さて先月は那珂さんに、昨年出版された女性の詩集についてのエッセイをお願いしたところ、女流とか女性とかの言葉にひっかゝつて、意外な方向にそれた原稿を頂いたので、男性の一人の意見としてのせた上、今月は女性の意見として高田さんにお願いした。今集は梅本育子氏の「火の匂」についての書評も予定していたが、締切日に原稿が間に合わず、やむをえず割愛した。同人雑誌を沢山頂いているが、スペースの関係上多くにふれることも出来ないが、「氾」九号の日比澄枝さんの「くずれてゆくもの」は可憐で魅力があり、「背衣」の糸屋鎌吉氏についても「詩学」や「近代詩猟」で種々嬉しいことであつた。この頃「葡萄」に対して世辞をぬきにして詩精神の通つた意見を多く寄せて下さつて自分も奮起している。「葡萄」はロマンチシズムを根底にした傾向のもとで進めてみたいと思つているので、いきおい他のエコオルでいゝ作品を見る時は、残念であるが小誌ではそう多くの慾張も出来ず、我慢している。なおつゞいて多くの感想を寄せて頂きたい。

（堀内）

1956年8月10日発行
定価　30円
編集発行人　堀内幸枝
東京都新宿区柏木3―446
千葉方　葡萄発行所

葡萄

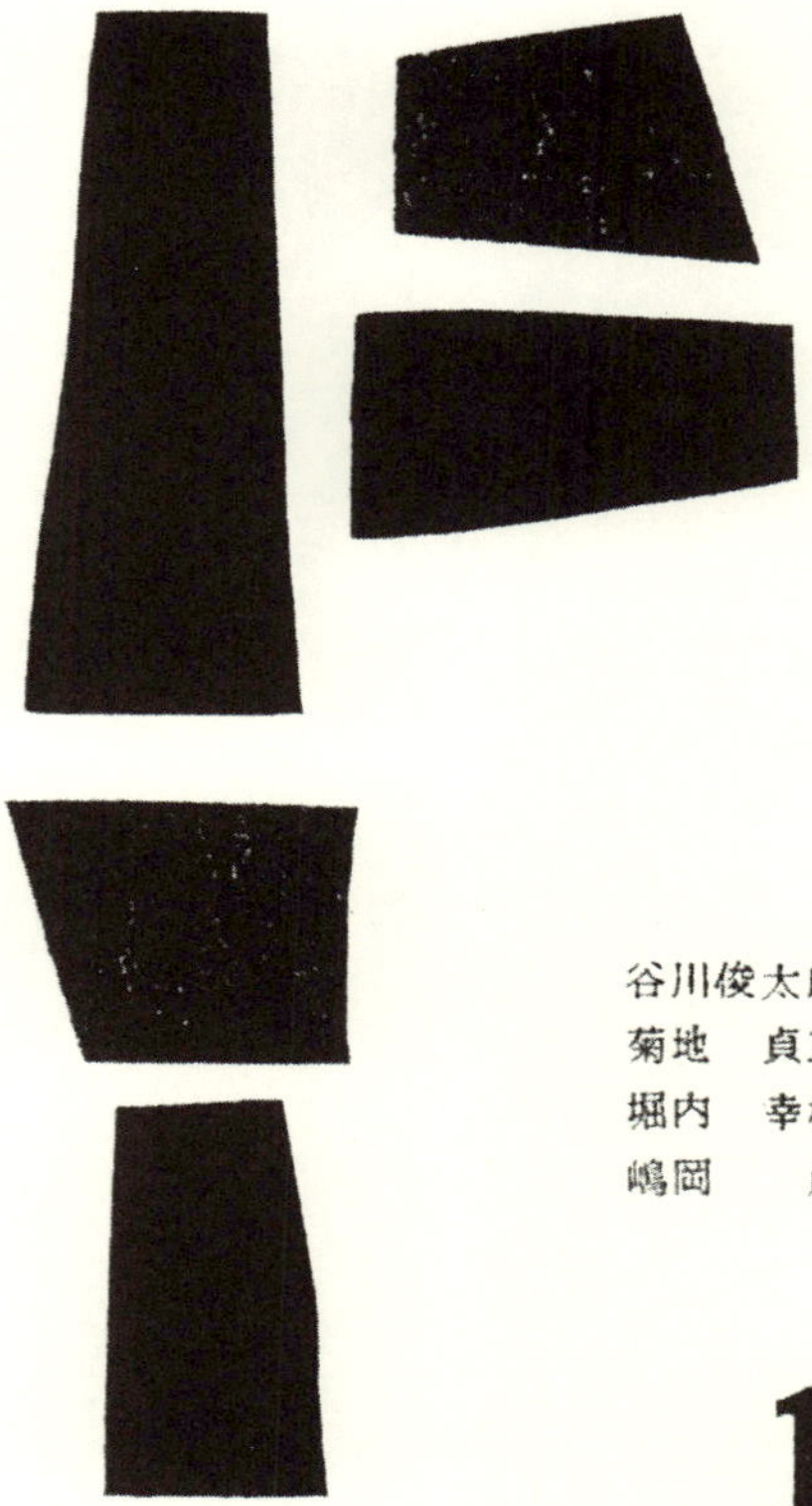

谷川俊太郎　木下　夕爾
菊地　貞三　手塚　久子
堀内　幸枝　水橋　　晋
嶋岡　　晨　河野　澄子
書　　評

10

葡　萄

第10号

1956年11月

女に……谷川俊太郎……2
長い廊下で……菊地貞三……4
水と死のリズム……堀内幸枝……6
時間の街かど……嶋岡晨……10
秋の日記抄……木下夕爾……15
家……手塚久子……18
悪い旅……水橋晋……20
影……河野澄子……22
書評……24

女に

谷川俊太郎

黙れ
黙れ
黙れ
俺たちの上に青空はいつもひろがり
お前は砂漠
俺はそこに棲む蛇　また
蛇のように細い河
黙れ
黙れ
黙れ

サボテンの下で

俺はお前をすべてのものに名ずける
お前は砂にまみれた貝
お前は置き忘れられた琴
お前は夜毎流れる砂丘
お前は青空の他のすべて
それから俺は世界を眞似て
お前を乾かしひろがらせる
それ故
黙れ
黙れ
黙れ
かく渇け
笑え
それが唯一の呪文
生の悉皆

長い廊下で

菊地貞三

とおくで声を揃えたリイダアがながれ　廊下が森閑と長かつた　爪を噛みながら　ぼくは待つていた　袖の金ぼたんをちゃらちゃら鳴らし　いっしんにぼくは待つていた

誰を？　罰を解きにくる教師を？　否《ノン》！
何を？　裏切つた級友たちの後悔を？　否《ノン》！
階段の大時計よりも正確な靴音で　向うの曲り角から「かれ」はやつてくる
大きな肩をゆすり　眼鏡をかけて（髭もはやして！）
「かれ」はくる　頭の悪い教師をどやし　賢しらな級友たちの前でぼくの肩

を敲いてくれるために　「かれ」はくる　必ず来なければならないもの　それ
が「かれ」なのだつたから
　ぼくは待つていた　ききわけのよい仔犬のように　いっしんにぼくは待つて
いた　教室の窓硝子も打ち割らず　裏山の緑の風のなかへ馳けだしもせずに

　十幾年　歳月はぼくを大人にした　ぼくは兵隊になつたり勤め人になつたり
詩を書いたりした　既にぼくはさとつていた　「かれ」は大きくもなく　眼鏡
も（髭も）ないことを　「かれ」は決して来はしないことを　そうして世の中
は　頭の悪い教師と賢しらな級友で充ちていることを
　ああだがぼくの人生の森閑と長い廊下の隅で　今なお待ちつゞけるひとりの
ぼくがいる　窓硝子を打ち割らず　この世の外へ馳けだしもせずに！

水と死のリズム

――水死したと云う女の写真に背せてうたう――

堀内幸枝

あなたは何時頃からか鏡に向いて顔が映らないと云つた。
あなたは何時頃からか自分の存在が認められなくなつたと云つた。

或る朝ふとしたことからあなたは不思議な悪寒に唆られ、庭の甕を覗き込むと、その奥に古里の古い甕が浮き上がり、うっすら自分の顔が映つているのを見たにちがいない。

急に云い知れぬ予感にざわめき、急ぎ古里に発つて背戸の甕を覗きみると、長いこと映らなかつた自分の顔が、その中に生き生きと映つているのを見てしまつた。

その時……

「良く晴れた村の、澄みきつた家の縁で向い合つて別離を惜しんでいる」彼とあなたの恋を終止点にあなたの顔はぷっつり切れ、永久に終つているのに気附き、あなたは甕の縁に立ちつくし、遠い日の自分の顔を懐かし気に見守つた。

その時僅かな女の存在感覚は一気に混沌の淵へ落ち、無意識の中で悲恋の苦さが飛沫返して胸苦しく、背戸一面繁茂している薔薇の実を無闇に食べずにいられなかつた。すると急に体が温かく眩暈して、背戸から続く裏山が全山紅葉して映るにひきかえ、ひっそりした山の静かさに、女は華やかな歌をうたいたくなり、小川の淵をうたい歩いた。漣が綺麗だ。あるかなきかの自身の影を砕いて揺れているのが、一途に純粋で、ついに女は淡い影を捉えようと土手から足を滑らせていつた。その時〈水なんて少しも冷たくないんだわ〉と、心良い倒錯にうっかり体を水面に載せ、青空を眺めて浮かんでいるうち、顔のない自身の上に此の上ない楽しい想出が夕日のように廻り始め、女は一層燈んだ声で滑らかな歌をうたいたくなり、野菊や荻につかまつて淵を淵をと流れるうち、一箇の花束が出来上る。徐々に増す苦痛も口から吹き出す薔薇色の液で、洋服のレースやスカートと共に女を取巻き、裳のような渦を作つて寄せてくるので、自身、花の芯と入れ替わつていくような錯覚に落ち、とうとう水から逃れる意識を忘れて、深淵に身を任せてしまつた。流れを増すに従い肉体の苦痛は渦や泡の間に交つて人ごとのように遠ざかり、体がふにゃふにゃに手応えなくなるにつれ、華やかに澄んだリズムだけ一段高く一段細く紅葉の根元、ねもとに淀み、ポソリ、ポソリ、木の垂れ枝に懸つては進むうち、女の感覚は全く水に飛び散り、リズムだけ川下へ川下へと流れを急いだ。深く高いリズムの合間に、唯一つこの川が流れて行くところきまつて小さな家があり、家には誰も住んでなく、ひっそりとしたその家の縁側に、自分は水ごと打上げられるにちがいない。そんな家の澄みきつた縁にはきまつて彼が一人立つているにちがいない、と、狂つたと云うには余りに美しい思念を浮かせて、流れは急いでいた。

（未完）

らくがき

堀内幸枝

一つの雑誌を楽しいものに作り上げる技術は難しい。現代人はかなり神経を傷められているので、その中で詩の雑誌は編集と装幀に気をとられる。私は詩がぎっしり詰つた雑誌も細かい活字も体質的に頭が痛くなる質で、まのぬけたような余白が転がり出している所に云い知れぬ喜びを感じたりする。がこのまのぬけ方が難しいのであつて、計算があつたりしてはいやなのだとはなんと気儘な質だろう。さてその気儘な事と云つたら私の場合、度を越しながら実は私の我儘は我儘でなくて裏返すと息苦しいほど神経的几帖面さに繋る。反対のものを幾組も同居させている事は苦しい事だ。自分の為でもあり人の為でもあるような雑誌を作つて置きたいと、アブノーマルな夢が、どうせ煙草や酒も飲めば泡と消えるのだからその分、雑誌に換え、それが泡と消えたっていゝではないかと呟いてみるが、実際はその裏側から二十年も昔、考えていた文学への魅力が生活の上で、逆に逆に流れ漸く組み場を作つたのだから〈軽薄な考え方をするな〉と云う声が何時の間にか幽霊のように細つていた。

× ×

極まりきつた事でもあるが人間には審美眼の質にかなり個人差があり、これが小説ならともかく詩のように短い形の中に、複雑な思想とか感覚を盛り込む事になると、難解と云う言葉の中に案外〈体質的に消化しにくい〉と云う意味が隠されていることを知る。この事は又詩を書く人と雑談している間さえ、会話の中に、その人の詩と同じ型の審美眼を見出してかなり面白い。即ち一つの花を眺めているとか、道の通りすがりに出会う具象的なものとかによつて発する平凡な言葉も繋ぎ合せてみると、その詩人の詩の深さや美質に続いている事屡々で、ここが自分の好きな詩の著者と語る楽しさでもあり、又今まで詩集で難解であつた詩の理解を深めるチャンスになることもある。「そんな事でしか理解されるのでは詩の真の生命ではない」。と、云う説も出ようが、これは慎重な詩論でなく思いついた一節として――。

× ×

今年は運動会に引張り出されて久し振りに長距離徒競走を見た。駈け出しと云う一つの山があり、自分の体質のファイトを頭で割出して、始めに緩く最後にベストを尽す人。全体に緩みなくベストを尽す人。初めにベストを尽し自信を保つて走ろうとする人。十人の駈け出しは十色の進行過程を作つたが、それぞれの目算は順次狂つて等級が定まつたわけだ。私はつい面白く眺めていたがその面白さを探つてみると、長距離をどのようにして走つたかと云う事が案外人生の生き方、仕事、その他多くのものの上に当嵌めて考えられるからで、云いかえれば、自分が人生の前半と後半に分けて見下せる峠の年齢に入つたのだと気附くと小春日さえもひやりとしてきた。

嶋岡晨特集

時間の街かど

その若い娘は見た。輝くすんだまなざしで、しなやかな腕で、ゆたかな重い乳房を抱いて。遠くはないところ、むこう向いて立つている、しなびた小さな老女のすがたを。

よく見ようと近づくと近づいた距離だけ遠くなり、その老女をまともに見ることはできない。彼女もやせさらばえた腕に、なにかをかかえ、じっと彼方を見ているようだ。

若い娘と老女の間を、なんにんか、乳飲児を抱き、手をひき、また大きくなつた子と肩を並べた、若くもなく年寄りでもない女たちが、空いている腕に、買物の包みや、玩具や、記念品を、大切にかゝえて、往き来している。

若い娘は思う。あのお婆さんの抱いているものは、枯れた花束かしら、しぼんだゴム風船かしら。——もしほんとうに見たら、彼女は苦しむだろう。なぜって、老女は何も抱いていない、まつたく思い出のかけらもかゝえちゃいない。たゞ習慣からもとへもどらなくなつた腕を、愛の形骸でしかないその姿勢を、続けているだけなのだから。

そして、いつか、若い娘は、あそこであゝして立つことになるのだ。老女は呼ばれても決してふりかえらないだろう。朽ちた生命が、夢のとうとさを知つているから。そして自分が、かたくなに背を見せ、自分のむこうに見ているものが、何であるかを知つているから。

待つている男

おれが待つているのは、千年の未来の国からやつてくる女ではない。二千年の過去の女から出てくる国ではない。

おれにとつて、またおまえたちにとつての最大の不思議は、おれがこうして神の糸切歯のような石の上に坐つて、待つている、なにかを「いま」待つている、そのこと自体の中に意味が存在することだ。

おれが待つているのは、「時」の追跡から逃げおくれた「眞理」の影ではない。むしろ、おれ自身の影、おれの光りの部分からいつも数十歩おくれてくるおれの生命の影なのだ。

意味？、あゝ、意味なんてものがまだあつたのか。青ざめた意識のどこをつねつてみても、おれには復讐への力はわいてこない。

おれはまた、石のように、おれを椅子として坐つてくれる「おれ」を待つているらしい。

冬の魂

どの樹も叫びが茂つている
どの扉も凝惑の指紋がうき出ている

ぼくはいそぐ　目的もなくいそぐ
両肩にいわれもない怒りをのせて

あの道そのむこうの家のない街も
いっぱいのうらみで震えている

とまつた車から　だいじそうに
四角い思想をかゝえた男がおりる

その男の後から
皮をはぎとられた動物がころげ出る

町角を赤い血をのせたオートバイが
まっしぐらに黒い空の方へ飛び去る

白いベッドの上では
小さなミイラになつた愛しあうふたりの女が
毛布をすっぽりかぶつている

泣き止まぬ赤ん坊を抱いて
神さまが困惑して立つている

風と雪のなだれこむ暴漢たちが
この世界の
　首のない像にリンチを加える

あゝ
　いつたいなにが
　　魂をきれぎれにして
　　　吹き飛ばすのか！

溺死した女

灯台はナイフの光りをもち
きみの顔は皮を剝《む》かれたリンゴであり
くらい海におぼれかけたまゝ
きみの叫びはヨットの帆となつて傾いた

青いテーブルクロスの皺よせたひとすみに
ふたつぶ落ちていた
きみの瞳の黒い種子が

ぼくとむかいあつて坐るとき　そうしてそのときから
おまえの姿はどこにも無いのだ
若いかたいすっぱい果実が消え失せた
沖の雲のぼくのまっしろい歯のあいだに

ぼくはいちばん痛く思い出す
ぼくの食欲が波打つていたこと
つみぶかいぼくの世界に誘われて
おまえの美がクロールで飛込んできたことを

秋の日記抄

木下夕爾

×月×日

晴。暑し。S町観月句会に参会を約す。くれがた、古い傾いた町並の上に匂ふやうな新月をみる。鶏舎の藁の中に、とり忘れられた卵の色。

新月や白猫よぎる庭の隈

×月×日

曇。港町鞆へ行く。「鞆の仲秋明月」と題する放送のためなり。舟をうかべて待つたが夜につれて小雨となる。終バスで帰る。W君酔つて来る。火屋の割れたラムプをもらふ。途中でころんで割れたといふ。

×月×日

仲秋明月も雨で駄目なり。観月句会へ不参のよしを電話する。夜、想像の作による「鞆の仲秋明月」の放送を聴く。

×月×日

曇。暑し。長男純二をつれてH耳鼻科へ行く。中耳炎。当分通院しなければならない。こんなところに来る人の心は、勿論私の心も、待合室備付の雑誌のやうにうすよごれてゐる。依田義賢氏の詩集「ろーま」を頂く。見事である。夜、小雨。盲腸手術の長女晶子退院す。雲間に少時、十六夜の月見ゆ。

×月×日

晴。暑し。旧友T君、東京より来る。九州へ帰省の途次なり。バスで一時間、渓流の釣へ案内する。

一泊。二人で鮠五十四尾。調子わるし。井伏鱒二氏の言葉ではないが、以前一つの詩を得るごとに高鳴つた心臓が、今は十五センチ以上の鮠をあげるをりにだけときめく。

×月×日

快晴。原っぱで純二とキャッチボールをする。

秋草にまろべば空も海に似る
外れ球に鬼灯ともる草の中

×月×日

曇。村上菊一郎さんの「愛の詩集」（角川新書）、安永稔和氏詩集「愛について」、鈴木正和詩集「季節の楽章」を頂く。W君より「ウスリー紀行」「カメラ野鳥記」を借りる。夜、高知の詩誌「繭」へ「山の宿にて」を書く。気楽な愉しい気持で書く。こんな気持で書いた詩に、後でいつもことさらな不安をおぼえるのは何故だらう。

建つてゐる水車のやうに永遠に光り動く時間
水のかれた水車のやうに永遠に静止する時間
古びた籐椅子の上で
ハドスンの博物誌を読んだ
それからカサリン・マンスフィイルドの短篇を二つ
くれがた　雨になつた
雨は湖水と森を濡らしてゐた
頭だけになつた皿の鮎は
その黒い眼でまだ瞶めてゐた
静かでつめたいものの中へ深く
雨の湖水のおもてのやうに
僕は鳥肌立てて眠つた

×月×日
曇。福山の宮沢賢治祭へ行く。駅頭で、井伏先生に出会ふ。御帰京直前なり。汽車の来る間、プラットホオムでしきりに釣の話をされる。賢治祭会場で、詩人西原茂さんに会ふ。夜鷹を主題とした童話のスライド。小倉豊文氏の講演。夜鷹は、木の枝のなりにとまるとかねてきいてゐたのに、スライドのそれはほかの鳥と同じやうに、枝とぶっちがひにとまつてゐた。夕食後西原さんと別れ、H氏及び文学サァクルの人々に会ふ。飲む。
×月×日
晴。まだ暑し。広島へ行く。F小学校。しきりに法師蝉鳴く。初めての学校の人々と飲み、別れて急に酔を発す。夜ふけ、道路ばたに寝てゐた。交番に連れて行かれ、宿屋を世話してもらふ。眼鏡と本の包みを失ふ。風邪をひく。
×月×日
晴。朝寒。夜寒。詩友三人来る。「四年の学習」の詩を書く。
馬追ひの影ひえびえとしたがへり
こほろぎの鳴きつぐごとく綴る詩か
×月×日
晴。つめたし。芋原といふところへ行く。高原なり。山山の濃い襞。高く白い蝶。茶の花。石蕗の花。懸巣が鳴いて行く。海が見える。夜、詩友N君来る。将棋をさす。
×月×日
晴。夜はことにひえる。仲間の詩誌への原稿負債いっぱいなり。生業が終り、人が寝静まつてから、机にだけは向つてゐる。茶を飲み、たばこをふかす。何もうかんでこない。
　夜起きて詩を書く
　自分の中にいつも覚めてゐるものを書く
　自分の中にまだ眠れないでゐるものを書く（やや気負つた鉛筆のらくがき）

家

手塚久子

〈へびがいる！ へびが……〉彼女は子供の指さした天井をもう一度覗うようにじっとみつめる。子供はやっと眠ったらしい。〈ひどい熱のせいだわ！ きっと〉彼女はうち消してみる。だが二度までも子供が起きあがり恐怖におののいて口ばしったではないか！ 〈蛇〉と。いくつかの蛇はとぐろを巻き赤い舌で彼女の頭蓋骨を砕きはじめる。その痛みは次第に子供・夫・姑の顔になつて憎しみの眼をむけて全身をしめつける。嫉妬？ 彼女は探しあぐねた小石を拾つた時、それが毛虫ででもあつたように遠くへ投げる。〈まだお母さまは！〉たくさんの蛇はひとつの大蛇になつて重くのしかゝつて来る。……生前の姑の声が追いかけはじめ、歪んだ表情が白蛇と重なつて迫つて来る！

でも〈あの人がいる！ あの人は……〉 彼女の支えであつた夫が果して何を見守つてくれるのだろうか。二ケ月まえ通知を受けてかけつけた彼女……病院に息をひきとつていた夫にすがつて帰らぬ名を呼んだが……まだ壊れた二台の自動車と血痕を囲むムザンな白線に区切られた現場に立たされたとき、彼女は気を失つてしまつた……

この家に来た白いウチカケ姿は誰だつたのか。周囲に祝福され見込まれた蛇の花嫁！蛇年一家。この家にまつわる四年の歳月はいつたい誰の手によつて変えられていくのか？いま涙と血の記憶につながる子供をうばおうとしている大蛇は、部屋いつぱいの姑の眼でひろがり家をゆすつている。

ふと眼をおとすと子供は荒い息をたてゝ痙攣しはじめる。彼女の抱きあげた腕の中で子供はがっくり石のように重くなる。コンロの青い火が笑いながら湯気の立つ洗面器の底をなめている。火鉢の火にも青い焔！　笑つている。何処かで、声を殺した笑いが家をゆすつている。

彼女は枕もとにあつた読みかけの本といわず新聞紙といわず火鉢に投げこんだ。世間の記事に疲れはてた活字は、音もなく赤い柱に変つた。波のうねりのように音たてゝ屏風にもえ移り天井との距離を縮めていく火！　壁の影が大きくゆれる。彼女はなおも手を休めずに物を投げながら、全身をあつめた眼で天井を覗つている。何処からか風のうなりにまざつて、はっきり彼女は一つの声を聞いた。……遠い海鳴……それをうちけしながら、煙の中にのたうちまわる白蛇の最期をみとどけ彼女の笑いはひろがつていた。頬を上気させ、やがて視線を火の壁になげていたが、笑いの影は闇をひとつに吸いこんでいつた。

しばらくしてほど遠い半鐘が眞夜の寒空に鳴り渡つた。消防小屋は眠りからさめる。＜畜生！　この風に！＞怒号にまざつて闇が破られていた。

悪い旅

水橋 晋

光のなかではよけいに傷つくことがあつた
そんなとき
薄明のなかにかえりつこうとするらしかつた

私は空のほんとうのひろがりをしらない
地が私をおくりこむ影のなかで
安堵していたのかもしれない
眼をつむつているのは
たいへん気持のいいことだつたから
そして影の部分と影の部分をつなぎあわせて
できたくぼみを
たいせつにしていたらしい

けれども
光の傾斜をすべりおりながら
多くの声がひびきあつて
滝となつておちこんでいるむこう
くろぐろとした淵にそつていつたとき
しこりのように
ぴつたり夜をだきこんだ
おまえの子宮がひらいて
私をはげしく陥しこんだとき
おまえの内側には
多くの誰かの
おまえもしらない誰かの傷ついた胸のなかへと
音もなくこぎわけてゆく櫂の列があつた
ふかいひろがりはしずかで
しずけさよりさらに多くの
生れでるざわめきがそこにはあつた

影

河野澄子

どこかで　たえずうかがっている
お前はいつも　暗闇に姿をかくし
眞晝
ピッタリと寄りそってきては
狼狽させる

お前は　見えない
銃口を据えて　私の心臓《こころ》へ
たえず悪意をうちこんでくる

夜でも　晝でも　だから
私の心は痛むのだ
だから不意に　私の心はふるえてくるのだ

私の心に　火が炎えたつと
お前は一層ゆがんでくる
黝ずんでくる　みにくくなる

ああ　お前はまちがっている
お前はたえずゆがんだ映像
地上をゆらゆら　かげってゆく

ごらん　石にさえ影がある
「在る」ということは
凡て　怪しい二重の意味を持つのか

たえずお前がつけ狙うので
銃を据え　私の心臓《こころ》を
狙いうつので
私は歩かずにいられない
私は歩かずにいられない

梅本育子詩集「火の匂」

武村志保

梅本さんに始めてお会いしたのは、たしか日本女詩人会の集りだつたと思う。そのとき私は大変もの静かな方のような印象をうけた。

今度詩集をいたゞいて、落着いた真白い装釘を見たとき私は梅本さんの印象がそのままあらわれているような気がした。

ところが中の詩を読むと、斬新な感覚と理智的な情感の衣を着てあらわれた梅本さんは、意外なほど強い個性と、独特な雰囲気を持つているのである。私はあらためて梅本さんを見なおしたのだつた。

梅本さんの詩には、じめじめしたところがない。そうしたものは理性の水でさらりと洗い落して、変革された抒情をつくり出そうとしているのである。

「反逆」と云う詩のように、対象のつかみ方が大きく、またそれを批評し、風刺する眼をもつているのである。そして、かなり強い激しい言葉を平気で使つて不自然でないのは、都会のメカニズムの中で、痛められながら抵抗しているその気迫が、読者を呑んでしまうからである。

面白いのは、女の舌、生殖の籠、乳房、女の夜の匂い、などという、下手に使うとむかっとする言葉も、梅本さんの場合むかっと感じないことである。これは梅本さんの詩が、官能的なようにみえながら、その実植物的な要素の方が多いからだと思う。

なかには自己の心象風景と、外部風景との均衡が破れているため、イメージが鮮明に浮んでこないうらみがある。しかし「コクトーとの対話の頁と一人の女の夜のエッセンス」のように、軽いコント風なものや「縄」のようにアクの強い作品もあり、全体を通じて梅本さんのもつている詩の世界は、幅が広いのである。

（国文社発行）

最近の詩集から

堀内幸枝

阿部富美子詩集「深海魚」（昭森社）

即物感覚を通して野性的で大胆な詩を書きたいと願つていた私は、不図らずも「深海魚」を通して阿部富美子さんの中にこの願いを発見してしまつた。序で岡田刀水士氏は「今日の女性詩人の作品を見ると、阿部さんほど野性的な作品を書く人は居ないようだ」と述べているが、

「愛欲もうす紫のりんどうの炎」

「炎と共に神を吹いている」

なぞ、イメージさえも炎を吹いてくるようだとは、この詩人を通して云えることだ。その一点に絞つてこの詩人を探究してみると、阿部さんの詩が生きているのは、阿部さんの深い教養と人生経験から自分の最もいとしいものを最も突放して見せる術を知つているからにある。〈女性作家は何処かでヘソの緒と繋がつている〉と非難される事も阿部さんに於いては内側に向かつて吹上げる炎をよく分離して外側に厳しく捉え得ている。あとがきでも「完成と云うことは目的ではない、発展過程を追求することが芸術なのだ」と云う若々しさにも共感が湧く。やゝ古風なムードは幾分気にかゝりはするが……。

「遠い少年」

杉山茂雄（植物派詩の会）

「愛について」　安水稔和（人文書院）
「ポエジーの噴水」　松尾修二（国文社）
「遠い終電車」　石口敏郎（木靴詩話会）
「入道雲のうた」　仙川竹生（心象社）

ここに二十世紀の空気に汚れない、又は汚れることの少い詩集を五ツ選んでみた。**「遠い少年」**に於ける水中花のように清純な世界に対して、時代性と云う批評の言葉なぞ持ち込む事は出来ない。何時の時でも青年はこのような詩を書く時代を持つ事によつて成長し、やがてあらゆる世界から美を引き出す逞ましい批評精神も育つて行くのだろう。即ちこゝには詩人の地下水のようなものが湛えられている。次の詩集**「愛について」**このような題名にいさゝか私は尻込みした。しかし今日の人間も愛を求める心に変りはないとすれば、このテーマから詩人がしいて遠ざかろうとして来た事の方がおかしいとも云える。現代なら曖昧な精神の奥にシニカルな形にしか捉えられない「愛」を安水氏はそれ等の逡巡を打切つて、大胆に入つている。**「ポエジーの噴水」**は絵画的な技法が印象深い。花の名や色や物体を示す言葉が一幅の絵のように浮上つて観賞出来る。イメージを深く単純化そうとする意図がそのような感じを抱かせるのかも知れない。こゝには長い間、時流から離れて築き上げた精神の潔癖さが見られる**「遠い終電車」**これも童話の世界が大人の心へみちびきこまれた世界であり、この素朴さの煮詰められたところもはや現代詩批評なぞ受けつけないところにいる。木下夕爾氏一派は「木靴」によつて黙々として、こうした東洋思潮を崩さず押し進めているところに心うたれる**「入道雲のうた」**もこれと同じく一貫して敬虔で控え目な態度を崩さずうたい続けられている。深く沈潜した精神は都会的なものとはつきり区別されて、誠実な地方色を作り上げている。これ等五冊は「遠い少年」「ポエジーの噴水」を除いてすべて地方から出されたものであり、此の外に私の机の上には砂出版社から出た**「砂詩集」**と云う「荒地」の上にもう一度自分達の設計図を引いてみようとする重いアンソロジーも載せられていて、現代詩の方向はなお数多くの課題を負うていることを示している。現代の詩とはそれ〴〵の指向と運動による分裂と抵抗であり、知識層、詩人層、読者層の相互の批評の空隙には、なお、西洋思想と東洋思想の間を永久に往還しなければならない我々の宿命が大きく横たわつていることを知らされる。

あとがき

詩と云う純粋さを編集の上にも求めて行こうとすることはむずかしいことだ。十集では嶋岡晨氏の特集をしてみました。諸氏には数多くの御意見頂きたく存じます。

（堀内）

1956年11月20日発行
定価 30円
編集発行人　堀内幸枝
東京都新宿区柏木3—446
千葉方　葡萄発行所

葡萄

11

葡　萄

第11号

1957年3月

朝・電話が鳴る……安西均…2
時計……粒来哲蔵…4
どこか天の……大野純…6
理髪店……阿部富美子…12
呪文 No.2……堀川正美…14
詩のための悲歌……谷川俊太郎…18
四つの笛……磯村幸子…22
俺……笹原常与…24
曇天……堀内幸枝…26

朝・電話が鳴る

安西均

洗濯機にスイッチを入れるころ電話が鳴る
あのひとはまだ上半身しか夜を抜け出ていない
遠くでうなる製材所みたいな音をたて
電気剃刀で顔を撫でながら同じことをいう
「アパートでぐっすり寝たさ」
「きみのこさえたハウ・エグスが食べたい」
そんならあれを誰だというつもりだろう
背中あわせに壁のほうを向いて
いまブラジャーを着けているのは……

電話さえしなければ嘘はばれないのに
だけど電話の鳴らない朝は私は毀れた洗濯機だ
自慢していい私は働き者だから
せっせと毎日きのうを新しくする
庭いっぱいお天気をひろげるのが好きだ
とっくに子供は風に吹きさぎられそうにして学校へ行った
夫は固いカラーに顔をしかめてバスに乗っている時刻だ
あのひとは十日か二週目に街へつれ出し
耳とか口とかところかまず指を突っこんで
私を裏返しにしてくれる。

時計

粒来哲蔵

今しがた、彼から出ていつた歳月の亡霊――。彼はある店の、とある鳩時計の前で立ち止まる。彼には、この鳩の応暢さ、この無害な融通性には堪えられない。小さい黒い眼はくるくる動いているが、その変轉が僅かに彼を慰めるだけなのだ。彼は、ふとそれに触れてみる。彼の皮膚の下をくすぐるようなまるい感触。突然この生き物が、虚ろな声で啼きはじめると、彼はあわてて立ちさつてゆく。そして、歩きざま彼は感じている、彼のがさつな思考の中では、彼自身が、つねに時を刻んでいる一個の器物でしか在り得ない、と。

その為、彼の内部では、まるい小さな永却が、無造作に意識の針をかきまわし、彼をあわてさせる。彼の幾千もの未来が、夥しい過去の方にすべりはじめ、彼がとり抑えようとすれば、手のつけられぬ混乱を目覚めさせることにもなりかねない。彼はせめて現在を、自分のめどに合わせようと試みるが、その時、彼はもう身の実在を失つている。彼の幽霊、つまり彼は、いつでも、どうしても気付くことが遅すぎるのだ。

　彼は睡ることができない。眠ることが、彼に何を齎すだろう？この無意味さは、彼には合点がいかぬ。やがて黴くさい檻の中で、窓掛が夜の方にはばたくと、しずかに彼にずり寄つてくる性的な時がある。彼は反轉し、脚をちゞめ、気忙しいふりをする、が眠り得ない彼の目玉は、からからに乾いている。彼はやけに目をつぶる。この瀬戸物の、しろい睡りは、彼にとつては毎度のことだ！すなわち彼は感じている、彼こそが、過去の方にずりおちていく、一つのいじけた時にすぎない、と。

大野 純作品抄

どこか天の……

どこか天の片すみで
眠れないめくらの少年がむつくりと
起きあがり母のいないいのちをまさぐり
ながらうすももいろの共同墓地を
出てゆくとしたら

汚れた髪を光のようになびかせ
まひるの砂漠におり立ちたしかな
あしどりで崩れやすいスフィンクスの丘を

よぎり異境の首都のさなか
に入つてゆくとしたらそうして

あちこちで虐げられながら痙攣する
ビルディングの街のとある地下室
の蒼い産院のドアを開け窓のない
ベツドのなかに一ぽんの薔薇を
しずかに産みおとすとしたら

やがてそのまま死んでゆくこのみなし子は
ばらばらに流れる骨よ選ばれなかつたノアよ
にごりかえつた洪水のなかでただひとつ
きみののこしてきた見はてぬ
夢にちがいないのだ

声

冬
ぼくの狂つたひとりの画家が
かなしい憤怒で風景をけづりおとすので
またしても白い空間がさむざむとあらわになる
乾いた夢がはげしく吹きつけるこの精神の領土は
こうしてさらに幾つものけづりとられた拡りに囲まれてゆくのだ
ぼくは　三本足の椅子に腰かけている痩せこけたぼくは
怨み言をいつてついに立ち去つてゆく情人のまるい肩を
とぎれとぎれに残された希望の地平に見つめている
ぼくの眼の痛みはますますひどくなつてゆくらしい

もしも　いや　たとえこの白い死のカンバスへ
ぼくたちを作つたことのあるものの両手が
祈りに充ちた血まみれのいのちを執拗に塗りつけたとしても
まつすぐな樹木だとか窓のある建物だとか断層のない道だとか鳥の住む森だとか馬や牛や羊たちのいる牧場だとか天まで伸びている影だとか手をとりあつ

た人間だとか
そういつた風物たちはもはや集つては来ないだろう
たとえば唖の子供たちに言葉が与えられるときのようには

ただぼくは知つている
やがてぼくの領土に風景はなくなり
飢渇を訴えるべきとをい積乱雲もなくなり
しかもなをあたらしい存在の世界へときみを駆りたてる狂気に
きみの孤独な手はぼくの椅子をえがき
次いでぼくをもけづりおとしてしまうだろう
そしてなにもなくなつた白い記憶の中心で
失われたぼくの遺産を背景にきみは一ぱいに涙をためた自画像をえがき
完全に無言でそれをけづりおとしてしまうだろう

……………………………………………
……そのとき　どこかで誰かがささやくという
ぼくたちは風景を所有した　風景はぼくたちを所有した
と誰かがどこかでささやくというのだ

青春

灼熱の光のなかにまぶしい一と条の鉄路
巨大な動輪が黒く軋りながらすぎてゆく
死体はさびしげに誰かへの訣れをほほえみ
赭土の原に投げ出された両手をさしのばして
たしかに千切れた己が首あとをまさぐる

おれたちは知つている　おまえの名を　ついに自殺したおまえの名を
おれたちはおまえの途絶えた呼吸を吸う
天に　つぶれた卵をあえぎ綴る尨大よりもはげしく
未だあたたかい血を吸う　乾いた白い涙を吸う
言葉のない舌を　ざらざらするいのちを吸う

おまえのぽけつとにはつねになにかがかけていた
えだけのないふだとか　こわれたつちのにんぎようだとか　すべすべしたこい
しだとか　すなのはいつたまきがいだとか　ふちのかけたれんずだとか　し
んぼうのないこまだとか　なかないすやきのはとだとか
のほかに　なにかもつとたいせつなものがかけていた

憤怒を生きるためにおまえにも正気のときはあつたのだ…………
…………………………………………いまは不感無覚

このヒリヒリする奇異なる風景のなかで
無知なる　傲厳なる　執念き額も閉ざされ
おまえはついにおれたちの唇から失われてゆくか

啞の鴉　おお　声のない慟哭に嘴をカツとひらき
おれたちのにがにがしい内部に動輪よりも大きな円を描いている憧憬
まぶしく続いている一と条の鉄路のほとりより
やがて心の頂きにある暗黒の巣に翔きかえつてゆく生！

理髪店

阿部富美子

その人は、ふらりと入つてきた。汗と塵と蓬髪をかかえて。赤と青のアメン棒が、よごれた身と心を清めてくれそうな誘いを投げかけたので。＜あの回轉には魔術的な求心力がある。＞

その人は、すつかり疲れ果てて、子供めいた郷愁にさそわれていたので、メリーゴーランドの床でも踏むような気持で調髪台に昇つた。仰向いて眼を見やると、なるほど青空がある。それは鉱物質にギラギラしていたが、彼は満足した。光の屈折のまぶしさも、谷川の水のきらめきか、水晶の塔の尖鋭な快感だと考えた。彼は眼をあけたり、つむつたりした。そしてエーテルの中に溶けて行くような感覚に、おそわれた。＜彼自身の存在について不安と満足とを同時に味わいながら。＞

彼の頭のめぐりで風が吹きはじめ、サラリサラリ松葉が散つた。地の中に泌みこむような限りない、いとしさで――。彼の顔は突然、白い積雲に包まれ、彼はその中に消え去つた。それと共に彼の過去は完全に消え失せてゼロになつた。――やがて新らたに生れてきた彼は童顔であつた。＜彼は思わず、につこりした。V欠けたと思つていた前歯が乳歯となつて愛らしく覗いていた。瞳は生れ立ての小山羊の瞳のように柔らかな光に満ちあふれていた。彼は鏡の中の自分に疑問を持つた。けれどオプチミズムは生来のものだつたので、此からは彼らしく広い道をゆつくり歩いて行こうと思つた。道は今から――この鏡の中から始まるのだ。不時の夕立に襲われても洗顔所の爽快なシャワーだと思い、暴力の大きなハサミが光つても、うまく首を引つこめて、のびた髪だけをチョンと切らせる術を持ち、悠々と歩き続けて行くだろう。

周囲のタイルが碁盤の目になつている。もう対局は始まつている。が、相手の顔は見えない。ただ皺だらけの、いかつい手が石を持ち、その石は追われた白い小鳥のように彼の網に　とびこんでくる気配にある。彼の心は弾んだ。――それなのに、どうした事だ！その時すでに相手の老人の手は何処かへ消えてしまつていた。「ああ――」圧しつぶされた、ためいき。「これが人生か。」彼は又、深い思いの底に沈んでいつた。

額の中の風景が、白い波を打ち返している。その穂先が彼の眼に突きささつてきた。――彼は眼をそらせ、そして瞑想した。

「恐れ入りますが、お次の方が　お待ちかねでございますが。」理髪店の親爺が、もみ手で言つた。虚をつかれた彼は、片手にタオルをぶら下げて俯向き、一足々々踏みしめるようにして歩いた。

呪文 No.2

堀川正美

はしれ
太陽も月も
鳥も
麦も、そのまたこどもの大麦も
けだものも
しだいに宇宙のへりをまわつて。

タイプライタアを打つ太い指が人間をばたばたなぎたおす。
とびらのそとは、ゆるゆる動く船の下だ。
苦力のあしゆびに頭をぶつけてたおれる。
銃を捨てさせたうえに履歴書もうけとらぬやつら
のんだくれが首をあらつて朝日を礼拝するとき
三途の川から、まつさかさまに地獄へおちろ。

はしれ
太陽も月も
鳥も
麦も、そのまたこどもの大麦も
鹿も（そのつぶらな高貴さは
苦痛の岸辺から青い空をはつきり映したまま
人間でなくなつていつた双の目がつくつた）

こまのように水平をたもちながらしずかにまわつているのが
われわれじやないとすれば、おまえたちだ。
兵士よ、兵士よ、いまいちどじつと
見おぼえのある目でおれをみつめてくれ。
なぜおまえが生まれかわつた鹿であるのかおしえろよ。
おれも太陽と月の下をかけまわりたい
太古そのままに。

はしれ
太陽も月も
鹿も
麦も、そのまたこどもの大麦も
鳥も（空をとべることにきづいて

生まれたときはげしくふるえた胸）

夜があけるのか、日がとおのいてゆくのか
また都市のうえに薄明がかかっている。
空の一階から一〇階へ、そして一〇〇階めへ
ビルディングはむらがりよじのぼる。
しがみついたものらもばらばらここへおちる。
だがこの都市は、かつて劫火につつまれ
口から火花を散らしながらたったいちどの命令で
空のなかへたちあがったことがある。
玉蜀のような月の下。
子を抱いた女は鉄に襲われて蒸発しなければ
じぶんの国までとんでゆけなかった。

はしれ
太陽も月も
鳥もゆるやかに
麦も、そのまたこどもの大麦も
けだものたちも（おれの家族はこの国には住まぬ）

だから、われわれは現世の親戚らとともに

足がみえなくなつてまいにち
ひたひたと水がよせるこの街をながれていても
そのうちには生きることも死ぬこともじぶんで決定し
おまえたちをふたたびここへよびもどしたいと思う。
そのとき初めてじぶんが人間の顔をしていて
日と夜をどこでかぎるべきかまなび
湖とブランデイのちがいがわかるだろう。
区別されずにひとつでありたいとねがうのは
われわれだけなんだ、いつしよに眠りたいとおもうのは……

はしれ
太陽も月も
鳥も
麦も、そのまたこどもの大麦も
それから、みんなやさしいけだものら
ぐるぐるまわりながらここまできてくれ。

詩のための悲歌

谷川俊太郎

見る
見て　知る
知る
知つて　考える
考える
考えて　理解するあんた
詩人
見るあんた
見て理解するあんた
詩人
利口なあんた
考える
理解する
知つている
悲し気な

あんた
悲し気な顔で
遠くを見ながら
女と寝るあんた
あんたのその
生白い尻
あんたの知らない尻
あんたより孤独なあんたの
尻

考える
考えて　書く
書く
書いて　意味するあんた
詩人
意味する
無意味なあんた
悩みつつ
うんこしつつ
下駄の鼻緒切りつつ
椿餅つまみづつ

意味するあんた
の
臍
と
男根
は
生きてんのかよ
死んでんのかよ

感動する
感動して 夢見て歌つて
歌つて生きていつて結婚して
結婚して子供つくつて死ぬ
死ぬあんた
詩人
の上に
お天道様は照つてら
風も吹いてら
空もひろがつてら
ね
あんた

詩人
見る
見て　知る
知る
知つて　考える
考える
考えて理解して
書いて意味して歌つて女と寝てそうして
死ぬあんた
詩人

の隣に立つている
ひとりの孕み女
疲れて
土気色をして
針金の買物籠をぶら下げて夕方
八百屋の店先に立つている彼女の
はればつたい顔
大きくふくれた乳房
やさしく動いている子宮
けだるく何も見ていない眼

四つの笛

礒村幸子

イワンの母さん　炉ばたで呼んでる
お菓子がやけたよ　おりこうさん
外は雪でも　もうすぐ春よ
お鼻のしもやけ　なおるでしよ

青い夜です　満天の
星がお話したげです
ぬつくと立つた　葱坊主
天をにらんで威張つているが
星とお話したげです

意地悪ぎつねが　ちょんと出て申す
旅のお方よ　どこまでおいで
もうすぐ　日暮の鐘がなる
おてんと様も　うつむいて
さびしい野つ原　たゞ一面に
めらめら赤い　マンジユシヤゲ
どこまで続く　マンジユシヤゲ

すねつ子　わたしは申します
ジヤン・ケン・ポンで
紙一人
わたしの心が
ちよん切れた

俺

笹原常与

俺が歩く　すると
そいつは　俺よりも少しおくれた空の深みを
俺とそつくりの形で　ゆつくりとついてくる

俺が手をあげる　すると
そいつは　俺よりも少しずれたところで
俺のと同じ手をあげている

俺が往還を横切ろうとする　すると
向うを曲つてくる自動車をすばやく見つけて
そいつは　ふいに立ちどまる　そこで
こぼれかけた俺は
アメーバが擬足をひつこめるように
そいつの中心へ　ひき返していかねばならぬ

だが　俺が人の死を見て立ちつくすとき
そいつは　俺を置きざりにしたまま
かけよつていく　そこで
俺は　そいつのあとについていかねばならぬ

俺が悲しんでいるとき

そいつは　俺から少し離れたところで
まばたきもせずに　俺を見ている
涙なぞためていない　空のような乾いた眼で

やがて　俺が横たわつて眠るとき
そいつは　俺に重なつて眠る
時には　すきとおつた体の中に
コオロギを鳴かせ

だが　横からばかり眺める他人は
深い空にすかし
裏表をひつくり返してみたあとで
俺は一人だという
俺の形をふちどつているのは空で
はみ出している者なぞいないという

俺が俺の中に住まわせている者に気づかずに
実は　そいつと俺との中間に
俺がいるのだということを知らずに

曇天

堀内幸枝

重い空を見上げていると
あのたれさがつた空のへりを
ひと思いにまくり上げてみたくなる
うすく二つにはがされた天と地の間から
太古の蒼い気流が
一気になだれ込んだとしたら
まず
汚れた雲は見る間に飛ばされ
作物がとめどなく天に向つて伸びだすだろう
続いて田圃の牛は
俄かに出来たコバルトの空に驚いて
青い稲田をまつしぐらに駈け
とうとう小さな町まで来てしまうだろう
町では垣根の薔薇は眞紅に

昼餉の煙はたゆたい
あまりいゝ天気なので
垣根の下で牛はふと休まずにはいられぬだろう
垣根の中では
まぶしさについに開け出す窓と窓から
男や女達の目が
空ほど率直に結び合い
若者達は深い穹を見上げて急に表に出たくなり町の道路がつい田圃まで来ていても　なお恍惚と歩き続けることだろう
田圃では百姓達が逃げた牛のことを忘れて土手にころげ何時までも空に見入っているので村中の藁家の中では夕餉の仕度がブツリ、ブツリ、煮えくり返っているだろう
重い空を見上げていると
あのたれさがつた空のへりを
ひと思いにまくり上げ
地上にふと、とてつもない逆轉と
夢のような混乱を引起してみたくなる――。

（山梨県発行文化人より転載）

七冊の詩集によせて

堀内幸枝

一冊の詩集を手にする時、まずそこに現代詩の常識からはみ出したなにかを期待する。

昨年から小説の世界でも文学の魅力と価値観について、問題になつているが、詩に於いてもこの埒外ではないようだ。今日の文学がクリテイークに支えられ、目的意識的に追求され過ぎた結果、文学論の機械的な操作の上に作られたものへのアンチ・テーゼとして、文学発生当初の無意識的、自然発生的なものへの魅力と云うテーマが新たに我々の関心になり始めて来た。一昨年ミシヨウが我々の心を摑つたのも、こうした現代詩への解毒剤として特異な個性に徹していたことによろう。文学への見解は詩人や各編集者によつてそれぞれ異るであろうし、そうであつてこそ面白いと云えよう。

私はこゝに昨年から自分の愛読した、七冊の詩集を抱えてきた。詩劇「森の美女」**シユペルヴイエル・三井ふたばこ。柳沢和子。共譯**・は三井氏が長い間シユペルベイエルに傾倒してきただけに、彼女のデリカシイな雰囲気とよく溶け合つて、此の物語りを生き生きした訳書にしている。この物語りは地上に男性と女性がべつべつに作られる限り、永遠に古くなる事のない文学の一つの原形を成しているとも云える。詩人に限らず広く青年達に送りたい書物である。**詩集「潜水夫」扇谷義男・植物派詩の会**は長い歳月に渡つて詩を精神の濾過の内に見出そうとした著者の透きとおつたエツセンスを集めている。人間生活が外部世界との間に交錯する現象をすべて内部へ再屈折させ、その陰影の先を追う詩人の眼は厳しい。**詩集「記憶の負担」中野嘉一・昭森社**・も詩人として長い歳月を経て来たものゝ磨かれて豊かなボキヤブラリーと医者としての特異な感覚が光つている。**前登志夫詩集・「宇宙駅」昭森社**・に現われる田園の中には、かつての牧歌的な自然は消え、これは田園にとらえた現在の憂鬱とも云えよう。解説の中で木原孝一氏が「この詩集を読み了つたとき、読者は原子崩壊の直前にある人間のたましいの郷愁を感ずるだろう」と云いそれは表面から歩いて来ず、しめやかに影のように我々の背後から迫つてくる文明社会の暗い翳でもある。**「十枚の地図」小田久郎詩集**、は戦後詩人の眼は敗戦と云う事実によつて一斉に内部から外部の現象に求められて行つたのに反し、これは同じ敗戦のテーマを外部から個人の内部へ求めている。自分の感情に素朴と云えるまで自然なタツチは却つて新鮮で読者も思わず引き込まれ、再び敗戦の歴史をさまよう思いがする。我々の年代者には末長く懐しい詩集となろう。この五冊の詩集とは対ショ的に処女詩集としての若さと、奔放な魅力を縦横にふるつているのに、**磯村幸子詩集「石女遺文」ユリイカ・中潟寿美子詩集「鬼火」**などがあつた。どちらにもポエジーとしての技術が不合理なアンバランスのまゝ残され、個人の体臭と極端にからみ合つて、処女詩集と云うものの持つどろくささと共に底知れぬ魅力をひそめていて、私の嗜好は極端にそちらへ傾いて行く。こうした魅力を最もつけているのが磯村幸子氏であり、彼女の場合一個一個の作品と云うより、その奥に見える奔放な姿勢の方に支えられている。一方、中潟氏の中にみるこの若い、鋭どい感性は文字に纏わり紙面を踊り狂つて行くようだ。この早熟と未熟なものとのアンバランスは、たまたま世の天才と云う人の中にみるそら恐ろしさと一脈通じていて、こう云う素質を持つ人はどのような文学の道を成長して行くのであろうかと、或る期待と同時に不安を持たされる。小説の方もかなりこなしている人のように伝え聞くが、自分の幹の上に自分の枝を広げ、葉を茂らせるようにと、現代の詩論にそつて簡単に接木なぞしてしまわぬ事を祈らずにはいられない。この二つの小詩集に私は久々うつとりさせられたり、自分の小さな仕事に発憤させられたりしてしまつた。

あとがき

一、二ケ月一切の書物から遠ざかつて病院生活をし、久々に家に帰り沢山の詩雑誌に接してみた時、急になんとも云えぬ空しい感情に取巻かれてしまつた。これは長くまつしぐらに雑誌の事ばかり考えていた私に、疲労と広い反省が交つて襲つて来たのかもしれない。そんな折、日本詩集が送られ、伊藤整・亀井勝一郎氏等の広い文壇から眺めた詩の世界についての感想は、面白く、現代詩が眼に見えないところで戦後十年、敗戦の塗りこんだ特殊な風景から、過去、現代を結ぶ文学の広場に合流しようとする曲り角に来ているようにも思えた。かつて新しかつたものも今は古く疲れている「棘」へ島岡晨氏が『中原君、詩集としては決して悪くない、まとまつたいゝ本だがきみ、これは「石」の歌なんかぢやないよ。いつそ「人間」の歌を咽喉から血を吐くほど大声でわめいてみたまえ！』とある。が我々はこうした願いを今願いとしている。グループとか同人もないまゝ、不明瞭な性格をもつて続いているこの雑誌も実はこうしたところに意図をかけている。今日、同人雑誌のあり方からすれば、一人の詩人が系統的な又は纏まつた仕事を続けることが難かしいのであるから、わが微力でも落着いて長い「時」をかけた雑誌を作つて置いたなら、何時かは何人かの詩人が有意義な仕事を残していくだろう、と素朴な願いを持つまでである。こうした純粋な願いも純粋すぎればかえつて通りにくい世の中でもあるようだ。こんな雑誌ならまとまつた評論、エッセイで一冊を潰してもいいのであるし、もつとくだければ詩人の書く小説一篇だけであつてもいいわけだ。しかし私が詩人との交流範囲が狭い上、時間も持たないので、思うように発展していかない。この雑誌の性格が、純粋に理解される時がきて、始めて作品上での発展期が来るのであろう。

今号は大野純氏の特集にしてみました。大野氏には取り急ぎ作品をまとめた様子を気の毒に思つたが、作品としては充分誇るに足るもののようだ。自分は病院にばかりいて、作品が間に合わず、この度は小説の雑誌に載せたものから転載した。十一号についても多くの御批判を頂きたく存じます。

1957年3月1日発行
定価　40円
編集発行人　堀内幸枝
東京都新宿区柏木3—446
千葉方　葡萄発行所

堀内幸枝詩集
不思議な時計
A5上製・三〇〇円
ユリイカ

大野 純詩集
あの歌はどこからきこえてくる
A5上製・二三〇円
地球社

自選詩集
岩本修蔵詩集
B6函入・二五〇円
新恣匠

葡萄

12

葡　萄

第12号

1957年6月

日没の海……長島三芳…2
問いにこたえる……菊地貞三…4
空港にて……菊地貞三…6
地上……堀内幸枝…8
水車小屋……岡崎清一郎…10
ある日……日比澄枝…20
るふらん……新川和江…22
狼……大野純…23
女であること……内山登美子…24
はにかみの弁……堀内幸枝…25
通勤列車……城侑…26
赤い空……片岡文雄…28
夜……平岡史郎…13

日没の海

長島三芳

日暮の海に沈んだ
兵士の言葉をさがすように
おれたちは何か忘れていた
一つ一つ世界にいどんで傷ついた言葉が
まだ小鳥の声とともに
夜明けの空にのこつていることも

おれたちは何か忘れてきた
君の足が義足であることも

君の眼が義眼であることも
それがすぐ昨日の戦場につながるとしても
一寸一寸太陽が沈むように
そのほんとうの意味
それを知るためには　今日の海は深すぎる

おれたちは何か忘れてきた
忘れることが一枚の枯葉のように
白いボートにのつて流れてゆくように
その地獄の底に
死者が求めた塩と肉
あの声は消えて
またながい夜がつづいていることも

問いにこたえる

菊地貞三

あいつを巻添えにすることができようか
蔓が竹をとらえるように
とらえてしまうことが

ぼくはすでに
ひとりの女を巻添えにしてしまつた
しめつた土壌の上のやくざなぼくの一生に
勝手な一角を指し
絡みついたままやがては枯れてしまうだけの　ねじれた
この一生に
――竹のようにさみしいひとりの女を

しよせん
人間が人間を巻添えにすることなしに

生きてゆけないものならば
生きるための最少限
たつたひとりを奪つただけで沢山だ

この世にいないあいつ
まだ生まれないあいつ
新一だか英子だかしらないが
誰もがしたり顔にたずねるあいつ

くり返すがぼくは
勝手な一角を指しつづけて枯れる生だ
巻きついてしまつた一本の悔恨を抱いて
せめて気儘に倒れることが可能のすべてだ
あいつを巻添えにどうしてできる
どうしてあいつを呼ぶことができる

空港にて

菊地貞三

ガラス越しに単調なスカイラインが伸び
ロビーでは自動式電蓄《デュクボックス》が鳴つていた
あれはカリプソというやつだ

ところで赴任先の濠洲の話や
貿易の話をしていたが
別れにムスメを抱きあげもせず
じやあこれで
一瞬　彼は雲母色に微笑を歪めると
ひとり階段をおりていつた

税関・入出国管理・検疫　と記されたボードの下で
ふツと彼が消えたとき
おれは思わず息をのんだ

おれは見たのだ
鈍く空を映す石の階段の底のあたり
世界の貌をしたおそろしいもののかげのゆらめきを
巨きな口の閉じる気配を

つまり　白晝
生きた人間一人まさにあッけなくさらわれた
その現場を

一時間の後
旅客機のタラップをのぼつていつた
豆粒ほどの彼の姿を
おれは信じない
あれはもう松田でも誰でもない
四月の終りの曇天を
飛び去つていつた　あれは
虚しい幻影だ
あれは蛇足というものだ

地上

堀内幸枝

たゝかいが終つた時
急に
わたしたちは浦島太郎になつていた
住みなれた景色は変り
記憶に残る
あの薔薇や夕日の色もうす汚れ
見知らぬ地上に　見知らぬ風が立つていた
たゞ
あなたとわたしのさしかける心の傘が
小暗く影を延ばし
内の絵はまだ黄金色に燃えているのに
ビルとか立橋とか
街の風景は鋭利にそばたち
わたしたちは地上に残された一本の心の傘に
しがみついていた
「そら危ないよ」

「もつと強く持たなけりや落ちるよ」
「あの世界へ落ちてごらん、もうきつとこんな美しい部
　屋はなくなるんだよ」
あなたが耳もとで囁やくものだから
なおも力をこめて持ち合つているのに
吹き来る風に傘の骨は軋み
組織の違う太陽や風が私達を砂のように埋めていくので
つい　傘の中で黄金色が一層濃くなつているのも忘れ
「そら落ちるじやないの」
「あなたが悪いのよ」
「あなたはすつかり弱虫になつてしまつたわ」
「君が昔と変つてしまつたからだよ」
こもごも　感情を荒立てるうち
あつ　と云う間に　二人は
傘を離してしまいました
萎んで流れて行く一本のコウモリ傘の中に
悲しみが入りきらず流れていく
最後のあなたのなんといい顔
あなたから離れて流れていく
わたしの愁いのあの澄んだ色
見知らぬ地上の見知らぬ風からずり落ちて――。

水車小屋

岡崎清一郎

森林を出はづれた所にある美しい水車小屋。
その車輪がしぶきをあげ大きくまわり
自分には鼻歌まじりにこう呼んでゐるやうに思われる。
〃咳をするな　訊《タヅ》ねるな〃
〃咳をするな　訊ねるな〃
なかば朽た常春藤《キツタ》のはえまつわツた木小屋。
あたりに小鳥が囀り、落水によツて錆びた金具の水受板は迸ばしり
ぐるぐると骨組みは軋り鳴り、苔のついた水車は円をかきめぐり、軽いこころよい眩暈をさえおこさせる。
——水際《ギワ》には名もしれない小花が咲きごほごほと水流はせせらぎ鳴咽しみなわとなツて消え去りゆき……。

ところで此処を過ぎてゆく、者は誰れでも上層や低い地上を滲《カス》ませてゐるぼんやりした煙霧をみるであらう。

そして恐竜のやうな家屋がとんがり　日に一度づつ夕暮れはきツとそこの突出物をめがけて水水しい金星となり、幾條《スヂ》もの方射線をきらめかせ　薬罐あたまみたいに光ツた円錐を傾むかせ移動してゆく。

ああそれにしても
がたんことんと音立てる見事な光の輪よ。

水車はからからと或る場合それは非常に遅くまた早く、自然の戯れは洋の東西を問わず、おしなべて同じいことを繰り返へすもののやうにおもわれた。

〃まだよまだよ　どうするつもり〃
〃いやよいやよ　つかまらないわョ〃
この中世田舎風の眩惑する水車の仕事よ。
しかし車輪の響きはなぜに聴き方によツて、いろんな日の不思議の意味を持つごとくまわりまわるのであらうか。
その頃じぶんのなかには奇異なダイヤモンドの谷があツて眠いやうな刺撃で田園のわらや草をあるかせてゐた。イブセンの『海からの夫人』と云う芝居の本をよんでゐた。だんだん水や星の魅力は余程強烈であるとみえて、いつか商人になり船に乗り組んでみようかとおもうやうになツていツた。まさに人生の一転機を劃せんとする醗酵状態であツたらう。――将来如何にしたらいいか。姉様に逐一聞かれたことがあツたが反抗精神が芽生えてゐて、政治の力を借りず金銭の力をたのまずと云うやうな霊的傾向の波動線が千変万化して云わば人道主義的決死を傑れたもののやうに考へる年頃になつてゐたのだらう。

*その頃であツた。自分がS家の婦人との故におそろしい恋情にたくらみ悶えもえたのは。

ああそれにしてもこの肥沃な小川は山の方から流れてきたのだ。
小川は急に流れはじめ　水の邪魔をするものはなんでもきり展《ヒラ》きこの水車めがけて走りに走ツた
なめらかな光沢を持つ小川はここにきて飛沫をあげ　白く青く緩い巻き方をして向うの方に漂流してゆく。
『何処で拾ツて来たの！
小川の波はゆらゆらして、すみれを花を懐疑を狂気を、すみれを発作を歓喜を其の大きな手で受取り集め色んなもののいツぱい詰ツた流れを形而上学の水車にそそぎこみ、ほツとして曲り折れゆツくり其のあゆみを便ぶ。
それはまた
〃咳をするな　訊ねるな〃

とさツきのつゞきをつぶやき叫んでゐるかのやうだ。
この言葉はさて病気をするな、疑問を持つな、常に明るくあれ！
とでも素直にここでは飜訳しておいたらいいのであらうか。
それにしても自分にはかツて水車をめぐるかなしい人なみ以上の苛烈な恋物語があツたのだが　あああああ
惘然とした森林を出はづれたところの製粉小舎よ。それにしても
小川は水流は泥だらけの敷布をきよめ　車を廻わすための様々な善い考へを持つ立派な液体だし優秀な魂等だ。
『始め！』
と誰れかが叫ぶから水車は最後の一瞥を温かい寝床に投げつけ起き出し
ごとんごとん今日一日を始めなければならないのだ。
あわれ牧歌的田園の風景よ
このてらてらしたバルビゾン派の古風な泰西名画のなか　銀灰色の日和であり村人は小鳥は　のんびりと日中をたのしみ奇妙な水車のそこらに飛び散る水の顔を匂ひをながめる。

青葉はかすかに湿《ウルオ》うてゐる。
おお水車よ
水車よ
而してこの物語の女主人公は鉄筆でなぞらえたしなやかな体つき　彩色された溢れるばかりの歎声をもツて上ずツた声で年若の公達《キンダチ》にささやく
『もツと早く云つて下すツたら
長い睫毛白い皮膚艶々とかがやく四肢を物質の組織に応じて伸し紛らせかい擁く。
『ああどうしたらいいのであらう《ク》か
——納屋のなかには穀物はなかば播かれ　室内の暗がりに喃々と低語しうツとりうすづかれ濛濛とした微塵《ボカシ》の暈の中に。

おおみよ　一方の窓から発射される光線に彼女は異常な両腕を握み　恍惚とする大臼よ。
ベルトによッてエンジンの如く廻転軸のぴかぴかする　恐るべき苦悶のやうに口を合せまたも優しい
物膝を抱き締める
ものすごい変転ぶりよ。
その間隙を縫うてくぐりぬける脂ぎる興奮。
明るい笑声をたてもはや水流はけだものとなッて生き　車輪の溝におどりこみ豊かに激しい凹凸の圧
力は動脈瘤をつくり
或るものは狡猾の手指をもッて櫂を漕ぎそれ等は幾度となく噎せ入りつつ並外れた音響を立て　乾燥
した轆轤をまわし麦粒を粉にするのだ。
おお滑らかな車に附着した大いなる杯は、　ながれと共に魚介を蛇をそうそうとした渾沌《ケイオス》を注ぎこまれ
ああ熾んな河よ　春の川瀬よ
いまはは や狂燥の黄金色にとろけゆらめき　揺籃の歌をうたいつづける。
――日もすがら夜は夜もすがらしきりなしにこの霊感の器械の組立て……煙と霧をまきふりこぼす。
虹をさへかもし出す自然の幻の歌の曲よ。あけぼののいろの祭典よ。

森林を出はづれた所にある美しい水車納屋よ。
その車が大きくまわり、しぶきに濡れ自分にはこう叫んでゐるやうに思われる。
〃咳をするな　訊ねるな〃
〃咳をするな　訊ねるな〃
しかし自分にはどうも何か暗い日の全景《パノラマ》の破片――みだれごころの混乱と非情。因果のたわむれが刳《エグ》
ることによッて次第にあらわれてくるこの言葉のかなしい秘鍵を考へる。
ああなかば朽た常春藤のはえまつわッた木小屋よ。
あたりに小鳥が囀り、落水によッて錆びた金具の水受板は迸ばしり
ぐるぐると骨組みは軋り鳴り　苔のついた水車は円をかきめぐり　軽い眩暈をさえおこさせるよ。

――水際には名もしれない小花が咲き　ごほごほと水流はせせらぎ嗚咽しみなわとなツて消え去りゆき……。

ああいまは明るい笑いを立て、はては狡猾のくすぐりの優しい物腰の変転する魔法のやうな水車よ。

さあ行かうぜと噎せ入るごとく伽藍の焼絵玻瑠の中、どんぶりと沈降し水を撒くものよ。

けれどもやがてはボールドに裂目が出来てくる。
水車は時として履歴反則してゐる。おもわぬ挿雑物がひツかかるのだ。ために腕力を持つ真鍮の稈も
術をよく弁へてるくせにその麦粒や糧を攻撃する習性方法を畢には挫折してしまうのだ。
水車はつめたく甚だ大きかツた。ゆツたりとめぐりめぐり　そのくせ齷齪と営みをつづけ一家五人の
家族の燃料を働きだしたのだ。
しかし湿度の為やがては車輪は其の生彩を失い遠くからみると鶏卵大とくらべて豪も遜色がないやう
になツてゐた。
傍には若い頃　落雷によツて放棄された仲間長い間　働きづめたうごきにうごいたもはや廃物となツた車
久しきにわたる激情による衰微は荒唐無稽を極め　綿密な計算によツてうばい取られた木片等は大股
開きに壊れこぼたれ　或ひは其の小部分がぽかんと拉し去られてゐた。
アルプの森を出はづれたところの水車小屋よ。
『おや　何んだらうかしら！
ある日は肩を撃たれた黒い屍衣がめぐる車にひツかかツてゐた。とおもツたら紫色のアヤメ草であツた。
この邑《ムラ》では遠見からも望める一番の人気者。
女面獅子身怪《スフィンクス》のやうに目立つ存在！
ところが君よ。
もツと小さい声でもツと小さい声でとあなたは云うが葡萄の蔓の繁みにひそんでゐれば、このにぎや
かな頼もしい水車小屋の影にかくれてあれば、我等二人のランデブウ。どんな大声で愛し合ツてたと
て接吻したとてねえ。微風がそこらをすこしばかり緩《ユル》くこそごり揺ツてゆくぐらいのものであらう。
　十八世紀前葉の永却回帰の思想は昼も夜もくるくると夢見つつまわりまわり君と僕とのささやかな

睹ごとなど誰れとても屹度見逃してくれるにちがいない。気の弱い恋人よ。みならへよ。当代なら
ぶもののない力自慢の英雄を。水車の持つ輪廓、不識《シラズ》不知《シラズ》造形美を感じさせる奇妙な姿勢と　その
超自然的な力。あの脳天をうつ底力。やくざの若者を搏つ精神的爆発！
ああ水車と云うものは何かの刺撃によッて消滅してしまうものであるか。
娑婆の世界の人達はどう思うかしれないが甲論乙駁であらう。
円い岩のやうに重いものであッたらどうであらうか。
雨雪のはげしいなかをもがらがらと天翔れるものよ。

或る人は水車と自分との距離をはかり　雑嚢から刃物をとり出し　陰気臭い夜空の下で水車其の他
ごたごたしたものをこわし掠奪しようとした。
みんな物見高い村人はぞろぞろまわりに集まッて何が初まるかと喜悦したが
『さあ
水車は四方八方に動いて〳〵止まぬ。とうと暴漢も陵辱することが出来なかッた。
画家しやぶりえはうッかりしてゐると下手くその三文画家とすぐバレ相なので希臘浮彫の流麗な線
や節奏《リズム》其の他種々の従属的物件の添加によッて水車をあらわすことの困難に気がつき、車をかくよ
りも彼はおどろくべし！　嘸下してしまッた。
ああああああ　人々の腹の中で春機発動期みたいにかがやく滅法界明るい水車
腫脹しせかせかと亢奮する、いそがしく皷動する水車。
ああ暗い森林に銀河のやうにかかる。

ところがこの森の出はづれにある水車小屋を遠く今は離れきて、人口稠密な都市にすむやうになッ
て自分は
あのどんどんと野原めがけて一斉射撃される車のひびき、そのさかんな其周囲に形造られた時刻を
ただがやがやとうやむやに過してしまうやうになッてしまッた。

自分があのなつかしい部落に暮してゐた時薄暗くなるときまツて地平に煙る尖塔から　黄金神《マンモン》でも叫び寄せるかのやうな諷刺画的な晩鐘の韻きをよくきいたものだが　これがまた水車の音響によくにてゐた。

——此処は悖徳の土地、搾取し捏ち上げまた形勢急転して卑猥な歌声おこり、人々魂の善玉をうしない、ひたすら帳簿を改竄し真相隠蔽をはかるだけだ。

ところで水車のある遠見のきく田園ではなんかと力瘤をいれてくれる聴衆も少いかわり　依怙贔負や聳めぬかれる奇怪な遭難もなかつた。

まツたく明暗や地肌の効果《エフエット》を挙げた水車ある田園の独特の魅力は背景として繁茂した新鮮な空気の外には何物もなく昼夜兼行で光や風や馳せめぐり
今更如何共詮方なく只管にあたりに続る緑色のもゆる水車共の他にうつつをぬかし敬服脱帽を敢行するだけであツた。


森林を出はづれた所にある美しい水車小屋。その車輪がしぶきにぬれ大きくまわり鼻歌まじりにこう叫んでゐるやうに思われる。

〃まだよまだよ　どうするつもり〃

〃いやよいやよ　つかまらないわヨ〃

これこそ恋の口舌である。なかば朽た常春藤のはえまつわツた木小屋よ。

あたりに小鳥が囀り　落水によつて錆びた金具の水受板はぴかぴかと迸ばしり!

——ああ神よ汝と共にあれ!

自分はまこと恋愛関係にある者がすぐ腹を立て　意気銷沈をおこし　また硫黄のやうに濛濛と胸騒ぎし　あれだ!

おお目前の円天井にせり上る水車に大きい誘惑をかんじ逃げまわり盲目的衝動をおこす。

ランプのごとくきらめき秤《ハカリ》の平静を持つうつくしい渦巻きの胴体。暗黒より光明へと秩序をなして襲来する而して鉄褐色の不意打!

自分は其の時、茫然としてこれから夜に紛れてゆくしづしづと動いて止まぬもの　肚の底から泌みと
む水車の足音に全身をうわばれ　じッと充血し係蹄《ワナ》にかかッてゐたのだ。
どこかで蝶番のきしる音がした。
どこかで重いものが落ちる音がした。
また嘴で啄いて巧妙に傾斜面をあがッてゆくきつつきみたいなしたたる水音
恐く惨らしくびッしより濡れた水車の究極の姿態。
つみ重ねられてゆく雨だれ……髪を梳く玄妙な冥《クラ》いお喋べり。
大体水車なんと云うやつは透明でなにがなにやらわからん物質。エナメルの熔けて流れ出す縦と横
に遠近法を持つものだし将に血の雨をふらす殴打、即　破壊的常套手段によッてはじめてきやッと
ばかりに一声高く叫び出す成績のあがるものだし
たとへば蝶の翼とて考へてみれば恐ろしい力と思うが　空想家のやうに手馴れた運動を息絶えるま
ではたらかせ用事ありげに曙の空をゆく。
とらへやうとすれば素気なく、またとんでもない所に傚まりこみ泥酔してしもうのだ。わるい婦の
ごとく脇腹が暖かく、自分には何がなにやら分らなくなッてしもう。
まッたくだ。自分は現在、大変感動してしまつた水車の物質的方面のことを（蛇や悪魔や陰惨な楽園）
逐一手記してゐるのであッてどうして蝶のことなどに話が延引し脱線してしまッたか　またどうして
水車が麻痺し雑草に蔽われてゐるか
否、恐らくはそれ以前からこの告白はこんがらがりひねくり出り蝶にしても水車にしても内部に流沙
のやうに張溢するものがごんごん流れ　自分には水車について云わんとする大切なことが非常にたく
さんあるのだが。

閑話休題、田園には恵みの声の午後がきて　森林を出はづれた所にある美しい水車小屋。
その車輪がしぶきをあげ大きくまわり
鼻歌まじりにこう叫んでゐるやうに思われる。

〃咳をするな　訊ねるな〃
〃咳をするな　訊ねるな〃
なかば朽た常春藤のはえまつわッた木小屋。
あたりに小鳥がさえずり落水によつて錆びた金具の水受板は迸ばしり
ぐるぐると骨組みは軋り鳴り苔のついた水車は円をかきめぐり　軽いこころよい眩暈をさえおこさせる。
そこらに彩色された沃野やフコラ、つやつやしたねりもののごとき濃藍の空がたのしい。
そして水車小屋の窓は明るく、ばらいろの迫持《アーチ》はふくれあがる。
もう暴戻とか歪曲された悉皆の極道のともがらは徹宵《ヨモスガラ》　退去して繊くしなやかな建物の様式、比例の
ある側面
均斉された小屋の円推傾斜が水蒸気の立罩めた曇日のなかにわずかに破風をみせてゐる。
あれが水車！
リーダーの挿絵のなかの色鉛筆でよくみんなとなすくッた銅版ペン画のこころよい住居。
而して遠見のみはらしから虹のやうに車のうなるのがきこえる。
森林を出はづれた所にまわりまわる水車よ。
その車輪がしぶきをあげ大きくまわり
自分には鼻歌まじりにこう叫んでゐるやうに思われる。きッと恋愛合戦のひとくだり
〃まだよまだよ　どうするつもり〃
〃いやよいやよ　つかまらないわヨ〃
この眩惑する見事な水車よ。
ああ夜になると曇り硝子の雲をやぶいて出てくる星星。
あなたは金星の星明りをあびて腰を下す。
自分で手で触れる。あなたは崩れて重たくしなだれ温く柔かく。
あなたはキラと身をかわす。
しかし自分は動いてはいけませぬ。もう

どうぞじツとしてゐよう。

自分が動いても水車のやうに怪物となることも出来ず、水車のごとく一般人士を裨益する所甚だ尠小ないであらうから！

おお、すねもののお転婆のひツきりなしのぐるぐるまわりよ。

遠い日の無限地獄を、仮籍のない背徳を秘めた繰り返へしのぐるぐるまわりよ。


……………………


遠く地妖のやうに累々とした草原がながれ赤く彩られた光線が走ツてゐた。彼女は水車のあたりでらいふる銃をほうり出して折角照準をきめた引金をひこうとはしなかツた。恰好のいい小鼻に汗を浮ばせ　衣の摺皺もなよやかに顫わせて……。

一体何を彼女は求めてゐたのであらうか。

火成岩のところで黒ひように似た生物《イキモノ》は土耳古王の目をむき、突発的にあたりのものをけ散らしみえないものと格闘してゐた。

（妙なのですよ）木木の枝枝の向う、ありありと渦を巻く炎に呑まれ透明な過去の経緯《イキサツ》（花に戯る胡蝶のごとく手を携へたる男女）が濛とした霧雨みたいなものに掻き消されながら、或ひは姿態をくねらせ膨張させ淡色に感染しながら、ここらに伝わる水車の口碑のごとく彼女はそこはかと秘めたる鍵や蝶番を洞察し、また思惟ははツきりと苛斂《レン》誅求を極めてゐた。暮れなずむ山際のあたり、まるい金星があツた。小高い離れたところ喜悦満面ので ツぷりとした紳士が千年の寿命のやうに佇ツてじツとしてゐた。山峡には夾竹桃が匂ひ、敵どうしのS家のさびしい水車小屋があツてゆツくりまわり、きらきら泉は慧敏おどろくばかりの水液を噴きあげて……。

おお老いたる嬢よ、風はきて栗色の髪を肌を自然がならす竪琴の音をかなしげにひびかせ　ひとりの魂の告白は精妙な流転をきわめみもだえた。

足下には石ころ賽ころ、ふもとのあたり骸骨の凸凹線がしづれなだれた。（さツきの毛物は何処へいツたか。）山鳥はとび立つと抛物線をえがいて仲間を呼びかい　なにかの兆象《シルシ》みたいに猖蹶し日の沈む方へ落下していツた。

ある日

日比澄枝

まぶしい色が目にしみる午後には
いちばん美しいドレスをまとつて
街角をゆつくり過ぎよう
汽車の通る橋の上では
立ちどまつて
煙りが空に駈けるのを待とう

肩車した子供に笑顔して行く道はずれに
くらあい建物がひつそりしていた
もしおたずねの壺なら
ほれ　あそこのはしに
唐草模様のあい色が窓のしたで光つている
ふれてはならないもののように

あなたの細い指がそれを見つめる

雲のなかぬけよう
露草ふんで
波のあるところで腰おろそう
しかし水辺で肩ならべていると
女のようなその壺のまるさが
みように悲しげでならないといい出す

わたしはといえば
指の爪かみながら
てくてく歩いた一日と
あめんぼうの長い足にみとれていたほかは
ひとの愛のなんたるかをも
思い出せずに暮れてしまつた

るふらん

新川和江

おじいさんはどこへいつたの
山へ柴かり？
いゝえ　いゝえ　おじいさんはね
ひよわなおまえののどの奥で
夜どおし依怙地に鞴《ふいご》をふいてる
だからぼうやは火のように熱いの

おばあさんはどこへいつたの
川へせんたく？
いゝえ　いゝえ　おばあさんはね
ながいおまえの睫毛のかげで
ご先祖名入りのタオルを飽かずにしぼつてる
だからぼうやは頬が濡れるの

桃のなかからなにがうまれるの
ももたろさん？
いゝえ　いゝえ　桃からはね
にがい　にがい　ひとつの種子《たね》
パパとママがおまえの耳のうしろへ落とした
だからぼうやは怯えて夜なかに目をさますの

狼

大野純

夜あけまえだつた
森に追われていた狼は迷い込んだ死の湿地に尻ッ尾と後ト肢を残したまま一気に昇天した
　のだつた
天に昇ればとおいみなみの海のうえの一つの星になれると思つた
狼はそう思い込んだのだつた　そう信じ込まねばならなかつたのだつた

まるで
よい万年筆を買つたら一そう美しい字が書けると思い込んでいる哀しみのように
年が明ければすべてが倖せになつてゆくと思い込んでいる貧しさのように
日記帳を新しく変えればなにかしら新しい生が始ると思い込んでいる疲労のように　ま
たあの少女と一緒になれば何もかもが豊かにひらけてくると思い込んでいる苦悩のよう
に　そうして
そう思い込み　そう信じ込まねばならぬ多ぜいの人たちのように

女であること

内山 登美子

女の詩人でも、女の小説家でも、たいがいの場合、女である前に人間であれ、そして、その人間としての眼で物を見、物を書け、と云われる。これはほんとうにそうだと思う。

それから又、作品さえよければ、どんな人間であつてもかまわないと云われる。矛盾しているようであるが、何処かでつながつている筈である。

だが、女の私が注意しているところでは、こういう言葉は、女性にばかり向けられているようだ。人間としての、これらの言葉は、当然、男である前に人間であれ、と云われて然るべきなのに、こういうことを余り聞いたことはない。

これらを漠然と考える丈でも、女と男の間にある大きな隔たりに、先ず唖然とする。

それから、又、全然別な立場から、男も女も、人間としての線をめざして、男でもなく女でもない人間になつた時のことを考えてみる。けれど、こういう図を想像してみても、これが素晴しいものとも思えない。少しも面白くない。やつぱり男や女であつた方がいい。男の眼や、女の眼であつた方がいい。

現代は複雑怪鬼であり、単彩な人間というものの存在は、かき消される仕組になつている。男である人間、女である人間が当然、必要なのだ。

何故このような事を書いたかというと、女が詩を発表した場合、女に関する部分で、マイナスの批評をされる場合が多いからである。その中の共通したものは、〃社会性がない〃〃女としての枠の中から出られない〃等であるが、これらの言葉は、やはり男性にも当てはまることであるのに、女とは、小さな枠の中のものとして、この様な言葉を並べれば、女の詩人の詩を批評できると思つている方を、とき〳〵見うけるからである。

どうして女は、こう云われ易いのだろう。どうして、女の方が社会性に乏しく、人間的でないと思われ、男の人よりも先に、人間になるよう強いられなければならないのだろう。

女の側にも原因はあるし、それを取りまく男性をも含めた現代の社会にも原因はありそうである。それら多くの原因の上で詩を書く女は、いま最も困難な場にあると云える。

むずかしい問題なので割りきつた答えを出すことは出来ない。けれど、又、全然異つた地点から、面白いことがある。

女性と男性が、何かの事で争いを始めた場合、或る女は同性である女の方に味方し、他方は、異性である男に味方をするという現象である。両者はいろ〳〵な理由でお互を弁護する。女の方が正しい場合もあり、そちらに味方した女は、大変、得意になる。又これと反対の場合は、私は女であるが男の方が正しかつたから男に味方したのだと、その意志の強さを誇るかもしれない。だが、実際の場合正邪、善悪の線はあいまいであるし、男と女の凡ての争いは、もつとも微妙なものである。

であるから、始めから同性を否定し、男の方が常に秀れていると真に思つている女、と自分は女であるから、どうしても女を辯護するのだ、と考えている女の、二つの型があるような気がする。自分も含めてこの両者を眺めると、前者は憎らしく哀れであり、後者は哀れの一言につきるような気がする。ところで、私が女中に行つた場合、その旦那様と奥様のどちらに味方するかということである。それは凡ゆる意味で自分の場を確める事になる。

はにかみの弁

堀内幸枝

夕方炊事をしながら、ニュースのスイッチを入れると、突然その前の、美空ひばりのステージ問答が入って来た。

「ひばりちゃんはどんな男性がお好きですか」

「あのネ・あの、一寸こうはにかんだような男の人ってとってもいゝわね」

ひばりちゃんと云えば、テイーン・エイジャーの歌手ぐらいの知識しかない私には、その時彼女がはにかみと云う言葉を使ったことで、急に彼女に三ツ四ツの歳を加えねばならなくなった。

このように、はにかみと云う言葉も、ニュアンスの深い言葉だが、私はこうした単純な意味でなく複雑な心理を代表する現代語の一つとして使ってみたい。譬えば映画や演劇に作家志望の青年の生活とか、詩人の像とかゞ現われて来たのを見る時、それが誇張してあればある程、私の内部で汗顔しそうな気分が起ってくる。そんな時、私ははにかみと云う言葉を使う。詩を書く仲間で詩の話をする時はこのはにかみが一番退散してくれる時であるが、女学校の友達や近隣の人から「詩か短歌か、そんな御趣味があるんですってね、見せて頂戴」なんて云われるものなら、文字通り顔から火が出そうな状態になる。これは日本の女性の地位と云う歴史の外に、詩を書くと云うことが「私も書くわよ」の当世風な意味に浮き上がる事への重苦しさである。

谷崎潤一郎が「異端者の悲しみ」の中で「彼は第一如何なる他人に対しても、赤誠を吐露して、真剣に物を云はうとする気分が起らなかった……卑しい下らない悪ふざけの冗談より外話をする気にならなかった」。と云う文章の中にこそ、はにかみを越えて複雑な人間の苦痛が裏返され、この現代感覚を端的に表わした一章は甚だ好きな所である。

私はエプロンをかけ、洗濯籠を抱えて一日の大部分を過しているが、家事こそ第一主義で、そこで詩の片言でも考えている自分が嫌いである。が、実際はこれに反して何時も頭の奥でぶつぶつ何か呟いているので、仕方なく家中で一番目立たない北側の廊下をしきつて、一畳の書斎をこの自分にくれてやることにした。机を真中に両端が本棚で座布団に座ればもう身動きも出来ぬ状態だが、その狭い中に身を沈める時、始めてはにかみが忘れられ、居間とか客間に原稿用紙を置くことの出来ない私が、此処では思う存分原稿を散らすことが出来るのだ。

こうして私は自分の部屋へ沈澱する時間が最も正常であるのに反し、人に会うと、予期しない自分が現われ、妙な気勢を上げたり、その嫌悪から寡黙になり、逆転して喧噪なおしゃべりになる。自分の感情を支配しようとして、いつも感情に支配されている自分が情ない。時々、こう云う無益な心労にひつかゝるのが鬱陶しく、天気の良い日は折角の気持を荒立てたくないので、籠一杯の洗濯物を干して行く機械的な仕事の中で何時も何か呟いていたり、縁側で猫とじやれながら、ポツポツ空想を歩き出させてみたりしているのが一番身に合う。昔の人が詩とは孤高の精神だなぞと呼ぶ世界とは遙かに遠い。家具の配置にしても、窓飾にしても、文学的雰囲気の一切が枯渇した無味な私の住いは、それが反って私の夢とか空想とか無形のものを自由にするのに都合がよく、家の中に人間の姿が一人も目に止まらない、午前から午後三時頃迄の時間は私の中から、はにかみが最も退散してくれる良い時である。

通勤列車

城　侑

僕の乗る通勤列車が
始発駅を発車するのは暗いうちだ
僕はその頃まだ家で寝ている
乗つているのは運轉手と眠り足りない車掌で
酔つぱらいが
頭を抱えてごろ寝している

午前八時
その列車に僕は途中の駅から乗り込む
僕は坐れない
遅過ぎるのだ
僕はふらふらして吊皮につかまる
列車に身体をまかせるためだ

踏切で

列車が人を轢くときがある
だが僕は乗客だから責任はない
急停車の衝激で
悲鳴をあげて
僕は倒れるだけなのだ

僕は列車に全てをまかせている
列車は目的地に向つている
僕は車内の旅行案内を読む
だが列車の行きつくところまで
僕は行かずに途中で降りる
それ以上僕は定期券を買つてないのだ

僕は毎日これを繰り返えしている
始発駅から乗つたこともなく
終着駅まで行つたこともない
網棚に鞄を忘れたことがあるが
戻つてこないところをみると
終着駅とは永遠のことかも知れない

赤い空

片岡文雄

唇のいろをしている空を　ぼくは見る
接吻したあとのみだれた静けさを持つ空を見る
こともなげに　烏たちは帰つていく
くづれた塀の内側に
根は深まり　眼のいろをした葉をかざる

唇を持たないひとが居るだろうか
ぼくは不用な唇を持つて泣いている
ながい歳月がそそりたつ静けさをぼくは見あげ　眼をおとす

いまぼくの血はこぶしをにぎるためにだけ
手先へいそぐのだ

だれがふたたび
この手に明るい顔をもたらせてくれるのか
根が地ふかくで寒い空を描がくとき
手よ　語るのはおまえだ
だれが　ぼくのなかで眠つているのかと

ぼくはいくらかの物語を知つている
雨の日の軒下　いつぽん道での出来事を
それはだれにも語れずよどんでいる
鳥たちよ　忘れずについばんでくれ
ぼくの顔に降りて　このこごえた声を。

深尾須磨子詩集

「詩は魔術である」

堀内幸枝

まずこの詩集を開くと自序に「西欧の詩精神を導入して、新体詩を創作しようと試みた当初の意図は、今日多くの詩に見られるような、単に西欧の詩の法則やその末技だけを似非真似したにすぎない難解なものや、消費的なものを、狭い片すみで、限られた少数者だけがあげつらうことではなかつたはずです」。と、あるように、この詩集は詩壇の一部の為に書かれたものでなく詩に縁遠い読者層にまで、現代詩への橋渡しをしようとする意図で書かれていることを知るのである。∧詩を書く者から見れば∨丹念に繰り返し畳み込むように語られているこの詩論が、よくその意図を表わしている。

次にこの六部の題は恰も六種の花のように見えながら、根本はあのサンフランシスコ条約から受けた民族の苦痛に繋つている。然し社会性をまつこうに立てたものは「新しい日本」の数篇に留まり、さまざまな花の付け方は「魔女の詩」と呼んでもよさそうな多種の要素を持ちながら、その不調和な混合が実に調和している。それは詩を常に精神の基盤の上に立てゝ書いている女史にとつて当然と云いながら、揺ぎない独自の風格を示している。

次に「美装した小部数の詩集を出す、というようなことも、今の私には関心がもてず、ただ衷心願つてやまないのは、どうぞこの詩集が、たくさんの人に読んでいただけるように、ということです」。と云われる通り、新書版として七十篇近い作品が集められ、滔々と流れる氏の詩論にそつて作品の系列が示されている。小さい思いつきを頭の中でこねまわす床の間のオブジエから、若しくは詩を詩人の仲間だけの狭隘な場所から広く自然な世界へ引き出し、人間感情に素朴に従う態度は朗読詩の形をとつている。社会的現実の中にヒューマンな血をたぎらせる氏の精神は狭い芸術至上主義を突き離し、詩を理解しない読者層の間へ単身踏みこんで行かねばやまない、行動の詩集となつている、が又同じ詩集の中から

春

青竹の穴に
あひるの玉子
さくらの花びらで
風呂を焚く

の抒情性、フイクションを盛つた「復活祭」など、詩人の多彩な感受性が大胆に打ち出されている。これは詩論が曖昧な箇所を残さずはつきり裏付けられているからで今日、さまざまな詩論、方法論、が混線した中にあつて、自らの自由を奪われることなく、「現代詩は冷凍魚ですよ、水にもどさねば食べられはしない」と語る女史の世界は、各人各説を越えて∧詩とは常に人間の精神に密着した世界で書かれねばならない∨と云うことの尊さを教えてくれる。この廉価な新書版は広く読まれたいと願うのである。（三一新書百七十円）

夜

平岡史郎

深刻な眼鏡を外し視覚が困乱する
手なずけた≪時≫を切手のように蒐集した生帖《ノート》で　一つの問に絡む答ではない
もう一つの問が重なり　一つの仕種に重なる愛ではないもう一つの仕種が絡
まる
仕種ではない愛を　問ではない答を　執拗に手探ぐる
と
擬音と共に脱け出して行く　それら…
それらの不在のまゝ　確かに夜は傾きの底へずり落ちる　―山の背を　川の胸
を　地形の窪みへ
だが　小児麻痺の子供は潰れた拳の中に夜の罪状を弾劾文のように握りしめてい
る

詩集評

眞辺博章「海の時間」

嶋岡　晨

Light breaks where no sun shinesi
Where no sea runs, the waters of the heart
Push in their tides;
…………

眞辺の詩を読んでいるとD・トマスのこの詩を思い出す。「太陽のてらさない場所に光りが現れる。海のうねりのない場所へ、心の水がその潮時におしよせる。……」

眞辺に初めて会つたのは、昨年の夏、高知で四国詩人集会があつたその席上だつた。彼は黒く日焼けした情熱的なそして意志的な顔に汗の玉をうかべながら、トマスが吹込んだ朗読詩のレコードを皆にきかせるために、プレイヤーをいぢつていた。――その頃から彼はトマスに打込んでいた。大学の卒論は勿論トマスだつた。

眞辺の第一詩集に、トマスの影響が濃厚に現れていることは否定できない。しかもそれはみごとに眞辺調になつたトマスなのだ。たとえば巻頭の「さらに生命の海にとけこむために」を読みたまえ。影響を受けるということが、その眞の意味に於て、一人の詩人の中にありその詩人自身では引きずり出すことのできなかつた殆ど予想もできない一世界を現出せしめることであると気づかれるに違いない。それが成巧するとき、それはもう影響などという生半可なものではない。確実に新しく重要な一人の詩人が現代詩の地図を塗りかえはじめているのだ。このダイナミックなエネルギッシュな太陽と海の詩人の持つスタイルは、かつて現れた戦後詩人のいかなる傾向をも拒否するすさまじい美学によつて築かれている。彼は「貘」グループにあつて独自の歌い手だ。

冬の種子を崩やせ　死の智慧を育てよ
死んだところからたかくゆれあがる波のように
そしてさらに大きな生命の海にとけこむために
海草のなかで魚たちの夢が眞珠となるところで
…………

戦後の高知県出身の詩人で僕が文句なしに信頼し尊敬することのできる人と言えば、沢村光博がいるが、其の後に続く若い詩人たちの中では、畏友片岡文雄、そしてこの眞辺博章をあげることができる。余りにも風土性を地べたに示し、私生活や社会的問題を粗略な思考によつて、汚物を吐くように吐きちらす詩人たち、又逆にきわめてアクセサリイ的に詩の美を存在の上に飾る詩人たちは高知にも多勢いるが、眞に深く、生命の原質的な問題を追求し、せせこましく涙つぽい抒情を脱してメタフイジックの力学によつて鍛えあげた詩人といえば、少くともその方向をめざしてみづからを鍛えつゝある詩人はといえば、こゝにあげた極少数のものにとゞまるが、中でも眞辺は大いに期待させる存在である。

谷口尚規「徒弟の歌」
佐伯清美「晴れる日のために」

菊地貞三

☆「徒弟の歌」は、快よいセンスのゆきとどいた造本であり、挿画と共にこの美しい装幀は近ごろ出色の一つであろう。集められた二十五篇のソネットは、少年的美意識の軽快なスポーツのようにたのしい。標題である「徒弟」という言葉が、油に汚れた作業ズボンや霜やけに腫れあがつた手の甲とはおよそ縁もゆかりもないある甘美なムードからのみ使われているが、それがこの一冊の性格を示すものだと云える。谷川俊太郎氏が跋の冒頭で、これらの詩を、小唄、と呼んでいるが、小唄というほど洒落れた「おとな」は感じさせずむしろ（少々突飛な様だが）云つてみれば一九世紀ドイツロマンテイクの素朴な抒情の匂いを思わせる。序でに云えばこの跋の中で、「現実の苦味を噛みしめながら、君がなお夢見る勇気を捨てない時」、或いは「君の生の問題」云々と注告めいた事も云つているが、現実の苦味とか、生の問題という言葉は、求められるこの著者にも、求める谷川氏にも、「徒弟」の語の例同様甘美なものでしかないようである。これは幸せな少年の、上等なデイレッタンテイズムの世界であつて、そんなこと土台求めるのが無理なのだ。こういう世界は、人々にとつて、無縁か楽しいかに別れるだけであり、それはそれでいいのであろう。

（子供は　楽隊に魅せられ／どこまでもついていつた……）に始まる徒弟の歌10、げに夏は鋏／雲めがけてかけのぼる／すぐ刃のジエット機、というフレッシュなスタンザで終る旅3など佳品である。

「晴れる日のために」は、晴れる日のために、思い出、道程の三章約二十篇の詩から成るやはり美しい処女詩集である。一貫してやさしい情感にいろどられたリリックであつて、少年の、ひとりの少女への淡い思慕を基調として書かれているが、しかし作者の意識は必ずしも少年的なものではなく、むしろ人生論的な感慨に傾斜する。その感慨が、多分に言葉を過信するオプテイミスムの故に、思考上の屈折に乏しい詠嘆になり易いのは残念なことである。技術的にかなり高度で且やわらかい感受性と真摯なエスプリのうかがえる詩集であり、今後の発展が期待されるが、それは、自画像と題するあとがきで、「自己を僕程精緻に見究め、そのことによつて正確に操り、自らを巧妙に生きている人間はないといえる」と、また「いいではないか、そんな奴が二十世紀後半の日本に一人位生きていても。」と自ら書いているその「甘え」を自覚することから始められねばならないと思われる。

三章の中では「道程」の章四篇が、比較的象徴的なレトリックの厚みを感じさせて佳品と云えよう。

あとがき

三島由紀夫が「楢山節考」は現代のオブジエですよ、と云つている。思想を持たずして「物」そのものが現代の批評になつていると云うのである。これから詩や小説は「映画」なぞでは追求出来ない世界を確立して行くに違いないが、私はこの現代にさまざまな生活思想を持つものが、又常に芸術への意見と驚きを「葡萄」の中にもたらしてくれることを願うのである。

自分も良い作品を書きたいと思いながら、優れた作品に廻り合つた時ほど卒直に嬉しい時はない。

今月は嶋岡晨詩集「青春の遺書」の書評はまに合わず次号とした。投稿作品の中で何時も優れているのは、平岡史郎氏であつたが「吃音抄」の方は難解。斎藤庸己氏の世界は美しいが共感にまで及ばず、渡辺信氏の「子供」はやゝ平板に過ぎるように思えた。

毎号熱心な御感想御寄せ下さる諸氏、優れた原稿を紹介下さつた友人にあとがきを以て感謝いたします。

（堀内）

葡萄　第12号
1957年6月20日発行（季刊）
定価　50円
編集発行人　堀内幸枝
東京都新宿区柏木3―446
千葉方　葡萄発行所

エッセイ・解題・関連年表
人名別作品一覧・主要参考文献

澤 正宏

詩誌『今日』論——一九五〇年代中期の特色、詩誌『葡萄』にもふれて

澤　正宏

1　「戦後の詩」としての詩誌『今日』

一九五四（昭和二九）年六月から一九五八（昭和三三）年一二月まで、四年半にわたって発行された季刊詩誌『今日』（全一〇冊、発行所・書肆ユリイカ、発行者・伊達得夫）は、一九五〇年代中期を代表する詩誌の一つである。見方を変えれば、敗戦後約九年から一三年にかけての戦後の詩の特色を考察するのに大切な詩誌であり、一九六〇年代の現代の詩へとどのようにつながっていったのか（あるいはつながらなかったのか）などを考える上で見逃せない詩誌なのである。

勿論、こうした詩史的な考察を充分なものにするためには、『今日』と同時期に発行された他の主要な詩誌の考察が必要である。ほぼ五〇年代中期に創刊し、終刊した主な詩誌に絞ってそれらを挙げれば、『列島』全一二冊（一九五二年三月〜五五年三月、葦会内列島　＊本シリーズ第8巻収録）、『現在』全一四冊（一九五二年六月〜五五年九月、書肆ユリイカ）、『詩と真実』全一一冊（一九五二年一一月〜五五年四月、詩と真実発行所）、『ぼくたちの未来のために』全三〇冊（一九五二年一一月〜五八年一月、明日の会）、『青ガラス』全五冊（一九五三年三月〜同年一一月、VOUクラブ）、『知覚』全五冊（一九五三年五月〜五四年二月、知覚発行所＊本シリーズ第10巻収録）、『現代詩評論』

全一一冊（一九五三年八月〜五五年九月、現代詩評論社）、『魚類の薔薇』全一八冊（一九五三年一一月?〜五七年七月、魚類の薔薇会）、『囲繞地』全一〇冊（一九五四年七月〜五九年一二月、知覚社＊本シリーズ第10巻収録）、『輓近詩猟』全七冊（一九五四年八月〜五五年二月、輓近詩猟）、『ロシナンテ』全一九冊（一九五五年四月〜五九年三月、ロシナンテ詩話会＊本シリーズ第11巻収録）、『サンチョ・ぱんせ』全一一冊（一九五五年四月?〜五七年一月、後にロシナンテ詩話会）などがある。（注1）

しかし、この論考では紙幅の都合上こうした詩誌群や、ここでは挙げなかったが一九五〇年代半ばに創刊し、一九六〇年代以降に継続していった詩誌群（例えば、詩誌『葡萄』全五〇冊、一九五四年一〇月〜二〇〇七年七月、葡萄発行所など）（注2）を視野に入れながら考察することはできないので、こうした詩誌群があることを念頭に置きながら、戦後の詩史の一角を占める詩誌『今日』の特色を考えてみたい。言葉を換えて繰り返すことになるが、それは一九四〇年代後半から五〇年代初めにかけての「戦後詩」の時代と、直接には戦場で戦争を経験しなかった、若い世代の詩人たちが本格的に台頭してくる、一九六〇年代が始まろうとしていた「戦後の詩」の時代とに挟まれて発行されたことになる一つの詩誌を通して、一九五〇年代半ばの現代詩の特色を考察するということになる。

2　『今日』発行期の政治、社会の動向

はじめに、詩誌『今日』が発行されていた時期（その前後を含む）の、政治や社会の動向を確認しておきたい。（注3）詩誌なので、『今日』はそうした動向を直接に、また強く意識した命名ではないのだが、詩誌名を根拠にして考えれば、時代のなかの詩や詩論（詩観）の現代性（「今日」性）を意識している命名であることは充分に察せられる。そうす

ると、時代のなかにおかれた詩や詩論の現代性ということからして、こうした詩に関わる現代性の意識は、それを単に詩や詩論の中に指摘するだけでよしとして、それを詩や詩論の枠内にとどめておけば済むということにはならない。詩の現代性と、『今日』が発行されていた当時の政治や社会の動向との関わりは、双方が関わり合っている、関わり合っていないに拘わらず、根本のところではそれを理解できていなければならないということになる。従って、ここでは後者を簡潔にみておくことから始めたい。

詩誌『今日』が発行される約二年前にはサンフランシスコ講和条約と、日米安全保障条約（「日米行政協定」を取り決める）との発効（ともに一九五二年四月）があり、米国による占領は終わったのだが、日本は平和憲法（日本国憲法施行は一九四七年五月）下で、米軍に国内の軍事基地を提供するなどして、再軍備の道への準備を固めていった。それは、「警察予備隊」が「保安隊」（五二年一〇月発足）へ、「保安隊」が「自衛隊」（「自衛隊法」施行は五四年七月）へと改組されていった法整備の事実をみても明らかで、「自衛隊法」では自衛隊を陸・海・空の三軍方式に拡大し、外敵への防衛任務を戦後初めて規定している。アジア・太平洋戦争を起こしたことへの反省がなく、常に再軍備を欲していたことについては、詩誌『今日』の発行期間内での、保守政権側（与党第一党の自由民主党）の政府の発言をみても明らかで、鳩山一郎首相の軍備を持たない現行憲法には反対（一九五六年一月の参議院本会議）とか、自衛のためなら敵基地を侵略してもよい（同年二月の参議院予算委員会）などの答弁、米国の強力な支援を受けた岸信介首相の、在日米軍基地への攻撃は日本への侵略（一九五八年三月の衆議院内閣委員会）とか、「憲法九条廃止の時」（同年一〇月の米NBC放送記者との会見）などの答弁や発言などは、そのことをよく証明している。

『今日』が発行されている期間に最も特色があった政治動向は、この詩誌の発行直後の一九五五年一〇月に日本社会党の結成が成り、これに刺激を受けて、同年一一月には保守合同により自由民主党が結成されて、前者が野党第一党となり、後者が与党第一党となる政治の構造、所謂「五五年体制」（一九九三年八月まで）が始まったことであろう。また、この期間に政治方針を転換し、最も混迷を極めていたのは日本共産党であった。内部で分裂していた同党は、五五年七月の第六回全国協議会で、模倣しようとしていた中国革命方式の武装闘争路線（この具体化は五一年一〇月に開始）の放棄を決議、五八年七月の第七回党大会では、五〇年から五五年までのソ連、中国の干渉があった軍事路線を「極左冒険主義」と規定して批判した。

しかし、この自主独立路線を始めようとして行った批判は、党員を含め武装闘争を支持したり、これに参加してきた人々の過去の政治行動を批判し否定する結果になる。また、五六年二月のソ連共産党二〇回大会秘密会で、フルシチョフ第一書記はスターリン主義を非難したのだが（内容の公表は同年六月の米国内務省による）、かつては日本共産党はこのスターリン主義を受け入れてきた事実がある。従って、このような方針転換による批判がもたらす結果は、党への信頼感を揺るがす事態になっていたのである。

同じく、『今日』の発行期間内に最も特色があった社会の動向として、日本の高度経済成長の始まりを印した一九五五年より、輸出船ブームに導かれた「神武景気」（同年一二月より五七年六月まで）が起きたことがある。この景気を促した要因には朝鮮戦争（一九五〇年六月より、朝鮮休戦協定調印の五三年七月まで）中の特需があって、この戦争中に米軍が日本に発注した物資補給や、戦車や戦闘機の修理などが景気引き上げにもなった。言い換えれば、米国の基地があり間接的に朝鮮戦争を支える国家となった日本に、三一ヵ月間の好景気が生じたのだが、それは詩誌『今日』が発行された期間は、日本の経済が敗戦後の状況を乗り越えていった時期だったということになる。

ここで「神武景気」や戦後経済の変化を採り上げるのは、一時的であったにせよ、好景気によってもたらされた社会や生活の変化、活性化が、表面的ではあってもそこに一〇年以上前の戦時下、あるいは敗戦直後とは異なる日常性を出現させたからである。『今日』における詩と日常性の関わりについては後述する。

3　詩誌『今日』の書誌と位置

次に、冒頭で述べた以外の、『今日』の書誌的なことがらを確認しておきたい。この詩誌では第二冊（五四年一〇月）の「編集後記」で「編集会員」六名が、「同人雑誌活動すらも何らかの既成秩序に隷属しているという状況への不信」があると述べているように、詩人の規制社会への屈服や、そうした詩人の内的な状況への不信を理由に同人制を排して、「詩におけるまったく新しい共感の世界を形成」することを目指している。「最近の同人雑誌はつまらなくなった」（第六冊、後述）というように、同人誌への不満は『今日』の後半まで続いている。編集の代表は、第一冊から第五冊（五六年四月）までが中島可一郎、第六冊（五六年一二月）から第八冊（五七年六月）までが平林敏彦、第九冊（五八年七月）と最後の第一〇冊が入沢康夫である。また、第四冊（五五年七月）より編集は「今日の会」という名称になっている。ただ、第一冊の編集の実務を担当していることからして、第一冊に掲載の「マニフエスト」の掲載にも参加している飯島耕一がこの詩誌の中心であったことは確かである。

生年や世代などが必ずしも詩誌の性格を決めるものではないが、『今日』には戦場で戦ったり、軍隊に所属するなどの、戦争を経験した世代の詩人たち（生まれがほぼ一九二五年まで）や、この世代以後の、直接に戦争に参加することはなかったが、幼少年期や青年期が戦時下であった世代の詩人たち（生まれがほぼ一九二六年以降、三〇年代初めまで）が執筆している。前者には中島可一郎、平林敏彦（兵役経験あり）、難波律郎（戦場経験あり）、山本太郎（軍隊経験あり）、黒田三郎（召集経験あり）、安東次男（元海軍主計大尉）、谷川雁（軍隊経験あり）、那珂太郎（海軍入隊）、吉岡実（軍隊経験あり）、清岡卓行などがおり（編集発行人の伊達得夫もこの世代に属す）、後者には主に一九五〇、六〇年代より詩作活動を開始する、いわば戦後第二世代ともいうべき吉野弘、中村稔、長谷川龍生、辻井喬、飯島耕一、大岡信、岩田宏、入沢康夫、岸田衿子、多田智満子、山口洋子などがいた。

また、『今日』は詩誌の次元でいえば、一九四〇年代に発行された第二次『荒地』（創刊は一九四七年九月）に参加した黒田三郎、五〇年代に発行された『列島』（創刊は五二年三月）に参加した長谷川龍生、これと同時期に発行され、とくに主張をもたず、詩人の個性を尊重した『櫂』（第一次は五三年五月〜五五年四月＊本シリーズ第12巻収録）に参加した吉野弘、大岡信、飯島耕一、山本太郎、岸田衿子などが執筆しているように、戦争の経験の深化とか、個の存立と社会との対峙を重視した「戦後詩」の理念と、個性を解放していく「戦後の詩」の主張とが交じり合っていく位置にある。さらにいえば、『今日』に参加した飯島耕一、大岡信、清岡卓行、岩田宏、吉岡実の五人は、その後、日本の戦後の詩にシュールレアリスム研究の成果を生かそうとした詩誌『鰐』（創刊は一九五九年八月）の同人になっていくわけだから、『今日』は「戦後の詩」を六〇年代の新しい詩につなげていく位置にもある。

4　詩誌『今日』の前半期の特色（1）

大きな特色から捉えれば、『今日』は第五冊までの前半期と、第六冊から第一〇冊までの後半期とに二分される。前半期の大きな特色は、この詩誌の出発点、目指す方向を模索し、主張しているところにある。それはまず、第一冊に掲載された「マニフエスト」でもあるエッセイ「この共和国」によく表されている。ここでは詩に関わる大きくみれば二つの主張がなされており、一つは、市民としての社会参画を押し進めながら、批評精神に裏付けされた「個の自覚」、「人間性の獲得」を果たそうというもので、そうした個や人間性に支えられたものが詩であるという。二つは、二〇世紀初頭に欧米で起きた前衛芸術運動やモダニズムを受容した戦前、戦中の日本の詩を模倣、思いつきだと評価し、とくに戦後では詩誌『荒地』の詩を、生の源泉を枯渇させ、生の領域を狭め、実存主義とは無縁な「自我と状況の切点が空虚な心象」だとか、「無力を自覚したインテリゲンチィアの空虚感」だとして、新しい詩の方法の発見としての、理性を重視した「新しいリアリテイの発見」を（「共和国」つくりとして）目指すとするものである。

方法として理性を重視するので、まず第一冊には戦前、戦中に日本のモダニズムの詩や詩論を、理性（知性）を根本におく方法でリードしてきた西脇順三郎を批判する評論が掲載される。それは中島可一郎「ニシワキ・ジュンザブロウ論」で、戦前から戦後にかけて西欧に学んだ西脇順三郎の「自然科学的な理智主義」は、「東洋的な思惟」に「屈服」したと結論づけている。しかし、この評論は西欧的な理性の東洋的な思惟への屈服という批判は正確ではあるのだが、戦前、戦中の脆弱に終わった日本のモダニズムの詩がすべて東洋回帰したわけではないのだから、その全体に及ぶ批判になっていないという点では、過去の詩を検討するという課題を充分に果たしているとはいえない。

また、第一冊の六人の編集人（飯島耕一、中島可一郎、平林敏彦、難波律郎、児玉惇、岩瀬敏彦）が主張している「マニフエスト」は、戦前、戦中に国家によって奪われてきた「個の自覚」を強く打ち出して、歴史的な反省を籠めた戦後の特色がみられるのは確かである。しかし、ここにみられる詩誌『今日』を支えている戦後認識は、敗戦直後の社会動向を「混乱と胎動」と捉え、それは「人間と資本力をつなぐ輪（社会体制）」の崩れ、つまりは「資本力」に因るとする実に大雑把な認識である。この論考の第2章で述べたように、このような国家の情勢や経済資本の動向に重点を置く見方からでは、一九五〇年代中期の社会動向を全体的に、また敗戦後という現実に沿って把握しているということにはならない。この大雑把という点を突いたのが、第一冊に掲載の「書評」で飯島耕一詩集の『他人の空』を論じた金太中で、彼は飯島耕一の詩に「現実との距りのあること」を指摘し、「訴える力を持っていない」「もっと現実に接近して、意図的にかくべきではないか」と忠告をしている。

『今日』の前半期でのマニフェスト以外の主張を概観すると、評論では高桑純夫の「詩芸術に期待するもの」（第三冊、一九五五年三月）がある。ここでは「人間喪失化をねらう」政治的、社会的な現実に対する詩の方法論として、「抵抗」「反噬」を本質とする「リアリズム」を提唱している。しかしこの人間性、強い反俗精神を説くリアリズムの提唱も、戦前、戦中のリアリズム論の点検と反省を踏まえておらず、また、戦後の社会状況への具体的な分析を通していない点で抽象論になっており、過去のリアリズムの復権に過ぎないといえる。

第四冊（同前七月）の児玉惇の評論「日本詩の反省」は、既に紹介した『今日』のマニフェストに関わる個の自覚にふれたり、過去の詩における知性を批判しながら、具体性はあるが奇異な主張を展開している。それは「社会の生産関係における詩人の脆弱な位置を見さだめること」「〈生産者〉としての詩人の役割についての検討と解明」をせよということであり、「日本の詩はレイシズムのなかに生き、そこに思想をもとめてゆくよりはかに道はない」ということであった。しかしこれらの主張も詩誌『今日』と同時期の現実と照らし合わせれば、この時期の社会動向に真っ向から対峙できるものではないし、その主張には偏りがみられるものである。つまり、前者の主張は言葉の生産者としての詩人は社会に果たす役割について自覚的になれということであって、結局は近、現代詩のどの時代にも主張が可能な、詩人の現実認識を問うことだからであり、後者の主張は、日本の一九五〇年代中期以降の詩の思想は、その根源にレイシズム（人種差別主義）を求めよということであって、それは敗戦後の詩の出発の思想の核心を人種差別に置くという、時代錯誤をしている同時代認識だからである。

後者の主張についていえば、児玉惇は同じ評論のなかで、「結局はレイシズムの総和である戦争」と述べていて、アジア・太平洋戦争の原因の総和をレイシズムに置くという、正確ではない奇異な戦争観が、彼の戦後の詩の思想にもそれを求めさせているのだと分かる。そもそも人種差別主義は科学的にも全く意味のない、遺伝学をイデオロギーに適用した考えなのだが、アジア・太平洋戦争の原因は人種差別にあるという彼の主張はどこから来たのか。一九五一年八月に採択された日本共産党の「五一年綱領草案」について、徳田球一はその特徴を「日本の革命の性格を、従属国の革命とし、民族解放民主革命と規定して従来の方針の不明確さを一掃したことにある」[注4]としているが、戦後の詩は人種差別のなかに生きながら、そこに思想を求めて行くしかないという児玉惇の主張は、従属／人種差別に生きること、民族解放（革命）／詩の思想の追及というように、徳田球一の言葉とパラレルになっており、児玉惇は共産党の綱領草案中の「民族」を概念の違うレイス（人種 race）に読み替えて、新しい詩の主張をしているということが分かる。

5　詩誌『今日』の前半期の特色（2）

詩誌『今日』が目指す出発を表現した詩も書かれている。大岡信の「静けさの中心」（第二冊）では、「生れるものの無垢なままこで／おれはすべての劇にみとれた／それらすべてがはげしく向つている中心が／おれの背後の暗黒に溶けているとは知らなかった」（第二連、部分）というように、詩の語り手は世界を見る自分の眼を生誕時の「無垢」に設定して、あらゆる事態、現象が歴史の過去につながっているという発見から出発しようとしている。「無垢」には、見るという感受する眼から戦争の重さが除去されていることからも分かるように、戦後の詩の新しい世代だというメッセージが隠されており、詩には「おれ」という明確な個の自覚があり、詩の方法として歴史の過去を負わないで出発を新しく語るという、理性を重視した新しいリアリテイがあるといえよう。

安東次男の詩「樹」（同前）も詩の出発を表現しており、戦後を背負う個の自覚が明確で、詩の語りも理性的である。戦死者の流した血は希望、未来を持たない光であり、戦死者の影はもはや死体を持たないが、「無限に　対象（死者／注・筆者）からやつてくる認識」（第三連、部分）によって「光がぼくにかえされ　ぼくは逆流をはじめる／

ぼくがおまえと入れ替わり」（第四連、部分）という事態が引き起こされる。戦死者について深く認識していくことが死者の光を請け負い、かつて死者が有していた時間へと遡って死者の立場に立つことになる。最終行の「ぼくが世界で最初の樹になる」（同前）とは、「ぼく」は戦死者の死の意味を背負った、戦後初の大きな生命へ向かう存在になるということであり、先の大岡信の詩「静けさの中心」の「おれ」とは全く対照的な詩の語り手の決意（新たな出発）でもある。

前半期の『今日』で見逃せないのは、シュールレアリスムだと明言はしていないが一九五〇年代中期においてのこの主義の必要を本格的に説いていることであり、これもこの時期の特色である。それは大岡信の評論「詩の必要」（第三冊）で、現代の詩人に求められる「使命」という言葉でなされている。大岡信は自分と同時代の社会を「最も悪質な」「至極静かな悪」だとする抽象的な現実認識を示したうえで、この現実認識と詩人との関係を、悪を本質とする「日本の現在の社会」が詩人の「発語本能」を触発するので、詩人は「抵抗感を感じ」「激しく生きる」のだとする。ところが、詩人を含めて日本人全体の現状は「沈滞」「混乱」「相対的安定期」と言ってもよく、換言すれば、「現在の事実としては社会全体が病んでいる」状態にあると分析している。

こうして大岡信は、五〇年代中期の社会認識、社会動向をこれ以上詳しくは分析しないで、論点を人間の内部の問題へとシフトさせ、既述したような社会の閉塞した病的な状態を打ち破る詩の方法を繰り返し主張していく。それは日本人の精神構造、精神の在り方を踏まえた上で、例えば、精神内部の近代的な自我の追及、発見を試みる思考は、常にそれを阻む「実在」の発見に終わって来たのだが、そのような現実を打破する思考の方法としての詩の方法があるなどとする主張である。つまり、それは外部（社会、他者など）の刺激を「意識下」（自我を超える領域）で受け止める「感受性」（予感や直観の領域）への注目であり、ある秩序（社会状況など）は詩人を貫く（刺激し感受させる）のだから、詩人はそうした詩の対象（秩序）を「意識下」で起こる衝動を捉えて選ぶのだということである。

大岡信の一九五〇年代中期の詩人としての現実社会との対峙の仕方は、予感や直観によってしか探り出せない「意識下」（深層意識）の領域の豊かさを言語化しようとするものであり、深層意識を重要な芸術の方法としてきたフランスを発祥の地とする戦時下のシュールレアリスムを、五〇年代中期の日本に変容させながら継承しようとする試みであった。

もう一つ、前半期の『今日』に特色として現れて来ているのは、大岡信が五〇年代中期の社会認識を、「沈滞」「相対的安定期」（前出）などと言ったように、詩に日常性の表現が出て来たことであり、詩はこれに埋もれない表現を試みていたということである。敗戦から約一〇年後の社会に日常性が現れてくることについてはこの論考の第２章で述べた。戦後の徐々に変容していく社会に日常性が始まる予兆を鋭く捉えたのは、鈴木創の詩「朝」（第三冊）である。例えばそこには、「何処かで打ち砕かれた問いのしるし／天使も微笑する時間のない敗亡／日々は最後の一章でしかはじめられない／昨日の証人は今日消える」（二連、部分）とある。ここでは、過去より抱いて来た様々な「問い」は壊され、個としての固有の時間（万人を守る天使には無い時間）などないという敗走のなかで、過去の歴史や時間の証人は戦後の今日になってみると消えてしまい、「日々」は現在という最後に残された眼前の出来事に拠ってでしか始められなくなった、という認識が詩の表現をとっている。

歴史や現実を問うこと、歴史を区切っている時間、歴史の事実の証人などが破壊され、消されていけば、のっぺらぼうのような日常が現れるだけである。鈴木創はそういう「日々」（日常性）が出現することを見抜いている。続けてなされる「稀薄に抵抗するもう一つの稀薄／不在を告発するもう一つの不在」（同前）という表現をみれば、彼が、戦後の約一〇年の間に人間性を薄めていく状況、存在するのにしないとされる状況などが加速し、それら「稀薄」「不在」といった状況に対し「抵抗」「告発」を試みる主体でさえが「稀薄」「不在」となっているという、日常性が現れる二重で底なしの状況も見抜いていることが分かる。

こうした日常性の到来を、驚きと享受と疑問の心とで表現した詩が、清岡卓行の「子守唄のための太鼓」（第四冊）である。詩の冒頭の「二十世紀なかごろの　とある日曜日の午前／愛されるということは　人生最大の驚愕である」（部分）には、戦時下で人を愛し、人に愛されることを禁じられ、国家への滅私奉公ばかりを価値観として教えられ強制されてきた人間が、日常を噛み締められる戦後の日曜日の午後に、「愛」の意味を発見して驚いている経験を語っている。また、同じ詩の最終部分の、「ああ　この平和はどこからくるか？／かれは　眼をとじて／誰からどのように愛されているか／大声でどなった」では、既に五〇年代中期の日常の社会に「平和」が来たとしてそれを享受している。だが何故「どなった」のだろうか。それは平和のよって来る根本が分からないために、「平和」に疑問符が付されていることに関わる。つまり、平和の感覚の中心を占める実現化された愛に充足していると、手放しでは喜べない、愛の享受とは裏腹の心境が交じり合うので、詩の語り手は愛の享受の喜びと疑問の心とが一緒になった声で怒鳴るのである。大声には心底より満足できないわずかな心境を払拭するニュアンスが混じり込んでいる。疑問符とこの怒鳴り声とに、わずかにではあるが愛に彩られた日常性にすっかりは埋もれていない表現を見出すことができる。

6　詩誌『今日』の後半期の特色（1）

第六冊には吉岡実、辻井喬、岸田衿子、多田智満子、山口洋子らが、第八冊には伊達得夫が、第九冊（「今日の会」に参加した、この詩誌では最大の二一人の氏名を記す）には吉野弘、入沢康夫らがそれぞれ初めて参加している。この論考の第3章で述べたように、吉岡実と詩誌『今日』発行人の伊達得夫を除き、まだ加わっていなかった戦後第二世代の詩人達が参加してきたわけで、これも後半期の特色であるが、後半期も、特色の一つであったマニフェストの

「個の自覚」が貫かれていることの一例を、大岡信の詩「さわる」（第七冊、一九五七年三月）にみてみたい。

この詩の前半では「さわる」という行為は、「知ることか」（第四連）、「存在を認めることか」（第六連）、「さわることの確かさをたしかめることか」（第八連）というように、その意味が矢継ぎ早に疑問形で語られる。そのあと、「現象はすべて虚構」（第一〇連）なのだから、具象、抽象を問わず、さわる全ての対象は虚構であり、さわる行為自体も虚構だと虚無的な認識に陥りながらも、さわることで「いのちにめざめたことを知つた」（第九連）という確かさを踏まえて、結局は、さわることは「不安にさわる」（第一一連）ことなのだが「さわることからやり直す」（同前）しかないという認識が示される。

この詩は命への目覚め、自己存在の確かさを理性によってではなく、皮膚感覚（触角）の次元から確認しようとしているのであり、「個の自覚」を「さわる」という肉体を通した実存感覚の地平から探っている。この試みは、戦時下では個々の人間は国家に自由を奪われ、戦争のための手段として生きることを強いられた存在だったわけだが、そうした強制された死から解放された敗戦後は、個としての存在の根拠を自己の内に求めなければならなかった事情に呼応している。大岡信は、認識が形成される以前の感受性（知覚）の次元にまで遡って自己存在の確かさを探り、「個の自覚」につなげようとしたのである。付加すれば、「さわる」という感覚の先に、もはや社会や戦争が抑圧や死をもたらすような重さとして立ち現れて来ないのは、戦後第二世代の詩の特色である。

後半期では日常性の表現はどうなったであろうか。吉本隆明は「戦後文学は何処へ行ったか」で、「昭和二十五年（一九五〇）」という「時期から戦後資本側は（中略）相対的安定期にはいった」、「戦後作家たちは、社会の相対安定性にさらされてたえず風俗化作用をうけ」[注5]たというように、五〇年代の戦後の小説が日常に埋没していったと捉えているが、では「戦後の詩」の場合はどうであろうか。

飯島耕一の詩「昇つて行く降つて行く二つの廃墟」（第六冊）は、都会の市民の日常生活のなかに、戦後になって消えていった物としての廃墟と、新しく現れた精神的には満たされない内的廃墟とを語る。「街々に育つ」「眼に見えぬ心の廃墟」（第一連）という日常性を捉えているのである。これは生活の深奥にある日常化した日本人の心性の指摘であり、飯島耕一は感受する意識（不可視のものを知覚する意識）という、変容したシュールレアリスムの方法で、日常性に埋没することなくそれに注目しているといえる。勿論、戦後の市民の内部の廃墟に注目できるのは、そうした詩を語る主体に明確な個の自覚があるからであり、詩には理性を重視して心の廃墟を語るという新しいリアリティがあるといえよう。

吉岡実も詩「仕事」（同前／詩は全一連）で、「いつも重い袋の下」という劣悪な環境のもとで働く労働者の日常を語る。彼の食欲が満たされる表現は、「はげしい空腹と渇き／やみから抽き出された／一つの長い管を通り抜け／座りこんだ臓物」というように、労働者の消化器官を通過していく臓物という内臓感覚によってなされ、その結果「その男は完全に馴致された」と語られる。吉岡実の詩は男が日常生活に「馴致」されたこと、つまり、労働者の日常性への埋没を語るのだが、満たされる食欲の表現を読んでも分かるように、日常ないし日常性を異化する特異な詩の表現が、辛うじて詩が日常性に埋没することを免れさせているといえる。

7　詩誌『今日』の後半期の特色（2）

後半期におけるシュールレアリスムの試みはどうなったであろうか。既に飯島耕一の「昇つて行く降つて行く二つの廃墟」で述べたように、この試みは、戦後の都会の市民の生活のなかで、日常化していく日本人の心性を理論ではなく、知覚する意識や感受性を通して語るという方法で果たされていた。ここでは『今日』におけるシュールレアリスムの行方について評論を中心に考えてみたい。この主義をめぐって飯島耕一と児玉惇との対立が鮮明になるのは第八冊からである。飯島耕一批判を目論む評論「『詩人』の畸型性について」（第八冊）で児玉惇は、自分はスターリン批判（この論考の第2章を参照）を日本のマルクス主義の鍛え直しと考える立場だとして、「日本の詩人たちの思想にも作品にも、それほど情熱的になれない」（評論「アルファベット」、『今日』第七冊所収）と述べた飯島耕一の言葉を、反語であっても「日本の愚劣」な「現状に背を向けた、インテリの思想」だと捉えている。つまり、そこには「社会思想」や「認識の綜体的連関づけ」（ルフェーブルの言葉）がない、「詩人に通弊の『畸型性』」があるとしている。その上で児玉惇は、なぜこの時期に飯島耕一らが（清岡卓行らを含む）シュールレアリスムを「自分の座標としている」のかと問うのである。単純化すれば児玉惇の飯島耕一批判は、彼のシュールレアリスムの詩観は日本の戦後の「歴史性をきりすて」（同前）ているということになる。

飯島耕一が評論「アルファベット」（前出／戦時の世界を拒絶する精神が別の世界へよじ登ろうとする護符などの意）で探りたかったのは、第二次世界大戦下で自由の脅迫、拘束、弾圧、死への追い込みなどに晒され、戦時下のシュールレアリストたちよりも深刻な詩を書いた、フランスの詩人アンリ・ミショーにおける詩の在り方であった。ここで彼はミショーの詩を、「詩のことばになる以前の、自然発生的な、人間の衝動的な叫び、うづき、人間の内部から、何かが、多分悪魔がおし出されるとき」を定着した言葉だと述べているので、飯島耕一がミショーの詩にシュールレアリスムの本質に近似した表現を見ていることは間違いない。この評論で飯島耕一は、詩人とは「はげしく夢みる力をもつ」「高い幸福の塔を見るかに賭ける者」という定義を得ている。ここに飯島耕一の評論「エリュアール『二人の夜々』論」（第一〇冊）を重ねれば、彼のシュールレアリスムに対する考え方が分かり易くなる。

この評論で飯島耕一は、シュールレアリストであったエリュアールを通じて、「詩篇は現実とは別のもの」、「虚構とは言語である」、「イマージユを見る」こと、「愚かしい理性というものへの侮蔑」だとしている。このようなことを総合的に考えてみると、飯島耕一はシュールレアリスムの詩を、人間の意識の底から突き上げてくる自分でも抑えられない情動を根本において、愚かな理性が支配している現実を、虚構（フィクション）の言語で想像される、現実の次元を遙かに超えていく夢の力を持ったイマージュだと考えていることが分かる。

とすれば、フランスの戦時下を生きたミショーやエリュアールの個人的な事情を「現実」と捉えて、この現実をシュールレアリスムに拠る方法で乗り超えようとしたこのフランスの詩人たちの詩に学び、敗戦後の日本の政治や社会動向といった「現実」には興味をもたず、一九五〇年代中期の日本の戦後の詩にこの方法を変容したかたちでつないでいこうとした飯島耕一と、詩は社会や現実との総体的な関連性を（とりわけ敗戦後の歴史を）「現実」として捉えていなければならないとする児玉惇との対立は、「現実」観の認識をめぐって平行線の状態である。『今日』第一〇冊では児玉惇はこの詩誌の会員ではなくなっており、彼は最終的にはこの詩誌と袂を分かっている。児玉惇は飯島耕一を批判したが、飯島耕一から児玉惇への直接の反論は最後までなく、シュールレアリスムについての両者の論争は果たされることがなかった。

8　詩誌『今日』の特色と詩誌『葡萄』にふれて

『今日』には戦場を経験している世代と、青少年期は戦中で直接の戦争経験がない世代との執筆者がいたが、詩誌上では世代の違いを論点とする相互の批判はなかった。また、同時代の他の詩誌や他の詩人の批判は充分になされていないが、個を自覚した、理性を重んじる新しいリアリティーの詩というマニフェストは充分に実践されている。但し、マニフェストによる「共和国」つくり（執筆者全体のまとまり）は、シュールレアリスムの理解に断絶があって出来なかった。また、『今日』が刊行された時期には、小説と同様に詩も日常性に席巻され、風俗化されるという事態の到来があったが、『今日』には日常性が現れる予兆や状況を捉えた詩や、日常性を異化したり、そこに埋もれる日本人の心性を理性的に捉えた詩があって、日常性を相対化できていた。

『今日』の後半期に見られる最大の特色は、日本の戦後に独自のシュールレアリスムを起こそうという動きをめぐって、日本の戦後の「現実」をどう理解し認識するかという問題であった。詩の創作は同時代の政治や社会といった「現実」に対する認識を必ずしも必要とはしないが、『今日』ではシュールレアリスムを起こそうとする側には、戦後の日本の「現実」を軽視する姿勢があり、シュールレアリスムを批判する側には、その「現実」認識に時代錯誤があったり（レイシズムの例、参照）、「現実」を重視するため詩の言葉が自由な想像力を獲得できないということがあった。『今日』はこれ以後における詩と「現実」認識、シュールレアリスムと政治、社会といったリアルな「現実」との関係などを考える上での貴重な詩誌として、現代詩史上の位置を占めているといえよう。

最後に、ほぼ同時期に出発した詩誌『今日』と詩誌『葡萄』（刊記の書誌はこの論考の第1節を参照）とについてふれておきたい。『葡萄』は『今日』に四カ月遅れて創刊し、『今日』が終刊する年の一一月には第一五号を出していた。『今日』からは『葡萄』へ飯島耕一、大岡信、岩田宏（本名の小笠原豊樹で翻訳者としても参加）、金太中、那珂太郎らが参加しており、両誌のつながりはあった。『葡萄』も同人制を採らなかったが、『今日』との大きな違いは堀内幸枝の「個人誌」であり、「個性的詩人の実験の場」（ともに第一号の「後記」）だったことで、こうした特色がマニフェストを掲げ共和国を目指しながら、結局は短命に終わった『今日』よりも、詩誌としての生命を持続させた一因となる。

『葡萄』の中心にあった詩人であり、編集発行人でもあった初期の堀内幸枝の詩に注目すれば、一九五六年まではこの詩誌に専ら散文詩を書いて、彼女自身がいうように「ロマンチシズムを根底にした傾向」（第九号、一九五六年八月）を目指していたことが分かる。彼女がロマンチシズム（浪漫主義）を根底にした詩を物語風の散文で表現しようとしたことを考えると、形式的な要素の方が強いものの、『今日』の前半期に、詩に物語的な散文詩を織り込みながら、生きることの揺れ（魂の彷徨）を表現しようとした、山本太郎の詩との共通性に気付かされる。山本太郎も詩中の「ぼく」を通して「永遠といふものにあこがれる」（詩「ふあんたじいあ・もんたあな」第三冊）と語っていて、「永遠」を憧憬するというロマンチシズムの本質的な特色を詩で模索していたからである。出発を同時期とする『今日』と『葡萄』は、執筆者や一部の詩に共通する詩人や傾向が見られたものの、「個の自覚」と「個性」の「実験」という、それぞれが掲げた詩誌の目指す方向性の違いによって、戦後の活動期間の命脈の長短を決めることになった。

注

注1　『戦後詩誌総覧』①～⑧（日外アソシエーツ、二〇〇七年一二月～二〇一〇年一〇月）を参照した。
注2　『現代詩大事典』（三省堂、二〇〇八年二月）の「葡萄」の項を参照した（解説は水谷真紀）。
注3　政治や社会の動向については、『近代日本総合年表』第三版（岩波書店、一九九一年二月）を参照した。
注4　「日本共産党三十周年にさいして」（『平和・民主・独立文献第一集』駿台社版、一九五二年七月）より引用。
注5　『芸術的抵抗と挫折』吉本隆明（未来社、一九五九年二月）より引用。

解題

澤正宏

・『今日』（書肆ユリイカ、第一冊～第一〇冊、一九五四年六月～一九五八年一二月）

第一冊

一九五四年六月一日発行。A五判。裏表紙に、編集者・中島可一郎（目次には「編集　飯島耕一」とある）、発行者・伊達得夫、発行所・ユリイカ（東京都新宿区上落合二の五四〇）の記載あり（奥付では「書肆ユリイカ」）。定価は八〇円。四八頁。表紙に「Quarterly Magazine of Poetry」、表紙・目次に「季刊」の記載あり。表紙画、目次カットはフランク・タシュリン。

巻頭に「この共和国——マニフエストに代えて」（無署名）を掲載。「この共和国の成員は、今のところわずか十人足らず」という同人数の説明があり、「われわれの詩は、新しい人間性獲得のための批評精神にうらづけられる」「われわれの詩は解体、分化の偏向を超克し新しい方法を発見しようとする」と二つの主張を掲げている。

飯島耕一「種子」、児玉惇「現代詩人論」、難波律郎「牛のいる風景」、岩瀬敏彦「ピカソ小論」、平林敏彦「広場のあさとゆうぐれの歌」、中島可一郎「糞尿処理場」、金大中・難波律郎「〈書評〉飯島耕一詩集・他人の空」、中島可一郎「ニシワキ・ジュンザブロウ論」を掲載。

第二冊

一九五四年一〇月一日発行。A五判。奥付に、編集人・中島可一郎、発行人・伊達得夫、発行所・ユリイカ（東京都新宿区上落合2－540）の記載あり。定価は八〇円。六六頁。表紙に「The Quarterly Magazine of Poetry」、表紙・目次・奥付に「季刊」の記載あり。「編集後記」に編集委員として「中島可一郎・難波律郎・児玉惇・平林敏彦・立石巌・飯島耕一」とある。目次裏（二頁）に書肆ユリイカの広告（『戦後詩人全集』、「ユリイカ近刊詩集」として中島可一郎『子どもの恐怖』、平林敏彦『種子と破片』、中村稔『樹』、山本太郎『歩行者の祈りの唄』）、および紀伊國屋書店の広告。表紙は、フランク・ベルスキーの彫刻「知られざる政治囚」、目次カットはジョヴァンニ・バッティスタ・ティエポロ。

黒田三郎「個人の経験とは何か」、山本太郎「聖灰祭」、大岡信「静けさの中心」、中島可一郎「通信」、清岡卓行「不吉な恋人たち」、飯島耕一「かくされた太陽、口」、オーブリイ・ド・セリンコート（児玉惇・訳）「詩の困難な時」、中村稔「街」、安東次男「樹」、鶴見俊輔「らくだの葬式」、難波律郎「岬にて」、平林敏彦「ちいさな窓」、児玉惇「物語」、飯島耕一「〈今日〉一つの感想」、岩瀬敏彦「〈今日〉ベン・シヤーンについて」、安東次男「〈今日〉飯島耕一の詩」、（無署名）「編集後記」を掲載。

第三冊

一九五五年三月一五日発行。A五判。奥付に、編集者・中島可一郎、発行者・伊達得夫、発行所・書肆ユリイカ（東京都新宿区上落合二ノ五四〇）の記載あり。定価は八〇円。七二頁。表紙に「The Quarterly Magazine of Poetry」、「編集後記」に編集責任として「難波律郎・平林敏彦・児玉潔・岩瀬敏彦・飯島耕一・中島可一郎」とある。裏表紙裏に、書肆ユリイカの広告（『戦後詩人全集』、新刊詩集として、山本太郎『歩行者の祈りの唄』、平林敏彦『種子と破片』、中島可一郎『子供の恐怖』、瀬木慎一『子供の情景』、山口洋子『館と馬車』、串田孫一『旅人の悦び』、門田育郎『海の怒り』、祝算之介『亡霊（長篇叙事詩）』、小海永二・訳『アンリ・ミショオ詩集』）。裏表紙に、ニュー・トーキョーの広告。表紙は未詳、目次カットはアンリ・ミショー。

高桑純夫「詩芸術に期待するもの」、谷川雁「帰館」、黒田三郎「沈黙」、飯島耕一「エリュアールの墓」、鈴木創「朝」、難波律郎「春の祭」、長谷川龍生「嫉妬」、平林敏彦「歴史」、大岡信「詩の必要」、山本太郎「ふあんたじいあ・もんたあな」、児玉惇「浮説」、中島可一郎「婆々」、清岡卓行「〈書評〉中島可一郎『子供の恐怖』について」、平林敏彦「〈書評〉中村稔詩集『樹』について」、中村稔「〈書評〉平林敏彦『種子と破片』について　Ⅰ」、大岡信「〈書評〉平林敏彦『種子と破片』について　Ⅱ」、（無署名）「〈書評〉山本太郎の詩――詩集『歩行者の祈りの唄』について」を掲載。

第四冊

一九五五年七月一〇日発行。A五判。表紙裏に、編集人・中島可一郎、発行人・伊達得夫、ユリイカ発行（東京都新宿区上落合二の五四〇）の記載あり。定価は八〇円。六四頁。表紙に「The Quarterly Magazine of Poetry」「今日の会 編集」「ユリイカ刊行」とあり。「編集後記」に編集委員として「飯島耕一・岩瀬敏彦・清岡卓行・児玉惇・鈴木創・立石巌・中島可一郎・難波律郎・平林敏彦」とある。裏表紙に、書肆ユリイカの広告（「ユリイカの詩書」として大岡信『現代詩試論』、中村稔『宮澤賢治』、関根弘『狼がきた』、安東次男『死者の書』、川崎洋『はくちょう』、入沢康夫『倖せそれとも不倖せ』、岸田衿子『忘れた秋』、栗田勇『サボテン』、中島可一郎『子供の恐怖』、平林敏彦『種子と破片』、山口洋子『館と馬車』、滝口雅子『蒼い馬』、川崎覚太郎『島の章』）、和光社（山崎央『詩の教え方』、

『10代作家作品集1』）、百合出版（『現代詩』七月号）の広告。表紙は、レッグ・バトラーの彫刻「少女」、目次カットはベリクレ・ファッツィーニの彫刻「猫」。

清岡卓行「子守唄のための太鼓」、平林敏彦「なまぐさい春」、鈴木創「時計」「ある晴れた日に」、飯島耕一「君たちのことを考えてあげられない—谷川俊太郎に」「手術日の電気楽器」「聖火曜日」、中島可一郎「新しいリズム・新しいうた」、児玉惇「日本の詩の反省」、難波律郎「オレは突き刺す………」、山本太郎「即興無題」、児玉惇「青年（あるいは世代）」、岩瀬敏彦、立石巌、児玉惇「〈共同研究〉中野清見著「新しい村つくり」」、K「編集後記」を掲載。

第五冊

一九五六年四月一日発行。A五判。奥付に、編集人・中島可一郎、発行人・伊達得夫、発行所・書肆ユリイカ（東京都新宿区上落合）の記載あり。定価は八〇円。六〇頁。表紙に「Quarterly Magazine of Poetry」「今日の会編集」「ユリイカ刊行」とあり。「編集後記」に編集委員として「飯島耕一・岩瀬敏彦・清岡卓行・金太中・児玉惇・鈴木創・立石巌・中島可一郎・難波律郎・平林敏彦」とある。裏表紙に、書肆ユリイカの広告（「ユリイカの書架」として『現代フランス詩人集』、安東次男『現代詩のイメージ』、大岡信『現代詩試論』、中村稔『宮澤賢治』、関根弘『狼がきた』、小笠原豊樹・訳『プレヴエール詩集』、飯島耕一『わが母音』、小山正孝『逃げ水』、川崎洋『はくちよう』、谷口謙『死』、堀内幸枝『不思議な時計』、辻井喬『不確かな朝』、栗林種一『深夜のオルゴール』、安東次男『死者の書』、岸田衿子『忘れた秋』、加藤八千代『愛と死の歌』、入沢康夫『倖せそれとも不倖せ』）。表紙は、Dヴアガットーのコンクリート像「音楽家」、目次カットは岸田衿子。

鈴木創「メニュー泥棒」「流弾」「水の下で」「Variation　花崎皐平へ」「影について」「夢」、児玉惇「父をうつ」「さびしい人—或る朝鮮人へ」「欲しい」「せむしの人」、岩瀬敏彦「椎名鱗三　美しい女について」、岩田宏「〈今日〉

ペシミズム」、平林敏彦「〈今日〉ある告発者」、飯島耕一「〈今日〉ぼくの資格」「鳥を呼ぶぼくのつとめ」、難波律郎「古い写真によせて」「アブダラ―古い写真によせて―」、那珂太郎「〈書評〉飯島耕一詩集　わが母音」、中島可一郎「〈書評〉加藤周一著　ある旅行者の思想―西洋見物始末記―」、金太中「ぼくらは　うたう」「おーい　古里よ」、平林敏彦「近づく場所」、中島可一郎「運転士」「編集後記」を掲載。

第六冊

一九五六年一二月一日発行。A五判。奥付に、編集人・平林敏彦、発行人・伊達得夫、発行所・書肆ユリイカ（東京都新宿区落合）の記載あり。定価は六〇円。三二頁。表紙に「The Quarterly Magazine of Poetry」「今日の会編集」「ユリイカ刊行」とあり。編集委員の表記はなし。裏表紙に、書肆ユリイカの広告（田中清光『立原道造の生涯と作品』、シユペルヴイエル、三井ふたばこ、柳沢和子・訳『詩劇　森の美女』）。表紙写真は、イジス『チュルリー公演』（Jardin des Tuileries）、目次カット写真はローベル・ドアノー「Escalones en diagonal」、二五頁カット写真はシャルル・レーラン。

飯島耕一「昇つて行く降つて行く二つの廃墟」、中島可一郎「変わる」、鈴木創「間奏曲」、吉岡実「仕事」、山口洋子「くらくら《ballad》風に……」、広田国臣「機関車DX二五六五号」、岸田衿子「音無姫譚（一）」、平林敏彦「走る」、多田智満子「最後の道」、難波律郎「少年・夢」、岩田宏「序曲と鎮魂歌」、辻井喬「生涯」、児玉惇「「生活」というふりだしの地点から」、（無署名）「編集後記」を掲載。

第七冊

一九五七年三月一日発行。A五判。奥付に、編集・平林敏彦、発行・伊達得夫、発行所・書肆ユリイカ（東京都新宿二―五四〇）の記載あり。定価は六〇円。四八頁。表紙に「The Quarterly Magazine of Poetry」「今日の会編集」「ユリイカ刊行」とあり。奥付に「今日の会」会員の一覧（飯島耕一・岩田宏・岩瀬敏彦・大岡信・清岡卓行・金太中・岸田衿子・児玉惇・鈴木創・多田智満子・田中清光・辻井喬・中島可一郎・難波律郎・長谷川竜生・平林敏彦・広田国臣・山口洋子・吉岡実）あり。裏表紙に、書肆ユリイカの広告（「今日の会がおくる詩の花束」として、辻井喬『不確かな朝』、岩田宏『独裁』、大岡信『記憶と現在』、岸田衿子『らいおん物語』、中島可一郎『子供の恐怖』、長谷川竜生『パウロウの鶴』）。表紙写真は、ジャン・デュゼード『ポルトガルのシルエット』（La silhouette Portuguese）、目次カット写真はブラッサイ「Montreur d'ours au long du Bosphore」。

飯島耕一「アルファベット―あるいはアンリ・ミショー序説の序章―」「悲劇」、吉岡実「牧歌」、長谷川龍生「実在のかけ橋」、清岡卓行「初期詩篇より」、児玉惇「笑いさんざめくあなた」、大岡信「さわる」、岩田宏「ほそいうらめしげな音―映画「ヘッドライト」に」、山口洋子「うたいながら駈け足で……」、金太中「明日のために生きない」、辻井喬「きれぎれの歌」、田中清光「証明　かもしかよ……」「空」、岸田衿子「困の女―一人の声・赤ん坊の泣き声・困の音による―」、広田国臣「アニリンブラックの唄」、難波律郎「大地の勲章」、多田智満子「鮫の歌」、鈴木創「ぼくを作る途中」、飯島耕一「悲劇」、平林敏彦「生きる」、中島可一郎「資格検査はつづけられています　一幕」を掲載。

第八冊

一九五七年六月一日発行。A五判。奥付に、編集・平林敏彦、発行・伊達得夫、発行所・書肆ユリイカ（東京都新宿二―五四〇）の記載あり。定価は六〇円。四八頁。表紙に「The Quarterly Magazine of Poetry」「今日の会編集」「ユリイカ刊行」とあり。奥付に「今日の会」会員の一覧（飯島耕一・岩田宏・岩瀬敏彦・大岡信・清岡卓行・金太中・岸田衿子・児玉惇・鈴木創・多田智満子・田中清光・辻井喬・中島可一郎・難波律郎・長谷川竜生・平林敏彦・広田国臣・山口洋子・吉岡実）あり。裏表紙に、書肆ユリイカの広告（栗田勇・訳『ロートレアモン全集』全三巻）。表紙写真は、シャルル・レーラン、目次カット写真はジャン・フィリップ・シャルボニエ。三一頁カット写真はアンリ・カルティエ・ブレッソン。

飯島耕一「この暗い波に似た夜は」、岩田宏「津波の……」、岸田衿子「或女ドラム叩きの話—太鼓の音、一人の女の声による—」、鈴木創「Metronome」、広田国臣「タンポポと菠薐草」、多田智満子「闘技場」「失意」、山口洋子「火口」、児玉惇「ナルシスのうた」、田中清光「ぼくには裂けた枝でも」、辻井喬「恋文」、平林敏彦「消息」、大岡信「声」、清岡卓行「初期詩篇より」、吉岡実「単純」、飯島耕一「〈今日〉プチグリヨン財布窃盗事件をめぐる二つの記録及び付記」、岸田衿子「〈今日〉かおとかお」、岩田宏「〈今日〉お茶と同情」、山口洋子「〈今日〉回転木馬—われは酒徒」、伊達得夫「〈今日〉「ユリイカ」抄」、清岡卓行「〈今日〉批評の良心」、児玉惇「「詩人」の畸型性について」を掲載。

第九冊

一九五八年七月一日発行。A五判。奥付に、編集・入沢康夫、発行・伊達得夫、発行所・書肆ユリイカ（東京都新宿二—五四〇）の記載あり。定価は六〇円。三六頁。表紙に「The Quarterly Magazine of Poetry」「今日の会編集」「ユリイカ刊行」とあり。奥付に「今日の会」会員の一覧（入沢康夫・飯島耕一・岩田宏・岩瀬敏彦・大岡信・清岡卓行・金太中・岸田衿子・児玉惇・鈴木創・多田智満子・田中清光・辻井喬・中島可一郎・難波律郎・長谷川竜生・平林敏彦・広田国臣・山口洋子・吉岡実・吉野弘）あり。裏表紙に、書肆ユリイカの広告（大岡信『詩人の設計図』、エリュアール・ブルトン共編『シュルレアリスム辞典』、入沢康夫『夏至の火』、山口洋子『にぎやかな森』、栗田勇・

訳『ロートレアモン全集』全三巻）。表紙、目次カット未詳。

大岡信「転調するラヴ・ソング」、山口洋子「女神がひとり」、吉岡実「喪服」、鈴木創「青空のように」、難波律郎「阪東長二郎」、岸田衿子「真昼の白い灯台の下で」、岩田宏「日曜の詩三つ」、金太中「時計のはなし」、広田国臣「みにくい想像力を」、田中清光「矮樹」、清岡卓行「ハラルからの手紙」、入沢康夫「きこりの物語」、中島可一郎「生活技術」、児玉惇「〈今日〉父と子についての寓話―戦争責任批判について―」、伊達得夫「〈今日〉パイプはブライヤア〈ユリイカ抄〉3」、岸田衿子「〈今日〉「ミクロコスモス」と海」、多田智満子「〈今日〉「吉本隆明詩集」について」、広田国臣「〈今日〉「夏至の火」」を掲載。

第一〇冊

一九五八年一二月一日発行。A五判。奥付に、編集・入沢康夫、発行・伊達得夫、発行所・書肆ユリイカ（東京都新宿二―五四〇）の記載あり。定価は六〇円。三六頁。表紙に「Quarterly Magazine of Poetry」「今日の会編集」「ユリイカ刊行」とあり。奥付に「今日の会」会員の一覧（飯島耕一・入沢康夫・岩田宏・岩瀬敏彦・大岡信・清岡卓行・金太中・岸田衿子・児玉惇・鈴木創・多田智満子・田中清光・辻井喬・中島可一郎・難波律郎・長谷川竜生・平林敏彦・広田国臣・山口洋子・吉岡実・吉野弘）あり。裏表紙に、書肆ユリイカの広告（今日の詩人双書〈山本太郎、安東次男、吉本隆明、黒田三郎〉、海外の詩人双書〈プレヴェール、アンリ・ミショオ、カミングス、ルネ・シャール〉、『ロートレアモン全集』、『ロルカ選集』、Essay〈大岡信『詩人の設計図』ほか〉、単行本詩集〈水尾比呂志『汎神論』ほか〉、吉岡実詩集『僧侶』、『稲垣足穂全集』）。表紙写真は、奈良原一高の写真。

山口洋子「廃園」、鈴木創「時刻表」、田中清光「塔」、辻井喬「野分の騎手」、中島可一郎「ガランバチ国夜話（I）」、吉野弘「山高帽」、岩田宏「歴史的現実」、大岡信「鳥　二篇」、多田智満子「遠い国の女から」、吉岡実「ライラック・ガーデン　バレー〈ライラック・ガーデン〉より」、伊達得夫「ひも〈ユリイカ抄のうち〉」、飯島耕一「エリュアール「二人の夜々」論」を掲載。

・『葡萄』（葡萄発行所、第一号〜第二二号、一九五四年一〇月〜一九五七年六月）

第一号

一九五四年一〇月一日発行。B六判。編集発行人は堀内幸枝（東京都新宿区柏木3—446　千葉方　葡萄発行所）。頒価三〇円。目次には「隔月刊」とある（刊行年月が「1945・10」と誤記）。目次（ノンブルなし）を含め全一七頁、最終頁の後表紙見返し部分に「後記」（堀内）と奥付。表紙には誌名の下に「〈The Grapes〉」と英文表記、中央に「Magazine for Powtery and Essay」とあり、下にローマ数字で号数と西暦、刊行月が表記。表紙裏に上野精養軒、堀内の詩集『紫の時間』（書肆ユリイカ）の広告。裏表紙には『戦後詩人全集』（書肆ユリイカ）の広告。大岡信「さむい夜明け」。木川木六「悲劇的に青いポーズ」、藤富保男「どれもこれもそしてどれも」、加藤博「暗示」、福来保夫「つゝじ」、堀内幸枝「地上〈雨〉」を掲載。堀内の作品「地上〈雨〉」は『不思議な時計』（書肆ユリイカ、一九五六年一月）に収録。

後記には「戦後の詩壇は恰も、群雄割拠の様相を呈してきて、一般に詩を愛して来た者は、何時とはなし、政治色に惑わされて、雑音ばかり多く耳にするようになり、詩の正統的美学に打たれる機会を失つて来た事を、私は私なりに淋しく思う。」として「私は私なりの詩への願望を持つようになり、小さな個人誌を作つてみました。」と、発刊の経緯を説明し、「サークル、個人的感情、詩歴に煩わされることなく、個性的詩人の実験の場にあてて戴きたいのです。」という『葡萄』のスタンスを述べている。

第二号

一九五四年一二月一日発行。B六判。編集発行人は堀内幸枝（東京都新宿区柏木3―446　千葉方　葡萄発行所）。頒価三〇円。目次には「隔月刊」とある。目次（ノンブルなし）を含め全一七頁、最終頁の後表紙見返し部分に「後記」（堀内）と奥付。表紙には誌名の下に「〈The Grapes〉」と英文表記、中央に「Magazine for Powtery and Essay」とあり、下にローマ数字で号数と西暦、刊行月が表記。表紙裏に藤富保夫の詩集『8月の何か』（国文社）、堀内の詩集『紫の時間』（書肆ユリイカ）の広告。裏表紙には『戦後詩人全集』（書肆ユリイカ）の広告。

島原健三「少年の話」、青木ひろたか「露点―山篇補抄―」、藤富保男「そういうようなものたち」、小海永二「孤独」、木川木六「記憶」、市多美子「華やかな別離」、堀内幸枝「地上〈人間解体〉」を掲載。堀内の作品「地上〈人間解体〉」は『不思議な時計』（書肆ユリイカ、一九五六年一月）に収録。

第三号

一九五五年二月一〇日発行。A五判。編集発行人は堀内幸枝（東京都新宿区柏木3―446　千葉方　葡萄発行所）。頒価三〇円。目次には「隔月刊」とある。目次（ノンブルなし）を含まず全一七頁、最終頁の後表紙見返し部分に「後記」（堀内）と奥付。表紙には誌名の下に「POETRY AND ESSAY」と英文表記、中央にポール・スタンドの写真、下に「岩本昭　上野菊江　ア・ミシヨオ　堀内幸枝　那珂太郎」と執筆者、及びローマ数字で号数と西暦が表記。裏表紙には、岩本修蔵『ヨーロッパの笑いの中で』（パンポエジー発行所）、木原考一『星の肖像』（昭森社）、書肆ユリイカの広告（「ユリイカの詩書」として、平林敏彦『種子と破片』、中島可一郎『子供の恐怖』、山本太郎『歩行者の祈りの唄』、金太中『囚われの街』、瀬木慎一『子供の情景』、山口洋子『館と馬車』、串田孫一『旅人の悦び』、堀内幸枝『紫の時間』、祝算之介『亡霊（長編叙事詩）』、藤原定『距離』、小海永二『峠』）。

飯島耕一「人間の声」、堀川正美「ふたたび盲いて」、古平義雄「オートバイに乗つた美学」、岩本昭「P市の朝」、上野菊江「手紙」、ア・ミシヨオ（小海永二・訳）「海」、木川木六「盗まれたテンポ」、堀内幸枝「地上……悪疫」、那珂太郎「〈黒い水母〉とそのノオト」を掲載。堀内の作品「地上……悪疫」は『不思議な時計』（書肆ユリイカ、一九五六年一月）に収録。

第四号

一九五五年四月二五日発行。A五判。編集発行人は堀内幸枝（東京都新宿区柏木3―446　千葉方　葡萄発行所）。三〇円。目次には「隔月刊」とある。目次（ノンブルなし）を含まず全一七頁、最終頁の後表紙見返し部分に「後記」（堀内）と奥付。表紙には誌名の下に「POETRY AND ESSAY」と英文表記、中央にパウル・クレイの絵、絵を挟んで上下に「藤富保夫　水橋晋　梅本育子　金太中　ア・ミシヨオ　仙川竹生　木川木六　堀内幸枝　津田勇」と執筆者、下にローマ数字で号数表記と西暦が表記。裏表紙には、小海永二・訳『アンリ・ミショオ詩集』（書肆ユリイカ）の広告。

藤富保男「スケツチ・ポエム」、水橋晋「城に戻れ」、梅本育子「あなたはいきてはいけない」、金太中「海」、ア・ミシヨオ（小海永二・訳）「魔法」「消える鳥」、仙川竹生「貝殻」、木川木六「雨」、堀内幸枝「沼地」、津田勇「風のゆうべに」を掲載。堀内の作品「沼地」は『不思議な時計』（書肆ユリイカ、一九五六年一月）に収録。

第五号

一九五五年六月二〇日発行。A五判。編集発行人は堀内幸枝（東京都新宿区柏木3―446　千葉方　葡萄発行所）。定価三〇円。目次（ノンブルなし）を含め全一七頁、最終頁の後表紙見返し部分に「後記」（堀内）と奥付。表紙には誌名の下に「POETRY AND ESSAY」と英文表記、中央にベン・シャーンの絵、絵を挟んで上下に「大岡信　飯島耕一　堀川正美　小海永二　堀内幸枝　上野菊江」と執筆者、下にローマ数字で号数と西暦が表記。裏表紙には、書肆ユリイカの広告（「ユリイカの詩論シリーズ」として大岡信『現代詩試論』、中村稔『宮沢賢治』、関根弘『狼がきた』）、岩本修蔵『月夜のイリス』（国文社）の広告。

大岡信「純粋について」、飯島耕一「動物園の熊の歌」「帰る」、堀川正美「単純な悲惨」、小海永二「子供たちには何もない？」、堀内幸枝「ニヒルなぬりえ」、上野菊江「モーゼ―Tに捧げる弔詩―」を掲載。堀内の作品「ニヒルなぬりえ」は「窓」と改題され『不思議な時計』（書肆ユリイカ、一九五六年一月）に収録。

第六号

一九五五年一〇月一〇日発行。A五判。編集発行人は堀内幸枝（東京都新宿区柏木3―446　千葉方　葡萄発行所）。定価三〇円。目次なし。全一七頁、最終頁の後表紙見返し部分に「後記」（堀内）と奥付。表紙には誌名の下に「POETRY AND ESSAY」と英文表記、中央にブラックの絵、絵を挟んで上下に「作品」として「大野純　菊地貞三　藤富保夫　中江俊夫　梅本育子　堀内幸枝　山田正弘　小笠原豊樹」と執筆者、下にローマ数字で号数表記（V号と誤記）と西暦が表記。裏表紙に、堀内幸枝『不思議な時計』、飯島耕一『わが母音』（書肆ユリイカ）の広告。

ジャック・プレヴェール（小笠原豊樹・訳）「祭」「夜のパリ」、大野純「断層」、菊地貞三「ぼくのうた」、藤富保男「電話がなる」「船の中の天候」、中江俊夫「哀歌」、梅本育子「耳環」、堀内幸枝「波打際」、山田正弘「紅い日々と眼」を掲載。堀内の作品は『不思議な時計』（書肆ユリイカ、一九五六年一月）に収録。

第七号

一九五五年一二月二五日発行。A五判。編集発行人は堀内幸枝（東京都新宿区柏木3―446　千葉方　葡萄発行所）。低下三〇円。目次なし。全二五頁、最終頁の後表紙見返し部分に「後記」（堀内）と奥付。表紙デザインが変更され、第一〇号まで色彩を変えて継続して使用される。右下に「高野喜久雄　佐伯悠子　堀川正美　金太中　岩田宏　杉本春生　粒来哲蔵　嶋岡晨　木川木六　山下千江　堀内幸枝」と執筆者、算用数字で号数表記と西暦が表記。裏表紙に書肆ユリイカの広告（堀内幸枝『不思議な時計』、大岡信『現代詩試論』、杉本春生『抒情の周辺』、飯島耕一『わが母音』、金太中『囚われの街』）の広告。

高野喜久雄「玩具」、粒来哲蔵「評定」、佐伯悠子「シヤガールの「恋人」幻想」、嶋岡晨「エデン」「夜」、堀川正美「精励」、木川木六「緑のオルゴール」、金太中「白球」、山下千江「えぴそおと」、岩田宏「悲劇」、堀内幸枝「悪夢の町」、杉本春生「〈書評〉飯島耕一　わが母音」を掲載。

第八号

一九五六年四月三〇日発行。A五判。編集発行人は堀内幸枝（東京都新宿区柏木3―446　千葉方　葡萄発行所）。定価三〇円。目次なし。全一七頁、最終頁の後表紙見返し部分に「後記」（堀内）と奥付。右下に「小海永二

川崎洋　高田敏子　粒来哲蔵　堀内幸枝　高島菊子　那珂太郎」と執筆者、算用数字で号数表記と西暦が表記。裏表紙に書肆ユリイカの広告（堀内幸枝『不思議な時計』、岩田宏『独裁』、小笠原豊樹・訳『プレヴエール詩集』）。

フエデリコ・ガルシア・ロルカ（小海永二・訳）「歌」「二人の若い娘」、川崎洋「海へ」、高田敏子「森」、粒来哲蔵「異域の人」、堀内幸枝「かすかな歌声」、高島菊子「花弁日記」、那珂太郎「女流詩人について」を掲載。堀内の作品は『夢の人に』（無限社、一九七五年二月）に収録。

第九号

一九五六年八月一〇日発行。A五判。編集発行人は堀内幸枝（東京都新宿区柏木3―446　千葉方　葡萄発行所）。定価三〇円。目次なし。全二五頁、最終頁の後表紙見返し部分に「後記」（堀内）と奥付。右下に「作品」として「大野純　川崎洋　松田幸雄　木川木六　西内延子　岩田宏　堀内幸枝」、「書評」、「エッセイ」として「高田敏子」、算用数字で号数表記と西暦が表記。裏表紙に書肆ユリイカの広告（大岡信『記憶と現在』、小海永二『風土』）、三井ふたばこ『後半球』（小山書店）の広告。

大野純「翼のない天馬」「歩く人」、川崎洋「ギター」、松田幸雄「野焼図」、木川木六「風と手のある風景」、西内延子「黒いガーベラ」、岩田宏「おとなしい人たち」、堀内幸枝「悪魔の図」「粒来哲蔵詩集「虚像」について」、岩本修蔵「山中散生「黄昏の人」について」、北川幸比古「岩田宏詩集「独裁」」、三好豊一郎「堀内幸枝「不思議な時計」の世界」、三井ふたばこ「多田智満子　花火」、山下千江「及川均　海の花火」、嶋岡晨「大野純「あの歌はどこからきこえてくる」について」、内山登美子「堀場清子「狐の眸」覚書」、上野菊江「三谷晃一「蝶の記憶」、斉藤庸一「防風林」」、高田敏子「女流詩人の立場」を掲載。

第一〇号

一九五六年一一月二〇日発行。A五判。編集発行人は堀内幸枝（東京都新宿区柏木3―446　千葉方　葡萄発行所）。定価三〇円。目次（ノンブルなし）を含め全二五頁、最終頁の後表紙見返し部分に「あとがき」（堀内）と奥付。右下に「谷川俊太郎　菊地貞三　堀内幸枝　嶋岡晨　木下夕爾　手塚久子　水橋晋　河野澄子」、「書評」、算用数字で号数表記と西暦が表記。裏表紙に堀内幸枝『不思議な時計』（書肆ユリイカ）、大野純『あの歌はどこからきこえてくる』（地球社）、岩本修蔵『岩本修蔵詩集』（新意匠）の広告。

谷川俊太郎「女に」、菊地貞三「長い廊下で」、堀内幸枝「水と死のリズム―水死したと云ふ女の写真に肖せてうたう―」「らくがき」、嶋岡晨「時間の街かど」「待つている男」「冬の魂」「溺死した女」、木下夕爾「秋の日記抄」、手塚久子「家」、水橋晋「悪い旅」、河野澄子「影」、武村志保「梅本育子詩集「火の匂」」、堀内幸枝「〈最近の詩集から〉　阿部富美子詩集「深海魚」」「〈最近の詩集から〉「遠い少年」杉山茂雄」「〈最近の詩集から〉「愛について」安水稔和」「〈最近の詩集から〉「ポエジーの噴水」松尾修二」「〈最近の詩集から〉「遠い終電車」石口敏郎」「〈最近の詩集から〉「入道雲のうた」仙川竹生」を掲載。堀内の作品「水と死のリズム」は『夢の人に』（無限社、一九七五年二月）に収録。

第一一号

一九五七年三月一日発行。A五判。編集発行人は堀内幸枝（東京都新宿区柏木3―446　千葉方　葡萄発行所）。定価四〇円。目次（ノンブルなし）を含め全二九頁、最終頁の後表紙見返し部分に「あとがき」（堀内）と奥付。表紙デザインが変更され、誌名と号数表記のみとなる（第一三号まで色彩を変えて継続して使用）。裏表紙堀内幸枝『不思議な時計』（書肆ユリイカ）、大野純『あの歌はどこからきこえてくる』（地球社）、岩本修蔵『岩本修蔵詩集』

（新意匠）の広告。

安西均「朝・電話が鳴る」、粒来哲蔵「時計」、大野純「どこか天の……」「声」「青春」、阿部富美子「理髪店」、堀川正美「呪文No. 2」、谷川俊太郎「詩のための悲歌」、礒村幸子「四つの笛」、笹原常与「俺」、堀内幸枝「曇天」「七冊の詩集によせて」を掲載。堀内の作品「曇天」は、『夕焼が落ちてこようと』（昭森社、一九六四年九月）に収録。

第一二号

一九五七年六月二〇日発行。A五判。編集発行人は堀内幸枝（東京都新宿区柏木3―446　千葉方　葡萄発行所）。定価五〇円。目次（ノンブルなし）を含め全三三頁、最終頁の後表紙見返し部分に「あとがき」（堀内）と奥付。裏表紙に的場書房の広告（堀内幸枝『村のアルバム』、谷川俊太郎『絵本』、谷口尚規『徒弟の歌』、大谷裕昭『砂だらけの生』、茨木のり子ほか『櫂　詩劇作品集』、友竹辰『声の歌』）、書肆ユリイカの広告（栗田勇・訳『ロートレアモン全集』全三巻、長谷川竜生『パウロウの鶴』、大岡信『記憶と現在』、〈今日の詩人双書〉『山本太郎詩集』）。

長島三芳「日没の海」、菊地貞三「問いにこたえる」「空港にて」、堀内幸枝「地上」、岡崎清一郎「水車小屋」、日比澄枝「ある日」、新川和江「るふらん」、大野純「狼」、内山登美子「女であること」、堀内幸枝「はにかみの弁」、城侑「通勤列車」、片岡文雄「赤い空」、堀内幸枝「深尾須磨子詩集「詩は魔術である」」、平岡史郎「夜」、嶋岡晨「〈詩集評〉真辺博章「海の時間」」、菊地貞三「〈詩集評〉谷口尚規「徒弟の歌」、佐伯清美「晴れる日のために」」を掲載。堀内の作品「地上」は、『夕焼が落ちてこようと』（昭森社、一九六四年九月）に収録。

関連年表

〈凡例〉

①年表は、一九五四（昭和29）年から一九五八（昭和32）年までの間に、詩誌『今日』に寄稿した詩人たちの、『今日』やそれ以外の詩誌や雑誌などに発表した詩、詩論、評論、随筆、書評などを記載した。また、『今日』に寄稿した詩人たちに関する評論、書評なども記載した。

②雑誌、単行本は『　』、記事は「　」で記した。

③『今日』の刊行と目次については◇にまとめて記した。

一九五四（昭和29）年

一月、黒田三郎（詩）「白い巨大な」、谷川雁（詩）「請願」、平林敏彦（詩）「馬鹿な秋」「橋―ヴァン・ゴッホ『橋』（一八八八）のある料理店にて―」、山本太郎（詩）「木からおちた猿の唄」、飯島耕一、大岡信、中村稔、山本太郎ら（座談会）「二〇代の発言」（『詩学』第9巻第1号）。吉野弘（詩）「散策路上」（『櫂』第5号）。長谷川竜生（座談会）「『荒地』の詩人をかこんで」、長谷川竜生（詩）「中山製綱にて」（『詩と真実』第9号）。**二月、**岩田宏（詩）「バラード」、山口洋子（詩）「翔ける夏」、平林敏彦「雑記」（『詩学』第9巻第2号）。黒田三郎（詩）「逃亡者と影」、「日本の詩に対するひとつの疑問」（『荒地詩集1954』荒地出版社）。**三月、**飯島耕一（詩）「樹木」、（詩）「優しい獣たち」、大岡信（詩）「痛みについて」、「飯島耕一詩集『他人の空』」、平林敏彦「日記」、黒田三郎、山本太郎ら「研究作品合評」（『詩学』第9巻第3号）。吉野弘（詩）「burst―花ひらく―」（『櫂』第5号）。**四月、**山本太郎「『メレヨン島詩集』に寄せて 書信の形式で」（『暦象』第12集）。吉野弘（詩）「申請」「星とサラリーマン」。山本太郎、平林敏彦ら「懸賞作品銓衡合評会」。中村稔「谷川俊太郎『六二のソネット』」、中桐雅夫「安東次男『抵抗詩集』」、山本太郎「『丘を離れて』の詩人松村由宇一へ」（『詩学』第9巻第4号）。大岡信「戦後詩人論―鮎川信夫ノート―」、黒田三郎「現代詩人の問題」、山本太郎、黒田三郎ら「座談会」（『詩学』第9巻第5号）。長谷川竜生

(詩)「大阪製綱にて」、長谷川竜生ら(鼎談)「リアリズム論争─詩の前進のために」(『山河』第15集)。長谷川竜生(詩二篇)「二つのデッサン(総題)/転がる石《ローリング・ストーン》・子供と花」、「作品研究1」(座談会)の欄に長谷川竜生「梟だけが見ている空の下」「造船の夕暮」を採り上げる(『詩と真実』第10号)。安東次男(詩)「雪の朝」(『現在』第6号)。**五月**、谷川雁「原点が存在する」(『母音』第3期第1号)。**六月**、入沢やすお(詩)「市井の瑣事(総題)一、数寄屋橋からほうりこまれた男の唄 二、見てゐた男の唄」、小海永二「書評 安東次男『現代詩入門』」(『ぼくたちの未来のために』第5号)。安東次男(詩)「帽子」、山本太郎ら(座談会)「研究作品合評」、山口洋子「だれかがわたしに囁く」(『詩学』第9巻第6号)。黒田三郎詩集『ひとりの女に』(昭森社)。**七月**、安東次男「詩人の理性─詩における典型の問題について─」、大岡信(詩)「ある季節のための証言」、飯島耕一(詩)「子供の領地(1走り出したら 2破れて水が吹き出した)」(『現代詩』第1巻第1号)。沢村光博「金子光晴・安東次男共著『現代詩入門』」(第二次『時間』第5巻第7号)。飯島耕一(詩)「夜の中の目ざめ」、大岡信(詩)「知られぬものへの讃歌」、金太中(詩)「海」(『ポエトロア』第4集)。山本太郎(詩)「プッペの歌」、大岡信「詩人の死─エリュアールの追憶のために─」、黒田三郎、山本太郎ら「研究作品合評」、平林敏彦「年鑑現代詩集」(『詩学』第9巻第7号)。谷川雁(詩)「破産の月に」(『母音』第3期第2号)。吉野弘(詩)「謀叛」(『櫂』第7号)。黒田三郎(詩)「白い巨大な」(『詩と詩論』第2号)。「読書室」の欄で、国分一太郎が安東次男らにふれる(『列島』第9号)。金太中『詩集 囚われの街』(書肆ユリイカ)。**八月**、児玉惇(詩)「岬にて」、安東次男(詩)「夏まで」、安東次男「児童詩の見かた/感想」(『現代詩』第1巻第2号)。入沢康夫(詩)「愛について」(『ぼくたちの未来のために』第7号)。飯島耕一「風が吹いたら わが『未知なる者への祈り』」、黒田三郎、山本太郎ら「研究作品合評」、山口洋子「研究会作品 ほこりの中の子供たち」、難波律郎「青山雞一詩集『白の僻地』」(『詩学』第9巻第8号)。**九月**、平林敏彦(詩)「空腹な馬」、山本太郎(詩)「素朴な唄」、安東次男（座談会）「詩にお近代主義の諸問題」、児玉惇「書評／模索への共感―六冊の詩集を読んで―」（『現代詩』第1巻第3号）。平林敏彦、山本太郎「現代詩の焦点」（『詩学』第9巻第9号）。吉野弘（詩）「父」、大岡信（詩）「手」（『櫂』第8号）。黒田三郎「現代詩の入門書について」（『列島』第10号）。一〇月、黒田三郎（詩）「引き裂かれたもの」、谷川雁（詩）「このアメリカ人」、長谷川竜生（詩）「水鳥の翔び立つとき」、鈴木創（詩）「真夏」（『現代詩』第1巻第4号）。入沢康夫（詩）「（分類する）」（『ぼくたちの未来のために』第9号）。黒田三郎（詩）「ただ過ぎ去るために」、長谷川龍生（詩）「新テロリスト」、平林敏彦「黒田三郎『ひとりの女に』」、黒田三郎ら「研究作品合評」、岩田宏「研究会作品 日曜の午後のソネット」、山本太郎「追記」（『詩学』第9巻第10号）。長谷川竜生（詩）「かつをのえぼし」、長谷川竜生ら（鼎談）「社会主義リアリズムへの諸問題―リアリズム論争2」、長谷川竜生「牧羊子詩集『コルシカの薔薇』」（『山河』第16集）。大岡信（詩）「さむい夜明け」（『葡萄』創刊号）。山本太郎詩集『歩行者の祈りの唄』（書肆ユリイカ）。平林敏彦詩集『種子と破片』（書肆ユリイカ）。一一月、清岡卓行（詩）「氷った焔」、吉野弘（詩）「空に寄せる祈り」、「初めての児に」、黒田三郎「MERRY GO ROUND 村野四郎氏にとう」、「西内延子詩集『緑の環』」、黒田三郎、山本太郎「座談会」（『詩学』第9巻第11号）。「地球詩集批判」の欄に大岡信「『地球詩集』の周辺」（『地球』第14号）。吉野弘（詩）「滅私奉公」、大岡信（詩）「遅刻」（『櫂』第9号）。「読書室」の欄で、清岡卓行が大岡信、中村稔、山本太郎、那珂太郎らにふれる（『列島』第11号）。『列島詩集』（知加書房）。谷川雁詩集『大地の商人』（母音社）。中村稔詩集『樹』（書肆ユリイカ）。中島可一郎詩集『子供の恐怖』（書肆ユリイカ）。一二月、平林敏彦（アンケート）「最近の暦象の作品動向について」（『暦象』第20集）。影山誠治「金太中『囚われの街』」（第二次『時間』第5巻第12号）。那珂太郎（詩）「恋の主題による三つのデッサン」、大岡信「詩の条件」、山本太郎「生野幸吉詩集『飢火』」、黒田三郎「平林敏彦詩集『種子と破片』」、山本太郎ら「座談会」

（『詩学』第9巻第12号）。黒田三郎（詩）「足音」、平林敏彦（詩）「その日最初の人間がやってきた」（『輓近詩猟』第5冊）。

◇六月、『今日』（第1冊）刊行。

無署名「この共和国 マニフェストに代えて」、飯島耕一（詩）「種子」「樹木」「船の上で」「テーブルの上を」、難波律郎（詩）「牛のいる風景」「秋」、平林敏彦（詩）「広場のあさとゆうぐれの歌」、中島可一郎（詩）「糞尿処理場」「リットリア」、「ニシワキ・ジュンザブロウ論」、児玉惇「現代詩人論」。岩瀬敏彦「ピカソ小論」、金太中、難波律郎「飯島耕一詩集 他人の空」。

一〇月、『今日』（第2冊）。山本太郎（詩）「聖灰祭」、大岡信（詩）「静けさの中心」、中島可一郎（詩）「通信（同題詩三篇）」、清岡卓行（詩）「不吉な恋人たち」、飯島耕一（詩）「かくされた太陽、口」「海辺の生物」、「一つの感想」、中村稔（詩）「街」、安東次男（詩）「樹」、「飯島耕一の詩」、鶴見俊輔（詩）「らくだの葬式」、難波律郎（詩）「岬にて」、平林敏彦（詩）「ちいさな窓」、児玉惇（詩）「物語」、黒田三郎「個人の経験とは何か」、オーブリイ・ド・セリンコート「詩の困難な時」、岩瀬敏彦「ベン・シヤーンについて」。

一九五五（昭和30）年

一月、大岡信（詩）「道標」、中村稔（詩）「樹」、難波律郎（詩）「考える人」（『現代詩』第2巻第1号）。「五四年度代表作品集／長谷川龍生（詩）『新テロリスト』、平林敏彦（詩）『その日最初の人間がやってきた』、山本太郎（詩）『プッペの唄』、吉野弘（詩）『burst —花ひらく—』、安東次男（詩）『夏まで』、飯島耕一（詩）『種子』、大岡信（詩）『遅刻』、児玉惇『岬にて』、谷川雁『破産の月に』」を掲載、鶴見俊輔（訳）、チャールズ・モリス「女性」（『詩学』第9巻第13号）。安東次男「現代日本詩集 死んだ海」、中村稔（詩）「屋上」、平林敏彦（詩）「片づけよう 夜のうちに」、山本太郎（詩）「のりくら素描」（『詩学』第10巻第1号）。長谷川龍生（詩）「夜の尼鋼」（『山河』第17集）。山本太郎（詩）「病床の友へ」、飯島耕一（詩）

「あるプロテスト」、吉野弘（詩）「さよなら」、（詩）「私心は」、大岡信「詩の構造」、谷川雁「『農民』が欠けている」（『櫂』第10号）。平林敏彦（詩）「晴れている空に」（『輓近詩猟』第6冊）。**二月**、平林敏彦（詩）「しずかな車輪の音のなかで」、安東次男（詩）「鳥」、中島可一郎（詩）「りんごとこぶたん」、児玉惇、平林敏彦「現代詩時評 詩にとって『原子力』とは何か」（『現代詩』第2巻第2号）。江頭彦造「新刊書評『ひとりの女に』黒田三郎」（第二次『時間』第6巻第1号）。中野嘉一「山本太郎詩集『歩行者の祈りの唄』について」、島田忠光「平林敏彦詩集『種子と破片』」（『暦象』第22集）。谷川雁「コレスポンダンス 現在の私の仕事」、黒田三郎「詩論批評」、大岡信「大江満雄『海峡』」、安東次男「中村稔・岸田衿子詩画集『樹』」、平林敏彦ら「座談会」（『詩学』第10巻第2号）。飯島耕一（詩）「人間の声」、那珂太郎「『黒い水母』」、「〈黒い水母〉とそのノオト」（『葡萄』第3号）。広田国臣（詩）「お前には誰も……」、大岡信「詩壇時評」（『囲繞地』第2集）。**三月**、清岡卓行（詩論）「超現実と記録」、大岡信「小野十三郎論―歌・批評・リズム―」、難波律郎、中島可一郎「現代詩時評『今日』の会同人」、木島始「書評／山本太郎詩集『歩行者の祈りの唄』」（『現代詩』第2巻第3号）。入沢康夫（詩）「いやだとぼくは」（『ぼくたちの未来のために』第12号）。飯島耕一（詩）「空が花を捨てるように」、清岡卓行「コレスポンダンス 私の詩的体験」、谷川雁「現代詩における近代主義と農民」、黒田三郎「詩論批評」、大岡信「山本太郎『歩行者の祈りの唄』」、北原節子「田中清光『立原道造』」、関根弘「中島可一郎『子供の恐怖』」、平林敏彦ら「座談会」（『詩学』第10巻第3号）。安東次男（詩）「明日はどんな深い谷をもつ」（『現在』第9号）。山本太郎（詩）「海辺にて」、平林敏彦（詩）「ぼくらが語りはじめたとき」（『近代詩猟』第8冊）。斉藤まもる

「山本太郎著　歩行者の祈りの唄」（『近代詩評論』第9号）。岸田衿子詩集『忘れた秋』（書肆ユリイカ）。**四月**、山本太郎（詩）「素朴な唄Ⅱ」、谷川雁（詩）「主都の勘定書」、飯島耕一（詩）「見えないものを見る」、大井川藤光「中島可一郎詩集『子供の恐怖』」（『現代詩』第2巻第4号）。広田国臣（詩）「誕生日」、岩田宏（詩）「独裁」、山本太郎「コレスポンダンス　詩劇・抱負と実験」、黒田三郎「詩論批評」（『詩学』第10巻第4号）。「谷川雁詩集『大地の商人』批評」の欄に平林敏彦「叙情詩の革命　谷川雁について」（『母音』第3期第5号）。吉野弘（詩）「挨拶」、大岡信（詩）「翼あれ」、（詩）「風」、同（詩）「おおわが歌」（『櫂』第11号）。。金太中（詩）「海」（『葡萄』第4号）。鶴見俊輔ら「詩と思想　現代詩　サークル詩　流行歌など」（『詩と真実』第11号）。黒田三郎（詩五篇）「引き裂かれたもの（総題）／引き裂かれたもの　ただ過ぎ去るために　友よ　星のように遠く　美しい日没」、「第二回『荒地詩人賞』銓衡結果」（『荒地詩集1955』荒地出版社）。**五月**、清岡卓行（詩）「誰と別れるのか」、「谷川雁『大地の商人』」、大岡信「アンリミショウ詩集（小海永二訳）」、中村稔「宮沢賢治論―『雨ニモマケズ』について―」（『現代詩』第2巻第5号）。北川冬彦「技術批評『生誕の朝』大岡信」、沢村光博「技術批評『朝の樹木』安東次男」（第二次『時間』第6巻第5号）。入沢康夫「詩におけるコミュニケーション――人間のために詩をかくということI――」（『ぼくたちの未来のために』第14号）。鶴見俊輔（詩）「人形の台詞」（『POETRY』第1号）。岩田宏（詩）「幼い恋」、中島可一郎「corner　われらの仲間」、清岡卓行「コレスポンダンス　詩壇に臨むもの」、黒田三郎「詩論批評」、大岡信「谷川雁詩集『大地の商人』、平林敏彦ら「座談会」（『詩学』第10巻第5号）。大岡信「論争についてならびに同人雑誌論」（『近代詩評論』第10号）。広田国臣（詩）「娼婦」（『囲繞地』第3集）。**六月**、中野秀人「観賞と批評　Once Upon A Time―安東次男の詩―」（『現代詩』第2巻第6号）。木暮克彦「黒田三郎『ひとりの女に』寸感」。鵜沢覚「技術批評『かるちえ・じやぽね』山本太郎」（第二次『時間』第6巻第6号）。黒田三郎（詩）「ただ過ぎ去るために」、安東次男（詩）「使者の書」、飯島耕一（詩）「他人の空」、谷川雁（詩）「革命」、長谷川龍生（詩）「嫉妬《ジェラシー》（総題）ケーブルカーの中 瞠視慾」、平林敏彦（詩）「美術館にて」、山本太郎（詩）「歩行者の夜の唄」、大岡信（詩）「詩人の死―エリュアールの追憶のために―」、「戦後詩論の焦点」、飯島耕一「戦後詩人10人の仕事 安東次男小論」、那珂太郎「戦後詩人10人の仕事 谷川俊太郎」、平林敏彦「戦後詩人10人の仕事 大岡信小論」、鳥見迅彦「戦後詩人10人の仕事 山本太郎小論」、中村稔、黒田三郎、清岡卓行ら（座談会）「戦後十年・戦後詩の新しい展開」（『詩学』第10巻第6号）。清岡卓行「滝口雅子詩集『蒼い馬』について」、飯島耕一「岸田衿子詩集『忘れた秋』について」、黒田三郎「詩論批評」、平林敏彦ら「合評会 岩田宏について」（『詩学』第10巻第7号）。長谷川竜生（詩）「パウロの鶴」、「プトマイン曲折」（『山河』第18集）。飯島耕一（詩）「動物園の熊の歌」、（詩）「帰る」、大岡信「純粋について」（『葡萄』第5号）。金太中（訳）「クリスティアーヌ・ビュルコア『知られぬひと』」、大岡信「ケネス・パッチェン」（『ポエトロア』第6集）。平林敏彦（詩）「風景 ヨコハマと云ふ嘔吐」（『近代詩猟』第11冊）。大岡信『現代詩試論』（書肆ユリイカ）。安東次男詩集『死者の書』（書肆ユリイカ）。入沢康夫詩集『倖せそれとも不倖せ』（書肆ユリイカ）。黒田三郎詩集『失はれた墓碑名』（昭森社）。**七月**、清岡卓行「評論に生えているチョンマゲ」（『現代詩』第2巻第7号）。飯能次夫「安東次男覚書」、沢村光博「技術批評『沈黙』黒田三郎」（第二次『時間』第6巻第7号）。入沢康夫「見並準一詩集『雨季の童話』について」（『ぼくたちの未来のために』第15号）。吉野弘（詩）「或る報告」、黒田三郎「コレスポンダンス H氏賞受賞の感想」、「詩論批評」、「戦後詩人研究2 長谷川龍生集」――関根弘「長谷川龍生論」／長谷川龍生略暦／長谷川龍生作品集「パウロの鶴 迷路の実験 ローン・ウルフ 笑われている（舞踏病 奇術師）」、平林敏彦ら「懸賞作品合評」（『詩学』第10巻第8号）。**八月**、清岡卓行「『死の灰詩集』への文学的評価」、「投稿詩選評」、山本太郎「老残の歌 三井氏の絵によせて」、谷川雁「現代詩時評」（『現代詩』第2巻第8号）。

杉山市五郎「技術批評 長谷川竜生について」（第二次『時間』第6巻第8号）。「戦後詩人研究3 飯島耕一集」／清岡卓行「飯島耕一論」、飯島耕一略暦、飯島耕一作品集（誰が孤独だといつて…… 太陽は近づくもの 君たちのことを考えてあげられない 背中の傷 他人の空に）、黒田三郎「詩論批評」、鮎川信夫「作品月評 山本太郎『盛り場春情』、大岡信「MERRY GO ROUND 陳謝と訂正」、平林敏彦（座談会）ら「懸賞作品合評会」（『詩学』第10巻第9号）。広田国臣（詩）「みなしごの手」、「鮎川信夫作兵士の歌を中心にしての批評」（『囲繞地』第4集）。吉岡実詩集『静物』（私家版）。**九月**、児玉惇（詩）「呼吸（高原にて）」、吉野弘（詩）「日々を慰安が」、中島可一郎「三好達治論」、山本太郎「中村稔の詩」、入江亮太郎（詩論）「大岡信 現代詩試論」、谷川雁「現代詩時評」、長谷川竜生「湯口三郎への回想」（『現代詩』第2巻第9号）。大河原巌「技術批評『帰館』谷川雁」、影山正治「技術批評『ある潟の日没』中村稔」（第二次『時間』第6巻第9号）。大岡信（詩）「六月」、岩田宏（詩）「土曜の夜のあいびきの唄」、「コレスポンダンス 一九五五年詩学懸賞作品入選の感想」、黒田三郎「詩論批評」、「平林敏彦『種子と破片』」、難波律郎「前田棟一郎論」、平林敏彦ら「座談会」、北原節子「田中清光『立原道造』」（『詩学』第10巻第10号）。谷川雁（詩）「おれは砲兵」、「森崎和江への手紙」（『母音』第3期第6号）。長谷川竜生（詩）「デスマスク」、「俺が目ざめた時」（『山河』第19集）。大岡信（詩）「夜明けは巨きな洞窟だ」（『近代詩猟』第14冊）。**一〇月**、黒田三郎（詩）「この道のしずかさに」、谷川雁「現代詩時評」、加藤周一「書評／中村稔著『宮沢賢治』」（『現代詩』第2巻第10号）。黒田三郎「詩論批評」、平林敏彦ら「座談会」（『詩学』第10巻第11号）。飯島耕一詩集『わが母音』（書肆ユリイカ）。**一一月**、安東次男「シュルレアリスムと詩の現実的基盤」、清岡卓行「現代詩時評」、清岡卓行「編集部選評」、花崎皐平「安東次男詩集『死者の書』」（『現代詩』第2巻第11号）。藤富保男「技術批評『通信』『静物（葡萄）』中島可一郎」、藤一也「技術批評『空が雲を捨てるように』安東次男」。（第二次『時間』第6巻第11号）。粂川光樹

「入沢康夫への手紙——その詩集『倖せそれとも不倖せ』について——」（『ぼくたちの未来のために』第20号）。児玉惇（詩）「記念」（『詩学』第10巻第12号）。黒田三郎「詩論批評」、平林敏彦ら「座談会」（『詩学』第10巻第13号）。広田国臣（詩）「水辺の基地」、（訳）D.S.SAYAGE「真空の中の声」、（訳）ディラン・トマス「夜のお別れに優しく入って行ってはならない」（『囲繞地』第5集）。『列島詩集』（知加書房）。安東次男『現代詩のイメージ』（書肆ユリイカ）。**一二月**、黒田三郎「中野重治の詩の限界」、岩田宏（詩）「ぼくらの国では」、大岡信「特集 読者への手紙／あて名のない手紙」、谷川雁「特集 読者への手紙／東洋の村の入口で」、小海永二「入沢康夫詩集『倖せそれとも不倖せ』」、清岡卓行「現代詩時評」、（座談会）「作品月評 実力以下の作品群 新日本文学11月号の詩作品」（『現代詩』第2巻第12号）。那珂太郎（詩）「秋の散歩」、黒田三郎「詩論批評」、中村稔「谷川雁特集／谷川雁論」、「谷川雁略暦」「谷川雁作品集 或る光栄 恵可 道 雲よ 毛沢東 異邦の朝 商人 東京へゆくな 破産の月に 帰館」、清岡卓行「浜田知章詩集」、平林敏彦ら「座談会」（『詩学』第10巻第14号）。金太中（詩）「白球」、岩田宏（詩）「悲劇」、杉本春生「書評飯島耕一『わが母音』」（『葡萄』第7号）。辻井喬詩集『不確かな朝』（書肆ユリイカ）。

◇**三月**、『今日』（第3冊）刊行。谷川雁（詩）「帰館」、黒田三郎（詩）「沈黙」、飯島耕一（詩）「エリュアールの墓 十一月十八日P・エリュアールの二週忌に」、鈴木創（詩）「朝」、難波律郎（詩）「春の祭」、長谷川龍生（詩）「嫉妬二（総題）ケーブルカーの中 瞠視慾」、平林敏彦（詩）「歴史」、山本太郎（詩）「ふあんたじいあ・もんたあな」、児玉惇（詩）「浮説—Meine Weltanschaunung—」、中島可一郎（詩劇）「婆々」、高桑純夫「詩芸術に期待するもの」、大岡信「詩の必要」、清岡卓行「中島可一郎『子供の恐怖』について」、平林敏彦「中村稔詩集『樹』について—いたましい自由—」、中村稔「平林敏彦『種子と破片』について」、大岡信の同詩集の「著者への私信」を併載、無署名「山本太郎の詩—詩集『歩行者の祈の唄』について」。

七月、『今日』（第4冊）刊行。清岡卓行（詩）「子守唄のための太鼓」、平林敏彦（詩）「なまぐさい春」、鈴木創（詩）「時計」「ある晴れた日に」、飯島耕一（詩）「君たちのことを考えてあげられない 谷川俊太郎に」「手術日の電気楽器」「聖火曜日」、難波律郎（詩）「オレは突き刺す……」、山本太郎（詩）「即興無題」、児玉惇（詩）「青年（あるいは 世代）」、中島可一郎（詩論）「新しいリズム・新しいうた」、児玉惇（詩論）「日本の詩の反省」、岩瀬敏彦、立石巖、児玉惇「共同研究 中野清見著『新しい村つくり』」。

一九五六（昭和31）年

一月、中島可一郎「詩人・リズム・詩劇など」、長谷川竜生（詩）「引金をひいたあと」、「飯島耕一詩集『わが母音』短評」、飯島耕一「特集 読者への手紙／詩の音楽性」、安東次男「同人誌評 本質から外れるな」、中村稔「安東次男著『現代詩のイメージ』」（『現代詩』第3巻第1号）。飯島耕一「村田正夫詩集『黄色い骨の地図』批評その1」（『潮流詩派』第3号）。山本太郎（詩）「火山」、飯島耕一（詩）「楔形文字」、大岡信（詩）「帰還」、平林敏彦（詩）「真昼から夕暮れまでの詩」、那珂太郎「われらの仲間〈歴程〉」、黒田三郎「詩論批評」（『詩学』第11巻第1号）。清岡卓行（詩）「子守唄のための太鼓」、黒田三郎（詩）「引き裂かれたもの」、長谷川龍生（詩）「パウロの鶴」、山口洋子（詩）「館と馬車」、吉野弘（詩）「初めての児に」、飯島耕一（詩）「あるプロテスト」、入沢康夫（詩）「夜」（『詩学』第11巻第2号、臨時増刊号）。大岡信「浜田知章小論」（『山河』第20集）。二月、大岡信「書評／『列島詩集』」（『現代詩』第3巻第2号）。入沢康夫（詩）「序曲」（『ぼくたちの未来のために』第22号）。平林敏彦「金子光晴特集／詩人論」、黒田三郎「詩論批評」（『詩学』第11巻第3号）。「戦後詩人・作家論」の欄に緒方健一「安東次男についてのノート」、松田幸雄「六尺の胎児・山本太郎」、松永伍一「大地の商人の周囲―谷川雁について」、菊地貞三「黒田三郎論」（『地球』第二次、第三次、第19号）。「鬼区」蘭に谷川雁「不敬の祝詞―安西均詩集『花の店』出版記念会のために―」、山本太郎「首」、那珂太郎（詩）「挽歌」（『歴程』第51号）。三月、吉野弘（詩）「亡きKに」、山本太郎（詩）「寓話Ⅰ」黒田三郎「詩壇批評」（『詩学』第11巻第4号）。四月、清岡卓行（詩）「奇妙な幕間の告白」、大岡信（詩）「おれの中には」、山本太郎ら「詩的精神史」（『現代詩』第3巻第4号）。山口洋子（詩）「館と馬車」、平林敏彦（詩）「美術館にて」（『近代詩猟』第18冊）。山本太郎「草野心平特集／詩人論」、中島可一郎「草野心平特集／作品論」、黒田三郎「詩論批評」（『詩学』第11巻第5号）。那珂太郎「女流詩人について」（『葡萄』第8号）。谷川雁「党員詩人の戦争責任」（『アカハタ』3日）。谷川雁「死後轢断」（『交叉点』第45号）。黒田三郎（詩）「三文詩人」（『荒地詩集1956』荒地出版社）。岩田宏詩集『独裁』（書肆ユリイカ）。五月、難波律郎（詩）「眠りの歌」、谷川雁（詩）「匪賊のさゝやき」、飯島耕一・井手則雄（対談）「作品月評 現実と言葉 現代詩三月号、新日本文学四月号、生活と文学、詩学」、中島可一郎「自由論壇窓 持続と蓄積の時代」、大岡信「同 最初の問題」（『現代詩』第3巻第5号）。岩田宏（詩）「誰もあしたのことを言わない」、吉岡実（詩）「喜劇」（『詩学』第11巻第6号）。谷川雁「モデル村」（『新日本文学』）。谷川雁詩集『天山』（国文社）。六月、飯島耕一、大岡信、東野芳明、江原順らが「シュルレアリスム研究会」を開く。後に、清岡卓行、村松剛、菅野昭正、針生一郎、中原祐介らも加わる。長谷川龍生（詩）「赤ちゃん」、黒田三郎「詩論批評」（『詩学』第11巻第7号）。長谷川竜生「砂漠の銀行―詩論えの橋―」（『山河』第21集）。中島可一郎「『本質的』というより『特長的』という考え方」（『囲繞地』第6集）。七月、吉岡実（詩）「陰謀」、児玉惇（詩）「井戸の下の国のうた」、中島可一郎「高村光太郎と詩」、飯島耕一「現代詩時評 詩は一人で作るのではない」、谷川雁「非メタフィジック詩論ルネ・ギイ・カドウ、根岸良一訳」、中村稔「吉塚勤治論 詩集『日本組曲』を中心に」（『現代詩』第3巻第6号）。大岡信（詩）「物語の朝と夜」（『詩学』第11巻第8号）。山本太郎（詩）「埋葬」、那珂太郎「光堂のことなど―山本健吉『芭蕉』に関して―」（『歴程』第52号）。大岡信詩集『記憶と現在』（書肆ユリイカ)。八月、飯島耕一(詩)「声Ⅰ」「声Ⅱ」、「現代詩時評 非情の、反逆の詩人たち」、岩田宏(詩)「誕生」、吉野弘(詩)「君も」、伊達得夫「窓/八才の天才少女」、吉本隆明「谷川雁詩集『天山』」、小海永二「岩田宏詩集『独裁』」(『現代詩』第3巻第7号)。入沢康夫「訳詩のページ 雲のたえ間 J・プレヴェール」(『ぼくたちの未来のために』第25号)。谷川雁(詩)「水車番の日記」、平林敏彦(詩)「屋上から」、中村稔「詩論批評」(『詩学』第11巻第9号)、北川幸比古「岩田宏詩集独裁」、三井ふたばこ「多田智満子花火」、岩田宏(詩)「おとなしい人たち」(『葡萄』第9号)。安東次男、大岡信、飯島耕一「ジャック・プレヴェール」(『ポエトロア』第8集)。九月、山本太郎(詩)「寓話」、飯島耕一「現代詩時評 いくつかの発言への疑問」、谷川雁「わたしの物置小屋」、中島可一郎「選評」、岩田宏「誕生」(『現代詩』第3巻第8号)。広田国臣(詩)「全国詩誌代表作品コンクール 落ちる」(『詩学』第11巻第10号)。中村稔「詩論批評」(『詩学』第11巻第11号)。山本太郎(詩)「顔」、「鬼区」蘭に那珂太郎「終戦の時」、山本太郎「日暮れ」(『歴程』第53号)。一〇月、岩田宏「きのどくな音・いとしいことば—歌についてのノート—」、飯島耕一「呪文の効用」、難波律郎、吉田一穂(対談)「現代と古典主義」、中島可一郎「研究作品評」、瀧口雅子「最近の女性詩集から/多田智満子詩集『花火』について」(『現代詩』第3巻第9号)。飯島耕一(詩)「写生」、吉野弘(詩)「雪の日に」、山本太郎(詩)「あなぐら酒場のクラス会」、中村稔「詩論批評」(『詩学』第11巻第12号)。長谷川竜生(詩)「鋏のアイディア」、「Lens」の欄に岩田宏「音楽—ポピュラーコンサート」、中村稔「演劇—アヌイ作 城への招待」、山本太郎「奥鬼怒幻想」、大岡信、飯島耕一「今月の作品から」、黒田三郎「しずかな朝」、清岡卓行「記憶喪失者の愛」、安東次男「近代芸術の表情—第一回」(『ユリイカ』第一次、第1巻第1号)。一一月、難波律郎「ノグチさん」、長谷川竜生「アバンギャルド批判/ほらふき男爵」、大岡信「アバンギャルド批判/前衛のなかの後衛」、中川可一郎「研究作品/自己閉塞を破るみち」(『現代詩』第3巻第10号)。黒田三郎「現代詩人の行方」、中村稔「詩論批評」(『詩学』第11巻第13号)。中村稔「特集1中原中也の生活」、大岡信「特集2中原中也と歌、那珂太郎「今月の作品から―二人の山本氏」、安東次男「近代芸術の表情―第二回」(『ユリイカ』第1巻第2号)。「鬼区」の欄に那珂太郎「連俳紹介」(『歴程』第55号)。谷川雁「詩と政治の関係」(『講座現代詩Ⅰ』飯塚書店)。二月、大岡信、飯島耕一、清岡卓行「現代芸術の方向 1956年の問題点とその展望」(『現代詩』第3巻第11号)。中村稔「詩論批評」(『詩学』第11巻第14号)。平林敏彦(詩)「雨の日の」、岩田宏(詩)「自家中毒」、安東次男「近代芸術の表情―第三回」(『ユリイカ』第1巻第3号)。山本太郎「リリカルな愛の唄」(『歴程』第56号)。長谷川竜生「詩人の自我―山河周辺の若い人たちに―」(『山河』第22集)。谷川雁「東京の進歩的文化人」(『群像』)。

◇四月、『今日』(第5冊)刊行。

鈴木創(詩)「メニュー泥棒」「流弾」「水の下で」「Variation 花崎皐平へ」「影について」「夢」、児玉惇(詩)「父をうつ」「さびしい人―或る朝鮮人へ」「欲しい」「せむしの人」、飯島耕一(詩)「鳥を呼ぶぼくのつとめ」、同「ぼくの資格」、金太中(詩)「ぼくらはうたう」「おーい 古里よ」、平林敏彦(詩)「近づく場所」、中島可一郎(詩)「運転士」、難波律郎(詩)「古い写真によせて」「アブダラ―古い写真によせて―」、平林敏彦「ある告発者」、岩田宏「ペシミズム」、岩瀬敏彦「椎名麟三『美しい女』について」、那珂太郎「飯島耕一詩集『わが母音』」、中島可一郎「加藤周一著『ある旅行者の思想』―西洋見物始末記―」。

二月、『今日』(第6冊)刊行。

飯島耕一(詩)「昇つて行く降つて行く二つの廃墟」、中島可一郎(詩)「変わる」、鈴木創(詩)「間奏曲」、吉岡実(詩)「仕事」、山口洋子(詩)「くらくら《ballad》風に……」、広田国臣(詩)「機関車DX二五六五号」、岸田衿子(詩)「音無姫譚(ものがたり)(一)」、平林敏彦(詩)「走る」、多田智満子(詩)「最後の道」、難波律郎(詩)「少年・夢」、岩田宏(詩)「序曲と鎮魂歌」、辻井喬(詩)「生涯」、児玉惇「『生活』というふりだしの地点から」(『今日』第6冊)。

一九五七(昭和32)年

一月、岩田宏(詩)「復讐」、中島可一郎(詩)「変わる」、山本太郎「美しい人 追悼・丸木マス」(『現代詩』第4巻第1号)。入沢康夫(詩)「おろかな犠牲をめぐって」、「小海永二詩集『風土』のもつ問題」(『ぼくたちの未来のために』第27号)。飯島耕一(詩)「一九五六年十月十一日」、大岡信(詩)「悪い夢」、清岡卓行(詩)「動物園で」、黒田三郎(詩)「顔のなかのひとつ」、平林敏彦(詩)「master. Q」、山本太郎(詩)「おらん・ううたん讃歌」、中村稔「詩論批評」(『詩学』第12巻第1号)。岸田衿子(詩)「採氷地」、大岡信(詩)「おはなし」、「特集CHANSON」の欄に山口洋子「おいらは荷車をひいていく」、同作詩、田丸伝兵衛作曲「おいらは荷車をひいていく」、入沢康夫「オサナイ恋」「朝の電話」「銀いろの小さな鍵」、安東次男「近代芸術の表情─第四回」(『ユリイカ』第2巻第1号)。那珂太郎(詩)「糞石」、山本太郎ら(座談会)「宮沢賢治をめぐる自由な討論」(『歴程』第57号)。谷川雁「農村と詩」(『講座現代詩Ⅲ』飯塚書店)。**二月**、鈴木創(詩)「血」、吉野弘「美貌と心と」、伊達得夫「窓/無精卵」(『現代詩』第4巻第2号)。岩田宏(詩)「なぜハンガリイの」、岸田衿子(詩)「一人の笛吹き 金子文吾作「港の楽土」に寄す」、黒田三郎(詩)「三文詩人」、長谷川龍生(詩)「鋏のアイディア」、平林敏彦(詩)「爺さんとサラリーマンと黒ん坊とチビ」、山本太郎(詩)「奥鬼怒幻想」、児玉惇(詩)「父をうつ」(『詩学』第12巻第2号)。広田国臣(詩)「くずれる砂のなかで」、山口洋子(詩)「雨季」、中村稔「詩論批評」(『詩学』第12巻第3号)。飯島耕一(詩)「見るために」、中村稔(詩)「誕生─はじめての子に」、森岡貞香(往復書簡)「歌人から詩人へ─大岡信への手紙」、大岡信「詩人から歌人へ─森岡貞香への返事」(『ユリイカ』第2巻第2号)。岸田衿子詩集『らいおん物語』(書肆ユリイカ)刊。**三月**、長谷川龍生(詩)「瓦斯タンクと船─旧作より─」、児玉惇「リアリズムの座標」、飯島耕一「流行歌めぐり/日本の微笑の内容」(『現代詩』第4

巻第3号）。児玉惇（詩）「奪い奪われて生きる人々」、大岡信「詩論批評」（『詩学』第12巻第4号）。「特集・詩劇」の欄に長谷川竜生「対話の表情―詩劇についての断想」、「CORESPONDENCE」の欄に岸田衿子「詩人から劇作家へ―田中千禾夫様」、「Lens」の欄に山本太郎「詩書―磯永秀雄『夢の塔』『渇いた宿』」、清岡卓行「映画―デ・シーカ　屋根」（『ユリイカ』第2巻第3号）。山本太郎（詩）「雪の山軽く唄う調子で」、那珂太郎「『夢を孕む単独者』について」（『歴程』第59号）。谷川雁「兵士の恐怖は怪物にならぬ」（『図書新聞』16日）。『山本太郎詩集』（書肆ユリイカ）。**四月**、長谷川竜生（詩）「山の絵」（『潮流』第8号）。大岡信「詩論批評」、無署名「プロフィル〈山本太郎〉」（『詩学』第12巻第5号）。大岡信「『詩の心理学』の余白に」、谷川雁「山内竜詩集『暗室』評　ある博物誌の一節」（『日本未来派』第75号）。吉岡実（詩）「僧侶」、児玉惇（詩）「羊の小舎―サラリーマンのうた」、安東次男（詩二篇）「Chansons／斬られた首　一枚のナイロンで」、黒田三郎「詩人と言葉」、「戦後詩人論」の欄に中島可一郎「関根弘への断想」、「Correspondence」の欄に吉行淳之介「六つの質問―平林敏彦へ」、平林敏彦「詩への親切な認識を―吉行淳之介へ」（『ユリイカ』第2巻第4号）。山本太郎（詩）「いささか黒字であったという話」、那珂太郎（詩）「城」（『歴程』第60号）。**五月**、黒田三郎（詩）「夕焼け」、清岡卓行「季節の書架／『木原孝一詩集』」（『季節』第2巻第3号）。吉岡実（詩）「ポール・クレーの食卓」広田国臣「ある生活者の記録」、岩田宏「流行歌めぐり／ようこそでしゃばりオヨネ」、同「小田久郎詩集　一〇枚の地図について」、井上俊夫「戦後詩人研究2　光栄ある孤立派―谷川雁論」（『現代詩』第4巻第4号）。入沢康夫（詩）「夜明け」（『ぼくたちの未来のために』第29号）。岩田宏（詩）「あたたかい午後に」、谷川雁（詩）「墓地を買う」、大岡信「詩論批評」（『詩学』第12巻第6号）。「Lens」の欄に中村稔「詩人の顔」、「詩書」の欄に飯島耕一「会田綱雄詩集《鹹湖》」、岩田宏「岸田衿子詩集《らいおん物語》」、「井口紀夫詩集《カリプソの島》」、飯島耕一「高野喜久雄詩集《独楽》」、「立原道造研究」の欄に大岡信「立原道造論」（『ユ

リイカ』第2巻第5号）。黒田三郎詩集『渇いた心』（昭森社）。**六月、**
吉野弘「山形 詩誌「谺」について」、長谷川龍生「現代詩の底辺」、谷川雁「パブロ・ネルーダ―『大いなる歌』あじあ人の徒弟として」（『現代詩』第4巻第5号）。長谷川竜生「潮流詩派第八号合評」（『潮流』第9号）。飯島耕一「平田文也訳ロベール・ガンゾ詩集評 ガンゾのことば」（『日本未来派』第76号）。山本太郎（詩）「ゆめのたわごと」、山口洋子（詩）「狂う」、大岡信「詩論批評」、岩田宏「谷川俊太郎特集／詩人論」（『詩学』第12巻第7号）。入沢康夫（詩）「転生」、宗左近「詩書―『山本太郎詩集』」（『ユリイカ』第2巻第6号）。飯島耕一（詩）「告発」（『近代詩猟』第21冊）。谷川雁「一日おくれの正確な時計」（『九州大学新聞』）。谷川雁（詩）「色好み」（『新日本文学』）。長谷川龍生詩集『パウロの鶴』（書肆ユリイカ）。**七月、**山本太郎（詩）「みみず物語 軽い唄として」（『季節』第2巻第4号）。山口洋子（詩）「裂け」、長谷川龍生「牧羊子作品抄 ある図鑑 祝婚歌《エピグラム》」、児玉惇「ぼくを『犬』と呼ばわった者―友へ」、「論壇／座標軸」（『現代詩』第4巻第6号）。大岡信「詩論批評」（『詩学』第12巻第8号）。黒田三郎、飯島耕一、谷川雁、山本太郎、岩田宏「わが代表作」（『詩学』第12巻第9号、臨時増刊号）。山口洋子（詩）「海へ近づく」、「『悪の華』百年記念特集 ボードレール研究」の欄に安東次男「純粋アラベスク―近代芸術の表情5」（『ユリイカ』第2巻第7号）。**八月、**沢村光博「詩壇時評 飯島耕一氏と高橋新吉氏の一文に応酬する」（第二次『時間』第8巻第8号）。伊豆太朗「長谷川竜生の生理」（『潮流』第10号）飯島耕一（詩）「雨があがると虹が立つ」、大岡信「詩論批評」（『詩学』第12巻第10号）。谷川雁（詩）「伝達」、難波律郎（詩）「似た顔」、「金子光晴研究」の欄に飯島耕一「薔薇と地獄のあいだ」、「詩書」の欄に児玉惇「生活の日常性に固執する態度―黒田三郎詩集『渇いた心』」、多田智満子（訳）「詩劇『建設者』アンリ・ミシヨオ」（『ユリイカ』第2巻第8号）。谷川雁「現代詩観賞」（『郡』第21号）。『安東次男詩集』（書肆ユリイカ）刊。**九月、**岩田宏（詩）「キノコの唄」「あいびき」、飯島耕一「暗号 小山田二郎氏のヴイジョンから」、長谷川竜生「書評／吉本隆明著 高村光太郎」、児玉惇「最近の詩集から／山本太郎詩集」、清岡卓行「映画時評『抵抗』への費用をめぐつて」、長谷川龍生「編集ノート」（『現代詩』第4巻第8号）。長谷川竜生（詩）「見えない影を追つて」、広田国臣（詩）「太陽のちからにそつて」、大岡信「詩論批評」（『詩学』第12巻第11号）。清岡卓行（詩）「恋人のイマージュ」、岩田宏「三つの小事件」、安東次男、江原順（対談）「『近代芸術の表情』をめぐつて」、「詩書」の欄に黒田三郎「長谷川竜生詩集『パウロの鶴』」（『ユリイカ』第2巻第9号）。黒田三郎（詩）「僕を責めるもの」（『近代詩猟』第22冊）。谷川雁「組織とエネルギー」（『東京大学新聞』18日）。櫂同人編『櫂詩劇作品集』（国文社）。福田律郎詩集『始と終』（理論社）。清岡卓行詩集『恋人のイマージュ』（書肆ユリイカ）。**一〇月**、吉岡実（詩）「夏（Y・Wに）」、山本太郎「季節の言葉／―会田綱雄詩集―『鹹湖』を中心に」（『季節』第2巻第5号）。吉野弘（詩）「賭けこみ訴え」、吉岡実（詩）「固形」、長谷川龍生「菜食主義者たちへ」、「書評／瀬木慎一著 二〇世紀の芸術」、難波律郎「最近の詩集から／長谷川竜生詩集 パウロの鶴 戦後の新しい領域をひらく」（『現代詩』第4巻第9号）。山本太郎（詩）「遭難幻想」、那珂太郎（詩）「透明な鳥籠」、長谷川龍生（詩）「烏賊の降る夜の物語」、平林敏彦（詩）「いやな夏」、大岡信「詩論批評」（『詩学』第12巻第12号）。黒田三郎（詩）「夕方の三十分」、山本太郎「日本詩歌の伝統1・古代の詩について」、大岡信、谷川雁、清岡卓行ら「アンケート／戦後のアヴァンギャルド芸術をどう考えるか」、長谷川竜生「空想と太陽1・わが放浪」（『ユリイカ』第2巻第10号）。黒田三郎（詩）「小さなユリと」（『荒地詩集1957』荒地出版社）。黒田三郎『内部と外部の世界』（昭森社）。日本未来派編『日本未来派詩集』（近藤書店）。**一一月**、田中清光（詩）「夜」（『花粉』第2号）。大岡信（詩）「怪物」、岩田宏（詩）「脱走」、清岡卓行（詩）「酒場で」、中島可一郎（詩）「泡」、長谷川龍生（詩）「即興二篇／卵をゆでる時間 赤い猫」、「わが毒舌 サークルの害虫」、「編集ノート」（『現代詩』第4巻第10号）。無署名「プロフィル〈谷川雁〉」、吉野弘「幻・方法」、中村稔「現代詩のエッセイスト」、平林敏彦「ワイフ（山口洋子）」、山田正弘「谷川雁特集／詩人論」、他に「作品」、大岡信「詩論批評」（『詩学』第12巻第13号）。「放送詩劇特集」の欄に岸田衿子「らいおん物語」、「詩書」の欄に飯島耕一「アポリネール『立体派の画家たち』」、長谷川竜生「空想と太陽・わが放浪Ⅱ」、大岡信「人麻呂と家持 萬葉集について―日本詩歌の伝統2」（『ユリイカ』第2巻第11号）。飯島耕一詩画集『ミクロコスモス』井原道夫画（書肆ユリイカ）一二月、鈴木創「《電・話・器》について」、山本太郎「詩人の密室／僕のミステリー やや詩になりそうだ」、飯島耕一「詩人の密室／わが空間」、岩田宏「映画時評 観賞の日安」（『現代詩』第4巻第11号）。飯島耕一「アンケート『日本未来派詩集』評」（『日本未来派』第79号）岩田宏（詩）「自殺未遂の物語」、大岡信「詩論批評」（『詩学』第12巻第14号）。「リルケ」特集の欄に田中清光「リルケと立原道造」、山本太郎「循環歩行」、長谷川竜生「空想と太陽・わが放浪3」（『ユリイカ』第2巻第12号）。安食昭典「吉野弘詩集『消息』」（『詩炉』第11号）。谷川雁「民衆の無党派的エネルギー」（『日本読書新聞』2日）。安東次男（詩）「calendrier Ⅰ（総題）／「六月」「七月」「八月」」（『秩序』第6号）。

◇三月、『今日』（第7冊）刊行。

中島可一郎（詩）「変わる」、吉岡実（詩）「牧歌」、長谷川龍生（詩）「実在のかけ橋」、清岡卓行（詩四篇）「初期詩篇より／空 矢刀 夢ののちに わがピアニスト」、児玉惇（詩）「笑いさんざめくあなた」、大岡信（詩）「さわる」、岩田宏（詩）「ほそいうらめしげな音―映画『ヘッドライト』に」、山口洋子（詩）「うたいながら駈け足で……」、金太中（詩）「明日のために生きない」、辻井喬（詩）「きれぎれの歌」、田中清光（詩）「証明かもしかよ……」「空」、岸田衿子（詩）「凩の女―一人の声・赤ん坊の泣き声・凩の音による―」、広田国臣（詩）「アニリンブラックの唄」、難波律郎（詩）「大地の勲章」、多田智満子（詩）「鮫の歌」、鈴木創（詩）「ぼくを作る途中」、飯島耕一（詩）「悲劇」、平林敏彦（詩）「生きる」、中島可一郎（劇・一幕）「資格検査はつづけられています」、飯島耕一「アルファベット―あるいはアンリ・ミショ―序説の序章―」。

六月、『今日』（第8冊）刊行。飯島耕一（詩）「この暗い波に似た夜は」、岩田宏（散文詩）「津波の……」、岸田衿子（詩）「或女ドラム叩きの話―太鼓の音、一人の女の声による―」、鈴木創（詩）「Metronome」、広田国臣（詩）「タンポポと菠薐草」、多田智満子（詩）「闘技場」「失意」、山口洋子（詩）「火口」、児玉惇（詩）「ナルシスのうた」、田中清光（詩）「ぼくには裂けた枝でも」、辻井喬（詩）「恋文」、平林敏彦（詩）「消息」、大岡信（詩）「声」、清岡卓行（詩七篇）「初期詩篇より／青くうすき刃 シガレットによる幻想 札 牌商船の夜 知られざる山 音楽への祈り」、吉岡実（詩）「単純」、児玉惇「『詩人』の畸型性について」、飯島耕一「プチグリヨン財布竊盗事件をめぐる二つの記録及び付記」、大岡信の提供資料を併載、岸田衿子「かおとかお」、岩田宏「お茶と同情」、山口洋子「回転木馬―われは酒徒」、伊達得夫「『ユリイカ』抄」、清岡卓行「批評の良心」。

一九五八（昭和33）年

一月、山本太郎、大岡信ら「座談会 詩の音楽性について」（『季節』第3巻第1号）。田中清光（詩）「明日」（『花粉』第3号）。入沢康夫「編集後記」（『ぼくたちの未来のために』第30号）。長谷川龍生（詩）「狂人《クレイジイ》の家《ハウス》」、「編集ノート」、山本太郎（詩）「沼」、鈴木創（詩）「冬の設定」、清岡卓行「詩は作曲できるか」（『現代詩』第5巻第1号）。平林敏彦（詩）「現代日本詩集 会話」、黒田三郎ら「アンケート」（『詩学』第13巻第1号）。山本太郎（詩）「逆立」、「嵯峨信之詩集によせて」の欄に黒田三郎「春の雨のなかを」（『歴程』第61号）。飯島耕一（詩）「帰巣」、中村稔「ジョバンニの孤独―宮沢賢治ノート第一回」、那珂太郎「日本詩歌の伝統4／新古今集について」（『ユリイカ』第3巻第1号）。二月、入沢康夫（詩）「樹」（『あもるふ』第1号）。谷川雁（詩）「巣別れ」、難波律郎（詩）「海の日」、長谷川龍生「戦艦ポチヨムキンと現代詩」、「編集ノート」（『現代詩』第5巻第2号）。中島可一郎「一九五八年の『日本未来派』—『日本未来派詩集』への若干の考察—」（『日本未来派』第80号）。「1957年度代表作品集／岩田宏『未婚』（『麦』2号）、大岡信『さわる』（『今日』7号）、岸田衿子『採水地』（『ユリイカ』1月号）、清岡卓行『酒場で』（『潮流』11号）、黒田三郎『僕を責めるもの』（『近代詩猟』22号）、多田智満子『声』（『未定』2号）、中村稔『誕生 はじめての子に』（『ユリイカ』2月号）、長谷川龍生『二つの抜け穴』、平林敏彦『走る』（『今日』6号）、山本太郎『雪の山』（『歴程』3月号）、吉岡実『僧侶』（『ユリイカ』4月号）、吉野弘『フランシス・ジャム先生』（『麦』2号）」長谷川龍生「PANORAMA CRITIQUE OF POETRY 1975 作品」（『詩学』第13巻第2号、臨時増刊号）。長谷川竜生ら「研究作品合評」、飯島耕一「作品月評／『零の復讐にたちむかうには』木島始（ユリイカ1月号）、『待ちに待つた朝』石橋裕（詩集）」（『詩学』第13巻第3号）。「《今日》特集」の欄に清岡卓行「ロンド・カプリチオーソ」、岩田宏「美しい家族」、鈴木創「遠く 一本のポプラの……」、広田国臣「あるく」、中村稔「風の又三郎とポラーノの広場—宮沢賢治ノート第二回」（『ユリイカ』第3巻第2号）。谷川雁「自分のなかの他人へ」（『民族詩人』第1号）。入沢康夫詩集『夏至の火』（書肆ユリイカ）。**三月、**入沢康夫（詩）「聞いて下さい」（『あもるふ』第2号）。田中清光（詩）「風」（『花粉』第4号）。広田国臣（詩）「ボン」、吉野弘（詩）「パチンコ」、飯島耕一（詩）「花火」、大岡信（詩）「亡命者たちのバラード」、児玉惇（詩）「海辺にて」、長谷川龍生（司会）「現代とヌード芸術」、清岡卓行「戦後詩における二つの極点関根弘詩集『死んだ鼠』と『吉本隆明詩集』」（『現代詩』第5巻第3号）。岩田宏（詩）「神田神保町」、谷川雁（詩）「非原始」、吉野弘（詩）「工場」、伊達得夫「ユリイカ抄・2」、飯島耕一「作品合評『窓』谷川俊太郎（詩学1月号）「詩人に中江俊夫（詩集）」、長谷川竜生ら「研究作品合評」（『詩学』第13巻第4号）。「新鋭10人集」の欄に入沢康夫（詩）「犠牲」、「特集・詩と映画」の欄に清岡卓行「映画表現に感じる詩—随想風に」、中村稔「グスコーブドリの伝記とペンネンネンネンネン・ネネムの伝記―宮沢賢治ノート3」（『ユリイカ』第3巻第3号）。大岡信（評論集）『詩人の設計図』（書肆ユリイカ）。中村稔『宮沢賢治』（五月書房）。**四月**、入沢康夫（詩）「帰還」（『あもるふ』第3号）。岸田衿子（詩）「秘密」（『現代詩』第5巻第4号）。谷川雁（詩）「東京へゆくな」、飯島耕一、岩田宏「アンケート」、平林敏彦「東京」、柴田元男「平林敏彦の『東京』」（『潮流詩派』第13号）。飯島耕一「作品合評『夢』嶋岡晨（貘28号）『涙が涸れる』吉本隆明（詩集）」、長谷川竜生ら「研究作品合評」（『詩学』第13巻第5号）。「ユリイカ詩画展写真集」の欄に飯島耕一、大岡信、長谷川竜生、山口洋子、清岡卓行、平林敏彦、岩田宏、安東次男、山本太郎らが載る、中村稔「宮沢賢治ノート第四回―最後の手帖の『序』をめぐつて―」、飯島耕一「一人の女はぼくの生きてる世界よりも美しい―児玉惇への反論」、「映画」の欄に清岡卓行「カラマゾフの兄弟」、「詩書」の欄に岩田宏「詩集『美男』のこと」（『ユリイカ』第3巻第4号）。谷川雁「機関庫から詩集までのちいさいスリップ」（『かがり火』第1号）。谷川雁「農村の中の近代」（『東京大学新聞』23日）。**五月**、入沢康夫（詩）「憩い」（『あもるふ』第4号）。大岡信「展望／桑原武夫氏の詩観」（『季節』第3巻第3号）。田中清光（詩）「河」（『花粉』第5号）。長谷川竜生（詩）「二人二役のテーゼ」、清岡卓行（詩）「セルロイドの矩形で見る夢」、入沢康夫（詩）「島の日常―ランゲルハンス氏の島・抄―」、岩田宏「童謡／こどもの戦争（第一、第二、第三反抗期のこどもたちに）」、大岡信「映画批評／濁流」（『現代詩』第5巻第5号）。大岡信（詩）「炎のイマージュ」、長谷川竜生（詩）「反革命への道」、山本太郎（詩）「原色の祭」、吉岡実（詩）「回復」、黒田三郎「詩壇共和国 現代詩は面白くない」、飯島耕一「作品月評『外出』入沢康夫（詩集）」（『詩学』第13巻第6号）。「萩原朔太郎研究」の欄に那珂太郎「『月に吠える』制作期の萩原朔太郎」、「（無題）」、「王様の耳」の欄に清岡卓行「dam3への」、岸田衿子「入沢康夫詩集『夏至の火』」、「映画」の欄に清岡卓行「東京一九五七年」、中村稔「宮沢賢治ノート第五回―ある推定の手がかり―」（『ユリイカ』第巻第5号）。六月、入沢康夫（詩）「鬼百合の花粉あるいは虎の行動」（『あもるふ』第5号）。伊達得夫「哀しき玩具」（『世代』第1巻第6号）飯島耕一（詩）「セントルイス・ブルース」、吉岡実（詩）「苦力」、吉野弘（詩）「音楽」、大岡信「特集 東洋詩の理想と現実 東洋詩のパタン」、谷川雁「特集 東洋詩の理想と現実 毛沢東の詩と中国革命」（『現代詩』第5巻第6号）。那珂太郎（詩）「本になる」、山口洋子（詩）「夢のなかで」、飯島耕一「作品合評『回復』吉岡実（詩学五月号）『破船』谷川雁（短歌研究五月号）」、長谷川竜生ら「研究作品合評」（『詩学』第13巻第7号）。「現代詩のめざすもの」の欄に谷川雁「無を噛みくだく融合へ―現代詩がめざしているもの」、児玉惇「メスカリンの幻影―飯島耕一再批判」、飯島耕一「四月の日記―真鍋博漫画集など」、「櫂詩集」の欄に吉野弘（詩）「何を作つた」、「映画」の欄に清岡卓行「悲しみよこんにちは」、中村稔「宮沢賢治ノート最終回―絶筆の短歌二首について―」（『ユリイカ』第3巻第6号）。谷川雁「幻影の革命政府について」（『展望』第3号、九州大学）。谷川雁「工作者の死体に萌えるもの」（『文学』）。山本太郎（詩）「魚供養」（『歴程』第63号）。『黒田三郎詩集』今日の詩人双書4（書肆ユリイカ）。七月、入沢康夫（詩）「鉄の家の中の娘」（『あもるふ』第6号）。吉岡実（詩）「聖家族」、大岡信「展望／なんじやもんじや」、入沢康夫「季節の書架／井上靖詩集『北国』」（『季節』第3巻第4号）。田中清光（詩）「海」（『花粉』第6号）。山本太郎（詩）「跳ぶ」、（詩）「ホッケー」（『現代詩』第5巻第7号）。岩田宏「大衆にかける橋／弱い人にも味方する」、中島可一郎「ブラウン島霊歌」、中島可一郎（詩）「飼育について」、長谷川竜生「一頁自伝 へんな契機」、岩田宏「プレヴエール雑感」、平田文也、岩田宏（訳）「プレヴエール詩抄 好季節 花と花輪鳥さしの歌 カルーゼル広場 沖中仕の心 探検」、飯島耕一「作品合評『縮図 まちは人生の予見と絵とき』尾花仙朔（ユリイカ6月号）『聴聞』相良平八郎（囲繞地8号）」、長谷川竜生ら「研究作品合評」（『詩学』第13巻第8号）。吉岡実（詩）「死児」、黒田三郎（詩）「道」、岸田衿子（画・長新太）「月夜の遺書―戯れうた／一の唄 二の唄」、辻井喬「パリ・その前夜」、「特集・自殺」の欄に岩田宏「シュイサイド・シンフォニー」、「王様の耳」の欄に壺井繁治、岡本潤「児玉惇への警告」、小田久郎「飯島児玉論争にふれて」（『ユリイカ』第3巻第7号）。黒田三郎「時評」（『歴程』第64号）。谷川雁「現代詩の歴史的自覚―戦後意識の完結をめぐって」（『新日本文学』）。**八月**、岩田宏（詩）「白い絶望」、中村稔「詩人のノート」、中島可一郎「集団心理と集団の職業 荒地・地球・今日／『今日』の詩人」、壺井繁治（批評）「何を作った 吉野弘」、那珂太郎（批評）「顔と砂漠 山本太郎」（『現代詩』第5巻第8号）。岩田宏（詩）「消せないデッサン」、伊達得夫「我が愛読詩集」、山本太郎「詩のできるまで」、吉野弘「発想・第一稿・その他」、飯島耕一、岩田宏、大岡信、清岡卓行、黒田三郎、長谷川竜生、那珂太郎ら「わが愛読詩集」（『詩学』第13巻第9号、臨時増刊号）。広田国臣（詩）「白い機械の唄」、岩田宏（詩）「ふるい冬（岩田宏祝婚歌）」、飯島耕一「作品月評『ハラルからの手紙』清岡卓行」（『詩学』第13巻第10号）。中島可一郎（詩）「買物客」、入沢康夫（画・真鍋博）「ズボンをはいた熊―マヤコフスキーの祖国から来た彼らに」、江原順「予言的書評―大岡信『詩人の設計図』について」、清岡卓行「『シュルレアリスム辞典』評」、山本太郎「ある詩人の思い出―童話風の随想録」、飯島耕一「ジャック・プレヴェール」、同訳「『財産目録《たなおろし》』ジャック・プレヴェール著」（『ユリイカ』第3巻第8号）。山本太郎（童話）「山のファンタジー」、黒田三郎「時評」（『歴程』第65号）。**九月**、吉野弘（詩）「（総題）夏／山が・夜の子守歌」（『季節』第3巻第5号）。山本太郎「夏に死すある詩人の日誌」（フォト・瀬木慎一）、清岡卓行「現代芸術と青年の意識／ナルシシスムの新しい意味―戦後の恋愛詩への一瞥―」、長谷川龍生「『現代詩の会』結成について」、那珂太郎「今月のベストスリー／あかるいきさらぎのうた 生野幸吉」（『現代詩』第5巻第9号）。黒田三郎「『生きているテーマ死んでいるテーマ』『よい言葉とわるい言葉』」、清岡卓行「『よい象徴とわるい象徴』『よいアレゴリイとわるいアレゴリイ』」、山本太郎「よいリズムとわるいリズム」（『世代』第1巻第9号）。飯島耕一

「作品月評『悪い記憶』西元昭太郎（詩集）、『或る恐怖』北川冬彦（時間一〇〇号）」、長谷川竜生ら「研究作品合評」（『詩学』第13巻第11号）。那珂太郎（詩）「或る画に寄せて」、大岡信「詩人と青春 第二回―保田与重郎ノート2」、岡本太郎、山本太郎（対談）「非仮面の時代」、岩田宏「不死馬―マリーニの彫刻による」、多田智満子「神戸わが町3」、飯島耕一、大岡信、清岡卓行、中村稔、長谷川竜生ら「選考経過」（『ユリイカ』第3巻第9号）。「特集・黒田三郎」の欄に吉野弘「余儀なき生」、伊達得夫「黒田三郎のこと」、黒田三郎「時評」（『歴程』第66号）。黒田三郎「加藤八千代さんについて」、大岡信「岸田衿子小論」、山本太郎「新藤さんの詩（新藤千恵）」、渋沢竜彦「智満子さんの詩（多田智満子）」、黒田三郎「山下千江さんの詩」（『ポエトロア』第9集）。谷川雁「サイズのあわせかた」（『阿蘇』第39号）。谷川雁「さらに深く集団の意味を」「小説『蛮人』」（『サークル村』）。谷川雁「ペンでうらみを晴らす道」（『読書人』）。**一〇月**、入沢康夫（詩）「古い土地」（『あもるふ』第8号）。田中清光（詩）「波」（『花粉』第7号）。広田国臣（詩）「見送り」、長谷川龍生「即興詩二題／仮想 蟹男」、「おわび」、那珂太郎「今月のベストスリー／Monochrome 鎌田喜八」、中島可一郎「新刊詩集評 黒田三郎詩集（ユリイカ刊）」「新刊詩集評 真壁仁『日本の湿つた風土について』」「新刊詩集評 西本昭太郎『庶民考』（粒の会刊）」「新刊詩集評 山口洋子・石原慎太郎『にぎやかな森』（ユリイカ刊）」「新刊詩集評 山村祐『川柳私論』（天馬発行所）」「新刊詩集評 足立三郎・米田登・小林能子・小野茂樹・三好直太『群』第1集（地中海社刊）」「新刊詩集評 堀口大学『夕の虹』（昭森社）」（『現代詩』第5巻第10号）。飯島耕一「作品合評『空転』兼松鉱一（詩集）『古い地図』吉仲行雄（粒19号）」、長谷川竜生ら「研究作品合評」（『詩学』第13巻第12号）。大岡信「詩人と青春 第三回―保田与重郎ノート3」（『ユリイカ』第3巻第10号）。山本太郎（詩）「とむらいの唄 水死した友 N.Cへ」、「特集・山之口獏」の欄に那珂太郎「私事」、田三郎「時評」（『歴程』第67号）。**一一月**、入沢康夫（詩）「災禍」（『あもるふ』第9号）。岩田宏（詩）「秋を楽しむ」絵・

池田龍雄、中島可一郎「新刊詩集評」、那珂太郎「旅で出会った無頼漢 茨木のり子」（『現代詩』第5巻第11号）。中島可一郎「モダニズムの傾斜―モダニズムの詩とモダニズムの詩人―」、岩田宏（詩）「わるい油」、難波律郎（詩）「蒸発」、飯島耕一「作品合評『幼い者の奇跡』風山瑕生（ユリイカ十月号）『祭』磯村英樹（詩集）」、長谷川竜生ら「研究作品合評」（『詩学』第13巻第13号）。「特集・金井直」の欄で山本太郎「金井直に思うこと」、「特集・岡本喬」の欄で山本太郎「『ヒメジョオンの蝶』について」、中村稔「草野心平『宮沢賢治研究』」、黒田三郎「時評」（『歴程』第68号）。飯島耕一（詩）「夜の洪水」、清岡卓行（詩）「アクトリス」、辻井喬（詩）「静かな街―ベイルートにて」、大江健三郎、岸田衿子（対談）「詩と小説の間」、田中清光「上田―わが町4」、大岡信「詩人と青春 第四回―保田与重郎ノート4」（『ユリイカ』第3巻第11号）。谷川雁「女たちの新しい夜」（『サークル村』）。吉岡実詩集『僧侶』（書肆ユリイカ）。**一二月**、田中清光（詩）「今日」（『花粉』第8号）。長谷川龍生（詩）「ビディオ・テープ騒動」画・池田竜雄、長谷川龍生「放送劇台本 ドキュメンタルな詩劇 ヒロシマ・一九五八年」原案・土門拳、岩田宏、真鍋博「葬祭と花環」、岸田衿子「詩人のノート」、中島可一郎「新刊詩集評」、岩田宏「58年詩壇回顧 手紙で終わるエッセイ」、飯島耕一ら（座談会）「残された問題は何か 1958年詩壇回顧」（『現代詩』第5巻第12号）。伊達得夫（詩）「活字」、飯島耕一「作品月評 岩田宏『わるい油』」、長谷川竜生ら「研究作品月評」（『詩学』第13巻第14号）。岩田宏、林光（対談）「詩と音楽の実験」、大岡信「詩人と青春 第五回―保田与重郎ノート5」（『ユリイカ』第3巻第12号）。清岡卓行「フレッド・ジンネマン」（『現代批評』創刊号）。山本太郎（詩）「酒の夜」（『歴程』第69号）。『荒地詩集1958年』（荒地出版社）。谷川雁詩集『原点が存在する』（弘文堂）。

◇**七月**、『今日』（第9冊）刊行。

大岡信（詩）「転調するラヴ・ソング」、山口洋子（詩）「女神がひとり」、吉岡実（詩）「喪服」、鈴木創（詩）「青空のように」、難波律郎（詩）「阪東長二郎」、岸田衿子（詩）「真昼の白い灯台の下で」、岩田宏（詩）「日曜の詩三つ（総題）／おそすぎる帰り 三月九日日曜日 すばらしい日曜日」、金太中（詩）「時計のはなし」、広田国臣（詩）「みにくい想像力を」、田中清光（詩）「萎樹」、清岡卓行（詩）「ハラルからの手紙」、入沢康夫（詩）「きこりの物語」、中島可一郎（詩）「生活技術」、多田智満子「『吉本隆明詩集』について」、児玉惇「父と子についての寓話―戦争責任批判について―」、伊達得夫「パイプはブライヤア〈ユリイカ抄〉3」、岸田衿子「『ミクロコスモス』と海」、広田国臣「『夏至の火』（入沢康夫詩集）」。

一二月、『今日』（第10冊）刊行。

山口洋子（詩）「廃園」、鈴木創（詩）「時刻表」、田中清光（詩）「塔」、辻井喬（詩）「野分の騎手」、中島可一郎（詩）「ガランバチ国夜話（Ⅰ）」、吉野弘（詩）「山高帽」、岩田宏（詩）「歴史的現実」「むすめに」「やさしい酔いどれ」、大岡信（詩「鳥」二篇）「ひるがえる鳥」「さわぐ鳥」、多田智満子（散文詩）「遠い国の女から」、吉岡実（詩）「ライラック・ガーデン バレー〈ライラック・ガーデン〉より」、飯島耕一「エリュアール『二人の夜々』論」、伊達得夫「ひも〈ユリイカ抄のうち〉」。

（澤 正宏＝編）

人名別作品一覧

〔あ〕

青木ひろたか　「露点　―山篇補抄―」（『葡萄』第2号）。

阿部富美子　「理髪店」（『葡萄』第11号）。

安西均　「朝・電話が鳴る」（『葡萄』第11号）。

安東次男　「樹」「今日　飯島耕一の詩」（『今日』第2号）。

〔い〕

飯島耕一　「種子」「樹木」「船の上で」「テーブルの上を」（『今日』第1号）。「かくされた太陽、口」「海辺の生物」「今日　一つの感想」（『今日』第2号）。「エリュアールの墓」（『今日』第3号）。「君たちのことを考えてあげられない　谷川俊太郎に」「手術日の電気楽器」「聖火曜日」（『今日』第4号）。「今日　ぼくの資格」「鳥を呼ぶぼくのつとめ」（『今日』第5号）。「昇つて行く降つて行く二つの廃墟」（『今日』第6号）。「アルファベット―あるいはアンリ・ミショー序説の序章―」「悲劇」（『今日』第7号）。「この暗い波に似た夜は」「今日　プチグリヨン財布窃盗事件をめぐる二つの記録及び付記」（『今日』第8号）。「エリュアール「二人の夜々」論」（『今日』第10号）。「人間の声」（『葡萄』第3号）。「動物園の熊の歌」「帰る」（『葡萄』第5号）。

礒村幸子　「四つの笛」（『葡萄』第11号）。

市多美子　「華やかな別離」（『葡萄』第2号）。

入沢康夫　「きこりの物語」（『今日』第9号）。

岩瀬敏彦　「ピカソ小論」（『今日』第1号）。「今日　ベン・シャーンについて」（『今日』第2号）。「椎名鱗三　美しい女について」（『今日』第5号）。

岩田宏　「今日　ペシミズム」（『今日』第5号）。「序曲と鎮魂歌」（『今日』第6号）。「ほそいうらめしげな音　―映画「ヘッドライト」に」（『今日』第7号）。「津波の……」「今日　お茶と同情」（『今日』第8号）。「日曜の詩三つ」（『今日』第9号）。「歴史的現実」（『今日』第10号）。「悲劇」（『葡萄』第7号）。「おとなしい人たち」（『葡萄』第9号）。

岩本昭　「P市の朝」（『葡萄』第3号）。

岩本修蔵　「山中散生「黄昏の人」について」（『葡萄』第9号）。

〔う〕

上野菊江　「手紙」（『葡萄』第3号）。「モーゼ―Tに捧げる弔詩―」（『葡萄』第5号）。「三谷晃一「蝶の記憶」、斉藤庸一「防風林」」（『葡萄』第9号）。

内山登美子　「堀場清子「狐の眸」覚書」（『葡萄』第9号）。「女であること」（『葡萄』第12号）。

梅本育子　「あなたはいきてはいけない」（『葡萄』第4号）。「耳環」（『葡萄』第6号）。

〔お〕

大岡信　「静けさの中心」（『今日』第2号）。「詩の必要」「〈書評〉平林敏彦『種子と破片』について　Ⅱ」（『今日』第3号）。「さわる」（『今日』第7号）。「声」（『今日』第8号）。「転調するラヴ・ソング」（『今日』第9号）。「鳥二篇」（『今日』第10号）。「さむい夜明け」（『葡萄』第1号）。「純粋について」（『葡萄』第5号）。

大野純　「断層」（『葡萄』第6号）。「翼のない天馬」「歩く人」（『葡萄』第9号）。「どこか天の……」「声」「青春」（『葡萄』第11号）。「狼」（『葡萄』第12号）。

岡崎清一郎　「水車小屋」（『葡萄』第12号）。

〔か〕

片岡文雄　「赤い空」（『葡萄』第12号）。

加藤博　「暗示」（『葡萄』第1号）。

川崎洋　「海へ」（『葡萄』第8号）。「ギター」（『葡萄』第9号）。

河野澄子　「影」（『葡萄』第10号）。

〔き〕

木川木六　「悲劇的に青いポーズ」（『葡萄』第1号）。「記憶」（『葡萄』第2号）。「盗まれたテンポ」（『葡萄』第3号）。「雨」（『葡萄』第4号）。「緑のオルゴール」（『葡萄』第7号）。「風と手のある風景」（『葡萄』第9号）。

菊地貞三　「ぼくのうた」（『葡萄』第6号）。「長い廊下で」（『葡萄』第10号）。「問いにこたえる」「空港にて」「〈詩集評〉谷口尚規「徒弟の歌」、佐伯清美「晴れる日のために」」（『葡萄』第12号）。

岸田衿子　「音無姫譚（一）」（『今日』第6号）。「凩の女―一人の声・赤ん坊の泣き声・凩の音による―」（『今日』第7号）。「或女ドラム叩きの話　―太鼓の音、一人の女の声による―」「今日　かおとかお」（『今日』第8号）。「真昼の白い灯台の下で」「今日　「ミクロコスモス」

と海」（『今日』第9号）。

北川幸比古　「岩田宏詩集「独裁」」（『葡萄』第9号）。

木下夕爾　「秋の日記抄」（『葡萄』第10号）。

清岡卓行　「不吉な恋人たち」（『今日』第2号）。「〈書評〉中島可一郎『子供の恐怖』について」（『今日』第3号）。「子守唄のための太鼓」（『今日』第4号）。「初期詩篇より」（『今日』第7号）。「初期詩篇より」「今日　批評の良心」（『今日』第8号）。「ハラルからの手紙」（『今日』第9号）。

金太中　「ぼくらは　うたう」「おーい　古里よ」（『今日』第5号）。「明日のために生きない」（『今日』第7号）。「時計のはなし」（『今日』第9号）。「海」（『葡萄』第4号）。「白球」（『葡萄』第7号）。

〔く〕

黒田三郎　「個人の経験とは何か」（『今日』第2号）。「沈黙」（『今日』第3号）。

〔こ〕

小海永二　「孤独」（『葡萄』第2号）。「子供たちには何もない？」（『葡萄』第5号）。「ロルカへの招待」（『葡萄』第8号）。

児玉惇　「現代詩人論」（『今日』第1号）。「物語」（『今日』第2号）。「浮説」（『今日』第3号）。「日本の詩の反省」「青年（あるいは世代）」（『今日』第4号）。「父をうつ」「さびしい人　―或る朝鮮人へ」「欲しい」「せむしの人」（『今日』第5号）。「「生活」というふりだしの地点から」（『今日』第6号）。「笑いさんざめくあなた」（『今日』第7号）。「ナルシスのうた」「「詩人」の畸型性について」（『今日』第8号）。「今日　父と子についての寓話―戦争責任批判について―」（『今日』第9号）。

古平義雄　「オートバイに乗つた美学」（『葡萄』第3号）。

〔さ〕

佐伯悠子　「シヤガールの「恋人」幻想」（『葡萄』第7号）。

笹原常与　「俺」（『葡萄』第11号）。

〔し〕

嶋岡晨　「エデン」「夜」（『葡萄』第7号）。「大野純「あの歌はどこからきこえてくる」について」（『葡萄』第9号）。

「時間の街かど」「待っている男」「冬の魂」「溺死した女」（『葡萄』第10号）。「〈詩集評〉　真辺博章「海の時間」」（『葡萄』第12号）。

島原健三　「少年の話」（『葡萄』第2号）。

城侑　「通勤列車」（『葡萄』第12号）。

新川和江　「るふらん」（『葡萄』第12号）。

〔す〕

杉本春生　「〈書評〉飯島耕一　わが母音」（『葡萄』第7号）。

鈴木創　「朝」（『今日』第3号）。「時計」「ある晴れた日に」（『今日』第4号）。「メニュー泥棒」「流弾」「水の下で」「Variation　花崎皐平へ」「影について」「夢」（『今日』第5号）。「間奏曲」（『今日』第6号）。「ぼくを作る途中」（『今日』第7号）。「Metronome」（『今日』第8号）。「青空のように」（『今日』第9号）。「時刻表」（『今日』第10号）。

〔せ〕

仙川竹生　「貝殻」（『葡萄』第4号）。

〔た〕

高桑純夫　「詩芸術に期待するもの」（『今日』第3号）。

高島菊子　「花弁日記」（『葡萄』第8号）。

高田敏子　「森」（『葡萄』第8号）。「女流詩人の立場」（『葡萄』第9号）。

高野喜久雄　「玩具」（『葡萄』第7号）。

武村志保　「梅本育子詩集「火の匂」」（『葡萄』第10号）。

多田智満子　「最後の道」（『今日』第6号）。「鮫の歌」（『今日』第7号）。「闘技場」「失意」（『今日』第8号）。「今日「吉本隆明詩集」について」（『今日』第9号）。「遠い国の女から」（『今日』第10号）。

伊達得夫　「今日　「ユリイカ」抄」（『今日』第8号）。「今日　パイプはブライヤア〈ユリイカ抄〉3」（『今日』第9号）。「ひも　〈ユリイカ抄のうち〉」（『今日』第10号）。

田中清光　「証明　かもしかよ……」「空」（『今日』第7号）。「ぼくには裂けた枝でも」（『今日』第8号）。「矮樹」（『今日』第9号）。「塔」（『今日』第10号）。

谷川雁　「帰館」（『今日』第3号）。

谷川俊太郎　「女に」（『葡萄』第10号）。「詩のための悲歌」（『葡萄』第11号）。

〔つ〕

辻井喬　「生涯」（『今日』第6号）。「きれぎれの歌」（『今日

第7号)。「恋文」(『今日』第8号)。「野分の騎手」(『今日』第10号)。

津田勇　「風のゆうべに」(『葡萄』第4号)。

粒来哲蔵　「評定」(『葡萄』第7号)。「異域の人」(『葡萄』第8号)。「時計」(『葡萄』第11号)。

鶴見俊輔　「らくだの葬式」(『今日』第2号)。

〔て〕

手塚久子　「家」(『葡萄』第10号)。

〔な〕

中江俊夫　「哀歌」(『葡萄』第6号)。

中島可一郎　「糞尿処理場」「リットリア」「ニシワキ・ジュンザブロウ論」(『今日』第1号)。「通信」(『今日』第2号)。「婆々」(『今日』第3号)。「新しいリズム・新しいうた」(『今日』第4号)。「〈書評〉加藤周一著　ある旅行者の思想―西洋見物始末記―」「運転士」(『今日』第5号)。「変わる」(『今日』第6号)。「資格検査はつづけられています　一幕」(『今日』第7号)。「生活技術」(『今日』第9号)。「ガランバチ国夜話(I)」(『今日』第10号)。

長島三芳　「日没の海」(『葡萄』第12号)。

那珂太郎　「〈書評〉飯島耕一詩集　わが母音」(『今日』第5号)。「〈黒い水母〉とそのノオト」「女流詩人について」(『葡萄』第8号)。

中村稔　「街」(『今日』第2号)。「〈書評〉平林敏彦『種子と破片』について　I」(『今日』第3号)。

難波律郎　「牛のいる風景」「秋」(『今日』第1号)。「岬にて」(『今日』第2号)。「春の祭」(『今日』第3号)。「オレは突き刺す………」(『今日』第4号)。「古い写真によせて」「アブダラ―古い写真によせて―」(『今日』第5号)。「少年・夢」(『今日』第6号)。「大地の勲章」(『今日』第7号)。「阪東長二郎」(『今日』第9号)。

〔に〕

西内延子　「黒いガーベラ」(『葡萄』第9号)。

〔は〕

長谷川龍生　「嫉妬」(『今日』第3号)。「実在のかけ橋」(『今日』第7号)。

〔ひ〕

日比澄枝　「ある日」（『葡萄』第12号）。

平岡史郎　「夜」（『葡萄』第12号）。

平林敏彦　「広場のあさとゆうぐれの歌」（『今日』第1号）。「ちいさな窓」（『今日』第2号）。「歴史」（『今日』第3号）。「〈書評〉中村稔詩集『樹』について」（『今日』第3号）。「なまぐさい春」（『今日』第4号）。「今日　ある告発者」（『今日』第5号）。「近づく場所」（『今日』第5号）。「走る」（『今日』第6号）。「生きる」（『今日』第7号）。「消息」（『今日』第8号）。

広田国臣　「機関車DX二五六五号」（『今日』第6号）。「アニリンブラックの唄」（『今日』第7号）。「タンポポと菠薐草」（『今日』第8号）。「みにくい想像力を」（『今日』第9号）。「今日　「夏至の火」」（『今日』第9号）。

〔ふ〕

福来保夫　「つゝじ」（『葡萄』第1号）。

藤富保男　「どれもこれもそしてどれも」（『葡萄』第1号）。「そういうようなものたち」（『葡萄』第2号）。「スケッチ・ポエム」（『葡萄』第4号）。「電話がなる」「船の中の天候」（『葡萄』第6号）。

〔ほ〕

堀内幸枝　「地上……雨」（『葡萄』第1号）。「地上……人間解体」「後記」（『葡萄』第2号）。「地上……悪疫」「後記」（『葡萄』第3号）。「沼地」「後記」（『葡萄』第4号）。「ニヒルなぬりえ」「後記」（『葡萄』第5号）。「波打際」「後記」（『葡萄』第6号）。「悪夢の町」「後記」（『葡萄』第7号）。「かすかな歌声」「後記」（『葡萄』第8号）。「悪魔の図」「粒来哲蔵詩集「虚像」について」「後記」（『葡萄』第9号）。「水と死のリズム　―水死したと云う女の写真に肖せてうたう―」「らくがき」「〈最近の詩集から〉　阿部富美子詩集「深海魚」」「〈最近の詩集から〉「遠い少年」杉山茂雄」「〈最近の詩集から〉「愛について」安水稔和」「〈最近の詩集から〉「ポエジーの噴水」松尾修二」「〈最近の詩集から〉「遠い終電車」石口敏郎」「〈最近の詩集から〉「入道雲のうた」仙川竹生」「あとがき」（『葡萄』第10号）。「曇天」「七冊の詩集によせて」（『葡萄』第11号）。「地上」「はにかみの弁」「深尾須磨子詩集「詩は魔術である」」「あとがき」（『葡萄』第12号）。

堀川正美　「ふたたび盲いて」(『葡萄』第3号)。「単純な悲惨」(『葡萄』第5号)。「精励」(『葡萄』第7号)。「呪文No.2」(『葡萄』第11号)。

〔ま〕

松田幸雄　「野焼図」(『葡萄』第9号)。

〔み〕

水橋晋　「城に戻れ」(『葡萄』第4号)。「悪い旅」(『葡萄』第10号)。

三井ふたばこ　「多田智満子　花火」(『葡萄』第9号)。

三好豊一郎　「堀内幸枝「不思議な時計」の世界」(『葡萄』第9号)。

〔や〕

山口洋子　「くらくら《ballad》風に……」(『今日』第6号)。「うたいながら駈け足で……」(『今日』第7号)。「火口」(『今日』第8号)。「今日　回転木馬―われは酒徒」(『今日』第9号)。「女神がひとり」(『今日』第9号)。「廃園」(『今日』第10号)。

山下千江　「えぴそおと」(『葡萄』第7号)。「及川均　海の花火」(『葡萄』第9号)。

山田正弘　「紅い日々と眼」(『葡萄』第6号)。

山本太郎　「聖灰祭」(『今日』第2号)。「ふあんたじいあ・もんたあな」(『今日』第3号)。「即興無題」(『今日』第4号)。

〔よ〕

吉岡実　「仕事」(『今日』第6号)。「牧歌」(『今日』第7号)。「単純」(『今日』第8号)。「喪服」(『今日』第9号)。「ライラック・ガーデン　バレー〈ライラック・ガーデン〉より」(『今日』第10号)。

吉野弘　「山高帽」(『今日』第10号)。

〔その他〕

無署名　「この共和国」(『今日』第1号)。「編集後記」(『今日』第2号)。「〈書評〉山本太郎の詩―詩集『歩行者の祈りの唄』について」(『今日』第3号)。「編集後記」(『今日』第4号)。「編集後記」(『今日』第6号)。「後記」(『葡萄』第1号)。「あとがき」(『葡萄』第11号)。

金太中、難波律郎　「〈書評〉飯島耕一詩集　他人の空」（『今日』第1号）。

岩瀬敏彦、立石巌、児玉惇　「〈共同研究〉中野清見著「新しい村つくり」」（『今日』第4号）。
K　「編集後記」（『今日』第4号）。

［海外］

オーブリイ・ド・セリンコート（児玉惇　訳）「詩の困難な時」（『今日』第2号）。

ア・ミシヨオ（小海永二　訳）「海」（『葡萄』第3号）。「魔法」「消える鳥」（『葡萄』第4号）。

ジャック・プレヴェール（小笠原豊樹　訳）「祭」「夜のパリ」（『葡萄』第6号）。

フエデリコ・ガルシア・ロルカ（小海永二　訳）「歌」「二人の若い娘」（『葡萄』第8号）。

主要参考文献

『戦後詩誌総覧①　戦後詩のメディアⅠ「現代詩手帖」「日本未来派」』（杉浦　静、和田博文・編、日外アソシエーツ、二〇〇七年一二月）

『戦後詩誌総覧②　戦後詩のメディアⅡ「詩学」「詩と批評」「詩と思想」』（同前、二〇〇八年一二月）

『戦後詩誌総覧③　戦後詩のメディアⅢ「ユリイカ」「歴程」』（同前、二〇〇九年一月）

『戦後詩誌総覧④　第二次世界大戦後の〈実存〉と〈思想〉』（同前、二〇〇九年六月）

『戦後詩誌総覧⑤　感受性のコスモロジー』（同前、二〇〇九年一一月）

『戦後詩誌総覧⑥　一九五〇年代の〈日常〉と〈想像力〉』（同前、二〇一〇年二月）

『戦後詩誌総覧⑦　言葉のラディカリズム』（同前、二〇一〇年五月）

『戦後詩誌総覧⑧　60年代詩から70年代詩へ』（同前、二〇一〇年八月）

『現代詩大事典』（三省堂、二〇〇八年二月）

『近代日本総合年表』第三版（岩波書店、一九九一年二月）

編者紹介

澤 正宏（さわ・まさひろ）

1946年、鳥取県生まれ。

福島大学名誉教授。

『西脇順三郎の詩と詩論』（桜楓社、1991年）、『詩の成り立つところ』（翰林書房、2001年）、『モダニズム研究』（共著、思潮社、1994）、『瀧口修造・ブルトンとの交通』（編著、本の友社、2000年）、『西脇順三郎のモダニズム 「ギリシア的抒情詩」全篇を読む』（双文社出版、2002年）、『コレクション・モダン都市文化28 ダダイズム』（編著、ゆまに書房、2007年）、『コレクション・都市モダニズム詩誌 第15巻 VOUクラブと十五年戦争』（編著、ゆまに書房、2011年）、『西脇順三郎研究資料集』（編集・解説、クロスカルチャー出版，2011-2015年）、『21世紀の西脇順三郎 今語り継ぐ詩的冒険』（クロスカルチャー出版、2015年）など。

コレクション・戦後詩誌
第14巻　新しいリアリズムの模索

2019年7月12日　印刷
2019年7月25日　第1版第1刷発行

[編集]　澤 正宏
[監修]　和田博文

[発行者]　鈴木一行
[発行所]　株式会社ゆまに書房
〒101-0047　東京都千代田区内神田2-7-6
tel. 03-5296-0491 / fax. 03-5296-0493
http://www.yumani.co.jp

[印刷]　株式会社平河工業社
[製本]　東和製本株式会社

落丁・乱丁本はお取り替えいたします。　Printed in Japan
定価：本体25,000円＋税　ISBN978-4-8433-5080-5 C3392